KB093302

김일엽
선집

김일엽
선집

김우영 엮음

현대문학

김일엽 스님 진영.

「계시」, 《신여자》, 1920. 3.

『청춘을 불사르고』, 문선각, 1962.

『미래세가 다하고 남도록』, 인물연구
소, 1974.

수덕사 환희대 정경.

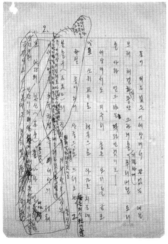

친필 원고들.

한국현대문학은 지난 백여 년 동안 상당한 문학적 축적을 이루었다. 한국의 근대사는 새로운 문학의 씨가 싹을 틔워 성장하고 좋은 결실을 맺기에는 너무나 가혹한 난세였지만, 한국현대문학은 많은 꽃을 피웠고 괄목할 만한 결실을 축적했다. 뿐만 아니라 스스로의 힘으로 시대정신과 문화의 중심에 서서 한편으로 시대의 어둠에 항거했고 또 한편으로는 시대의 아픔을 위무해왔다.

이제 한국현대문학사는 한눈으로 대중할 수 없는 당당하고 커다란 흐름이 되었다. 백여 년의 세월은 그것을 뒤돌아보는 것조차 점점 어렵게 만들며, 엄청난 양적인 팽창은 보존과 기억의 영역 밖으로 넘쳐나고 있다. 그리하여 문학사의 주류를 형성하는 일부 시인·작가들의 작품을 제외한 나머지 많은 문학적 유산은 자칫 일실의 위험에 처해 있는 것처럼 보인다.

물론 문학사적 선택의 폭은 세월이 흐르면서 점점 좁아질 수밖에 없고, 보편적 의의를 지니지 못한 작품들은 망각의 뒤편으로 사라지는 것이 순리다. 그러나 아주 없어져서는 안 된다. 그것들은 그것들 나름대로 소중한 문학적 유물이다. 그것들은 미래의 새로운 문학의 씨앗을 품고 있을 수도 있고, 새로운 창조의 촉매 기능을 숨기고 있을 수도 있다. 단지 유의미한 과거라는 차원에서 그것들은 잘 정리되고 보존되어야 한다. 월북 작가들의 작품도 마찬가지다. 기존 문학사에서 상대적으로 소외된 작가들을 주목하다 보니 자연히 월북 작가들이 다수 포함되었다. 그러나 월북 작가들의 월북 후 작품들은 그것을 산출한 특수한 시대적 상황의 고려 위에서 분별 있게 이해되어야 할 것이다.

이러한 당위적 인식이 2006년 한국문화예술위원회의 문학소위원회에서 정식으로 논의되었다. 그 결과 한국의 문화예술의 바탕을 공고히 하기 위한 공적 작업의 일환으로, 문학사의 변두리에 방치되어 있다시피 한 한국문학의 유산들을 체계적으로 정리, 보존하기로 결정되었다. 그리고 작업의 과정에서 새로운 의미나 새로운 자료가 재발견될 가능성도 예측되었다. 그러나 방대한 문학적 유산을 정리하고 보존하는 것은 시간과 경비와 품이 많이 드는 어려운 일이다. 최초로 이 선집을 구상하고 기획하고 실천에 옮겼던 한국문화예술위원회의 위원들과 담당자들, 그리고 문학적 안목과 학문적 성실성을 갖고 참여해준 연구자들, 또 문학출판의 권위와 경륜을 바탕으로 출판을 맡아준 현대문학사가 있었기에 이 어려운 일이 가능하게 되었다. 이런 사업을 해낼 수 있을 만큼 우리의 문화적 역량이 성장했다는 뿌듯함도 느낀다.

〈한국문학의 재발견-작고문인선집〉은 한국현대문학의 내일을 위해서 한국현대문학의 어제를 잘 보관해둘 수 있는 공간으로서 마련된 것이다. 문인이나 문학연구자들뿐만 아니라 더 많은 사람이 이 공간에서 시대를 달리하며 새로운 의미와 가치를 발견하기를 기대해본다.

2012년 4월
출판위원 김인환, 이숭원, 강진호, 김동식

　　제1기 신여성 문인이자 비구니로 생을 마친 김일엽의 선집을 펴낸다. 1974년 인물연구소에서 『未來世가 다하고 남도록』이라는 제목으로 첫 전집이 간행된 이래, 김일엽의 글은 여러 차례에 걸쳐 선집의 형태로 재발간된 바 있다. 그런 그녀의 글을 지금, 이 시점에서 또 한 권의 선집으로 엮어내는 것은 어떤 의미를 가지는 것일까.

　　한 작가가 남긴 글은 그 해당 작가의 물리적 생명과는 상관없이 독자적인 생명력을 지니고 살아 숨 쉬는 것이지만, 시대의 요청에 의해 때마다 다른 의미로 새롭게 소환되기 마련이다. 특히 김일엽의 경우 1920년대 신여성 문인으로 대중의 이목의 중심에 서 있다가 1933년 돌연(외부에서 보기에) 수덕사로 출가, 선승으로 생을 마쳤기에 그는 더욱더 다양한 이름으로 불렸다. 신여성, 작가, 기자, 그리고 불교 수행인이라는 수많은 이름을 가진 그를, 우리는 그중에 하나를 호명함으로써 우리 곁으로 불러낸다. 특히 이 과정에서 자유분방한 신여성—엄격한 불교수행자 사이의 간극은 저널리즘 안에서 그 드라마틱함만이 더욱 부각되었다.

　　1962년 수필집 『청춘을 불사르고』를 보는 시선 또한 그녀의 출가를 인생의 단절로 보는 관점에서 크게 벗어나지 못했다. 신여성 시기를 회고하는 그녀의 시선에 의해 그의 인생은 출가 전과 후의 단절이 더욱 공고해지는 것으로 묘사되었다. 물론 이 과정에서 그의 불교 귀의가 갖는 선택의 의미는 더욱 극대화되지만, 인생행로의 면면들이 자칫 일관성이 결여된 듯 보일 가능성이 짙어진 것이 사실이었다. 따라서 그간 우리가 김일엽을 기억해내는 방식이 이 같은 방법에서 자유롭지 못했음을 인정할 수밖에 없다. 즉 전 인생을 총체적으로 보기보다는 편의에 따라 한 부분만을 단편적으로 확대해 볼 뿐이었던 것이다.

따라서 그간 독자와 연구자의 편의에 따라 여러 이름으로 나누어 명명했던 모든 이름들을 '김일엽'이라는 한 인간의 삶 안에서 전체적으로 조망할 시점이라고 생각한다. 김일엽이 입산 후 창작한 작품들도 종교 영역으로 밀어낼 것이 아니라 문학이라는 좀 더 큰 틀 안에서, 앞선 작품들과의 관련 아래 그 글이 갖는 위치를 가늠해야 하겠다. 이 과정에서 충돌하거나, 혹은 충돌하는 것처럼 보이는 그의 생각들 역시 그의 인생 안에서 섬세하게 살펴 그 끊어진 흐름의 빈 곳을 채워 넣어야 할 때다. 즉 김일엽은 근대 초기 여성운동가이자, (여성) 문인이면서, 종교 글쓰기의 새로운 지평을 연 종교인으로 다시금 자리매김되어야 한다.

이 같은 의도에서 엮은 이 책은 최초 발표한 작품들의 원본을 바탕으로 그간 펴낸 선집 혹은 전집을 참고하여 김일엽의 생애와 작품 세계 전모를 가장 잘 알 수 있도록 가려 묶었다. 전 작품 세계를 하나의 흐름 속에서 이해할 수 있도록 하기 위해 그간 같이 묶인 적이 없던 작품들도 한데 수록했다. 따라서 1962년 세간의 화제작이었던 『청춘을 불사르고』 속 높은 종교적 성취를 보여주는 작품들도 선별했다. 그리고 『노라』의 서문을 비롯하여 그간 전집에는 실리지 않았던 글도 새롭게 실었다.

시, 소설, 산문(수필, 논설 포함) 장르별로 구성하여 작품을 싣고 있지만 사실 김일엽 작품에서 장르 구분은 그의 작품을 묶는 가장 효과적인 방법이라고 말하기 힘든 것이 사실이다. 이는 그가 활발히 활동하던 시기인 1920년대와 1930년대 중반이 아직 장르적 글쓰기가 완전히 자리 잡지 못한 까닭이기도 하지만, 무엇보다 김일엽 자신이 이런 장르적 글쓰기를 넘어서는 글쓰기를 실천했다는 데 더 큰 이유가 있을 것이다. 결국 고심 끝에 이 책을 장르별로 구성했지만 이는 독자의 편의를 돕기 위한 것으로, 작품 그 자체로 '온전히' 읽어내는 편이 더욱 바람직할 것이다. '산문'이라는 포괄적인 이름을 장의 제목으로 붙인 것도 이 때문이다.

사실 김일엽은 나로 하여금 국문학 연구자로서 첫발을 뗄 수 있도록 이끈 문인이다. 그 옛날 그녀가 활동하던 1920~1930년대나 석사 논문을 쓰던 몇 년 전이나 지금이나 여성의 삶, 또 여성 문인의 처지가 별 차이가 없는 듯하다는 점에서 그의 발걸음과 순간순간의 생의 선택이 얼마나 무거웠을지 새삼 크게 느끼고 있음을 고백한다. 모쪼록 이 책이 김일엽 문학의 빈 곳을 메우고 더욱 풍성하게 만들어 그의 작품이 시간을 거스르는 의미를 지니게 되기를 진심으로 소망한다.

김일엽 연구와 연을 맺게 해주신 서울대학교의 은사 방민호 선생님께 이 자리를 빌려 감사의 말씀을 올린다. 또 김일엽의 작품을 이 책에 다시 싣는 것을 흔쾌히 허락하셨을 뿐만 아니라 귀한 자료들을 제공해주신 수덕사 환희대 측의 깊은 배려에도 거듭 감사드린다. 마지막으로, 이 선집을 펴낼 수 있는 기회를 준 현대문학사 측에 다시 한 번 감사를 표한다.

2012년 4월

김우영

* 일러두기

1. 이 책은 김일엽의 작품들 중 일부를 뽑아 1부 시, 2부 소설, 3부 산문으로 구분하여 실었다. 각 부의 글들은 발표 순서에 따라 배열했다.
2. 이 책은 현행 한글맞춤법에 따르는 것을 원칙으로 하였다. 다만 작품의 분위기에 영향을 미친다고 판단되는 경우 방언이나 고어, 구어체 표현, 의성어, 의태어 등을 그대로 두었다. 특히 편지글, 대화문 등에서는 원래의 표기를 최대한 살렸다.
3. 외래어는 현행 외래어 표기법을 따르되 작품 분위기에 영향을 미치는 어휘는 가능한 한 그대로 두었다.
4. 한자는 의미를 파악하는 데 꼭 필요한 경우가 아니면 가능한 한 삭제하였다.
5. 명백한 오기인 경우에는 문맥의 표현을 살려 고쳐 실었다. 그리고 꼭 필요하다고 판단되는 곳에 구두점을 찍었다.
6. 대화나 인용은 " ", 생각이나 강조는 ' ', 책 제목이나 장편소설은 『 』, 단편소설이나 시 등은 「 」, 잡지나 신문 등은 《 》, 영화나 연극, 노래 등은 〈 〉로 통일하였다.
7. 'o' 혹은 'x' 표기는 원문을 따랐다.
8. 독자들의 이해를 돕기 위해 국립국어원의 표준국어대사전 등을 참고하여 뜻풀이를 달았다.

차례

제1부 시

제2부 소설

제3부 산문

제1부 시

동생의 죽음

업으면 방글방글
내리면 아장아장
귀여운 내 동생이
어느 하루는
불 때논 그 방에서도
달달달 떨고 누웠더니
다시는 못 깨는 잠 들었다고……
엄마 아빠
울고 울면서
그만 땅속에 영영 재웠소.
땅 밑은 겨울에도
그리 춥지 않다 하지만……
아아, 가여운 나의 동생아!
언니만 가는 제는
따라온다 울부짖던

그런 꿈 꾸면서 잠자고 있나?
내 봄에 싹트는 움들과 함께
네 다시 깨어 만난다면이야
언제나 너를 업어
다시는 언니 혼자
가지를 아니하꼬마……

—「진리를 모릅니다」,《여성동아》, 1971. 12.*

| * 유고 「진리를 모릅니다」에 처음 수록되었으며, 여기서 1907년 창작한 것으로 회고하고 있다.

《신여자》 창간호 서시

쌀쌀히 쏟아지는 찬 눈 속에서
그래도 꽃이라고 피었습니다.

높고도 깊은 산의 골짜기에서
드문히 떨어지는 조그만 샘물

그래도 깊이 없는 대양의 물이
그 샘의 뒤끝인 줄 알으십니까.

공연히 어둠 속에 우는 닭 소리
그래도 아십시오. 새벽 오는 줄

— 《신여자》, 1920. 3.

알거든 나서라

가을 해당 꽃 새로 뵈는 하늘에
부드러운 솜 같은 한 조각 구름
무슨 비밀 말 않고 가는 그것이
후에 뭘로 변할 줄 네가 아느냐

끝도 없는 넓은 들 눈 속에 묻혀
아무것도 안 뵈는 그 어름 속에
뵈지 않는 무엇이 숨겨 있어서
봄에 어찌 될지를 네가 아느냐

부드러운 긴 머리 틀어 올리고
입만 방긋 잠잠히 두 볼 붉히던
아직 뜯지 아니한 처녀 가슴에
감춰 있는 비파를 네가 아느냐

알—거든 나서라 막힘 헤치고
모든 준비 가지고 따라나서라
아름다운 새벽을 나서 맞어라
새때 새날 새일이 함께 오도다

—《신여자》, 1920. 3.

《신여자》2호 서시

동편에 아침 달 솟아오르니
또다시 세상은 밝아오도다
다 같이 부르는 생의 노래를
악마의 무리야 꺾을 이 뉘리오
그늘 속에 갇혔던 붉은 월계화
이제야 따뜻한 햇빛을 보니
고운 꽃 잎잎이 기쁨에 차고
달콤한 화향花香이 누리에 가득

—《신여자》, 1920. 4.

봄의 옴

즐거운 봄날이 이제 오도다
훗훗한 선녀 입김 몰아가지고
다수한 햇빛이 가만히 와서
얼었던 음애陰崖*를 녹이어주니
적은 내 물 흐름 기쁨의 노래
골짜기 어린 풀 새로이 싹 남
하늘이 내리신 조화의 원칙
다 같이 우리게 생生을 줌일세

푸르고 상쾌한 맑은 하늘엔
종달새 비비비 높이 떠 있고
정원의 화분에 새 꽃이 피니
나비는 펄펄펄 춤추어 오네

| * 그늘진 벼랑.

아느냐 모르냐 작일昨日과 금일今日*
무슨 일 있을 줄 네가 아느냐
뒤떨어져― 헤매는 어린 제매姉妹**야
발 빠르게― 걸어서 함께 나가자

―《신여자》, 1920. 4.

* 어제와 오늘.
** 여동생. 주로 나이 어린 손아래 누이.

춘春의 신神

조금 통통히 살진 몸
화기和氣*가 있는 얼굴
애愛가 있는 눈
미소하는 입
고운 머리는 길게 어깨에 드려
칠漆**과 같이
염艶***이 있고 광光이 있다
애愛가 있고 자慈가 있다
한번 얼굴을 펼 때에는
새는 재잘거리고 나비는 춤춘다
강산은 웃고 사람은 둥싯
즐거운 생의 발랄潑剌

* 생기 있는 기색, 온화한 기색.
** 옻, 옻칠.
*** 윤.

이것이 신神의 애愛인가 자慈인가?

—《신여자》, 1920. 4.

자탄自歎

무정한 님이어니
생각한들 무삼하리
차라리 남들에게
님 향한 정 옮기려 했네
때늦은 이제 님의 맘 아니
가슴 아파하노라

못 만날 님이어든
그대로 언제까지
무정한 님으로나
가슴속에 묻어두고
한세상 되어가는 대로
그럭저럭 지낼걸―

―《동아일보》, 1926. 7. 16.

휴지休紙

뒤뜰에 흘린 조희*
날려 온 휴지임을
모름이 아니언만
하—두 아쉰 맘에
행여나 님 던진 편지인가
만저거려 보노라.

—《조선일보》, 1926. 8. 6.

| *종이.

이로異路

어지어 내일이어
이로부터 홀이로다.
인생의 험한 길을
홀로 어이 가오리까.
님이야 사귈 님 많으니
외로시다 하리오.

—《동아일보》, 1926. 11. 24.

틈입자

고적孤寂도 서러움도
모도 다 잊고서는
한세상 웃음 웃고
살아볼까 하건마는
불의에 나타난 님은
눈물의 씨 되어라

—《동아일보》, 1926. 12. 6.

당신은 나에게 무엇이 되었삽기에?

당신은 나에게
무엇이 되었삽기에
살아서 이 몸도
죽어서 이 혼까지도
그만 다 바치고 싶어질까요.

보고 듣고 생각는 온갖 좋은 건
모두 다 드려야만 하게 되옵니까?
내 것 네 것 가려질 길 없사옵고
조건이나 대가가 따져질 새 어딨겠어요?

혼마저 합쳐진 한 몸이지만……

ㅡ『미래세가 다하고 남도록』, 인물연구소, 1974.*

---

* 「청춘을 불사르고」에 삽입되었으며, 『미래세가 다하고 남도록』에서 1928년 4월 창작한 것으로 회고하고
있다.

행로난 行路難*

님께서 부르심이
천 년 전가? 만 년 전가?
님의 소리 느끼일 땐
금시 님을 뵈옵는 듯
법열에 뛰놀건만
들쳐보면 거기로다

천궁에서 시 쓸 땐가?
지상에서 꽃 딸 땐가?
부르시는 님의 소리
듣기는 들었건만
어디인지 분명치 못하여

* 「님에게」라는 제목으로 1932년 4월 《삼천리》에 최초로 발표했으나 이 책에서는 1932년 4월 《불교》에 실은 개작본을 수록한다.

빵빵이만 치노라
님이여! 어린 혼이
님의 말씀 양식 삼아
슬픔을 모르옵고
가노라고 가건마는
지축지축 아기 걸음
언제나 님 뵈리까?

—《불교》, 1932. 4.

님의 손길

우주에 가득 찬 것 모두 다 님의 손길
잡으라 잡으라고 소리소리 치시건만
눈멀고 귀 어두운 중생 헛손질만 하더라.

—《불교》, 1932. 5.

귀의歸依

헤메던 미迷한 몸이 불법에 귀의하여
선善지식*을 모시오니 기쁘기야 끝없지만
나에게 밝은 귀 없으니 그를 접허**합니다.

—《불교》, 1932. 5.

* 바른 도리를 가르치는 사람. 지혜와 덕망이 있고 사람들을 교화할 만한 능력이 있는 승려.
** '아쉬워하다'의 의미로 짐작됨.

무제無題

세상일 헤아리면 하염없이 꿈이로다.
꿈의 꿈인 이 목숨을 그 얼마나 믿을쏘냐.
대도大道를 깨치고자 맘만 홀로 뛰어라.

―《불교》, 1932. 11 · 12.

나의 노래

나는 노래를 부릅니다.

듣는 이만 행복될 님이 가르치신 그 노래를 부릅니다.

뭇사람이 욕심 때문에 울부짖는 거리에서 나 홀로 목청껏 부릅니다.

그러나 사람들이 떠드는 잡소리에 눌린 나의 노래는 흐린 날에

연기처럼 엉―기다가 쓰러집니다.

더구나 세속에 맞지 않는 나의 노래가 그들의 반향을 어떻게 바라겠습
니까.

밑 빠진 항아리에 물 길어 붓는 여인과도 같이

그래도 그래도 피나게 부를 뿐입니다.

영겁永劫에 흐르는 빗물이 땅을 적시고도 남아 바다를 채우듯이

세세생생世世生生에 끊임없이 부르는 나의 노래는 대기에 차고도 남아

삼천대천세계三千大千世界에 넘칠 테지요.

그때 나의 노래는 막는 귀틈으로까지 스스로 스며들게 될 테이지요.

―《조선일보》, 1933. 1. 30.

봄은 왔다 그러나 이 강산에만

솔솔솔 우리 뺨에 스치는 건
강산을 품에 안은 봄님의 숨결인데
지저귀는 저 새들은 합례合禮식장 악사인가.

님 손길에 가슴 풀린 치렁치렁 그 강물과
님 주신 새 옷 자락 파릇파릇
그 산들은
묵묵히 마주 보며 감격에 잠겼는 듯

푸른 눈 바로 뜨고 북풍을 노리던 강
엄연히 버티어 서서
눈서리 골리던 산이
언약을 중히 아는 그 님을 믿었구나.

겨울 또 겨으살에* 시드으는

우리 넋은
절절節節이 강산에만 오는 봄의
길목이나 지켜볼까
아니다 뉘게든지 제 봄 따로
있다니—

—《조선일보》, 1933. 2. 28.

| * '겨우살이에'로 짐작됨.

어린 봄

눈 녹인 물속에도 봄 그림자 비추이고
저진듯 바람에도
봄 숨길이 품기는데
건넌산 아지랑이 속엔 무슨 신비 쌓였노.

다사한 햇빛 이불 봄을 덮어 길러주고
촉촉한 보슬비가 봄을 먹여 살찌는데
펴지 않은 그 날개 밑엔 온갖 미美가 꿈꾼다네.

—《제일선》, 1933. 3.

시계추를 쳐다보며

밤이나 낮이나 한결같이 왔다 갔다 갔다 왔다.
언제나 그것만 되풀이하는 시계추의 생활은 얼마나 심심할꼬
가는가 하면 오고 오는가 하면 가서 언제나 그 자리언만
긴장한 표정으로 평생을 쉬지 않고 하닥하닥 걸음만 걷고 있는 시계추
의 생활을
나는 나는 비웃을 자격이 있을까
나 역시 가는 것도 오는 것도 아닌 그저 그 세월 안에서
세월이 간다고 간다고 감각되어 과거니 현재니
구별을 해가면서 날마다 날마다 늙어가는 인생이 아닌가
늙고는 죽고, 죽고는 나고, 나고는 또 늙는 영원한 길손여객旅客이 아
니런가.

— 《불교》, 1933. 7.

시계 소리를 들으면서

　무상살귀無常殺鬼의 발자국인 저 시계 소리는 나의 가슴을 얼마나 뛰게
하는가
　나는 나의 온 곳도 모르거니와 갈 곳 또한 알 수가 없나
　나는 왜 또는 어떻게 이 살이에 던져졌는지 모른다.
　다만 나를 따르는 저 살귀殺鬼의 발자국 소리가 급한 것을 들을 뿐이다.
　저 살귀殺鬼의 검은손은 오늘 밤이라도 내일 아침이라도 나의 덜미에
덮칠지 모른다.
　덮치었다가 또 어떤 살이에 던지어버릴는지도 알 길이 없다.
　스스로의 전후前後 살이를 좋거나 그르거나
　저 험상궂은 논바닥에 던져두지 아니치 못하는 미약한 내가
　무엇을 위하여 싸우려 했던가 무엇에 의지하여 노력하려 했던가
　저 험한 손은 태산을 문허* 평지를 만들고 바다를 말려 길바닥을 지을
날을

| * 문흐다. 쌓여 있는 것을 흩어지게 한다는 뜻을 지닌 '무느다'의 잘못.

44

집어 오고야 말 것이다.

산아 너도

물아 너도

같은 약자

그리하여 나의 동무가 아니냐.

……

……근본 힘을 찾아 무도無道한 살귀의 손에서 휘어나야 하지 않겠는가

어찌 그리 무심하게도

산 너는 우두커니 서 있기만 하고

물 너는 절절 흐르기만 하는가

아아 무상살귀無上殺鬼의 발자국인 저 시계 소리는 점점 더 크게 들려오는구나.

(직지사直指寺 여선방에서)

—《신여성》, 1933. 12.

제2부 소설

계시啓示

가을비가 부슬부슬 온다. 경성 시가는 고요히 빗속에 잠겨 있다. 연기 같은 잦은 안개가 남산의 허리를 걸치고 동아연초회사東亞煙草會社에서 뚜— 하는 소리는 우는 듯이 저물어가는 하늘에 나부끼어 한없는 애회哀懷를 자아낸다.

서대문 밖 나가다가 오른손 편 등어리로 꺾이어 5백 년간 희비극을 말하는 고성古城을 옆에 끼고 한참 들어가면 송월동松月洞* 한구석 다 쓰러져가는 모옥茅屋! 이 집은 5년 전에 남편 죽고 쓸쓸하고 원한 많은 과부 생활을 계속하는 김 소사**의 집이라.

그렇지 않아도 캄캄한 방 안이 해가 저무니까 더욱 어둠침침하여진다.

자기의 유일한 희망이요 생명같이 믿는 아들 원인元仁***이가 어쩐 일인지 이삼일 전부터 머리가 조금 아프다고 눕더니 그 쾌활하게 놀던 아해가 그만 위석****을 하여 누워 있다.

* 지금의 서대문 바깥, 종로구 교남동 근처.
** 召史. 보통 사람의 아내나 과부.
*** 이후에는 모두 '인원人元'으로 표기하고 있어 '인원'의 오기로 짐작됨.
**** 委席. 몸져누워서 일어나지 못함.

머리는 불같이 달고 찾느니 물만 찾는다. 막막한 들에 한낱 지팡이같이 믿던 어린애가 이렇게 앓는 것을 본 김 부인의 마음은 어떻다고 말할 수가 없이 황황하다. 이러면 나을까 저러면 나을까 의원과 약국에를 문턱 다니듯 하며 혹은 한약 혹은 양약을 정성껏 써보았으나, 아무 효험이 없다.

이렇게 애를 태우고 가슴을 썩이면서도 무당이나 판수*에게는 한 번도 가지 아니하니 이것은 김 부인이 충실한 기독교 신자인 까닭이라.

지금으로부터 3년 전 열일烈日**이 고요히 대지를 내리비출 때, 맏아들 일곱 살 먹은 태원泰元은 김 부인의 가슴을 찌르는 피눈물 속에 사정없이 외로운 그 모친을 버리고 이 세상을 떠났더라.

그때에 김 부인은 애자愛子***를 살리자는 일편정성一片精誠으로 별궁리를 다 하고 별짓을 다 하였다. 영한 무당이나 영한 판수가 있다 하면 불원천리不遠千里하고**** 찾아가서 물어보면 의례히 터주가 노하였느니 성주城主가 탈이 났느니 주왕*****의 별역******을 입었나니 하여 굿을 하고 경을 읽으면 장담하고 낫겠다는 사람이 부지기수이었다.

이리하여 남편이 물려준 변변치 못한 재산도 음흉한 판수와 간악한 무당의 손으로 몰수히 떠밀었으나 아무 효력 없이 애자를 사별하고 말았다.

마침 그때에 ○○ 예배당에 다니는 ○○ 전도부인이 와서 애통哀痛 속에 잠겨 있는 김 부인을 다정스럽게 위로하고, 그러한 간악한 무당 판수에게 침혹*******하여 어떻게 소원을 이루기를 바라겠소, 사람은 오직 모

* 判數. 남자 무당. 혹은 점치는 일을 직업으로 삼는 시각장애인.
** 뜨거운 태양.
*** 사랑하는 아이.
**** 천 리도 멀다 하지 않고.
***** 조왕竈王신을 가리키는 말로 짐작. 민속 신앙에서 부엌을 맡는다는 신. 늘 부엌에 있으면서 모든 길흉을 판단한다고 함.
****** '벼락(하늘이나 신령이 사람의 죄악을 징계하려고 내린다는 벌)의 오기로 보임.
******* 沈惑. 무언가를 몹시 좋아하여 정신을 잃고 거기에 빠짐.

든 죄를 회개하고 하나님 앞에 나와야 무궁하고 거룩한 하나님의 은혜를 입을 수가 있지요, 하면서 지금 남은 인원이도 잘 기르려면 예수를 믿어야 한다고 말을 맞추었다.

그로부터 3년 동안 비가 오나 바람이 부나 예배 날이 되면 하루라도 예배당에 아니 간 날이 없었다.

이렇게 예배당에 다니는 것이 어린 인원에게도 피치 못할 행사같이 생각되어 일요일이 되면 인원이는 한없이 좋아하며 사랑이 가득한 눈으로 모친을 쳐다보고

"어머니 오늘은 주일이구려. 오늘 또 예배당에 가야지— 어머니, 예배당은 집이 그렇게 좋은데 우리 집은 왜 이렇게 언짢으오?"

이런 때에는 김 부인도 너무 기뻐서

"아무렴 가야지. 네가 크닷케* 자라서 공부 잘하면 그렇게 좋은 집에서 살게 된단다."

하고 백설 같은 새 옷을 꺼내 입고 예배당에 가는 것이 그들의 3년 동안 덧없는 즐거움이었다.

그러나 인원이가 병난 이후로 어저께도 예배당에 가지 못하였다. 남녀 교우들이 많이 와서 찬미도 하고 기도도 올려주고 참 믿기만 하면 낫다고 예언들도 하고 돌아갔다. 오늘은 제중원濟衆院** 의사가 와서 약을 주고 돌아갔으나 병세는 여전하다.

김 부인의 마음은 더욱 초조하여 어쩔 줄을 모르며 수색愁色을 띠인 등잔불 아래에 해쓱히 시인 어린 아이를 들여다보는데

어린애는 밤중 즈음하여 그렇게 몹시 앓던 병세가 조금 나아지고 해

---

* 커다랗게.
** 1885년 미국 선교사 알렌이 세운 서양식 근대 의료 기관. 1899년 무렵 세브란스 의학전문학교로 바뀌어, 현재의 서울역 맞은편 연세재단 빌딩 자리에 있었음.

쓱하던 얼굴에 핏기가 돌면서 머리맡에 앉은 모친을 쳐다보고

"어머니?"

"왜— 그리냐? 물 먹고 싶으니?"

"아니—"

"그럼 왜—"

"어저께가 주일인데 내가 앓아서 못 갔지."

"그런 소리는 왜— 하니— 네가 낫기만 하면 언제든지 예배당에 어머니하고 같이 갈 터인데."

하면서 김 부인의 눈에는 기막히는 눈물이 핑 돈다. 그 어린 가슴에도 그 아픈 중에도 예배당에 가지 못한 것을 후회하는 심리를 생각하고 가슴을 에는 것같이 불쌍하였다.

"어머니?"

"왜—"

"나 낫거던 금 글씨 박히고 거죽 새까만 성경책 하나 사주오."

"오냐, 어서 나아라. 낫기만 하면 어머니가 무엇이든지 사주마. 염려 말고 나아라."

하고 위로하였다.

인원은 다시 입을 열어

"복동福童이는 그런 좋은 책을 가졌는데, 좀 보여달라니까 안 보여준다오. 나는 나는, 그 성聖…… 성……."

하더니 그 말을 채 마치지 못하고

얼굴이 해쓱 모주름을 바싹 쓰더니 위아래 이를 바싹 악물고 눈을 반반히 뜬 채로 운명한다.

김 부인은 온 천지가 일시에 무너지는 것같이 북받쳐 나오는 설움에 쏟아져 나오는 눈물을 치맛자락을 들어 씻으며 바른손으로 인원의 뒤집

어쓴 눈을 내려 쓸며

인원아— 너도 그만 가니—

이 어미는 누구하고 살라고…… 흑…… 흑……

그 가지고 싶어 하든……

그만 목이 메어서 말을 이룰 수 없다.

'하…… 하…… 하늘에 계신 아버지시여. 어린 인원의 영혼을 취하시옵소서.'

한참 동안 걷잡을 수 없이 쏟아지는 눈물은 앳되고 앳된 인원의 죽어가는 얼굴에 똑똑 떨어진다. 그러나 아무 사정 없는 죽음은 무정하게도 인원의 목숨을 뺏어 갔다. 인원의 어린 입술이 마지막으로 바르르 떨면서 그의 실낱같은 목숨은 끊어졌다.

창외窓外의 세우細雨는 소소히 내리고 온 세상은 깊은 꿈속에 잠겨 있다.

어느 청명하게 개인 날이라 평상시와 같이 김 부인은 새 옷을 꺼내 입고 예배당에 갔다. 강단 위에 나타난 목사는 평일에 보던 목사는 아니었다. 고개를 돌려 생각해보고자 하였으나 아무래도 생각이 나지 아니한다. 그의 풍채는 늠름하고 그의 태도는 엄숙하였다. 백의白衣를 입은 일위一位* 노인, 도도한 진리를 말해 내려가다가, 죄 많은 세인世人들아 너희의 정욕과 생사를 위하여 기도하지 말라고 탁자를 두드리며 부르짖는 소리에 놀라 깨니 예배당은 간 곳 없고 텅 빈 방에 근심이 가득한 등잔불만 침침한데, 인원의 시체만 말없이 누워 있을 뿐이고 만호천문萬戶千門**의 새벽을 보하는*** 닭의 소리만 그윽이 들려온다.

* 한 사람의.
** 수많은 사람들의 집.
*** 알리는.

그 이튿날도 여전히 태양은 이 세상에 하루 동안 되는 일을 보아야 하겠다는 듯이 동에서 떠서 서으로 향하여 넘어간다.

김 부인은 금 글씨 박힌 성경 한 권을 사서 인원의 가슴 속에 넣어서 북망산北邙山* 한구석에 외로이 묻었다.

—《신여자》, 1920. 3.

| * 무덤이 많은 곳이나 죽은 사람을 묻는 곳. 중국의 베이망산北邙山에 무덤이 많았다는 것에서 유래함.

나는 가오[*]

우촌雨村[**] 선생님— 조선에 제일 큰 도회가 경성京城이라고 하지마는 동에서 서, 남에서 북이 십 리가 못 되는 곳에서 몸을 멈추고 뵈옵지 못한 지 벌써 반달이 넘었나이다. 세월이 가는 것도 속速하거니와 인사人事의 덧없는 것도 한량이 없나이다. 그동안이라도 한번 가서 잡지《신여자》편집에 대하여 여쭈어볼 말씀도 많이 있었지만 이런 일 저런 일에 자연히 몸이 매여 출입이 넉넉지 못하고 겸하여 조그마한 잡지라도 편집에 관계하게 된 뒤로는 고만 분주하여 와주시기만 바라고 여태껏 선생님에게 인사 차릴 걸음을 얻지 못하였사오니 여러 가지 불민한 일을 만만용서萬萬容恕하여주심을 바라나이다.《신여자》제2호도 거의 편집이 다 되어 인쇄소의 손만 거치면 조고마한 여가가 있을 듯하오니 그때에는 만사를 제除하고 선생님을 한번 찾아뵈오려고 하나이다. 선생님을 뵈옵기 전에

[*] 저자가 '한입'으로 되어 있으나 김일엽의 필명인 일엽一葉을 연상시킨다.
[**] 우촌은 극작가 진종혁秦宗爀의 필명이다. 1925년《조선문단》에 「구가정이 끝날」이라는 작품으로 등단한 이래 1950년까지 「바다의 남편」, 「망향」, 「보검」, 「왕소군」, 「죄」, 「파도」 등 낭만적이고 환상적인 작품을 발표했다. 생몰 연대와 전기적인 면이 자세히 알려져 있지 않으나 당시 김일엽과 친분이 있었던 것으로 보인다. (이상진, 「김일엽 소설 연구」,《문학과 의식》, 1994. 가을, 134쪽)

이러한 부질없는 글을 선생님에게 올리려 할 때에 먼저 두서너 가지 생각나는 것이 있나이다. 선생님이 이 글을 보실 때에 첫째는 쓸데없는 부질없는 말이 육호문六號文에도 가치 없는 것이요, 둘째는 독자에게도 별로이 재미있게 보이지 못할 것이요, 셋째는 겨를 없이 바쁘신 선생님에게 얼마나 많은 괴로움을 끼치게 되는지요. 이러한 생각이 이 글을 쓰기 전에 가슴에 가득하여 제가 쓰면서도 붓끝 가는 향방을 모르겠나이다.

우촌 선생님— 양춘 3월에 천지가 새롭고 백화가 만개한 이때에 이러한 애화哀話를 쓰지 않을 수 없는 동시에 이러한 사실을 선생님에게 공개치 아니치 못할 경우에 이름을 가슴 가운데 저리게 생각됨이 많삽나이다. 그러나 선생님도 또한 이 글을 보시고 한 줄기 동정의 눈물을 금치 못하실 줄로 아옵나이다. 그뿐만 아니라 이 넓은 세계에 얼마나 많은 청년 남녀가 아름답고 꽃다운 연애의 고통을 받으며 차고 비참한 속세악풍俗世惡風에 번고煩苦를 당하는지. 이가 선생님의 일고—顧를 원하는 바이올시다. 세상에 자칭 도학자들은 연애를 구수仇讎*같이 생각하고 사갈蛇蝎**같이 보지마는 과연 우리가 생각하고 경모敬慕하고 흠앙欽仰하고 존숭尊崇하는 연애는 도학자류의 간평看評하는 연애와 같은지요! 롱펠로***는 노래해 가로되 하늘에는 별이 있고 바다에는 진주가 있으며 나의 가슴 가운데에는 따뜻한 연애의 흐름이 있다고 하였습니다. 선생님! 과연 그렇지 않습니까? 누가 청년 남녀의 전체는 연애라고 하였삽는지요? 이에 쓰고자 하는 주인공도 이 연애에 싸이어 여러 가지 처풍참우凄風慘雨****에 얼마나 애훕*****는 로맨스를 지었는지요.

* 원수.
** 뱀과 전갈.
*** 미국의 시인인 헨리 워즈워스 롱펠로Henry Wadsworth Longfellow(1807~1882). 「인생 찬가A Psalm of Life」, 「에반젤린Evangelne」 등의 시로 알려져 있음.
**** 찬 바람과 애처로운 비. 좋지 않은 날씨나 몹시 처량하고 비참한 처지.
***** 애훕다. '슬프다'의 뜻.

우촌 선생님— 간 겨울 쌓인 눈이 어느덧 다 스러 없어지고 국숫발 늘어놓듯 한 버들가지에도 미구未久에 푸른 장막을 이루게 된 늦은 봄 어느 날 밤에 의외에 이삼二三 성상星霜*을 도무지 만나지 못하던 장경자張慶子라는 동무를 만났나이다. 서로 한선寒喧을 베풀기 전에 우리들은 서로 손목을 붙잡고 묵묵히 앉았는 가운데 방울방울 떨어져 옷깃 적시는 눈물을 한참 동안 뒤에 서로 알았나이다. 옷깃을 적시는 이 눈물이 어떠한 의미가 있는지, 오랫동안 보지 못하던 동무를 뜻밖에 만난 회구懷久**의 눈물인가요? 그것도 아닙니다. 그러면 경자의 가정에 일어난 여러 가지 파란, 불화, 학대, 파산, 분열을 생각하는 동정의 눈물인가요? 그것도 아니에요. 차고 쓸쓸한 세태 인심이 가장 연하고 여린 순결한 처녀를 얼마나 농락하였나 하는 동감의 눈물입니다. "약한 자여, 네 이름이 여자로다" 한 셰익스피어의 말이 결코 새로운 글구가 아닌가 하나이다. 언제나 우리 여자들도 이러한 말에서 벗어날는지요? 가까이 강근强近의 친親***이 없고 멀리 지우知友가 많지 못한 경자는 여자의 나이가 삼십이 넘어 1세기의 반이나 지난 노경老境을 바라보는 이때까지 호올로 구구한 생명을 보전하고 지나옴은 무엇을 인연함인가요? 피눈물에 싸인 장경자도 어릴 적부터 불행한 사람은 아니었나이다.

　경자는 지금부터 30년 전 신묘 3월 17일 늦은 달빛을 띠고 경성 남촌의 유복한 장張 부령副領****의 집에 태어났나이다. 장 부령은 당시 군수로 지방에 부임하고 집에는 다만 그 모친 김 씨와 하속들뿐이었나이다. 장 씨와 김 씨 사이에 나이가 오십 줄에 들도록 슬하에 일점 혈육이 없다가 처음으로 경자를 낳았으니 아들이 아니라고 다소 섭섭은 하였지마는 내

---

* 한 해.
** 회고.
*** '강근의 친强近之親'이란 '도와줄 만한 가까운 친척'을 의미.
**** 대한제국 때 군인 영관 계급의 하나.

뼈와 내 피를 받아 난 자식이 다를 리가 어데 있겠습니까. 지방에 있는 장 군수도 이 소식을 듣고는 그 부인에게 한없이 즐거운 편지가 여러 번 왔습니다. 그러나 행복스러운 가정이 길래* 계속지 못하였습니다. 경자가 두 살 적에 그 아버지가 군수도 갈려 오고 집안도 차차 비운이 들어오는지 경자의 모친 김 부인이 우연히 병이 들어 1년이나 신음하다가 경자의 열두 살 때에 하늘 밑 땅 위에 둘도 없고 오직 하나인 경자를 두고 영영 불귀의 사람이 되었나이다. 군수로 갈려 온 장 씨는 그 후 군대에 입참入參하여 부령으로 있다가 그 부인이 별세한 후에는 군직을 버리고 세상에 뜻이 없어 집에 들어앉았으니 조선祖先 전래로 내려오던 유산은 점점 틈이 나서 기울어가는 중에 다시 얼치기 사람 하나를 얻어 집을 맡기었더니 성질이 어질지 못한 박씨 부인은 치가治家의 상서祥瑞치 못한 일이 많은 중 경자를 학대하는 행동이 날로 달라갈수록 경자의 어린 마음에는 그 죽은 어머니 생각이 더욱 간절하였습니다. 이러한 여러 가지 가정상 자미 없는 일을 장 부령도 전혀 모르는 바는 아니나 만일 전처의 딸 경자를 역성하였다가는 좋지 못한 박씨에게 감정만 사면 가정의 좋지 못한 일이 더욱 많을 줄을 알고 알아도 모르는 척 몰라도 모르는 척하고 지내나 경자의 신세와 망처亡妻의 조강糟糠의 공功**을 생각할 때마다 장부의 눈에서 떨어지는 눈물을 남모르게 받아낸 적이 많았습니다.

우촌 선생님— 아무리 아버지의 정이 많기로 대범하신 아버지의 정이 자애하신 어머니 정에 비할 수 있습니까?

경자의 고독한 마음이 날이 가고 달이 갈수록 깊은 구렁이에 물 모이듯이 더욱더욱 깊어갔습니다. 장 부령도 경자에게 대한 생각이 많아 경자의 열다섯 되던 봄 행화杏花는 이미 떨어지고 도화는 아직 피기 전 양

---

* 오래도록 길게.
** 가난하고 변변치 못할 때를 함께 견뎌준 아내의 공.

춘 4월 말에 일본 동경東京 고지마치구〔麴町區〕* ○○여학교 교장에게 위탁하여 이역만리에 쥐면 꺼질까 불면 날까 애지중지하고 장중지주掌中之珠 같이 생각하는 무남독녀의 경자를 데리고 부산 연락선 부두까지 보내고 돌아왔습니다. 장 부령이 경자를 보내는 전송사餞送詞는 가장 간단하였습니다. 경자의 손을 잡고 "경자야 너의 팔자 기구하므로 일찍 어머니를 이별하고 애비 된 나도 치산治産의 적당한 사람을 못 얻어 여러 가지 일로 슬하에 오직 하나인 너를 만리타국에 혼자 보내니 가는 너도 무한한 슬픔이 있겠거니와 다만 나의 바라는 바는 애비의 불민한 것을 괘념치 말고 열심히 공부하여 후일 우리 조선 여자 사회에 이름이 있기를 바란다" 하는 평범하고 간단한 두어 마디 말뿐이었습니다. 그러나 그 평범한 말 가운데도 경자의 모르게 흘리는 눈물을 감추기에 어쩔 줄 몰랐습니다. 정한 시간이 되매 무정한 연락선은 경자를 실어 담고 뱃머리를 돌리어 한없는 바다 가운데로 연기만 뒤로 두고 흔적을 감추었습니다. 이제 가는 이 길이 경자의 천추千秋에 유감 되는 연애의 애사를 지을 주인공을 실은 줄이야 신이 아닌 사람이 어찌 알았겠습니까? 경자가 여학교에 입학하여 기숙사에 있을 때에는 물론 일본 말도 몰랐고 일본 풍속 일본 음식에 하나도 아는 것이 없었습니다. 상학 시간이 되면 한쪽 구석에 앉아서 선생이 무슨 말을 하는지, 배우는 것이 무엇인지 모르고, 하학종을 치면 다른 여러 생도와 같이 운동장에 서 있다가 상학종 소리만 나면 또다시 교실에 들어가 앉을 뿐이었습니다. 이러할 동안에 여러 동창생들은 경자가 어느 지방 사람인지 나이 몇 살인지 하나도 아는 이가 없었습니다. 이것은 물론 경자가 일본 말을 잘하여 외국 사람인 줄로 모른 것도 아니요, 풍속과 습관에 익어서 행동을 모른 것도 아니 옳다. 다만 말 모

| * 오늘날의 일본 동경 치요대千代田구 일대.

르는 경자는 여러 생도와 가까이하지를 아니한 것이요. 여러 생도는 설마 외국 여자가 동반同班에 있거니 하고 그 행동을 주의하지 않은 까닭이올시다. 그러나 때가 가고 날이 가 하루 이틀 일주일 이 주일이 못 되어 경자가 조선 여자인 줄 알게 되었습니다. 그 후부터 친절한 동무는 말도 가르쳐주며 글도 가르쳐주고 어떠한 동무는 이상스러운 눈동자를 돌리어 조선 사람도 대단히 어여쁘다, 연소한 여자의 몸으로 외국에 공부하러 온 것이 장한 일이다 하여 방관적 태도도 가지고 있고, 어떤 학생들은 웃고 비방하는 생도도 있었습니다. 그러나 경자는 남이 비웃는지 욕을 하는지 모를 뿐 아니라 설혹 알더라도 관계할 것 없이 하는 공부나 하고 모르는 척하였습니다. 가는 세월이 물결과 같아서 달 가고 해 가서 경자가 일본 온 지 4년 된 열여덟 살 되기까지는 아무 다른 탈 없이 공부도 잘하였고 그 부친의 소식도 한 달에 두 번씩은 세상없어도 들었으며 일본 말이라든지 일본 예법에도 거칠 것 없이 공부에 자미가 나서 나도 열심히 공부하여 우리 조선 여자계에 새 사람이 한번 되어보겠다고 결심한 바가 많았습니다.

우촌 선생님— 세상에 길고도 짧은 것은 사람의 일생이요, 좋고도 궂은 것은 인생의 고락이올시다. 거칠고 험한 운명의 물결은 경자의 약하고 연한 몸을 배에 싣고 그대로 곱게 건너가게 아니 하였습니다.

한 달에 두세 번씩은 세상없어도 의례히 그 부친의 소식을 듣더니 이해 여름부터는 편지 오는 동안이 사이가 많이 떴습니다. 경자는 여러 가지로 걱정 근심이 첩첩하여 강당에 들어가도 선생의 말이 들리지 아니하고 밤이 들어도 잠이 아니 오고 밥때가 되어도 쌀알이 목에 넘어가지 아니하였습니다. 한 달이 가고 두 달이 가도 학비 오기는 고사하고 이렇단 편지 한 장이 없었습니다. 다달이 내는 월사月謝도 못 내고 기숙비도 내지 못하니 여자의 마음에 자연 계면쩍은 마음이 같이 있는 사람의 눈치도 보이는 것 같고 선생이 싫어도 하는 것 같아서 일시一時를 기숙사에 있기 싫은 병이 났습니다. 그러나 밀린 밥값도 줄 길이 없고 설혹 기숙사에 밥값은 못 주더라도 곧 기숙사를 벗어 나가면 갈 곳도 없고 있을 곳도 없는 경자는 미움을 받으나 괴로움을 겪으나 하늘에도 땅에도 의지할 곳 없는 신세가 오직 그 부친의 소식만 기다리고 있을 뿐이었습니다.

석 달 열흘 되던 날 천만의외에 그 부친의 편지가 왔습니다. 편지 내용을 보기 전에 겉봉만 보고 경자는 청천백일青天白日의 벽력을 맞는 듯이 눈이 캄캄하여지고 손이 떨려 편지를 뜯지 못하다가 손으로 가슴을 눌러 한참 진정한 후에 그 피봉을 다시 보았습니다. '○○ 감옥 내 평서平書'라 쓴 것이 분명하였습니다. 놓았던 편지를 또다시 들고 떨리는 손을 다시 진정하여, 자세히 보니 별말 없는 간단한 구사句辭가 가운이 불행하여 남의 보保*를 섰다가 재산은 전부 집행을 당하고 남의 일에 관섭關涉** 되어 사기취재詐欺取財라는 죄명하에서 미결수로 있으니 사건이 차차 변명이 되면 무죄 될 줄은 아나 그동안 너의 학비는 보낼 길이 없으니 만사를 알아 조처하라는 의미의 말이었습니다. 경자가 이 편지를 보고 일층 더 놀랐습니다. 첫째는 그 부친의 걱정! 둘째는 자기 목하의 형편! 이날부터 기숙사에서 몸이 아프다고 칭탁稱托***하고 밥도 아니 먹고 잠도 아니 자고 여러 가지로 생각한 결과 그 아버지가 비록 무죄히 나온다 하더라도 약간의 재산은 이미 집행을 당하였다 하니 하던 공부도 계속되지 못할 것이요, 그동안이라도 수중에 척푼隻分**** 없이 어찌 내갈까 하는 마음은 경험 적은 여자의 마음에 죽는 것이 제일 상책이라고 생각하였습니다. 죽어! 죽어! 인생의 제일 처음 당하는 일이오. 제일 끝 가는

* 보증.
** 어떤 일에 참견하고 연관됨.
*** 사정이 어떠하다고 핑계를 댐.
**** 몇 푼 안 되는 돈.

자살!

우촌 선생님— 경자의 행동이 너무 경솔하지 않습니까? 그러나 다만 경솔하다고 속단하기 어려운 일이올시다. 적으나 크나 죽기까지 결심한 그 경로는 결코 방관자의 용이히 단평短評할 수 없는 줄 생각합니다. 구단九段*에서 고토바시〔江東橋〕 가는 전차를 타고 한참 가면 큰 강가에 갈 수가 있습니다. 그 강을 스미다가와〔隅田川〕**라고 합니다. 초가을 오솔오솔 추운 9월 그믐께 솜옷은 아직 이르고 겹옷은 조금 추울 때에 경자는 스미다가와 강가에서 울었습니다. 몸을 날려 강에—스미다가와에 떨어지려고 할 때에 귀신인지 사람인지 일본 말로 "키―〔危イ〕!"***라는 말이 마치기 전에 어느덧 그 사람의 손이 경자의 어깨 위에 얹혔습니다. 서로 일본 말로 오가는 언사가 이상현李尙賢이도 경자가 조선 여자인 줄을 몰랐고 경자도 이상현이가 조선 유학생인 줄은 꿈에도 뜻하지 못한 일입니다. 이것이 두 청년 남녀의 인연일까요?

경자로 하여금 삼십이 되도록 혼자 있게 된 오늘까지 적잖은 업원業寃****이었습니다. 이날 밤부터 경자는 이상현의 있는 하숙옥 한짝 구석방에서 따로이 있게 되었습니다. 이 씨가 경자의 전후 내력을 듣고 가슴에 있는 마음의 전부를 쏟아 동정을 다하였습니다. 만일에 나의 힘으로 경자 씨의 일이 피이고 그대의 아버지 일까지 무사히만 되면 이것이 곧 내가 대학을 졸업하는 것보담도 자랑으로 알고 성공으로 안다고 진심껏 경자의 마음을 위로하였습니다. 그러나 결코 이 씨의 마음은 경자에게 야심을 둔 것은 아니올시다.

경자의 과거에 동정하고 현재에 가련히 생각한 그 고마운 마음은 제

* 현재 일본 동경 치요다구 일대.
** 도쿄 기타 구에서 아라카와 강의 서쪽으로 갈리고 간다 강과 합류하여 도쿄 만으로 흘러드는 강.
*** "위험해—"
**** 전생의 죄로 말미암아 이승에서 받는 괴로움.

일착수第一着手*로 경성에 있는 친구에게 편지를 보내어 장 부령의 형편을 자세히 알아 보내라고 하였습니다.

속續

우촌 선생님— 여태껏 적어온 것은 평범한 중에도 평범한 사실이올시다. 간단한 경자의 내력뿐이었습니다. 그러나 이 씨와 경자 사이에 어떠한 일이 있었는지요? 아마도 이것이 정작 우리가 듣고자 하고 알고자 하는 일인 줄로 아옵니다. 그러면 이 두 청년 남녀 사이에 무슨 일이 있었나요? 이 씨가 고국 어느 친구에게 장 씨의 형편을 알아 보내라고 편지를 부친 지 보름이 못 되어 그 친구에게서 답장이 왔습니다. 그래 장 씨가 옥에 갇힌 것은 큰 죄는 아니요 또 주선만 잘하면 용이하게 일이 피일 사건인 줄을 알았습니다. 사람의 운수가 비뚤고 액살이 비치면 대수롭지 않은 일에 관재구설官災口說**이 있고 탕패가산蕩敗家産***을 하는 것이 올시다. 장 부령이 시속 세태에 까다롭지 못하고 박하지 못하여 마음이 착하고 어진 까닭으로 주위의 못된 사람들이 감언이설로 꾀이어 남의 수중에서 사업도 한다고 하다가 실패를 보고, 연대連帶 원장圓章****도 쳐서 지녀오던 재산도 탕진하고, 못된 사람의 사기설계詐欺設計에 뒷원장圓章을 쳤다가 당자는 도주하여 몸을 감추고 다만 장 부령만 걸려들어 옥중에서 고생하는 것까지 이상현이 알았습니다. 욕보게 된 사기 금액은 그처럼 많은 돈이 아니고 천 원 내외 되는 것까지 알았습니다. 그러나 만리 이역

* 가장 먼저 시작한 일.
** 관청에서 비롯된 재앙과 시비하고 헐뜯는 말.
*** 가산을 탕진함.
**** 둥근 도장.

의 학창에 일개 초초草草*한 서생으로 근 천 원 돈이나 되는 것을 변통한다는 것은 그렇게 용이한 일은 아니었습니다. 이리 생각 저리 생각 밤에 잠을 못 자면서 어찌하면 장경자를 구할까 어찌하면 장 부령을 구할까 하는 이 두 가지 생각이 이 씨에게 지금 제일의 문제요 제일 많은 번민이었습니다. 우연히 장경자를 스미다가와 강가에서 구한 것은 장경자의 죽을 목숨을 하늘이 나로 하여금 구하라고 명령하신 바라, 이것이 무슨 전세前世의 인연인지는 알 수 없으나, 이미 경자를 구하려 하면 그 부친 장 부령을 아니 구할 수 없다는 생각이 시시각각 주야를 불관하고 이 씨 가슴을 떠나지 아니하였나이다.

그러나 천 원 돈을 어떻게 변통할까 어디서 구할까 아무리 생각하여도 본국에를 나아가야 어떻게든지 주선을 하겠다고 귀국하기로 결심을 하였습니다. 그렇지만 귀국을 함에 경자를 데리고 가지는 못하겠고 두고 가자면 자기가 무슨 일로 귀국하는 이유를 말하고 저의 부친으로 하여 외로이 울고 앉았는 장경자를 안심을 시키고 마음을 놓도록 말을 하지 않을 수 없다고까지는 생각을 하였지만 그렇다고 경자의 아버지를 구하러 간다고도 말할 수 없어 긴급한 자기 집 가사家事로 잠깐 다니어올 것이니 그동안 아무 염려 말고 잘 있으라고 간절히 부탁한 후에 이 씨는 곧 떠나 경성으로 돌아왔습니다. 경성으로 오기는 하였으나 물론 자기 집에서 오라고 한 것도 아니요, 방학 때도 아니라 무엇이라고 집에 들어갈 구실이 없었습니다. 생각다 못하여 어느 친구의 집에 몸을 잠깐 머무르고 제일 첫 문제로 돈을 변통할 경륜經綸**을 각처에 주선하여보았으나 용이히 될 가망이 도무지 없었습니다. 큰 재산가도 아니요, 현재 실업가도 아

* 갖출 것을 다 갖추지 못하여 초라함.
** 계획.

닌 이 씨를 누구든지 신용하고 경변輕邊*으로 돈을 주려고 하는 이가 있겠습니까. 그리고 물 흐르듯 하는 일자는 장구한 시일을 기다려 이 씨가 돈을 변통할 때까지 사법관은 장 부령을 미결로만 두지 아니하려 합니다. 그러니 장 씨의 일을 날로 탐지하고 있는 이 씨는 하루가 급하고 일시가 바쁘게 돈 변통할 일에 가슴을 무한히 졸이다가 필경은 고리대금이라도 쓰려고 하였습니다. 그래 어떤 고리대금인에게 이천 원 수형手形**을 써놓고 삼 할의 육백 원을 제한 후에 매삭 오 푼 이자를 주기로 하고 돈을 얻었습니다. 사람의 피라도 법률만 용서하면 빼어서 먹으려고 하는 고리대금업자는 이 돈을 줄 때에 이 씨의 노친의 가진 재산의 반분半分은 이미 자기 것인 줄로 생각하였습니다. 이 씨의 이 돈을 아는 김 변호사에게 위탁하여 장 부령을 무사히 방면하도록 하여놓고 그 길로 바로 동경으로 돌아왔습니다. 하루를 멀다 하고 기다리고 바라던 경자는 무사히 이 씨가 돌아온 것만 반가이 알고 저의 부친을 구하러 간 줄은 조금도 몰랐습니다. 하루 가고 이틀 가고 날로 가고 달로 가는 세월은 어느덧 그 겨울이 다 가고 봄이 돌아왔습니다. 이렇게 세월이 갈 때에 동경에 있는 유학생 친구 간에 하나 둘 차차 이 씨가 어떤 여자를 데리고 있는 줄을 알게 되었습니다.

우촌 선생님— 세상에 남의 일에 구태여 험담을 하기 좋아하며 한 끗을 보면 기어이 열 끗을 자아내려 하는 것은 지금이나 이전이나 조금도 다르지 않은, 이른바 세태라는 것입니다. 그 친구들의 입으로써 이 씨의 말이 나자 한 입 걸러 두 입 걸러 전반全般 유학생이 모두 알게 되었고 필경은 해륙海陸 만 리를 격한 이 씨 부친의 귀에까지 들리게 되어 하루는

---

* 낮은 이자.
** 어음.

그 부친에게서 엄책하는 편지가 왔습니다. 풍설을 들으니 네가 공부는 아니 하고 어떤 계집을 작첩하여 동거한다 하니 그런 도리가 어디 있느냐는 의미를 쓰고 그 끝에 곧 귀국하라는 말이 적히었습니다. 이 씨는 이 편지를 보고 놀라 즉시 사실이 없음을 무수히 변명하고 또 졸업이 불원하였으니 업을 마친 후에 귀국하겠다는 말로 답장을 보내었습니다. 그러나 완고한 그 부친은 그 편지만 보고 안심하지를 아니하였습니다. 그달부터는 매삭 50원씩 오던 학비가 반이 줄어 겨우 25원밖에는 오지를 아니하였습니다. 그 부친이 학비를 반감하는 이유는 편지에 기왕 공부도 아니 하고 작첩하고 있다니 공부 아니 할 바에는 학비라는 명목은 있을 까닭이 없고 보내던 돈을 졸지에 아니 보내기는 어려워 이것만 보낸다는 의미가 쓰여 있었습니다. 아무리 당시 물가가 현금現今보다는 헐하였을지라도 50원 돈으로는 둘이 쓰기에는 오히려 너무 부족하여 곤란이 막심한데 어찌 그 반을 줄여 25원을 둘이 지내어갈 수 있었겠습니까. 이는 도저히 되지 못할 일이었습니다. 그때 이 씨가 경자를 데리고 있음은 무슨 별다른 야심이 있어 그러함이 아니라 단지 남자의 의협심으로 갈 데 올 데 없는 외로운 경자를 그냥 보내기는 사람으로 차마 못할 일이요, 졸업 전에 귀국한다는 것도 또 할 수 없는 일이라. 이 씨는 생각다 못하여 동경 시외의 어느 곳에 집 한 채를 얻어 둘이 자취 생활을 하였습니다. 경자는 이 씨가 현재 이러한 곤란에까지 빠짐을 보고 이는 모두 나 때문이거니 하여 고마웁고 감사한 마음이 골수에 사무치었습니다. 이는 경자 되어는 당연한 일이겠지요. 이와 같이 이 씨와 경자가 자취 생활을 하게 된 후로는 더욱이 서로 의지하고 서로 바라는 마음이 간절하여지는 중에 경자는 이 씨에 대한 감사한 마음, 그 은혜를 어떻게 갚을까 하는 마음이 마침내 연애의 꽃봉오리를 가슴속에 맺게 되었습니다. 이 씨는 한번 우연히 경자의 몸이 물에 빠지려는 것을 구한 후에 남자의 협기로 그 부친의 애매히 욕보는 것이 또한 가엾어 불의不義의 빚까지 얻어 구한 것이요 결코 처음부터 털끝만치라도 세상의 저 경박輕薄 소년과 같이 결코 경자를 자기의 애인을 만들려고 하는 마음은 없었습니다. 그러한 것이 한 달 지나고 두 달 지나고 차차 세월이 가는 동안에 경자의 위인이 백모에 한 군데 흠잡을 곳이 없이 얌전함을 보고 나도 후일에 경자 같은 아내를 얻어 이상理想의 가정을 이루어보리라는 생각이 나기 시작하였습니다.

우촌 선생님— 사람이라고 하는 것은 마음이 같고 처지가 같고 경우가 같을수록 서로 친밀해지는 것이요, 가련한 때와 불쌍한 때에는 다른 때보다 일층 더 동정을 요구하고 감사를 많이 바라는 것이올시다. 그러므로 이 두 사람은 자기네의 처지가 고단함을 따라 그 두 마음은 서로 차차 접근이 되어갔습니다. 그리는 데다가 한편으로는 생활의 곤란이 날로 심하여지면서 돈 쓸 곳은 점점 많아지고 이 씨 부친의 서신은 올 때마다 어서 귀국*하라는 말뿐이었습니다. 그렇지마는 이 씨는 어떻게 생각을 하였는지 학교의 틈을 타서 사자생寫字生** 노릇도 하고 경자는 지대紙袋*** 를 말아가면서 서로 생활의 부족을 보태어 지내갔습니다. 둘이 이러한 생활을 계속할 동안에 모든 압박과 비난이 한두 번이 아니었으나 동정이 연애로 변하고 감사가 사랑으로 화한 두 사람의 사이에는 세상에 두려울 것이 없고 남의 모르는 비평을 괘념할 필요가 없었습니다. 그러나 현재 이 씨는 학비의 부족으로 연한 신경에 한없는 번민이 일어나고 자기 부친에게 눈 밖에 나다시피 하고 같은 학생들에게는 비난을 들으며 앞으로는 경자의 가련한 신세를 어떻게 할고 하는 이 씨는 고통이 없다고는 할수 없었습니다. 그래 하루는 이 씨가 경자에게 한 말이 있었습니다. 이것

---

* 원문에는 '패국敗國'이나 이는 '귀국'의 오식으로 판단됨.
** 글씨를 베껴 써주는 일을 직업으로 하는 사람.
*** 봉지.

은 이 씨가 자기의 마음을 위로하고 경자의 마음을 안위하기 위하여 일종의 사랑이라는 것이 온 세상에 무엇보다도 신성하고 좋은 것이라는 이야기였습니다—

—뉴욕(유육紐育)*이라 하면 웬 세상 사람이 누구도 아는 미국米國 제일의 도회지요 그곳으로부터 한 수십 리 밖 어떤 촌락의 언덕 위에 수십 년 내로 기다幾多의 학생을 훈육하는 어떤 유명한 대학교가 있었습니다.

이 이야기는 지금으로부터 한 40여 년에 일어난 이야기올시다. 그때에 이 대학교 안에 L과 K라고 하는 두 수재가 있었는데, 두 수재는 그 재주가 모두 여러 학생에게 뛰어나서 재동才童이라는 이름을 들었습니다. 그러나 학문은 K가 L을** 당치 못하였습니다. 그는 K가 L보다 재주가 떨어져서 그런 것이 아니요, 다 같은 재주를 가진 사람이라도 자기의 처지와 경우를 따라 각각 다른 까닭입니다. 두 사람은 친우이었습니다. 그런데 K라는 사람은 버지니아*** 주의 향리 출생으로 호농豪農의 자제요 양친과 쾌활한 누이동생을 둔 호운아好運兒이었으나, L은 넓은 천지에 의지할 곳 없는 외로운 사람이었습니다. 은근히 저 낙일서산落日西山의 주인 없는 무덤에서 제 신세를 생각하고 울던 사람이었습니다.

이 두 사람은 학생 생활의 최후 하기휴가를 당하여 L은 K의 청대請待로 K의 집을 방문하게 되었습니다.

그 이튿날 가방을 든 두 사람은 어깨를 맞추어 교문을 나왔습니다. 물론 40여 년 전이라 지금같이 편리한 기차가 많이 있지 못하고 함짝 같은 마차가 기구같이 가벼운 두 사람을 실어다가 K의 집에 갖다가 놓았습니다.

---

* ニューヨーク. '뉴욕'의 일본어 음차 표기.
** 원문에는 'L는', 'L를'로 되어 있으나 모두 'L은', 'L을'로 옮김.
*** 원문에는 '뻐아진니야'임.

L의 눈에 제일 먼저 띈 것은 K의 매제이었습니다. 나이는 18세가량이나 된 듯하고 얼굴은 백설로 써서 붙인 듯하고 그믐밤 별 같은 눈에 정채가 가득한 것이 자연으로 갈아 만든 듯한 천질天質에 사랑스러운 태도가 담아 부은 듯한 소녀이었습니다. 그 집안에서는 모두 L에게 초면이지마는 한 사람도 설면히* 구는 사람이 없고 더구나 그의 양친은 내 자식이나 다름없이 반기고 즐거이 맞아 그 모친의 인정스러운 눈에서는 즐거운 눈물까지 돌았습니다.

L은 세상에 떨어진 이후에 처음으로 내 집이라는 것을 본 것 같고 인생의 밝은 길을 찾은 것같이 생각이 들었습니다. L은 얼마나 K의 전 가족과 긴 하절의 이 휴가를 즐거이 알았을는지요?

아침밥을 먹은 후면 L은 보던 시집을 들고 그 집 정원 한편의 무성한 포플러 나무 밑 그늘 속에 있는 의자 가로 앉아 자기의 신상과 세상의 형편을 모두 잊어버리고 오직 현재의 즐거운 생활만 꿈에 어린 듯이……. 뜨거운 여름 볕은 녹엽에 비치어 그늘을 두텁게 하고 오고 가는 기이한 구름 봉오리는 떨어지는 놀에 물드는 경색景色보담도 L의 가슴을 떠나지 않고 머릿속에 스러지지 않는 것은 엔젤과 같은 K의 매제뿐이었습니다. 하루가 가고 이틀 가는 동안에 L은 남모르게 뜨거운 마음이 천진난만한 그 소녀에게 쏠리었습니다.

다만 L이만 그 마음이 그럴 뿐 아니라 K의 매제도 생각이 같았으니 처음에는 한갓 오라버니의 친한 친구니 그 오라버니와 같이 따르리라던 생각이 어느덧 연애로 변하였습니다. 그 태도는 아침 이슬을 머금은 월계화가 향기를 풍기는 것 같습니다.

버지니아의 어떤 여름날 밤 썩─ 고요하고 적적한 밤이었습니다. 때

69

때로 불어오는 서늘한 바람은 나뭇잎을 흔들어 부시럭거리고 멀리 들리는 개구리 소리는 생각 있는 L로 하여금 무거운 가슴을 안고 편안히 침상 위에 누워 있게 못 하였습니다. 일어나 넓은 정원으로 이리 거닐고 저리로 소요할 때에 다만 가슴에 떠올라 이는 생각은 오직 눈에 암암한 소녀였습니다. 하늘을 쳐다보아도 뜻 없이 깜박거리는 무수한 별도 그 소녀의 눈동자같이 보였습니다.

이때로부터 두 사람의 운명은 어떠한 경로를 지낼는지요? L은 참다 못하여 K에게 자기 가슴 가운데에 있는 뜨거운 마음을 토파吐破하여 두 사람 가운데는 하늘에 오를 듯이 땅에서 날 듯이 천지에 펼쳐놓고 인게이지멘트*의 인연을 맺었습니다.

한 해를 지낸 그 이듬해에 두 사람은 무사히 업을 마치고 사회의 거친 물결과 싸우게 되었습니다. 많은 졸업생 가운데도 더욱 반갑고 즐겁게 지내는 사람은 L와 K의 두 사람이었습니다. 그것은 대학 교수로 취임되는 것과 K의 매제와 결혼하는 것이올시다.

깊이 쌓인 눈이 언제나 스러질는지 모르는 정월 초순에 L과 K의 매제는 장엄한 결혼식을 하나님 앞에서 맹서하고 두 사람의 영한 행복을 빌면서 거행하였습니다.

그러나 알 수 없는 것은 우리 인생의 운명이올시다. 이 전도前途가 다행할 신랑과 신부가 신혼여행으로 먼— 지방을 향하여 출발하는 당일에 여러 사람들은 종이로 만든 각색 꽃을 던지면서 전도를 축복하는 그 분요紛擾** 통에 어찌 된 일인지 타고 있는 마차의 말이 놀래어 거꾸러지면서 마차에 탄 두 사람은 고만 차 밖에 떨어져 기절을 하였습니다. 몸에는 별로 상한 데는 없으나 신부가 혼수상태에서 깨어날 때에는 다시 고칠

---

* 약혼.
** 어수선하고 소란스러움.

수 없는 백치가 되고 말았습니다.

감개무량한 K의 양친도 L의 전정을 생각하고 가엾은 마음에 백치 여식과 이혼하기를 재삼이나 권고하였으나 L의 결심은 철석같이 굳었습니다. 하나님께 굳게 맹서한 그의 갸륵한 마음은 아무러한 힘도 미치지 못하였습니다. 그래 L은 가고 오는 춘추 40여 년 지금까지 백치의 부인을 지키고 외롭고 쓸쓸한 반생을 지내고 있었습니다.

이 씨가 경자에게 이러한 이야기를 하고 끝을 달았습니다. 사랑이라고 하는 것은 변치 아니하는 데에 가치가 있고, 잊지 아니하는 데에 아름다운 것이 있다 하였습니다.

우촌 선생님— 이 씨가 경자에게 이러한 말을 하고 뒤미처 경자에게 물었습니다. 경자 씨는 이러한 경우가 있다 하면 어떻게 생각하시나이까? 얼굴에 홍훈紅暈을 띠고 고개를 숙이고는 남녀의 모든 것은 사랑뿐이라고 대답*하였습니다. 지극한 사랑 밑에는 고생도 없고 슬픔도 없고 더러운 것도 없고 남부끄러운 것도 없는 줄 안다고 말하였습니다. 그러나 이 말이 후일에 경자 자신에 다닥칠 줄이야 어찌 알았겠습니까. 꿈에도 생각지 못한 바이올시다.

가는 세월은 물 흐르듯 하는데 두 해 동안을 곤란과 싸우면서 지내온 이 씨가 학교를 졸업하고 귀국할 때에는 경자도 이 씨가 내 남편 될 줄 알았고 이 씨도 경자가 자기의 아내 된 사람인 줄을 믿어 이 청춘 남녀는 각히 똑같은 일을 생각하고 있었습니다. 어찌하면 장래에 재미있는 가정을 조직할꼬, 어찌하면 단란한 생활을 할꼬 하는 생각이 가슴에 찼었습니다. 그리다가 장래에 양양洋洋한 즐거운 희망을 품고 같이 본국에 돌아와 보니 의외라고는 할 수 없지마는— 에 경자의 부친을 구하기 위하여

---

* 원문에는 '대곡大哭'이지만 이는 '대답'의 오식으로 보임.

빚내어 쓴 돈 이천 원이 그동안 변遷에 변이 가하여 오천 원이나 되고 그 고리대금업자는 이 씨가 돌아온 줄을 알고 성화같이 독촉을 하니 이 씨는 하도 가슴이 답답하여 처음에는 황황惶惶하여 어찌할 줄을 모르다가 하루는 틈을 타서 저의 부친에게 빚을 말하였더니 그 부친은 대번에 호령을 내리며 그것은 동경에 있을 때에 작첩하기에 진 빚이라고 갚아주기는 고사하고 큰 야단을 만난 적이 한두 번이 아니었습니다. 이 씨는 생각하였습니다. 부친이 빚을 갚아주지 아니할진대 그 무도한 독촉에, 견딜 수는 없고 목하의 형편이 자기의 단독 수단으로는 아무리 생각하여도 갚을 길이 없을 뿐만 아니라, 만일 내가 이 빚을 갚지 아니하고 매일 빚쟁이에게 졸리기만 하다가 혹 경자가 알게 되면 얼마나 미안히 여길까 하는 마음이 나면서 따라서 저의 부친의 벼름새*가 도저히 경자와 혼인할 수 없을 줄을 알고, 그 부친을 원망하면서 앞길의 양양하던 희망이 고만 절망이 되어 집을 떠나 어디로 달아나서 이러한 일 저러한 일을 모두 잊어버리려고 결심하였습니다.

하루는 이 씨가 경자를 찾아와서 다른 말 없이 나는 부득이 할 일로 인하여 만주 방면을 간다고 하였습니다. 경자는 무슨 일인지 알지는 못하겠으나 이 씨의 얼굴빛과 어조가 이상스러우므로 적지 아니 놀랐습니다. "그러면 언제나 돌아오시겠습니까?" 그 말밖에는 다시 물은 말이 없었습니다. 이 씨는 다른 대답 없이 "돌아올 때요? 글쎄요, 속하면 속하고요, 늦으면 늦겠지요! 경자 씨 평안히 계시오. 나는 가오!" 하고 만주로 떠나갔습니다. 참으로 만주로 갔는지 다른 곳으로 갔는지는 모르겠으나 이 씨가 이 조선 땅을 떠나간 지 보름 만에 이 씨의 부친에게 웬 수형 한 장이 내달았습니다. 그러나 자기가 수형을 진출振出**한 일은 없는 고로

---

* 벼르고 있는 모양.
** 어음이나 환換 따위를 발행함.

항의를 제출하고 지불을 거절하였습니다. 이것이 적지 않은 문제가 되어 이 씨의 간 곳을 수색하게 되었습니다. 그러나 간 곳을 알지 못하였고 이 씨만 다만 법률상 죄인이 되고 말았습니다. 이러한 법석이 일어나자 경자는 이 씨의 사건을 비로소 환연히 알았습니다. 처음 경자가 이 씨와 동반을 하여 본국에 돌아와 사면으로 탐문을 하여 저의 부친을 찾아보니 아버지 장 부령이 죽었던 딸자식이 다시 살아온 듯이 반가워 울면서 그간 풍상 겪은 이야기 끝에 자기가 옥에 갇혔을 때에 명부지名不知 이 씨의 힘으로 방석放釋이 되어 나왔으나, 그 이 씨가 무슨 일로 나를 빼어놓아 주었으며 그 이 씨가 어디 있는 사람임을 이때까지 알 수 없다고 하는 말을 들었음입니다. 경자가 이 말을 듣고 문득 이 씨의 소위인 줄 알고 동경서 이 씨를 만나던 자초지종의 말을 한 후에 아버님을 빼어논 것도 분명히 그 사람이니 나는 만분의 일이라도 그 사람의 은혜를 갚기 위하여 그 사람에게 시집을 가겠다고 하였습니다. 장 부령이 이 말에 두말없이 찬성을 하였습니다. 그 후 경자가 이 씨를 보고 저 아버지 빼어논 말을 물어보았더니 이 씨는 무슨 생각이던지 이를 부인하였습니다. 그래 경자는 지언가 미언가 하여 일단 의심을 풀지 못하고 있다가 이 사건으로 말미암아 비로소 알고 그 의기에 감동하여 울었습니다.

우촌 선생님— 인생은 감의기感意氣라고 오늘날 경자가 삼십이 넘도록 처녀로 있으며 생사를 알지 못하는 이 씨를 생각하고 정절을 지키면서 저 천애天涯*만 바라보고 울고 있는 것이 참으로 괴이치 아니한 일이라 하겠나이다. 그러나 이것이 연애의 도정途程에 잠깐 일어난 바람이겠지요. 그 바람이 잔— 오늘의 경자는 순결한 연애뿐이올시다. 얼마나 그 마음 가운데 아름답고 슬픈 정서를 품었는지 경자는 울고 말하더이다. "사

| * 하늘 끝.

랑이라는 것은 변하면 못쓰니라" 하고요. 저는 비옵니다. 아무쪼록 이 씨의 몸에 어서 행복이 돌아와 경자와 반가이 만나보고 "나는 가오" 하던 그 입으로써 "나는 왔소" 하고 즐거운 가정을 조직하기를요. 하나님이시여 이 청년 남녀에게 복을 내리옵소서.

— 《신여자》, 1920. 4~5.

어느 소녀의 사死

1

종로경찰서 2층 위 원탑圓塔*의 시계는 10시를 가리키는데 지금 막 동대문 편으로서 종각 모퉁이 정류장에 도착한 연병장練兵場**행의 전차가 있다.

전차가 딱— 정차를 하더니 오르고 내리는 사람에 한참 분잡紛雜하다가*** 차장의 두 번 종소리에 전차는 동한다.

그 차 안에는 황황煌煌한 전등불 밑에 사람이 빽빽이 앉고 서고 하였는데 한편 구석에 혹시 남의 눈에 뜨일까 겁劫하는 듯이 머리를 모로**** 두고 앉은 여학생 같은 여자가 앉아 있다. 어언간***** 전차는 벌써 한성은

---

* 지금의 종로 3가 탑골공원 자리에 있던 원각사의 10층 석탑.
** 오늘날의 삼각지 부근에 있던 일본군 연병장. 이곳은 우리나라 최초의 비행장이어서 비행대회가 개최되기도 했으며, 엄복동이 스타가 된 자전거 대회 등 스포츠 이벤트가 열렸다. 후에 미군 부대로 넘어갔다가 일부는 반환되었다. 1915년 당시 종로를 분기점으로 한 전차는 황금정, 명치정, 남대문을 거쳐 연병장을 지나 구용산 종점으로 가게 되어 있었다. 혹은 연병장에서 분기하여 용산역을 거쳐 신용산 종점으로 가는 전차도 있었다. (오카 료스케[岡良助], 『경성번창기』, 박문사, 1915)
*** 많은 사람이 북적거려 시끄럽고 어수선함.
**** 대각선으로. 옆으로.
***** 어느새. 어느덧. 알지 못하는 동안에.

75

행 앞에 이르렀다.

"지금 오르신 이의 표 찍습니다" 하며 차장이 가위를 들고 승객들 틈으로 새어 오면서 삼사 인의 표를 찍은 후에 그 여자의 앞으로 와서 내미는 손에서 돈을 받으며 그 사람을 보고는 차장이 별안간 표를 떼어 찍던 손을 멈춘다.

그 앞에는 웬 술 취한 사람이 왜개를 안고 앉아서 졸린지 이따금 꿈벅한다.

"여보! 개를 안고 어디를 탔소? 내리오!" 하며 차장은 정차하라고 종을 친다. 그 술 취한 사람이 차장을 치어다보며

"왜 개 안고는 못 타오? 개가 왜 무에라오?" 하면서 개를 더 껴안는다. 차는 정차하였다.

"여보! 어서 내리오. 동물 가지고는 못 타오!"

"그러면 개 탄 값을 내리다그려. 개가 왜 어떠오?" 하며 일어나려 하는 기색이 조금도 안 보이니 차장은 증*을 더럭 내며 그 사람을 잡아 일으키면서 "글쎄 동물은 안 태운다는데 무슨 말이야. 여보, 어서 내리오. 시간 가오!" 하며 아니 일어나려는 사람을 와락 일으키는 바람에 그 사람의 안고 있던 개가 공교히 그 여자의 등다리**에 가 떨어지면서 "앙" 하고 그 아래로 떨어진다.

그 여자는 개가 떨어지는 바람에 그만 질겁을 하여

"애그머니!" 하며 고개를 돌이키며 일어났다가 앉는다. 여러 승객들은 그만 일시에 웃는다. 그 술 취한 사람은 그 차장을 한 번 몹시 치어다보고는 두 다리 밑으로 들어간 개를 번쩍 들어 안고 서서 차장과 시비를 차리려 든다.

---

* '성'의 방언. 노엽거나 언짢기 때문에 일어나는 불쾌한 감정.
** '등'의 방언.

운전수가 정차를 하고 섰다가 이 광경을 보고는 그 안으로 쑥 들어와 그 사람의 손목을 붙잡아 끌어 내리며

"여보! 어서 내리오. 시간 다 가오" 하고는 곱게 등을 밀어 아래로 내리게 하고 가자고 종을 친다. 그 사람은 내려가서 애매한 운전수를 눈을 흘겨 보면서

"홍! 너희가 언제까지 그 노릇을 하여먹을 터이냐" 하며 간다. 승객들은 또 한 번 웃었다. 차장은 종을 치면서

"헹! 그자 때문에 공연히 10분은 시간을 밑졌네!" 하며 중얼거린다. 이때 차는 동한다.

"여보, 차장 거기 무엇이 떨어졌소" 하며 한 승객이 별안간 말을 한다. 차장이 깜짝 놀라는 듯이 발밑을 굽어보니 양봉투의 편지 두 장이 떨어져 밟히어 있다. 차장이 막 집으려 하는데 그 여학생 같은 여자가 이를 보더니 얼굴빛을 변하며 급히 이를 집는다. 집다가 잘못하여 한 장이 또 떨어진다. 그 외면에는 '○○일보사 귀중'이라 썼다. 그 여자는 황급히 한 장을 들고 그 떨어진 편지를 집는다. 그 든 편지에는 두 줄로 '아버님 어머님 전 상서'라 썼다. 여러 승객들의 의아스러운 시선이 일시에 그 여자에게로 모인다. 나이는 한 17, 8세 되어 보이고 그 갸름한 얼굴은 누가 보든지 묘하게 생기었다. 그러나 무슨 마음 상하는 일이 있는지 수색愁色이 가득하고 춘산 같은 눈썹 아래 맑고 어여쁜 눈에는 눈물 흔적이 완연히 있다. 차장은 멀거니 이를 보고 섰다. 그 여자는 그 편지를 집어 허리춤에다가 감추며 앉았던 자리로 가서 또 외면을 하고 단정히 앉는다. 여러 승객들은 이를 보고 일면으로 경탄하고 일면 의심하였다. 그 경탄하는 것은 '참 그 얼굴이 묘하게도 생겼다' 함이오 그 의심하는 것은 '그 편지는 무슨 편지기에 그리 질색하노' 함이었다.

2

전차 속의 여러 눈은 경탄과 의심의 빛이 가득하였다. 그렇지만 차 속의 승객이 그 여자가 지금 품에 간수한 두 장 편지의 봉封을 뜯고 보았을 지경이면 그 사람들은 즉시 그 의심은 풀리었을 것이다.

그 편지는 즉 이렇게 쓰인 것이다.

불초녀不肖女 명숙明淑이는 양당의 슬하를 영원히 떠날 때를 임하와 불효한 죄를 무릅쓰고 두어 말씀으로 하직을 고하나이다.

하늘이 사람을 내이실 때에 귀중한 생명을 품부稟賦*하심은 이 세상에 살 수 있는 대로 살라 하심이어늘 산보다도 높고 물보다 깊은 18년 양육하여주옵신 이생의 은혜를 불효한 죄로 갚사오며 이십 미만의 처녀로 생목숨을 끊고 이 세상을 떠나는 여식은 마음이 어찌 원통타 아니 하겠나이까. 불효한 여식은 이에 어찌할 수 없는 정으로 원통을 머금고 구천九天으로 돌아가나이다.

사람의 일생에 짜르고 짧은 18년 동안을 즐겁게도 지내어보고 괴롭게도 지내어본 것은 철없어 어리광으로 지내어본 것이오며 괴롭게 지내어본 것은 철이 난 때오니 여식이 만일 학교에를 아니 다니어 글자를 못 배왔삽드면 오늘 이 거조擧措**가 없었을 줄로 아옵나이다. 양위 부모님께서 여식을 학교에 입학시키시던 그때의 마음은 여식으로 하여금 사람 되라고 하신 것이지 사람 되지 말라 하심은 엎드리어 헤아리건대 아니신 듯하오나, 학교에서 업業을 마칠 작년부터서는 왜 그다지 온당치 못한 사람이 되라고 심하게 하시는지 참으로 견딜 수 없었나이다. 여식도 보통 사

---

* 선천적으로 타고남.
** 몸가짐, 행동, 큰일을 저지름.

람이니 부귀를 좋아하지 않음도 아니옵고 이미 몸을 여자로 타고났사오니 좋은 지아비를 얻고자 하옵는 마음이 없음이 전혀 아니오나 비분非分*의 부귀는 바라는 바가 아니오며 지아비로 말씀하오면 아버님께서 여식의 나이가 열한 살 되옵던 해에 김 과천果川의 아들 갑성甲成이와 정혼을 하신 것이 있삽거늘 오늘 당하와서 그 집안이 결딴이 났다고 전의 언약을 잊어버리심은 아무리 나를 낳으시고 나를 기르신 부모의 마음이라도 헤아리기 어렵삽나이다. 만일 양위 부모님께옵서 여식을 위하여 그리함이라 하옵시면 왜 사람이 되도록 남의 정실이 되게 못 하시고 구태여 노예나 다름없는 민閔○○의 부실副室**이 되라고 강제하시는지 여식은 야속한 마음을 이루 측량할 수 없나이다. 민○○이란 사람은 현금現今 이렇다 하는 대가大家의 귀공자인 줄을 모르는 것이 아니나이다. 그러하오나 저는 그러한 지아비를 바라지 않삽나니 아버님 어머님께서는 지금 두 형님의 현상을 못 보시나이까. 두 형님으로 말씀하오면 허영심이 있어 그리하였삽던지 그러한 자리를 구하여 다행이라 하옵는지 불행이라 하옵는지 미구未久에 그러한 자국***이 나서 목적을 관철하였다고 처음에는 심만의족心滿意足****하여하옵더니 그것이 몇 날을 못 가고 그 사람네들에게 버린 바가 되어 아버님과 어머님께서는 몇 날 호강에 덕 보려고 바라시던 그 마음이 그만 수포에 돌아가시고 두 형님의 말로는 한 동물의 완롱물玩弄物인 창녀나 다름없는 사람이 되지 않았나이까. 여식은 이를 볼 때에 아버님과 어머님을 위하여 울었사오며 또 불효막심하옵지만 부모 못 막는 것을 한恨도 하였나이다. 어서 이전의 그 마음을 바라심*****을 버리옵소서.

---

* 분수에 맞지 않음.
** '첩'이나 '첩의 집'을 대접하여 일컫는 말.
*** 어떤 자리나 고장, 혹은 형편.
**** 마음에 흡족함.
***** 원문에는 '바리심'이나 '바라심'의 오식으로 추정됨.

두 형님을 왜 그 지경을 만들어놓으시나이까. 여식은 두 형님의 짝이 또 될 뻔하여 이와 같이 마지막 길로 가는 것이오니 갑성으로 말씀하오면 최초 부모가 정하여주옵신 여식의 미래 지아비이오매 여식도 그에게 마음을 허하였삽더니 오늘은 모두 소용이 없이 되옵고 하루를 더 살아 있으면 기어이 또 아버님과 어머님의 희생이 되겠삽기에 이와 같이 죽으러 가는 것이니이다. 불효한 자식이라고 꾸짖으옵소서. 부모가 자식을 사람이 못 되게 만드시는 것은 부모의 죄라 아니할 수 없삽나이다. 여식은 다시 부모에게 죄를 더하게 하고자 아니 하와 생명을 버리어 간諫하오니 회개하심을 바라나이다. 갈 길을 생각하옵고 붓을 잡으오니 눈물이 가리어 아뢰올 말씀을 다 하지 못하고 떠나가오니 내내 아버님과 어마님께서 안녕히 지내심을 바라나이다.

3월 ○○일 불효 여식
명숙 상사리

기자 선생님—

돌연히 이러한 말씀을 여쭙는 이 여자는 세상에 용납지 못할 죄인이올시다. 제 한 몸을 위하여 부모를 배반하고 구천으로 돌아가는 가련한 사람이올시다. 그러나 저로 하여금 부모를 배반하고 죽지 아니치 못하게 불효의 죄를 짓게 하는 사람이 누구인가 하오면 다른 사람이 아니라 즉 저를 낳으시고 저를 18년 동안이나 양육하여주옵신 은혜 많으신 부모님이올시다. 별안간 이러하온 말씀을 하오면 혹 모르시고 세상에 자식 죽게 하는 부모가 어디 있겠느냐 그것은 네가 잘못한 것이니 네가 불효니라 하시겠지오마는 이 세상 이면에는 이러한 사실이 많이 있사오나 세상 사람들은 이를 예사로 간과하오므로 저와 같은 죄인이 이제 생기어 이를 증명하나이다. 가만히 이를 미뤄서 생각하오니 아마도 저와 같은 운명을 가진 여자가 자고로 많을까 하나이다. 그러하오나 이것을 누가 말하는 사람이 없어서 이 사회에 드러나지 아니한 것이오니 바라건대 여러 선생님께서는 이러한 사회 이면에 숨어 있는 비참한 사실을 세세히 조사하여 공평한 필법으로 지상紙上에 기재하여주옵소서. 저는 제 입으로는 저를 이 지경 만드시는 부모의 말은 차마 할 수 없사오나 다만 세상에 이러한 원통한 처지에 있으면서 능히 말을 못 하여 한 몸을 그르치는 여러 불쌍한 미가未嫁* 여자를 위하여 이 몸을 대신 희생하오나이다. 불쌍히 생각하여주옵소서. 여러 선생님께서 이 편지를 펴보시는 때는 이미 제가 이생의 사람이 아닌 줄을 아옵소서. 죽으러 가는 길이 총총하여 이만 그치나이다.

3월 ○○일 희생녀

조명숙趙明淑 읍고泣告

3

한강철교로 목적지를 정하고 전차를 타고 죽으러 가는 조명숙이는 아래대** 조趙 오위장五衛將의 셋째 딸이다. 이 조 오위장이란 자로 말을 하면 한 20년 전에는 서울 바닥에서 그때 말로 하면 팔난봉*** 의 대수석首席, 지금 말로 하면 부랑자 괴수로 유명하던 사람이었다. 그때에는 어느 대신 집에 겸인傔人****으로 있어서 협잡도 부리고 청請 심부름도 하여 만날 제 세상만 여기며 그럴 줄 알고 호강으로 지내었었다. 그리다가 시세 변

---

* 시집가지 않은 처녀.
** 조선 시대 '훈련원'의 동남쪽에 있던 하급 군인들이 주로 모여 살던 마을. 지금의 성동구 상왕십리동 부근임. 인왕산 아래 고급 관원들이 살던 '우대'에 대응되는 말.
*** 온갖 난봉을 부리는 사람.
**** 원문에는 '傔人'이나 오식임. 청지기.

천을 따라 이와 같은 사람을 사회에서 방축放逐하게 되니까 시대의 한 낙오자가 되면서 졸지에 생활의 방도가 막히었다. 한참 금의옥식錦衣玉食에 싸이어 지내오던 사람이 별안간 이 지경이 되고 보니 다른 배운 재주 없고 좀 안다는 것이 화류계 사정뿐이었다. 그래 기생의 집으로 다니면서 노래 장章*이나 가르쳐주면서 근근이 살아가다가 어떤 친구의 주선으로 기생 하나를 얻어가지고 기부妓夫 생활을 한참 하였었다. 무엇이든지 시대에 뒤진 사람은 뒤진 일만 하는 까닭에 늘─ 실패만 하는 것이다. 이조 오위장도 진화 원리인 이 예例에는 벗어나지 못하였다. 기부 노릇을 한 지 몇 해가 못 되어 신법률이라는 것이 반포가 되면서 기생은 경찰서에 고소를 하고 자유의 몸이 되어 가버렸다. 조 오위장은 닭 쫓던 개가 지붕 쳐다보는 일체로 한참은 아무 생활할 계책이 생각이 아니 나다가 딸 삼 형제를 유심히 돌아보았다. 그리고 생각하였다. '저것들이 외양이 반반하니 남의 첩이나 주까?' 이러한 생각이 나면서 마누라에게 의논해 보았다. 마누라는 대번에

"어대 조흔 자리만 있으면 보내다 뿐이오" 한다. 조 오위장이 한창 기생집을 다닌다, 첩을 얻는다 하고 난봉을 부리는 통에 속도 많이 상하였다. 그래 내외 싸움도 많이 하고 마누라가 첩의 집에 가서 들붙고 어찌야단을 쳤던지 첩이 그만 혼쭐이 나서 "애그머니! 나는 돈도 싫고 아무것도 싫소" 하고 고만 가버렸다. 그 후에 마누라는 조 오위장이 첩을 또 얻을까 하여 감시를 잔뜩 하고 누구든지 대하여 "세상에 남의 첩이 되는 년같이 고약한 년은 없겠다. 죽으면 모두 아마 지옥으로 갈걸!" 하고 말하던 여편네였다.

이러한 마누라가 지금 딸을 남의 첩실로 준다는 데 이의 없이 찬성하

| * 노래나 악곡의 단락.

는 것은 우스운 일이었다. 그렇지마는 그는 조 오위장이 2, 3년간 기부 노릇할 때에 아무 주견이 없고 단지 시기만 있던 여편네가 기생 어미로 듣고 보고 실지로 그 감화를 받아 무형無形 중에* 마음이 그리 쏠림이었다. 그리고 또 딸의 혼처가 마땅한 곳이 없음이다. 조 오위장 내외가 큰 딸의 나이 참을 보고 누가 싸서 데려가는 사람이 있으면 시집을 보내겠다고 사면으로 혼처를 구하여보기도 하였다. 그러나 몇 군데 의논이 되다가 모두 그 근지**를 캐보고는 "가정 교육이 그러니까 시약시***인들 관계치 않겠느냐?" 하는 말로 즐기어 하려고들 아니 하며, 한 군데서는 바로 첩실로나 주면은 하겠다는 곳이 있었다. 그래 인因해 혼인이 못 된 것인데, 지금 조 오위장이 궁한 김에 딸을 남의 소가小家로 주려는 동기도 이에 있었다. 그래 아주 남의 첩실로 주려고 작정하고 사면으로 마땅한 곳을 고르다가 전라도 부자에 박영태朴永泰라는 사람을 얻어 한 1년 동안 걱정 없이 지내었다. 이때에 명숙이는 어느 여학교에 다녔다. 그러다가 박영태가 기생 작첩을 하고 무단히 트집을 잡고 버리고 가는 바람에 큰 딸은 한참은 낙망을 하였다가 "너 아니면 서방 없겠니?" 하고 또한 가정 견문家庭聞見의 노력이 없지 아니하여 남자의 마음을 환연히 알고 세상 남자를 희롱하여보리라는 생각이 나서 그때부터는 남의 첩 노릇은 아니 하고 소위 은군자隱君子****라는 것이 되었다. 외면으로는 남편을 구하는 체하고 오장五臟 없는 남자의 돈만 빼앗았다. 그리다가 어느 사람의 꼬임에 빠져 큰 동생 동숙東淑이를 마저 부모에게 말고 어떤 부랑자의 첩으로 주었다. 명숙이는 학교에를 다니며 이러한 광경을 보고 저의 부모와 저의

---

* 자신도 모르는 사이에.

** 根地. 자라온 환경이나 경력.

*** '색시'의 방언.

**** 원래는 재능이 있으나 부귀공명을 구하지 않고 세상을 피하여 사는 사람을 의미하나 여기서는 몰래 몸을 파는 여자를 속되게 이르는 말인 '은근짜'와 같은 뜻.

형의 하는 일을 그르게 알고 공연히 남을 대하기를 부끄러하였다. 그리고 행여 남이 알까 겁하였다. 어느 날은 공교히 동무들이 놀러 왔다가 명숙의 큰형이 모양을 내고 여러 남자들과 희작戲謔*질 하는 것을 보고 가서 그 이튿날 학교에 가서 저의 동무들에게 "명숙의 형님이 아주 하이칼라야. 그런데 웬 사나이하고 농탕弄蕩을 치더라" 유심히 보며 저희끼리 소곤소곤한다. 명숙이는 이를 알고 얼굴이 화끈화끈하여 그만 저의 집으로 돌아와서 "왜 형님을 그 노릇을 시키오. 굶어 죽드래도 제발 못하게 하오" 하고 울었다. 그러고는 명숙이가 다니던 학교를 나와서 그 후 얼마 있다가 명숙이는 저의 부모를 졸라서 수진궁壽進宮** 안 저의 이모 집에 와 기숙을 하고 다른 학교 삼년급에 입학하였다. 이때에 명숙의 신상에는 큰일이 일어났다. 어느 날은 명숙이가 저녁때에 공책과 연필을 사려고 수동壽洞 병문屛門***으로 나오는데 별안간 뒤에서 요란스럽게 땅…… 땅 소리가 나는 고로 깜짝 놀라 돌아다보니 웬 양복 입은 사람이 자전거를 타고 바로 등 뒤에서 사람을 피하느라고 자전거 바퀴를 이리로 향하였다, 저리로 향하였다 하면서 종만 치며 갈팡질팡한다. 명숙이가 급히 몸을 비키는 바람에 지나支那**** 사람이 청요리를 하여 들고 가는 것을 치고 앞으로 어푸러졌다. 청요리 담은 그릇은 길바닥에 가 산산이 깨어져 요리가 길에 다***** 헤어지고 명숙이는 허리 위로부터 얼굴까지 요리투성이를 하였다. 자전거 탄 사람은 이에 어쩔 수 없이 내렸다. 요리 그릇을 길에다가 엎어놓은 지나인은 어이가 없던지

---

* 실없는 말로 하는 농지거리.
** 종로구 수송동 일대. 원래는 조선 8대 임금 예종의 둘째 아들인 제안대군의 집이었으나, 조선 중기 이후에는 어려서 죽은 대군이나 왕자, 출가하기 전에 사망한 공주나 옹주들의 혼을 모아 제사를 지내는 사당으로 사용함.
*** 골목 어귀의 길가.
**** 중국.
***** 원문은 '가'인데 '다'의 오식으로 판단함.

"이거 어떻게 해?"

"무얼 어떻게?"

오고 가는 사람은 잔뜩 모였다. 지나인은 요리값을 물어달라거니 명숙이는 앙탈을 하거니 한참 싸우는 판에, 자전거 탔던 사람이 이 광경을 보고 명숙이를 유심히 들여다보더니 여러 사람을 헤치고 들어서 명숙이를 향하여 실례를 말하고 일편으로는 인력거를 불러 집을 물으며 또 지나인을 향하여 요리값을 물어서 지폐 5원짜리를 꺼내어 주면서 아무 말 말고 어서 가라 하여 보낸 후에 옷을 더럽히고 남부끄러워 어찌할 줄을 모르는 명숙이를 인력거를 타라고 권하여 태우고는 우복雨覆*을 덮게 하고 자기는 자전거를 타고 그 뒤를 쫓는다. 세상에 사람의 일같이 알 수 없는 것은 없다. 이 자전거 탄 사람이 오늘날 명숙이를 빠져 죽게 할 사람인 줄이야 누가 알았으랴. 이 자전거 탄 사람은 민범준閔範俊이라는 경성 안에 유명한 부랑자이다. 저의 집안이 넉넉하고 저의 부모가 외아들이라고 귀히 하는 까닭에 자소시自少時**로부터 화류계에 출몰을 하여 불소不少한 금전을 낭비하였다. 그때에 명숙의 부친과도 화류계에서 알았고 명숙의 부친이 범준의 돈도 좋이 얻어 썼다. 범준이가 이전에 명숙의 아버지가 기부 노릇을 할 때부터 드나들다가 그 후에 명숙의 형제를 눈독을 들인 일이 있었으나 명숙이는 나이 어리고 명숙의 형은 벌써 남의 첩실이 되었으므로 마음에만 두고 제 의사를 발표는 못 하였다. 그리하자 범준이가 명숙의 집에 발을 끊은 지 한 1년 동안 만에 악연이라 할는지 수동 병문에서 만난 것이다. 이때에 범준이가*** 명숙이의 얼굴을 보고 낯이 익어서 인력거를 태워가지고 수정궁 안으로 들어가 명숙이의 이모의

* 비 덮개.
** 어릴 적부터.
*** 원문에는 '명준이가'로 되어 있으나 오식이기에 바로잡음.

집에 간 것인데, 이 말 저 말에 명숙의 부모를 알고 보니 다른 사람이 아니라 조 오위장의 딸이다. 범준이가 몇 해 전을 생각을 하고 명숙의 얼굴을 보니 그때보다 얼굴도 더 예쁘고 자라기도 퍽 자랐다. 범준이는 그 길로 무슨 생각을 하고 명숙의 부모를 찾아보고 수동 병문에서 이러는 말을 한 후에 옷을 날로 하여* 더럽혔으니 옷을 하여주라 돈 50원을 꺼내어 주고 돌아왔다. 조 오위장은 한참 궁하던 판에 돈이 생기어 연連히** 칭사稱謝***를 하고 이러한 사람도 자주 찾아달라 하였다. 범준이는 무슨 생각이 있던지 이 말을 좋아라고 매일 드나들며 조 오위장 집의 형편을 보아 쌀이 없으면 쌀을 사라고 돈을 주며 나무가 떨어지면 나무를 사라고 돈을 주며 용돈도 취하여주는 것같이 주면서 몇 달을 다니다가 하루는 아주 조 오위장의 마음을 돈으로 흡족케 한 후에 마음에 품었던 것을 바로 말을 하였다―즉 명숙이를 학교 졸업한 뒤에 셋째 첩으로 주면은 조 오위장 내외를 같이 데리고 있겠다고 함이었다. 조 오위장 내외는 불감청不敢請이나 고소원固所願이라는**** 격으로 두말없이 승낙을 하고 명숙이를 불러다가 이러한 말을 하였다. 명숙이가 이 말을 듣더니 별안간 얼굴이 벌게지며

"갑성이는 어떻게 하구요?"

"이년 또 갑성이 말을 하니 주둥아리를 짓찧어 놀라! 부모가 어련히 알아 할라고!"

명숙이가 전일에 저의 부모와 한참 싸운 일이 있다. 그것은 다른 까닭이 아니다. 명숙이의 아버지가 어느 대관大官의 집에 겸인 노릇을 하고 있을 때에 그 집에 드나드는 김영식金榮植이라는 사람의 아들과 명숙이와 혼

* 나로 인하여. 나 때문에.
** 계속.
*** 고마움을 표현함.
**** 감히 청하지는 못할 일이나 본래부터 간절히 바람.

인을 미리 정하여둔 일이 있었다. 그때 조 오위장이 이렇게 혼인을 정한 것은 주인 대감에게 잘 뵈려 한 것이다. 그뿐 아니라 당시의 김영식은 집안이 넉넉하고 전에 또 과천 군수도 지내고 하여 가합可合*도 함이었다. 그 후 몇 해 만에 김 과천은 객주를 남문 밖에다 내이고 영업을 몇 해를 하다가 실패를 하고 그때부터 집안이 결딴이 나서 일가가 분산할 지경에 이르러 김영식이는 생각다 못하여 조 오위장을 찾아보고 갑성이를 아직 맡아서 공부를 좀 시키어주면 자기는 시골로 내려가서 집칸이나 장만한 뒤에 데려가겠다고 간청을 하였다. 조 오위장은 이 말을 듣고 한참 생각을 하더니 좋은 말로 마침내 거절을 하였다. 김 과천은 세상인심이 이렇구나 한탄을 하며 돌아갔다. 조 오위장은 그 길로 자기 마누라와 딸을 앞에 불러놓고 일장 말을 한 후에 아주 파혼하기로 결정하였다. 이때에 명숙이는 그 불가함을 말을 하고 그리 말라 울며 간하였으나 종내 "별 고약한 소리 다 듣겠군. 계집애 년이 남부끄럽게 신랑을 어쩌니 어쩌니 하고" 하는 꾸지람에 움찔하여 온종일 운 일이 있었다. 김 과천의 아들은 그때에 하던 공부를 내어던지고 어느 상점에 고용이 되었다. 그 후에 명숙이는 저의 어머니에게 응석 비스름히 김 과천 집의 가엾음을 말을 하고 갑성이를 집에 데려다 두는 것이 좋겠다고 말하여보았으나 또 꾸지람만 들었다. 그래 명숙이는 하는 수 없이 좁은 가슴만 태우며 속으로는 그래도 보지도 못한 갑성이를 동정을 하며 내가 그 아이를 구하여주어야 하겠다는 마음으로 오늘까지 온 것인데 별안간 또 민범준이의 사건이 생기었다. 그래서 그 말을 한 것인데 꾸지람 한마디에 말을 못 하고 제 이모 집으로 돌아와 울었다. 그 후에 저의 부모는 민범준이가** 대어주는 시량柴糧***에

---

* 무던히 합당함.
** 원문에는 '전범준이가'로 나왔으나 이는 오식임.
*** 뗄 나무와 먹을 양식.

생활을 하며 명숙이를 어르고 달래어온 것인데 명숙이는 죽어라 하며 안 들으면서 거역을 하니 저의 부모도 할 수 없어 민범준이에게 말을 하고 아직 그대로 있으면 졸업을 하거든 보내어줄 터이니 명숙이에게는 이러한 눈치를 뵈지 말라 하였는데, 명숙이의 졸업할 때가 돌아오는 것을 보고 차차 혼인 의복 장만하는 것을 명숙이가 우연히 저의 집에 갔다가 보고 가슴이 내려앉아서 돌아와 도망할 방침을 생각하고 옷 몇 가지를 전당을 잡히어 찻삯을 하여가지고 인천으로 가다가 거동이 불심不審*하여 순사에게 잡힌 바가 되어 저의 부모에게 인도를 하였다. 그 후부터는 명숙이를 집에다가 데려다 가두고 엄중히 감시를 하였는데, 오늘은 마침 한식 날이라 저의 부모가 산소에 가서 채 돌아오지 않은 틈을 타서 곧 하인을 속이고 나와서 전차를 탄 것이다. 명숙이가 갑성이를 마지막 찾아보고 싶었으나 미가未嫁 여자로 사행私行이 온당치 못하여 그것도 못 하였다.

이것이 명숙이의 오늘날까지 지내온 경과요 죽으려 가는 까닭이다.

전차는 어느덧 남대문역 앞을 지내어 연병장을 거쳐 한강통 정류장에 정차하였다. 명숙이는 내리었다. 밤은 이슥하고 길에 사람은 별로 없다. 명숙이는 어느 이슥한 곳에 숨었다가 길에 아주 사람이 끊인 뒤에 죽으려고 어느 집 첨하簷下 밑에 가서 웅크리고 앉아서 어서어서 밤이 깊기만 기다렸다.

그 이튿날 아침 한강철교 밑에 웬 학생 머리 한 여자의 사체가 뜬 것을 뱃사공이 발견을 하였는데, 경관이 임검臨檢**을 한즉 가슴에 저의 부모와 《○○일보》로 한 유서 두 장을 품었더라.

* 명확하지 않거나 의심스러움.
** 현장에 가서 검사함.

※ 편자編者—이 소설은 장편의 재료를 가지고 단편으로 맨들기 때문에 묘사는 말할 것 없고 또 시간의 관계로 아주 보잘것없이 되었사오니 객서客恕하시옵소서.

—《신여자》, 1920. 4.

청상靑孀의 생활*
—희생된 일생

주간 김 선생—

써 보내라시던 것은 변변치 못하나마 이제 써 보냅니다. 나의 지난 생활은 전혀 감상적이요, 눈물의 역사요, 느낌 많은 과거이니까 나는 늘— 내 소경사所經事**를 하나 그려보고 싶었었어요. 그리고 나는 이미 이울어진*** 늙은 몸이니까— 아무 흉허물이 없겠기로 나의 경험한 바를 하나도 빼지도 않고, 숨기지도 않고, 사실 그대로 아무도 모르던 비밀까지도,《신여자》를 위하여 공개함입니다.

꽃의 전성시대도 어느덧 그리운 과거로 사라져버리고 녹음이 우거진

---

* 1920년 6월《신여자》에 실린 작품으로 작자가 김편주金扁舟라고 되어 있다. 그러나 김일엽의 필명인 일엽, 한입, 편주片舟를 연상시키는 데다가 "주간 김 선생" 등 편집인들을 강하게 의식하는 점, 작품 내에서 편집인들을 비롯한 신여성들을 강하게 예찬하는 점 등에서 김일엽일 가능성이 농후하다. 게다가 그 당시 투고받은 원고가 거의 전무했다는 점도 이를 뒷받침한다. 1958년 2월《신태양》제7권 제2호에 실린「《폐허》동인 시절」에서 변영로가 김일엽이「청상과부의 서름」이란 작품을 쓴 것으로 회고하고 있는 점도 이에 신빙성을 더한다.
** 험한 일.
*** 꽃이나 잎이 시든.

곳에 여름을 즐기는 새소리가 인생을 조소하는 듯 사람의 감회를 자아내나이다.

아아! 인생의 봄도 풀에 꽃같이 덧없이 이울어지는 진리를 다시금 느끼지 않을 수 없나이다.

나도 몇 해 전에는 아름다운 꽃같이 이쁘고 자라는 과실나무같이 양양한 장래를 바랐었건마는 어느덧 40여 세의 노경老境*에 이르게 된 것을 생각하니 다시금 회고의 눈물을 금할 수 없나이다.

더군다나 나는 가장 즐겁고 자랑할 만한 아깝고 귀한 청춘 시대를 너무도 무의식하게 적막하고 외롭고 애달프고 �섧게 지난 생각을 하면 새삼스럽게 우리 사회가 원망스럽고 우리 부모가 야속함을 느끼지 않을 수 없나이다.

그러나 우리 사회에서는 나로 하여금 세상에 기꺼움도 모르고 인정의 따뜻한 맛을 보지 못하고 무미하고 쓸쓸스럽게 늙어오게 한 대신에 청상으로 수절하여온— 갸륵한 정절부인이라는 미명을 나에게 주었나이다.

그것으로 나도 한동안은 다소간 만족을 느끼인 일도 있고 소위 정절하였다는 여자들을 비웃고 타매唾罵** 한 일도 없지 아니하였나이다.

그러나 내가 지금까지 정절을 지켜왔다는 것은 내 자신이 무슨 뜻이 있고 자각이 있어 그런 것도 아니요, 망부의 정을 못 잊어 그런 것도 아니요, 망부만 한 인재를 다시 얻지 못하여 그런 것도 아니요, 또한 국가와 사회를 위하여 큰— 사업이나 목적을 관철하려고 독신 생활을 하여온 것도 물론 못 됩니다. 다만 남자들이 만들어논— 우리 사회의 인습도덕과 까다로운 풍속이 나로 하여금 수절을 하지 아니치 못하게 함입니다.

그러면 내가 원치 않은 정절을 지키노라고 인생의 본능적인 성욕을

* 늘그막.
** 아주 더럽게 생각하고 경멸히 여겨 욕함.

누르고 자연히 솟아오르는 사랑의 샘을 억지로 틀어막으며 허위로 신성하다는 생활을 한 것은 그 이면이야말로 진실로 눈물 나고 애처로움고 참담한 것입니다. 오늘 우리 조선 사회의 반면에 아직도 나의 과거와 같은 비운에 눈물겨운 생활을 계속하는 불쌍하고 가련한 여자를 몇천 몇만으로 헤아리지 못할 것입니다.

그런고로 지난 나의 반생의 가엾고 아깝고 서러움에 지난 짤막한 눈물의 역사를 독자 여러분에게 소개하여 만분의 일이라도 사회의 반성을 촉促하고 조금이라도 여자 자신의 깨달음이 있다 하면 나의 집필한 목적은 이미 달하였다고 자족할 것입니다.

나는 경성에서도 문벌이나 재산으로 손을 꼽는 김 참판의 막내딸입니다. 그래서 갓 나서부터 금의옥식錦衣玉食*에 싸여서 모든 사람의 칭찬과 뭇 이웃의 부러움의 초점이 되어 왕궁 후원에 향미香美를 독점한 사랑다운 꽃같이 호화롭고 귀엽게 자랐나이다.

그때에 나는 세상에 사무친 모든 근심과 슬픔을 도무지 헤아릴 길이 없었나이다.

이렇게 덧없는 즐거움과 만족한 꿈이 무르녹을 사이에 흐르는 세월은 나로 하여금 어느덧 16세의 봄을 맞게 하였나이다.

이때에 나의 부모는 내 두 형님이 시집 잘못 가서, 아니 남편 잘못 만나서 밤낮 속을 썩이고 애를 태우는 양이 애처롭고 한이 되셔서 사랑하는 막내딸— 나는 아무쪼록 잘 고르고 잘 가리어서 좋은 데로 시집가서 내외 금슬 있게 지내는 것을 보시면 원이 없겠다고 하셔서, 그 많이 다니는 매파들의 감언이설을 죄—다 물리치시더니 인연이랄는지 업원이랄는지 모르지만 아버지의 친구 되는 이 감역監役의 미더운 소개라 하여 남

| * 비단옷과 흰쌀밥이라는 뜻으로, 사치스러운 생활을 이르는 말.

촌南村 사는 서 승지의 셋째 아들과 나와 약혼이 된 모양이더이다. 그때에 장래 부부가 되어 백 년을 동거할 우리 두 사람은 혼인은 왜 하는지 부부란 무슨 의미인지도 모르고 또한 이후에 닥쳐올 비희悲喜도 예측할 줄을 전혀 몰랐나이다. 다만 부모의 명은 무엇이든지 잠자코 순종할 것인 줄을 알았을 뿐이었나이다. 물론 양가 부모는 우리 두 사람의 의향을 들으려고도 아니 하였었나이다. 그 후로 사주를 보내느니 택일을 하느니 봉치*를 받았느니 하더니 내가 16세가 얼마 남지 아니한 눈보라 치고 쌀쌀한 섣달 보름날이 나의 혼인이라 하더이다.

사람 많이 모여서 수선거리고 기름 냄새며 머리 아프던 그날에 나는 구식 신부의 차림을 갖추어 차리고** 유모와 곁시***에게 끌리어다니며 거북하고 괴롭고 불안한 하루를 보내었나이다.

혼인날은 사람이 일생에 한 번 만나는 제일 기껍고 즐거운 날이라건마는 오직 나는 일생에 가장 귀찮고 성가시고 신신치**** 않은 날로 생각되더이다. 아마 미래가 불길할 것을 내 영靈이 먼저 헤아린 연고인지도 모릅니다.

그날 저녁에는 중매의 인도로 소위 신방에를 들어갔나이다.

나는 위험하고 무서운 곳에 가는 듯한 감정을 가지고 신방에 들어섰나이다. 그리고 감히 나는 신랑을 바라볼 용기도 없었나이다. 다만 관념된바 어느 새색시라니 의례히 눈을 내리 깔고 아미*****를 숙이고 중매가 가르쳐준 대로 손 한 번 움직이지 않고 조심스럽게 앉아서 두근두근하는 가슴을 껴안고 거북살스런 숨소리를 낮추느라 애쓸 따름이었나이다.

---

* 혼인 전에 신랑 집에서 신부 집으로 보내는 채단采緞과 예장禮狀.
** 원문에는 "차림∨을 갖초∨차리고"라고 되어 있으나 반복 기호는 생략하고 그 뜻만 살림.
*** 전통 혼례에서 신부 단장 같은 일을 곁에서 돕는 수모手母를 도우면서 그의 일을 배우는 여자.
**** 마음에 들어 시원스럽지.
***** 가늘고 굽은 아름다운 눈썹.

곁— 시선에 희미히 비치는 신랑은 아주 어리고 철없는 선머슴 아이 모양이어서 신부의 미추美醜와 태도를 살피고 헤아릴 지각이 있을 것 같지도 아니하더이다.

다만 고개를 숙이고 코를 훌쩍훌쩍하며 앉은 자리가 편치 않은 듯이 부스럭부스럭 소리를 내며 무릎을 세웠다 놓았다 하며 앉았더이다. 나는 속으로 '저것이 신랑이야!' 하는 시원치 않은 생각이 저절로 나더이다. 첫날밤에는 신랑이 신부의 옷을 벗긴다는 말을 기왕 들었었나이다. 그래서 혼자 속으로 '아이고! 나이는 어려서 철없어 보이지만 그래도 알지 못하던 사나이 손으로……' 마음이 조마조마하면서도 한편으로 그리하기를 기다리고 있었나이다. 그러나 신랑 편에서는 아무 소식이 없더이다. 밤은 점점 깊어가는데 안방과 건넌방 행랑에서 수선수선하고 지껄이던 소리도 뚝— 끊어지고 만뢰萬籟*가 죽은 듯이 고요한데 손님으로 온— 부녀 중 한 사람이 창밖에서 숨소리를 죽이고 신방을 엿보고 있는 모양인데 이윽고 신랑이 자기의 의관을 벗는지 부스럭부스럭하더니 조금 있다가 곁에서 식식 천진스런 어린아이의 잠자는 숨소리가 들릴 뿐이더이다.

아하 여러분이시어, 웃지 마십시오— 어린아이의 잠자는 콧소리는 신랑이 종일 사람들에게 부대끼다가 피곤함을 못 이겨 신부의 옷 벗기는 것도 잊어버리고 펴놓은 자리 위에 그대로 쓰러져 자는 것이더이다.

약혼되었다던 때에 대고모님이 "신랑이 나이 너무 어려서……. 이제야 열두 살이래— 그래도 숙성하던걸" 하시던 말은 들었지만 그래도 그렇게까지 철부지인 줄은 뜻하지 아니하였었나이다.

나도 그때 부모 앞에서 응석하던 때가 엊그제였지만 암만 어릴 때도 이런 시스러운** 남의 집에 와서 철모르고 그렇게 쓰러져 잠만 잘 것 같지

---

* 자연계에서 나는 온갖 소리.
** 스스러운. 수줍고 부끄러운. 정분이 두텁지 않아 조심스러운.

는 아니하더이다.

그때에 나는 어째 그런지도 모르게 공연히 한심하고 심란한 생각에 가슴이 무거워져서 부지중 후— 한숨을 쉬었나이다.

그날 그때까지도 아무 언짢은 것이란 구경도 못 하던 나는 그날 저녁 부터 비로소— 처음 신산스러운 느낌을 맛보았었나이다. 그리고 동지섣달 긴긴 밤이라고는 하지만 그날 밤은 왜 그리 길고 지리한지 모르겠더이다.

나는 이 생각 저 궁리로 고생고생 졸립지도 아니하는데 이윽고 멀리서 첫닭 우는 소리가 들리자 이 방 저 방에서 자명종이 새로 2시를 땅— 땅— 치더이다.

나는 속으로 아직 밝을랑이 멀었구나 하고 생각하니 암만해도 다리가 저리고 몸이 거북하고 곤해서 견딜 수가 없는 고로 몸을 움직여 병풍 앞으로 가서 거기 기대어 앉아서 허리를 좀— 펴고 다리를 뻗었나이다.

신랑은 몸부림하듯 팔과 다리를 함부로 턱턱 내던지며 굴러다니며 여전히 곤히 자는데 그럭저럭 그 긴긴 밤이 새어 창살이 훤하게 되었을 때 나는 미닫이를 가만히 열고 어머니 방으로 들어갔나이다.

벽장에서 무엇을 꺼내려다가 문 여는 소리에 흘끗 돌아보시는 어머니는 내의 수식首飾*이며 의복이 감쪽같으므로 무안한 듯한 기색으로 "신랑이 나이 너무 어려서…… 어서 새아씨 성지 고쳐드리게" 하시며 수모**를 바라보시더이다. 방 안에 앉았던 손님들은 "그럼은요. 열두 살에 무얼 알겠어요" 하고 일제히 어머니에게 동정하더이다.

아아— 이것이 무슨 사람의 하는 경사로운 혼인이리이까? 나는 밤새도록 눈 한 번 붙여보지 못하고 그 긴긴 밤을 꼭 배겨*** 새고 나니 그날

* 여자 머리의 장식품.
** 전통 혼례에서 신부 단장 등의 일을 곁에서 도와주는 여자.
*** 참기 어려운 일을 잘 참으며.

95

아침에는 머리가 아프고 정신이 떵하여 괴롭기 한량없더이다. 그리고 그 날 아침에 해가 미닫이에 반이나 비칠 때에 일어난 신랑은 얼굴 한쪽에 분홍 물을 벌겋게 칠하고 분홍 저고리 소매가 죄다 얼룩이 져가지고 주 먹으로 눈을 비비며 나오는 꼴을 본— 하인들은 웃음을 못 참아 구석구 석 모여서서 수군거리며 낄낄대더이다.

그나 그뿐인가요. 신랑이 나이도 어리지만 성미가 부끄럼 없고 덤벙 대는 아이이어서 장가와서 삼일을 치르는 동안에 한번은 장난하다가 개 천에 가 빠져서 버선과 신발을 죄다 버려가지고 들어와서 나의 얼굴에 모닥불을 붓는 듯이 부끄럼을 주고 또 한 번은 내 조카 일곱 살 먹은 것 을 가지고 어떻게 못살게 굴었는지 아이가 새 아저씨 보라고 소리를 지 르며 울더이다. 그러니 나도 그때 아무 지각은 없었지만 그래도 신부인 나의 부끄럼과 미안함이 과연 어떠하였으리이까?

아아— 글쎄 어쩌자고— 장성한 사람이라야 할 혼인을 이렇게 어리 고 철없는 것을 시켜 이러한 희비극을 일어나게 합니까? 그리고 우리 사 회가 왜 이러한 악습을 묵허하는지 나는 암만해도 알 수 없더이다.

그럭저럭 삼일을 치른 후에 시집가서 시부모에게 봉효奉孝하고 군자 에게 승순承順하여 부모에게 욕 돌리지 말라는 어머니의 교훈을 눈물로 들으며 우리 부모가 자녀의 혼인은 마지막이라는 조건하에서 주신 많은 세간, 의복, 패물을 얻어가지고 시집엘 갔나이다.

시집에도 살림 범절이라든지 시부모의 사랑이라든지 남녀 하인의 거 행이 우리 집만 못지는 아니하더이다.

그러나 나는 어떤 셈인지 갑자기 낙원에서 외로운 섬에 귀양살이 온 것같이 실망되어 공연히 적막하고 신산스러운 회포를 금할 수 없었나 이다.

그리고 그때에 나는 아직 이성을 그리울 만한 철이 나지도 아니하였지마는 소위 신랑은 저의 어머니 품에서 젖을 주무르고 응석하는 어린 아이라 내 방에는 들어오지도 아니하려거니와 시부모가 들여보내지도 아니하더이다.

그러니 자연 나는 쓸쓸하고 넓은 공방空房*을 혼자 지키며 흐르는 세월에 몸을 맡겨 시름없이 날을 보내고 달을 지낼 뿐이었나이다.

그리고 날마다 밤마다 친정 부모 형제를 그리는 눈물이 마를 사이가 없었나이다.

덧없는 세월은 어느덧 시집와서 이듬해 여름을 맞게 되었나이다. 비가 부실부실 오는 어떤 날 저녁쯤 되어 사랑에서 글 읽던 신랑이 풀이 죽어서 안으로 들어오며 힘없이 어머니 하며 마루 위로 올라서는데, 시어머니가 마주 나오시며 "글 안 읽고 왜 들어오니?" 하시며 의심스러운 듯한 눈으로 신랑을 바라보는데 신랑은 어리광스런 목소리로 "머리가 아프고 추워" 하면서 눈물이 글썽글썽하며 저의 어머니 가슴에 가 넘어지듯이 안기더이다. 문틈으로 엿보고 있던 나는 다시 힘없이 나오는 한숨과 함께 애달픈 탄식이 저절로 나오더이다.

"솔 심어 언제 정자亭子 보랴" 하는 격으로 저것이 언제나 자라 남편 구실을 하여볼까 하는 한심스런 생각에 가슴이 다시 막막하여지더이다.

그러나 이때에는 그래도 한 줄기 서광이 아직까지 꺼지지 아니한 때이요, 희미하나마 희망의 길이 아직 앞에 있을 때이었나이다.

아아— 어찌 뜻하였으리이까! 그나마도 나의 창창한 전정을 맡기었던 나의 장래 남편이 의외의 병으로 의외에 죽을 줄을…….

신랑은 열병이라는 급한 병이 들어 닷새 만에 열네 살이라는 잠시의 자취를 이 세상에 머무르고 그만 영원한 침묵에 들었나이다.

* 빈방.

아아— 그때에 나의 실망과 시부모의 낙담과 친정 부모의 놀람이 과연 어떠하였사오리이까?

이때에 나는 죽는 남편에게 무슨 정이 그리 두텁고 사랑이 깊었사오리이까마는 남편은 소천小天이라 귀중한 줄을 알고 여인이 망부喪夫를 하면 천붕지탁天崩地坼*을 당하여 운명은 이미 깨어진다는 끝 가는 생각으로 정신없이 식칼로 왼손 무명지를 끊어 행여나 살아날까 하고 숨이 지려는 남편의 입에 흘려 넣었나이다.

그러나 잠시 숨을 돌렸다가 그만 길게 길게 잠이 들고 말았나이다.

의약과 성의는 부족하지 아니하였건마는 이미 천명이라 어쩔 수 없더이다.

이때부터 나는 이구二九**의 꽃다운 나이로 미망인의 청승스러운 거상***옷을 입고 꽃이 웃고 나비가 춤추는 이 아름다운 세상에서 뭇— 사람은 다— 즐거움에 겨워 노래 부르건마는 오직 나 혼자는 여름날 겨울밤에 하염없는 눈물과 한숨으로 벗을 삼아 적막하고 신산스럽고 쓸쓸한 과부의 살림을 계속할 뿐이었나이다.

그리고 시부모 시하侍下****에서 몸을 졸이고 지내면서 울고 싶어도 울지도 못하고 서러워도 설운 기색을 못 보이고 지내었나이다.

더욱이 한 달에 두 번씩 만나는 삭망朔望*****날이나 한 해 한 번 당하는 기일에는 울음이 목구녕까지 치받쳐도 어른들도 계시지만 "설워하는 과부 시집가느니 어쩌니" 하는 소리가 수치스러워서 다만 조그마한 심장이 터질 듯한 서러운 가슴을 부둥키고 속으로만 느껴 울 뿐이었나이다.

* 요란한 소리에 하늘이 무너지고 땅이 터져 나갈 듯이 흔들려 움직임.
** 열여덟.
*** 居喪. 상. 상복.
**** 부모, 시부모, 조부모를 모시고 있는 처지.
***** 상중에 있는 집에서 매달 초하룻날과 보름날 아침에 지내는 제사.

아아— 이때에 나의 신세는 비譬*컨대 연기를 짜는 듯한 봄비에 해죽이* 피어오르는 한 가지 월계화가 모진 바람이 급히 불어 애처롭게 꺾어짐 같았나이다.

그때의 조선 여자들은 전부 남자들의 부속물이요 따라지*** 목숨에 지나지 아니한 고로, 상부喪夫한 여자는 아무 여망餘望****이 없는 줄로 주위의 다른 사람들도 그렇게 인정하고 자기도 그렇게 절망되어 버린 물건으로 자처하였나이다. 그때 여자는 사회에서 아무 할 일도 없고 또한 개가하는 여자는 신분이 떨어지고 그 여자도 청환淸宦*****을 불허하였습니다. 그런고로 나는 그때에 독신으로 사람답고 무엇을 하여보리라는 생의生意는 내어보지도 못하고 다만 바야흐로 무르녹는 청춘 시대인 고로 다른 동물과 다름없이 천품天稟인 성욕만 발달되어 이성을 간절히 그리게 되었나이다.

그러나 나는 다른 이성을 만날 기회도 없었지만 이미 뇌에 관념된 바가 있는 고로 감히 다른 이성을 사모할 생의도 못 하였나이다.

다만 어리고 철없던 그 신랑을 슬피 사모하고 날마다 밤마다 비애롭고 서러운 눈물을 흘릴 뿐이었나이다.

죽을 때까지 어머니 아버지나 부르고 자기 아내인 나는 지나가는 손처럼 알던 그 어린 신랑을 그래도 못 잊어서 눈물을 흘리며 유유悠悠******한 세월을 보내는 나의 신세야말로 진정 애처로웠나이다.

그런고로 혼자 한가로이 앉았을 때나 아무도 없는 방에 홀로 시름없

* 비유.
** 가볍고 활갯짓하는 듯이.
*** 보잘것없거나 하찮은 처지에 놓인 사람이나 물건을 속되게 이르는 말.
**** 아직 남은 희망.
***** 조선 시대에 학식과 문벌이 높은 사람에게 시키던 규장각, 홍문관 등의 벼슬. 지위와 봉록은 높지 않으나 뒷날 높이 될 자리였음. 여기서는 '관리로 청하는 것'의 의미.
****** 움직임이 분주하지 않고 느림.

이 누웠을 때 곰곰이 생각하면 나의 멀고 먼— 앞길은 아주 캄캄하고 막막하여 아무 희망이 없었더이다.

그래서 이때에 나는 아주 염세주의가 되어 세상이 모두가 귀찮고 시들스러울 뿐이더이다.

어떤 때 마음이 몹시 상할 때는 시침이 돌아가노라 째깍째깍하는 시침 소리까지도 얄밉고 창밖으로 지나가는 바람 소리도 신산스럽고 잉잉하고 날아다니는 파리 소리에도 화가 나고 문간에서 떠드는 어린아이들의 소리도 시끄럽고 번쩍거리는 세간의 장식까지도 보기 싫고 죽죽이 쌓인 비단옷도 시들스럽고 아주 눈에 보이는 것 귀에 들리는 것이 다— 신신치 않고 성가시어서 공연히 성을 내고 쓸데없이 화를 낼 때도 많았나이다.

친절하고 싹싹하다던 나의 성미는 아조 변하여 냉정하고 맛없는 사람이 되어버렸나이다.

좋은 것을 보나 언짢은 것을 보나— 하니 그저 그런가 보다 하고 있을 따름이었나이다.

밤낮 무슨 일에 낙망되고 실심한 사람처럼 수심이 가득한 얼굴을 기울이고 멀거니 앉아서 무엇을 생각하고 궁리하고만 있었나이다.

지금은 신랑이 몇 살이니까 살았으면 얼마나 컸으려니, 지금은 살았으면 제법 남편 노릇을 하였을 것을, 지금은 전에 내가 혹 손목을 붙잡으면 뿌리치고 쳐다보고 웃으면 얼굴이 벌게서 무안한 웃음을 띠우고 고개를 숙이고 달아나던 때와 달랐을 것을, 만일 내가 이제 죽어 남편을 따라가면 어찌 될까⋯⋯. 그러나 죽은 혼이라도 살았을 때같이 아무 철이 안 났으면 어떻게⋯⋯. 그러나 전생 인연이면 저생에 가서야 재미있게 살아볼 터이지⋯⋯. 이렇게 생각하면 남편의 혼이 생시와 같이 어느 별당 같은 깨끗하고 묘한 방에 초립 쓰고 분홍 두루마기 입고 앉았는 모양이 눈에 선—하게 보이는 것 같더이다.

아아— 내가 이 자리에서 이 세상 신신치 않고, 서러운 꼴을 보지 말고, 그만 꼼빡 죽어서 죽은 혼이라도 훨훨 날아 따라가서…… 외롭고 쓸쓸한 빈방에서 장장 세월을 이런 헛된 공상, 덧없는 꿈속에 헤매일 뿐이었나이다.

그때에 나는 어느 날 어느 시에나, 어느 곳에서나, 무슨 일을 할 때나, 누구와 이야기할 때나, 도무지 적막과 비애의 마魔는 순간이라도 떠나지 아니하더이다.

이때에도 남들은 경사라고 떠드는 일이 많이 있더이다. 그러나 나는 모두가 시원치 않고 시들할 뿐이고 더욱이 누가 약혼하였느니, 시집을 가느니 하는 소리를 들으면 마음이 공연히 신산스러지더이다.

이렇게 적막의 비애가 고도에 달하고 보니 아무 정도 들지 않고 아무 못 잊을 만한 흔적도 없이 무정하게 타계로 가버린 남편을 그리는 정으로만은 도저히 생활을 계속할 듯하지가 못하더이다.

그리고 죽은 남편 외에 나와 같이 살아 있는 그— 누구가 그리운 듯하더이다.

또한 내게는 무슨 큰— 결함이 있어서 반드시 그것을 채워야만 나는 완전한 생명 있는 사람이 될 것 같더이다.

그리고 내가 있는 곳이나 내가 가는 곳이나 내 마음속에는 사시四時로 냉랭한 겨울 바람이 불어서 나의 영靈과 육肉은 따뜻한 무엇의 품에 안기지 못하면 반드시 얼어 죽을 듯한 느낌이 늘— 내 온— 정신을 지배하고 있더이다.

그리고 나는 재색이 남만 못지않다는 자신은 없지 아니하였나이다.

그래서 아침 햇빛이 불그레하게 미닫이에 비칠 때 세수하고 경대 앞에 앉아서 윤이 흐르는 까만— 머리에 옥수玉手로 빗질하는 양이 내가 스스로 퍽— 이쁘다고 생각하여 아— 한창 피어오르는 꽃봉오리 같은 내가……

아아— 인적이 이르지 않은 깊은 산곡山谷에 저절로 피었다가 몹쓸게 불어오는 거센 바람에 속절없이 떨어져버리는 아까운 백합화 같은 내 신세 하고는 다시 설운 눈물이 핑 도는 때가 많았나이다.

어떤 때는 차고 쓸쓸한 자리에 외로이 누워서 내가 내— 가슴에 안긴 탐스러운 두 젖을 두 손으로 부둥키고 아아— 이것은 어찌하여 귀여운 어린아이를 영원히 빨려보지 못할 것인가……. 아아— 청춘에 아름다운 이 몸은 어찌하여 영원히 따뜻한 이성의 품에 안기어보지 못하고 속절없이 늙어버리나? 하며 다시 하염없는 한숨이 자연히 나오더이다.

이때에 나는 물질로는 아무 부족이 없었나이다. 그러니까 자연 나의 정신상 비애와 적막의 씨는 흐르는 세월과 함께 더욱더욱 크게 장성할 뿐이더이다.

그런 중에 이때에 나의 마음을 더욱 상하게 하는 것은 우리 둘째 동서의 내외가 원앙의 짝같이 서로 정답고 사랑스럽게 지내는 양이었나이다. 더욱이 그 둘 사이에는 귀여운 옥동자가 있어서 밤낮으로 내외가 마주 앉아 무릎에 앉혀놓고 어린것의 천진스러운 재롱에 깔깔깔깔 웃는 소리가 이따금 이따금 쓸쓸스런 내 방에까지 전하여 오더이다.

아아— 같은 사람으로 같은 집 안에서 어찌하여 저편은 저렇듯 행운에 즐기고, 이편은 이렇듯 불행에 울게 되었는가 하여 애달프고 부러운— 심서心緒*가 더욱 내 가슴을 쓰리게 하더이다.

이때에 나는 물질에 그리울 것이 없고 육신에 아무 노력할 것이나 걱정이 없으니 자연 정신의 결함만 더욱 뚜렷이 크게 보일 뿐이었나이다.

| * 마음속에 품고 있는 생각이나 느낌.

그래서 그때 생각에는 부부간 애정만 있으면 서로 손목 잡고 다니며 빌어먹어도 원이 없을 듯하더이다. 그런고로 하루는 걸인 내외가 후원 담 밑— 양지에 앉아 웃음 섞인 이야기로 서로 위로하는 꼴을 보고 나의 신세에 비하여 오히려 그들의 처지가 부러웠나이다.

이렇듯 붙일 길이 없는 마음, 하소연할 데 없는 회포를 친정에나 가면 좀— 위로를 얻을까 하고 혹 친정에를 다니러 갔나이다.

나를 보시는 부모는 애달프고 가엾은 표정을 띠시고 망연히 눈물을 지시고 오래간만에 만나는 오라버니나 형님들도 서婿 집 왔느냐고 심심하게 인사할 뿐이더이다. 그러니 친정에를 간들 무슨 위로될 것이 있고 재미 붙일 데가 있사오리까?

그래서 친정에 가서는 아무쪼록 좋은 낯으로 쾌활하게 행동을 가지려 하였으나 친정에서도 이렇게 쓸쓸한 태도만 보일 뿐 아니라, 원래 마음이 신산스러우니까 자연 후— 하고 땅이 꺼질 듯한 한숨만 나올 따름이더이다.

이런 꼴을 보시는 어머니께서는 속으로 가슴이 무너지는 듯 끝없이 불쌍히 여기면서도 겉으로는 무정한 듯이 성가신 듯이 "어서 내가 죽어— 이런 꼴— 저런 꼴 아니 보았으면……. 좋든 언짢든, 너의 시집에 가 있어라. 출가외인이라니" 하시더이다.

이런 소리를 듣는 나는 시집에서나 친정에서나 다— 천더기 노릇을 하나 하는 생각에 다시 야속하고 서러운 눈물을 억제할 수 없었나이다. 아아— 하늘에는 별이 있고 땅에는 꽃이 있고 사람에게는 기쁨이 있다 하지마는 위로를 받을 데도 없고 사랑하여주는 이도 없는 이 몸은 기쁨이란 그림자도 없었나이다. 오직 거친 들에 홀로 내친 바 된 외로운 바윗돌같이 차고 적막할 뿐이었나이다.

이때에 나는 꽃아침 달밤에 얼마나 애달픈 눈물을 흘리었으며 봄바람 가을비에 얼마나 신산스런 한숨을 쉬었사오리까?

그때에 나의 눈물이 마르지 아니하고 웅덩이에 물 고이듯 고여 있었다 하면 나의 자리는 눈물에 떴을 것이요, 나의 한숨이 발산되지 아니하고 풍침風枕*에 바람처럼 모이어 있었다 하면 내 방에는 차고 쓸쓸한 기운이 가득하여 내 몸은 냉각하여졌을 것입니다.

이렇듯 애절비절한 생활을 길게 계속한다 하면 나는 이 약한 몸이 견디어날 것 같지 아니하더이다.

그래서 어떤 때는 모든 부끄러움과 염치를 무릅쓰고 어머니께 여쭈어서 서모庶母**니 가디기***니 하는 소리를 들을망정 마땅한 데 개가라고 잘 가보자는 생각도 한두 번이 아니었고 또한 어떤 남자가 있어 나를 참으로 사랑하고 동정한다 하면 담을 넘어서라도 따라나설 것 같기도 하더이다.

그러나 나는 정조의 관념이 이미 깊었고 또한 여자의 약한 마음이라 무서운 부형의 완고한 뜻을 생각하고는— 차마 실행은 못 하였나이다.

그런고로 상하고 아픈 것은 내 마음뿐이었나이다. 나는 구만리장천九萬里長天**** 같은 캄캄하고 아득한 멀고 먼— 앞길을 생각하고 깊은 물에 풍덩 빠져서 이 세상에서 보이는 모든 설움과 고통을 잊었으면……, 하는 때도 하루에도 몇 번인지 몰랐나이다.

이렇게 나는 어디서든지 어느 때든지 슬프고 외로우니까 자연히 시친媤親 양가의 어른들에게 미안하고 거북하고 애처로운 심회를 돋울 뿐이었나이다.

내 한 몸뚱이가 시집에는 큰— 짐이요, 친정에는 큰— 근심덩어리였

---

* 공기를 불어 넣어서 베는 베개.
** 아버지의 첩.
*** '가지기'(정식 혼인을 하지 않고 다른 남자와 사는 과부나 이혼녀)의 오기.
**** 아득히 높고 먼 하늘.

나이다.

그래서 나는 이 넓은 천지에 이 조그만 몸뚱이 하나를 용납할 곳이 없는 듯한 비애가 더욱 내 창자를 끊었나이다.

이렇게 내 몸이 섧게 되니까 세상 사람은 모두 다— 내게 냉정하고 야속하게만 구는 것 같은 데다가 더욱이 시어머니나 동서 되는 이들은 내가 시집 안 가고 수절하고 있는 것을 오히려 밉살스럽게 귀찮게 여기는 모양이더이다.

하루는 몸이 아파서 내 방에 가 외로이 누웠는데 건넌방 툇마루에서 시어머니와 맏동서가 마주 앉아서 "남이라고 과부 되어 수절하고 살라고 밤낮 자빠져서 무슨 떠—센'가?" 하는 시어머니 말에 동서는 덩달아 "글지요. 정— 그렇게 못 견디겠으면 팔자라도 고쳐 가지 왜 밤낮 얼굴에 수심만 띠고 있어서 집안사람들까지 거북살스럽게 굴까요? 어쨌든 청승꾸러기어요. 오죽 박복하면 다홍치마 속에서 과부가 될라고요" 이런 말을 주고받고 하더이다.

이런 눈치 저런 눈치 모르지는 아니하였지마는, 이런 말을 직접 내 귀로 들으니 가뜩이나 상하고 아프고 서러웠던 나의 마음이 과연 어떠하였으리이까?

마음이 상하나 누가 동정하여주는 이도 없고 몸이 아파도 누가 알아주는 이도 없는 가련하고 불쌍한 이 몸에 이렇듯 무정하고 타매**한 말까지 듣게 되는 나는 다시 하염없이 흐르는 뜨거운 눈물에 억울하고 온 심사를 사를 뿐이었나이다.

그때에 내가 그러한 설움을 받으며 또한 그렇듯 이성을 그리고 적막

---

* 재물이나 힘, 명분 등을 내세워 젠체하고 억지를 씀.
** 원문에는 '순매瞬眛'로 되어 있으나 이는 '타매唾罵'의 오식으로 판단됨.

을 느끼면서도 차마 개가할 엄두를 못 내인 것은 다만 두 가지 조건이었 나이다. 첫째는 온— 정신이 구습에만 젖은 시아버님께서는 여자는 정 절(오해된 정절) 외에는 생명도 없다는 주견主見*하에서 나의 과부 된 후로 는 나 들으라고 옛적에 있던 모든 열녀의 행적을 어디까지 포창褒彰**하여 말씀하시고 또한 실절失節된 여자의 예를 들어 그들을 제지 없이 타매하 고 공격하시며 따라서 나의 수절하는 것을 깊이 동정하시고 가상히 여기 사 모든 일에 특별한 사랑과 후대를 하심이오.

둘째는 나의 목전에 큰— 전감前鑑***이 놓여 있으니 그것은 내— 친 정으로 사촌 형 되는 이도 소년 과부로 수절하다가 고독의 비애를 못 이 김이던지 우리 집 사랑에 다니던 문객하고 어떻게 연애가 되어서 슬그머 니 나가서 둘이 같이 사는데 그때 여자를 사 남매나 낳고 아주 원만한 가 정을 이루고 사는데도 우리의 온— 집안사람이 그를 대면도 아니 하고 점잖은 집안에 가문을 더럽혔다고 그를 아주 버린 사람으로 인정하는 것 도 본 까닭입니다. 그런고로 그때 나는 이럴 수도 없고 저럴 수도 없이 그저 마음만 상하고 속만 타서 화풀이할 데는 없고 공연히 친정에 가서 친정어머니 앞에서 푸념을 하고 원망을 하는 때가 많았나이다.

가뜩이나 내 신세를 뼈가 저리고 가슴이 아프도록 애처롭게 불쌍하 게 여기시는 어머니는 망연히 눈물을 흘리시며 "그러니 어쩌잔 말이 냐……. 이미 네 팔자인 것을……" 하시면서도 속으로는 합당한 데 시 집이라도 보내었으면 하는 눈치도 보이더이다.

그러나 그저 맹목적으로 썩어진 구도덕만 숭배하여 여자는 어쨌든 두 번 시집가지 말아야 사람이라고 주장하는 나의 부형 앞에서는 어찌하

---

* 자신의 주장이 있는 의견.
** 찬양하여 내세움.
*** 거울로 삼을 만한 지난날의 경험이나 사실.

는 수가 없었습니다.

아아— 우리 사회의 습관이야말로 참 불공평하고 불합리하고 부도덕하지요. 어찌하여 남자는 몇 번을 장가들어도 무방하고 불경이부不更二夫*라 하고 개가를 불허하여 이와 같이 당자에게 다시없는 불행을 만들고 시친 양가에 이렇듯 누를 끼치게 하리이까? 그리고 우리 사회의 반면에 음분淫奔**의 부녀와 자살하는 여자가 비교적 많은 것도 이 까닭이 아닙니까? 만일 자신이 깨달음이 있어 구태여 개가할 필요가 없다고 생각한다든지 그렇지 아니하면 국가와 사회로 상대를 삼아 일생을 거기 공헌하기로 결심한 사람이면 물론 가상하고 동정할 만하겠지요.

그러나 그때의 여자는 사회와 국가에 대하여 아무 책임이 없는 때였고, 더욱 나는 감수성이 부富하고 정에 날카로웠나이다.

그런고로 나에게는 이렇게 독신으로 지내는 것이 한 큰— 고통이고 비애이었나이다. 그리고 사람은 호기심 많은 동물인 고로 남이 못하게 구속하는 중에서 더욱 얻으려고 애쓰게 되는 것이 상정입니다. 그런고로 나도 주위의 속박 밑에서 더욱 이성이 그리워지더이다. 이렇게 적막과 고독에 헤매는 동안에 한서寒暑***가 바뀌고 춘추가 지나서 세월은 몇 번인지 갔건마는 나에게는 영원히 즐거웁고 따뜻한 행복의 봄이 오지 아니하였었나이다.

아아— 이때에 나에게는 눈 위에 서리를 더하는 셈으로 더욱 애를 태울 사건이 하나 더 생겼었나이다.

이때에 나는 신산스럽고 쓸쓸한 과부의 생활을 계속하여온 지가 어느덧 5년이 지나서 스물셋 되던 가을이 되었나이다.

* 정절을 굳게 지키어 두 남편을 섬기지 아니함.
** 남녀가 음란하고 방탕한 짓을 함.
*** 추위와 더위. 겨울과 여름.

누구나 다 가을은 쓸쓸하다고 말하지마는 나는 더욱 쓸쓸하고 수심스럽게 가을을 맞지 않을 수 없었나이다. 그중 청명하던 어느 날 저녁은 쓸쓸하고 적적한 빈방에 수심을 띤— 등잔불을 대하여 나 혼자 시름없이 앉았었나이다.

밤에는 의례히 낮보다도 더— 구슬프고 쓸쓸하게 지내었었지만 그날 밤은 어째 그런지 더욱 심회를 정定치 못하여 하는데 멀리서 바람결을 쫓아 처량하게 들리는 단소 소리가 청승스럽게 나의 고막을 울리더이다.

이때에 가뜩이나 심회가 넘치던 나의 가슴에는 더욱 형용할 수 없는 일종 이상한 감회가 솟아올라서 두 뺨에는 뜨거운 눈물이 소리 없이 흐르고 신경은 몹시 흥분되어 도무지 방에 그대로 앉았을 수가 없더이다. 그래서 부지중에 미닫이를 열고 뜰에 내려섰나이다.

월색月色은 뜰에 가득하고 낙엽은 금풍金風*에 날리는데 나는 가을밤— 쌀쌀한 기운에 몸을 떨면서 뒷동산으로 통한 협문夾門**을 슬며시 열고 발 가는 대로 한 걸음 한 걸음 걸어가는데 낙엽의 밟히는 소리가 버석버석 나더이다.

후원에는 무서울 만치 사면이 적적하고 쓸쓸한데 달빛에 어리운 단풍든— 각색 수목이 그림같이 어둑어둑하게 널려 있는데 처처凄凄히*** 들리는 벌레 소리가 명상에 잠기인 만유萬有를 가만가만히 깨울 뿐이더이다.

나는 이곳에서도 위로될 듯한 무엇을 발견할 수는 없었나이다. 다만 차고 쓸쓸한 가을바람이 약한 내 몸을 침노하여 부지중 몸을 바르르 떨게 할 따름이더이다.

아무 데 가도 적막 외에는 따르지 않는 나는 그렇게 달 밝고 인적 없

* 가을바람.
** 작은 문.
*** 찬 기운이 있고 쓸쓸하게.

는 곳에서는 더한층 비애만 느껴지는 고로, 그만 저편 언덕길로 해서 돌아오려고 하는데 마침 왼손 편 육모정* 곁으로부터 사람의 발자취 소리가 버석버석 들리더이다.

그래서 깜짝 놀라 고개를 돌려 발자죽 소리 나는 편을 바라보았나이다. 소창** 옷 입고 정자관 쓴 두 사람의 남자가 앞서거니 뒤서거니 무슨 이야기를 조용히 하며 휘적휘적 걸어 내려오더이다. 뒤에 오는 이는 나의 둘째 시아주버니가 분명하지만— 앞에 오는 키 좀— 크고 얼굴 희게 생긴 젊은 남자는 누구인지 모르겠더이다. 그러나 그의 시선이 나의 시선에 마주치는 순간에 나의 영靈은 어쩐 셈인지 무인지경無人之境에서 친지의 인人을 만난 것처럼 깜짝 놀라도록 반가워하는 것 같더이다. 그러나 의외의 사람들을 만난다는 부끄러운 김에 걸음을 빨리하여 급히 내 방으로 돌아왔나이다.

넘어지듯이 아랫목에 주저앉으며 두근두근하는 가슴을 진정하고 높은 숨소리를 낮추며 "망신했다. 젊은 여편네가 무엇하러 밤에 혼자 동산에를 올라왔었을까 하고 그들이 의심하였겠다" 속으로 이렇게 중얼거리며 우두커니 혼자 앉았다가 몸이 으스스 추움을 감感한 나는 미닫이를 닫치고 불을 끄고 펴놓았던 자리에 옷을 입은 채 드러누웠나이다. 미닫이로 새어 들어오는 희미한 달빛이 베개 위에 놓여 있는 내 머리를 힘없이 비추는데 나는 이 생각 저 생각으로 잠은 졸연히*** 오지 아니하더이다. 시아주버니와 같이 동산에서 거닐던 그가 누구일까? 친한 친구인가 혹은 처가댁으로 누구 되는 이일까? 달빛에 비치는 그의 얼굴은 참으로 장부답게 잘도 생겼더라……. 그리고 그의 풍채를 잠깐 보아도 젊은이

---

* 육각형 모양으로 지은 정자.
** 이불 따위의 안감.
*** 까다롭거나 힘들이지 않고 쉽게.

로는 드물게 볼 점잖고도 쾌활한 청년다운 청년이었다……. 혼자 이렇게 생각하니 어쩐 셈인지 그가 한없이 사랑스럽고 정다운 것 같더이다.

그리고 그 후부터는 늘— 낮같이 밝은 달빛에서 시원스럽고 광채 있는 눈에 좀— 놀란 듯한 표정을 띠고 바라보던 그 미남자가 눈에 아련히 밟혀서 잊을 수가 없더이다. 그러나 나는 그날 그때까지 여자로서 부모가 정하여주지 않은 다른 남자를 사모함을 생의도 못 하던 터인 고로 오히려 내가 내— 마음을 이상스럽다고 의심하였나이다.

그러나 내 뇌에 박혀진 그의 사진은 나날이 선명하여갈 따름이더이다. 그래서 내 영의 눈은 아름답고 사랑이 넘치는 그의 얼굴을 자연히 아니 바라볼 수는 없게 되는 모양이더이다.

그 후 며칠이 지났는데 빨래 징근다*고 안마루에 앉아서 지껄이는 하녀의 말을 듣건대 그때 월하月下에서 보던 그 정다운 남자가 내 둘째 동서의 남동생이던 것이 분명하더이다. 그때에 무심히 듣는 체하는 내 마음속에는 무슨 이상스러운 파동을 일으키어 공연히 가슴이 울렁울렁한 것 같더이다. 그리고 알고 보니 그의 얼굴이 내 둘째 동서와 비슷하던 것이 새로이 기억되더이다.

내 둘째 동서는 재색이 겸비하고 또한 부덕婦德이 있어 과연 희귀한 숙녀이었나이다. 그래서 내가 가장 흠경欽敬**하고 또한 서로 친친히 지내던 바이었나이다.

그리고 그는 자기 집안 자랑을 과히 하려고는 아니 하는 이지마는 자기의 동생 되는(내가 동산에서 본) 이의 칭찬은 대단히 하던 터이었나이다. 그래서 나도 그 동생을 보지는 못하였으나 인격과 재질이 비상한 유

* 징그다. 옷의 해지기 쉬운 부분이 쉽게 해어지지 않도록 다른 천을 대고 듬성듬성 꿰매다.
** 기뻐하며 존경함.

망한 청년인 줄로 경모敬慕*하여오던 터이었나이다.

그런고로 그를 연모하는 정은 날이 지나고 달이 더할수록 더욱더욱 뜨거워지더이다.

그러나 수절하는 과부로 외간 남자를 그리게 됨이 내가 스스로 부끄럽고 미안한 듯도 하고 죄인 듯도 하더이다. 이것은 어렸을 때부터 받은 부모의 교훈과 사회의 풍속이 내 뇌에 깊이 관념된 까닭이었나이다. 그리고 주위의 사정이 절대로 허락지 않을 줄을 확실히 헤아림이외다. 그래서 이미 꺾지 못할 꽃을 바라보면 무엇하랴 하는 생각으로 그를 연모하는 정을 스스로 누르고 꾸짖어서 소멸시키려 몹시 번뇌하였나이다.

그러나 마음속에는 나도 모를 무슨 진리가 잠겨 있는지 — 억제하려면 억제하려는 그것이 꾸짖으면 꾸짖는 그것이 한 가지씩 초민焦悶**의 씨를 더할 따름이요, 그를 상사想思하는 정은 맹렬하게 붙는 화세火勢와 같이 더욱더욱 일어날 뿐이더이다.

그러나 나는 어떻게 하든지 그 생각을 잊어버리고 그 자리를 떠나보려고 굳고 단단한 결심을 품고 유형有形한 무엇을 대항하는 듯이 머리를 흔들며 손을 떨치고 냉정한 태도로 벌떡 — 일어나서 딴 — 데로 가서 딴 — 일을 하고 딴 — 생각을 하려면 얄미운 연마戀魔는 안타깝게도 애처롭게도 착착 달라붙어서 호리毫厘의 상거相距***도 수예須臾의 간間****이라도 떠나지 아니하여 나의 온 정신 온 — 마음이 마침내 그만 그것에게 포로가 되고 말 뿐이더이다.

단념은 정신상 일종 자살입니다. 정신상 자살은 육체의 어떠한 부분

---

* 깊이 존경하고 사모함.
** 속이 타도록 하는 고민.
*** '호리의 상거'란 아주 가까운 거리를 뜻함.
**** '수예의 간'이란 아주 짧을 시간을 뜻함.

을 빼어내는 것보다도 오히려 어려운 것이더이다. 아니 육신을 자살할지 언정 정신 작용을 막는 수는 없더이다. 그리고 정신 작용은 제한을 시키려 할수록 도리어 반동력이 생겨서 한갓 그 세력을 팽창시키는 도움이 될 따름이더이다. 그런고로 나는 그를 잊어버리려고 고민하는 사이에 연모의 정은 나날이 십 도 이십 도 점점 고도에 달하여 어느덧 백열白熱*에 이르렀었나이다. 따라서 남에게 비난받을 염려, 내 스스로 미안한 것, 주위의 사정 불허不許, 이런 생각도 차차 희박하여지더이다.

그러니 그때 내가 어느 날 어느 때인들— 그를 잊을 수가 있었사오리이까마는 다른 때보다도 제일 밤에 자려고 고적히 자리에 누우면 모든 정신이 집중되는 때인 고로 더욱 그의 생각이 안타까웁도록 간절하더이다. 그래서 뭉클한 가슴을 손바닥으로 문지르며 "아이고 아이고" 신음하는 소리를 발하며 전전반측輾轉反側하다가 어떻게 어떻게 하여서 잠이 들더라도 모든 인식이 마지막 끊어질 그 순간에까지 그를 생각하다가야 비로소 잠이 들게 되더이다. 그리고 몽롱한 꿈속에서도 반드시 그를 보게 되더이다. 그리고 잠은 짧은 죽음이라 하여 잠든 동안은 일체를 모두 잊어버려지건마는 오직 그를 연모하는 정만은 가장 정성스럽게 경건하게 깨어서 내 영을 지키고 있는 것 같더이다. 그래서 자다가라도 어떻게 하여서 잠깐이라도 먼저 그를 상사하는 정이 번개같이 내 뇌에 감촉되더이다. 그리고 아모 의식도 없이 잠들었다가 깨인 그 사이에는 다른 잡념이 생기지 않은 때인 고로, 그 연정도 가장 신성하고 순결하고 참된 것 같더이다. 비인 내 가슴의 무형無形한 그 연인을 상상想象으로 껴안은 그때는 아무 다른 염려 없이 그저 사랑스럽고 정답고 친한 생각이 달콤하다고 할지 새콤하다고 할지 형용할 수 없는 상긋한 감상을 줄 뿐

| * 기운이나 열정이 최고 상태에 달함.

이더이다.

그리고 이른 아침 — 내가 깨일 때가 아직도 먼 때에 나의 희미한 꿈속에 헤매일 때도 그를 사모하는 정은 하루도 거르지 않고 부지런하게 일찍이 내 뇌의 문을 두드리더이다. 나는 깜짝 놀라 깨듯 마듯 그 연정을 맞아 반갑게 즐겁게 재미있게 대접하는 동안에 어느덧 공무公務를 띠고 세상에 나오는 햇빛이 환—하게 창에 비치이더이다. 나는 할 수 없이 그 연모의 정을 껴안은 채 무거운 몸을 움직여 일어났었나이다. 그리고 날마다 해가 다하도록 그 연정으로 더불어 울고 웃고 하면서 세월을 헛되게 보낼 따름이었나이다.

그때에 나는 그를 그리우는 생각이 그날그날에 생명을 계속하는 유일한 원료이었나이다. 또한 그때 나의 생활의 전체이었나이다. 내가 한마디 말을 할 때나 한 발자국 냅둘 때나 한 손가락 놀릴 때나 도모지 그를 연모하는 정은 순간이라도 떠나지 아니하더이다. 그리고 내가 만일 몇천만 리 몇만 리를 떠난다 하더라도 어떠한 처참한 경우를 당하더라도 또한 어떠한 우환을 만나더라도 그를 상사하는 정은 결코 잠시라도 나를 떠날 것 같지 아니하더이다. 그리고 만일 내가 그때에 임종시臨終時가 이르렀더래도 최후! 최후! 가장 최후 생명이 끊어질 그 찰나에까지 그를 생각하는 마음은 따를 것 같더이다. 또한 죽어 저생에 가서라도 이생의 기억이 추호라도 남아 있다 하면 반드시 그의 생각 외에 다른 것은 없을 것 같더이다.

그러나 그러나 그렇듯 간절하고 곡진한 정회를 그에게 알릴 길은 아주 망연하였나이다.

깊고 깊은 규중에 갇힌 이 몸이 무슨 수로 산 넘어 구름 밖 멀고 먼— 시골에 있는 그에게 내 뜻을 알려줄 수가 있었사오리까? 아아— 10년 공든 탑이 하루아침에 무너지는 셈으로— 혼자 천만 가지 공상으로 사랑의 층계를 밟아 거진* 목적지에 달할 듯하다가 문득— 그 생각을 하면 그만 가슴이 내려앉고 손맥이 풀리더이다.

이렇게 마음 붙일 길이 없고 정신이 어지러워서 애를 태이다가는 행여나 동서의 방에나 가면 무슨 반가운 소식이 있을까 하야……. 일없이 가끔 찾아가서 이런 말 저런 말 끝에 그의 동생의 이야기를 물으면 내 속을 모르는 그는 묻는 말대답이나 간신히 하고는 다시 무슨 신기한 말을 들려주지는 아니하더이다. 그런고로 나는 남모르게 내 가슴만 태울 대로 태우고 있을 뿐이었나이다.

그리고 그때 생각에는 내가 만일 그를 영원히 다시 만나지 못한다 하면 나의 영과 육은 활활 타는 번민의 불에 속절없이 녹아버리고 말 것 같더이다.

그런고로 그때 생각에는 내게 있는 무엇이라도 희생하여 연인의 따뜻하고 간절한 위로의 말 한마디만 들었으면 원이 없을 듯하더이다.

그래서 모든 부끄러움과 염치를 무릅쓰고 담을 넘고 개천을 뛰어서라도 그를 찾아가서 그의 품에 가 푹 안겨서 내 가슴에 사무친 한을 유감없이 하소연하여보고도 싶고 내 심장에서 펄펄 끓는 뜨거운 정회를 혈서로 길게 길게 적어서 훨훨 날으는 기러기 편에 부쳐 보냈으면……, 하는 생각이 하루에도 스물네 번씩 나더이다. 아아— 이것은 헛생각뿐이요 도저히 이룰 수는 없는 일이었나이다. 그래서 또다시 이러느니 저러느니 하여도 모두 헛번민에 지나지 아니하는 것이요, 제일 '쉬운 방침은 가깝게 있는 동서에게 넌지시 말을 건네가지고 어떻게 선후책先後策을 청구하여봄이 가하다' 이렇게 혼자 생각하고 벼르고 벼르다가 어떤 때는 큰 모험의 길을 떠나는 듯한 굳센 결심을 가지고 동서의 방에를 갔으나 동서

| * 거의 다.

를 마치* 대하게 되면 두근두근하는 가슴과 함께 말문은 고만 꼭— 닫쳐 버리고 말뿐이더이다. 이같이 하기도 실상은 한두 번이 아니었나이다. 그러나 마침내 실행치는 못하였나이다. 그리고 어떤 때 정말 속이 몹시 답답할 때는 편지를 써야 전할 도리도 없건마는 생각나는 대로 상사의 정을 말도 잘 되지 않게 끄적이다가는 또한 스스로 무슨 생각을 하고는 부끄러운 듯이 화나는 듯이 북북 찢어버리기도 하였나이다. 이렇게 번뇌되고 우울한 심사를 진정할 수가 없어서 어떤 때는 공연히 마루로 뜰로 왔다 갔다 하기도 하였나이다. 그리는 동안에는 나는 평생에 노래란 무엇인지도 몰랐건만 그때 내 가슴속에 있는 감회는 가끔 무슨 비장한 노래를 부르고 싶어 못 견디어하는 것 같기도 하더이다. 이렇듯 애를 태이고 뇌를 썩히는 동안에 자연히 나의 신경은 과민된 모양이었나이다.

그래서 공연히 노하고 미워하고 슬퍼하게 되더이다. 그런고로 그때 우리 집에 있던 하인들은 변변치 못한 일에 꾸지람과 나무람을 듣고 속으로 원심怨心을 품은 듯도 하였나이다. 그리고 좀— 정답고 친절히 지내던 사람까지도 다 냉정하고 범연泛然**하여져서— 그런 사람이 내 방에 들어와서 오래 이야기하는 것까지도 성가시고, 누구로 더불어 말하기도 싫고, 이야기책 같은 것도 보기 싫고, 바느질도 손에 걸리지 않고, 평소에 사랑하던 화초도 별로 신기하게 보여지지 않고, 또한 그나마도 재미붙여서 만지고 닦아내고 먼지 떨던 세간이나 기명器皿도 돌아볼 여념이 생기지 아니하더이다.

그리고 그— 연인을 그리우는 열정이 나의 전 영靈을 점령한 고로 내가 웃고 말하고 먹고 수족 놀리는 것은 제 본능대로 기계적으로 행할 뿐이었나이다. 그리고 밤낮으로 멀거니— 우두커니 앉아 정신병자 모양으

---

* 마주.
** 차근차근한 맛이 없고 데면데면함.

로 무심히 피어오르는 구름 떨기를 바라보고 공연히 한없는 한숨을 발하며 뜻 없이 떨어지는 낙화의 소리를 듣고 망연히 속절없는 눈물을 지을 뿐이었나이다.

그러나 그러나 내가 아무리 그를 생각한들 무엇하며 또한 그가 설사 내 마음을 알아준다 한들 무슨 소용이 있었사오리이까?

아아— 그와 나와는 영원히 서로 만날 가망이 없는 위험한 길에 섰나이다.

만일 그때에 그와 나와 손목을 잡게 되었었던들— 우리 두 사람은 썩어진 구습에만 물든 부모와 친척의 비난과 공격의 구렁에 빠져서 신세를 망쳤을 것입니다.

그때에도 그런 줄 저런 줄 번연히* 알고도 사랑의 줄에 얽매여 내가 나를 어찌지 못하는 나의 초민과 곤란은 과연 형언할 수 없었나이다.

아아— 사랑의 길을 밟을 수도 없고 그렇다고 그를 잊을 수는 더욱이 없으니……. 나는 아프고 쓰린 가슴을 껴안고 얼굴을 찡그리고 몸을 비틀며 "아이고, 어찌할까. 진퇴가 양난한 내 신세……" 하고 신음하는 때가 수가 없었나이다.

그때 나는 조물주를 원망하고, 인생을 저주하였나이다. 어찌하여 인생에게 애정이라는 기묘한 씨를 심어놓은 이상, 애정의 나무가 마음대로 자라고 크도록 우로雨露는 내려주시지 않고 모처럼 움이 돋는 어린 사랑의 싹을 몹쓸 햇볕과 거친 바람을 불게 하여 그만 말라버리게 하시느냐고요. 저간에 과부의 생활이 적막하니 외로우니 하였었지마는 오히려 그렇듯 아프고 쓰리지는 아니하였나이다.

그에게 내 뜻을 알려가지고 내 뜻을 받아주고 아니 하는 여부는 물론

| * 뻔히.

모를 것입니다. 그러나 나의 그렇듯 참되고 간절하고 애달픈 정회를 상대편에 알려보지도 못하는 내 심사가 과연 어떠하였겠습니까?

참 세상에 가득한 모든 비애와 고통 중에 가장 알뜰한 고통은 열렬히 사랑하는 연인에게 제 속에서 부글부글 끓는 열정을 알려주지 못하는 그때일 것이더이다.

그런고로 그때에 나는 이 좁은 가슴이 터질 듯이 아프고 괴로움을 진정— 견딜 수가 없었나이다. 그래서 사랑을 이루지 못함이 이미 정한 운명일 바에는 차라리 치마끈으로 목을 매어서 나의 감각을 끊어서라도 하루바삐 그 고통을 면하고 싶은 생각도 없지 아니하였나이다.

그러나 실낱같은 목숨이지만 그렇게 쉽게 끊어버리는 수도 없더이다. 그리고 다만 고통만 고통대로 계속될 뿐이더이다.

아아— 그때에는 아무리 하여도 이 고통을 면하고 사랑의 길을 밟을 다른 무슨 도리는 절대로 나서지 아니하였나이다.

그때로 말하면 여자의 얼굴만 모르는 남자에게 보여도 오히려 수치라 하였거든 하물며 규중에 있는 과부의 몸으로 차라리 목숨을 끊을지언정 감히 당돌하게 알지도 못하던 남자에게 정찰情札*을 보내거나 정회情懷를 토로할 수가 있었사오리까?

그리고 나의 정조관보다도, 가법家法이 엄중함보다도, 남의 비난을 꺼리는 것보다도, 제일 상대편의 의향을 전혀 모르고 어찌 여자 된 내가 먼저 품은 마음을 발표할 용기가 있었사오리까?

그런고로 나는 길고 긴— 세월을 남모르게 태우는 가슴, 썩이는 속을 하염없는 한숨으로 살 뿐이었나이다. 그래놓으니 가뜩이나 핏기 없고 해쓱하던 내 얼굴은 더욱 차마 보지 못하도록 몹시 상하였던 모양이야

---

* 따뜻한 정이 담긴 편지.

요. 그래서 만나는 사람마다 어디를 몹시 앓고 났느냐? 어디가 편치 않으냐 하는 묻는 소리도 성가심도 많이 받았나이다.

그리고 그 후에 동서에게 들으니 내가 그렇게 못 잊어하던 그의 동생은 멀고 먼— 경성鏡城이라는 고을에 군수로 부임하여 명관名官이라는 백성의 송덕頌德 속에서 행정 관리가 되어 있다 하더이다. 그러나 그 뒤에 내게 가장 친절히 굴고 또한 내가 제일 경애하던 동서조차* 불행히 해산— 후더침**으로 다시 돌아오지 못할 길을 떠나버렸나이다. 그런고로 내가 그렇듯 열정적으로 사모하던 그의 동생도 우리 집에 다시 올 일이 없었나이다. 그리고 보니 그의 소식을 다시 들은 길이 영원히 막히어 버렸나이다. 그의 소식을 들은들 무슨 신기하고 기꺼울 일이 있었사오리까마는 붙일 길이 없는 내 마음은 아쉬우나마 그의 소식이라도 좀— 들었으면 적이— 위로가 될 듯하더이다. 그러나 야속할사! 불공평한 운명의 신은 그의 소식조차 끝끝내 들려주지 아니하더이다. 그러나 생각건대 명철하고 천재 있는 그는 아마도 성은을 입어 벼슬이 해마다 승급되어 국가의 주석柱石***의 신臣이 되었으리라고 생각하였었나이다.

그러나 나는 몇 달이 지나고 몇 해가 지나도록 비 오고 구중중한**** 여름날이나 서리 오고 이슬 깊은 가을밤에 얼마나 그를 생각하는 심회가 간절하였는지 몰랐었나이다. 그러나 사랑의 상대자 되는 그는 내가 그렇게 안타깝게 자기를 사모하던 줄은 꿈에도 생각지 못하였을 것입니다. 그 뒤로 아무리 하여도 그를 만날 수가 없을 것을 깨달은— 나는 실연자失戀者의 예투例套*****로 세상을 비관하고 인정을 냉랭타 하여 아무도 없는

* 원문에는 '종차'로 되어 있으나 이는 '조차'의 오식으로 판단됨.
** 아이를 낳은 뒤에 조리를 제대로 하지 못하여 생기는 여러 가지 병.
*** 기둥과 주춧돌. 중요한 역할을 하는 사람.
**** 습하고 깨끗지 못한.
***** 상례가 된 버릇.

쓸쓸하고 적적한 내 방에서 사서오경四書五經*과 기타 서적에 마음을 붙여 눈 쌓인 겨울밤에 글 읽기로 밤이 든 줄을 잊으며 소슬한 금풍이 오동잎을 떨어트리고 교교皎皎**한 월색이 미닫이에 허리를 굽힐 때 한시漢詩를 지어보노라 닭 우는 소리를 못 들으며 유유한 세월에 몸을 맡겨 봄을 맞고 겨울을 보낼 따름이었나이다.

아아! 이것이 무슨— 악마의 작희作戱***일까요? 어찌하여 영원히 만나지 못할 애인을 유성처럼 내 눈에 잠깐— 띄게 하여서 나의 가슴이 몇십 년 몇백 년이 지나도 만나보지 못하게 하였으리이까? 어쨌든 내 동서의 동생 되는 그 사람은 내게 큰— 치명상을 주고 큰— 타격을 준— 업원의 사람이었나이다. 내가 청상과부로 40여 년을 외롭고 섧게 지내었지마는 그때 그를 연모하던 때같이 아프고 쓰린 경험을 다시는 당하여보지 못하였나이다.

그런고로 지금도 그때 그 일이 억제할 수 없는 원한을 안고 때때로 내 기억에 나타나서 새삼스럽게 무심하던 내 마음에 슬픔을 자아낼 때도 없지 아니합니다.

아아! 완고하고 고집 센— 부모의 숭배하는 인습도덕에 희생된 나의 과거는 참으로 헛되고 헛되고 또 헛되었나이다. 여자로 나서 남의 아내 노릇도 못 하여보고, 남의 어머니 노릇도 못 하여보고, 사람으로 나서 사람다운 대우도 못 받고, 사람의 의무도 몰랐고, 사회의 인원人員이 되어 또 사회에서는 나의 존재를 몰랐고, 나도 사회에 대한 책임이 무엇인지도 모르고, 또한 봄이 오는지 겨울이 되었는지도 모르고, 다만 안방구석에서 밥벌레 노릇만 하다가 피가 끓고 정력이 솟아오르는 하염이 있을

---

* 중국 유가의 기본 경전. 사서란 『논어論語』, 『맹자孟子』, 『대학大學』, 『중용中庸』이며, 오경은 『시경詩經』, 『서경書經』, 『역경易經』, 『예기禮記』, 『춘추春秋』이다.
** 매우 맑고 밝음.
*** 방해를 놓음.

청춘 시대를 아무 의식 없이 아무 한 것도 없이 다시 못 만날 과거로 보내버리고— 이제 근 50세에 노년을 당하여 신경은 무디고 감정은 둔하여져서 꽃을 보아도 이쁜 줄을 모르고 기쁜 일을 만나도 즐길 줄을 모르는 아주 냉회冷灰* 같은 노폐물이 되어버렸나이다.

초로草露** 같은 우리 인생은 생명이 있을 그 찰나를 행복스럽게 의미 있게 지내라는 것이 조물주의 본의가 아니리이까? 그런데 나는 어찌하여 일생을 내 자신의 즐거움도 맛보지 못하고 또한 사회와 국가에 대하여 아무 하염이 없이 그저 배고프면 밥 먹고 졸리면 자는 하등 동물적 생활을 하다가 이렇게 늙어 쓸데없는 물건이 되어버렸으리이까?

그것은 나— 자신이 몰각沒覺하고 무지한 죄보다도 먼저 우리 사회의 불찰, 우리 부모의 부도덕한 책임이 더 크다고 생각합니다.

그러나 오늘 우리 사회의 현상을 보면 부모의 완고한 고집에 희생되어 나의 과거 같은 불우의 운명에 울고 있는 불쌍한 여성이 아직도 많이 있는 한편에 그대로 굳세게 밀려오는 세계 사조는 어쩌는 수 없어서 그렇듯 굳게 닫치었던 금고의 문이 방긋이— 열리자 자각 있는 여자들이 용맹스럽게 뛰어나와서 여자 사회를 개혁하자는 등 우리도 사람인 이상 당당한 인권을 가지고 국가와 사회를 위하여 일을 하여보자는 등 떠들며 자기들의 몸이 부서지는지 깨어지는지도 모르고 희생적 사업을 경영하고 있는 여자들이 날로 더하고 달로 늘어감을 기뻐하나이다.

공자께서도 후생後生이 가외可畏라고는*** 하셨지만, 내 딸뻘밖에 못 되는 어린 여자들의 각성이 그렇듯— 촉진함을 본— 나는 못내 감탄하여

* 불기운이 전혀 없는 차가워진 재.
** 풀잎에 맺힌 이슬.
*** 자신보다 나중에 태어난 젊은 사람이 가히 두렵다는 뜻. 『논어』의 제9편 「자한子罕」 제22장에 나오는 구절이다.

부지중 더운 눈물이 두 뺨을 적십니다. 그리고 나도 좀— 이 세상에를 더디 나왔더라면 하는 부러운 생각도 없지 아니합니다.

그대들은 교육받은 연한에 비하여 해방된 시일에 비하여 학문과 지식과 사업열이 참으로 초월하고 우승함을 충심으로 축하합니다.

그러나 한편으로 지금 나와 같은 구식 여자가 영원히 밝아—보지 못할 그 어둡고 침침한 눈을 가지고도 자기는 그래도 보는 체하고 "학교 색시가 어떠니, 공부한 여학생이 어쨌느니" 하는 것을 보면 한심스럽고 우스워서 "그러면 그전— 우리들처럼 사나이의 절제 밑에서 밥이나 빌어 먹노라고 그저 네네 하고 안방구석에만 틀어박혀 있지 않는다고 걱정이요" 하고 공박하고 부끄러움을 주고 싶더이다.

그러나 그대네들은 이 모든 비난과 공격 아래에 자기들의 몸을 희생하여가며 자기들의 사명을 이행하려 한다지요?

나는 이러한 광경을 보고 우리의 국가와 사회를 위하여 다시없는 다행이라고 생각하오며 아울러 나의 귀와 눈이 행복이라 합니다.

그리고 나는 그대들의 그렇듯 아름답고 기특한 마음에 무한히 동정하고 찬성하는 동시에 늦었지마는 이제부터라도 여생을— 마음으로나 정신으로라도 그대들의 뒤로 좀— 응원이라도 하여줄까 하고 지금도 밤낮 돋보기안경을 쓰고 책상 앞에 앉아서 내 양자(미국에 유학하고 온 시질媤姪*)에게 무엇을 배우고 있는 중입니다.

—《신여자》, 1920. 6.

| * 시댁 조카.

혜원蕙媛

1

혜원이가 눈을 번쩍 뜨니 상량爽凉한 가을 기운이 도는 아침의 빛이 거침없이 동창 유리를 거쳐 엊저녁에 흩어진 대로 둔— 원고지에 종용히 힘 있게 비치어 있다. 바깥은 심히 한적하여 때때로 가늘게 불어오는 금풍에 낙엽의 날리는 소리가 가만히 들릴 뿐이다. 또 쓸쓸스러운 바람이 부나 보다 하는 듯이 혜원이는 눈썹을 찡그린다.

왜 그런지 가을바람은 그렇게 신산스러운 느낌을 준다. 그도 그럴 일이다. 가을은 감상적이라 누구든지 가을에는 감상이 깊으려든, 하물며 어느 때나 고적孤寂에 울고 있는 혜원이랴.

혜원이는 근일 어느 잡지사의 의촉依囑*을 받아 소설을 쓰고 있는 중이다. 그것을 급히 탈고하노라고 밤이 이슥토록 있을 때가 많았다. 그래 그 노작勞作의 피로가 아침에도 늦게까지 혜원의 몸으로 하여금 이부자리에서 나오지 못하도록 만들었다. 또한 아침에 깨어서 자리 속에 누웠는 그 짧은 시간에도 생각하기에 골똘한다. 생각이 아직 복잡한 사물의 접

| * 남에게 부탁함.

122

촉되지 아니하여 맑은 정신이 단순하게 집중되어 있는 그때에 의외의 돌비突飛*한 생각이 날 때가 많음이었다. 요사이가 그나마도 혜원에게는 제일 즐겁고 안온한 마음으로 있을 때이다. 그렇지만 그 즐거웁고 안온한 마음으로 늘— 계속할 수는 없었다. 혜원의 어머니가 늘— 또 그 즐거웁고 안온한 마음을 깨트리는 한 헤살꾼**이었다. 그 딸의 심리를 이해하기에는 너무도 몽매蒙昧하였다. 그 딸의 이상과 인격을 알아주기에는 너무도 무식하였다. 청혼하는 돈 많고 인품 좋은 신사들이 많건마는 시집갈— 생각은 꿈에도 아니 하고 저 혼자서 공연히 끄를탕***을 하는 그 딸의 속을 암만해도 알 수가 없다 하였다. 진심껏 제 전정을 위하여 말해주는 어미를 오히려 그르게 아는 완강한 그 딸을 미웁게 생각할 때도 없지 아니하였다. 세상이 어떤가를 헤아릴 줄 모르는 그 딸을 위하여 걱정도 하였다. 다 늙은 자기 하나만 죽어지는 날은 사고무친四顧無親한 외로운 몸이 될 그 딸을 위하여 동정의 눈물도 많이 흘린다. 그러나 혜원에게는 이것이 도리어 아무 도움이 없는, 또한 듣기 싫은— 걱정 잔소리에 지나지 않는 것이었다. 오늘 아침에도 벌써 모친이 벼개맡에 와서

"혜원아 어서 니러나거라. 아참밥 다 되었다. 혜순蕙順이는 밝기 전부터 일어나서 요동이란다."

이렇게 말을 하면서 나이는 그리 많지 아니한 한없는 세고世苦의 부대낀 표적表跡으로 주름살 많이 잡힌 노쇠하게 보이는 얼굴에 성가신 듯한 표정을 띠고 불그레한 그 딸의 얼굴을 물끄러미 들여다보고 섰다. 혜원이는 좀 귀찮은 듯한 기색으로 가만히 있더니

"아이 인제 일어날게요."

---

* 펄쩍 뛰어 낢.
** 남의 일에 짓궂게 훼방을 놓는 사람.
*** 끌탕. 속을 태우는 걱정.

하며 벌떡 이불을 제치고 일어나서 옷을 입는다. 몸이 픽— 노곤하다.

"자 세수물 놓으마" 하며

모친은 마루로 나아가며 미닫이를 닫는다.

"아생초곡兒生初哭을 이지부爾知否아……, 일타인간만종수一墮人間萬種愁라……." 고시古詩 한 구절이 우연히 생각이 나서 읊조리는 고저도 없는 소리가 자연히 혜원의 입에서 그윽이 굴러 나온다. 저고리 고름을 매이고 치맛자락의 주름살을 편다. 그리고 고개를 한 번 흔든다. 이것이 혜원이의 늘 하는 버릇이었다.

세수를 하고 머리를 치켜올려 쓰다듬고 안방으로 건너와 보니 혜순이가 반닫이 앞에다가 각색 비단 헝겊과 종이 상자 조각과 공책 연필 등 물物을 벌여놓고 제 손으로 만든 각시 옷을 이리 접고 저리 접고 앉아서 누가 들어오는 줄도 모르도록 정신이 팔린 모양이라. 이렇게 귀엽게 장난하고 있는 동생의 모양을 본— 혜원은 언뜻 자기 어렸을 때에 추억이 간단없이 떠오른다.—시골서 살 때에는 아직 나이도 어렸지만 남녀 간 연애라는 무엇인지 세상 고생이란 무엇인지 전혀 몰랐었다. 그저 아무 생각 없이 천진난만으로 다만 부잣집 딸로 음전하고 유순하게 작인作人의 집 아이들을 귀애하며 그날그날을 보내어왔다. 그때는 또 모든 것이 자랑거리였다. 옷을 남의 아이들보다 고운 것을 입는 것이라든지 명절이나 집안의 무슨 날이면 음식을 많이 하여 동네 사람을 청하여 먹이고 나누어 주는 것이라든지 모든 것이 어린 계집에의 마음에는 다시없는 자랑거리였다. 이때가 혜원에게는 두 번 만나지 못할 즐겁고 만족한 시대이었다.

그리다가 차차 철이라는 것을 알게 될 때 부친의 잘못으로 그 크나큰 부잣집도 고만 일순에 패가를 하고 뒤미처 부친이 또 깡마른 나무 꺼지듯이 죽어버렸다. 모녀 삼 인은 손목을 이끌고 도로에 방황하지 아니치 못할 비운에 빠졌다. 이때에야 비로소 세상이란 거칠고 험한 것과 인심이란 차고 매운 것인 줄을 마음에 사무치도록 느끼었다. 그러나 다행히 혜원이가 본래 한문의 소양이 넉넉한 데다가 사립 L 학교 중학부를 우등으로 졸업한 수재이었다. 그런고로 일간—間 섬약한 처녀인 혜원의 능력으로도 홀어머니를 봉양하며 한 명의 동생을 공부시키기에는 과히 어려운 일은 아니었었다. 그러나 혜원의 신상에는 또 한 가지 불행이 닥쳐왔다. 연애의 번민 실연의 고통…… 그때의 경우를 생각하는 혜원의 마음은 쓰리고 아프지 아니치 못하였다.

2

인제 7, 8세밖에 아니 된 동생 혜순이는 저의 형의 마음을 전혀 헤아릴 길이 없었다. 아침밥을 먹고 나서는 즉시

"언니 오늘 동물원에 아니 가오. 나하고 같이 가?"

하며 어리광스런 어조로 달라붙는다.

"아이 왜 이러니, 나는 오늘 조금 일이 있단다."

"무슨 일?"

"급히 쓸 것이 있단다. 그리고 너도 왜 학교에 아니 가니?"

"아이고 언니도 오늘 일요일인데, 그래 구경 가요."

"참, 그래."

하고 기운 없는 대답을 한다. 그렇게 깊이 생각할 필요도 없는 일을 아주 중대한 일같이 생각하는 것이 또 이즈막 혜원의 버릇이었다.

"혜순이도 보고 싶어 하고 하니 데리고 가보려므나, 너도 바람 좀 쏘일 겸 가는 것이 좋지 아니하냐."

하고 모친이 옆에서 말을 하니 혜원이도 갑작스러이 가—보고 싶은 생

각이 난다.

"그러면 어머니 집 보시라고, 혜순아! 우리 가자."

"아이그 좋아라!"

하고 혜순이는 강동강동 뛰어 좋아서 마루로 방으로 돌아다닌다.

조금 있다가 혜원이와 혜순이는 집을 나왔다. 종로 전차정류장까지 와서 전차를 타려고 전동典洞* 골목서 찬찬히 걸어 나온다. 오면서 길에서 혜원이는 좋아서 뛰노는 혜순이를 내려다보면서 아직 철이란 무엇인지 일체 알지 못하고 간사함 없이 기뻐하고 즐기는 그 동생이 부럽기도 하고 불쌍하기도 하다 하였다. 저도 그맘때 일을 회상도 하여보며 20여 세가 되어 실세간實世間에 발을 들여놓던 첫걸음에 실패를 당한 제 현재를 생각하니 새삼스럽게 고적하고 부칠 데 없는 마음이 더욱 간절하여지는 것 같았다.

혜원이는 투철한 문재文才가 있었다. 그것이 몸을 도울 만치 불행한 경우에 빠져서 혜원이는 될 수 있는 대로 정력을 지상紙上에 쏟아가지고 그윽한 한을 붓으로 말하였다. 그 참으로 감상적이요, 애련의 정조를— 술술 거침없이 쓰는 그 현란한 글은 얼마 아니 되어 세간의 주목을 끌게 되고 별안간 조선 신문단新文壇의 유일한 여류 작가로 떠받들리었다. 그러한 데다가 남달리 품격이 고상한 까닭에 젊은 남성 간에선 화제의 초점이 되었었다. 그래 마침내 어느 청년 문사와 열렬히 상사하는 사이가 되었었다. 그때에는 나는 그대에게 나의 일체를 바치오, 또한 만일 그대가 죽는다면 나의 생명도 곧 소멸되는 날이오라고 피차에 분명히 말하였다. 그때 그 두 연인은 세상은 저희들만 위하여 생긴 것만 같았다. 좋은 것 기쁜 것 아름다운 것의 일체는 오직 저희들의 소유인 것만 같았다. 그

---

* 지금의 종로구 견지동堅志洞 부근.

126

때에 그 두 사람은 세상에 충만한 비애불평悲哀不平은 전혀 몰랐으며 또 보이지도 아니하였다. 그러나— 그것은 이미 사라진 즐거운 꿈이었다. 그것은 다시 오지 못할 그리운 과거이었다.

아아— 못 믿을 것은 남자의 마음이었다— 그렇듯 뜨겁게 사랑하여 주던 그 청년 문사는 벌써 어느 실업가의 서랑婿郞*이 되어버렸다. 그만 애愛의 력力은 부富의 력力에 정복되었다.

그때에 혜원의 실망과 낙담은 과연 형언할 수 없었다. 그 당시에는 기절까지 하였었다. 그 후로 정신의 이상이 생겨서 세상의 소문이 좀 괴이하였었다. 그러나 마침내 인생 그 물건이 원래 그런 것인 줄을 깨달았다. 어제 지기知己의 친우親友였던 사람이 오늘 구수仇讐가 되며 아까 생명을 바치려던 애인이 지금은 도리어 목숨을 해치는 업원의 사람이 되는 세상이다. 정情이란 무엇이며 애愛란 무엇인가? 정은 조석으로 변하는 것이요 애는 무시無時로 동動하는 물건이다.—그런고로 세인은 신애信愛할 수도 없고 세상사를 그리 중대시할 것도 없고 세상에 애착심을 둘 만한 무엇도 없음을 헤아렸다. 구태여 정을 구하고 애를 얻으려 함이 도리어 어리석은 일이라 하였다. 혜원이는 이제부터는 연애이니 상사이니 하는 것은 아주 단념하여버리고 전혀 예술이라는 데 발을 들여놓기로 하였다.

그러나 생각지 않으려는 실연의 무대가 자꾸자꾸 연상되어서 과연 괴롭고 아픈 마음을 어찌할 수 없었다. 차라리 사랑이란 맛보지 아니하였던들 이렇듯 아프지는 아니하였을 것이요, 설사 사랑의 경험이 있었더라도 그 기억을 그 뇌에서 지워버릴 수가 있다면 오히려 괴로움이 그렇듯 심하지 아니하리라 하였다. 그러나 임의로 못하는 정신 작용을 어찌하는 수가 없었다.

| * 사위.

어떤 때 한가로이 앉아 그 청년 문사의 일을 생각하고는 홀로 분한憤恨한 눈물을 금치 못하였다. 하루라도 못 보면 서로 적막하고 섭섭하여 못 견디던 일생의 생사와 고락을 같이하자고 굳게 언약한 그가 이제 와서 그렇게까지 박정하게 의리 없이 할 줄을 어찌 꿈엔들 뜻하였으랴 하는 생각으로……

물론 혜원이가 그만한 재조와 품성을 가지고 부귀를 구하며 사랑을 구하였으면 이 세상의 고생이란 그리 통절히 느끼지 않을 뿐만 아니라 일평생 안일한 호화로운 생활을 할 수가 있는 것이다. 그러나 여자의 인격을 무시하고 자유를 빼앗는 무지한 남자에게 시집가서 현모양처라는 미명하에서 부속물 완롱물玩弄物*이 되어 한갓 온공유순溫恭柔順을 주장하는 노예적, 기계적 생활을 하며 호의호식하는 것이 도리어 자유천지에서 거지 노릇 하는 것만 같지 못하다 하였다. 인격상 차이가 없는 사람인 이상 여자 자기도 어디까지 사람으로 살려 하였다.

혜원이는 혜순이를 데리고 벌써 동물원에를 들어오면서도 그 청년 문사만 생각하고 있다. 한없이 원망스럽고 비할 수 없이 미웠다.

죄 없는 무구한 순결한 여자를 죄 있이 만들고 더러운 여자를 만드는 것이 남자 되어 얼마나 한 자랑인가, 옛적부터 음흉한 남자들에게 생명의 유린을 받은 여자가 과연 얼마나 많았으며 남자한테 농락을 받아 전정을 그르친 여자가 과연 얼마나 많았는가, 하여간 남자란 여자에게 대하여 가장 무서운 악마이다 하기는 하지마는 많고 많은 여자들이 다 그 악마에게 묵묵히 복종하지 아니치 못하게 되었었다. 하나님이 편벽되게 남자에게만 한하여 특별한 알지 못할 마력을 주었을까. 혹은 여자가 다— 무지하

| * 재미로 가지고 노는 물건.

고 몰각해서 그럴까.―어쨌든 남녀 간 관계를 그렇게 이상하게 기묘하게 만들어서 전정이 멀고 유위有爲*한 여자들로 하여금 타락되지 아니치 못하도록 만들어놓은 조물주의 심사를 알 수가 없다 하였다.

하여간 혜원이 저는 그 못된 남자들의 육욕을 채워주는 연애적 희롱물은 되지 않으리라고 결심하였다. 그리고 어디까지든지 자립적 독립 생활을 하기로 이미 작정하였다.―혜원의 가슴에 떠오르는 생각은 생각의 뒤를 이어 끝없이 계속된다.

혜순이는 보는 대로 저것은 무슨 짐승이오, 저것은 무슨 새요, 무엇이 무섭소, 무엇이 이쁘오 하며 연방 지껄이나 혜원이는 응응 코대답을 하며 정신없이 혜순이에게 손목을 끌려 이리저리 다닌다.

"언니 인제 좀 쉬어 갑시다. 다리가 자꾸 아프니" 하며 혜원의 손목을 이끈다. 혜원이는 그때에야 비로소 꿈을 깬 듯이 얼굴을 번쩍 드니 어느 틈에 식물원 못 미쳐 낙엽 많이 쌓인 언덕까지 왔다.

만산수림滿山樹林에는 황량한 가을빛이 이미 깊었고 낙엽은 황금빛같이 반짝반짝해 빛에 비치이며 산산이 흩어져 석별의 한을 머금은 듯 처연히 떨어져서 금잔디 위에 펄펄 쌓인다.

아아― 어느덧 만추晩秋가 되었구나. 혜원이는 다시 그 청년 문사의 일이 연상된다.

작년 이맘때에도 그와 어깨를 나란히 하여 ○○ 공원에 산보하며 키 큰 노송 옆에 붉은 옷을 입고 드러누운 큰― 바윗돌을 가리키며 우리의 사랑은 저 바위가 저절로 부서져 모래가 되더라도……라고 분명히 장부의 천금 같은 말을 하며 내 손목을 아프도록 꼭― 쥐던 일이 오히려 어제 같거늘…….

* 능력이 있어 쓸모가 있음.

129

아! 인생을 조로朝露에 비하였거든— 그 짤막한 일생의 인사의 무상함이 그렇듯 심할 때가 왜 있을까— 혜원이는 그 청년 문사의 무정함을 원망하는 것보다도 그 의리 없음을 통탄하는 것보다도 인생 그 물건의 무정 무상함을 못내 탄식하는 바이라 하였다. 이렇게 생각하는 혜원이는 더욱 마음이 아득하고 외로울 뿐이었다. 넓은 창경원에는 이곳저곳에 삼삼오오히 거니는 사람도 적지 않았다. 그 가운데 흘낏— 그것은 길에서 흔히 보는 마치 서양 사람이 동부인同夫人하고 의좋게 가는 것같이, 이리로 뒤를 두고 가는 청년 남녀가 있다. 남자는 양복 여자는 히사시가미!* 확실히 지금까지 생각하고 있던 그 청년 문사와 그 아내가 분명하였다.

혜원이는 그것을 보는 순간에 통분痛憤한 불길이 강한 전기를 통한 것 같이 확확 솟아오른다.

얼굴은 화끈거리고 가슴은 울렁울렁한다. 독한 술에 중독을 받은 사람같이 정신은 어지럽고 다리는 내어 디딜 수가 없도록 떨리인다.

동부인한 두 남녀는 뒤에서 저희들 때문에 원한비분怨恨悲憤의 터질 듯한 가슴을 껴안고 느껴 우는 혜원이가 있음을 생각지도 않고 둘이 사이에는 무슨 재미있는 이야기가 교환되었는지 남녀 합성의 미미微微한 웃음소리가 바람결에 날아오자 두 사람의 그림자는 많은 사람들 틈에 사라져버렸다.

영문도 모르고 걱정스러워하는 혜순에게 손목에 끌려 발길을 돌이키는 혜원의 눈에는 일종 이상한 광채가 번득였다.

—《신민공론》, 1921. 6.

---

* ひさし-がみ(庇髮). 앞머리를 모자 차양처럼 내밀게 한 머리. 일본에서 메이지 후기에서 다이쇼 초기에 유행함. 여학생들 사이에 크게 유행하여 여학생의 별칭으로까지 되었으며, 조선에도 영향을 끼쳤다.

L 양에게

아까 댁에서도 또 공연한 눈물을 흘리었나이다. 지금도 또 다른 원인을 찾을 수 없는 눈물이 걷잡을 수 없이 자꾸 쏟아집니다. 아마 기쁜 사람의 웃음보다도 서러운 사람의 눈물이 저절로 많이 소유되어 있는 것인가 보외다. 벗이 아는 바와 같이 나도 아무 철 모르고 뛰어다닐 소녀 적에는 좀처럼 해서는 눈물을 흘리지 아니하였나이다. 그러나 아무것도 없고 아무도 없는 외로운 신세로 거친 바람밖에 불지 않는 매운 세상길을 홀로 걸어가게 된 오늘은 우수수 떨어지는 나뭇잎 소리만 들어도 그저 눈물이 핑 돌게 되나이다. 지금도 누가 와서 "너 왜 우니?" 하고 물으면 머뭇머뭇하다가 "공연히— 외로워서!"라고밖에는 할 말이 없겠나이다. 그러면 언제든지 한결같이 외로움을 느끼게 된 까닭은 어디 있느냐고 할 것이로소이다. 참으로 오늘같이 통절한 외로움을 느낀 일은 내 생전에는 한 번뿐일 것이로소이다. 전에도 없었고 후에도 없을 것이로소이다.

아! 나의 서러워하는 눈치에 먼저 눈물을 흘리던 사랑의 벗에게 어느새 나의 눈물 같은 것은 별로 기억에 남길 가치가 없는 것이 되어버렸더이다. 아까도 K양이 들어오는 바람에 남에게 이상한 눈치를 뵈이지 아니

할 양으로 금시에 웃는 얼굴을 짓게 된 나의 가슴이 어찌 웃음소리와 함께 평화하여졌사오리까. 나와는 아무 상관 없는 딴 생활에 발길을 돌린 벗은 몇 번인지 모르게 꺼내어서 자랑시킨 애인에게서 온 목도리를 또다시 꺼내어서 만져보고 둘러보고 거울에 비춰보면서 만족과 자랑의 빛이 넘치는 얼굴로 기쁨에 겨운 여러 말을 하는 양을 곁에서 보는 나는 K 양과 함께 애서 탄미歎美하는 태도로 지은 칭찬의 말을 하였나이다. 그러나 실상 나의 가슴이 얼마나 적적하고 쓸쓸하였사오리이까. 나의 뼛속까지 들여다보는 듯이 나를 이해하던 나의 벗은 이전 같으면 내가 아무리 나타내지 않으려 한다 하더라도 어딘지 실심하는 빛이 드러나 있는 기색을 발견하였을 것이로소이다.

피차 어렸을 때 즉 성性의 눈이 뜨이지 아니하였을 때 둘이의 머리카락을 한데 꼬아서 곽에 넣어 나무 밑에 묻으며 정을 맹서하던 순진스러울 때나 산 밑에 집을 짓고 앞마당에 과수果樹 배양하여놓고 하나가 뜰을 쓴다 하면 하나는 꽃에 물을 주지 하며 서로 사랑하고 서로 위로하며 늙어 죽도록 둘이만 살자고 속살거리던 세상 물정 모르던 예전 일은 벌써 기억에도 희미하여졌나이다. 부모에게 희생되어 규중에 감금되었던 벗이나, 경우에 지배를 받아 허위의 생활을 하던 내가 오늘 천만인의 입에서 쏟아지는 비난의 비를 무릅쓰며 모든 것을 초월하여 그래도 새 생활을 밟으려는 초두에 또다시 벗과 나는 만나게 됨이로소이다. 우리 두 사람의 사상은 공명共鳴되고 취미는 공통되고 경우는 이해하게 되었나이다. 그러하니 위에 말한 바와 같은 소녀 적 친함이 없었더라도 저간에 서로 그리워 애태우던 정리가 없었다 하더라도 그런 지기의 벗을 만난 나의 위안과 기쁨이 과연 어떠하였겠나이까. 벗을 다시 만난 지가 겨우 한 달쯤 지내었을 어제까지는 그간에 지나온 모든 고생이나 비애 고적이 거의 찾아도 없어진 것 같았나이다.

아! 벗이여— 이상히 생각지 말으소서. 어제까지 벗으로 인하여 위로받던 내가 어찌하여 오늘 그렇듯 외로움을 느끼는 일을. 처음 만나, 그리웠던 정담을 말하기도 전에 벗은 벗에게 애인이 있는 것을 먼저 설파하였나이다. 내가 정을 기울이는 데가 없는 벗인 줄 알고 너무 신뢰하였다가 후에 실망할까. 염려를 함인지 아무리 친우親友에게라도 애정을 열렬히 느끼는 것은 애인을 위하여 미안하다 하여 애인을 가진 자기를 공개하여 스스로 계엄戒嚴*하려 함인지, 혹은 서로 가슴을 헤치는 벗에게 비밀 같은 것을 가지는 것이 미안하다 생각함인지, 하여간 제일 먼저 애인이 있는 것을 내게 말하여주었나이다. 나는 무엇이라도 숨기지 않는 벗에게 눈물이 나도록 감격한 동시에 벗이 그렇게도 정답고 믿어지었나이다. 그 후로는 날마다 밤마다 벗의 부드러운 말소리를 들으며 따듯한 손등을 어루만지기에 괴롭던 지난날이 기억에 나타나지도 않고 무슨 일이 닥쳐올지 모르는 이때까지의 일 내일의 일을 생각할 사이가 없었나이다.

벗이여— 무리한 생각이었나이다. 그러나 나는 나의 이러한 순진한 생각을 벗에게 가진 것과 마치 한가지로 벗도 애인보다도 누구보다도 나를 제일 많이 생각하고 있으려니 하였나이다. 그리하여 이후로 개척하여 나갈 새 생활의 길이 아무리 위험하더라도 벗이 있는 이상 갈수록 새로운 용기와 담력이 생기리라 하였나이다.

아! 그러나 그것은 나 혼자 헛꿈을 꾸던 것이로소이다. 아까 댁에 가서 비로소 나는 꿈을 깨었나이다. 책상 서랍에 가득히 찬 애인에게 온 편지, 형형색색으로 박힌 애인의 사진, 애인에게서 온 여러 가지 물품. 그리고 "천하에 오직 당신 한 분만"이라고 한 벗의 편지 답장도 보여주었지요. 아아! 나는 역시 외톨이였나이다, 혼자이었나이다. 다만 혼자이었

* 경계를 엄중히 함.

나이다. 결코 질투의 감정으로 그러는 것이 아니야요. 평소에 서로 하던 말도 있지 않습니까. '벗은 벗의 애인이 있을 것이요, 나는 나의 사랑하는 이성이 나타나리라고.' 그리고 벗의 행복이 곧 나의 행복같이 생각되고 나에게 즐거운 일이 벗에게 더욱 즐거운 느낌을 주는 것이라 하지 않았습니까. 그러나 벗이 애인에게 혼을 남김없이 빼앗기고 다만 기계적의 웃음만 나에게 날릴 때 경우도 입각지立脚地*도 틀림이 없이 나와 같은 나의 벗이 벌써 나와는 상관도 없는 딴 생활에 들어선 것을 볼 때 나는 아무리 하여도 자신의 외로움이 절절히 느껴지지 아니할 수 없었습니다. 아까 댁에서도 애써 평범한 태도를 짓노라고 겉으로 웃고 이야기하고 있었지만 정신은 알지 못하는 처량하고 쓸쓸한 딴 세계에서 헤매이다가 K양이 간다고 일어서는 바람에 나도 그만 일어섰나이다. 여전한 적적한 회포를 안은 대로 전등 빛이 환한 길거리에서 무심히 걸어가는 모든 사람을 맞고 지나치며 어두컴컴한 골목을 걸어 시름없이 있는 격으로 돌아왔나이다.

'행여 어디서 편지나 왔으면'(기다리는 편지도 없으면서) 하는 것도 헛바람이었나이다. 전등불만 빤히 켜 있는 쓸쓸한 방에 주인집 늙은 내외의 궁상스러운 목소리가 울려들 뿐이더이다. 부지중 "휘—" 새어 나오는 한숨과 함께 책상 앞에 가 털썩 주저앉았나이다. 방에 들어오면 먼저 들여다보던 거울조차 바라볼 흥기興氣가 나지 아니하였나이다. 정신과 몸이 함께 풀이 죽어 축 늘어지나이다. 나는 어느 것보다도 가장 많이 가지고 있는 눈물은 거침없이 흐르고 있나이다. 마음은 썩 단순하고 침착하여졌나이다. 아무 다른 생각은 나지 않고 그저 외로울 뿐이로소이다. 언제라 외로움을 느끼지 않는 바가 아니지만 지금같이 이렇게 영육靈肉이 함께

| * 근거로 하는 처지.

134

외로움의 덩어리가 되어본 적은 한 번도 없었나이다.

　아! 이렇듯 외로움을 절실히 느낄 때 누구의 생각을 하며, 누구를 그리우리이까. 내게는 아무도 없나이다. 세상 천하에 아무도 없나이다. 오직 내 기억에 남아 있는 정情도, 이는 사랑하는 벗이 있을 뿐이로소이다. 나를 생각하거나 아니 하거나 애인이 있거나 없거나 다만 나는 벗을 생각하니 벗 외에는 생각날 리가 없나이다. 그리울 이가 없나이다. 지금 나는 애인에게 전 존재를 바친 벗 정열의 결정인 정찰情札을 애인에게 보내는 벗인 것은 생각되지도 아니하나이다. 다만 빨간 댕기 드리고 조그마한 손목을 서로 붙잡고 유리창 밑이나 교당 모퉁이로 둘만 돌아다니며 무슨 이야기인지 속살거리던 정다운 소녀이던 벗, "이성이란 믿을 것이 되나. 나는 네 맘만 변하지 않는다면 언제라도 어디서라도……" 하던 정성 있는 벗으로만 기억에 남아 있을 뿐이로소이다. 아아! 그리운 벗이여! 지금이라도 뛰어가 안기고 싶소이다. 그러나 이것은 순간적 감정에 지나지 못할 것이로소이다. 붙일 길 없는 외로운 감정으로 일시 그러한 것에 지나지 아니할 것이로소이다. 정직하게 말하면 나 역시 영원히 이성의 사랑을 떠나서 벗의 품에서만은 만족을 얻을 수 없을 것이 사실이로소이다. 그런고로 나 혼자는 얼마나 한 적막을 느낀다 하더라도 벗이 애인의 품으로 안겨 가기를 마음껏 바라는 것이로소이다. 어차피 서로 이성의 팔에 안기울 몸들이니 누구가 먼저 안기든지 상관없는 일이 아니오리까. 그런고로 이제 나는 벗이 벗의 애인으로 더불어 더욱더욱 열렬히 사랑하게 되고 따라서 평탄하고 넓은 사랑의 길이 열리기를 충심으로 바라는 것이로소이다. 그리고 내가 힘으로나 정신으로나 두 분의 애인 길을 닦는 데 도움이 될 수만 있다 하면 도우려 하는 바이로소이다. 그러나 나를 이해하는 벗이여 달리 생각지는 말으소서. 당분간 나는 벗을 보지 않으려 하나이다. 공연히 눈물 흘리는 꼴을 보여서 잠시나마 벗의 즐겁고 행복스런 생활에 흠을 끼칠 필요도 없을 뿐 아니라, 외로운 벗 나를 깊이 동정하는 생각을 일으킬 때는 정녕 벗이 애인에게 불충실한 생각을 잠깐이라도 가지게 되는 것을 짐작함이로소이다. 벗의 애인이 봄에는 동경에를 오신다지오? 열렬하고 쾌활하고 취미 있는 분으로 경모하고 있는 바이로소이다. 상경하시거든 뵈옵고자 하나이다. 사랑하는 벗이여— 섭섭히 생각지 말으소서. 나의 지금 적막과 설움은 무엇 때문에 누구 때문에 하는 것이 아니요 스스로의 적막 스스로의 비애를 스스로 적막해하고 스스로 비애하는 것이로소이다. 따라서 무엇으로나 또는 누구나 위로하지 못할 것이로소이다. 벗의 위로도 이제는 이미 보람이 없게 되었나이다. 이제 나는 누구의 적막이나 비애를 염려할 까닭이 없는 것이로소이다. 다만 벗은 벗의 애인에게 충실하고 열렬할 뿐일 것이로소이다.

—《동명》, 1923. 1.

순애의 죽음

1

S 언니— 순애는 그만 자살하였답니다. 언니도 무슨 이유로! 하고 깜짝 놀라실 줄 압니다. 물론 다른 사람들은 죽기까지에 이를 이유는 없다고 할지도 모르겠나이다. 그러나 성미가 몹시 꼭하고도 고상한 순애로는 자살하지 않을 수 없는 훌륭한 이유가 있답니다. 어쨌든 제일 예쁘고 재조 있고 뜻 있던 유일의 동무를 잃어버린 우리의 애석한 정이 어떠하겠습니까? 그래도 내가 그 사정을 미리 눈치라도 채었으면 그 지경까지 이르도록은 아니 하였을 것입니다. 더구나 순애가 죽기 전 한 30분이라도 일찍이 갈 수 있었더라면 소생하게 할 도리가 있었는데…… 하고— 생각하면 기가 막혀 죽겠어요. 그리고 제게까지 아무 말 없이 제 가슴에만 묻어두고 꽁꽁 앓다가 죽은 순애가 얄밉기도 해요. 그러나 그러나 때는 이미 늦었습니다. 순애는 벌써 눈 쌓이고 바람 부는 쓸쓸한 공산에 홀로 누워 있습니다. 아아! 언제든지 만나면 호들갑스럽게 반길 줄도 모르고 생그레 웃고 가만히 달려들어 손목을 꼭 쥐던 다정한 순애는 영원히 영원히 다시 보지 못하게 되었습니다. 아아! 고 알뜰한 내 동무를 누가 죽게 하였나요. 그리웁고 원망스런 잡아 뜯어 먹어도 시원치 않을 K 라는 그

남자입니다. 여자를 대하면 가장 점잖은 체 존경하는 체하는 얼굴 뻔뻔한 K라는 그 남자입니다. 언니도 어디서 만나면 한 번 더 쳐다보아주십시오. 지금 제 감정은 K만 미운 것이 아니야요. 횡폭한 일반 남성에게 대한 반감은 극도에 달합니다.

순애를 죽게 한 그 남자도 모든 여성을 죽는 것보다 더한 압박과 고통을 주는 모든 남성도 시치미 뚝 떼고 유들유들하게 돌아다닐 터이지요.

언니 저는 더러운 이 세상을 떠나버리려 합니다. 죽기 전 언니의 얼굴이라도 한번 보았으면 하지만 정다운 언니의 얼굴이 제 눈에 뜨일 순간에 살고 싶은 욕망의 눈이 뜨면 하는 두려움과 언니를 대하는 제 기색이 암만해도 달라질 듯한 염려로 그만둡니다. 언니가 얼마나 놀라고 슬퍼할까 하는 생각을 하면 눈물은 공연히 평평 쏟아집니다. 이렇게 약한 제가 이 일을 감히 실행할까 하는 염려도 있습니다. 그러니 이 결심이 깨어지지야 않겠지요. 살려고 암만 허우적거려도 종내락*을 얻지 못하고 죽을 것을 알았나이다. 더 살아야 야수 같은 남성의 농락이나 한 번이라도 더 받지요. 언니는 왜 남성의 농락을 받고야만 살겠느냐, 그래도 인격적으로 대해주는 남성이 있을 것이요, 만일 없다 하더라도 독신으로 자기로서의 생활을 하며 자기로서의 책임을 다하여 사회에 공헌이 있으면 고만이라고 하시겠지오마는 천만 남성 중에 하나가 있을까 말까 하는 그런 남성을 만나기를 기약할 수 없고 남자가 본위로 된 이 사회 남자가 가장家長이 된 이 가정에서 자아를 찾는다는 것은 얼마나 어려운 일이겠습니까? 하루바삐 이렇게 심한 불평을 잊으려고 그만 떠납니다. 그래 그래도 모든 동무의 얼굴이 눈앞에 어른어른 나타납니다. 부모님의 비탄의 소리가 귀에 들

| * 원문에는 한자 표기 없이 '종내락'으로만 되어 있으나 '종내終乃 락樂'으로 짐작됨.

리는 듯합니다. 더구나 짐승 같은 그놈의 얼굴을 한 번만이라도 더……
하고 두 손으로 얼굴을 가리고 흑흑 느껴 웁니다. 안방에 울음소리가 들
릴까 봐 울음을 가슴으로 우겨 넣으니 가슴이 터질 것 같습니다. 그러나
나 죽은 뒤에라도 그놈을 부르지도 마세요. 알리지도 마세요. 나중에라도
내 무덤을 가르쳐주지도 마세요. 더러운 그놈의 손이 죽은 내 신체에라도
닿지 않게 하세요. 그놈의 더러운 말이 제 무덤에라도 이르지 않게 하세
요. 아아— 마신 독약은 굽이굽이 창자를 비틀리게 합니다. 인제는 이 극
한 고통이 쉬이 그치어지이다. 그만 그만 못 쓰겠습니다. 미리 이 글을 썼
다면 가슴에 서린 말을 더러도 적을 것을 인제는 틀렸습니다. 펜을 든
손이 자꾸 오그라듭니다. 제가 죽는 자세한 이유는 제 책상 잠근 서랍에
들어 있는 일기책에 기록되어 있습니다.

자— 사랑하던 언니여— 길이 안녕하소서.

2

S언니— 이러한 순애의 유서가 내 손에 들어온 때는 벌써 그날 밤 자
정이 넘은 때였나이다.

순애가 궁금할 때면 우편으로나 인편으로 가끔 내게 편지도 했지만
남 다 자는 깊은 밤에 전인傳人을 하여 편지 보낼 리는 없는데 하는 생각
과 함께 무슨 심상치 않은 일이 생기었나 보다 하고 가슴을 두근거리며
자리옷 바람으로 마루까지 나와서 그 편지를 받았나이다. 떨리는 손으로
그 편지를 떼어 서두만 보고 그만 꿈인지 생시인지 모르고 벗어놓은 옷
을 주워 입고 옷고름을 매는지 마는지 하고 허둥지둥 인력거를 불러 타
고 급히 서대문 정순애의 집으로 달려갔나이다.

마침 그 집 아범이 소변을 보러 나오는지 대문을 열고 나오는 고로 "아씨, 웬일이서요?" 하는 소리도 못 들은 체하고 뛰어 들어와 순애의 방문을 와락 잡아당기었으나 방문은 굳게 잠기고 안에서는 아무 소리가 없는 고로 '벌써 죽었고나!' 하는 것을 직감하였나이다. 터져 나오는 울음을 억제하고 "순애— 문을 열어주. 문을 열어주" 하고 안 나오는 소리를 질렀나이다. 순애의 어머니는 그때까지 잠이 안 들었던지 내가 방문 잡아당기는 소리를 듣고 쫓아 나와서 "왜 무슨 일이 있니?" 하시며 황급한 내 모양을 이상스럽게 바라보더이다. "어머니 이 문을 깨치고라도 어서 열게 하서요" 하고 나는 조급히 말하였나이다.

순애 어머니는 심상치 아니한 내 태도에 놀라서 벌벌벌벌 떨며 "순애야! 순애야!" 하고 부르더이다.

아범이 우악스럽게 문을 잡아 젖히니 돌쩌귀가 쑥 빠져서 덧문은 열리었나이다. 미닫이를 급히 밀고 보니 순애는 벌써 흩어진 이불 위에가 쓰러졌더이다. 벌써 숨은 끊어지고 수족은 빳빳하여졌더이다.

죽기 전에 얼마나 고민을 하였는지 입술을 깨물어 피가 흘러 이불에, 요에, 군데군데 얼룩이 지고 머리를 얼마나 쥐어뜯었는지 가리가리 흩어지고 두 손 손가락에 머리칼이 주버기*로 얽히었더이다.

이 꼴을 보는 어머니나 나의 마음이 과연 어떠하였겠나이까?

가슴을 쥐어뜯고 몸부림을 하며 엉엉 울기만 하다가 내가 그래도 의사 부를 생각을 하고 전화로 의사를 부른다 특별 전보로 시골 가신 순애의 아버지께 통지를 한다 하였나이다.

의사들은 와서 입맛만 다시며 한 3, 40분만 미리 응급 수당을 하였더라면 하고 정성 없이 형식으로 수당을 하는데 하다가 그저들 돌아가고

| * 많이 모인 데께.

말더이다. 그래도 고명한 의사는 소생케 할 무슨 도리가 있을까 해서 장안에 고명한 의사란 의사는 다 불러보았으나 어찌하는 수가 없었나이다.

핏기는 없지마는 자는 듯한 순애는 금방 숨을 내쉬고 눈을 뜰 것 같은데 종내 깨어나지는 못하였나이다. 순애의 말대로 여운 K는 부르지 않았나이다.

순애는 죽어서 아무 철을 모르지만 그 어머니 아버지가 잠숫지도 못하고 주무시지도 못하고 순애만 부르고 애통하는 꼴은 차마 못 보겠더이다.

말년에 순애네 남매만 믿고 지내다가 작년에 외아들 죽인 상처가 아물기도 전에 금년에 또 외딸인 순애까지 잃어버린 그 부모의 마음이 오죽하겠나이까? 더구나 한명에 죽은 것도 아니요 꽃 같은 몸이 자살을 하였으니…….

순애의 부모야 무슨 정신이 있겠습니까. 내가 모든 일을 주선해서 순애의 초종범절*은 유감없이 치렀나이다.

3

언니— 언니도 아시다시피 순애가 학교에서도 선생이나 학생들에게 좀 귀염을 받았습니까— 쌀쌀한 듯한 속에 한없이 부드러운 정이 숨어 있고 감정이 빠르니만큼 동정심이 많은 순애는 누구에게나 미움을 받지 않았나이다.

그리하여 순애는 봄철 만난 엄蕋과 같이 희망이 많고 즐거움이 흔한 처녀였었나이다.

| * 初終凡節. 초상이 난 뒤부터 졸곡까지 치르는 모든 절차.

그러나 순애가 세상을 착하고 아름답고 고맙게만 보는 것을 보면 한두 살 더 먹은 나이도 나이려니와 남달리 일찍이 혼인인가 무엇을 해가지고 실세에 고통을 절실히 느끼는 나로서는 눈물을 머금지 않을 수 없었나이다.

더구나 본래 다정하게 된 순애가 문예를 좋아하여 다른 동무들은 이름조차 모르는 문예 서적을 공부 시간 외에 애써 읽으며 자기도 시도 지어보고 감상문 같은 것을 만드는 것을 보면 순애의 정서가 얼마나 발달된 것임을 알 수가 있었나이다. 그래서 나는 순애에게 언제나 한 번은 이러한 비극이 미치지나 않을까 하는 염려로 순애를 쳐다볼 때는 아무 생각 없이 생그레 웃는 순애가 퍽 불쌍하여 보였나이다. 더구나 아직 이성을 그리워할 줄은 모르지만 언제나 한 번은 시집을 가게 될 줄은 아는 까닭에 혹 말하는 것을 들으면 자기가 이상하는 장래 자기 남편은 끝없이 사랑만 하고 존경하고 도와주고 영구히 영구히 변함이 없으려니 하고 확신하는 것을 보면 얼마나 애처로웠는지 몰랐나이다. 그러다가 순애는 지난봄에 스물한 살이라는 성년의 나이와 함께 학교를 마쳤나이다. 학교를 마치고는 일본 같은 데로 상급 학교에 입학을 할까 하였으나 딸자식 하나 있는 것마저 멀리 보내고는 못 살겠다는 순애의 부모의 만류로 공부는 더 계속하지 못하고 말았나이다. 그리고 순애 자신도 향학열이 그리 높지는 않은 것 같았나이다.

순애가 집에서 있으면서도 부모가 자유니 해방이니 하는 것은 모르지만, 학교 색시는 내외 안 한다는 생각과 남달리 지나치게 사랑하는 정은 순애로 하여금 퍽 자유롭게 했나이다. 그래서 도서관 같은 데나 다른 집회소 같은 데서도 순애의 얼굴을 자주 볼 수 있었나이다.

그러나 동무 방문 같은 것은 별로 없었지만 우리 집에만은 자주 출입하였었나이다.

내가 순애를 잘 이해하고 동정하느니만큼 순애도 숨기는 것 없이 가슴을 펴는 것 같았었나이다.

어쨌든 순애도 심적 변동이 크게 생긴 것이 사실이었나이다.

어쩐 일인지 전에 맛보지 못하던 공허를 깨달은 까닭에 공연히 쓸쓸하고 적적해하며 부모나 친구에게 사소한 일에 노여워 잘하고 달이 밝을 때나 낙엽이 우수수 떨어질 때나 충충하고 비 오는 날 같은 때는 시를 쓴다고 펜을 들고 앉았다가도 펜을 든 채로 눈물만 흘릴 때도 있었나이다.

그리고 인생 문제에 대하여도 상당히 번민하는 것 같았나이다. 그럴 때마다 나는 위로 겸 세상은 어떠니 인생은 어떠니 하고 나 아는 대로, 생각대로 이야기해주기도 하였나이다. 그리고 내가 본 남성과 내가 경험한 이성에 대한 이야기를 하면 더욱 귀를 기울이고 들으려 하는 것 같았나이다.

언니— 순애가 학교에 있을 때에 이성에 대하여 좀— 냉담하였습니까, 길에서 만나는 전문학교 학생들 가운데 그렇게 열정적으로 사랑을 구하는 이가 많았지만 눈이나 하나 깜짝하였습니까— 그러던 순애가 그때는 상당히 남자 교제가 는— 모양이었나이다. 물론 순애가 자진해서 남자 교제를 튼 것은 아니었나이다. "원고를 하나 써줍쇼" "어느 회에 입회를 하여줍쇼" 하는 핑계로 하나 둘 찾아오기 시작한 모양이었나이다. 어쨌든 순애도 전같이 남성을 싫어하지는 않는 모양이었나이다. 순애를 찾아오는 남자 중에는 편지로 말로써 열심으로 순애의 사랑을 구하는 남자가 많은 모양이었나이다. 그리하여 저희들끼리의 시기와 암투는 나의 상상 이상으로 맹렬한 모양이었나이다.

4

그러나 순애같이 이상이 높고 심각한 무엇까지 보고 있는 이에게는 여간 남자는 눈에 뜨이지 않을 것은 사실이었나이다. 그래서 어떤 남자는 실연이라 할까 어쨌든 편련片戀에 실패를 해가지고 덮어놓고 여자를 욕하고 저주하며 여자는 악마니 무엇이니 하고 떠들고 다니는 이도 있고 어떤 이는 세상을 비관하여 술만 마시고 돌아다니는 이도 있었다 합니다.

그러나 순애는 그들에게 조금도 위로를 받진 못하고 다만 혼자서 만나보지도 못한 이상하는 남자를 그리며 외로워하고 적적하여하는 모양이었나이다. 어떤 때는 몹시 비관하는 모양이어서 "언니— 암만 생각해보아야 세상은 다 그렇고 그런 것 같아서 살고 싶은 마음까지 없어질 때가 많아요" 하고 눈물이 가랑가랑하여지는 것을 보고는 '아— 너도 벌써 진세塵世를 알기 시작하였구나—' 하고 나는 한숨을 쉴 때가 많았나이다.

그러나 순애가 그렇게 생각하는 것은 잠깐이고 역시 세상에도 아름다운 무엇이 있는 줄 알고 혼자서 향기로운 꿈을 상상하며 쉬지 않고 무엇을 추구하는 모양이었나이다. 그러나 순애가 그때는 부모나 형제나 친구의 사랑으로는 만족을 얻지 못하는 때인 고로 나에게도 가슴 맨— 속에 숨어 있는 것은 보여주지 않는 것 같았나이다.

그래서 단시간의 일이지만 자살하기까지 이르도록 사랑하는 사이가 되었던 K의 일도 내게 알리지 않은 것이었나이다. 그래서 순애가 죽은 후에 일기책을 뒤져보고야 비로소 그 내용을 안 것이었나이다. 언니— 위에도 여쭌 바와 같이 순애에게 찾아오는 남자가 많으니만큼 사랑을 구하는 이도 적지 않을 것도 당연한 일이었나이다. 그중에는 일없이 찾아와서 이런 말 저런 말 늘어놓고 앉아서 밤이 깊도록 앉았는 이도 있고 또 조그만 핑계로 하루 몇 차례씩 공연히 찾아오는 남자도 있고 "순애 씨는 조선 여자계에는 제일이고 문학에 천재를 가지셨습니다"순애 씨의 작품을 몇십 번을 읽었습니다" 하고 아첨하는 남자도 있고 거절하는 편지를 자꾸자꾸 보내는 남자도 있었다 합니다. 순애가 음악회에를 갔다가 늦게야 돌아왔는데 책상 위에 명함 한 장이 놓인 것을 집어 보니 김 아무라 하고 주소는 일본 아무 곳이라 하였더랍니다. 명함을 받고 새로 인사하는 것이 그때는 순애에게 예사로운 일이지만 흔히 명함에 견서肩書*를 많이 박는데 이 명함에는 이름과 주소만 박혀 있는 것으로 보아 명함의 주인이 좀 조촐한 사람인 듯이 상상되었나 보더이다. 그래서 어머니에게 어떤 사람이 왔더냐고 물으니까 늘 찾아오던 홀쭉한 남자와 풍채와 얼굴이 대단히 좋은 양복 한 청년과 둘이 왔더라 합니다. 옷을 갈아입으며 생각을 하여도 요새 찾아오는 남자들보다는 좀 다른 남자같이 생각되는 모양이었나이다. 이어서 '어떤 남자인지 보았더면' 생각하면서 어머니께 "아까 왔던 이들이 다시 오겠다고 합디까" 물은 모양이더이다. "또 오겠습니다" 하고 인사할 때 말은 하고 갔지만 언제 다시 오겠다는 말은 없더라고 한 모양이었나이다. 그다음부터는 출입할 때마다 나 없는 동안에 그가 오지나 않을까─ 하고 생각하였다 하였더이다. 그러나 며칠이 지나도록 왔으면 하고 기다려지는 듯한 그는 오지 않더라 합니다. 그 후에는 아무 생각 없이 있었는데 하루저녁에는 밤 화장을 하고 새 옷을 입고 어디나 가려고 막 뜰에 내려서는데 양복 한 두 청년이 우둥우둥 들어서는데 앞에 선 이는 늘 보던 N이란 청년이요, 뒤에 선 이는 저번에 명함을 두고 간 그인 것 같았다 하더이다. "보실 일 있으면 가시지요, 이다음에 또 오지요" 하며 가려는 것을 순애는 아무 일 없이 놀러 가려던 차이니 들어오라고 한 모양이었나이다. 새로 보는 그 남자는 체격이나 얼굴이나

| * かたがき. (명함·서류 등에서) 성명 곁에 적은 직함.

태도나 말하는 모양이 모두 어울리고 침착하여 보였다 하였더이다.

5

그 남자는 전라남도 태생으로 여러 해를 일본에 유학하여 순애가 졸업할 때에 그이도 T 대학을 좋은 성적으로 졸업하였다 한다 하였더이다.

그런데 K라는 그 남자는 《××일보》경영자 중에 한 사람인데 벌써 모든 준비가 다 되어 8월 초하룻날 창간호가 발행된다고 순애에게 글을 하나 써달라고 온 것이었나이다. 찾아온 뜻을 간단하고 명백하게 말하고 아무쪼록 자기 청을 들어주기를 바란다는 의미만 말하고는 얼른 일어서 돌아갔다 하더이다. 어서 돌아가기를 바라고 있는 눈치도 모르고 질편히 앉았는 남자를 많이 보던 순애는 K가 할 말만 하고 얼른 돌아가는 것이 퍽 점잖아 보였을 것이었나이다. 그러나 K가 너무 얼른 일어서는 데 놀란 순애는 그래도 "왜 더 놀다 가시지요" 소리가 나오지 않았을 것이었나이다. 그리고 한두 번만 남자를 대하지 않던 순애로서 K를 대하여는 그렇게 침착하지 못하고 어색하게 하였는지가 순애에게는 대단히 마음에 걸리는 일이었을 것이었나이다. "안녕히들 가서요" 하는 소리까지 예사롭게 나오지 않았음을 아는 순애는 자기로서 웬 영문인지를 몰랐을 것이었나이다. 혼자 남은 순애는 급히 자기 얼굴을 거울에 비추어보며 아까 K와 인사할 때에 자기 얼굴이 너무 빨개지는 데 K가 이상이 생각지나 않았을까 하였을 것이었나이다. 그리고 K가 자기 얼굴을 좋게 보았을까! 어떻게 보았을까! 하고 정면으로 측면으로 자기 얼굴을 비추어보았을 것이었나이다. 어떻게 보면 좋게 보였을 것 같고 어떻게 보면 흉하게 보였을 것 같았을 것이었나이다. 어쨌든 순애는 책상 앞에 우뚝하니 앉아서 무슨 생각을 그리 오래 하였는지 행순하는 경종 소리가 딱딱 하고 들리는 데 깜짝 정신을 차리어서 기계적으로 자리를 펴고 누웠을 것이었나이다. 금년부터는 자리에 누워도 잠이 잘 들지를 않더라— 하고 생각하는 순애는 어느덧 또 K라는 남자를 자기의 상상 나라로 불러들였을 것이었나이다. 그러나 K는 순애가 희미하게나마 이성이라는 것을 알 때부터 이상하여오던 그 남자와는 같지 않은 것 같았다 하였더이다. 그러나 순애가 K에게서는 모든 다른 남자들 중에서는 느끼지 못하던 이상한 느낌을 얻은 것은 사실이었나이다. 그러나 K라는 그 남자가 지식이나 인격이나 얼굴이 상당하다 하더라도 일찍이 장가를 들어 자녀까지 있을지를 어찌 알며 아직 장가는 아니 들었다 하더라도 약혼한 여자까지 없을 것 같지는 않았을 것이었나이다.

더구나 순애를 마음에 들지 않게 생각하였다 하면 순애 혼자서 이러고저러고 생각하는 것이 얼마나 부끄러운 일이랴 하여 순애는 이불자락으로 얼굴을 가리우고 몸을 움츠러트렸을 것이었나이다. 그러나 행동이 퍽 신식이면서도 경솔하지 않은 것과 어음이 분명하고 목소리가 남자답던 것이 저절로 생각되었을 것이었나이다. 어쨌든 순애 자신으로도 자기 마음이 이렇게도 이상하여진 데 놀라지 않을 수 없었을 것이었나이다. 더구나 상대방의 마음을 전혀 알지 못하였는데— 하고 생각하면 순애 자기가 미치지나 않았나— 하도록 이상히 생각하였을 것이었나이다.

그 이튿날은 어머니가 "아가— 어디 아프냐! 아침 다 되었는데……" 하고 순애의 방 미닫이를 열어보시도록 늦게까지 자리 속에 있을 것이었나이다. 순애는 팔다리가 아프고 머리가 떵—해서 그날은 종일 드러누웠을까 하다가 어머니 아버지가 염려하실까 하여 그만 일어나 세수하고 머리를 빗었을 것이었나이다. 그날은 순애 자신이 하는 일이 모두 얼빠진 사람의 군손질하는 것 같았을 것이었나이다. 그러나 K가 부탁하고 간 원고를 쓰지 않으면 아니 될 것이 큰 걱정이었을 것이었나이다. 다른 사람의 청이면 거절하여도 관계없을 것이요 또 그렇게 잘 쓰려고 애쓰지 않아도 될 것 같았을 것이었나이다.

6

그러나 언니 ─ 어찌하였겠습니까. K가 부탁하고 간 것을……. 그래도 글 쓴다는 소문을 듣고 찾아왔으니 아무 아무것도 아닌 것을 낸다 하면 순애의 자신까지 우습게 여길 것 같았을 것이었나이다. 더구나 시일이 나흘밖에 안 남았으니……. 생각다 못하여 잘 알고 글 잘 쓰는 P에게 하나 차작을 할까 하는 생각도 없지 않았을 것이었나이다. 그러나 그럴 수도 없고 어쨌든 자기가 쓰긴 써야겠는데 언제 마음이 가라앉아서 원고 같은 것이 써질 것 같지 않았을 것이었나이다. 그리고 밑천은 짧고 써달라는 데는 하도 많아서 구고舊稿 하나 남겨두지 못하였을 것이었나이다. 그때에는 K를 그리는 정이 순애의 온 정신 온 마음을 점령하였으니 그것이나 쓰려면 써질 것이었나이다. 그러나 그것을 써서 발표한다는 것은 말도 안 되는 것이고……. 그럭저럭 하는 동안에 원고 가지러 올 날이 닥쳐왔을 것이었나이다. 순애는 '망신을 꼭 하고야 말았다─' 하고 있었을 것이었나이다. 오겠다던 저녁에 순애는 정작 써야 할 원고는 쓰지도 않고 화장만 정성 들여 하고 K가 앉을 자리에 좋은 방석까지 깔아놓고 웅크리고 앉아서 바람 소리에도 지나가는 사람의 소리에도 가슴을 두근거리며 K가 오기를 기다렸을 것이었나이다. 정말 중문 여는 소리와 함께 양복 한 남자 하나가 들어서는데 순애는 놀란 가슴을 가라앉히며 미닫이를 열고 내어다보니 기다리던 K는 아니요 K보다 나이 퍽 젊은 키 좀 작은 청년이었나이다. 자기는 K 대신 예전에 허락한 원고를 가지러 왔다 하였을 것이었나이다. 순애는 K가 직접 오지 않은 것을 인하여 일종의 수치와 실망을 느끼었으나 기색을 안 보이고 무슨 일 있어 못 썼다 하였을 것이었나이다. 그 청년은 한 이틀 말미를 더 드릴 터이니 쓰시라고 하였으나 순애는 그래도 쓸 수 없노라고 하였을 것이었나이다. 그 청년이 돌아간 후에 순애는 K를 맞날 기회가 또다시 있을 것 같지 않아서 머리에는 검은 그림자가 드리워짐을 깨달았을 것이었나이다. 그 후로 순애는 바깥출입도 별로 아니 하고 다만 K를 생각하기에 기뻐하고 낙심하고 부끄러워하고 자만自慢하였을 것입니다. 그때부터는 순애는 늘 혼자 있으려고만 하였을 것이었나이다. 그전에는 만나서 이야기하고 하는 것이 유쾌하게 생각되던 남자가 찾아와도 싫은 생각이 났을 것이었나이다. 그래서 어멈에게 누가 오든지 없다고 하라고 할까 하였으나 혹 K가 왔는데 없다고 하면 어찌하나 해서 그렇게도 못 하였을 것이었나이다. 그때에 순애는 남의 마음은 알지도 못하고 여전히 찾아와서 지껄이는 남자들이 퍽 미웠을 것이었나이다. 그런데 하루저녁에는 아무도 오지도 않고 달은 환하게 앞창에 비치었는데 순애는 억제할 수 없는 정을 일기로나 적으려고 두어 줄 끄적거리는데 "이리 오너라" 하는 소리가 대문간에서 들렸다 하더이다. 그 소리는 잊을 수 없는 K의 목소리였을 것이었나이다. 순애의 가슴은 갑자기 뛰놀았을 것이었나이다. 순애가 거울을 들어 분첩을 얼굴에 대려 하는데 K는 벌써 중문 안으로 들어섰을 것이었나이다. 순애는 어쩔 줄을 모르면서 K를 자기 방으로 인도했을 것이었나이다.

순애는 어쩐지 생각하던 바와는 다르게 좀 서먹서먹한 것을 느끼었을 것이었나이다. K는 여전히 침착한 태도로 말을 시작하여 사정으로 신문 발행일이 연기되었으니 그간 꼭 하나 써달라는 것과 조선 여자 중에 글 쓰는 이가 적으니 아무쪼록 글 쓰는 방면으로 노력하여주기를 바란다는 말을 하였을 것이었나이다. 그리고 그날은 바쁜 일이 없던지 얼른 돌아가려는 기색도 없이 화두를 딴 데로 옮겨가지고도 여러 말을 한 모양이었나이다. 조선 남자 중에는 구식은 물론이고 가장 새롭다는 남자 중에도 여자를 무시하여 인격을 인정치 않는 일이 많다는 말과 여자의 해방을 이론으로는 그렇다면서도 실제에 들어서 자기 아내는 구속하는 이가 많다는 말을 하였을 것이었나이다.

그리고 여자를 성의 대상으로만 여겨 여자를 농락하려 드는 남자가 많다는 말을 하였었나이다. 그러나 사랑은 대단히 신성하고 고귀한 것이어서 어떤 것이든지 희생하는 사랑이 아니면 참된 사랑이 아니라는 말을 하였을 것이었나이다. 그래서 어느 나라 황태자는 황위를 내어던지고 일개 평민의 딸을 따라간 일도 있고 일본에 어떤 문호는 많은 재산과 명망을 초개같이 버리고 사랑하는 여자와 같이 죽어버린 일이 있다는 말을 하였을 것이었나이다. 그리고 자기가 이상한 여자는 이러저러한 여자였는데 순애야말로 자기가 이상하던 그 여자라는 의미의 말을 하였을 것이었나이다. 그때에 순애는 어떠한 태도와 말을 하였는지는 자세히 모르나 K와 같은 남자는 벌써 순애의 마음— 밑까지 죄—다 알았을 것이었나이다. K가 돌아간 후 순애는 전에 있던 자기 방, 언제나 혼자만 있던 자기 방이 별안간에 왜 그렇게 광명이 없고 쓸쓸하였는지를 몰랐을 것이었나이다. 전에 오랜 동안을 혼자서만 그 방에서 어떻게 지내었는지가 이

상하였을 것이었나이다. 어쨌든 순애는 자신의 전에 생활 전에 생각하던 바와는 전혀 다른 세계로 들어감을 알았을 것이었나이다. 어쨌든 순애는 즐겁다 할지 위태롭다 할지 알지 못할 야릇한 생각과— 억제할 수 없는 가슴의 파동을 진정하려고 얼른 자리에 누웠을 것이었나이다. 자리에 누워서는 K의 온갖 모양 온갖 태도를 그려보며 K가 하던 말은 토 하나 빼지 않고 일일이 다시 외어보며 그 말은 어떻게 한 말이며 그 말은 무슨 의미로 하였을까를 꼬치꼬치 재어보았을 것이었나이다. 그리하여 순애는 그만한 남자가 그만한 사랑과 존경을 가지고 자기에게 올 줄을 어찌 뜻하였으랴고 하고 펄펄 뛰도록 기뻐하였을 것이었나이다. 그러나 내일 저녁에 황금정 어느 정류장 앞에서 만나자고 한 일은 어찌할까. 물론 그 만한 인격자와는 아무 데를 동행하여도 무방할 것은 사실이지만, 그리고 그가 장래에 나의 남편이 될 바에는 같이 다니는 것을 남이 본데도 상관이 없고…… 그렇지만 두 번째밖에 만나지 못한 남자를 외따른 데서 만난다는 것이 너무 경솔한 일이 아닐까 하였을 것이었나이다. 그러나 그가 나의 철저치 못한 태도에 불만을 가지면 어찌할까 하는 생각도 있었을 것이었나이다.

순애는 그 이튿날까지 이럴까— 저럴까— 하고 있는데 또 K에게서 속달 우편이 왔던 것이었나이다. 물론 엊저녁에 약속한 대로 만나자는 뜻이 적혀 왔을 것이었나이다.

8

S언니— 순애같이 매서운 여자로서 한 남자의 하루 이틀의 꼬임에 그만 빠지고 말 줄이야 누가 알았겠습니까— 그날 저녁에 순애는 그만 K를

따라가고야만— 만 것이었나이다.

순애는 자기 재주껏 모양을 내고 K를 만나서 어떻게 대하며 어떻게 할 말까지 속으로 생각하며 예사롭게 놓여지지 않는 다리를 끌고 약속한 곳으로 갔을 것이었나이다.

K는 벌써 와서 왔다 갔다 하고 있다가 순애를 보고는 싱글싱글 웃으며 마주 왔을 것이었나이다. 순애는 쳐다볼 수 없을 만큼 K의 위풍에 눌리었을 것이었나이다. 순애는 얼굴이 빨개서 죽으러 가는 양과 같이 K가 가자는 대로 따라갔을 것이었나이다. K는 어떤 일본 요릿집 문밖에다 순애를 세워두고 그 안으로 잠깐 들어갔다 나와서는 순애더러 조심성스럽게 "이리 들어오십시오" 하였을 것이었나이다. 순애는 어쩐지 불안한 생각이 없지 않지만 할 수 없이 따라 들어갔을 것이었나이다.

K는 층층대로 성큼성큼 올라가서 기다란 복도를 지나서 호젓하고 깨끗한 방으로 순애를 인도하였을 것이었나이다.

자리를 정한 K는 순애를 바라보며 능글능글한 웃음을 띠우고 "아—참— 잘 나오셨습니다. 안 나오시지나 않을까 해서 퍽 염려하였는데 이렇게 나와주시니 너무나 고마운 일입니다" 하였을 것이었나이다. 순애는 어쩐지 불안스러운 듯한 두려운 듯한 감정에 눌리어 아까까지 끓어오르던 열정은 어디로 숨어버리는 듯한 느낌이 있었을 것이었나이다. K는 순애의 그렇게도 숫기 없는 태도를 보고 '남자 교제가 더러 있는 줄 알았더니— 아직 멀었구나—' 하고 속으로 웃었을 것이었나이다.

K는 손바닥을 쳐서 심부름하는 여자를 불러 무슨무슨 음식을 가져오라 했을 것이었나이다. 그런데 K가 술 이름 같은 것을 부르는 소리를 듣고는 '저이가 술을 다— 먹나—' 하고 순애는 놀랐을 것이었나이다.

K는 고개를 푹 숙이고 무엇을 깊이 생각하는 듯하더니 "순애 씨— 사랑을 어떤 것이라고 생각하십니까?"고 물었을 것이었나이다.

순애는 꼭 대답을 해야 할 것 같으면서도 얼굴만 확확 달고 대답은 나오지 않았을 것이었나이다. K는 순애의 대답을 별로 기다리는 것 같지도 않게 먼저 제 의견을 말하였을 것이었나이다. 어떤 사람은 영적靈的으로만 기울어지고 어떤 사람은 육적肉的으로만 기울어지는 이가 있지만 자기 생각 같아서는 영육靈肉 일치가 되지 않으면 아니 될 터인데 다만 사람은 땅에 처하고 육신을 가진 탓으로 먼저 육의 요구가 강렬하여지는 것은 면치 못할 것이라 하였나이다.

9

그리고 남녀가 합하는데 혼례식이니 부모 형제의 동의를 얻지 않으면 아니 되느니 하는 것은 형식에 지나지 않는 것이라 하였을 것이었나이다.

순애는 별로 듣지 못하던 소리지만 어느 정도까지는 당연한 말같이 생각되었을 것이었나이다.

정결하고 담하여 보이는 일본 요리상이 들어왔을 것이었나이다. 나가도 관계없다는 K의 말에 심부름하는 여자들은 순애를 슬쩍슬쩍 바라보며 나가버렸을 것이었나이다.

순애는 젓가락을 들었으나 음식 맛이 어떠한지를 모르고 먹는 체만하고 앉았을 것이었나이다. K는 순애에게도 자기가 마시는 술을 조그마한 잔에 따라주며 파리 같은 데서는 물론이지만 일본 같은 데서도 사교적에 나선 여자로 술 한잔 못하는 이가 없다 하였을 것이었나이다.

순애의 무서운 거절에 K는 다시 권하지도 못하고 저 혼자만 쭉— 들이마시었을 것이었나이다.

얼굴이 벌게진 K는 이때까지 점잖은 태도는 그만 어디로 사라지고 음탕한 제 본색이 드러났을 것이었나이다. 순애는 어떻게 하든지 몸을 빼어나야 할 터인데…… 하고 무한한 불안과 공포에 싸였을 것이었나이다.

K는 게 풀어진 눈을 간신히 뜨며 무엇이나 모두 휩싸 안을 듯한 기다란 팔을 벌리며 "이리 좀 오서요" 하고 순애는 '기어이 무슨 변을 당하누나!' 하고 몸을 움츠러트릴 사이도 없이 K의 억센 팔은 독수리가 병아리를 움키듯이 순애를 껴안았을 것이었나이다. K의 술내 나는 화끈한 입이 순애의 팔에 닿을 때 순애는 몸서리를 쳤을 것이었나이다.

장자障子로 되지 않고 벽으로 된 외딴 방이니 순애가 소리를 지르니 무슨 소용입니까.

순애는 닥치는 대로 물어뜯고 꼬집고 절대의 힘을 다하여 저항하였으나 마침내 순애는 정조로 인격으로 K에게 여지없이 짓밟히고 만 것이었나이다. K는 어르고 달래도 울음을 그치지 않는 순애를 어쩔 수 없던지 — 손바닥을 쳐서 심부름하는 여자를 불러 계산을 해주고는 경멸하는 눈으로 순애를 흘겨보며 순애를 위하여 그날 쓴 돈 회계를 속으로 하며 나가버리었을 것이었나이다.

심부름하는 여자가 순애의 등을 흔들며 "웬일이서요?" 하는 소리에 더욱 모욕을 느낀 순애는 울음을 뚝 그치고 이를 악물고 단단한 무슨 결심과 함께 일어섰을 것이었나이다.

아— S 언니— 순애의 그렇게도 숫되고 참스러운 많은— 사랑을— 범인에 지나치는 고상한 인격을— 그만 그만 흉악한 K에게 여지없이 으깨어지고 생명까지 잃어버리고 말았나이다. 아아— 생각하면…….

—《동아일보》, 1926. 1. 31.~2. 8.

사랑

C는 아내가 또 A의 말을 꺼내는 것을 듣고 'A의 은근한 눈매라든지 다정한 말솜씨가 확실히 여자를 끄는 힘이 있을 것이야! 그러면 지금의 내 아내인 저 여자도 한 번은 A에게 반한 적이 있었던 게야!' 하고 속으로 이렇게 생각하니 C는 마음이 무거워진다.

C는 한참 고개를 숙이고 있다가 번쩍 들며

"여보 당신은 요새 나를 대할 때마다 A의 일을 묻는구려! 그렇게 A가 보고 싶소? 보고 싶다면 내일이라도 내가 데리고 오지요." 하며 C는 자기 아내의 얼굴에서 무엇을 알아내려는 듯한 날카로운 눈으로 바라본다.

"아이구! 별말을 다 하는구려, A가 보고 싶긴 뭐가 보고 싶어요, 회사에 새로 들어온 사람이고 동경서부터 알던 이이니까 자연 물어진 것이지오. 그리고 언제 내가 당신을 대할 적마다 물었어요?" 하며 남편의 대답을 기다리는 듯이 빤히 쳐다본다. C는 좀 엄숙한 빛을 띠우며

"어쨌든 요새는 우리들이 마주 앉게만 되면 A의 이야기가 안 나온 적

이 없어요. 그리고 당신 아는 사람이 A 한 사람만 아니고 우리 회사에도 당신 모르는 사람이 별로 없는데 하필 A의 일만 물으니 말이오."

"글쎄 여보, 다른 사람들이야 당신의 소개로 인사나 한두 번 했거나 그렇지 않으면 몇 번 보기나 한 사람들뿐이지만, A는 동경서 우리 둘째 오빠와 늘 같이 있어서 나도 잘 아는 셈이니까 그의 일을 묻게 되는 거지오."

C는 그래도 의심이 풀리지 않는 듯이 긴장한 표정대로 눈만 깜작거리고 가만히 앉아서 무슨 생각을 하는 듯하더니, 다시 말을 꺼낸다.

"A는 내게 무엇이나 비밀이 없이 모다 통정하는데, 동경서 당신과 한 1년 동안이나 열렬히 사랑을 하였다던데— A는 첫사랑이었다고—"

C의 아내는 당황한 듯이 얼굴 근육이 조금 움직여지더니 다시 정색을 하며

"편지 왕복 몇 번밖에 한 일이 없는데, 그리고 한 2, 3개월가량 사랑한답시고 했는데 1년이 무어야요."

하니, C는 아내의 표정이 어찌 되는가를 뚫어지도록 바라보며 잠자코 앉아 있다.

"그래 그렇게 열렬히 사랑하다가 왜 그만두게 되었다고요. 그리고 육적肉的 관계까지 있었대요" 하며 C의 아내는 '어때!' 하는 태도로 다시 반문한다.

C는 조금 어처구니가 없는 듯이 눈초리를 실룩하더니

"A는 그렇게 변치 않고 사랑하는데 당신이 다른 사람을 사랑하여서 A는 실연을 하였노라고요. 그리고 육적 관계까지 있었다고요."

"그러면 그것은 다른 여자를 또 사랑하였던 것이지오, 나와는 분명히 육적으로 아무 관계가 없을 뿐 아니라, 시일이 결코 그렇게 오래지 않았어요, 물론 나는 당신을 사랑합니다, 말이 나오는 정도이면 육적 관계가

있거나 없거나 마찬가지요, 벌써 정신이 간 것이니까요, 정신이 가는 곳에 육肉이 가고 육이 가는 데 정신이 따르는 것이니까요, 그러나 그에게는 일시적이라도 정신이 갔던 것 같지도 않아요, 그와 사랑하였다는 것은 벌써 벌써 자취조차 없이 사라져버렸어요. 내가 늘 하는 말이지마는 나는 현재에서 살고 현재 생활에 충실하고 만족해하는 사람이니까요. 그러니 당신은 조금이라도 불결히 생각지 말아요. 나는 모든 다른 여자보다 제일 순진하고 이지러지지 않은 사랑을 당신에게 바치니까요."

이렇게 말하는 C의 아내는 미안하고 겸연쩍은 웃음을 띠우고 엄숙한 태도로 눈을 감고 앉았는 C의 무릎을 흔든다.

C는 그래도 아내의 손을 뿌리치며 여전히 눈을 감고 앉았다. C의 아내는 어째야 좋을지 모르는 태도로 C의 감정을 눙기려고* 무한히 애를 쓴다.

C는 천천히 고개를 들며 가장 진실한 목소리로

"여보 용서하오."

C의 아내는 의외로 C의 용서하라는 말에 웬 영문인지를 모르는 듯이 C를 쳐다만 보고 있다.

"용서해요, 내가 대단히 잘못하였소이다. 사랑은 시기와 병행한다더니 참말 그런가 보외다. 나는 평소에 자기 아내나 애인의 과거를 가지고 말썽을 삼는 사람처럼 용렬한 사람은 없는 줄 알았더니 참말 이론과 사실과는 이렇게도 틀립니다. 더구나 A가 내게 당신하고 사랑의 관계가 있었다는 말을 한 적이 없어요. 다만 언젠지 한 1년 동안 열렬한 사랑을 한 적이 있었다고만 하고 상대자는 물어도 대답을 아니 한 것밖에 없어요. 그런데 당신이 A의 말을 가끔 묻는 것과 A가 동경서 당신 외에 다른 여

자를 접촉할 기회가 없었을 것 같은 추측으로 당신을 넘겨짚은 것이야
요."

C는 연설조로 힘 있게 말을 계속한다.

"참말 오늘 저녁은 내가 비열한 짓을 하였어요. 아내니 애인이니 하
는 처지가 아니라도 인격적으로 대하는 사람에게 왜 당신과 아무와 사랑
을 한 적이 있느냐고 직접 묻지 않고 넘겨짚었겠어요. 물론 나를 두고 전
애인과 계속해서 관계가 있다면 문제가 되겠지마는 나와 만나기 전에 암
만의 남자를 사랑하였다면 내게 무슨 상관이며 또 남달리 친하던 사람을
지금까지 그의 안부를 알고 싶었다는 일이 무슨 잘못된 일이겠소. 그런
데 내가 오늘 저녁에 그런 평범한 일로 당신을 추맥*까지 하였다는 것은
너무도 미안해요— 자— 용서한다고 말을 해요" 하며 C는 아내의 손목
을 힘 있게 잡아끈다. C의 아내는 감격의 눈물이 어리운 눈을 스르르 감
으며 C의 가슴에 몸을 맡긴다.

두 사람의 뜨거운 입술은 오랫동안 합하여 있었다.

—《조선문단》, 1926. 4.

| * '추궁'의 의미로 짐작됨.

자각 自覺

하두 의외이고도 허망한 일이어서 차라리 입을 다물려고 하였지만…… 동무가 군이 물으시니 사실대로 적어볼까 하나이다.

그가 처음 일본을 떠나던 때는 재작년 이맘때이었는데 날짜까지도 잊혀지지 아니합니다.

입학 준비인가 한다고 개학 일자보다 몇 달 앞서서 일본으로 들어가려던 일이 그의 아버지 생신을 지나서 떠나려다가 그가 또 감기에 걸리고 하여서 12월 그믐께가 되어서야 떠나게 되었었나이다.

떠나기 전날 밤은 그의 친구들이 송별회를 하느니 어쩌느니 하노라고 그는 새로 2시나 되어서 먹지도 못하는 술을 다 마셨는지 얼굴이 벌게서 열적은 웃음을 띠우고 들어와서는 "왜 이때까지 안 자우? 밤이 퍽 늦었는데……" 하고는 모자와 두루마기만 벗어 던지고는 깔아놓은 자리 속으로 그냥 들어갔었나이다.

자리에 누운 그는 붉은 내 눈을 쳐다보더니 자기도 처연한 빛을 띠우며 "인제 옷 벗고 어서 이리 드러누—" 하며 그는 누운 채로 손을 내밀어 내 저고리 고름을 끄르더이다.

나는 참던 울음이 다시 터져서 그만 그에게 엎드려 흑흑 느끼었나이다.

그는 반쯤 일어나서 "왜 이리우― 남 좋은 공부 하러 가는데……. 그리고 내가 집에 있어야 당신에게 무슨 도움이 되겠소. 마음으로 암만 동정한대야 무슨 소용이오. 내가 어서 공부를 마치고 돌아와야 내가 번― 돈으로 당신을 먹이고 입히고 할 터이고, 그리고 또 이 복잡하고 귀찮고 부자유한 이 가정에서 당신을 구원해내일 수도 있지 않소? 그러니 한 3, 4년만 눈 딱 감고 참아주구려. 자 어서 이리 드러누워요."
하고 힘 있게 나를 껴안더이다.

그날 저녁은 이별의 설움보다도 뼛속까지 느껴지는 그의 따뜻한 정이 더욱 나에게 그칠래야 그칠 수 없는 눈물을 자아내었나이다. 어쨌든 그날 저녁은 이별의 애처로움과 사랑의 속살거림과 희망의 이야기로 그만 밤을 새우고 말았나이다.

그 이튿날 아침에는 마지막으로 좀 더 같이 누워 있자는 그의 붙잡음도 뿌리치고 일찍이 일어나서 일본 가면 조선 음식을 구경 못 하게 될 것을 생각하고 정성껏 아침을 차려 시간이 늦을까 하여 급급히 상을 내어 보냈나이다.

마음껏 먹고자 하고 차려 간 조반상에 별로 없어진 것이 없이 나왔을 때 퍽 섭섭하였으나 시간이 바빠서 그랬나 보다 하고 말았었나이다.

그이 떠나보낼 준비는 부모의 허락을 받기 전부터 내가 혼자서 하고 있었나이다.

객지에 난 몸으로 아쉬운 것이 많을 것을 생각하고 내 힘으로 내 정성으로 미칠 일은 무엇이나 다― 하려 하였나이다.

그리하여 의례히 장만하여야 할 것은 물론이고 일본은 온돌이 없어 춥다는 말을 듣고 뜨뜻하게 할 것은 그는 필요치 않다는 것까지 다 장만

하였었나이다. 그리고 조선 음식을 여러 가지 만들어서 새지 않는 그릇에 넣어 그의 짐에 넣어놓았었나이다.

짐을 다 내어 싣고 그의 아버지 그의 친구 모두 나섰는데 나는 나갈 수도 없고 혼자 내 방 모퉁이에서 울고 있는데 그가 "머— 잊어버린 것 있는데……"하며 퉁퉁 방문 앞으로 오더이다. 나는 얼른 눈물을 거두고 "멀— 잊었수?" 하니까 그는 싱그레 웃으며 "잊어버리긴 무얼 잊어버려, 당신 한 번 더 보려고 들어왔지. 자 한번 악수나 합시다— 그리고 나 없는 동안에도 내 맘 하나만 믿고 모든 것을 참아주—"하며 내 손을 힘 있게 흔들고는 다시 나가더이다.

사람들 없는 사이에 나는 뒷문으로 빠져나가서 이웃집 담 모퉁이에 숨어 서서 그의 가는 뒷모양이라도 한 번 더 바라보려 하였나이다.

눈은 부슬부슬 떨어져 쓸면 또 깔리고 또 깔리고 하여서 사람의 발자국을 메우는데 그는 자기와 제일 친하다고 늘 말하던 K 라는 이와 함께 골고루 깔린 눈길에 새로 발자국을 내며 터벅터벅 걸어가는데 그를 몹시 따르는 집에서 기르는 개가 자꾸 그의 뒤를 따라가더이다.

그는 친구와 무슨 이야기를 그리 하는지 개가 따라가는 줄 모르고 돌아보지도 않고, 그냥 가고만 있더이다. 시누이가 개를 자꾸 부르면 개는 힐끗 돌아보고는 따라가고 따라가고 하더이다. 나중에는 그가 돌멩이를 던져 개를 쫓더이다. 나는 쫓겨서 터덜거리고 돌아오는 개가 얼마나 불쌍한지 개를 껴안고 실컷 울고 싶었나이다. 그리고 그가 집들 많은 틈으로 없어진 뒤에 나는 답답하고 무거운 가슴을 안고 그래도 시어머니가 찾지나 않나 하고 빨리 집으로 돌아왔나이다. 텅— 빈 듯 집 안은 왜 그렇게 구중중하게 늘어놓았는지 모르겠으나 일이 손에 걸리지 않는 고로 방에 들어가서 얼빠진 사람 모양으로 우두커니 앉았는데 "이애! 어디 갔니? 집 안이 이렇게 지저분한데 치울 줄 모르고……"하는 째어지는 듯한 시어머니 소리에 소스라쳐 놀라서 얼른 일어나서 치우는 것처럼 하고는 다시 방으로 들어가서는 다시 그를 생각하기 시작하였나이다.

겨울이 되어 문을 닫고 있게 된 것이 어떻게 다행한지 몰랐나이다. 일을 하는지 잠을 자는지 들여다보는 이도 없이 암만이라도 멀거니 앉아서 그를 생각할 수가 있는 까닭이었나이다. 결혼 당초부터 그가 졸업하고 나와 사회적으로 지위를 얻고 경제적으로 완전히 독립이 되어 아름다운 새 가정을 이룰 그때까지를 죽― 그려보았나이다.

그러고는 다시 나의 영은 지금의 그를 따라 차를 타고 배를 타고 물을 건너고 산을 넘어가는 것이었나이다.

어쩐든지 먹지도 말고 일도 하지 말고 움직이지도 말고 꼭 그대로 앉아서 그를 따라가는 영에게 장해가 되지 않았으면 하지만 말썽부리는 시어머니가 있고 내가 밥 지어 바쳐야 먹는 다른 식구가 많아서 가만히 앉아 있을 수가 없는 것이 성가시었나이다.

영을 떠나보면 육신이 기계적으로 하는 일이 어찌 변변히 될 리가 있습니까. 시부모 옷을 제때 못 지어놓고 반찬을 간 맞게 못 하여 날마다 몇 차례씩 시어머니께 야단만 맞고 그릇 깨트려 시어머니 몰래 개천에 버리기 같은 일이 많았나이다.

다만 그를 생각하는 것이 그때 나만의 생활의 전체였나이다. 자나 깨나 앉으나 서나 그의 생각뿐만이었나이다.

그의 좋아하던 음식을 만들 때나 수천 리 타국인 일본과 조선이 어찌 기후가 똑같을 수가 있사오리까마는 겨울의 일기가 추워도 그가 객지에서 추워할 것이 염려요, 여름에 비가 와도 그가 학교 가기 고생되겠다는 걱정이었나이다. 그의 친구가 찾아올 때는 더욱 애처로움도록 그가 그리웠나이다. 옷 그릇을 뒤지다가라도 그의 옷이 보이면 반가워서 한 번 더 쓰다듬어보았었나이다. 그리고 일본 유학이라는 말만 들어도 무심치가 않고 일본 갔다 온 사람이라면 공연히 반가워서 문틈으로라도 한 번 더 내다보아졌나이다. 그리고 시부모가 그에게 돈을 부쳐주었나? 그의 요구하였다는 것을 보내주었나? 하는 일을 애가 타도록 알고 싶었나이다.

그를 생각하기에 밤을 새우다가 새벽녘에 겨우 잠이 들었다가 시어머니 부르는 소리에 일어나서는 연자질 하는 나귀같이 시어머니 책망의 재촉과 눈살의 칼을 맞으며 또 종일 일을 하지 않으면 아니 되었나이다. 그러나 겉으로나마 힘껏 복종하고 참고 일을 하며 몸이 아무리 피곤하고 괴로워도 한번 누워보지도 않건마는 시어머니 부르는 소리에 대답만 더디 하여도 서방 없이 지내는 유세라고 야단야단을 하며 "시체 것들은 서방 계집이 밤낮부터 앉았어야 되는 줄 알더라. 우리네들은 젊었을 때 남편이 벼슬 살러 시골을 가든지 작은집을 얻어 몇십 년을 나가 살든지 시부모 곱게 섬기고 시집살이 잘하였다"는 말을 저 소리 또 나온다 하도록 늘 하였나이다.

시집살이하던 이야기를 어찌 다 하겠나이까. 좁쌀 한 섬을 산을 놓아도 못다 계산하겠나이다.

아— 동무여— 정신은 사람 그리워하기에 초조하고 육신은 부림을 받기에 고되고 마음은 시어머니에 쪼들리게 되는 그때 나의 고통이 과연 어떠하였겠나이까.

본래 살이 많지 못하던 나는 그만 서리 맞은 국화 잎같이 시들어졌었나이다.

그러나 그렇듯 한 고통 중에도 단번에 즐거움을 주고 활기를 주는 것은 그에게서 오는 편지였나이다. 부모 시하 사람이라 직접 하지도 못하고 누이동생 이름 쓰인 봉함 속에 편지를 넣어 보내었나이다. 빈정거리는 듯한 웃음을 띠우고 "난— 언니— 좋아할 것 가져왔지—" 하며 까부는 시누에게서 편지를 받아서는 부끄러워서 바느질고리 옆에다 그냥 놓아두었나이다.

시누는 악의가 섞인 농담을 몇 마디 하다가는 그만 나가버리면 나는 곧 편지를 뜯었었나이다.

그는 문학을 좋아하고 재조가 있고도 편지도 별스럽게 정답고 재미있고 고맙게 써 보냈었나이다. 그리고 자상하게도 자기 지내는 일동일정과 자기가 가는 곳에 경치 같은 것을 하나도 빼지 않고 적어 보내었었나이다. 그때 내 생각에는 세상에는 그와 같이 다정하고 편지 잘 쓰는 이는 없을 것 같았나이다.

그리고 그때 그의 편지 중에도 제일 내게 힘을 주고 용기를 내는 것은 가끔 이러한 의미의 편지를 보냄이었나이다.

> 나의 사랑하는 아내여! 아무 이해와 동정이 없는 나의 부모 형제를 섬기기에 뼛골이 빠지도록 애쓰는 당신에게 과연 무엇이라 말을 하리까. 미안하다 할까요 고맙다 할까요 그저 할 말은 당신을 위하여 쉬지 않고 배웁니다. 당신을 위하여 꾸준히 수양하고 있습니다 할 뿐입니다. 그러나 그리운 아내여— 웃지 마소서, 당신이 정말 보고 싶을 때는 '공부를 며칠만 쉬이고라도……' 하고 생각하는 때가 한두 번이 아니었나이다. 어쨌든 나도 당신보다 못지않게 희생적 정신을 가진 것만 알아주소서. 그리고 당신의 편지가 지금 나의 적막한 생활의 생명수임을 잊지 마소서!

참말 그때는 한 주일에 세 번이나 네 번은 그의 편지만 아니면 목을 매어서라도 강물에 빠져서라도 죽었을는지 몰랐나이다.

그의 편지가 올 날 안 오면 그날은 자연 어깨가 축 늘어지고 공연히 맥이 탁 풀려서 견딜 수 없으리만치 되었었나이다.

어쨌든 그가 없는 그때는 그에게서 편지가 오고 아니 오는 것으로 나에게는 희망과 낙망과 반가움과 섭섭함을 정해졌나이다.

그리고 여름이 되면 짧은 동안이지만 그가 귀국하여 우리 두 사람에게는 더할 수 없이 달고 즐거운 밤과 낮이 되었었나이다.

그를 위하여 곱게곱게 지어두었던 조선옷을 지어 입히면 시원하고 편하다 하고 슬슬 만져보는 것이나 그를 위하여 아끼고 간직하여두었던 과자나 과일을 그가 고맙게 맛있게 먹는 것을 보는 것도 적은 기쁨은 아니었나이다.

그와 앉아 놀던 곳이거니 하고 혼자 올라가 보고 한숨 쉬던 뒤꼍 느티나무 밑에를 둘이 서서 많이 올라가서 정다운 이야기로 밤 시간을 보낼 때도 있었나이다. 그때에 선물로 그가 갖다 준 시어머니도 시누도 모르는 비밀의 귀중품은 몇 가지씩 내 장롱 속에 감추어지었나이다.

그때도 그의 친구 중에도 구식 여자라고 무단히 본처를 이혼한다는 말을 가끔 들었건마는 '공연히 그럴 리는 없겠지 무슨 까닭이 있는지 누가 알어······' 하고 속으로 생각할 뿐이었나이다.

어쨌든 나는 춘하가 바뀌는 변절의 괴변은 있을지언정 그의 마음이야 어떠랴 하였었나이다. 그러니 내가 그를 추맥하는 일 같은 일은 더구나 없었을 것이었나이다. 그러나 그는 혼자서 이런 말을 하였었나이다.

자기 친구 중에는 여학생을 부러워하지 않는 이가 없는 모양이나 자기는 허영심이 많고 아는 것도 없이 건방지고 고생을 견디지 못하는 여학생들에게 결코 마음이 쏠리지 않는다고 하며 자기 아내인 나는 신식학교는 아니 다녔더라도 여학생만 못지않게 하는 것이 있고 이해가 있다고 하며 더할 수 없이 나를 만족해하고 내게만 단순한 정을 주는 듯하였나이다.

그래서 친척들 가운데도 품행이 방정하다고 칭찬받고 나는 내 동무들의 부러움의 대상이 되었었나이다.

그러니 나 자신이야 남편을 얼마나 만족해하고 고마워하였겠나이까……. 그래서 나를 그만큼 사랑하는 보람이 있게 하려고 원망스러운 시집 식구를 정성껏 위하고 섬기고 또 그의 말 한 마디라도 알아듣도록 되어볼까 하고 학교에서 배운다는 책들을 사다 놓고 틈틈이 열심으로 배웠었나이다.

그때는 시집살이에 고생은 무던히 겪으면서도 그래도 그렇게 희망 많고 긴장된 세월이 2년은 계속되었었나이다.

그러나 어찌 뜻하였으리까. 한 달이 하루같이, 1년이 한 달같이 세월이 어서어서 지나서 그가 졸업하고 금의환향할 기쁜 때를 손을 꼽아 기다렸나이다. 그러나 기다리던 졸업의 시일은 오기도 전에 그때 내게는 사형 선고 같은 놀라운 기별이 왔나이다.

10년 공든 탑이 하루아침에 무너진다는 셈으로 내가 출가한 지 6, 7년 동안 쌓아놓은 공은 하루아침에 그만 산산이 부서지고 말았나이다.

동무여 오랫동안 편지를 끊었었나이다. 지금은 내 심리와 생활이 아주 일변하였나이다. 지금 생각 같아서는 전에 적은 말이 그같이 장황히 늘어놓을 가치조차 없는 것이었나이다. 그러나 요령을 알게 하기 위하여 전에 말을 계속합니다.

그때 내게는 불행이 거듭하노라고 임신 8개월이나 되었었나이다. 몸은 무겁고 괴로워서 그전에 참고 견디어가던 시집살이에 모든 고통이 더욱 절실히 느껴져서 짜증만 드럭드럭 나서 부엌 모퉁에서 머리를 혼자 잡아 뜯으며 애쓸 때도 많았고 남 다 자는 밤에 홀로 누워서 사족이 쑤시는 몸을 비틀며 느껴 울기도 여러 번 하던 때였나이다. 더구나 야각*하게 몹시 무엇이 먹고 싶을 때에 고통도 눈물을 흘리며 견뎌가던 때였나이

| * 밤의 길의 각수刻數를 이르는 야각夜刻으로 짐작됨. 즉 '늦은 밤'의 의미.

166

다. 그러면서도 남편과 같이 살게 될 때는…… 하고 유일의 희망을 두었었나이다. 그런데 어쩐 셈인지 그에게서는 여러 달을 두고 편지조차 끊기었었나이다. 별별 생각을 다 하면서도 그래도 오늘이나 내일이나 하고 하루같이 기다리고만 있었나이다.

그렇게 기다리던 편지는 오기는 왔었나이다. 그러나 그 편지 내용은 그전과는 전연 반대의 사연이었었나이다. 말하자면 절연장이었나이다.

가뜩이나 신경이 예민하고 몸이 극도로 약해졌던 내가 과연 얼마나 놀라고 슬퍼하였으리까. 그때 기절하지 않은 것이 이상하였나이다.

그 편지의 의미는 대개 이러하였나이다.

그대와의 혼인은 전연 부모의 의사로만 성립된 것으로 내게는 책임이 없으며 지금까지 부부 관계를 계속해온 것은 인습에 눌리고 인정에 끌렸던 것이니 미안하지만 나를 생각지 말고 그대의 전정을 스스로 결정하라는 것이었나이다.

그리고 이어서 이러한 소문을 들었었나이다. 그가 일본 유학하는 자기보다도 나이 많은 어떤 노처녀와 연애를 한다는데 그가 그 처녀 앞에서는 자기에게 이름만의 아내가 있지만 애정이 본래부터 생기지를 않아서 번민하다가 그 처녀를 보고 비로소 사랑이라는 것을 알았노라고 속살거린다 하더이다. 그리고 그 여자는 구식 여자인 나는 덮어놓고 무식하고 못나고 속없는 여자로 아는 모양이라 하더이다.

분노와 원한이 앞을 서지마는 입을 악물고 정신을 차렸나이다.

이미 세상을 알고 인심을 헤아린 이상 한시라도 머뭇거리고 있을 수가 없다 하고 단연히 한술 더 뜨는 답장을 쓰기로 하였나이다.

주신 편지의 의미는 잘 알았나이다. 먼저 그런 편지 주심이 얼마나 다행한지 모르겠나이다. 여자의 몸이라 그래도 환경을 벗어나지 못해서 이상에 안 맞는 남편과 억지로 지내면서도 남다른 고생을 겪지 않으면 안 되는 자신 불행을 언제나 한탄하고 있었나이다.

아이는 남녀 간 낳는 대로 돌려보내겠나이다. 나는 아이를 데리고는 전정을 개척하는 데 거리끼는 일이 많을까 함이외다. 그러나 아이의 행복을 누구보다도 제일 간절히 바라는 사람이 이 세상에 또 하나 있음을 아이에게 일러주소서, 이만.

6월 18일 임순실任淳實은

곧 나의 행장을 수습해가지고 떠나려 하였으나 의리보다도 인정보다도 체면을 존중히 여기는 시부모의 엄절한 만류로 행장은 그대로 두고 몸만 억지로 떠나 친정으로 왔나이다.

동무여 나의 이렇게 한 일을 듣고 내가 남편을 깊이 사랑하지 않았던 것이 아닐까 하고 의심하리이다마는 내 속이 아무리 쓰리더라도 자기 인격을 더럽히면서 치근치근하게 사랑을 받으려 애쓰기는 결코 싫음이었나이다.

친정에서는 큰 변이나 난 것처럼 야단이 있었지만 나는 조용하고 침착하게 전후 사실을 자세자세 설명하였나이다. 그리고 해산이나 한 후에는 공부나 할 결심이라 하였나이다.

아버지는 그래도 옛날 예의와 도덕을 늘어놓고 귀밑머리 맞푼 남편을 떠난 여자는 이미 버린 여자라고 준절히 타이르더이다.

그러나 이미 결심이 있는 나는 귀로만 들을 뿐이었나이다.

더구나 어머니는 나만큼 구식이면서도 완고하지 않고 적이 이해가 있어서 아버지에게 "자식이 많기를 한가 계집애라는 하나 있는 것을 공부도 안 시키고 자기가 끼고 가르침네 하다가 그냥 시집을 보내어 오늘이 모양을 만들어놓고도 지금도 공부를 안 시킬려느냐"고 야단야단을 쳐서 겨우 나는 학교에를 다니게 되었나이다.

그때가 벌써 3년이나 지났나이다. 나는 오는 봄에는 졸업이라 합니다. 독한 결심을 가지고 하는 공부라 성적은 매우 좋은 편입니다. 이제는 옛날 남편 시집살이 모두 시들해서 언제 꾼 꿈인가 하게 생각됩니다.

그러나 어린것의 소식을 들을 때마다 가슴이 뭉클하오이다. 지금 네 살인데 총명하고 잘생긴 아이로 말도 썩 잘한다 합니다.

어떤 때는 몹시도 어린것이 보고 싶어서 그 집 문간에라도 몰래 가서 그것의 얼굴이라도 잠깐 보고 올까 생각할 때도 있지마는 스스로 억제합니다. 보고 싶다고 한 번 만나면 두 번 만나고 싶고 두 번 만나면 자주 만나고 싶고 자주 만나면 아주 곁에다 두고 떠나지 않게 되기를 바라게 될 것입니다. 그렇게만 되면 아이아버지와 또 인연이 맺어지고 인연이 맺어진다면 내 자존심과 인격은 여지없이 깨어질 것입니다.

나는 자식의 사랑으로 인하여 내 전 생활을 희생할 수는 절대로 없나이다. 자식의 생활과 나의 생활을 한데 섞어놓고 헤매일 수는 없나이다. 물론 남의 부모가 되어 자식을 기르고 교육시켜서 한 개 완전한 사람을 만드는 것이 당연한 직무이겠지요. 그러나 부모의 한 사람인 아이의 아버지가 아이의 양육을 넉넉히 할 수 있음에도 불구하고 여지없는 모욕을 당하면서 자식 때문에 할 수는 없나이다.

그러니까 아이가 자라서 어미라고 찾으면 만나고 아니 찾으면 그만일 것입니다.

나의 자존심을 위하여 인격을 위하여 단연한 행동을 취하기는 하였건만 몇 해를 두고 절기를 따라 때를 따라 남모르게 고민을 무던히도 하고 있었나이다. 내 글을 읽고 동무도 짐작하였으리다마는 처음 그때 동무에게 편지할 때에도 정직하게 말하면 그에게 대한 미련이 없다고는 하지 못할 때였나이다. 그래서 그와 정답게 재미있게 지내던 이야기를 중언부언 늘어놓았었나이다. 그러나 그것이 언제 사라져버린 꿈같이 생각될 지금에 와서는 동무에게 다시 편지 쓸 흥미가 없어서 오랫동안 소식을 끊었었나이다.

어쨌든 지금 생각하니 내가 이상하는 이성은 그이와 같은 이는 아니었나이다. 남성답지도 못하고 줏대가 없고 여자를 사랑하기는 하지만 인격적으로 대하지 아니하고 이왕 상당한 아내를 둔 이상 절대로 정조를 지켜야 하겠다는 자각이 없는 그이었나이다.

내가 처음에 그를 사랑한 것은 이성이라고는 도모지 접촉해보지 못하다가 부모의 명령으로 눈감고 시집을 가서 친절하게 구는 이성을 대하니 자연 정다워진 데 지나지 않는 것이었나이다.

그가 처음 내가 나온 후에도 사과 편지를 보내고 다시 오라고 몇 번 했지만 작년 가을부터는 사람을 보내고 자기가 몇 번 오고 해서 복연을 간청합니다. 그때마다 나는 흔연히 대접하고 좋게 거절을 하였나이다. 그러나 또다시 편지로 몇 번인지 같은 말을 써 보냈더이다. 답장도 하기 싫어서 내버려 두었다가 하두 성가시게 굴기에 이러한 의미의 편지를 하였나이다.

나를 끈에 맨 돌멩인 줄 아느냐. 오라면 오고 가라면 가게……. 백 계집을 하다가도 10년을 박대하다가도 손길 한 번만 붙잡으면 헤헤 웃어버리는 속없는 여자로 아느냐.

죽어도 이 집 귀신이 된다고 욕하고 때리는 무정한 남편을 비싯비싯 따라다니는 비루한 여자인 줄 아느냐. 열 번 죽어도 구차한 꼴을 보지 않는 성질을 알면서 다시 갈 줄 바라는 그대가 생각이 없지 않은가 하고……

그 후에는 내게 직접 무슨 말을 건네지는 못하고 혼자서 열광을 한다고 하는 소문을 들었나이다. 아무려나 그것은 문제 될 것이 없나이다.

이왕 사람이 아닌 노예의 생활에서 벗어났으니 인제는 한 개 완전한 사람이 되어 값있고 뜻있는 생활을 하여야겠나이다. 그리고 사람으로 알아주는 사람을 찾으려나이다.

―《동아일보》, 1926. 6. 19~26.

단장斷腸

1

어느 때나 되었는지, 얼마나 잤는지 나는 슬그머니 잠이 깨어진 모양이다. 아직 눈이 떠어지지 않으나 아침 5시만 지나면 자려야 잘 수가 없이 뒤끓는 이 골목인데 아직도 바깥이 조용하고 전광電光만이 감은 눈 위에 감촉되는 것을 보면 밝을 때가 아직 멀었나 보다. 엊저녁에 술을 과음하였던 까닭인지 머리가 횡하다.

사르르 치미는 횟배앓이 모양으로 내 본정신이 들 줄을 가장 먼저 알아차리는 안타깝이의 그 생각은 또 어느새 내 가슴을 싹싹 에고 있다.

행여나 잊어질까 하고 아니, 아주 잊어지는 것은 바라지 못한다 하더라도 일시일시라도 잊어버리려고 머나 먼 길에 여행도 하여보고, 제일 취미 있는 책을 구하여 읽어도 보고, 일없는 친우의 방문으로, 극장이나 활동사진관에 구경으로 돌아다녀도 보고, 공연한 남의 일까지 맡아가지고 바쁘게도 지내보고, 기생도 사서 보고 여학생도 사귀어보았으나, 결국은 모두 실패였었다. 도리어 그 어떤 생각을 일으키게 만드는 대상을 찾으러 다니는 셈이었다. 고통을 더하는 것이었다.

그리하여 나는 언제나 마찬가지로 그저 그 고민에 헤매었었다. 그러다가 재작년부터 친우들의 발련으로 술을 마시기 시작하였다.

적극적 방책이지만 고민을 잊어버리는 데는 술이 또 다시없는 양약인 것을 나는 발견하였다.

술을 웬만큼 마시고 나면 흥분이 되어 도리어 고민을 고조한다고 하지만 그 고조된 고민이 술 마시기 전의 옹졸하고 갑갑하고 그저 괴롭기만 하던 그 고민에 비하여, 술을 마신 후의 고민은 웅대하고 비장한 남성적인 고민이나 혼자만의 고민이 아니고, 세상과 함께 고민하고 세상에 알리는 고민이라 나 혼자만의 몸과 마음을 상하는 범위 좁은 고민이 아니다.

더구나 술을 훨씬 많이 마셔서 정신이 흔흔*하게 될 때는 고민은커녕 천하가 무너져도 나 혼자만은 무사태평이다. 그리고 세상사를 아주아주 잊어버리는 잠나라에 잠겨버리면 그만이게 된다.

그래서 이 괴로운 세상에 술조차 없었던들 어떻게나 살았을까 생각되도록 나는 술을 사랑한다.

그러나 불행한 나에게는 그렇게 좋아하는 술을 마음대로 먹을 돈이 없고 친우와 마주 앉아 술이나 마시고 있을 시간의 여유가 없다. 그달이 다하도록 부지런히 일을 하여야 겨우 월급 얼마를 얻어다가 처자를 살려야 한다. 그리고 고민을 그때그때나마 잊게 하여주는 그 좋은 술을 대하여보기 어렵고 따라서 그 무서운 고민의 시달림이나 하고 긴 날 받지 않으면 아니 되니 자연히 몸과 마음이 세월과 함께 쇠약하여갈 뿐이다.

| * 欣欣. 매우 기쁘고 만족스러움.

2

　어저께는 휴일인 데다가 마침 여러 해 못 만나던 다정한 벗을 만나 낮부터 밤까지 어지간히 술을 많이 마신 모양이었다. 술집에서 어느 때 어떻게 집에를 와서 잤는지 도무지 잘 생각해지지를 않는다.

　술이 과히 취하지 않았을 때에 그 친구와 이야기한 것을 생각해보았다. 그 친구가

　"인제 그만하면 잊을 때도 되었네그려. 그때가 벌써 7년 전이 아닌가. 열망하는 어진 남녀가 장난처럼 사랑이니 안방이니 하던 일을 그리고……. 그 여자는 벌써 오래지 않아 며느리 보게 되었네. 그 여자가 시집가서 곧 낳았다는 아이가 일곱 살인가, 여섯 살은 되었을 터이니까."

　나는 충혈된 눈물을 머금고, 후유 한숨을 쉬이며

　"여보게…… 자네 말대로 시집가서 그렇게 잘 살기나 한다면 오히려 좋겠네. 그 여자는 벌써 이 세상 사람이 아니라네."

　친구는 깜짝 놀라는 표정으로 나를 쳐다보며

　"으응! 죽다니, 어떻게 죽어? 병으로 또는 자살을?"

　나는 무슨 말을 먼저 할지, 어떻게 말을 하여야 가슴에 쌓이고 쌓인 아픈 회포를 조금이라도 풀어볼지 그저 가슴이 그득할 뿐이었다. 실상은 가슴을 헤칠 만한 친구도 별로 가지지 못한 나는 가장 믿음직한 그 친구를 만나면은 속 시원히 말이라도 좀 하여보고 싶은 판이었다.

　나는 오래간만에 무거운 입을 떼었다.

　"이래도 저래도 그 여자는 내 가슴에 못을 깊이깊이 박은 여자이지만, 그래도 죽더래도 병으로 죽었다면 오히려 좀 나을 것 같으이. 그러나 그 여자는 자살을 하였다네."

　그 친구는 몽롱하던 눈에 갑자기 빛이 나며 촉급促急*히 자살한 이유

를 묻는다.

"지금 자네가 말하는 그 여자가 시집가서 곧 낳은 아이가 실상은 내 아들이었다네. 만일 그 아이가 없었다면 그 여자가 죽게까지는 아니 되었을지도 모를 것인데, 지금 생각하면 모두가 후회의 눈물만 될 뿐일세."

"글쎄 내가 지금 무슨 명예가 있고 지위가 있나? 무슨 그리 훌륭한 사람인가? 또 명예와 지위가 있다면 그것이 무슨 소용 있는 물건인가? 그런데 이 못나고 어리석은 나는 체면이니 무엇이니 하는 것 때문에 그렇게 아름답고 전도 유명한 젊고 젊은 여자 하나를 천추에 한을 머금고 죽어버리게 하고 내 생활 역시 이 모양을 만들었네그려."

"처음에 그 여자가 다른 데 시집을 가게 된 것으로 말하더라도 나의 허물이었네. 내 태도가 선명하고 내 행동이 철저하였다면 그 여자가 결코 다른 데로 가지 않았을 것일세."

"자네가 열망하는 어린것들의 장난이라 하지만 그런 것이 아니었네. 그때 우리 나이로 말하면 그 여자는 열망을 하고 나는 열망을 면한 지 오래지 않은 때이지만, 그때 우리는 벌써 한 사람의 자각이 생겼고 이성을 보는 관찰력이 충분하였다네. 참으로 서로의 영이 구하는 상대였었다네. 그러니 아무리 부모가 반대하고 친척이 반대를 한다 하더라도 사내자식이 사랑하는 계집 하나 먹여 살리지 못하겠나. 부쩍 우겨보다가 안 되면 사랑하는 사람의 손목을 끌고 아무 데로나 가서 살았으면 그만일 것을, 그때는 어찌 되어서 그렇게 부쩍 우겨볼 용기가 나지 않데그려."

"그런 중에 그 여자의 오라버니가 강제로 여자를 다른 데로 시집을 보내기로 작정한 모양이어서 그 여자에게서 하루는 이러한 편지가 왔네."

| * 가깝게 박두하여 몹시 급함.

인제는 할 수 없이 목매여 끌려가는 양과 같이 가지 않으면 아니 되게 되었습니다.

울면서 울면서 나는 어쩌는 수 없이 당신을 떠나게 되었습니다. 그러나 당신을 조금도 원망하지는 아니합니다. 다만 나 자신의 불행한 처지와 운명을 끝까지 서러워할 뿐입니다. 그리고 죽음의 길같이 캄캄한 알지도 못하는 길을 운명에게 끌려가야겠습니다. 그러나 가기 전에 한 번만 만나 주서요. 이 손이 다른 이성에게 '사랑하는 이여' 하는 편지를 쓰기 전에, 이 입이 다른 이성의 입에 닿기 전에, 이 눈이 다른 이성에게 추파를 보내기 전에…… 최후로 한 번만 꼭 만나주서요. 그러면 최후로 한 번만 만나 그 아름답고 서러운 기억을 보물같이 이 가슴에 영원히 안고 이 쓸쓸한 세상을 보내겠습니다.

"그리고 그 아래는 무슨 말을 썼는지 두어 줄이나 흐려버리었네. 지금 생각하니 아마 배 속에 아이가 들었다는 말이었나 보데."

"그 편지를 받은 내가 그때 얼마나 기가 막혔겠나? 그리고 그때는 도리어 그 여자의 변심을 분개하기를 마지아니하였네. 화나는 김에 편지 가지고 온 하인을 흠씬 욕을 해서 보내고는 내 방에 들어가 이불을 뒤집어쓰고 누워서 끙끙 앓고 있었네. 하여간 그 여자를 만나서 이심異心을 알아도 보고 또 해결지책을 강구하는 편이 좋았을 것을, 어찌 주변이 없는지 그저 혼자만 속을 태이면서도 아무 변통을 못하였었네그려. 더구나 그 후에도 그 여자가 밤중에 와서 어멈을 들여보내 만나자고 애원을 하였지만 내 방으로 데려오면 집안사람들이 알까, 밖에 나가면 남이 볼까 하여서 끝끝내 거절을 하였구려. 하여간 그때 나의 고통은 과연 형언할 수 없었네. 가뜩이나 대담하지 못하고 심약한 내가 체면과 사랑, 의리와 정, 그 사이에 끼어서 이러지도 못하고 저러지도 못하고 가장 사랑하는 사람에게 가장 사랑하는 마음을 알리기는커녕 도리어 세상에도 몹쓸고 박정한 사나이라는 오해를 면하지 못하게 되니, 정말 그런 고통은 체험하지 않은 사람은 모를 것일세."

3

"그 여자는 종내 만나지 못하고 그만 시집을 가버렸네. 나는 그래도 그 여자가, 시집가기 전에 그 여자가 어떤 때, 언제, 어떤 사람에게 시집을 가는지 일일이 조사를 하였네그려. 그리고 공연한 질투에 가슴을 태우다가 정말 혼인날이 닥쳐오니까 차마 경성 바닥에 머물러 있을 수가 없어서 병을 핑계하고 온천에를 갔었네. 자네 알다시피 그때 나야말로 술을 먹을 줄 아나, 외입을 할 줄 아나, 색시같이 얌전한 서방님짜리였으니 어중이떠중이 모여 떠들고 난잡한 남녀의 노는 우스운 꼴이나 보고 있으면서 친구 하나 없이 견딜 수가 있어야지. 그만 며칠 만에 서울로 뛰어 올라와 보니, 그 여자는 벌써 시집을 가고 장안은 모른 체하고 여전히 뒤끓고 있지를 않겠나. 슬그머니 화가 치밀어 죽겠데. 그래 따라서 그 여자가 한없이 원망스럽고 괘씸한 생각이 들어 그 얼싸안고 뒹굴 남녀를 푹 찔러 죽이고 나도 죽어버릴까 보다 하는 생각이 나데그려. 그러나 그런 생각은 일시적 어떤 반동에 지나지 아니하고 그 후로 마음이 좀 가라앉고 하니까 그때는 그 여자가 한없이 그립고 보고 싶어 견딜 수가 없데그려. 그러나 사내자식이 일개 여자 하나 때문에 이렇게 음울하고 생기 없이 지낼 수가 없어, 더구나 이왕 지난 일을 생각하면 무슨 소용인가. 모두 사라진 꿈으로 돌려보내고 새 상대를 구하고 새 생활에 들어가자, 그렇게 억지로 생각하자 그 생각은 잠시 잠깐이고 세월이 지날수록 잊을

래야 잊을 수가 없이 그 여자가 더욱더욱 그리워지데그려.

그때 내 생활은 그 여자와 지내던 추억과 그리움으로 싸버렸었네. 그 여자의 다정하던 말·표정·동작·열정이 넘치던 그 여자의 편지, 모두가 선명하게 내 기억에 나타나데그려. 그야말로 실연에 우는 어리석은 나이 었었네. 그러는 동안에 못 먹던 술을 새로 배워가지고 한동안은 매일 장취長醉로 그날그날을 보내었다네. 술을 잔뜩 먹고 집으로 돌아오는 때, 밤이면 늦고 인적이 끊어진 쓸쓸한 길로 비틀걸음을 하면서도 그 여자가 그리운 정만은 똑똑히 깨어서 이렇게 그리운 그 여자를 어떻게 영원히 못 보고 견디나? 하는 애달픈 부르짖음이 새어 나오게 하데그려. 그리고 집 안이 더욱 쓸쓸하게 느껴지고 그 여자가 보고 싶은 생각은 몇 배나 더 간절하여지데그려. 그러면 깊이 감추어두었던 그 여자의 사진을 꺼내어 보네그려. 무엇을 동경하는 듯한 눈, 다정하게 꼭 다물은 입, 조금 웃는 듯한 표정으로 잠깐 측면으로 향하고 다정히 앉았는 그 모양은 다시없을 절묘한 미술품, 실물을 대한 이보다 더 정답고, 정답다 못해 나중에는 정열에 못 이기어 안타까움게까지 되면 사진에 뺨을 비비고, 안아보고 하다가 그만 못 견디어 방바닥에 던져버리고 말기도 하였다네.

그러다가 한번은 결심을 하고 그 여자가 시집가서 사는 ○○을 내려가서 한 10여 일이나 여관에 묵으면서 날마다 밤마다 그 여자가 사는 집 근처를 돌기도 하고 거기에 구경터라는 데, 사람 모이는 데는 다 가보아도 끝끝내 못 만나고, 천 근이나 무거운 몸을 끌고 그만 그저 올라온 적도 있었네. 그리고 서울 친정에나 그 여자가 다니러 오지 않나 하고 늘 알아보지만 그 여자의 친정이라야 이복 오라버니 하나, 어린 동생 하나뿐이고 부모도 없고 하니까 올 자미가 없어 그런지 친정에 온다는 소리도 못 듣고, 오륙 년 동안이나 되도록 한 번도 못 만났네그려. 그때는 길에서 한 번 슬쩍 지나치기라도 하여보았으면 한이 없을 것 같았네. 그 여자를 만나지 못할 뿐 아니라 소식조차 일절 못 듣지마는, 내 마음이 이렇게 되기를 바라는지 그 여자가 암만해도 시집가서 사는 그 남편과 여의치 못하리라고 생각되었네그려. 더구나 남편이라는 사람이 그 여자의 정신을 소유하지 못하는 것같이만 생각되어 나는 늘 마음으로 그 여자 만날 준비를 하고 있었네그려. 그러나 그것이 한갓 공상에 지나지 않는다는 것이 생각될 때는 어쩔 수 없이 실망이 되데그려. 내가 본래 쾌활한 성격을 가지지는 못하였지만, 그때는 아주 침울하게 되어 하루 종일이라도 누구 건드리지 않으면 입을 열어보지 않고 방구석에 우두커니 앉았거나 공연히 일없이 돌아다닌다거나 하였네. 그리고 그때는 아주 센티멘털에 빠져서 세상이 무엇 하나 섧지 않은 것이 없고, 눈물의 씨가 되지 않은 것이 없었네그려. 덩치는 커다래가지고 좀 하면 눈물이 공연히 핑그르르 돌게 되었네그려. 철을 따라, 때를 따라 마음도 무던히도 상하였지. 달이 밝아도, 비가 와도, 나뭇잎이 우수수 떨어져도, 눈이 쌓여도 그저 비감하였네. 지난 이야기니 그렇지, 당하는 그때는 좀 더 자세하고 좀 더 절실한 무엇이 있었던 것은 사실이나, 지금 이 고통에 비하면 그때는 오히려 달콤한 무엇이 섞인 것이었네.

인제는 그나마 그리울 대상까지 아주 없어졌으니 다만 허공을 향하여 탄식할 뿐일세. 나는 정말 일생에 그 여자 하나밖에는 사랑하지 못하였네. 그러면서도 마음껏 사랑을 발표해본 적이 없었네그려. 오히려 사랑하지 않은 다른 여자들에게는 감정을 과장하여서 사랑하는 말을 충분히 하여도 보고 은근히 간곡한 사과도 하여보았지만, 그 여자에게는 사랑하면서도 사랑한다는 말을 생각껏 못 해보고 만나서 반가워야 만족한 웃음 한 번 못 웃어보았네그려. 만일 후생이 있다면 후생에서는 불쌍하고 사랑스러운 그 여자를 마음껏 사랑해주겠네마는."

4

친구는 듣는지 마는지 여전히 고개를 푹 숙이고 눈을 감고 앉아 있었다.

나는 감개무량한 눈치로 친구를 슬쩍 바라보고는 다시 말을 계속하였다.

"위에 말한 것과 같이 그리워서 애태우는 일만 계속되었으면 얼마나 좋겠나마는……. 그만 해도 그때가 작년 철로 잡히네마는 작년 겨울 아니, 바로 이 지난겨울인데 나는 호올로 그리우는 그 여자를 보지도 못하고 해만 부질없이 또 보내지 않으면 아니 되었구나, 하고 탄식하고 있을 때일세. 새해가 한 20일 남았다고 하던 때인데, 나는 방학이 되어 한가도 하고 마침 설월雪月이 만정滿庭*한 때라 집에 갑갑하게 들어앉았기가 싫은 생각이 나서 불시에 옷을 갈아입고 발 가지는 대로 아무 데나 가보려고 대문을 막 나서는데, 여학생 모양을 한 여자 하나가 망토를 두른 조그마한 아이의 손목을 잡고 우리 집을 향하여 오기로 유심히 보니 오매불망하던 그 여자가 아니겠나. 한참은 둘이가 다 가슴만 두근거리고 우두커니 섰었네그려. 아이는 춥다고 어서 가자고 야단이고 한데, 한참 만에 내가 어떻게 온 이유와 내가 여기 사는 줄을 어찌 알았느냐고 물었더니, 아무 데나 좀 앉고 앉아서 자세한 이야기를 하자고 하나, 우리 집이라야 좁고 좁은 것은 상관이 없더라도 우리 일을 짐작하고 있는 아내가 있고 하니 들어앉을 수도 없고 하여서, 그 여자를 도로 데리고 나와서 조용한 음식집에를 가서 그 여자의 이야기를 들었네그려. 들으니까 전에 시집가기 전에 마지막 만나달라고 애원한 것은 정말 시집갈 결심을 하고 편지한

| * 뜰에 무엇이 가득함. 또는 그 뜰.

180

것이 아니라, 아무래도 만나주지를 않으니까 마지막 한 번만 만나달라면 들어주려니 함이었다고, 그리고 만나기만 하면 울고 매어달려서 죽어도 못 가겠노라고 떼라도 써보려고 한 것인데 마지막 편지에까지 아무 답서도 주지 않은 것을 보고 자포자기가 되어 '모두 모르겠다. 될 대로 되어라!' 하고 그만 시집을 가버렸다는 말과 그 아이를 시집가서 여덟 달 만에 낳았는데 시집에서 처음에는 의심을 하였으나 자기가 하도 시치미를 떼이니까 팔삭둥인가 하고 그럭저럭 지내기는 하나, 양심상 고통과 아이 불쌍한 생각에 굽이굽이 속을 썩였다는 말과 본래에도 애정이 없었지만, 갈수록 남편이라는 사람에게 대하여 싫은 생각만 생겨나 자기의 신세와 아이의 전정을 생각하여 자아를 전부 희생할까 하는 생각까지 가졌었으나, 아무래도 견딜 수 없어서 그 집에서 나오려 하나 핑계가 없어서 아이의 비밀을 설파하여 겨우 이혼을 하고 나와버렸다는 말, 형식으로 남의 아내이면서도 한결같이 나 한 사람만 사랑하고 있었다는 말과, 그러니까 이제는 죽으나 사나 나에게 영육을 맡기겠으니 한마디 허락만 하여주면 자기 모자의 생활비는 자기가 어떻게든지 만들어 지내겠다는 말과, 나는 나의 처자와 여전히 지내면서 몇 달에 한 번씩이라도 정다웁게 만나만 주면 그것을 바라고 즐겁게 살겠다는 말이었네. 그런데 내가 어찌 이기적이고 졸렬하였나 보게. 그때는 그 여자가 반가운 생각보다도 (아이는 내 아이라 하지만 믿어지지 않는 것도 아니면서도 의외에 들어 그런지 미처 사랑스럽다고 생각도 나지 않고) 먼저 머리를 때리는 것은 책임 문제였네그려. 만일 내가 책임을 가진다면 현재 내게 아내가 있고, 자녀가 있고, 또 소위 교육자의 체면이 있고 한데, 만일 세상이 그 일을 안다면 나는 이 사회에서 버림을 받을 것이다. 그리고 저 여자는 아직 젊고 예쁘니 얼마든지 달리 생의 길을 얻을 수 있지 않은가. 그러니 박절하지만 한 말로 거절을 하여버리리라고 결심을 하고 아주 냉랭하게 그 아이가 내 아이라고 믿어지지도 않고 또 책임을 질 수 없는 형편이라고 딱 잡아떼었네그려. 그러니까 그 여자는 아무 말도 못하고 무디듯 울기만 하데그려.

그래도 내 생전에 처음으로 제일 사랑하고 오직 한 사람의 이성이 내 앞에서 진정한 의미의 눈물을 흘리는 꼴을 보고야 어찌 마음이 편할 수가 있었겠나. 금방 나는 당신을 위하여는 무엇을 불고不顧*하겠소? 하는 말이 입 밖에 나오려고 하는 것을 또 그 무엇에 눌리어 터지는 가슴을 꾹꾹 누르고 앉아서 위로 한마디 못 하였네그려. 아이는 처음에는 먹을 것을 주고 하니까 멋모르고 좋아하는 모양이었으나, 차차 갑갑증이 나는지 두어 번 킹킹대더니, 어머니의 눈치를 보더니 단정히 앉아 있다가 나중에는 까딱까딱 졸고 있는 얼굴을 보니까 이마와 코가 나를 닮은 것 같으나 어쩐지 끓어오르는 정다운 느낌은 생기지 않데그려. 그것은 아마 그 여자가 시집가서 곧 아이를 낳았다는 말을 듣고 분노에 가까운 감정이 생겼고, 따라서 아이에게 적의 비슷한 생각을 가졌었던 까닭인가 보네. 그 여자는 이를 악물고 일어서 가면서— 너무 심하십니다. 모든 것을 다 버리고 다만 혼자서 어린것을 데리고 떠날 때에는 그래도 세상 천하에 오직 당신 하나를 태산같이 믿었습니다. 안녕히 계십시오. 우리 두 생명은 당신의 잔인무도한 이기 때문에 무참하게 짓밟힐 뿐입니다. 서리가 날리는 그 여자의 말은 언언구구言言句句** 다 내 가슴을 칼로 에는 것 같데. 나는 그 여자가 나가는 모양조차 바라보지 못하고 고개만 숙이고 있는 동안에 그 여자는 아주 가버렸데그려. 혼자 남은 나는 어이없이 앉았다가 풀 없이 집으로 돌아왔다네그려. 밤에 한잠이나 잤겠나. 띵한 머리를 부둥키고 그 이튿날 아침에 일어나서 신문을 보니 '모자의 침혹한 죽음'이라는 제목 하에 그 여자가 죽을 준비로 모르핀을 가지고 다니다가

* 돌아보지아니함.
** 모든 말과 글귀.

친정에 와서 모자가 나눠 먹고 죽었는데, 유서도 일절 없고 하여서 원인을 알 수 없으나 가정불화인 듯한데 죽은 여자는 비상한 미인이고 상당한 교양도 있는 여자라는 것이었네. 가뜩이나 극도로 번뇌하던 끝이라 이 사실을 보는 나는 정신이 아득하여 한참이나 의식을 잃었다가 깨어보니 의사가 오고 삼촌댁이 오고 야단이 났데그려."

친구는 어이가 없다는 듯이 한참이나 나를 바라보더니

"에이, 자네 사람은 아닐세."

하면서 심히 분개한다.

"자네가 분개하는 것도 무리는 아닐세. 그러나 나의 가슴에도 눈물도, 피도 있다네. 있기는 있지만 요컨대 모두가 용기 문제였네. 그 여자가 시집가기 전에도 집안에서 쫓겨나고, 사회에서 쫓겨나더라도, 아무 데라도 둘이 같이 가자고 편지까지 몇 번이나 써놓았다가 찢어버리었다네. 지난번에도 그 여자가 죽지 않고 조금만 기다리고 있었던들 내가 길게 모른 척할 리야 있었겠나. 그 여자가 조금을 참지 못하고 그만 죽어버렸네그려. 한강 철교 위에 '조금만 기다려라' 하고 써 있는 것이 과연 명구라고 새삼스럽게 느껴지데. 내게는 자네밖에 마음 그대로 헤치는 사람이 없으면서도 지금까지 그 여자와 로맨스를 자세히 이야기하지 못하였었네. 오늘도 이야기로 하는 것이라 암만해도 생각하는 바를 충분히 말할 수가 없네그려. 어느 날 한가하거든 우리 집에 와서 내 일기책을 뒤져보면 그 여자와 로맨스 하던 말을 자세히 알 수가 있네."

친구는

"그 모자의 시체는 찾았나?"

하고 다시 묻는다.

그 묻는 말에 나는 더구나 할 말이 없었다.

한참이나 고개를 숙이고 있다가

"시체! 시체 구경도 못 하였다네. 그러기에 스스로 담이 크지 못하고 비열하다는 것이 아닌가. 시체라도 찾아야겠다는 마음만 우물거리고 있는 동안에 벌써 시체는 묘지로 가고 말았네그려. 어려운 오라버니의 손에 묻혔으니 물론 공동묘지에 허술하게 묻혔을 터이니까, 무덤이나 찾아본다고 며칠을 두고 공동묘지는 다 찾아 헤매어서 그에 여자의 무덤을 찾았네그려. 눈 쌓이고 솔바람 부는 쓸쓸한 공산空山에 누군지도 모르는 수천 수백의 무덤과 한가지로 적적히 누워 있데그려. 내 가슴이 얼마나 억색臆塞*하였겠나? 지나친 설움에는 눈물이 안 난다는 말이 옳데. 나는 맥맥히 서 있다가 '강일련 모자지묘姜一蓮 母子之墓'라는 목판 뒤에 만년필로 이런 것을 끼적거려 두고 찬 바람만 안고 어슬렁어슬렁 내려와 버렸네."

> 그런들 그리 쉽게
> 가을 줄은 몰랐노라. 영결永訣**의 설움인들
> 섧지야 않으랴만, 두고 간 그 정을
> 내 못 잊어 눈물겨워하노라.

5

미닫이에는 해가 벌써 맨 밑까지 내려 비쳤다. 조그마한 방 안에는 햇빛으로 충만하였다. 나 입었던 양복·외투 모두 저 걸릴 데 걸려 있고, 방 안은 정돈되어 있다. 아마 아내가 엊저녁에 옷을 벗겨 뉘고 옷을 걸어

* 억울하거나 원통하여 가슴이 답답함. 또는 그런 느낌.
** 죽은 사람과 산 사람이 서로 영원히 헤어짐.

주고 간 것이다.

눈석*이 척 하며 떨어지는 소리. 아픈 가슴에 파동을 더하는 듯하다.

아! 말똥말똥한 정신으로 이 고통을 어찌 차마 견디나. 아! 모두 잊어 버리자. 무슨 기억이고, 생각이고 하여서는 무엇하랴. 그저 모두들 모르고, 모두들 잊어버리고, 그저 어제 모양으로 혼몽 천지로 지냈으면 오죽이나 좋으랴. 나 같은 놈은 내 정신, 내 의식만 돌아오면 쓰리고 아리고, 매운 고통뿐이니…….

아아, 술 가운데 세상도, 사회도, 집도, 나도, 고통도, 기쁨도, 사랑도, 미움도, 아무것도 없는 오직 술 가운데만 살고 싶어라.

—《문예시대》, 1927. 1.

| * 쌓인 눈이 속으로 녹아서 흐르는 물.

희생

1

성일을 맞으려는 영숙은 오늘에 한하여는 어쩐지 가슴이 평온하지 못했다. 한 주일에 한 번씩 찾아오는 성일이를 만나는 것이 영숙이에게는 다시없는 바람이요 즐거움이었고, 영숙이가 한 주일 동안에 살고 일하고 움직이는 것이 모두 성일을 만나는 그날 한때를 위하여라는 것 같았다. 하루하루 다닥쳐 오는 그날은 영숙에게는 안타까웁도록 지루하고 괴롭도록 반가웠다. 남들의 어떠한 경사로운 날보다도 영숙에게 다시없는 경사로운 그날도 슬쩍 지나가면 그만이지만 그날이 지나면 또 돌아오는 그 즐거운 날을 기다리기에 마음 쓰이고 정신이 긴장되어서 얼결에 세월을 흘려보내는 것이었다. 밝는 날에 설을 맞으려는 어린아이 모양으로 이 밤이 눈 꿈쩍할 새에 살짝 새어버려라. 깨지도 말고 꿈도 꾸지 말고, 한잠에 아침이 되어라 하고 안타까운지 즐거운지 모르는 이상한 가슴을 자리에 싸고 드러눕는 어제저녁도 과연 어느새 새어버리고 신기하고 반가운 성일이가 오늘 아침도 벌써 되었다. 방 쓸고 불 때고 세수하고 반가운 손님의 앉을 자리에 방석까지 깔아놓았다. 성일이는 지금부터 1년이 넘는 작년 가을부터 영숙을 한 주일에 한 번씩 찾아오지마는 눈이 오거나 비가 오거나 일이 있거나 없거나 몸이 아프거나 편안하거나 정한 시간에 10분 이상을 어기지 않고 꼭꼭 찾아왔다.

벌써 아침 9시를 친다. 막 성일이가 찾아올 시간이다. 영숙의 가슴은 다시 두근거렸다. 전에는 1분이라도 성일이가 늦게 오면 초조하여 못 견디었건만 오늘은 성일이가 무슨 일이 있어서 좀 지체되었으면 하고 생각하였다. 며칠을 두고 몇 밤을 두고 궁리하여본 결과 자기 의견은 이러하고 일은 어찌하면 되겠다고 할 말까지 준비하였건만 그래도 영숙이는 좀 더 생각할 무엇이 남아 있는 듯했다.

물결치는 마음을 가라앉힐 사이도 없이 "이리 오너라" 하는 조심스러운 목소리가 들리었다.

전일에는 문간에서 기다리지 못하는 때라도 영숙의 자기 방에서 성일의 발자국 소리를 분간하고 성일의 부르는 소리가 나기 전에 뛰어나갔었지만 오늘은 두 번이나 거푸 부르는 성일의 소리를 듣고야 비로소 미닫이를 열고 "들어오세요" 하였다. 여성적인 듯한 부드럽고 다정한 미소를 띠인 성일은 영숙의 방에 들어가자 성일이가 오래 보고 들은 구라파 식으로 영숙을 안고 키스하였다. 이것이 인사였다.

자연히 정하여진 성일 자기 자리에 앉았다.

"요새는 과히 바쁘지 않으세요?"

"바쁘기야 언제나 마찬가지지. 오늘도 사에서 나오는데 나를 보러 오는 사람이 있었고, 오늘 마치지 않으면 안 될 원고도 있고, 남들은 날더러 없는 일을 만들어 줄곧 바쁘게 지낸다고 하지만 나는 나 할 일을 내가 하고, 그때 일을 다른 때로 미루지 않을 뿐인데. 그러니 언제나 바쁘게 지내지 않으면 안 된단 말이야."

"그러기에 사에 혹 가 뵈오면 남들은 환담하고 담배 피우고 있을 동안에도 당신 혼자만 항상 골몰히 지나는 것을 보면 딱해 못 견디겠어요.

내라도 좀 도와드릴 일 같으면 도와드리고 싶지마는⋯⋯."

"고맙소. 그러나 나는 그렇게 늘 일하고 지내야 마음이 편하니까 걱정 말아요. 그런데 요새 퍽 추워지는데 방이나 춥지 않게 하고 지나우? 그리고 혼자 밥 지어 먹기에 퍽 괴롭지. 얼굴이 좀 못 되었구려."

"무얼요. 있는 것 가지고 혼자 몸뚱이를 위하여 하는 일이 무엇이 어려워요."

"그래도 놀고 있는 몸도 아니고 시간 맞춰서 이 추운데 한데서 밥을 먹노라면 오죽 고생이 되겠수? 나는 바쁘게 일을 하다가도 유리창에 바람만 훅 지나가도 가뜩이나 쓸쓸한 당신 방에 찬 바람이 들 것이 염려요, 친구들과 요리상을 대하였다가도 당신이 반찬 없는 밥상을 혼자 대하고 있을 생각을 하면 구미가 없어진다우. 아무쪼록 몸에 영양이 부족되지 않도록 해 먹어요."

"글쎄 내 걱정은 도무지 하지 말래도 그래요. 큰일에 바쁜 어른이 잘 먹고 피둥피둥 잘 지내는 생각까지 하느라고 조금이라도 정신을 쓰지는 말아요."

"그래, 그래서 애써 그런 생각을 아니 하려구 하지만⋯⋯."

잠깐 침묵이 계속되었다. 영숙은 성일의 무슨 눈치를 살피려는 듯 슬쩍 쳐다보며 무슨 말을 할 듯 할 듯 하다가 그만 고개를 숙여버렸다.

성일은 어느새 영숙의 눈치를 채이고

"왜 무슨 말을 할라다가 말우— 오늘은 당신에게 무슨 걱정되는 일이 있는지, 또는 마음에 켕기는 무슨 다른 사건이 있는 듯하구려."

"저—어— 내가 월경이 두 번이나 건넜는데 요새는⋯⋯."

또 고개를 숙이는 영숙의 눈에서는 어느새 눈물이 그렁그렁했다.

세계에 있는 모든 다른 사람들보다 제일 불운에 울지 않으면 안 되는 조선 사람인 그들로서 어찌 되었든지 그들 개인의 행복만 얻으려는 비열한 사람들이 아닌 만큼 그들의 사랑의 전정은 어두웠다. 그래서 그들은 만나면 만나는 반가움이 크니만큼 비애도 크고, 사랑의 즐거움이 깊으니만큼 장래를 위하여 설움도 깊었다. 더구나 눈물겨운 반생을 밟아온, 눈물 많은 여자인 영숙은 성일이를 만나면 언제나 울지 않고는 배기지 못하였다. 웃음 웃는 눈에도 눈물이 어리우고, 미소가 흐르는 입 가장자리에도 설움이 새었다. 그러나 지금 영숙의 눈물은 다른 때의 흘리던 눈물보다는 좀 더 비절한 눈물이었다. 얼굴이 차차 해쓱하여지는 성일은 영숙을 끼어안으며 영숙의 귀에다 입을 대고, 울음소리를 안방에서 들으면 어쩌느냐고 속살거렸다. 울음소리를 무리로 가슴으로 틀어박는 영숙의 어깨는 격렬하게 들먹거리었다.

남들 같으면 가장 경사롭다는 일, 더구나 영숙이와 성일이는 한가지로 세상에 그림자 외에는 따르는 아무도 없는 천애의 고아들로 자라서 그래도 어찌어찌 교육은 남만 못지않게 받아서 오늘은 사회에 인정하는 한 일원이 된 자기들 사이에 사랑의 절정이요 생의 존속인 귀중한 새 생명이 생긴다는데 슬피 울지 않으면 아니 될 자기들의 신세, 그리고 성일이가 극히 동정하는 영숙이가 외할머니 손에 길리울 때 영숙이의 외할머니가 "세상에 외롭다 외롭다 한들 너같이 단 외몸뚱이가 어디 있겠느냐, 너는 똑 돌 틈에서 나온 것 같구나, 그리고 망한다 망한다 한들 너의 집처럼 망할 데가 어디 있겠느냐, 그래도 계집아이일망정 인물이 저만하니 장차 좋은 배필을 만나 아들 딸이나 많이많이 낳아서 외손봉사나 하여라" 하고 눈물을 흘리며 머리를 쓰다듬어주었다던 불쌍한 영숙은, 그의 외조모의 망령이 더하여서 바라고 그 부모의 죽은 혼이 그윽이 기다릴 귀중한 태아가 그 배 속에 있건마는, 나 같은 불운아의 씨인 까닭에 지금 울고 있지 않으면 아니 되는구나 하고 생각하는 성일의 가슴은 찢어지는 듯하였다.

2

영숙이가 과거에 접촉하였던 남성에게 속았느니 무정했느니 하고 원망하여지지는 않지만, 그들이 본래도 불행하였던 내게 불행을 한층 더하게 한 것만은 사실이에요, 하고 말하던 그 남성들보다도 나는 좀더 좀더 큰 불행을 영숙에게 준 것이다. 지금 영숙의 배 속에 있는 태아가 나날이 자라는 데 따라 생리상 변동으로 생기는 영숙의 신체 이상은 남들의 눈에 발견될 날이 머지않았다. 그러면 영숙의 생활의 줄은 끊어지고 영숙의 지구는 영숙을 배척하리라. 그리하여 불행에서 나고자 하고 헤매는 불행한 영숙의 생활은 지금보다도 얼마나 더 비참하게 될는지 모르는 것이다. 어쨌든 나는 영숙이와 이 일에 현재 책임을 가진 것이므로 영숙이를 사랑하고 동정하는 외에도 나의 책임상 울고 애쓰고 고통하는 영숙을 그대로 버려둘 수는 없는 것이다.

아아! 큰일! 큰일보다도 내게 가장 핍근한 나의 책임을 다하기 위하여, 또는 내게 제일 가까운 외로운 여자를 구원하기 위하여 나보다는 좀더 훌륭한 인물로, 나보다는 큰일을 위하여 좀 더 능률이 있을지도 모르는 새 생명을 기르기 위하여 내가 가정의 사람이 되어야 하지 않을까.

그러나 지금 영숙이가 불쌍해 못 견디는 내 마음이 애욕이요 사소한 인정에 끌리는 것인지도 모르는 것이 아닌가. 영숙이는 교양 있고 주심 있는 여자라 자기 혼자도 살길을 찾을 수도 있을 것이요, 태아로 말하더라도 육체와 정신이 건전한 좋은 인물로 태어난다 하더라도 이제부터 팔구 삭을 지나야 세상에 나오게 될 미래의 인물이다. 그리고 미래의 인물이 나서 과연 나보다 훌륭한 일을 한다 하더라도 20년이나 30년 동안을 가난하고 피폐한 조선 땅에서 나는 쌀밥을 먹고 조선 사람의 손에서 짜내는 돈을 쓴 후라야 될 것이다. 그런데 당장 내 눈 앞에 가로놓인 그 일을 나 아니면 누가 하랴. 영숙의 일은 아무래도 나 개인에 관한 문제에 그치는 것이요, 장래 인물을 기르느니 어쩌느니 하는 것은 내 앞에 당한 책임을 회피하려는 생각인지도 모르는 것이다. 어쨌든 나의 동족이야 어찌 되거나 나 혼자만 편하면 제일이다 하고 처자와 안일한 생활을 할 만한 그런 양심은 나는 가지지 못하였다. 그러나 지금 이 세상, 이 제도 안에서 영숙의 지금 처지가 되어서는 아무리 교양이 있고, 제정신을 차리는 여자라고 하더라도 자기 한 몸뚱이를 살아나가기도 대단히 어려운 일이다. 더구나 어린아이까지 더 덮쳐서는 그의 생활은 말이 안 될 것이다. 그러나 내 허물로 인하여 험난한 이 세상에서 어찌 될지 모르는 가엾은 두 생명을 내가 건져주지 않을 수도 없고, 그렇다고 수천만 생령이 살고 있는 무너져가는 큰 집을 버티어가던 내 팔뚝을 빼어낼 수는 더군다나 없는 일이니 이 일을 장차 어찌하면 좋을까! 살아서는 이 일도 모른 체할 수 없고 저 일도 안 돌아볼 수 없다. 차라리 죽어 모든 것을 잊어버리리라. 아무도 모르게 영숙이와 살짝 죽어버리리라, 여의치 못한 일이 있을 때마다 생각되던 자살— 그 자살이 성일에게 또 생각된 것이다. 이렇게 생각한 성일의 가슴은 좀 가벼워지는 듯하였다. 다시 영숙을 힘 있게 껴안으며

"울지 말우. 좋은 도리가 있소. 당신이 말하던 바와 같이 사람은 언제나 한 번은 죽는 것이니 우리 같이 죽어버립시다."

영숙이는 성일의 이 의외의 말에 놀래었다. 또 낙심하였다.

전일에 성일이가 자기 같은 사람을 바라지 말고 좋은 데로 시집가라고 권할 때, 영숙은 성일을 떠날 바에는 성일이와 같이 죽어서 사랑을 완성하겠다는 결심을 그에게 몇 번이나 보이었었지마는 그래도 태기까지 있게 된 오늘에는 영숙의 경우와 진심을 헤아리고 또 자기의 외로운 신상을 생각하여 성일의 마음이 혹 돌아서서

"그러면 할 수 없이 결혼을 합시다. 내 몸은 민족을 위하여 대중을 위하여 바친 바지마는 운명이 이렇게 결혼을 시켜버리는구려."
할는지도 모르겠다는 일루의 희망이 있었다.

성일이의 마음이 그렇게만 되면 성일의 자선심도 좀 조절을 시켜 돈을 함부로 남에게 나눠 주지도 못하게 하고 영숙의 얼마 안 되는 수입이나마 합하여 성일의 월급으로 조그마한 가정 하나는 유지할 수 있고, 또 성일이를 닮아서 머리가 좋고 뜻이 있고 얼굴과 체격이 좋은 훌륭한 아들이나 하나 낳아 길렀으면…… 하는 희망이 외롭게만 지낸 영숙에게는 유일의 즐거움이었다. 그 즐거움은 앞이 캄캄하도록 무섭고 근심되던 태중이라는 불행을 사라지게 할 뿐 아니라 무한한 희망을 일으키어 그 희망과 공상을 그리기에 날이 새는 줄을 모른 밤이었다. 그런데 아무쪼록 살아서 일을 한다던 성일이가 죽어버린다는 것이 의외이고도 또 감격하였다. 성일의 말이 그렇게 나올 줄 알았더라면 영숙은 그 일을 결코 입밖에 내지 않았을 것이다. 영숙이가 자기 자신을 어떻게 처치해버리든지, 결코 큰일을 하는 큰사람인 성일에게 그런 일을 알아서 마음의 동요를 일으키지는 않았을 것이다.

새 정신이 도는 영숙은 눈물을 씻고 정색을 하고 고개를 들었다.

"같이 죽어요? 그것은 말이 안 됩니다. 그전에 내가 당신과 같이 죽어버리고 싶다고 말한 것은 아직 당신을 알지 못하고 당신의 뜻을 잘 이해하지 못할 때의 일입니다. 당신과 같이 중한 책임이 있고 의무가 있는 어른이 왜 죽어요. 그리고 나도 지금은 죽고 싶지 않아요. 지금 내 배 속에는 제삼세의 당신이 자라고 있으니까요. 직접 당신 하는 일에 도와드리지 못하더라도 당신 혈속이나 잘 낳아서 잘 기르겠어요. 그리하여 그것이 나의 일생의 사업이요 낙이요 위안으로 지내겠어요.

"내게는 너무나 과람하고 고마운 말이오. 그러나 그것을 어떻게 잘

기를 도리가 있어야지요."

"그것이야 걱정 없지요. 지금 내 주위에는 나의 사랑을 갈구하고 있는 남성이 몇 사람이 나 있으니깐 그중에는 내가 아이를 배었거나 낳거나 나의 한 번의 미소면 내 마음대로 하게 될 사람도 없지 않으니까요. 그런 사람 중에 한 사람을 가리어가지고 먼 시골 같은 데로 가서 남모르게 살면서 아이나 잘 기르고 당신에게 안심이나 시켜드리면 그만이지요."

성일은 고개를 숙이고 묵묵히 앉아서 생각에 골몰하였다.

3

그러면 내가 살기는 살아야 한다. 내가 산다면 인정사정 불구하고 그 일을 하려면, 나의 영숙이와 장차 생길 어린것을 알지도 못하는 남에게라도 맡겨버리지 않을 수가 없다.

그러나 저희들을 위하는 줄도 모르는 무지하고 몰이해한 이 민중 속에서 갖은 장해와 압박을 받으며 악전고투를 하면서도 오래간만에 만나는 영숙의 따뜻한 미소는 성일에게 모든 것을 잊어버리게 하는 커다란 위안이 아니었던가. 새 힘과 용기를 주는 무엇이 아니었던가.

그런데 이제 영숙을 이별하고 보면 나의 사적 생활은 무한히 차고도 적막할 것이다. 그러나 그것은 오히려 참는다 하더라도 영숙이가 말하는 대로 영숙의 과거도 생각지 않고 어린아이가 생기는 것도 관계없다는, 생활이 넉넉하고 영숙이를 길이 사랑하여줄 남자가 과연 있을까. 만일 그렇지가 못하여 아름다운 이 영숙이와 무죄한 미래의 어린애와 두 생명이 안정을 얻지 못하고 도리어 방황하게 된다면 그 얼마나 아프고 쓰리고 차마 못 견딜 일인가. 이러지도 못하고 저러지도 못하는 성일의 고민은 과연 형언할 수 없었다. 성일의 고민하는 꼴을 바라보는 영숙의 후회가 더욱 깊어지고, 후회가 깊어질수록 결심은 더욱더 굳었다.

"나는 이제 꽉 작정하였어요. 그리고 정신적으로 만족을 못 얻더라도 우선 육체적 안정을 얻을 필요가 있다는 것을 알았어요. 정이니 무엇이니 하는 것도 아무 데나 붙이기에 있는지도 모르니까요."

영숙의 이렇게 뚝뚝 잘라 말하는 냉정한 듯한 태도가 성일에게 섭섭하다면 섭섭하고 다행하다면 다행하지마는 어쩐지 영숙이가 불쌍하였다. 그리고 어린아이가 교통 번잡한 행길에 나가겠다고 떼쓰는 듯한 불안을 아니 느낄 수 없다.

"어쨌든 당신의 좋은 일이고 당신의 평안할 도리라면 나는 무조건으로 찬성하겠어도 지금 내 한 몸에 대하여는 아무 걱정이 없는 사람이오. 다만 일에 대한 걱정이 있을 뿐인데, 일은 내 성의와 피를 바쳐 할 뿐이고 다만 무시로 당신이 어찌하면 행복스럽게 지내게 될까 하는 것이 걱정이라면 걱정이고 염려라면 염려가 될 뿐이야요. 그러나 왜 사람은 가다가다 본의 아닌 범죄를 하게 되는지요. 내가 범한 죄로 당신이 더욱 불행하고 더욱 고생스러워진다면 나는 죽어 그 죄를 속하고 싶어요."

"그런 말씀은 아예 하지 마세요. 뉘게 죄가 있고 말고 할 것이 무엇이야요. 피차에 즐겨서 한 일이니 죄라면 피차의 죄요, 당연한 일이라면 서로의 당연한 일이지요.

"그래도 당신이 지금이라도 나의 멱살을 붙잡고 '이 몹쓸 놈아! 네가 무슨 업원으로 내 신세를 이렇게도 망쳐주느냐'고 야단야단을 쳐도 할 말이 없지 않소."

"그것은 당신도 여자는 약자요 따라지목숨으로만 취급하려는 소리지요."

"내가 여자를 약자로 따라지 생명으로 취급하려는 것이 아니라 아직도 이 제도 안에서는 그렇다는 말입니다."

"그런 부질없는 말은 그만두고 앞일이나 어서 의논합시다."

"앞일이라니, 당신의 결혼 문제 말이오? 결혼이 어디 그렇게 쉽게 성립이 될 수 있소?"

"후자는 벌써 정해놓았어요. 그런데 그 일에 대하여는 일절 간섭을 마시고 내게 일임하세요."

성일이는 애써 그렇게 마음을 먹지 아니하려 하여도 영숙의 태도가 쓸쓸한 듯 불쾌한 듯 어쩐지 적적하고 괴로웠다.

성일은 일에 바친 몸인지라 처자와 동거할 길이 없는 바에 아무리 자기가 귀애하고 또 저편에서 따른다 하더라도 단연히 거절을 하고, 만일 그 여자가 다른 데 결혼을 한다면 그 여자의 편의를 끝까지 보아주고 행복을 빌어주기 위하여 겉으로는 태연하게 물질로 도울 수 있으면 도와주고 몸으로 도와주게 되면 몸으로 도와주겠지만, 마음으로까지 아주 태연하여질지가 문제라고 생각하던 일이 지금에 마침 체험할 때가 닥쳐왔다. 그러나 수양이 부족한 탓인지 지금 성일의 마음은 좀 거북하였다.

그러나 천연스럽게

"당신의 좋을 대로 당신의 마음대로 하시고, 당신의 하는 일에 이 몸이 필요하거든 언제든지 써주시오."

"그야 내게는 당신의 온몸 온 혼이 필요하지요. 그러나 당신을 내가 독차지해서는 안 될 것을 깨달은 오늘에는 차라리 온전하게 당신을 일에 바쳐버리고 말 결심입니다. 당신의 몸과 혼을 그 일에 온전히 바치기 위하여 내 자신이 당신에게 조금도 누를 끼치지 않을 뿐 아니라 내 배 속에 있는 태아가 당신의 씨라고는 입술을 깨물고 세상에 알리지 않을 것이요, 또한 우리 두 존재를 당신에게도 세상에도 영원히 알리지 않을 것입니다. 아니 당신과 저 이때에 당신의 뒤에 숨은 내 존재만은 영원히 영원히 숨어버리지마는, 당신은 때가 오면 세상에 뚜렷이 그 존재가 나타날 것입니다.

성일은 섭섭하다고 할지 감격하다고 할지 기막히다고 할지 모를 이상한 감정에 가슴이 억색하였다. 다만 감은 눈썹에 맺힌 이슬만이 눈석이 처마물같이 이따금 슬그머니 떨어질 뿐이다.

"바쁘신데 어서 가시지요. 그동안에 한 번은 더 만나겠지요."

—《조선일보》, 1929. 1. 1, 4, 5.

헤로인

마음을 졸이고 있던 혜영은 검고 푸르게 질리인 남편의 얼굴이 중문 간으로 나타날 때 가슴이 선뜻하자 시아버지와의 최후의 교섭이 깨어진 것을 직각하였다.

살縷에 맞아 날개 부러진 수리와 같이 맥없이 아랫목에 쓰러진 장식 이의 감은 눈에서는 눈물이 스르르 흘렀다.

말없이 바라보는 혜영의 눈에서도 어느새 억제치 못할 눈물이 쏟아 지려 하였다.

그러나 남편을 위로할 책임—아니 책임이라는 것보다 남편을 위로하 지 않으면 아니 될 이 경우에 같이 울고 있을 수는 없는 줄을 잘 알고 있 는 혜영은 이를 깨물고 눈물을 목메게 삼켜버렸다.

혜영은 손수건으로 남편의 눈물을 조심스럽게 씻어주며

"물론 그럴 것을 각오하고 갔던 이상 그렇게 실망할 것이야 무엇 있 어요. 팔다리 성한 젊은 남녀가 어떻게던지 살어갈 도리가 있겠지 설마 굶어 죽겠소?"

눈물에 젖은 눈을 슬그머니 떠서 아내를 쳐다보는 장식이는 원망스

러운 듯 애원하는 듯한 간절한 목소리로

"그래 당신은 어쨌든 살아야 하겠구려!"

"정말 살 도리가 없으면 죽는 수밖에 없기야 없지만……."

"글쎄 지금 우리 이 경우로 살아갈 무슨 도리가 있단 말이오— 부모와 형제와 친구에게 모두 버림을 받고 게다가 저것의(본처) 기승은 점점 더해지고……."

"우리가 무슨 천지간에 용납하지 못할 죄를 지었길래 부모 형제 친구가 우리를 길이 버린단 말이오. 지금 그이들이 우리를 미워한다거나 시비하는 것은 오해이거나 시기에 지나지 않는 것이니 그것은 시간이 풀어줄 것이오. 그 여자로 말하더라도 우리의 사랑의 근거로 어느 정도까지는 흔들면 흔들려질 것이라고 생각한 까닭이오. 또 부모와 형제가 우리를 욕만 하니까 업수히 여기는 생각이 든 데다가 당신의 굳세지 못한 것을 기화로 그려는 것이지만 우리가 길내 사랑이 변치 않고 잘 살고 부모 형제가 다 양해해주게 되는 때에야 누가 감히 우리를 건드리겠소."

"이러니저러니 하는 소리 다 듣기 싫소. 당신은 어디까지든지 세상에 미련이 있는 것이니까 늙어 백발이 되도록 세상에서 잘 살아보시오. 나는 귀찮은 세상에 하루라도 더 살기가 싫으니까— 요 얼마 전까지도 당신을 두고 나 혼자 죽으면 당신이 죽은 뒤에 다른 남자와 결혼하여 잘 살 것이니 하면 속이 상해서 못 죽겠지만 인제는 나 죽은 뒤에 당신이 누구와 살거나 말거나 다— 상관할 것 없다는 생각이 들었소."

"전에도 늘 하던 말이지만 당신은 이제라도 나만 버리고 집으로 돌아가면 당신의 부모 형제는 죽었던 아들이나 동생이 살아 돌아온 것같이 환영하며 온갖 편의와 사랑과 아울러 경향에 두루 골라 당신의 마음에 드는 미인 각시 얻어줄 터임에도 불구하고 나 하나 까닭에 죽음의 길까지 가려 드는데, 세상 천하에 아무도 없는 내가 세상에 대한 미련이 있을 까닭이 무엇이오. 다만 당분간 참고 지내면 좋은 세월이 와질 것인데 그것을 못 참아 죽는다는 것은 비겁하고 약한 사람의 일이라고 생각한 까닭이었지만 어쨌든 당신이 꼭 죽을 결심이라면 나도 두말없이 따라 죽을 생각이야요."

장식이는 무슨 기껍고 반가운 소식이나 들은 듯이 금방 얼굴에 화기가 돌며

"아! 그래 당신이 나와 같이 죽어준단 말이지! 그렇다면 나는 얼마나 행복스러운 사람인지 몰라요 — 자 그러면 이 기회를 놓칠 수는 없으니 오늘 저녁 자정쯤 해서 준비하여두었던 '헤로인'*을 먹고 같이 죽읍시다."

혜영은 무슨 깊은 생각에 빠진 듯한 표정으로 입으로만

"네 — 그렇게 합시다."

장식이는 벽에 걸린 시계를 쳐다보며

"지금이 오후 3시니까 우리가 세상에 있을 동안이 9시밖에 안 남았소. 그동안에 좀 같이 누웠기나 합시다. 움직이지도 말고 먹지도 말고."

남편의 끌어당기는 손목을 아내는 뿌리치는 듯이 하며

"누가 들어와 보더라도 대낮에 어떻게 끼고 드러누워요."

"죽을 때까지 당신은 사람에게 대한 체면을 보려는구려. 그것이 열이 부족하고 사랑이 부족한 탓이란 말이야."

"당신은 죽어 저승길에 동행하면서도 깍쭉깍쭉 사람을 못살게 굴 것이야…… 자기에게 불만이 있느니 남의 남자를 쳐다보았느니 하고 —"

"자 그만둡시다. 마지막 시간까지 말다툼이 생겨서야 되겠수."

고요하고 적적한 방에 "딱—딱" 하고 지나가는 야경 소리는 다른 밤

---

* 모르핀계 마취제의 일종. 급성 중독일 때는 호흡 마비를 일으켜 사망함.

에는 남의 물건을 훔치는 손을 떨리게 하였지마는 오늘 저녁에는 죽음을 당면한 혜영이와 장식의 마음을 울렁거리게 하였다.

말없이 꼭 껴안고 있는 두 사람 앞에는 교갑*에 넣은 헤로인을 담은 분홍 갑과 냉수 한 그릇과 '아버님 전 상서'라고 써놓은 장식의 유서 한 장이 고요히 놓여 있었다.

여의치 못한 일이 있을 때마다 정사情死**하기를 조르는 남편에게 핑계할 수 없이 절박하게 되는 때에는…… 하고 미리 준비하였던(헤로인 놓는 교갑에 소다로 바꿔 넣은 것) 그것인 줄을 번연히 알건마는 지금 당하여는 혜영이도 분홍 갑에 든 것이 정말 헤로인이 아닌가 하는 의심까지 생겼다.

더구나 남편이 진정한 의미로 죽음을 각오하고 있는 이 장면에서 혜영은 슬프지 않을 수 없었다. 눈물은 한없이 쏟아졌다.

"여보, 혜영 씨 왜 그렇게 울우? 혹 후회하는 생각이나 없소?"

"아니요 조금도 후회되거나 무슨 미련이 남아서 우는 것이 아니라 당신의 심정이 끝없이 가엾고 고마워서 울어요."

"나는 당신이 이렇게 나를 위하여 최후 결심까지 한 것이 진정으로 감격되고 고맙고 기뻐서 죽음을 당하여도 그저 만족합니다. 한 사람의 육체와 정신을 온전히 차지할 수 있는 것은 우주를 얻은 것보다 더 만족한 일이니까."

빛나는 듯한 장식의 얼굴은 다시 시름없어지면서 가늘게 떨리는 손으로 분홍 갑에 든 헤로인을 꺼내었다. 소다로 바꾸어 넣을 때 두 개의 교갑이 조금씩 상하였는데, 그것을 보고 딴 것이 든 것을 남편이 발견하는 날에는 죽지도 못하고 큰 오해와 함께 두 사람의 생활에 큰 파문이 올

---

* 아교풀로 얇게 만든 작은 갑.
** 서로 사랑하는 남녀가 그 뜻을 이루지 못하여 함께 자살하는 일.

것을 걱정하고 있는 혜영은 교갑을 꺼내는 남편의 손을 바라볼 수 없으리만치 가슴이 떨리었다. 흘러도 흘러도 다함이 없던 눈물이 그만 뚝 그치었다.

"바재지* 말고 얼른 마셔버립시다. 파란과 괴로움이 없는 평화한 나라로 속히 가기 위하야—"

얼른 교갑을 집어 입에 넣은 혜영은 냉수와 함께 삼켜버렸다.

교갑이 혜영의 목 고개를 넘는 소리를 들은 장식은 천야만야**한 벼랑에 떨어지는 사람을 목도한 때와 같은 일종의 형언할 수 없는 두려운 표정을 지었다.

"그만 마셔버렸소. 조금 더 생각해볼 여유도 없이—"

"밤낮 벼르던 죽음 3, 4년을 두고 생각한 죽음인데 더 생각해볼 것은 무엇이오. 사내가 그렇게 약해서야……."

두려움과 주저에 떠는 장식의 손이 또다시 교갑을 들었다.

"당신이 삼킨 이상 나도 삼키지 않을 수 없고."

꼭 헤로인으로 알고 삼키는 남편의 표정은 무섭다는 것보다 오히려 처참하였다. 혜영은 다시 눈물이 쏟아졌다.

"마지막 아버지나 한번 뵈었으면…… 내가 죽은 줄을 알게 될 때 아버지는 얼마나 애통하실까?"

"그러나 이제는 때가 늦어서 세상에 있는 누구라도 만나볼 수는 없다. 오직 사랑하는 혜영이와 같이 가는 마지막 길이 내 앞에 놓여 있을 뿐이다. 혜영이, 혜영이 생전에는 내가 혜영이를 괴롭게도 하였고 고생도 많이 시켰지만 저생에 가서는 자유롭고 장애 없는 저세상에 가서는……."

* 바재다. '바장이다'(마음에 걸리는 것이 있어 머뭇머뭇하다)의 북한어.
** 千耶萬耶. 가파른 산이나 벼랑 같은 것이 천길만길이나 되는 듯 까마득하게 높거나 깊음.

목메인 장식의 목소리는 움츠러들었다. 그리고 으스러져라 하고 혜영을 껴안는다. 다시 떠듬떠듬 말을 계속하는 장식의 말은 그저 혜영의 눈물을 자아낼 뿐이다.

이상한 일이다. 장식의 할 말이 다하여지도록 와야 할 죽음은 오지 않으니…… 30분, 1시, 1시 30분, 분량을 꼭 맞춘 까닭에 아무 고통도 없이 30분 이내에 잠들어버린다는 이 약의 효험은 웬일인지 일어나지 않는다.

"웬일일까 아직 아무런 이상이 없으니……."

"약이 오래 있어서 맥이 다 나간 것이지."

"글쎄 죽음도 팔자인 게야, 또 안 죽어지니ㅡ"

"글쎄 이번 살아난 다음에는 사람이 좀 굳세지어요. 고생에도 좀 참을 줄을 알고 팔과 다리를 힘 있게 쓸 줄도 알고."

덧문까지 닫혀버렸던 미닫이로는 밝음이 와서 두 사람의 얼굴의 윤곽을 나타내어 주는데 찌걱찌걱 물지게 소리와 함께 물아범의 "아씨 문 좀 열어주세요" 하는 우렁찬 소리가 혜영의 매무새를 고치게 하였다.

—《조선일보》, 1929. 3. 9~10.

X 씨*에게

책상에 더벅더벅 떨어지는 눈물을 시름없이 바라보던 나는 당신의 눈에는 뜨일 가망조차 없는 이 편지를 '행여나!' 하는 생각으로 책상에 떨어진 눈물을 쓱쓱 씻어버리고 종이를 펴놓고 쓰기 시작하였나이다.

잉크로 쓴 글자를 얼룩지게 하지 아니할 양으로 고개를 왼편 소매 위로 기울이니 시작하는 소낙비처럼 떨어지는 눈물은 고요히 저고리 소매를 적시는데 어룽거리는 글줄은 한 줄 두 줄 늘어가건마는 우주에 가득한 내 가슴에 회포는 여의如意하게 발표되지 않는 것도 안타까움을 더하는 것의 하나이라 아니 할 수 없나이다.

"인연이 다하여서 다시 뵈옵지 못하겠기에……" 하는 당신의 마지막 편지를 받은 지도 어느덧 다섯 달째나 되었나이다.

재미도 설움도 없이 그저 평범하고 무미하던 나의 생활에 일시나마 크나큰 기쁨과 희망을 준 이도 당신이었고 그보다 좀더 좀더 커다란 설

---

* 당시 김일엽과 교제하다 결별한 백성욱白性郁(1897~1981). 승려, 교육가·정치가 등 다방면에서 활약한 백성욱은 1922년 독일의 뷜츠불록 대학 철학과에 입학해 고희랍어와 독일 신화사 및 문명사와 천주교 의식 등을 연구하고, 1925년 뷜츠불록 대학에서 철학 박사 학위를 취득한 뒤 귀국, 1928년 중앙불교전문학교 교수로 취임했다. 해방 후 내무부 장관, 동국대 총장을 역임했으며 불교 전파와 사회 발전에 힘썼다.

움과 실망을 준 이도 당신이었나이다.

우리가 떠나지 아니치 못할 이유와 결혼할 수 없는 까닭은, 천 마디로 만 마디로 떡 먹듯이 일러주신 것을 이해하는 듯도 하건마는 그래도 이해할 수 없는 점이 한두 가지가 아니오이다.

'될 수 있으면 결혼하였으면……' 하는 것이 나의 본의인 것만은 정직하게 고백하지마는 정말 어쩌는 수가 없다 하면 아쉬운 대로 때때로 만나서 부드러운 말 한마디라도 하여주기를 애원하였건만 그것조차 거절할 뿐 아니라 나의 말과 글은 일절 듣지도 보지도 않고 만나지도 않으려는 것은 너무 심하지 아니할까 하나이다.

땅바닥에 둥그런 금을 그어놓고 '내가 그 안에 들어앉아 나오지 않으리라'고 한마디 말을 하였다면 그 말 한마디 한 것 때문에 그 안에서 굶고 얼어 죽더라도 나오지 않을 그런 결심이라 할까 고집을 가진 당신이 아닌가 생각되나이다.

다시 말씀하면 스스로 만든 틀에 스스로 갇히고도 헤어날 생각을 아니 하는 고집 세인 사람이 아닌가 생각되나이다.

그렇다고 그립고 존경하는 당신의 인격이 용렬하고 좁다고 생각되지는 않건마는 다만 당신의 마음을 돌이킬 무슨 도리를 발견할 수 없는 것이 나의 울음의 재료가 될 뿐이외다.

마치 풍부한 근원에서 솟아오르는 샘물보다도 더욱 흔하게 솟아오르는 나의 눈물을 주체하는 수가 없나이다.

내가 베는 벼개나 내가 입는 옷에나 내가 빗는 빗접에는 물론이어니와 내가 읽는 책장에나 내가 만지는 일감이나 내가 쓰는 종잇장이나 내가 다니는 길가에는 몇 방울의 눈물로라도 어룽이지 않은 것을 찾아볼 수가 없나이다.

"나는 세상에 그리 놀랄 일도 없고 낙심할 일도 비관할 일도 없더라.

어차피 세상이 그렇거니 하지 무얼……" 하고 동무들에게나 남들에게 흰소리를 하던 나의 본의도 없이 남 보기에는 여전히 평화한 듯한 나의 생활 내면에는 이렇게 흘러도 흘러도 다함이 없는 눈물이 있게 될 때 나는 차라리 당신을 악화하고 미워하고 반역하여 이 눈물을 제거하여볼까 하였나이다.

그리고 지금도 명확히 알지는 못합니다마는 대개 오해였으리라고 생각하나이다. 그 오해가 원인이 되었다고도 할 수 있지만 어쨌든 당신을 위선자로 무책임하고 신용 없는 한 우스운 사람을 만들어보았나이다. 그래서 그때 그런 편지까지 써서 보내게 되었었나이다.

그리하여 나의 자존심을 보전하고 또한 당신에게 대한 복수도 하려 한 것이었나이다.

그러나 그것도 일시뿐이었나이다. 미워진 듯 단념된 듯한 것도 잠깐뿐이었나이다.

그리고 나는 여전히 당신만을 그리고 뇌가 명석하고 큰 뜻을 품은 고상한 인격의 소유자인 것만으로 기억하고 있는 나를 발견할 뿐이었나이다.

한 일주일 전에 당신의 집에를 가서 당신의 책상 서랍 속에 있는 내가 만들어드린 손수건 하나를 가져왔나이다. 당신의 땀 냄새라도 맡기 위하여! 나의 주위에는 여러 계급의 사람이 나를 가까이하려 하나이다. 나와 안락한 생활을 하여보겠다는 희망으로 돈을 버는 사람도 있고 나에게 보이기 위하여 명화를 그리려고 노력하는 화가도, 나에게 읽히기 위하여 걸작을 지으려는 작가도 있나이다. 나에게 보이기 위하여 얼굴을 매만지고 옷자락을 쓰다듬는 미남자도 없지 아니하오이다.

그러나 나의 온 정신은 당신 외에 다른 사람을 생각할 여유가 없고 나의 가슴은 당신 외에 누구를 용납할 자리가 남지 않았으니 어찌하면 좋사오리까.

이 제도 안에서는 여자는 어쩌는 수 없이 경제적으로 남자를 의뢰하게 되는데 나 혼자서 생활할 다른 도리도 없고 그렇다고 보기 싫은 사람을 생활 때문에 따를 수는 더욱이 없고…….

당신이 나를 만나지도 보지도 않으려는 이유가 여기 있는 것인 줄을 짐작은 하지마는 보지 못하는 초민*한 학생이 한층 더 나의 마음의 여유가 없게 하는 것을 어찌하오리까.

차라리 아무도 접근하지 말고 고요한 산중에 가서 불도나 믿었으면 하지만 사정도 사정이려니와 아직도 남아 있는 나의 세상에 대한 미련이 그렇기를 허락지 아니할 것 같소이다.

어쨌든 이제부터는 어디서라도 언제라도 불법佛法을 아니 배울 수 없는 마음의 요구와 갈망은 걷잡을 수가 없는 것이 사실이외다.

당신을 만났을 때 지금 같은 생각이 있었다면 시일이 길지는 않았다 하더라도 다소 배울 수가 있을 것을……. 당신을 떠난 오늘에는 이래저래 후회와 미진함이 거듭거듭 새롭게 느껴질 뿐이외다.

그리고 오늘에 더욱 눈물이 새로운 것도 또한 이유가 없지 아니하오이다.

작년 오늘인 듯하오이다. 이렇게 이별이 될 줄 알았더면이야 날짜인들 시간인들 잊어버릴 리가 있사오리까마는 그때는 백 년이나 천 년이나 떠날 일이 왜 있으랴…… 그보다 더 기쁜 날 그보다 더 반가운 소리를 들을 때가 허다하려니…… 하여서 무심하였나이다.

그때 ○○사社 위층에서 "선생의 고향은?" 하고 묻던 당신의 부드럽다는 것으로도 정다웁다는 것으로도 표시할 수 없는 그 말소리는 언제라도 나의 가슴에 미묘한 음악 이상으로 파동을 일으키고 있나이다.

| * 속이 타도록 몹시 고민함. 또는 그런 고민.

그다음에 당신이 "○○도야요" 하고 내가 나의 고향의 도만 너무 간단히 대답하여주던 것이 미흡하더라고 말씀하면서 "장생張生은 묻지도 않는데 홍랑紅娘에게 자기의 주소 성명을 일일이 일러주었는데—"* 하시던 것은 더구나 나에게 정다움과 만족을 주었나이다.

아아— 그 말하던 당신의 그 표정! 그 눈! 이 나의 눈물을 말리울 위대한 마력을 가졌던 줄이야 누가 꿈인들 꾸었었사오리이까.

그때 ○○사 뜰에 나오면서 기쁜지 서러운지 모르는 이상한 감동에 견디지 못하여 두 손을 깍지 껴서 가슴에 비비며 '이것이 사랑이로구나! 이것이 사랑이로구나!' 하고 속으로 부르짖던 것도 오히려 나의 기억을 새로웁게 하나이다.

그 후로 우리가 지나던 일의 추억이 기쁠 일이야 한두 가지뿐이었으리이까마는 다른 열 가지 백 가지 사건보다도 백 마디 천 마디의 정담보다도 어쩐지 맨 처음에 "선생의 고향은?" 하고 묻던 아주 간단하고 평범한 그 말 한마디가 나의 뺨을 무시로 어룽지게 하고 부은 눈두덩으로 아침에 일어나게 하는 것이오이다.

어쨌든 '선하심후하심先何心後何心'**이냐고 당신을 원망하는 생각도 아니 날 수 없을 듯도 하건마는 나의 마음이 어리석어 그런지 당신을 끝까지 사랑하니 그런지 차마 원망은커녕 그저 선량하고 다정한 이로만 기억되는 것도 숙연宿緣***이라 할 수 없을까 하나이다.

그리고 당신의 그 큰 뜻이 이루어지고 당신의 때가 이르러지기를 충심으로 바랄 뿐이외다.

---

* 장생과 홍랑은 『서상기西廂記』라는 유명한 원대 희곡에 등장하는 인물이다. 앵앵에게 반한 장생은 앵앵의 시녀 홍랑을 통해 자신의 마음을 전달한다.
** '먼저는 무슨 마음이고 뒤에는 또 무슨 마음이냐.' 이랬다저랬다 하는 변덕스러운 마음을 이르는 말.
*** 묵은 인연.

그래서 천 리라도 만 리라도 따라가 뵈옵고 싶은 생각이 불현듯 할 때마다 가만히 가슴을 눌러 진정시킬 뿐이외다.

그러나 "당신만 잘 살게 된다면 나는 그저 기쁘겠어요. 사나이야 아무렇게 굴면 상관있어요?" 하고 언제까지라도 나의 신상을 생각하여줄 것을 말하던 당신이 혹시라도 밀리어버린 구름 조각같이 나의 기억을 잊어버리지나 않았나 하고 생각할 때는 아무래도 실심을 아니 할 수 없나이다.

요새 나는 심한 감기로 집에 꼭 들어앉아 있는데 간단없이* 나는 기침이 당신 그려 우는 아픈 가슴을 쾅쾅 울리고 있나이다.

바람에 머리카락 하나만 날리어도 감기가 들까 염려하여주시고 깊은 숨만 쉬어도 근심이 있어 한숨이나 쉬지 않나 하고 걱정하여주시던 당신을 떠난 오늘에는 내가 앓거나 죽거나 좋거나 언짢거나 기쁘거나 슬프거나 알은체하여줄 이조차 없는 오직 한 몸이외다.

오직 대자대비하신 부처님께 귀의하려 하지만 또한 너무 알지 못하는 것이 걱정이외다.

쓸 말씀이야 끝이 있사오리까마는 당신만 보실 사신私信이 아니니만큼 자세한 것을 쓸 수도 없거니와 스스로 민망하리만치 걷잡을 수 없는 눈물은 다만 가슴을 답답하게 하고 생각을 풀어주지 않아서 마음에 있는 것을 만분의 일도 쓸 수가 없는 것이 유감이외다.

지금 나는 당신의 거취를 모르나이다. 그리고 거의 반년이나 지낸 당신의 마음과 성격은 지금에는 어쩌나 되었는지 알 길이 없나이다. 그리고 영원히 당신을 만날 길이 없을는지도 모르나이다.

그러나 당신의 건강과 성공이 영구함과 함께 나를 기억하는 기억에

| * 끊임없이.

이끼가 앉지 말아지이다 하고 마음껏 빌 뿐이외다.

5월 10일 당신의 M은.

— 《불교》, 1929. 6.

자비 慈悲*

한 떼의 유랑민이 ××산 중턱을 허덕거리며 넘어가고 있다.

고요히 고요히 넘어가는 붉은 석양 놀이 왕녀의 금관金冠을 더욱 빛나게 한 듯이 재미스럽게도 그들의 남루한 두건에도 한결같이 빛내이고 있다.

젊어서부터 흘린 눈물의 독이 광채를 꺼버린 듯 침침하게 된 눈으로 할딱거리는 어린 손주를 내려다보며 시름없이 걸어가는 늙은이, 울다가 울다가 지치어 잠이 든 업은 아이의 근덩거리는** 머리를 한 손으로 받치고 한 손으로는 떨어지려는 머리 위에 보퉁이를 붙잡는 젊은 여인, 때 아닌 서리의 누우러진 호박잎 같은 얼굴빛을 가진 장정이 산을 넘는다 하여 노약老弱의 짐까지 포개진 짐은 등을 내리누르는데 짐짝에 치지는 않으려는 듯 검은 종아리의 핏대줄을 힘 세우는 양은 다 같은 극히 괴로운

---

* 작품 제목에 1이라는 번호가 병기된 것으로 보아 연재를 기획한 듯하나 이후 권호를 살펴보아도 이 글을 이은 후속 작품이 발견되지 않는다. 아마 처음에는 중편 내지 장편 연재를 기획했지만 여의치 않았던 것으로 생각된다.

** 느슨하게 달려 있는 물체가 조금 위태롭게 자꾸 흔들리는.

모양 그대로일 뿐이다. 그러한 그들에게는 은혜로운 햇빛 아름다운 저녁 놀이 무슨 위로는커녕 아무 상관도 없는 존재였다. 저항할 수 없는 무엇에 쫓기인 그들은 그저 비탈길로 미끄러지며 고꾸라지며 겨우겨우 무거운 다리를 움직일 뿐이다.

"난 더 못 가겠소. 다리가 부러지는 것 같은걸 어찌해—"

해는 서산머리에 덩백이*만 조금 남았으니 어서 바삐 바람 의지라도 찾아야 하룻밤을 드새일** 터이니 조금만 더 가자 가자고 달래어오던 늙은이는 길가 풀 위에 지치어 넘어지는 손주의 얼굴을 애처로운 듯이 내려다보며 동행들의 동의를 기다리는 듯이 지팡이를 땅에 세웠다.

"아이고 모르겠다!"

남이 먼저 앉기를 기다리던 다른 큰 아이도 언덕 밑 아늑한 곳을 찾아 털썩 주저앉는다.

약속이나 한 듯이 여인들도 한꺼번에 머리에 인 보퉁이를 내려놓는다.

"한데잠 자기야 아무 데나 마찬가지지" 하면서 장정들도 못 이기는 체하고 지게를 땅에 버티인다. 그리고 이마에 땀을 씻는다.

예서 제서 후두둑 후두둑 산새들이 깃을 찾아 날아드는 저물어가는 날에 쓸쓸한 산바람은 그들의 얇고 해어진 옷으로 고루고루 스며들어 가죽에만 싸인 뼈까지 춥게 하여 떨고 있으면서도, 추운 것쯤은 느껴질 겨를도 없는 듯이 의지할 만한 큰 나무나 언덕조차 없는 비탈진 산중턱 거친 풀 위에 옹기종기 앉아 있는 초라한 모양을 살필 여념도 없는 듯, 다만 그들의 생각은 좀 더 급박한 다른 욕구에 불이 붙는 모양이다.

그것은 기갈飢渴이다!

후유! 한숨을 쉬는 늙은이도 시들어져 가는 풀포기만 멀거니 들여다

* 덩배기. '정수리'의 평북 방언.
** 드새다. 길을 가다가 집이나 쉴 만한 곳에 들어가 밤을 지내다.

보고 있는 장정의 눈에도 털구멍에서까지 새어 나오려는 한 비탄의 숨소리를 지그시 누르고 있는 젊은 여인의 입모습에도 애원하는 듯한 표정으로 어른들의 얼굴만 쳐다보는 아이의 얼굴에도 한결같이 기갈을 표징하는 심한 고민이 나타나 있음을 볼 수 있는 것이다.

> 풀포기 밑 울음 우는 귀뚜라미야
> 잠 안 자고 오늘 밤 또 새일 테지
> 언제나 마찬가지 한데잠 자고
> 하루 이틀 걷고 말 길도 아닌데
> 울어 동정 네 마음도 고맙긴 하나
> 내겐 내겐 그보다 먹을 걸 다오.

숲 속에 벌레나 둥지 안 산새의 잠꼬대 소리 폐허를 조상하는 가랑잎의 울음소리가 아니면 무서운 산짐승의 부르짖음이 적막한 밤, 빈산에 울릴 뿐이었는데 이런 난데없는 사람의 노랫소리는 기한飢寒과 슬픔과 피곤으로 잠을 이루지 못하는 유랑민에게 얼마나 가슴을 억색하게 하는 것인지 모르는 것이다.

노래 주인은 한 아늑한 언덕 밑이라 하여 혼자 떨어져서 누더기를 덮고 누웠던 총각 아이이다. 울음이 노래를 만들었는지 노래가 울음을 낳았는지 노래를 마치고는 흑흑 느끼어 울기를 시작하였다.

자는 체하고 누워 있는 장정들도 얼굴을 소매로 가리우는 것을 보면 눈물을 금할 수 없는 모양이다.

소리를 내어 우는 여인의 울음소리도 들린다. 가여우니 불쌍하니 하기에는 너무도 심각한 장면이다. 지나가는 사람이 들으면 떼 귀신의 울음소리라고 할 만치 처참한 광경이다.

그래도 서로의 체면과 서로의 위로를 위하여 겨우겨우 참아왔지만 쌓이고 모인 슬픔이 한번 터져버린 이 비극의 주인공들은 좀처럼 울음이 그치지 않는 모양이다. 눈물을 씻어버리고 일어나 위로 말이라도 하려면 또다시 확확 솟아오르는 눈물을 어찌는 수가 없어 장정들도 누워서 소리 없이 울고만 있다. 끼니에 볶은 보리 알갱이나 마른 도토리 떡깨*나 조밥 덩어리를 얻어먹었는지 말았는지 하는 그들이 사흘째나 산과 들과 바람 속에 지친 몸을 내버려 두었으니 감기인들 아니 들었으며 몸살인들 아니 났으랴. 그런데도 그들의 갈 길은 아직도 백여 리라 누가 오라는 데를 가나 그들은 울면서도 땅이 벌어져서 자기들을 삼켜버렸으면 하는 생각까지 하였다.

이 유랑민은 ××산에서 동으로 백여 리 밖 미근동美根洞이라는 촌에서 3년 전까지도 자작농으로 그래저래 일가를 지탱해가던 터이었으나 한 7, 8년 전부터 일본 사람들 몇이 과수원을 하느니 목장을 하느니 하고 그 동리로 이사해 온 후로 이래저래 농사를 그들에게 빼앗기고 장터로 가서 장사라고도 해보고 자유노동자도 되어보았으나 그것도 여의치 못하여 부모처자가 살길이 없으니 어찌할까 한심한 처지에 있었는데 ××산 밑 ×만灣에 염전이 생겼다는 확실한 보도와 함께 벌이가 좋다는 말을 들었다. 친하던 세 집 식구가 의논하고 십삼 인이 한 떼가 되어 이주를 가는 것이다.

아침에는 종일 길을 걸을 터이라 하여 잡곡밥이나마 끓이어서 조금씩 나누어 먹고 그들은 또 길을 떠났다. 이 산 밑에 신작로도 있지만 삼

| * 떡의 낱개.

십오 리가량 더 돌아야 한다는 말을 듣고 지름길이라고 이 산을 넘는 것이다 이 산은 크고 험하여 초행에는 길을 잃어버리기 쉽다는 말을 듣고 앞장선 이가 길 가르쳐주던 이의 말을 명심하였었건만 기어이 길을 잃어버리게 되었다.

이리 가도 깊은 골짜기요 저리 가도 말라가는 칡넝쿨이 콱— 얽히어 있고, 동으로 가도 헤칠 수 없는 험한 수풀이요 서로 가도 낭떠러지이라, 하루해가 기울어지도록 가시에 찔리며 돌부리에 차이어 언덕에 미끄러지던 아이들은 뻗어버리고 앉아서 못 가겠다고 떼를 쓰고 늙은이와 여인들은 어젯밤 울음을 다시 일으키니 장정들의 방울방울 솟아 내리는 땀의 방축*인 눈썹 위에는 어이없는 우울이 떠오를 뿐 오도 가도 못 하게 된 그들의 빈약한 몸뚱이는 아무래도 산짐승의 밥이 되지나 않을는지—

일행은 어쨌든 아무 데나 주저앉았다. 원수스러운 짐짝이 이런 때는 신세스러웠다.** 염치없이 깔고 기대고 하여도 거절하지 않음이다. 누구를 원망할 수도 없고 누구에게 구원을 청할 수도 없는 이 경우에 그래도 무슨 요행을 바라는지 누구에게서 무슨 계교가 생겼는가 하여 눈물 어린 눈으로 서로 슬쩍슬쩍 눈치를 살핀다. 그들의 액색***하게도 괴로운 몸뚱이는 그중에도 안식을 느끼는 것이다.

어젯밤에 노래로 일행의 울음을 자아내던 총각 아이가 저 혼자서 이리저리 길을 찾아다니다가 돌아와서 서편을 가리키며 우뚝 솟은 바위 옆으로 사람의 다니던 자취가 있으니 가자고 하였다.

일행은 천 근이나 되는 몸을 겨우 일으켜 총각을 따라 두어 마장이나 내려가는데 거기에는 송림松林이 있고 송림 속으로는 고래 등 같은 기와

---

* '방죽'의 원말. 혹은 둑을 쌓아 물이 밀려들어오는 것을 막음(북한어), 흘러내리는 땀을 눈썹이 막는 것을 가리키는 표현으로 짐작됨.
** 보기에 신세를 지는 듯한 데가 있다.
*** 阨塞. 운수가 막히어 생활이나 행색 따위가 군색함.

집 지붕이 보였다. 총각은 손뼉을 치면서

"저기 큰 집이 있다!"

하고 부르짖었다.

"뭐야!"

하고 응하는 일행의 목소리는 반가움이 극하여 한꺼번에 떨리었다.

—《불교》, 1932. 2.

애욕을 피하여

"정식亨植은 죽었다네, 헌 옷 벗어버리듯 제 맘대로 육체를 버리고 가버렸다네."

애인이나 찾아가는 듯한 달콤한 공상에 잠기며 산길을 걸어 ××사에 있는 정식을 찾아간—창헌昌憲이를 데리고 자기 방으로 들어간 S 주지는 이렇게 말하며 손때에 더러워진 편지 뭉치를 내어놓는다.

　　형식亨植 씨에게

　　그렇게 간절한 나의 만류를 돌아보지 않고 고별의 말 한마디 없이 떠나버린 당신을 위하여는 이를 악물고 펜을 들지 않으려 하였습니다.

　　당신은 나에게 있는 기쁨은 남김없이 모두 긁어모아 가지고 갔습니다. 대신에 쓰라린 눈물을 선물로 주었을 뿐입니다.

　　그러니 당신이 떠난 동안에 눈물 없이 지난 날이 있었을 리가 있습니까마는 오늘은 더구나 스스로도 민망하리만치 한없이 쏟아지는 눈물이 기어이 이 편지를 쓰지 아니치 못하게 합니다.

　　"인연이 다하여서* 다시 뵙지 못하겠기에!" 하는 당신의 편지를 받

216

은 지도 어느덧 벌써 다섯 달이나 되었습니다.

당신이 떠나지 아니치 못할 이유와 결혼할 수 없는 까닭은 천번 만번 떡 먹듯이 일러주신 것을 이해하는 듯도 하건마는 그대로 알 수 없는 점이 한두 가지가 아닙니다.

'될 수 있으면 결혼하였으면' 하는 것은 당신도 알고도 남은 일이지만 정말 어쩌는 수가 없다면 아쉬운 대로 때때로 만나서 부드러운 말 한 마디라도 하여주기를 애원하였건만 그것조차 거절하고 산수가 가로지른 먼 곳으로 달아나 버린 것은 너무 심한 일이 아닌가 합니다.

남 다 장가들고 자녀 가지는 이때에 하필 당신만은 사랑을 버려야 한다는 이유가 어디 있습니까?

인간 사회를 떠나 산중으로 들어갈 바에야 소위 세속 학문이란 그 학문은 무엇하러 닦았으며 학위는 무엇하러 얻었습니까? 당신은 암만해도 이상한 고집을 가진 이가 아닌가 생각됩니다.

그렇다고 그립고 존경하는 당신의 인격이 용렬하고 좁아서 그렇다는 생각은 꿈에도 아니 하지만 오직 당신의 마음을 돌이킬 무슨 도리가 없는 것이 나의 눈물의 씨가 될 뿐입니다.

내가 베는 베개나 내가 입는 옷에나 내가 빗는 빗접에나 내 얼굴이 비치는 경대 위는 물론이려니와 내가 읽는 책상이나 내가 만지는 일감이나 내가 쓰는 종잇장이나 내가 다니는 길가에는 몇 방울의 눈물로라도 어룽지지 아니한 것을 찾아볼 길이 없습니다.

"나는 세상에 그리 놀랄 일도 비관할 일도 없더라. 어차피 세상이 그렇거니 하지 무얼—" 하고 남들에게 유들유들한 말을 하던 내가 당신 때문에 이렇게도 슬픔에 시달리게 될 때 차 사람을 만들어보기도 하였습니다. 그러나 그것도 일시뿐이었습니다. 여전히 고상한 인격을 가진 다정하고 선량한 당신만을 기억하고 있는 나를 발견할 뿐이었습니다.

나의 주위에는 여러 계급 사람이 있어 나를 가까이하려 듭니다. 나와 안락한 생활을 하여보겠다는 목적으로 돈을 버는 사람도 있고 나에게 보이기 위하여 명화를 그리려고 노력하는 화가도 있고 나에게 읽히기 위하여 걸작을 지으려는 작가도 있고 나의 눈에 띄기 위하여 얼굴을 매만지고 옷자락을 쓰다듬는 미남자도 없지 아니합니다.

그러나 나의 온 정신은 당신밖에 누구를 생각할 여유가 없고 나에 가슴에는 당신 외에 다른 이를 용납할 자리가 남지 않았습니다.

당신은 당신의 몸만 떠나버리면 나는 다른 사랑의 화살에 뛰여져서 당신을 잊어버리게 될 줄 아나 봅니다마는 나는 당신이 떠난 후로 당신을 보지 못하는 초민이 한층 더 당신을 못 잊게 되니 어찌합니까.

그리고 그동안만이라도 — 하는 후회와 미진한 생각이 다른 것을 생각할 손톱만 한 틈을 주지 않습니다.

그리고 오늘에 더욱 눈물이 새로운 것도 또한 이유가 없지 아니합니다.

작년 오늘인 듯합니다 — 이렇게 이별이 될 줄 알았다면이야 날짜인들 시간인들 잊어버릴 리가 있었겠습니까마는 그때는 백 년이나 천 년이나 떠날 줄을 알았으랴! 그보다 더 기쁜 날 그보다 더 기쁜 날 그보다 더 반가운 소리를 들을 날이 허다하려니 하고 무심하였습니다.

그때 ××사 위층에서 "선생의 고향은?" 하고 묻는 당신의 부드럽고도 정답다고도 표시할 수 없는 나의 시들은 혼이 스르르 눈을 감던 그 말소리는 언제라도 나의 기억에 새로울 뿐입니다.

그다음에 조용히 만났을 때 당신은 내가 "××도야요" 하고 도만 너무 간단히 대답하여주던 것이 미흡하더라고 말하면서 "장생張生은 묻지도 않고 홍랑紅娘에게 자기의 주소 성명을 일일이 일러주었는데—" 하던 것은 더구나 나에게 정다움과 만족을 주었습니다.

그때 그날 하던 당신의 그 표정 그 태도가 나의 눈물을 말리울 위대한 마력을 가졌던 줄이야 누가 알았겠습니까?

그때 나는 당신에게 "당신의 고향은?" 하는 말 한마디를 듣고 거기취하여 정신없이 층층대로 내려오면서 기쁜지 서러운지도 모르는 이상한 감동으로 두 손을 합쳐서 가슴을 비비어 "이것이 사랑이로구나— 이것이 사랑이로구나—" 하고 부르짖던 것도 벌써 아득한 옛날 일입니다.

우리가 지나던 일의 추억이 깊은 일이야 한두 가지뿐이었겠습니까마는 다른 열 가지 백 가지 사건보다도 천 마디 만 마디 정담보다도 어쩐지 맨 처음에 "선생의 고향은?" 하고 묻던 아주 간단하고 평범한 그 말 한마디가 나의 뺨을 무시로 어룽지게 하고 부은 눈두덩으로 아침마다 일어나게 합니다.

그 무미한 듯한 짧은 그 말 한마디는 당신이 할 온갖 말 온갖 할 일을 대표하였던 것입니다.

옛적부터 쌓이고 쌓인 정과 장차 쌓이고 쌓일 정을 한데 뭉친 정의 결정일 것입니다. 그 말 한마디로 당신이 누구보다도 많은 정을 가졌다는 암시를 나에게 준 것입니다. 그래서 정적 욕심이 많은 나의 혼이 팔팔 뛰고 기뻐하였던 것입니다.

그런 정에 휩싸여 고요히 쉬던 나의 혼이 봉당에서 떨어진 붕어 새끼같이 되었으니 어찌 되겠습니까? 고인 물이 흐르지도 못하고 새 물을 받지도 못하는 웅덩이 물이 마침내 썩어버리듯이, 당신의 따뜻한 몸에서 말에서 손에서 나의 몸에 숨어들었던 정은 신진대사를 시킬 당신의 새로운 정을 받을 길도 없고 다른 데로 정을 흘려보낼 도리도 없으니 그 정이 그대로 나의 혈맥마다 뭉키어 있어 독이 되어버렸습니다. 그 독이 나의 뼛속까지 저리고 쑤시며 날마다 나의 몸을 쇠약하게 합니다.

사랑의 양식을 잃은 나의 영은 사막에서 깃들일 나무를 찾는 작은 새와도 같이 내음새라도 남았는가 하여 사랑의 묵은 자취를 찾아 오르고 내리고 내리고 올라 그칠 줄 모릅니다.

이리하여 건강을 자랑하던 나의 청춘은 이슬같이 맛보지 못하던 잎새가 타는 한낮 볕에 끄슬린 것같이 그만 시들어져서 자리에 누워버리게 되었습니다. 당신이 다니던 길을 밟을 수도 없고 당신이 사시는 집도 찾아갈 수 없는 나는 너무도 안타까워서 며칠 전에는 비틀걸음을 걸어 당신이 계시는 집에 가서 버리고 간 때 묻은 수건 하나를 가져왔습니다. 나의 베개 밑에 깔아두고 당신의 땀 냄새라도 맡기 위하여! 지금 나는 당신이 떠난 그다음 달부터 쿨럭쿨럭 나기 시작한 기침이 요새는 온 밤을 앉아 새우도록 심하게 되어 당신 그리워 앓는 가슴을 쾅쾅 울리고 있습니다. 문필로 인하여 들어오던 조그마한 수입까지 끊어지게 되었습니다. 오직 한 몸뚱이나마 살아갈 방도조차 아득합니다.

바람에 머리카락 하나만 날리어도 감기가 들까 염려하여주고 깊은 숨만 쉬어도 한숨이 아닌가 걱정스러워하던 당신을 잃은 오늘에는 내가 앓고, 죽고, 울고, 웃는 것이 세상 사람에게는 아무 상관도 없을 것입니다.

죽은 자녀의 재롱은 살이 썩는 대로 희미하게 생각되고 떠난 사람의 기억은 세월이 흐를수록 엷어진다건만 당신을 떠난 내가 하루하루 좀 더 당신을 그리우지 않을 수 없는 것은 세상이 찬 것을 날마다 느끼게 되는 까닭입니다.

내가 이 자리를 다시 내 손으로 거두지 못하게 된다 하더라도 병 낫기를 바라는 참마음으로 약 한 봉지 갖다 줄 이가 있을 것 같지 않습니다.

당신은 나의 눈물 한 방울을 피 한 방울로 대신하려 하였건만 세상 사람은 남의 눈물 한 줄기를 냉수 한 방울로 때우려들 드니 어쩌겠습니까.

당신으로 인하여 봄 웃음을 잊은 나에게 세상은 이렇게도 야박하더이다.

나를 위하여는 피라도 기름이라도 짜내기를 주저 아니 하던 당신을 대하던 내가 이렇게도 현격한 세상에 알몸으로 나서게 되었으니 그 실망이 어떠하겠습니까. 어차피 이런 세상에 싸워나가지 않을 수 없는 것이 나의 운명이라면, 세상이 본래 그런 것인 줄만 알고 지날 나에게 다른 따뜻한 세상을 잠깐 반증反證질 시킨 당신은 나에게 얼마나 큰 적악積惡*을 한 것인지 모릅니다.

나를 어루만지던 당신의 손, 나를 바라보던 당신의 정다운 시선, 나를 찾아오던 당신의 발자국을 찾아볼 수 없는 이 세상은 비었습니다. 죽었습니다.

그런 세상에 나의 가슴 타는 바지직 소리가 그대로 들리니 이상한 일입니다.

자비의 화신으로 믿던 당신이여! 일시라도 그렇게도 간절하게 사랑하던 나이어니 이제 이렇듯 한 고민을 하실 수가 있습니까?

수도자의 본의가 다시 중생이 되어 중생으로 건지는 데 있다지요. 그러면 수도하기 위하여 자기 까닭에 죽어가는 자녀를 버리지 않을 수 없게 된다는 그런 이유가 어디 있습니까.

아니에요, 용서하세요. 혼자의 신음성이 창밖까지 들릴 것이에요. 존경하는 당신이 어련한 생각으로 그러실라구요. 결코 당신의 거룩한 마음을 깨트리지는 않을 터이니 걱정 마세요.

이 가슴이 타고 또다시 나중에 숯가루가 되거든 눈물에 반죽하여 곱게 빚어서 백팔염주百八念珠를 만들어 나의 목숨을 실에 꿰어서 당신이 성도成道하는 날 당신의 목에 걸어드리겠습니다.

그러면 당신의 미간에서 흐르는 백호춘명白毫春明과 함께 당신의 존체

| * 남에게 악한 짓을 많이 함.

는 얼마나 빛나겠습니까.

쓸 말이야 끝이 있겠습니까마는 스스로 걷잡을 수 없는 눈물이 가슴만 갑갑하게 하고 쓸 말을 헤쳐주지 않아서 쓸 수가 없습니다.

오직 한 가지 원이 있습니다. 꼭 한 번 만나주세요. 한 번만이요.

"선생의 고향은?" 그 입에서 새어 나오는 말이라면 아무 말이라도 좋으니 한마디만 더 들려주세요. 그러면 배부른 어린애가 엄마 떨어져 놀던 것같이 나는 당신을 만나본 다음에 눈물을 싹싹 씻어버리고 나의 할 일에 충실하겠고 또 새 건강과 용기를 얻어 세상과 싸워나갈 터입니다.

1월 2일 우로雨露를 기다리는 시들은 풀인

혜영惠英은!

"이 편지가 형식을 죽였다네."

창헌이가 편지를 다 읽기를 기다리던 S 주지는 한숨 한 번을 길게 쉬고 이렇게 말하였다.

굳게 다문 창헌의 입을 바라보던 S 주지는 다시 입을 열었다.

"형식이가 이 절에 온 지 반년도 못 되었었건만 그간에 참선과 정진으로 과연 도인道人을 이루었다 할 수 있네.

그렇든 형식이가 이 편지 한 장에 그만 폭풍에 휘둘린 나무와도 같이 흔들려버린 것이었네. 그러나 극기의 수양을 쌓은 형식은 석 달 동안이나 심한 고민에 헤매이면서도 답장조차 아니 하고 지난 모양이데.

자기 스승에게 유서로 보낸 글에 이런 말이 쓰여 있더라네.

혜영이를 보고 싶어 하는 나의 눈, 답장 쓰고 싶어 못 견디는 나의 손, 가고 싶어 들먹거리는 나의 다리를 위하여 혜영이 몸뚱이 대신에 다정한 혜영의 편지를 안겨주어서 거기서 나오는 따뜻한 기운으로 잠들어 놓으면 배고픔을 참고 얼핏 잠들었던 어린것이 자주자주 깨어서 젖을 구하여 울며 몸부림치는 것같이, 애욕을 구하여 마지않는 나의 육정의 애소*를 눌러버릴 힘을 기어이 잃고 말았습니다.

나의 육신을 잊을 길이 없다는 혜영이가 있는 이 사바娑婆**세계에 머물러 있게 하고 나는 가볍게 떠나버립니다. 지극한 호의를 가진 혜영에게 나의 육체를 선물로 주세요. 제 마음대로 처치하라고— 시시로 썩어가는 시신이라고 불만해하거든 혜영의 생명도 각각으로 깎이고 있으니깐 마침 이지러져 버리는 데는 살아 있는 혜영이나 생명을 잃은 나의 시체나 시간의 차이가 별로 없다는 말씀을 하여주시오.

육체를 버리는 것이 애욕愛慾을 여의는 방법이 될는지 안 될는지는 별문제로 하고 형식이가 애욕을 피하야 산중으로 오니 매력 있는 이 편지가 또 이 산중으로 날러들었으니 피할 곳이 없는 형식은 그만 육체를 버리고 간 것일세.”

여러 의사가 검시를 하였으나 약을 먹은 흔적도 없고 다른 치명에 이를 아무 까닭도 없는데, 만반으로 죽음의 준비를 해놓고 자리의 누워 움직이지 않는 형식에게 대하여 산촌 간에 많은 이야깃거리가 된다.

“네 혜영은?” 창헌은 그래도 한마디 말이 새었다.

“회한의 눈물과 함께 모—든 것이 허망하다는 것을 깨달은 혜영은 지금 선방에서 참선 중인데 귀속은 아니 할 결심이라니 지금 혜영으로는 얼마 동안이라도 그럴 필요도 있으나 참으로 생각 있는 이를 보낼 승방 같은 데가 있었으면 하네.”

겨울 동안 휘몰아 들던 추움의 폭군적 성질을 아주 청산하지 못한 봄

* 哀訴. 슬프게 하소연함.
** 괴로움이 많은 인간 세계. 석가모니불이 교화하는 세계.

바람과 승강이를 하며 방 안에 보온의 책임을 이행하고 있던 서창西窓은 따뜻한 햇빛을 남김없이 새어 들인다. 해면海綿*이 물방울을 흡수하듯 음울한 방 안 공기를 석양 햇빛이 찬찬히 들어 맞아주는 듯하였다.

—《삼천리》, 1932. 4.

---

* 목욕해면을 볕에 쬐어 섬유상의 골격만 남긴 것. 미세한 구멍이 많이 뚫려 있고 부드러우며 탄력이 좋아서 수분을 잘 빨아들인다.

50전 은화

무교동武橋町 개천가였다.

나이가 주지 않은 주름살을 고생살이에서 흠씬 받아 가진 수명壽命의 얼굴도 가끔 펴질 기회를 주는 만갑萬甲이를 만났다.

수명이는 오늘 배오개 장터에서 지게를 지고 종일 이 구석 저 구석으로 추위와 주림에 떨며 헛걸음을 치다가 저녁때에 마침 시골 가는 손의 가방을 맡아가지게 되어 남대문역까지에 50전 삯을 받게 되었다고 자랑삼아 50전 은화를 내어 들었다.

"해 질 녘에 녹록한 벌이를 하였네그려, 신수 턱으로 한잔 내게— 한잔 내!"

50전 은화를 든— 손을 탁— 치며 만갑이도 다정한 웃음을 띠우려고 할 차에— 은화는 쨍그렁— 다리 난간에 부딪히고 개천으로 떨어져버렸다.

"앗차!"

"엑케!"

두 사람은 약속이나 한 듯이 함께 개천으로 내리뛰었다.

물이 많이 흐르지 않는 대신에 개천은 지저분한 쓰레기가 무더기무더기 쌓이고 걸다랗고* 시커메서 은전은 어느 곳에 떨어졌는지 보이지를 않았다. 더구나 땅거미가 지려는 해 질 녘이라 두 사람은 질벅질벅 신을 신은 채 개천으로 들어가 다리 밑으로 아래로 위로 주무르기 시작하였다. 두 사람은 반지르한 사금파리 동글납작한 돌짜개에 손끝이 닿을 때마다 깜짝깜짝 놀라며 반가워했으나 마침내 은화는 안 집혔다.

"거—참 거—참" 하고 탄식하는 만갑이에게 들리지 않으리만치 가늘게 한숨을 쉬는 수명이의 가슴은 어떠하랴.

'대견하기 끝이 없는 은전을 손에 들자 오늘 같은 벌이가 하루걸러만 있어도 아내의 뚫어진 고무신을 벗기게 되고 만갑이의 남배 신세도— 동릿집 아이의 모자를 빼앗아 쓰고 안 준다고 악 쓰고 울던 아들의 모자도' 하고 궁리하던 것이 모두 물거품으로 돌아갔음이랴.

"하는 수 없네! 그만 가세—" 마침내 절망의 소리를 치고 다리로 올라오는 수명이에게 만갑이는

"먼저 가게! 내 좀 더— 찾어볼게."

수명이가 꼬부라지는 허리를 펴가며 박석고개를 넘어올 때 말없이 뒤를 따르는 만갑의 발자취 소리를 듣고 '행여나!' 하고 바라던 수명이의 바람은 끊어지고 말았다!

"왜 이렇게 늦었우!"

수명이는 잉— 하고 귓가에 부딪히는 아내의 목소리가 들리자 비로소 성북동 자기 오막살이집에까지 이르른 것을 알았다.

아랫목에 털썩 앉아 몸을 벽에 기대이자 개천 어느 구석에인지 박혀

| * 다른 물질과 섞인 액체가 물기가 적어 되직한 듯한 상태.

있는 반짝반짝 빛나는 은전 한 푼이 수명의 눈에 또다시 환하게 나타났다. 금방 집어내려고 보니 뚫어진 방바닥이었다.

아내가 손수 뜯어서 삶아 말려두었던 아가아순—나물에 된장찌개하고 누런 밥을 우뚝이 담아놓은— 밥상을 아내가 가지고 들어왔다.

아내는 남편이 허기가 져서 한 술도 안 남기려니 했더니 밥이 그득히 남아 나온 것이 다행이라기보다는 밥도 못 먹는 남편의 걱정이 더하여

"어디 편치 않으시우?"

"……."

흙빛보다도 침침한 표정 없는 얼굴에 흙담 쳐다보고 말하는 듯이 반응이 없는 남편에게 오늘의 벌이에 대한 말은 더구나 물을 수가 없었다.

아내는 어린것의 젖을 위하여 남편의 남긴 밥을 다 먹고 나서 설거지를 하고 들어오니 남편은 자는지 돌아누워 있었다.

"돈 50전이— 어디야— 돈 50전이."

남편의 이런 소리를 세 번째나 들은 아내는 손으로 남편의 몸을 흔들며

"웬 잠꼬대를 그리 하시우?"

"끙—"

앓는 소리를 하고는 그냥 돌아눕는 남편의 발이 아내의 종아리를 스치자 선뜩하였다.

아내가 손수 긁어 온 가랑잎으로 화덕에 밥만 한 그릇 끓였고 방에 불기 한 지가 언제인지 모르니 추울 것은 사실이지만 벌써 이렇게 추워 오니 동짓달에는 어린것하고 세 식구가 어떻게 살아갈까 하고 걱정되는 아내는 눈이 반반하여져서 말뚱말뚱 뜨고 있는데 벽 틈으로 비치어 오는 샛별이 "그 걱정보다도 아침밥 지을 시간이 가까워오는데 어찌할 테야!" 하고 위협하는 듯하였다.

"돈 50전이 어디야— 글쎄 돈 50전이 어디야!"
남편의 비통한 부르짖음이 또다시 들렸다.

—《삼천리》, 1933. 1.

제3부 산문

《신여자》 창간사

개조!

이것은 5년간, 참혹한 포탄 중에서 신음하던 인류의 부르짖음이요,

해방!

이것은 누천년 암암한 방중에 갇혀 있던 우리 여자의 부르짖음입니다.

비기肥己*적 야심과 이기적 주의主義로, 양춘의 평화를 깨트리고 죽음의 산, 피의 바다를 이루는 전쟁이 하늘의 뜻을 어기는 비인도非人道라 하면, 다— 같은 인생으로 움직이고 일할 우리를 무리로 노예시하고 임의로 약한 자라 하여 오직 주방에 감금함도 이 역 하늘의 뜻을 어기는 비인도인 것입니다.

이미 그것이 비인도라 하면, 얼마나 장구한 운명을 가진 것이겠습니까? 어느 때까지나 노력을 보전할 것이겠습니까?

때는 왔습니다. 온갖 것을 바로잡을 때가 왔습니다. 지리한 전쟁의 몽몽濛濛**한 모양은 그치어 지구의 암야는 밝았고 평화의 서광이 새로 비

* 제 몸만 살찌움.
** 안개, 비, 연기 등이 자욱함.

치어 새로운 희망 아래 새 무대가 전개되었습니다.

개조! 개조! 이 부르짖음은 전 세계의 끝으로부터 끝까지 높게 크게 외쳐납니다. 참으로 개조할 때가 온 것입니다.

아— 새로운 시대는 왔습니다. 모—든 헌 것을 거꾸러치고 온—갖 새것을 세울 때가 왔습니다. 모든 죄, 모든 악의 사라질 때가 왔습니다. 가진 것을 모두 개조하여야 될 때가 왔습니다.

그러면 무엇부터 개조하여야겠습니까?

무엇 무엇 할 것 없이 통틀어 사회를 개조하여야겠습니다. 사회를 개조하려면 먼저 사회의 원소인 가정을 개조하여야 하고 가정을 개조하려면 가정의 주인 될 여자를 해방하여야 할 것은 물론입니다.

우리도 남같이 살려면 남에게 지지 아니하려면 남답게 살려면 전부를 개조하려면 여자 먼저 해방이 되어야 할 것입니다.

우리는 동등同等이란 헛문서만 찾으려 함도 아니고 여존女尊이란 헛글자만 쓰려는 것도 아닙니다. 다만 사회를 위하여 일하기 위하여 해방을 얻기 위하여 남보다 나은 사회를 만들기 위하여 일하는 데 조금이라도 공헌하는 바가 있을까 하여 나온 것이 우리 신여자입니다.

—《신여자》, 1920. 3.

어머니의 무덤

나의 과거, 꽃답고 기꺼움만 천진난만하였을, 나의 처녀 시대!

그러나 불행히 불공평한 운명의 손에 희롱을 받아 파란 많고 곡절 많은 생활에 슬픔과 눈물로 지내던 처녀 시대를 면하고 새 가정을 가지게 된 지 어느덧, 세 겨울을 맞게 되었나이다.

파란 많던 처녀 시대에 비하여 지금의 새 생활은 실로 안온하고 따뜻한 즐거운 것이외다. 그러나 꽃 웃는 아침, 달 돋는 저녁에 마루 위에 고요히 앉아 불귀의 객 되신 양친을 애모哀慕하는 회포로 기꺼운 현재를 깨트리는 때가 과연 얼마나 많았는지를 알 수 없나이다.

인연이 깊고 정은 들었사오나 고향에 나의 지친至親이라 할 만한 이가 별로 있지 못하매 그리운 본향이라고 찾아갈 이도 별로 없고 나는 소위 일가의 주부인 몸이라 추신抽身*키 어려워 고향 땅을 밟아본 지가 이미 여러 성상이 되었나이다.

아아, 오래 가보지 못한 그동안에 돌아볼 이도 없는, 우리 부모의 외

| * 몸을 빼다.

로운 무덤은 찬 바람, 모진 비에 흩어지고 무너지지 아니하였나…….

그래도 아버지는 평양 성내 교회 공동묘지에 모시었으니까 물론 교우들의 돌봄이 있을 터이고— 더구나 전 조선인의 대표적 독신자로 모든 신자의 선앙羨仰*과 존경을 받으셨으니까— 염려가 적지마는…….

어머니는 외딴 우리 본촌本村에 벌판을 내려 보는 한적한 산 위에 외로이 묻히셨나이다. 부모의 끼친 혈육으로는 불초한 이 딸 하나뿐인 이 몸이 산 넘어 구름 밖 천애에 멀—리 있어 봄바람 가을비 세월은 몇 번인지 갔건마는 성묘 한 번 못 가는 죄민罪悶한 마음이 과연 어떠하오리까. 그리하여 나는 벼르고 별러 그리웁던 우리 덕동德洞 본촌에 오래간만에 다니러 왔나이다.

여기서 잔뼈가 굵은 곳이니까 물론 아는 사람 찾아볼 곳도 있지만 백사를 제하고 내 의제義弟 일형—亨**이란 학생을 데리고 어머니 묘에 성묘하려고 묘지로 향하였습니다.

낯익고 정든 들! 어렸을 때 내 동생을 업고 타닥타닥 닳도록 조석으로 내왕하던 옛길을 밟아 한 걸음 한 걸음 걸어갈 새

어린애 업고 어머니 앞에서 이 들, 이 길로 다니던 일이 어제 같은데 어느덧 지금은 어른 된 몸으로, 어머님을 묘지로 찾아가는구나 아— 꽃은 피고 또 져도 봄은 여전히 옛 봄이라 산천과 초목은 의구하건마는 덧없는 인생은 어이 그리 변태變態가 많은가…… 하여

회고의 비애는 창자를 끊고자 하나이다.

때마침 깊은 가을이라 천산만야千山萬野에 누릇누릇한 단풍잎은 쓸쓸하고 구슬픈 감상을 일으키고, 이미 떨어진 마른 잎은 소슬한 금풍에 싸

---

* 우러름.
** 국회의원, 국회외무위원장, 외무부 장관, 신민당 부총재 등을 역임한 정일형鄭—亨을 가리킨다. 김일엽과 정일형은 이복 남매로 정일형의 어머니와 김일엽의 아버지가 재혼하여 가족이 되었다.

르렁싸르렁 날리어 이리 불리고 저리 굴러, 쌀쌀한 뜬세상의 덧없는 슬픔을 부르짖는 듯한데, 길가 잔디에 외로이 피어 있는 야국野菊은 끝없는 들에서 찾는 이도 없이 쓸쓸히 지내는 애회를 하소연하는 듯 답답한 햇볕에 간들간들하나이다.

아아 때는 쉬지 않고 가는데 오직 길게 푸르기는 청산뿐이요, 세상은 나날이 변하는데 오직 늘— 잔잔하기는 유수뿐이로구나. 밭 가로 졸졸 흐르는 저 물은 어릴 때 내가 걸레 빨던 곳이요, 금잔디 번쩍이는 저문녘은 동무와 함께 냉이 캐던 곳이라. 어머님 생존해 계시던 전일前日을 그리우는 정회가 더욱 절절하오이다.

이러한 비애를 느끼며 애연哀然히 걸어가는데 이 밭 저 밭에서 남은 목화 따노라 있는 촌 부인들은 우뚝우뚝 서서 이상한 듯이 우리를 바라보나이다.

우리는 모른 체하고 지나가 개천 하나를 또 건너 산길로 올라 어느덧 적적한 묘지에 당도하였나이다.

아— 조용 적막한 묘지! 가늘고 기인 잡초가 소리도 없는 바람에 흔들거리고 때때로 까마귀 우는 소리가 잠잠한 침묵을 깨치고 들릴 뿐인데 말없이 앉아 있는 조그마한 무덤, 아아 이 무덤! 이 무덤!

나를 낳으시고 기르시고 가르치시고 사랑하시던 나의 어머니의 유해는 이 조그마한 무덤 속에 묻히어 있나이다.

아아 어머님! 어머님!

어머님께서 가장 사랑하시고 가장 귀해하시던 제가 어머님의 은덕으로 장성하여 비녀를 찌른 이 몸이 여기 온 줄을 아십니까 모르십니까?

남의 열 아들 부럽지 않게 저 하나를 믿고 바라면서 기르시던 어머니께서 살아 계셔서 제가 시집가서 재미있는 가정을 이루어 근심 없이 산다 하면 얼마나 기쁘고 기특해하시리이까.

어머님! 어머님!

계집애 공부시킨다고 온 동네가 비방할 때에

공부만 잘 시키면 여자도 크게 된다오……

하시던 어머니의 말씀을 지금도 잊지 아니합니다. 아— 어머니, 어머니
께서 그렇게까지 위하시던 제가 지금 어머니 뵈이러 왔습니다.

내가 어려서 병들어 몹시 앓을 때에 약화로 옆에서 하늘을 부르짖어
통곡하시면서

이 애가 죽으면 저도 죽는 몸이올시다.

하시던 극진한 나의 어머니는 이 어린 가슴에 영원히 사라지지 않는 설움
의 씨를 끼쳐두고 다만 한낱 무덤이 적적히 풀숲에 남아 있을 뿐이외다.

추풍은 고분을 두르고 까마귀 소리는 공산空山에 울릴 뿐인데, 왕사往
事*를 추회追懷함에 모두 다 꿈같고 환영 같아야 비절한 감개는 가슴에 넘
쳐 샘솟듯 흐르는 눈물을 금할 수 없나이다.

연년세세히 꽃은 같아도 연년세세히 사람은 다르다고 하더니 아—
이제 내가 사랑하시던 어머님을 보이려 쓸쓸한 무덤으로 오게 되었습
니다.

말없는 무덤 잠잠한 무덤 이 속에 누우신 어머니…….

어머니께서 사랑하시던 제가 지금 여기서 애달피 우는 꼴을 보십니
까, 마십니까.

공부 잘하여 장래에 훌륭한 여자 되라고 힘껏 정성껏 학교 뒷바라지
를 하시던 어머니, 아아 어머니. 저는 웁니다. 어머님 뵈이려 와서 저는
웁니다.

아— 말없는 무덤, 해는 덧없이 서봉西峯에 기울고 까치 두어 마리가

| * 지난 일.

236

솔숲으로 갔나이다.

저녁, 황혼, 묘지는 더한층 적막하여졌나이다.

그나마도 볕 쪼여 따뜻이 보이던 분묘가 더욱이 쌀쌀하게 어둠 속에 가라앉습니다. 아아.

조생석사朝生夕死하는 부유蜉蝣의 일기一期,* 아침 이슬, 저녁 방울! 덧없는 인생의 일인一人인 저는 눈물 있는 대로 울렵니다.

—《신여자》, 1920. 3.

---

* '부유의 일기'란 아침에 태어나서 저녁에 죽는 하루살이의 한평생을 뜻함.

여자 교육의 필요

신여자사 김원주金元周 여사담談

　여자 교육의 필요는 근래 우리 조선에서도 누구든지 다— 서슴지 않고 용이히 이것을 주장합니다. 따라서 이 문제는 극히 평범하고 예사롭게 들리옵니다. 그런고로 시대에 뒤진 언론을 말한다 비난하실 분도 있을는지 모르겠습니다. 그러나 선각자인 제씨諸氏가 여자 교육의 필요를 열광적으로 절규하는 일방에 오히려 여자 교육을 반대하는 이와 여자 교육이 무엇인지도 인식하지 못하는 사람도 있습니다. 또한 여자 교육이 급선무임은 인식하면서도 무슨 까닭인지 아직 시행치 않는 이도 불소합니다. 오늘날 세계열강에는 평화의 서광이 비치어 오고 그들의 국가는 부강하고 문명하며 그들의 사회는 광명하고 신선하며 그들의 가정은 자유롭고 평화하지마는 오직 우리의 국가 우리의 사회 우리의 가정은 왜— 이렇게 빈약하고 야매野昧*하고 쇠잔하고 부자유하고 적막하고 냉담합니까?

　물론 그 원인에 취하여는 한두 가지가 아닐 것이외다. 그러나 그중에

| * 촌스럽고 어리석음.

가장 큰 원인은 사회와 가정의 중요한 요소가 된다고 할 만한 여자를 교육시키지 아니한 까닭이라 말하겠습니다.

우리 조선에서는 예로부터 여자를 규방에 유폐시키고 일체 자유를 삭탈하여 일빈일소—嚬—笑*도 임의로 못 하고, 자연히 발육될 신체까지도 구속을 받게 하였습니다. 그리고 부도여직婦道女職이라 하여 제일 봉제사 접빈객이 주간이 되고, 그 외에는 위로 시부모를 봉양하고 남편에게 공순하며, 아래로 자녀를 양육하고 친척 간 화목하면 이미 부도**를 다하였다 하고, 또한 침선針線 방적紡績이나 음식 범절에 서투르지 아니하면 이미 여직***을 다하였다 하옵니다.

오직 이것만으로써 전 사회의 모든 가정이 요구하는 이상적 여자이었습니다. 그리고 소위 삼종지설****에 구속되어 종속적으로, 노예적으로 정숙·온공·온순·복종만 주장하였습니다. 그리하여 여자는 사회에 대하여 아무 책임도 없었고, 가정에 대하여 아무 권리도 없었습니다. 다만 일생을 남자를 위하여, 시부모를 위하여 희생하지 아니치 못하였습니다.

이렇게 말하면 우리 조선 여자들의 생활은 극히 안온하고 단순하였을 것 같습니다. 그러나 우리 조선 여자로서 누구든지 과거를 회억懷憶*****하면 억울한 심사를 억제치 못하게 됩니다. 그것은 이상 말한 바 부도여직이라는 범위 안에서 헤매일 뿐이고, 여자 자신의 정신이나 이상을 발휘할 생의를 못 가지고 다만 삼종지설에 구속되어 의뢰성만 길렀습니다. 그러므로 우리 조선 여자는 원래 교육할 필요가 없었던 것이옵니다.

그리하여 불공평한 남자들의 권력하에 기생하고 맹종하였을 뿐이외

* 한 번 찡그리고 한 번 웃는다는 뜻. 성내기도 하고 기뻐하기도 하는 감정이나 표정의 변화를 이르는 말.
** 부인 된 도리. 여성의 도리.
*** 여성의 직분.
**** '삼종지도三從之道'를 이르는 말.
***** 돌이켜 추억함.

다. 그러나 교육받지 못한 가련한 조선 여자들은 아무 자각이 없고, 아무 변통이 없고, 아무 능력이 없었습니다만, 남자의 종속적 생활에 자감自甘* 하였습니다. 그러므로 여자 된 이는 출가한 후 체면상으로 과히 시부모의 학대나 받지 아니하고 남자의 냉대(정육情肉적)나 받지 아니하면, 그나마도 가장 행복스럽고 팔자 좋은 여자라고 하였습니다. 그렇지 못하여 잘못 출가하면 무리한 시부모의 학대와 전횡한 남자의 권리하에서 온갖 고통 온갖 설움을 다 받고 지내게 되옵니다. 그렇게 비참한 생활 중에서 만일 추호만치라도 참지 못하는 점이 있으면 칠거지악이니 부도婦道의 위반이니 하여 그나마도 그 여자의 운명은 파열되고 말았었습니다.

모든 풍속 모든 도덕은 전혀 남자 측에만 이롭게 되어 과연 불공평하였습니다. 그리하여 한번 불행한 경우에 빠진 가련한 여자는 다시는 광명하고 따뜻한 길을 밟기를 절대로 금지하였습니다. 열녀는 불경이부不更二夫라 하여 재가한 여자는 인격을 무시하고, 그의 자손까지 멸시하여 재가한 부녀자의 소생 자녀는 사환仕宦**을 금지하여 그의 전정을 두절코자 하였습니다. 그리하여 그러한 여자들은 광명한 천지에 그의 몸을 용납할 곳을 얻지 못하고 낙망에 낙망을 더하고 고통에 고통을 더하여 말경에는 세사世事를 비관하고 자살하는 참경에 이르옵니다. 하고 보면 4천 년의 장구한 역사를 가진 우리 조선에는 이러한 불우의 운명에 울다가 죽은 가련한 여자가 기만 명이나 되겠습니까?

그러면 그렇게 된 그 여자 일개인만 불행하였습니까. 결코 그렇지 않았습니다. 그러한 불행한 여자를 가진 사회가 불행하였고, 따라서 국가가 불행하였습니다.

그러므로 우리 조선 남자들은 여자의 공순과 복종에 행복을 느끼고

* 스스로 달게 여김.
** 벼슬살이를 함.

따라서 유타遊惰*에 폐습과 나약의 심연에 빠져 생존 경쟁의 낙오자가 되어 우리의 가정은 불완전하고 사회는 야매野昧하고 국가는 빈약하여졌습니다. 그야 물론 여자 자신의 무자각·몰이상에도 있겠지요마는, 그 죄의 원천을 구하면 역시 여자 교육을 불허한 사회에 돌아가겠습니다.

이렇게 말하면 지금 신교육을 받은 여자는 현저히 하여놓은 사업이 무엇이냐고 반문하시겠지요마는, 그것은 오늘날 우리 사회에서는 면치 못할 사정이올시다. 왜 그러냐 하면 물론 세력의 우열에 따라서 교육의 소양이 있는 여자도 할 수 없이 무식한 여자와 같은 행동을 하지 아니치 못할 주위의 사정으로 그렇게 되는 것이올시다.

고등 교육을 받은 여자로서 고상한 이상과 원대한 목적을 가지고서 실현코자 노심초사하는 여자가 무수하옵니다. 그러나 그러한 여자를 이해하고 활용할 만큼 우리 사회가 발달되지 못하였고, 또한 우리의 가정이 그러한 여자를 알아주고 환영할 만한 정도에 이르지 못하였습니다.

그러므로 금옥이 진토에 묻히고 진주가 수중水中에 잠몰潛沒되는 예가 허다하옵니다.

그러나 우리의 사회가 문명할수록, 우리의 가정의 정도가 높아질수록, 일반 남자의 사업열이 비등할수록 교육받은 여자를 요구하는 성聲이 점고漸高하옵니다. 그런고로 오늘날 문화의 정도가 날로 높아지고 사회의 현상이 때로 복잡하여지는 시대에 우리도 남과 같은 쾌활하고 건전한 사회를 이루려면, 우리도 남과 같이 화평하고 안락한 가정을 이루려면 무엇보다도 먼저 여자 교육의 필요를 제창하옵니다.

—《동아일보》, 1920. 4. 6.

| * 빈들빈들 놀기만 좋아하고 게으름.

우리 신여자新女子의 요구와 주장

우리 신여자사 동인은 아무 지식 없고 아무 경험 없는 여자들이올시다. 그러나 이 아무 경험과 지식이 없는 우리가 감히 신여자를 표방하고 사회에 나섬이 어찌 즐거워서 나서는 것이겠습니까. 참으로 이렇게 안 나설 수 없음이외다. 보십시오. 우리의 조선 여자 사회는 아직도 유치하기가 짝이 없습니다. 그를 따라 장차 우리의 앞에는 여러 가지 비난과 무수한 박해가 끊일 새 없이 닥쳐올 줄을 예기합니다. 하지마는 우리가 이때에 나서서 유치한 우리 여자 사회를 위하여 우리의 몸을 희생에 이바지 아니 하면 우리 조선 여자는 영원히 암흑한 구렁에 빠져서 광명한 빛을 못 보고 말 것을 앎이외다. 이때는 어느 때입니까? 세계는 바야흐로 개조가 되려 하고 새 문명의 암광은 훤—하게 비치옵니다. 해방하라는 새벽 종소리는 우리의 장야몽長夜夢을 깨우치지 않습니까? 이때를 당하여 우리는 나왔습니다. 그러면 우리의 요구하는 바와 주장하는 바는 무엇입니까? 다른 것 아니올시다. 몇 세기를 두고 우리를 냉혹하게도 압박하고 우리를 극심하게도 구속하던 인습적 구각舊殼*을 깨뜨리고 벗어나서 우리 여자가 인격적으로 각성하여 완전한 자기 발전을 수행코자 함이외다. 남

자들은 이를 이르되 파괴라, 반항이라, 배역背逆*이라 하겠지요. 그렇지
마는 보십시오. 고래로 우리 여자를 사람으로 대우치 아니하고 마치 하
등 동물같이 여자를 모두 몰아다가 남자의 유린에 맡기지 아니하였습니
까? 이러한 인도人道에 벗어나는 일이 어디 있습니까? 물론 여자도 잘못
한 책責이 있겠지요마는 모든 것을 다 남성 본위로, 남자란 고귀한 것이
요 부인이란 비천한 것이며 남성이란 심력 체력이 다 우수하고 여성이란
다 열등하다 하는 유신謬信***을 근거하여 일절 모든 사회의 제도 습관은
남성을 상위에 두고 철두철미로 남성의 이해를 표준하여 제정하였고, 또
삼종三從****이라는 악관惡慣***** 아래에 노골로 남성 본위의 이상 요구를 준
봉遵奉******케 하려고 여성에게 강제하여, 우리 여자를 종생 남자의 부속물
로 생활케 하는 동시에 남자의 사역 또는 완롱에 남자는 편의한 수단을
써서 왔습니다. 그래서 이러한 남자 중심의 이상과 인습이 우리 여자로
하여금 인격 무시의 대우를 받고 맹목적 복종의 생활을 아니 할 수 없게
하여 그 결과 사람의 의무와 여자의 본연성을 아주 잊어버리게 만들어놓
았습니다. 이러기에 우리 여자 사회는 야만의 인신매매법이 있어서 여자
가 금수시되고 상품시되었건마는 이를 예사로 간과하지 아니하였습니
까? 이는 모두 남자의 부덕한 죄라 하겠지마는 또는 우리가 자각이 없어
서 이러한 모욕을 당한 것이올시다. 하기로 우리 신여자는 이러한 자각
밑에서 우리 조선 여자 사회에 고래로 행하여 내려오던 모든 인습적 도
덕을 타파하고 합리한 새 도덕으로 남녀의 성별에 제한되는 일이 없이

---

* 옛 껍질.
** 은혜를 저버리고 배반함.
*** 오류가 있는 믿음.
**** 『예기』의 「의례儀禮」에 나오는 말. 여자가 따라야 할 세 가지 도리로 어려서는 아버지를, 결혼해서는
　　　남편을, 남편이 죽은 후에는 자식을 따라야 함.
***** 악한 관습.
****** 명령을 좇아서 받듦.

평등의 자유, 평등의 권리, 평등의 의무, 평등의 노작勞作, 평등의 향락 중에서 자기 발전의 수행하여 최선한 생활을 영營코저 함이외다.

우리는 믿습니다. 정신상의 굴복은 물질상의 굴복에 반伴하는* 것임을. 그러기에 완전히 정신상의 자유를 얻고자 하면 반드시 또 물질상의 자유를 얻지 않을 수 없습니다. 물질적 자유의 욕구는 먼저 정신적 자유의 동경으로 우리의 두뇌 중에 나타나는 것이올시다. 그리고 열렬한 정신적 자유의 동경이 있는 연후에 견실한 물질적 자유의 욕구가 생기는 것이올시다. 하므로 우리는 신시대의 신여자로 모든 전설적, 인습적, 보수적, 반동적인 일절의 구사상에서 벗어나지 아니하면 아니 되겠습니다. 이것이 실로 '신여자'의 임무요, 사명이요, 또 존재의 이유를 삼는 것이올시다. 《신여자》는 실로 이러한 의기와 포부를 가지고 이 사회에 나온 것이올시다. 원컨대 현대의 선각자로 자임하는 부인이시여! 조선 민족을 위하시거든 여자 사회의 건전한 발달을 바라시거든 모두 와서 우리를 도와주십시오. 우리는 이를 깊이 바랄 따름이외다.

—《신여자》, 1920. 4.

| * 따르는.

K 언니에게

언니!

요새는 어찌나 지내시는지요?

살같이 가는 세월 잡을 수 없어 어느덧 해가 바뀌었나이다.

다정다한한 언니를 만나 가슴에 가득한 회포 풀 때에 언니의 눈물이 흐르고 목이 메어 말을 이루지 못하던 지원극통한 슬픈 사실을 듣고 나는 진정으로 솟아나는 동정의 열루熱淚를 불금하던 적이 어제 같아온대 어느덧 해가 바뀌어 할 수 없이 또다시 한 나이를 더 먹게 되었나이다.

그러나 언니의 근심과 설움에 시들은 배꽃 같은 살이 앉은 얼굴에 섭섭한 표정을 가득히 띠우고 정거장 개찰구에 초연히 서서 잘 가라고 손짓하던 양은 내 눈에 영구히 사라지지 않는 애달픈 인상을 끼쳤나이다.

아! 한량없는 원한에 울고 있는 언니!

운명의 신은 어찌 그리도 심사가 사오납고 처사가 불공평할까요?

언니 같은 현숙하고 영리하고 얌전하고 민첩한 참으로 여자다운 여자를 어찌 그리 기구한 운명에 울게 하리이까.

조선에도 현대에는 선량하고 관후寬厚*하여 아내를 사랑하고 도와주고 이해하는 남자가 없지 아니하건마는 언니는 어찌하여 전○○과 같이 부랑하고 박정한 사람의 아내가 되었으리이까.

꽃 아침 달 밝은 밤을 하염없는 눈물로 세월을 보내는 언니의 사정을 생각할수록 가슴이 아프고 눈물이 흐를 뿐이로소이다.

4천 년의 묵은 역사를 가진 조선 사회에는 언니와 같이 쓸쓸한 슬픔 속에서 한없는 원한을 품고 막막히 북망으로 돌아간 사람이 얼마나 많으리이까. 멀리 가지 말고 우리 집에 붙어있는 마나님 한 분도 이같이 가련한 여성 중의 하나이외다.

과연 귀밑머리 막 풀고 청실홍실 늘이고 하늘께 맹세하고 맞는 정당한 부부로 자녀를 육 남매나 낳고 30여 년을 시부모를 위하야 남편을 위하야 갖은 고생 갖은 곤란을 다 맛보던 순량한 본마누라를 아무 죄 없이 첩에게 미쳐서 일조一朝에 내어쫓음을 받은 지 우금于今 10년에 우주로 집을 삼고 부평전봉浮萍轉蓬** 같은 신세로 동서풍박東西飄泊하여 봄바람, 가을달, 장장한 하일夏日, 눈 쌓인 겨울밤에 한량없는 원한과 억울함을 억제키 어려워 긴 한숨 짧은 탄식으로 모진 목숨 끊지 못하여 억지로 사는 것이 그의 가련한 이면이로소이다.

나는 그에게 깊은 동정을 아끼지 아니하나이다. 그를 위하여 거짓 없는 더운 눈물을 한없이 흘린 적이 한두 번이 아니었나이다.

그리하여 그는 자연 나와 마주 앉는 기회만 있으면 신이 나고 넋이 나서 야속하고 원통하고 섧게 굴던 자기 영감의 이야기로 해가 저물고 밤이 깊은 줄을 모르는 때가 여러 번이었나이다.

그러나 그들은 무식하고 암매하기 때문에 불측不測***한 운명의 손에

* 마음이 넓고 후덕함.
** 물 위에 떠 있는 풀과 바람에 굴러가는 쑥 덤불. 정처 없이 떠돌아다니는 신세.
*** 미루어 헤아릴 수 없음.

휘둘리어 울고 웃고 하면서 실망과 낙담의 광야에 헤매이나이다.

그러나 형은 상식이 있고 깨달음이 있는 당당한 신여자로 어찌 남편의 손에만 매달려 구구한 의식을 구하나니이까.

내가 언니와 대면하였을 때는 차마 전○○이 언니에게 대하야 냉연한 말을 하더라 분명히 못 하였나이다.

언니는 순결하고 완전한 진정의 첫사랑을 전에게 주었고 또한 태산같이 믿던 남편이라 그래도 못 잊겠다고 하셨지요?

나는 언니의 사정에 간절한 동정을 가지기 때문에 전○○에게 천언만어千言萬語로 눈물을 흘려가며 두 번이나 가서 동정을 구하였나이다. 그러나 눈물도 없고 의리도 없이 정욕에 침혼한 그는 오직 냉연하더이다.

내가 평일에 믿고 바라던 바 신념은 모두 허사가 되었나이다. 전○○이 그같이 냉담한 박정한 인 줄은 뜻하지 아니하였나이다.

법률상으로도 이미 외인이 되었고 또한 저가 그와 같이 냉담하니 언니와 전○○과는 인연에 끊어진 지 이미 오래였나이다.

나는 전과 언니가 다시 회심되어 원만한 가정을 이루기를 진심으로 바랐나이다. 그러나 여의치 못한 것은 세상일이로소이다.

우리 조선에는 옛적부터 남자에게 냉대와 물리침을 받아 원한이 가슴에 가득하고 뼈에 사무치어 하늘을 부르짖고 땅을 두드려 천도天道가 무심함을 원망하다가 마침내 슬피 지하로 돌아가는 가련한 여자의 비상飛霜*의 원혼이 얼마나 많으리이까?

그러나 덧없는 것은 인생이로소이다.

잘 살거나 못 살거나 젊어 죽으나 늙어 죽으나 일장춘몽같이 지나가는 것이 우리 인생이로소이다.

| * 하늘에서 내리는 서리.

247

다만 이 뜬세상에 육체의 생명이 붙어 있는 동안 내 의무, 내 책임, 내 본분을 지킬 따름이로소이다. 그리하고 다만 지공무사하신 조물주의 판단을 바랄 뿐이로소이다.

그런데 총명하고 영리하신 언니는 먼저 헤아림이 있었을 것이올시다. 혹 언니에게 부호가의 소실! 재산가의 첩! 그런 만만부당한 말을 하는 사람이 있다 하더이다.

세상에는 허영과 사치에 띄어 그것을 바라는 몰각한 여자가 혹 있을는지도 모르겠나이다.

그러나 다 같은 천지의 영능靈能과 신성한 부모의 혈血을 받아 가치 있는 인격을 가진 사람으로 이 세상에 태어난 이상 인류 중 최말最末이요, 남의 가슴에 못을 박고 남의 눈에 가시를 꽂는 남의 소실! 양심을 속이고 세상이 불허하는 부도덕한 일을 어찌 감작甘作*하리이까. 언니도 지금 그러한 비참한 운명에 빠진 것이 다만 그러한 가증한 여성이 있기 때문이 아닙니까?

언니는 지금 막막한 세상 쓸쓸한 광야에서 인정의 무상함과 조수같이 몰려오는 고독의 비애에 별생각을 다 하고 별궁리를 다 하다가 마침내 묘책을 얻지 못하여 번민한 심사, 울울한 회포로 현세의 고통에 비읍하리이다.

언니는 지금 재가하시려면 법률과 도덕이 함께 허락하리이다.

그러나 이 세상에 언니를 기다리고 있는 상당한 독신자가 어디 있기 쉽습니까?

그러니 생각 많으시고 찬찬하신 언니가 어련히 잘하실 것인 줄은 알지요마는 내가 전에 말하던 그대로 ○○○○에 근무하시며 독신 생활을

| * 불만 없이 어떤 일을 달게 행함.

하시는 것이 어떤는지요?

　우리 여자도 이 세상에 당당한 인격자로 살아가자면 어찌 남자에게만 의뢰하는 비열한 행동으로 자감하리이까. 독력독행獨力獨行으로 사회에 입각지立脚地를 세우고 고상한 사업에 공헌하야 각성한 여자계에 표준적 인물이 되면 자연 남자의 반성과 인식을 얻게 될 것이로소이다. 이것이 우리 신여자가 시험할 천직의 사명이 아니리이까.

　언니가 만일 동의하신다하면 ○○○○에는 내가 극력 주선하여보리이다.

　아뢰올 말씀 끝이 없사오나 지루하실 듯하여 이만 그치고 사연 줄이나이다.

—《신여자》, 1920. 4.

동생의 죽음

지난해 봄 일이올시다.

따뜻하고 고요한 3월 ○○ 날은 저녁을 일찍이 먹고 뜰에 거닐며 어린 꽃 싹들이 파릇파릇 뾰족뾰족 자라는 것을 재미있게 구경하며 저것은 무슨 꽃, 이것은 무슨 꽃, 혼자 호명을 하고 있노란 즉 누런 복장한 체전부가 편지 한 장을 전하고 가더이다. 얼른 피봉을 보니까 친정에서 온 것이더이다. 물론 친정에서 온 것이니까 반가울 것이로이다, 기꺼울 것이로소이다. 그러나 그러나 나는 친정에서 온 소식은 반드시 기껍지 못한 것이라는 관념이 내 뇌에 깊이 새기어 있나이다. 그것은 편지마다 번번이 좋지 못한 소식이 씌어 있었음인 연고오이다. 그런고로 이 편지를 받아 들고 이 편지에는 또 무슨 상서롭지 못한 말이 있을까 하여 마음이 먼저 실적*하여지더이다. 그래서 그 편지 뜯기를 꺼리고 무서워하고 주저하였나이다. 그러나 필경은 그 편지를 뜯고 그 내용을 보지 아니치 못하였나이다. 아아— 과연 이 편지 속에도 또한 불길한 기별이 씌어 있나이

| * 흔적이 사라짐. 원문에는 '실쥑'으로 되어 있으나 '실적失跡'의 오기로 판단됨.

다. 나는 부모도 없나이다. 형제도 없나이다. 친척도 없나이다.

다만 친정에는 계모 한 분이 어린 딸 하나를 데리고 눈물겨운 애달픈 생활을 계속할 뿐이외다.

그러면 이 편지 속에 무슨 언짢은 말이 씌어 있을 듯하오니이까? 물론 계모나 동생에게 관한 일일 것이로소이다. 아— 과연 과연이로소이다. 이 계모의 어린 딸은 나에게 부모 형제 친척 대신에 오직 이 이복 여동생 하나뿐이고 더욱이 계모에게는 생명의 전체이외다.

아아— 어찌하리이까!? 계모와 나에게는 이렇듯 귀한 아이가 중태에 빠졌다는 흉음이로소이다.

이때에 나의 놀람과 실망이 과연 어떠하였으리이까. 나는 갑자기 가슴에서 무엇이 치미는 듯 정신이 아득하여지더이다. 나는 그 편지 사연을 채 보지도 못하고 더벅더벅 떨어지는 눈물을 남이 볼까 부끄런 마음에 정신없이 방으로 뛰어 들어와 문을 닫고 폭 엎드려서 몸을 비비 틀며 혼자 흑흑 느껴 울었나이다. 울면서도 여러 가지 상상이 떠오르더이다. 그런들 설마 죽기야 할까, 아마 죽지야 않겠지. 이런 아쉬운 생각이 나를 속이려 하더이다. 이런 생각을 어찌 꼭 믿을 수가 있사오리까마는 나는 억지로 그것을 믿으려 하였나이다. 그러나 한편으로는 무섭고 험상스런 생각을 아니할 수 없더이다. 내 동생이 죽어서 홑이불을 허옇게 씌워논 것이 눈앞에 보이는 듯도 하고 여러 교인이 둘러앉아서 한편으로 계모를 위로하며 자기들끼리 ○○는 제 동생이 죽었는데 내려와 보지도 않나 하며 숙덕거리는 듯도 하더이다.

안방에서는 내가 이렇게 울고 있는 줄도 모르고 웃음 섞인 이야기 소리가 두런두런 날 뿐이더이다.

나중에는 흑흑 느끼는 소리를 듣고 남편이 쫓아 나와서 우는 곡절을 물어 알았나이다. 알고서는 울지만 말고 어서 속히 내려가나 보라고 권하는 고로 내 생각에도 그럴듯하여 울음을 그치고 긴급히 쓸 (일용품) 갈아입을 옷을 찾아서 가방 속에 넣어놓고 산란한 가슴을 억지로 누르며 그 밤이 새기를 기다렸나이다. 그날 밤은 그전 부모상 당하였을 때의 신세를 생각하고 좁은 가슴에 이왕 설움까지 번갈아 느껴져서 밤새도록 슬픈 눈물 속에서 지내었나이다.

그 이튿날 일찍이 직행열차를 타고 친정에를 내려갔나이다.* 정거장에서 나려서 십오 리를 걸어 더 가야 나의 본향이 되나이다. 인력거를 몰아 달려갔나이다. 눈앞에는 옛적 어렸을 적에 낯익고 정들었던 산이 나타나며 들에는 바야흐로 어린 풀들이 뾰족뾰족 돋아나서 산뜻한 연둣빛으로 단장한 것이 어른어름 지나가더이다. 또한 어릴 때에 내가 하던 말씨, 귀에 익은 사투리를 쓰며 머리에 흰 수건을 쓴 마누라, 깎지 않은 머리에 망건을 받쳐 갓을 쓰고 가는 노인, 돌아가신 어머니 아버지의 외양을 꾸민, 평상시 같으면 무한이 반가울 사람도 많이 지나가더이다. 그러나 나는 이 모든 것이 눈에 보이지도 않고 주목하고 생각할 여가도 없었나이다. 그저 내 동생이 죽지나 않았을까, 아직 죽지야 않았겠지, 설마 죽기야 할까 이런 생각이 마음에서 조 비비듯 하여, 발이 땅에 닿는 듯 마는 듯 살같이 달아나는 인력거꾼을 오히려 더디다고 재촉재촉 하였나이다. 그날은 십오 리가 왜 그렇게 멀고 지리한지 모르겠더이다. 그러나 필경은 내게 즐거움도 주었지만 설움도 많이 끼치인 인연 깊은 내 고향이 눈앞에 요연히 나타나더이다. 나는 반가운지 슬픈지 형용할 수 없는 일종 비상한 감회가 홀연히 가슴으로부터 떠오르더이다. 아! 이 변환變幻** 많은 세상에 오직 이 촌은 내 뇌에 인상되었던 그대로 의구히 한적하고 종용하더이다. 그러나 나는 천진난만하게 진정으로 기껍고 즐거워하던 소녀 시대는

---

* 원문에는 '나려갓나다'로 되어 있으나 이는 '나려갓나이다'의 오식으로 보임.
** 갑자기 나타났다 없어졌다 함. 혹은 그 정도로 빠른 변화.

이미 그리운 과거로 사라졌나이다. 그때에 계시던 어머니 아버지는 이미 백골로 변하였나이다. 현금現今 나의 부모의 끼친 혈육이라고는 오직 나! 이 이복 여동생 하나뿐인데 나는 아직 살아 있지만 한낱 내 동생이 마저 죽으면……

그전에 내가 부모 잃고 동생 죽은 후에 외가에를 갔더니 외할머니께서 "이 검불 같은 외할미마저 죽어지면 너는 돌 틈에서 나온 것처럼 네 붙이라고는 아무도 없이 되겠구나" 하시며 망연히 눈물을 흘리시던 생각이 새삼스럽게 느껴지더이다. 이렇게 끝을 이어 일어나는 비회悲懷*가 차서次序** 없이 복잡하게 가슴속에서 배회하는 동안에 어느덧 친정 문 앞에 인력거가 당도하였나이다. 허술한 삼간초옥이 눈앞에 부딪치자 마음은 공연히 울렁울렁하더이다.

동리 어른들 아이들이 죽— 몰켜 와서 서울 시집간 ○○가 왔다고 떠들더이다. 나는 강잉히*** 얼굴에 웃음을 띠며 일일이 인사를 치렀나이다. 그러는 동안에 안에서는 밖에서 지껄이는 소리를 들은 것이더이다.

갖은 고생과 슬픔에 부대끼어 시들고 검은 얼굴에 쓴웃음을 띤 계모가 나타나더이다. 나는 아무 말도 하기 전에 "인주仁周의 병이 어떱니까?"고 조급히 물었나이다. 계모는 힘없는 어조로 "머— 다 죽게 되었다" 하고는 두 눈에는 눈물이 핑— 돌더이다.

나는 그래도 아직 죽지는 않았구나 하는 하염없는 기쁜 생각에 다른 말을 더— 물어볼 새 없이 방으로 뛰어 들어갔나이다. 어둠침침한 방에는 이상스런 냄새와 음울하고 쓸쓸한 기운이 가득한데 아랫목 이불 속에 파묻힌 내 동생은 까만 머리만 베개 위로 드러나더이다. 나는 급히 이불

* 마음에 서린 슬픔과 회포.
** 차례.
*** 强仍. 억지로 참음. 또는 마지못하여 그대로 함.

253

을 헤치고 들여다보았나이다. 아아— 나는 더한층 놀라고 슬퍼하지 않을 수 없었나이다. 어쩌면 그렇게 눈으로 차마 보지 못하리만큼 참혹하고 불쌍하게 되었사오리이까? 내 동생의 얼굴인가— 무슨 생리학 책에 그려놓은 뼈 얼굴이 아닌가 의심하리만큼 되었더이다. 어떻게 몹시 마르고 여위었는지 두 뺨은 깎아낸 것 같고 아래위 입술이 다물어지지 못하리만큼 타고 말라서 하얀 이가 앙상하게 드러나는데 우묵하고 거무스름한 눈을 힘없이 뜨고 의미 있는 듯이 나를 쳐다보더니 눈을 뜨고 있을 기운도 없어서 고만 스르르 감고 말 뿐이더이다. 아— 이 어리고 약하고 순결한 6세의 소녀가 무슨 죄가 그리 많아서 저렇듯 깜직하고 안착스럽게만 드러누웠사오리이까!? 그래도 나는 무슨 말이나 한마디 들어볼까 하고 "○○야, ○○야!" 목이 말라 불러보았나이다. 그러나 듣는지 마는지 눈을 꼭— 감은 대로 아무 대답이 없더이다. 계모도 눈물에 젖은 눈으로 동생을 들여다보며 "○○야 ○○야, 너— 밤낮 기다리던 서울 언니 왔다. 눈 좀 떠보아라"하며 애가 타서 부르짖으나 내 동생은 모두가 귀치 않은 듯이 해골 같은 얼굴을 더욱 보기 싫게 찌푸릴 따름이더이다. 아— 인사가 무상함을 다시금 느끼지 아니치 못하였나이다. 한 보름 전까지만도 내 동생이 동무들과 섞여 놀면서 "저어— 우리 서울 언니는 인제 자동차 타고 과자, 사탕 많이 사가지고 오면 너 좀 주께"하며 기뻐서 고갯짓을 하며 뛰고 장난하고 놀며 길에 자동차가 지나가도 우리 서울 언니 온다고 뛰어나가고 인력거만 지나가도 서울 언니 온다고 손짓하며 따라나갔다 하던 이 아이가 지금 이 모양이 될 줄을 어느 누가 뜻하였사오리이까.

나는 생각할수록 아픈 가슴에 바늘을 더하는 듯한 고통을 참을 수 없었나이다.

이때 내 동생의 생명은 병마에게 끌려 1초 1초 죽음의 길로 전속력을 다하여 달아나던 것이더이다. 그러나 내 동생은 인생이 가장 싫어하는 이 무서웁고 두렵고 설운 죽음을 조금도 싫어하는 기색도 보이지 않고 아깝고 귀한 생명을 잠시라도 늘이려고도 아니하는 듯, 다만 도수장으로 걸어가는 어린 양과 같이 오직 임박한 죽음을 잠자코 기다릴 뿐인 것 같더이다.

오직 고통을 못 이기어 이따금 이따금 외마디 소리로 깡깡 앓는 소리를 힘 있게 발할 뿐이더이다. 이렇듯 극한 비극 중에도 시간은 무정하게 달음질하여 어느덧 밤 10시를 땅땅 치더이다. 이때에 동생은 형용할 수 없이 힘들이는 강한 앓는 소리를 더욱 자주 발하더이다. 울음에 취하여 정신없던 우리는 깜짝 놀라 들여다보았나이다. 이마에는 방울방울이 찬 땀이 솟아 있고 감고 있던 눈을 똑바로 뜨고 아래턱이 달싹 달싹하는 모양이 무한히 처참하여 보이더이다.

계모는 "고만 죽는구나" 이렇게 날카롭게 부르짖고는 그만 방바닥에 가 거꾸러져서 통곡만 할 뿐이더이다.

나는 더운 눈물을 차디찬 내 동생의 이마 위에 똑똑 떨어뜨리며 바른 손으로 눈을 누르고 왼손으로 턱을 치켰나이다. 잠시 후에 목에서인지 가슴에서인지 짤깍 소리가 그윽이 들리더니 그만 모든 동작이 끊어지고 자는 듯이 눈을 스르르 감고 그 여위고 마른 얼굴에 미소를 띠인 듯 어여뻐 보이더이다. 이때에 이 어린 영혼은 훨훨 가벼웁게 날아 슬픔도 아픔도 고생도 없는 아름다운 낙원에 들어설 것이로이다.* 나는 그 비통 중에도 고개를 숙이고

"하늘에 계신 아버지시여, 이 어리고 불쌍한 영혼을 자비하시고 사랑이 많으신 아버지 품에 영원히 안아주시옵소서."

| * 원문에는 '것이소이다'로 되어 있는데 이는 '것이로이다'의 오식으로 보임.

이렇게 빌었나이다.

방 안에는 구슬프고 음울한 기운이 가득한데 흑흑 느끼는 울음소리가 밤하늘* 맑은 공기에 가벼운 파동을 일으키어 방 안의 적막을 깨트리더이다.

밤은 의연히 깊은데 근심을 띠인 등잔불이 깜빡깜빡 우리의 우는 꼴을 물끄러미 바라보고 있을 뿐인데, 창밖으로 지나가는 바람 소리는 청량하게 무엇을 원망하는 듯이 이따금이따금 휙휙 하여 뜰에 서 있는 버드나무를 부딪치더이다.

그 이튿날 오전에 그곳 예배당 목사를 청하여다가 식을 마친 후 이 동리를 내려다보는 조그마한 볕 잘 들고 조강**한 땅을 가려 장사 지내었습니다.

그날 오후에 나는 한 많고 원 많은 옛 고향을 뒤에 두고 복잡하고 사람 많은 제2고향인 서울로 향하였나이다.

외로운 계모를 혼자 두고 고향을 등지고 떠나는 때에 더욱 금할 수 없는 슬픈 눈물이 앞을 가리어 길이 아득아득하더이다.

다리는 본능적으로 걸음을 걸어가되 마음은 여러 가지 회포로 내 몸이 어디서 어디를 가는지 깨닫지 못하겠더이다.

아― 세상은 왜 이렇게 고르지가 못하고 편벽된가!! 남들은 부모 형제 친척이 갖춰갖춰 있어서 서로 돕고 사랑하고 위로하고 지내건마는 오직 아무도 없는 이 몸에 한낱 여동생이나마 자라면 형이니 아우이니 하고 서로 찾을 것을……. 아! 이것이 운명인가요? 팔자인가요? 그런들 그렇게 박절하고 야속할 데가 왜 있을까요? 이제 나는 내 고향에는 그리울 사람도 없고 생각할 사람도 없나이다.

* 원문에는 '밤다늘'인데 이는 '밤하늘'의 오식으로 보임.
** 燥強. 땅바닥에 축축한 기운이 없어 보송보송함.

아아! 내 고향은 나를 안아 기른 대신에 내게 한과 원을 몇 배나 더 주었나이다. 고향이 준— 나의 모든 과거는 지금도 억제할 수 없는 슬픔을 때로 때때로 내 기억에 나타나나이다.[*] 이렇게 감개가 무량하여 혼자 부르짖는 동안에 어느덧 정거장에 이르렀나이다.

여기는 진남포 정차장[**]인데 방금 남행 열차가 떠날 시간이 가까운 고로 여러 사람이 출찰出札[***]소에 겹겹이 둘러서서 차표를 사더이다. 나도 남들이 하는 대로 차표를 사고 남들이 들어가는 개찰구로 들어가 기차를 타야 내가 와야만 할 내 집에를 올 것은 그래도 깨달아지더이다. 그리하여 나도 차표를 사가지고 차제로 서서 들어가는 여러 사람 틈에 끼어서 개찰구로 들어와 많은 사람이 오르는 삼등실로 들어가 한편 구석 빈자리에 몸을 던지었나이다. 이렇게 분주하고 복잡한 순간에는 슬픈 생각도 기쁜 생각도 없이 그저 어벙하게 무의식하게 기차에를 올랐나이다. 그러나 잠깐 비켜섰던 비애의 악마는 내 마음보다도 먼저 왔던 것같이 몸을 자리에 던지듯 말 듯 부지중 후— 나오는 한숨과 함께 가슴은 다시 무겁고 억색하여지더이다. 그래서 남이 웃고 이야기하고 떠드는 그대로 따라 행하여지지 아니하더이다. 다만 눈을 감고 고개를 숙이고 자리에 기댄 채 남이 보기에 조는 듯 생각하는 듯 기차가 흔드는 대로 몸을 맡기어 두었을 따름이었나이다. 그러나 곁에 있는 사람들이 시골 사투리로 무슨 정거장이다, 어느 굴이다 하고 떠드는 때에는 자연히 눈이 뜨여져서 힘 없는 고개를 들어 소리 나는 편을 바라보면 여러 사람이 시선이 내게로 모이는 것을 발견하여지기도 하더이다. 또한 뜻 없이 고개를 돌이켜 바깥을 내어다보면 기이한 산천과 보지 못하던 들과 길이 획획 떠 달아나

---

[*] 원문에는 '나타나나니다'이나 이는 '나타나나이다'의 오식으로 판단됨.
[**] 경의선 진남포역. 진남포 혹은 남포南浦는 평안남도 서남부에 있는 항구.
[***] 차표나 배표를 손님에게 팖.

는 것이 내 안구로 들어오더이다. 그러나 이 모든 것이 다 원망스럽고 구슬프고 신산스런 회포를 더할 따름이더이다. 그러나 다른 모든 사람은 나의 이렇듯 애절비절哀切悲絶*한 회포를 하나도 동정하는 이 없이 다만 자기들의 할 일을 생각하고 자기들의 갈 곳을 상상하고 자기들의 맘대로 웃고 기뻐하더이다. 차 안 객들은 다 딴 생각을 하고 딴 행동을 하는 동안에 기차는 행여나 자기의 책임을 잘못할까 허덕허덕 줄달음질을 하여 어느덧 남대문 정차장**에 도착되어 슬픈 사람, 기쁜 사람, 악한 사람, 선한 사람, 귀한 사람, 천한 사람, 어른, 아이 차별 없이 꾸역꾸역 뱉어버리더이다. 나도 기차에서 토한 바 된 고로 인력거를 불러 타고 그나마도 위로를 줄 듯한 나의 가정으로 돌아왔나이다.

—《신여자》, 1920. 5.

---

* 견디기 어렵도록 몹시 애처롭고 더할 수 없이 슬픔.
** 현재의 서울역.

먼저 현상現狀을 타파하라

구주전란歐洲戰亂*의 영향인지 혹은 당연히 올 세계의 대세인지는 모르거니와 민본주의民本主義를 기조로 한 사회 개조의 소리는 사면팔방에서 일어납니다.

대개 이 개조라는 의미는 자세히는 알 수 없으나 학자의 말을 듣건대 "생의 요구의 만족을 구하여 자기 또는 자기의 생활 환경을 변화케 함이라" 하였습니다. 그러면 개조라는 것은 인류의 생의 요구가 불만족함에서 일어나는 것이니 자기의 생의 요구가 만족함에 이르기까지는 자기 또는 자기 환경의 현상을 타파하는 것이 필요합니다. 왜 그런가 하면 현상을 타파하지 아니하면 이 사회는 부패하고 말지니 우리 여자로 말을 하더라도 고래의 모든 인습과 허위에서 벗어나지 못하고 영원히 남자의 노예의 대우나 받고 말 것이올시다. 그런즉 오늘날 우리 여자가 생의 요구의 만족을 구하여 가장 합리한 법으로 남자에게 대하여 동등의 인격자로 인권을 요구하는 이상에는 먼저 자기의 현상이 어떠함을 돌아보아 가지

| * 제1차 세계대전.

고 될 수 있는 대로는 속히 과거와 절연을 하고 묵은 현상을 박멸하여 새 여자로 개조되어야 하나니 이와 같이 하려면 지금 잔뜩 붙들고 있는 현상—즉 바꾸어 말을 하면 동양 몇천 년의 역사적 관계로 순치한 고古도덕의 유취遺臭*를 탈각 아니 하고는 될 수 없습니다. 이를 탈각함에는 물론 무수한 비난과 다대한 박해를 완고한 도학선생에게 받겠지요. 그러나 이를 고기顧忌**한다든지 또는 고래의 세속과 관습에 그 정신이 마비가 되어 남자의 전제를 무반성으로 긍정을 하여 어떻게 하면 남자의 마음에 들까 하는 비열한 노예성으로 우리 여자의 운동을 개시한다 하면 이것은 우리 여자의 철저한 자각을 방해할 뿐 아니라 남자의 전제를 영속하는 결과가 되고 말지니 그리지 아니하여도 인형과 같은 유순을 여자에게 요구하는 조선의 사회는 조금이라도 인습에 위반되는 언동을 감히 하는 여자가 있으면 고만 냉혹한 조매嘲罵*** 중에 치명적의 타격을 줍니다. 이러한 것을 생각할 때에 우리 여자가 이를 고기한다 할진대 어느 때에 남자의 전횡을 면하겠습니까? 만일 우리 여자가 사람으로 살려고 아니 하고 노예로 생존코자 하면 모르거니와 그렇지 아니하면 자기 또는 자기의 환경부터 현상을 타파한 후에 완전한 인격자로 개조하여야 합니다. 오늘 우리 여자는 세운世運의 급변과 함께 한 큰 자각과 개조를 행치 아니치 못할 시기를 만났습니다. 그런즉 여자는 스스로 그 유상미몽謬想迷夢**** 즉 현상을 깨트리는 것이 당면의 급무라 할 것이요, 스스로 그 책임을 깨닫지 못하고 독립 자존하는 생각이 없이 남이 그리하니 나도 그리한다든지 남의 선동에 뇌타賴他*****적으로 불건전하고 부자유한 운동에 종사한다든

* 남은 냄새.
** 뒷일을 염려하고 꺼림.
*** 업신여기어 비웃으며 꾸짖음.
**** 그릇된 생각과 홀린 듯 똑똑하지 못하고 얼떨떨한 정신 상태.
***** 남에 의지함.

지 하면 결코 우리의 희망은 달치 못할 것입니다. 보십시오. 우리 여자계가 남자 사회에 비하여 무엇으로든지 두어 세기를 뒤졌습니다. 이를 따라가려면 전도가 멀다고 아니 할 수 없으니, 주의主義를 위하여 돌진할 것이요, 그렇지 못하고 만일 시속과 타협을 하고 인습의 압박에 좌절되면 우리 여자의 전도는 암흑하여 나아갈 수 없습니다. 현금 우리 조선의 현상으로 이를 보면 우리 주의의 행정은 파란이 많고 곤란할 것은 아무라도 예견합니다. 외外로는 남자의 전제적 편견의 강압이 있고 내內로는 다수한 중년 여자가 인습적 타면惰眠*과 굴욕에 천성을 상실하고, 각성한 여자에게 이단적 반감을 가지고 있습니다. 우리 각성한 여자는 이를 적으로 대하고 나아가야 합니다. 그러나 우리가 실력 없이 다만 천박한 생각으로 반항적으로 또는 파괴적으로 말함은 아닙니다. 이를 다시 말하면 즉 일면으로는 우리의 현상을 타파하고 개조를 실력으로써 하자 함입니다. 이에는 교육과 또는 지적 도의적으로 여러 가지 방법이 스스로 있겠지마는 제일 급무는 무어라 하든지 우리는 우리의 요구를 위하여 먼저 새사람이 되어야 합니다. 이리하여야 비로소 우리가 해방도 될 것이요, 남자와 동등의 권리를 갖게 될 것입니다. 그러나 이 위에도 말하였거니와 현상을 타파하고 개조하려는 우리의 전도에는 곤란이 많을 것이니 이에 대하여는 작년 초동初冬에 화성돈華盛頓**에서 국제노동회의와 동시에 개최된 만국노동부인연합대회의 일일一日에 미국노동부인연합회 레몬트 로빈스 여사가 술述한 환영 연설 중에 "우리들은 성실과 희망과 침용沈勇***과 확신으로써 미래를 의시疑視****하는 선구자로라. 우리들은 위대한 한 모험에 향하여 소집되었노니 우리들은 단호히 왕往하여야 하리로다" 한 견인

---

* 게으름을 피우며 잠만 잠.
** 미국의 수도인 워싱턴 D. C.
*** 침착하고 용맹스러움.
**** 의심하여 봄.

불발^{堅忍不拔}한 결심으로 이를 이기며 나아가지 아니하면 안 될 줄로 생각합니다.

—《신여자》, 1920. 6.

* 굳게 참고 견디어 마음을 빼앗기지 아니함, 뜻을 변치 아니함.

근래의 연애 문제
―신진 여류의 기염氣焰

과연 큰 문제

　요사이 일반 청년 남녀 간에 연애 문제같이 말썽거리가 다시없는 줄 압니다. 생각하여보면 그것도 마땅히 그러한 것이겠지요. 지금 같은 과도시대, 곧 옛것이 새것으로 바뀌는데 더욱이 여자보다 남자가 먼저 깨이게 된 오늘날 우리 조선 사회에 있어서는 부모의 뜻으로 얻어 맡긴 아내와 비록 사랑과 이해는 없더라도 습관과 억제로 평생을 부부의 즐거운 행복과 사랑의 맛을 못 보고 헛되이 보내려 하는 남자가 과연 몇 사람이나 있겠습니까? 설혹 그러한 사람이 있다 하면 그 사람을 착한 사람이라고 말하겠습니까?

　깊이 생각하면 이 세상에는 '나'보다 더 귀한 사람도 없고, '나'보다 더 중한 물건도 없을 것이외다. 물론 사람의 생활을 더 낫게 하고자 하여 과학을 연구하다가 연구실에서 약 기운에 중독이 되어 넘어진다든지, 혹은 동족을 위하여 포연탄우砲煙彈雨 중에서 적군의 탄화에 피를 흘리는 것은 비록 얼른 생각하면 '나'라는 것에게는 해만 끼칠 듯하나, 다시 거듭 생각을 할 때에는 '나'보다도 오히려 더 '나', 큰 '나'를 위하여 노력한 형적을 볼 것이외다.

그러면 한낱 우매한 여자를 인연하여 자기 평생의 행복을 맛보지 못한다 하면 그것도 무슨 인류 사회나 동족 간에 큰 이익을 주는 무엇이 될까요! 아니올시다. 다만 불완전한 사람으로 인연하여 완전히 될 만한 사람의 앞길까지 그르치게 되는 근본이 될 뿐이올시다.

저는 항상 사랑 없는 가정에 쓸쓸한 공기를 호흡할 때와 마음에 맞지 않는 아내를 두고 낯을 펴지 못하고 근심 중에 있는 남자를 볼 때와 하릴없이 소박데기라는 이름 아래에 쪼그리고 앉았는 여자를 볼 때에 깊은 생각에 빠지고 맙니다. 그러한 결과 여자는 여러 가지 풍속과 속박으로 하릴없이 그대로 그 사람의 아내라는 이름 하나에 운명을 맡기고 지내게 되나, 남자는 요사이같이 여자와 접촉하기 쉬운 때에 어떠한 처녀와 사랑을 주고받게 되는 경우가 많습니다.

여기에 비로소

"아무개는 그 남자인데 어떠한 처녀와 좋아지낸다지."

"미친년, 잡년……."

하고 세상에서는 떠들어놓습니다.

사랑이 앞서야

그러나 생각건대 연애는 가장 자유롭지 아니치 못할 것이외다. 만일 그 남녀가 참마음에서 끓어 나오는 사랑에서 이러한 관계를 두게 되었다 하면 남자도 '자기는 기혼 남자다' 하는 생각보다 그 여자를 사랑하는 생각이 앞을 섰던 것이요, 여자도 또한 그러하였을 것이 아니오니까. 만일 연애는 남자와 여자 사이에 교환되는 것이라 하면, 이미 소박한 아내, 오직 민적상 아내로 있는 그것이 무슨 그 두 사람 사이의 연애 문제에 큰 장애가 될 것입니까. 여자 편에서라도 남자의 참사랑만 믿고 보면 도리어 오직 부모가 허락지 않고 상대자의 고집으로 인하여 이혼을 못 하고 있는 남자의 마음을 위로하여줄 것이라 합니다.

저는 이러한 의견으로 과도기에 선 요사이 조선 청년 남자 간에는 연애의 자유를 그르다고 할 수가 없으며, 겸하여 그러한 의미로 한 남자가 두 여자를, 어떠한 경우에는 동정할 수도 있고 함부로 이렇다 저렇다 할 수도 없습니다. 말이 너무 남자 편에 기울었으나, 여자가 남자에게 소박을 맞고는 그대로 살아도 아직까지 남자 소박데기는 보지 못한 까닭이며, 이왕 소박을 맞은 여자는 비록 그 남편이 다른 아내를 두더라도 별다른 영향은 없을 줄로 알 뿐 아니라, 소박을 맞고라도 그대로 사는 여자는 여러 가지 사세로 오직 그 사람의 아내라는 이름 하나만으로 만족히 지낼 것이니, 별로이 그에게는 큰 영향이 없겠지요.

—《동아일보》, 1921. 2. 24.

부인 의복 개량에 대하여

─ 재在경성 김원주 여사

의복과 3대 조건─위생 · 예의 · 자태

사람의 살림에 없지 못할 세 가지 중요한 것 중에도 가장 중요한 것은 의복이라 합니다. 왜 그러냐 하면 첫째는 위생적이니 겨울에 추위를 방어하고 여름에 더위를 피하는 위생에 없지 못할 것이오. 둘째는 예의적이니 사람이 다른 동물보다 귀하다 하는 점이 부끄러움을 알고 예의를 차리는 데 있다 합니다. 이 예의를 위하여 없지 못할 것이요, 셋째는 미적美的이니 사람은 아름다운 것과 추한 것을 알고 선악을 분변하는 비판과 관찰이 있는 고로 진화가 되고 향상을 한다 합니다. 사람의 미美를 더하고 몸을 꾸미는 것 미를 위하여 없지 못한 것이 의복입니다. 이 의복이라는 것은 이렇게 사람에게 가장 핍절逼切*한 세 가지 요구를 한 몸에 안고 있습니다. 그런고로 춘하추동에 가음을 가리며 제도를 택하여 비단과 목면의 가치를 분별하는 것은 모두 이 위에 말씀한 세 가지의 요구를 충분이 하려 함이라 합니다. 그런고로 어떤 나라 사람이든지 그 의복의 제도와 모양을 보고 가히 그 민족의 문명과 야매함을 짐작할 수 있

| * 진실하여 거짓이 없고 매우 간절함.

다 합니다.

조선복朝鮮服은 이상적 — 위생에 해됨이 유감

그러면 우리 조선 사람의 의복은 어떠합니까? 남자들의 의복은 남자 자기들이 생각하게 두고 우선 우리 여자의 의복부터 생각하려 합니다. 우리 여자 의복은 예의적으로 보든지, 미덕으로 보든지 세계적으로 자랑할 만합니다. 그러나 위생적으로는 불가불 고치지 아니하면 아니 될 이유가 있습니다. 물론 한서寒暑를 피하는 데 적당치 못하다 함이 아닙니다.

우리 옷은 과연 여름에 서늘하고 겨울에 따뜻합니다. 그러면 어찌하여 개량하지 아니하면 아니 되겠느냐 하면 우리 의복은 외면으로 보기도 좋고 아름다우나 내면으로 곧 생리적으로 무서운 해가 있다 하는 것입니다. 곧 말하자면 가슴을 동이게 된 것입니다.

위험한 흉부 결속 — 모든 병의 큰 근원

우리 조선에서는 여자가 가슴을 꼭꼭 동이는 것이 예절이라 하였습니다. 그래서 부모들이 어렸을 때부터 치마허리만 좀 드러나도 "계집아이의 매무새가 그게 무어냐"고 꾸지람을 합니다. 그리고 점점 장성할수록 "단정한 여자는 매무새가 얌전하다"고 하는 유일의 경구를 지키어서 (의무 제도가 자연으로 그렇게 되기도 하였음) 속옷, 바지, 단속곳, 치마의 허리로 겨울에는 허리띠라는 것까지 있기도 한 동인 위에 또 동이고 동이고 합니다. 이 의복의 허리로 가슴을 동이는 것이야말로 진실로 사람의 생명을 빼앗는 무서운 여러 가지 병의 원인을 짓는다 합니다. 첫째 허파의 수축을 자유롭지 못하게 하여 호흡기의 병이 생기기 쉽고, 또한 가슴 동이는 까닭으로 제일 많이 생기는 병이 폐첨肺尖* 가답아咽答兒**라 합니다(우리나라 여자를 진찰하여보면 다수는 폐첨 가답아가 있다 함). 또한 늑막염의 원인도 흔히 가슴을 동이는 데 있고 심장에도 해가 있다 합니다. 그런고로 하루바삐 가슴 동이는 것을 면하는 무슨 도리를 생각하지 않으면 안 되겠습니다.

그리고 생리학상으로 연구하지 않는다 하더라도 우선 우리가 서로 보기에도 우리 중에는 체격이 바르지 못한 여자가 많고, 가슴이 발달되지 못하여 허리가 굽고 키가 작은 여자가 많습니다. 그리고 신체가 허약하고 얼굴에 혈색이 없고 파리한 여자가 다수한 것은 언제든지 방구석에만 갇혀 있는 고로 운동이 부족하고, 또 신선한 공기를 마시지 못하며, 넓은 사회의 사물에 접촉할 기회가 없는 고로 마음이 옹졸하여져서 조그마한 일에 공연한 잔걱정이 많이 있는 까닭이라고도 하겠지마는, 그중에 가장 큰 원인은 가슴을 답답하게 동이는 까닭인 듯합니다.

선결문제는 유방 해방
서도西道 부녀婦女의 건강―젖퉁이를 내놓은 까닭

그러나 위에 말한 것은 경성이나 도회지에 있는 여자를 가리킴입니다. 저 시골(더욱 서북쪽으로) 여자는 대개 강장하고 건강합니다. 그 여자

---

* 폐 꼭대기.
** '카타르catarrh'의 음역어. 조직은 파괴되지 않고 점막이 헐면서 부어오르는 염증. 감기가 걸렸을 때 콧물이 멈추지 않는 것처럼 많은 양의 점액을 분비하게 된다.

들은 가슴을 그렇게 단단히 동이지 아니합니다(새색시나 과년한 처녀밖에). 그 여자들은 젖퉁이(유방) 아래에다 모든 옷의 허리를 두릅니다. 그 대신 저고리를 좀 길게 지어 입지만 그래도 젖퉁이와 등허리가 벌겋게 드러나는 일이 많습니다. 심한 예를 말하면 첫아들을 낳으면 젖퉁이를 드러내어도 부끄러운 일이 아니라고 생각하여 그대로 터덜터덜 다니기도 합니다. 그러니 그런 속되고 볼썽사나운 일이 어디 있습니까. 외국 사람의 앞에 그런 일이 있으면 곁에 사람이 그만 얼굴이 뜨거워지지 않습니까. 그들이 그렇게 하고 다니는 것이 일부러 그리하는 것도 아니요, 위생을 하느라고 그리는 것이 아닙니다. 우리의 옷 제도가 우리의 몸 중에 가장 중심이요, 따라서 가장 자유롭게 조심하여 보중하여야만 할 가슴을 동이지 않으면 아니 되게 된 연고입니다. 꼭 동여서 가슴을 압박하면 위생의 관념이 없는 사람일지라도 자연 답답하고 괴로운 것을 느끼지 않을 수는 없지 않습니까. 그렇다고 느슨하게 동이면 저절로 흘러내려서 배 위에 얹히게 됩니다. 그러니까 그들은 차라리 처음부터 유방 아래로 입어버리는 것입니다.

그래서 그곳 사람들은 치마를 보통 짧게 지어 입습니다. 그러나 겨울이 되면 추우니까 허리를 드러내일 수 없는 고로 소위 덧저고리 갖저고리(흔히 양피로 안을 넣음) 같은 것을 길이를 길게 지어 입습니다. 그러나 너무 통통하고 벌어져서 여자의 자태(여성미)를 감하는 것같이 생각됩니다.

학생 간의 어깨옷―이것도 아직 불완전

어쨌든지 경향을 물론하고 화류 계급을 제한 외에는 허리를 단단히 동이는 것을 예절로 알게 되었습니다. 근래에 여학생 간에 많이 유행하는 어깨옷(모든 옷의 허리를 조끼처럼 만들어 다는 것)이라는 것은 좀 가슴을 덜 동인다고 생각합니다. 그러나 저고리 제도를 그대로 두고 동이지 않고 가슴 불룩하게 두는 것은 암만해도 보기에 어울리지 않는 고로 어깨옷을 입을지라도 '핀'으로 단단히 찌르든지, 또는 단추를 꼭 끼이게 달든지 합니다. 그러니까 결국 가슴을 동이기는 마찬가지가 됩니다. 그러면 어떻게 하여야 보기에도 아름답고 몸에도 해되지 아니하도록 만들 수가 있겠느냐 하는 것입니다.

우선 상의만 개량—위생과 간편을 위주로

지금 제가 여러분에게 알려드리려 하는 것이 꼭 그것입니다. 그러나 지금 제가 생각하였다는 옷이 실제로 우리 일반 여자의 신체에 대하여서나, 생활에 대하여서나, 모양에 대하여서 적당할지 아니할지는 여러분의 의향에 맡기는 것입니다. 다만 제 생각에는 이러합니다고 여쭙는 것입니다. 제가 생각하였다는 개량복은 제 생각에는 만드는 법이 쉽고 수공이 덜 들고, 또한 감이 적게 든다 합니다. 그리고 보기에도 흉치는 아니할 줄로 생각합니다. 그러나 미美를 위하여는 암만해도 좀 더 수공이 들지 않으면 아니 될 것 같습니다. 그러나 일반인에게 보급시키는 데는 제 생각한 그 옷 제도가 나을 줄 생각합니다. 왜 그런고 하니 만드는 법이 어렵고 잔손이 많이 가는 옷이면 중류 이하 사람에게는 도저히 보급될 수가 없습니다. 그래서 우선 가슴 동이는 것만이라도 될 수 있는 대로 하루바삐 폐하도록 하기 위하여 간단하고 쉽게 만들었습니다. 그리고 아랫도리로 가는 옷은 모두 그전(중간에 개량된 옷) 의복과 같이 그대로 두고 다만 길이를 짧게 할 뿐이요 고친 것은 다만 저고리 하나뿐입니다.

위생과 간편을 위주로 한 개량복
팔촌장八寸長의 신상의新上衣─깃과 도련은 아주 딴판

적삼이나 저고리를 마를 때라든지, 그전과 조금도 달리할 것이 없고, 다만 길이를 여덟 치쯤 하고 품을 좀 넓게 하고, 화장*은 (적삼만) 짧게 하는데 깃과 도련을 그전 옷과 전연히 다르게 합니다. 깃의 넓이는 좀 넓게 하여 안팎 섶 끝까지 그대로 내리 달아버리고 동정은 그전대로 다는 것이 좋을까 합니다. 그리고 도련은 법 있게 꺾어서 얌전히 하려고 할 것이 없습니다. 그전 짓던 대로 모두 바느질한 후 도련을 꺾기 전에 뒷도련은 등(척추)을 가운데 중심으로 두고 좌우편으로 주름 잡듯 마주 접고, 앞도련은 안팎 섶 뒤로 젖퉁이를 중심으로 하고 반대쪽으로 양편으로 한 번씩 접치게 합니다. 그리하여 양편 젖퉁이가 넉넉히 용납되도록 되는 것입니다. 그리고 도련 전체에는 안팎으로 단을 따로 두르는 것입니다. 그러면 겹저고리나 적삼은 편합니다. 그러나 솜 둔 핫저고리는 주름 잡는 아랫도리는 솜을 두지 말든지, 극히 얇게 두든지 하는 편이 좋을 듯합니다. 그리고 좌우 쪽 섶 끝으로 끈을 달아서 젖퉁이 아래도 동이게 하는 것입니다.

혹 편하도록 단추를 달아서 허리에 끼이는 편도 좋을까 합니다. 그러면 그전에 도련과 깃에 주의를 하여 시간을 허비하고 공력 들이는 일은 덜 것입니다.

| * 저고리의 깃고대 중심에서 소매 끝까지의 길이.

치마를 적삼 위로 폭을 줄이고 짧게 지어

그리고 아래로 입는 옷은 고쟁이나 바지는 밑을 속곳과 같이 하고 앞은 막고 뒤는 단추 다는 개량옷이 이왕부터 있었으니 그대로 하는데 다만 길이를 짧게 하고 위의 어깨를 길게 할 것입니다. 그 어깨는 그전 어깨처럼 그대로 하지 말고 앞으로 오는 데는 위에 말씀한 저고리와 같이 단을 대이기 전에 젖퉁이를 가운데로 두고 반대편으로 향하여 한 번 접은 후 단을 둘러서 허리를 달 것입니다.

단속곳도 역시 같습니다. 그리고 치마는 요새 여학생들의 치마처럼 주름을 단속곳처럼 하고 단을 넓게 하고 길이를 짧게 하여 허리를 달아서 그 개량한 적삼이나 저고리로 입을 것입니다. 그리고 아래옷을 모두 폭 수를 많이 하는 것이 불가합니다.

그러면 이제는 제가 생각하였다 하는 그 옷은 전부 다 설명하였습니다. 그 옷을 입으면 입은 모양이 썩 경쾌하고 감도 적게 들 것 같지 아니합니까?

조선풍朝鮮風을 망각함은 불가
의차衣次가 우일문제又一問題 — 검박한 것이 가장 적당

그리고 또 한 가지 제가 생각하는 것은 의복감과 빛깔입니다. 여름에는 더우니까 자연 희고 얇은 옷을 아니 입을 수 없겠지요마는 겨울에는 명주옷이나 옥양목 옷을 피하고 무슨 무색옷(검은빛)을 취하며, 또한 모직류 같은 것으로 옷을 지어 입어서 좀 오래 입더라도 그대로 깨끗하여 보이게 하는 편이 좋을까 합니다(다만 살에 닿는 속옷만 자주 갈아입어 깨끗하게 하고).

　우리 조선 여자들은 자래로 남들과 같이 유쾌하게 한번 놀아보지도 못하고 남의 하는 사업을 경영하여볼 성의도 없이, 밤낮 방구석에서 빨래 다듬이 바느질로 더불어 세월을 보내었습니다. 우리 몇백 대 전 할머니부터 몇백 대 손 되는 우리 어머니까지 그리하였습니다. 그러나 우리 대에 와서는 유일의 여자 직분이라던 그 직분보다 일층 더 간절하고 중대한 직분이 많이 있는 것을 비로소 알게 되었습니다. 여기에 대하여 좀 더 충분히 말씀드리고 싶사오나 저는 소위 우리들의 너무 지나친 침묵을 붓으로 좀 깨트려 볼까 하고 모든 정신을 거기에만 모으고 있사온 고로 의복 개량에 대하여 생각은 없지 않으나 깊은 연구를 할 사이와 기록할 사이가 없음이외다. 이번에 만들었다는 소위 개량복도 사실 충분한 연구가 없이 우연한 생각에서 별안간 만든 것입니다.

개량상의 주의 건－‘조선’적을 잊지 말 일

　그리고 선왕先王의 법복이 아니면 감히 입지 못한다는 말을 좇을 그 시대는 아니라 하더라도 몇십백 대 전 조선으로부터 전하여 내려오던 의복(더욱이 어느 방면으로든지 세계적으로 자랑할 만한)을 하루아침에 고쳐버리면 그 고친 옷이 또한 몇십백 대 그대로 전하게 될 터이니까 이 의복을 개량한다는 것은, 진실되게 충분하게 연구하여 우리 가정과 생활에 적당하고 또한 미적이고 예의적이고 위생적인 ‘참말 개량’이라는 그 글자의 위의대로 되지 않으면 아니 될 터이온 고로 지금 제가 생각하였다는 옷을 대담하게 여러분이 다 입으시도록 권하는 것이 아닙니다. 다만 제 생각에는 이러이러한 이유 아래 좋은 듯이 생각하였으니 여러분, 곧 바느질에 능하고 또 부인 의복에 대하여 생각이 계신 언니들의 의향을 듣고자 한 것입니다. 그리고 두루마기는 어떻게 할지 아직 생각지 못하였습니다.

—《동아일보》, 1921. 9. 10~14.

회상기回想記*

1

인생에 대한 모든 집착을 다— 버리자 이러한 허영이 있기 때문에 나의 전반생을 더럽히고 나의 이름을 싸게 하였다. 나는 어제까지도 인생에 대한 많은 기대를 가지었었다. 정직히 하는 말이지마는 나는 무르익은 공상을 품어 안고 할 수 있는 대로 인생을 미화하여 참된 세계를 창조하려고 하였다. 나와 접촉하는 사람 가운데는 사회주의자도 있었고 문사도 있었고 실업가도 있었다. 사회주의자들은 나를 용기 있는 여자라 칭찬하고 문사들은 관능파 미인이라 찬미하고 실업가들은 현모양처 식의 여자라고 하였다.

나도 이러한 말을 들을 때마다 공연한 기쁨이 샘솟듯 느끼었다. 저희들의 구청술求請術은 참말로 교묘하였다. 그러나 이러한 모든 찬미의 말이 저희들의 충정으로 나온 것이 아니었다. 다만 나의 인격을 모욕하고 나의 이름을 더럽힐 따름임을 확실히 알았다. 나는 지금까지 너무나 정직하고 순실하였던 것을 후회한다. 내가 전인격적으로 저희들과 대한 것

---

* 이후 '일체의 세욕世慾을 단斷하고'라는 제목으로 1934년 11월 《삼천리》에 재발표했다. 내용이 거의 동일하므로 여기에는 「회상기」를 싣는다.

을 나는 뉘우치지 않을 수 없다. 왜 그러냐 하면 저들의 내게 대한 진도進度는 한갓 유희적에 불과한 까닭이다. 내 눈앞에서는 나를 찬미하고 존경하는 태도를 취하였으나 돌아서 놓고는 다— 나의 이름을 더럽힌 자들이다. 사랑에 주린 자들이 필경 여자의 이름을 함부로 불러가지고 자기 혼자의 성적 적료寂寥*를 자위하기 위하여 변태적 향락에서 나의 이름을 더럽히었는지도 모른다.

2

내가 사랑 없는 구부舊夫와 아주 작별하고 참말 단독한 인격적의 생활을 하게 된 때는 재작년부터였다. 이때 세평은 대개 나를 나무라는 말뿐이었었다. 물론 재래의 도덕을 고수하는 어른들이 나를 비난함은 용혹무괴容惑無怪**라 하겠지마는 새로운 이상과 도덕에서 산다는 소위 신인들까지 나를 독부毒婦라 비난함은 무슨 까닭인가. 글로나 말로나 사랑 없는 결합은 죄악이요 이해 없는 결혼은 강간이나 다를 게 없다 하는 저희들이 나의 행동을 비난함은 아무리 생각해도 망평妄評***에 지나지 못한다.

아아 사상의 위선인 조선의 신인들이여, 좀 더 철저한 이상을 가지기를 바란다.

---

* 적적하고 고요함.
** 혹시 그럴 수도 있으므로 괴이할 것이 없음. '용혹'은 혹시 그럴 수도 있음의 뜻.
*** 아무렇게나 함부로 하는 비평이나 평론.

3

나는 작년 백련白蓮 사건* 이래로 애써 내지인**의 비평을 잡지에서나 신문에서 많이 보았다. 비평의 대다수는 다 백련 여사의 행동을 정당하다 하였다. 아마 이 말을 하면 사회는 나를 향하여…… "그러나 너는 백련의 경우와는 다르다. 백련은 사랑을 위하여 인격의 구제를 위하여 그리하였지마는 너는 아무 이상도 없이 그릇된 비인격적의 행동이었다" 하고 책하겠지마는 그는 전혀 나라는 여자의 이상과 사정을 모르고 망평하는 자들이다.

왜 그러냐 하면 이때 나의 행동은 누구의 유혹도 아니고 또한 일시적의 경망輕妄***도 아니다. 나는 단지 사랑 없는 결합에서는 일각이라도 속히 떠나는 것이 나의 인격과 이상을 위하는 최고 신조인 것을 직각하였다. 만일 이때 내가 새로이 애인이 있었다 할진대 나의 행동을 부천浮淺한 여자의 일시적의 성적 행동에 불과했다 하여도 말이 되지마는 나는 이때에 아무도 연인이 없었다.

세간에서 의심하는 M과 R 씨****에게 직접 물어보면 알겠지마는 절대로 특별한 사랑의 관계가 없었던 것은 사실이다. 나는 불행히 이때 애인이 없었다. 부모도 형제도 없는 외로운 나는 혼자서 울고 부르짖을 뿐이었다.

그러나 겨우 나의 찾을 길을 안 나는 용기를 가다듬어 세간의 모든 비난을 무릅쓰고 나갔다. 만일 이때 나에게 애인이라도 있었다면 아마

---

* B 여사라는 필명으로 유명했던 일본의 이토 아키코伊藤燁子, 당시 36세가 남편인 큐슈의 탄광왕 이토텐유이몬伊藤伝右衛門에게 10년 결혼 생활을 마감하는 절연장을 쓰고는 1921년 10월 동대東大 신인회新人會 회원이면서 브나르도 운동에 관여하고 있던 연인 미야자키 료스케宮岐龍介, 당시 27세에게로 가버린 사건을 말한다. (정혜영, 『환영의 근대문학』, 소명출판, 2006, 243쪽)
** 일제 강점기에 '일본인'을 가리키던 말.
*** 행동이나 말이 가볍고 조심성이 없음.
**** 「일체의 세욕을 단하고」에서는 이들 이니셜이 ×로 처리되어 있다.

이렇게 비난이 생기지 않았을는지도 모를 것이요 그러한 절실한 외로움과 비애를 느끼지도 않았을 것이다. 아— 나는 지금까지 아무도 없는 혼자의 몸으로 막막한 지평선을 목표로 하고 걸어가는 여인旅人이다.

그러면 지금까지의 행동은 누구의 유혹도 아니요 또는 일시적의 허영도 아니었다.

어디까지든지 나의 이상을 표현하기 위하여 또는 나의 감정에 충실하기 위하여 나는 모든 속상俗尙*의 비난을 무릅쓰고 나갔다.

4

슬프고 아프던 때는 사라져버렸다. 내 인격을 후욕詬辱**하고 내 이름을 더럽히던 속상에서 나는 뛰어나왔다. 나는 지금 인생에 대한 아무런 미련도 허영도 다— 버렸다. 나의 행동을 변호해줄 줄로 믿었던 소위 재래의 모든 전통적 사상을 파괴한다는 사회주의자 무리에서도 나는 뛰어나왔다. 아! 나는 절실한 개인주의자가 되었다. 개인주의! 얼마나 아름답고 고상한 말인가. 나를 이제부터 실리고 나를 완성해줄 이는 오직 신개인주의밖에 없다.

5

나를 완성하자. 그리고 내 자아 가운데서 엄숙한 인생을 창조하자.

* 세속적인 기호嗜好.
** 꾸짖고 욕함.

나를 자위할 만한 이쁜 이상을 찾고 내 인격을 존중히 해줄 지식을 닦아라. 그리고 내 감정을 보드랍게 해줄 꽃다운 정서를 기르자.

지금 내게 대하여는 인생의 외형은 아무 가치도 없다. 사람의 안목을 어둡게 하는 금전이며 명예며 지위는 일문一文의 가치가 없다.

내 전체의 개념은 다만 경건한 사랑과 철저한 사상 가운데서 나의 청춘을 보내고 흘러오는 세월은 붙잡아 지금까지 내가 진실했다는 것을 일러 보낼 따름이다. 모든 '때'는 내게 대하여 다— 신성하다. 나는 일시라도 꽃답게 흘러가는 때를 더럽히지 말자. 신성한 때는 외로운 나를 위하여 충실한 생활을 엮어줄 것이다.

6

나는 또 한 번만 다시 이지적으로 내 과거를 회상하여보자. 내가 지금까지 비난을 받던 것은 확실히 저희들과 교제를 친히 한 까닭이다. 그러면 나는 지금부터 저희들과 아주 끊고 찾아오는 이들에게도 일일이 '문전門前 바라이'*를 해야만 되겠다.

저희들같이 성性에 주린 연애 투기업자들에게는 그리하는 것이 나의 인격을 위하는 본의가 되겠다.

그러나 한마디 고백하는 말은 내가 저희들의 부박浮薄한 내막을 알기 전에 또는 저희들이 나를 향하여 칭찬해주던 것을 참으로 믿었던 그 당시에는 나도 넘치는 괴로움에 다소간 위안이었던 것을 말해둔다.

그러나 나는 마침내 불순한 위안에서 깨닫게 되었다. 나는 내 한 몸

| * 대문에서 돌려보낸 상황을 의미하는 것으로 짐작됨.

이 되어 자위의 도를 찾아야만 되겠다. 내 앞길에는 새로운 사상이 전개가 되었다. 나는 인생에 대한 모든 미련을 다─ 저버리고 오직 내 한 몸이 되어 강하게 완전하게 아름답게 살아보자.

7

슬프고 아프던 때는 다 지나가거라. 황량한 사막에서도 나는 한 줄기 따뜻한 일광日光을 감사히 생각한다.

오─ 때여 나의 충실함을 믿어라.

인생이 개인주의적 사상에서 다─ 같이 완성되고 세계가 한없이 자유롭고 아름답게 될 때를 나는 기대하고 있다. 사람들은 각각 자기의 세계를 창조하고 향락하기 위하여 남의 생활을 간섭치 않으며 또는 자기의 생명과 인격의 권위를 보존하기 위하여 남의 생명과 인격을 존중히 여길 때가 올 것을 확신하고 있다.

그래서 자기 생명 가운데 남의 생명을 발견하며 남의 인격 가운데 자기 인격의 존엄을 보게 될 거인적巨人的 개인주의의 시대가 올 것을 믿는 바이다.

나는 정직히 고백한다. 이때를 당하면 나는 가슴을 헤치고 넘치는 기쁨으로써 인생을 맞아들이겠다. 그러나 나의 지금 밟는 길은 아직도 형극荊棘이 많고 도정道程이 멀다.

나그네가 간절히 아침을 기다리며 때가 지리한 것을 애타는 것같이 나는 혼자서 설움 쌓인 한 줄기 희망을 붙들고 내 청춘이 가기 전에 내 이상이 실현되기를 바라고 있다. 그러면 나는 한없는 애욕을 품에 안고 잃었던 세월을 찾기 위하여 곳곳마다 순례의 길을 밟게 될 터이지. 그

리고 나의 부드러운 정서를 가지고 능히 인생을 지배하고 윤식潤飾*할 것
이다.

8

그러나 인생은 아직도 천박하고 몽매하다. 불구자와 같이 영원한 저
주에서 불행을 신음한 운명인지도 모르겠다. 어떻든지 아직까지 깊이 경
계할 필요가 있다.

내 본성에 깊이 파묻힌 겸양은 그대로 헤치는 것은 마치 진주를 개에
게 던지는 것과 무엇이 다르겠느냐?

그렇지 않아도 인생은 내게 많은 상처를 주었다. 아직까지 나의 허심
虛心을 엿보고 나의 이름을 욕되게 하는 자들이 많이 있는 줄을 안다.

인생은 어렸을 때부터 나에게는 잔혹하였다. 소녀 시대에 부모를 잃
고 형제를 영별한 나는 철모르게 청춘 시대를 맞아 개성의 눈 뜰 새도 없
이 나한테 아버지뻘이나 되는 이와 이해 없는 결혼을 하였다. 그러다가
내가 차차 개성의 눈을 뜨고 인생이 무엇인지를 깨닫게 된 때에 나는 단
연히 이때 애인도 돈도 없이 앞뒤를 돌아보지도 않고 단지 대담한 일만
하였다.

그러나 요행히 모 잡지사 경영인의 호의로 지금까지 생활비만은 얻
어 쓰게 되었다.

처세책에 활달치 못하고 경험이 적은 나는 이때 많은 고심을 하였다.
더구나 세상의 시선은 나에게로만 모였을 때이다.

| * 윤이 나도록 매만져 곱게 함.

나는 참말로 단순한 여자였지만 세상이 알기는 나를 복잡하고 '야리데'*의 여성이라고 한다.

그리고 당치도 않은 M 씨와 R 씨를 나의 연인이라고 하는 내용 모르는 비평가도 있었다.**

그러나 나는 또 한 번 다시 선언한다. 내 몸은 일체 불안, 일체의 속정俗情에서 뛰어났음을. 처세책에 졸렬한 나는 간혹 근신하는 태도를 취하지 않고 여기저기 많이 출석하며 또는 찾아오는 손님을 무제한으로 인사한 까닭으로 세상에서 공연한 오해를 샀다. 그러나 나는 지금 와서 확실히 깨달았다. 나는 오직 내 한 몸이 되자.

그리고 나를 한 희생물로나 혹은 유희물로 취급하는 비인격자들에게는 단연히 절교를 하자. 아니 누구에게나 다— 절교하는 것이 지금 내 인격을 구제하는 최고 수단이다.

나는 인생에 대한 모든 미련을 다— 버린 사람이다. 나는 과거의 모든 기억을 다— 잊었다. 쓴 과거는 다— 사라져버리고 어디까지든지 내 자아 가운데서 모두를 미화하고 모두를 향락하자.

나의 과거를 회상할 때 나는 인생에 대한 절실한 각오를 하였다. 나는 이로부터 우선 나를 완성하여야만 되겠다. 이것이 나의 신생新生이라 한다.

---

* やり-て遣り手. '수완가', '민완가'로 짐작됨.

** 「일체의 세욕을 단하고」에서는 "그리고 당치도 않은 말을 지어내어 내용 모르는 비평을 하는 분도 있었다"로 고쳐 실었다.

9

그러나 나의 밟으려 하는 곳은 신생의 길이다. 천박한 속배俗輩*를 멀리 떠나서 감정으로만 살고 내 향락으로만 웃고 내 사랑으로만 즐길 개인주의의 세계이다.

설혹 세상이 이로부터 더욱 나를 헐어 비난한다 할지라도 나는 전혀 무관심하여야만 된다.

나는 내 세계를 바삐 창조하기 위하여 속배의 횡설수설에 대하여 귀를 기울일 여유도 없이 되어야만 된다. 나는 지금까지 너무나 세상의 비평에 대하여 민감하였다. 그러나 나는 지금 인생에 대한 모든 '나머지 정情을' 다― 근절하고 무인도 표류기 모양으로 단 눈물에 쌓인 고인孤人의 생활을 하지 않으면 아니 되겠다.

자연은 확실히 내게 새로운 정서를 북돋아주며 현실의 모든 추고醜苦가 흔적도 없이 사라질 때에 나는 내 본성에 깊이 묻어두었던 겸양하는 마음을 가지고 항상 감사와 경건에서 살게 될 터이다.

10

나의 가슴을 쓰리게 하던 전반생은 자취도 없이 다― 사라져버렸다.

나의 청춘을 완전한 사랑의 경지로 인도해줄 한 줄기 빛이 무한한 지평선 위를 빛 날리며 나에게

'신생'의 길을 가르치고 있다.

| * 속류俗流.

아— 미쁜* '신생'의 길이여.

나는 그대의 가르침을 어김없이 지키리라.

---

* 미쁘다. 믿음성이 있다, 진실하다.

노라*

발跋

　조선 여자계에도 동천東天의 흰한 새벽빛이 바야흐로 비춰옵니다. 아마도 환하게 밝을 때가 얼마 안 남았겠지요. 이는 진실로 우리 여자 사회의 전도를 위하여 그 광명을 축복할 일입니다. 그런데 이때를 당하여 노라라는 여성이 선생의 소개로 우리 조선 여자 사회에 나타났으니 이것이 우리를 위하여 좋은 조짐이라 할지요? 또는 상서롭지 못한 일이라 할지요? 나는 이를 명답明答을 하려 아니 하고 먼저 한번 우리의 현금現今 남녀 사회를 살펴보려 합니다. 어떠합니까, 밝아오는 새벽빛은 동창에 환하게 비쳤건마는 그네들은 아직도 깊이 든 잠이 깨일락이 멀었습니다. 그러니 언제나 그네들은 잠을 깨어 자기의 의식을 분명히 알게 될까요? 아직 같아서는 누가 그 잠을 깨워주기 전에는 거의 날이 다 밝은 것도 불계하고 아직 더 잘 모양입니다. 이것을 노라라는 각성한 여자는 보다 못하여 그네들의 잠을 어서 깨워주어 새날 새 광명에 접하도록 선생의 소개를 얻

---

* 입센의 희곡 〈인형의 집〉에 나오는 여주인공. 자신이 단순히 남편의 인형에 불과하다는 사실을 인식한 후 남편과 아이들을 버리고 해방된 새로운 생활을 찾아 가출한다.

어가지고 나선 것이 아닐까요? 남은 어쨌든 나는 그렇게 압니다. 만일에 누가 그네들의 잠을 깨워주지 않는다 하면 그네들 중의 남자는 영구히 반성이 없는 헬머*대로 있을 것이요, 여자는 어느 때까지든지 각성치 않은 노라 그대로 있을 것이니 그 얼마나 우리 인문 발달상에 방해가 되겠습니까? 이 사회는 고만 한 암흑한 지옥이 되고 말 것입니다. 그러기로 이러한 의미에서 나도 2, 3년 전에 선생과 협력하여 이 노라를 무대에 소개하려 하지 않았습니까. 그러나 그때에는 여러 가지 사정으로 중지하였었습니다. 그런데 이제 선생이 이를 널리 사회에 소개하려 하시니 나의 뜻하던 바를 이룬 것 같아서 참으로 감사한 일입니다. 동시에 나는 이를 따라 금후에 우리 여자 사회에도 각성한 무수한 노라가 쏟아져 남을 충심으로 바랍니다.

1922년 1월
동경 청산靑山에서
김일엽

—『노라』, 영창서관, 1922. 6.

| * 〈인형의 집〉에 등장하는 남자 주인공. 노라의 남편.

우리의 이상理想

서언

　재래의 모든 제도와 전통과 관념에서 멀리 떠나 생명에 대한 청신한 의미를 환기코자 하는 우리 여자에게는 무엇보다도 먼저 우리들의 인격과 개성을 무시하던 재래의 성도덕에 대하여 열렬히 반항하지 않을 수 없습니다. 그래서 우리들 가운데는 입센*이나 엘렌 케이**의 사상을 절대의 신조로 알며 좇아서 금후로 성적 신도덕을 위하여 많이 힘써줄 자각 있는 자녀가 많이 날 줄 압니다. 그러나 우리들 가운데서 왕왕 사회에 많은 비난을 받아 타락에 가까운 데카당 기분에서 비참한 생활을 하게 됨은 우리의 장래를 위하여 크게 우려할 바입니다. 나는 우리가 인격과 개성을 본위로 한 성적 신도덕을 건설하겠다는 제일보로 먼저 구도덕에 대하여 파괴적 사상을 가지게 됨은 당연한 순서인 줄 압니다. 만일 이러한 점으로 보아서 사회에 비난을 받는 이가 있다면 우리는 그를 위하여 끝까지 변호

＊ Henrik Johan Ibsen. 노르웨이의 극작가(1828~1906)로 산문극을 창시하고 여성 문제 혹은 사회 문제를 다루었다.

＊＊ Ellen Karolina Sofia Key. 스웨덴의 여성 사상가로 문학사, 여성 문제, 교육 문제에 걸쳐 휴머니즘의 입장에서 저작 활동을 했다. 사회적 자유주의와 개인의 해방, 억압되어온 여성과 아동의 해방을 주장하였다.

치 않을 수가 없습니다. 더구나 우리들의 성적 대상자는 대개 기혼 남자이므로 쫓아서 도덕이란 질곡에 발부리를 많이 채일 줄 압니다. 우리의 태도가 타락으로 뵈이는 것도 필경은 "우리들의 처지 경우가 부모의 이해 없는 소위 정식 결혼을 단념한 까닭으로 항상 구도덕과 싸우고 또는 경제상으로 부자유한 우리들의 성적 생활이 대단한 동요에 있는 까닭인 줄" 압니다. 그러나 어찌할 수 없습니다. 우리들의 모든 허영을 다 버리고 진실한 성적 대상자를 구하려면 "그래도 기혼 남자 외에는 드문 줄"로 압니다. 인격으로나 사상으로나 연령으로나 우리의 대상자가 될 만한 이는 불행히 기혼 남자(물론 민적상으로 처妻 된다는 이와는 감성상 혹은 성적으로 이혼 동양同樣이어야만 될 것)뿐이라고 할 만하게 되었습니다.

1. 신정조 관념

사랑을 떠나서는 정조가 없습니다. 그러고 정조는 애인에 대한 타율적 도덕관념이 아니고 애인에 대한 감정과 상상력의 최고조화한 정열인 고로 사랑을 떠나서는 정조의 존재를 타他 일방에서 구할 수는 없는 본능적의 감정입니다.

그러므로 만일 애인에 대한 사랑이 식어진다 하면 동시에 정조 관념도 없어질 것입니다. 따라서 정조 관념은 연애 의식과 같이 주정周定한 것이 아니요 유동하는 관념으로 항상 새로울 것입니다.

그러나 구도덕의 입장으로 보면 정조를 한 물질시하였으므로 과거를 가진 여자의 사랑은 신선미가 없는 진부한 것으로 생각하여왔습니다. 그러나 우리는 이러한 그릇된 관념을 전혀 버려야 되겠습니다.

정조는 이상에 말한 바와 같이 어디까지든지 사랑과 합치되는 동시에 인간의 정열이 무한하다 할진대 정조 관념도 무한히 새로울 것입니다. 무한 사랑이 즉 정조라 하면 정조 관념뿐이 더럽힘을 받는 제도된 감정이라고는 할 수 없습니다. 정조는 결코 도덕도 아니요 단지 사랑을 백열화白熱化시키는 연애 의식의 최고 절정입니다. 우리는 일생을 두고 이러한 연애 의식의 최고 절정(대상자가 연戀하고 아니 하는 데는 아무 상관이 없음)에서만 항상 살아야 되겠습니다.

그러므로 우리 가운데서 설혹 과거를 가진 여자가 있어 새 애인을 구하게 될 때에 만일 자기가 나는 처녀가 아니거니 하는 의식으로 자기 정열이 얼마간 더럽혔다는 생각을 할진대 이는 자기의 인격과 정열을 스스로 모욕하는 것입니다.

그러므로 우리는 정조에 대한 무한한 자존심을 가지고 언제든지 처녀 기질을 잃지 않아야 하겠습니다.

처녀의 기질이라면 남자를 대하면 낯을 숙이고 말 한마디 못 하는 어리석은 태도가 아니고―정조 관념에 무한 권위 다시 말하면 자기는 언제든지 새로운 영과 육을 가진 깨끗한 사람이라고 자처하는 감정입니다.

이러한 감정을 가지라면 우리는 첫째 센티멘티컬의 감정을 전혀 버려야 합니다. 과거를 추억하여가지고 하소연하는 감정같이 우리의 생명을 더럽히는 것은 없습니다.

천박한 사람들 가운데는 실연한 설움을 항상 가슴에 품고 지내는 이가 있습니다. 그러한 사람은 언제든지 자기의 현재와 미래를 더럽히는 사람들입니다. 따라서 새 딴 애인을 얻었다 하더라도 상처받은 마음은 도저히 그 사랑에 충실할 수가 없습니다. 조금만이라도 불만이 있으면 얼핏 옛 애인과의 지내던 추억을 일으키며 실연을 근거로 한 감상적 인생관을 가지고 자기의 생활을 더럽히는 것입니다. 이같이 감상적의 감정을 가진 사람은 절대로 새 생활을 할 수 없는 동시에 한 번만 상처를 받으면 새 감정을 가져보지 못할 것입니다.

따라서 과거에 한 번만 연애 경험이 있으면 그의 정조 관념은 영구히 더럽히고 말 것입니다. 그러한 여자는 왕왕 자포자기가 되어 — "이왕 한 번 이렇게 될 이상에는" 하고 자기의 정조를 함부로 더럽히는 이도 있습니다.

처녀 기질을 영구히 보존하려면 위에 말한 바와 같이 감상적 기분을 전혀 떠나야 되겠고 둘째는 정조를 굳게 지켜야 되겠습니다. 사랑 없이 함부로 육에만 빠지는 것은 절대 죄악인 줄 압니다.

2. 신성격주의新性格主義

사람의 성격을 대개 세 가지로 분分할 수 있습니다. 첫째는 감상적 성격이요, 둘째는 현실적의 성격이요, 셋째는 낭만적의 성격입니다. 감상적의 성격은 먼저 말한 바와 같이 과거를 몹시 중히 여기는 감정입니다. 그러한 성격을 가진 사람은 항상 과거를 잊지 못하여 현상 만족이라든지 꽃 같은 미래의 꿈을 기대하지 못합니다. 언제든지 과거 때문에 고민하고 있습니다. 그러기 때문에 만일 과거에 성적 경험이 있다면 그 경험이 슬프거나 즐겁거나 항상 옛날의 경험만 추억을 하고 현재든가 미래는 전혀 한각閑却*하게 됩니다. 이러한 성격은 먼저도 말했거니와 처녀 기질을 영구히 보존치 못할 사람입니다.

둘째는 현실적의 성향인데 이러한 성격을 가진 사람은 과거와 미래는 전연히 생각지 않고 단지 현상에만 집착하여 만족한 생활을 합니다.

| * 무심하게 버려둠.

그러므로 미래에 좀 더 나은 생활을 하겠다든지 좀 더 행복스러운 생활을 하겠다는 진보적 사상은 전혀 없고 단지 달거나 쓰거나 현상에만 만족해 지내는 사람입니다. 이러한 사람의 생활이 안전은 할지 모르나 열렬하고 발자한 인간성을 가진 우리로서는 현재에 대한 모든 불평불만을 품고 그대로 아무 반항 없이 지낼 수는 없습니다.

셋째는 낭만적의 성격을 가진 사람인데 이러한 사람은 과거와 현재에는 극단히 불평불만을 가졌기 때문에 오직 미래만 꿈꾸고 있습니다. 공상 가운데 공중누각을 지어놓고 지내는 사람인데 언제든지 과거와 현재는 자미없이만 생각하고 있는 사람입니다. 그러기 때문에 만일 그러한 사람이 애인을 현재에 두었다면 역시 현재에 애인한테는 항상 불만을 품고 지낼 것입니다. 따라서 좀 더 나은 애인이 미래에는 있으렷다 하고 꿈꾸고 있습니다. 이러한 사람은 꽃다운 이상을 가졌다 할지언정 자기 생활에 영구히 충실치 못할 사람입니다.

그러면 우리는 어떠한 성격을 제일 좋은 성격이라 할까. 나는 현실적 성격과 낭만적 성격 두 사이에 있는 성격을 가장 이상적 성격이라고 합니다. 나는 그것을 성적性的 신성격주의新性格主義라고 부릅니다.

3. 이상의 배우자

새로운 이상에 살겠다는 우리는 먼저 인격과 개성을 존중히 하며 또는 구도덕을 파괴하여 역경하에 있는 우리들의 성적 생활을 새롭게 개척하여줄 사상상에 공명자를 우리의 배우자로 선택하여야만 되겠습니다. 그러자니까 우리는 자연히 신사상을 가진 인격자 가운데서 구하여야만 되겠습니다.

잘못하면 속중俗衆에게 다대한 오해를 받는 현재 우리 조선에서는 예술가이나 사상가들은(철저한 개인주의의 세례받은 근대에) 넉넉히 우리들의 행동을 이해해주는 까닭입니다. 더구나 우리들의 성적 대상자가 대개 기혼 남자이니까 따라서 우리의 성적 결합이 구도덕상으로 많은 비난을 받을 것입니다. 그러므로 우리의 인격을 존중히 하는 신사상을 가진 사람을 배우자로 정하는 것이 역경에 있는 우리에게는 제일 상책이라고 생각합니다. 무엇보다도 우리는 인격적으로 살지 않으면 안 되겠습니다.

그러나 한 가지 주의할 점은 요즘 떠드는 청년을 볼 것 같으면 일시 방탕 기분의 충동으로 심각히 느끼지 못한 성적 혁명을 거짓 부르짖으며 여자의 마음을 달래는 경향이 많습니다. 이러한 사람에게는 극히 주의해서 우선 교제를 삼갈 필요가 있습니다. 우리의 이상으로 나는 먼저 정조에 대해서 새로운 관념을 가져야 될 것으로 말하고, 둘째는 현상 만족과 미래 동경의 심리를 조화한 현실 낭만 두 사이에 있는 신성격주의를 말했고, 셋째는 배우자의 선택에 대해서 간단히 말했습니다. 이상 세 가지를 들어 나는 우리의 신이상이라 불렀습니다.

—《부녀지광》, 1924. 4.

인격 창조에

― 과거過去 1개년을 회상하여

신생新生 이후 나의 과거 1개년 동안을 회상할 때 나의 의식은 항상 희망과 사랑과 미美란 개념에서 홍분된다. 그러나 말세요계末世澆季의 어지러운 세월은 나의 그동안 생활을 얼마나 위협하였는지 모른다. 많은 세상 물결이 어지러워질수록 나는 마음을 가다듬어가지고 모든 역경과 싸워가면서 새 생활을 건설하기에 최선의 노력을 다했다.

그러면 나의 그동안 애써 노력한 결과 얻은 것은 무엇이냐? 다시 말하면 그동안 나의 깨달은 바는 무엇이고? 희망과 사랑과 미美가 내 생활권 내에 어떠한 체험의 탑을 쌓고 있는가? 나는 깊은 주의로써 자기의 내적 생활을 성찰해보겠다.

과거 1개년 동안에 얻은 것으로 말하면 나의 인격을 순화시킨 데 있다. 첫째는 나로 하여금 인격적으로 자각시킨 것, 둘째는 모성에 대한 자각, 셋째는 예술적 생활에 동경이다.

인격적으로 자각하였다는 것은 신개인주의에 의하여(부르주아에서 발달해온 옛 개인주의가 아님) 생활의 기초를 세웠다는 말이다. 단체 의식이 우리의 모든 불순한 본능을 충동함에 비하여 외롭다는 개인 심리는 말할 수 없이 깨끗하다고 생각했다. 그래서 나는 단체 의식을 전달하는 모든 인간적 속박을 떠나서 우선 나 혼자로서의 사람이 되겠다고 생각했다.

그때 나는 비로소 마음이 침착해지고 내 혼과의 교통이 가까워지는 듯하게 생각되었다. 나는 할 수 있는 대로 외계와 아무런 교섭이 없이 나 혼자 생각하고 나 혼자 즐거워하기를 좋아했다. 이전에는 세상이 나를 위하는 듯이 아유阿諛*하는 것을 좋아했었는지 모르나 지금은 그와 정반대로 세상이 싫다고 하는 것을 나 혼자 좋아하는지 모른다. 남의 말을 하기 좋아하는 세상 사람들 가운데는 나의 생활을 많이 말할 줄 안다. 그러나 나는 현재 생활에 대하여 만족함을 표하겠다. 그리고 내 생활은 내가 할 터이니 너희들은 너희들 자신의 생활이나 똑똑히 하고 잠자코 있으라 하고 싶다.

나의 과거 1개년 동안의 생활은 절실히 개인주의에 대한 새로운 자각이다.

나는 시시각각으로 내 자신을 성찰해보고 조금이라도 이지러진 점이 발견될 것 같으면 힘써 고쳤다. 그리고 내 마음에 스스로 기쁜 점이 발견될 것 같으면 나는 그것을 비밀히 감추는 보옥 모양으로 남한테 자랑하기를 아까워하였다.

나의 마음은 점점 침착해졌었다. 세상에 어떠한 흐린 물결이 내 몸에 닥친대도 나는 전혀 무관심할 것이었다. 그리고 내 마음속에서 우러나오는 고요한 음악을 들으며 혼자 즐거워하였다.

나는 먼저 처妻가 되기 전에 혼자 사람으로서의 깨끗한 심지를 품고

| * 남의 환심을 사거나 잘 보이려고 알랑거림.

내 자신에 대해서 스스로 만족하리만큼 내 마음을 세련시키려고 했었다. 그러한 노력은 결코 세상을 위함도 아니고 또는 남편을 위함도 아니다. 단지 내가 나를 위한다는 절실한 개인주의에서 우러나왔다. 처가 되기 전에 먼저 완전한 개인이 되자 하는 것이 과거 1년 동안에 얻은 자각이다.

둘째는 모성에 대한 자각이다.

사람은 누구나― 생리적 조건을 초월할 수 없는 동시에 남자는 남성적 기질을 벗어날 수 없는 것이요 여자는 여성적 기질을 벗어날 수 없는 것이다. 그러므로 나는 먼저 모성이라는 것을 잊어서는 아니 되겠다고 생각했다. 사실 여성의 가장 아름답고 위대한 것은 모성을 잘 발휘하는 데 있다고 생각했다. 그래서 나는 첫째 사람이 되고, 둘째 여성이 된 것을 생각해보고, 어떻게 하면 모성의 가장 아름다운 것을 잘 발휘하여볼까 하는 생각을 해보았다. 먼저 나는 여성의 우아하고 청징淸澄*하고 겸양하는 기질을 가지고 경건한 생활을 해보리라고 생각했다. 그때의 마음은 한량없이 부드러워지고 온순해지는 듯이 생각되었다. 그리고 여성은 먼저 가사에 충실해야 되겠다는 생각을 했다. 모든 계급을 초월한 진실한 개인주의자가 되는 동시에 충실한 모성이 되려면 위선 자기 가정에 관한 생활 양식의 모든 노력은 남의 힘을 빌리지 않고 할 수 있는 대로 내 힘을 가지고 해야만 되겠다고 생각했다. 그래서 내가 먹고 입는 것은 절대로 남을 시키지 않으려고 했다. 그렇게 노력할 때 설혹 내 몸은 고되다 할지라도 마음이 가볍고 즐겁다는 생각을 했다. 노동이 신성하다는 것을 그때에 비로소 나는 깨닫게 되었다. 그리고 여자는 먼저 말한 바와 같이 단연코 모성을 잃지 않아야 되겠다고 생각했다. 실상은 사회가 모성을

| * 맑고 깨끗함.

295

존중히 여겨야 될 것이다. 그러나 현대 사회에서 모성을 중요시하지 않음에 따라 현대식* 여자가 왕왕 탈선적으로 모성을 잃어버리는 데 대하여 유감인 줄 생각한다. 누가 날더러 과거 1개년 동안에 얻은 것이 무엇이냐고 물을 것 같으면 나는 첫째 사람으로서 자각한 것과, 둘째 모성에 대한 자각을 했다고 하겠다.

셋째는 예술적 생활의 동경이다. 사실 말하면 나는 지금까지 예술적 정조를 풍부히 가지지 못했었다고 할 터이다. 그러나 사람이 진정한 아름다운 생활을 하려면 예술적 교양과 정열을 가져야 되겠다고 생각했다. 그래서 나는 할 수 있는 대로 여가에는 책도 보고 창작 심리도 가지려고 했었다. 그리고 무엇보다도 여성과 예술이란 것은 떠날 수 없다고 생각했다. 왜 그러냐 하면 예술이 미美와 사랑과 정조의 창조라 할진대 우리 여성은 가장 적당한 예술적 기질을 가졌다고 생각했다. 세상이 말하기를 여성은 위대한 예술가가 없었다고 하지마는 그것은 큰 오해다. 왜 그러냐 하면 세상이 예술적 가치가 있다고 생각하는 것은 흔히 철학적 개념의 유무를 살펴가지고 판단하니까 말이다. 그러나 진정한 예술적 가치는 철학적 개념의 유무를 가지고 그 작품을 판단할 것이 아니고, 순수한 미美와 사랑의 정조를 창조하는 데 예술적 가치가 있는 것이다. 그러면 여성의 우아한 기질은 정조 예술의 위대를 넉넉히 표현할 줄 안다. 이러한 의미에서 나는 이로부터 여성의 예술이란 것을 크게 주장할 것이다. 그런데 과거 1년 동안의 예술적 생활로 말하면 이러하다.

우리 가정은 일정한 규모가 하나 있는데 밤마다 이야기를(로맨스) 창작해서 서로 들려주는 것이다. 이야기는 반드시 창작이어야 된다. 그래

| * 원문에는 '현現' 자가 빠져 있으나 맥락상 '현대식 여자'로 이해됨.

서 우리들은 여가마다 무슨 이야기를 생각해두었다가 그것을 자기 전에 서로 이야기한다. 그러면 그 이야기한 말이 일층 황홀미를 가지고 꿈 가운데서도 재현이 될 때가 있었다. 이러한 습관은 우스운 일 같지마는 창작 심리와 예술적 정조를 가지는 데는 유일한 길이라고 생각한다.

그리고 식사 같은 것은 전혀 외식을 차리지 않고 취미 본위로 한다. 예를 들면 끼니마다 할 수 있는 대로 새것을 요리한다. 그것은 왜 그리하느냐 하면 식사가 그날그날의 정조를 지배한다고 해도 과언이 아니므로 새것을 항상 쓰면 정조가 항상 새로워서 청신한 맛을 가질 수 있는 까닭이다. 그리고 일주일에 한 번씩은 원족遠足* 가다시피 경성을 좀 떠난 근촌近寸 같은 데 가서 한것**을 한가히 보낸다. 그것은 왜 그렇게 하느냐 하면 가정 정조라는 것이 얼핏 하면 권태 평범 단조에 빠지기가 쉬운 고로, 말하자면 청신한 가정 정조를 가지기 위하여 또는 일시적이나 로맨틱한 여행 정조를 찾기 위하여 그리한다. 이렇게 나는 우선 예술적 정조를 평범한 실생활에서 얻어보리라고 애써보았다. 페타가 말한 바와 같이 일상생활의 미세한 부분에서까지 항상 경이를 느끼게 되어야만 되겠다고 생각했다. 그리고 예술과 실생활을 분리할 것이 아니고 실생활 그 물物이 우선 예술이야만 되겠다 생각했다. 과거 1년 동안을 회상하면 감개무량해진다. 위선 내가 인격적으로 자각한 것, 모성에 대한 자각과 예술적 정조를 잃지 않겠다는 것 세 가지는 내가 크게 얻은 것이라고 생각한다.

—《신여성》, 1924. 8.

---

* 소풍.
** '한낮'(낮의 한가운데)의 평남 방언. 혹은 '반나절'을 뜻함.

의복과 미감美感
─개량 의견 몇 가지

쾌감 가운데 가장 사람의 심미안을 끄는 것은 의복이라 할 수 있다. 문화가 향상할수록 의복에 대한 미적 욕구가 더해간다. 왜 그러냐 하면 일상생활의 감미적感美的 경험은 의복을 많이 대상하는 까닭이다. 그리고 근대에 와서는 의복의 미적 욕구만을 만족시킬 뿐 아니라 그 시대정신까지 표현한다 하겠다. 그 나라의 의복 제도를 보아서 그 국민의 풍기風紀라든지 습관을 알 수 있는 것도 그 까닭이다. 이같이 인류 생활의 유일한 표적이요 상징인 의복 제도를 한각閑却*함은 우리의 큰 부끄럼이라 할 수 있다. 나는 의복 개량에 대해서 세 가지 관견管見을 가지었다. 첫째는 선미線美를 가질 것과, 둘째는 색채미를 가질 것과, 셋째는 위생적이야만 되겠다고 생각한다.

첫째로 의복은 반드시 선미를 잘 나타내야 되겠다. 이 점에 대해서는 일복日服이 조선복朝鮮服보다 훨씬 선미를 잘 나타낸다 하겠다. 우리나라

| * 무심하게 버려둠.

의복은 전체로 보아서 선미가 없다. 어복魚腹 같은 화장은 다소 선미를 나타낸다 하여도 여성미 가운데 가장 아름다운 미를 발휘하는 유방부에서 허리까지의 곡선과 허리에서 둔부까지의 곡선미를 전연히 나타내지 못한다. 요새에 와서 허리에 띠를 띠게 되기 때문에 다소간 곡선미가 나타나지만 아직까지도 우리나라 의복에 곡선미를 나타나게 하려면 여러 가지로 개량할 점이 많은 줄 안다. 이 점에 대해서는 아직 구체안이 없으므로 의복 제도를 어떤 형태로 개량해야 되겠다는 말은 못 하겠다. 그러나 차차 실제로 만들어보기도 하고 연구도 해서 어떻게 하면 선미를 잘 나타낼 구상을 해보겠다.

둘째로 의복은 색채미를 나타내야 되겠다. 색채야말로 모든 미감 가운데 가장 민감한 것이다. 그리고 색채는 감정수입感情收入의 원동력이므로 색채가 없으면 실로 미감을 자극하지 못한다고까지 하겠다.

불행히 우리 백의인白衣人은 심미안이 적으므로 색채를 향락할 줄 모르나, 문화가 발달된 나라에서는 의복 입은 색채를 따라서 그 사람의 성질이라든지 취미를 알 수 있는 것이다. 푸른빛을 좋아하는 사람은 성미가 로맨틱하고, 연분홍빛을 좋아하는 이는 정서적이고, 황색을 좋아하는 이는 원만하다. 이같이 각각 자기의 성미라든지 취미를 따라서 빛있는 의복을 입게 되면 우선 사람과 사람 사이에 무슨 이해가 생길 것 같고, 또는 서로서로의 감정이 미감을 자극시키는 향락적 정조 가운데서 교제가 될 터이므로 인간 생활이 예술미를 풍부히 가질 것 같다. 이같이 말하는 것은 너무나 과장적인지도 모르나 사람마다 자기의 취미를 따라 빛있는 옷을 입게 되면 좋을 줄 안다. 빛있는 옷을 입는데도 저고리와 치마색을 반드시 달리해야 될 필요가 있다.

저고리 빛은 할 수 있는 대로 숭고한 빛으로 하고, 치마 빛은 반드시 관능적 색채가 농후한 빛으로 하였으면 좋겠다. 그리하여야 숭고한 빛과 관능적의 빛이 서로 조화가 되어서 미감을 고상한 경지로 유인할 것이다. 다시 말하면 저고리 빛은 연하고 치마는 농후한 빛으로 하는 것이 좋을 것 같다.

그리고 저고리 고름은 일복에서 보는 회화형繪畫形 무늬가 있으면 좋겠다. 고름이 우리나라 의복에는 유일한 장식이므로 그것을 무례하게 그냥 단조한 색으로 하는 것은 좋지 않을 것 같다. 양복의 넥타이 모양으로 생각하면 좋을 것 같다. 제각기 기예대로 고름에 수를 놓는 것이 더욱 좋을 것 같다. 그렇지 않으면 (이것은 내가 언젠가 한번 실지로 시험해봤지만) 고름 대신에 단추를 만들어가지고 그 단추 위에 꽃 모양을 만들어서 붙이는 것도 좋을 것 같다.

셋째로 위생적이야만 되겠다. 제일 치마에 어깨를 다는 것이 좋겠다. 왜 그러냐 하면 가슴을 동여서 유방부의 발달을 저해하는 것은 위생에 좋지 않을 뿐 아니라 맵시도 없이 뵈인다. 그리고 허리에 띠를 띠는 것이 몸 전체에 중심을 잃지 않게 할 뿐 아니라 보행할 때에 의지가 되며 힘이 생기는 것 같다. 서양 여자와 같이 너무 동이면 위생에 해롭지만 적당하게 띠를 띠면 도리어 좋은 결과를 얻는다 하겠다.

이상에 말한 몇 가지 의복 개량에 대한 개념적 의견에 불과하다. 나는 다시 몇 개 조서를 지어서 의복 개량에 대한 여러분께 연구 재료를 공급하겠다.

  1. 선미線美를 나타내기 위하여 화장 배락*과 도련을 개량할 것.
  2. 저고리와 치마 빛을 반드시 달리할 것.

(가) 얼굴은 그 사람의 인격을 표현하는 고로 그 얼굴에 근접한 저고리 빛은 반드시 연하고 고상한 빛으로 할 것. 왜 그러냐 하면 저고리 빛을 육감적 색채로 해 입을 것 같으면 얼굴에 나타난 인격이 더럽힘을 받을 염려가 있는 까닭이다.

(나) 치마 빛은 관능적 색채가 농후한 팥빛 보랏빛 자줏빛 같은 빛을 사용할 것.

3. 치마는 반드시 어깨를 달 것.

—《신여성》, 1924. 11.

| * 한복 저고리 소매의 밑부분을 가리키는 '배래'로 짐작됨.

아버님 영전에

마음속에 깊이깊이 잠겨 있는 아버님의 일을 생각하고 또다시 생각하는 동안에 아득한 세월은 슬프게도 꿈결같이 제 앞을 흘러가서 어느새 12년이라는 많은 해가 바뀌었습니다. 착하시고 거룩하신 아버님의 일을 애모하는 것이 제게는 한량없이 서럽고 반가웠습니다.

아버님이 "내 혈육이라고는 저것 하나뿐인데……"라고 늘 말씀하시던 것을 지금 또다시 생각할 때 제 마음은 감격에 넘칠 따름입니다. 그 말씀 속에는 저를 무한히 사랑하시던 정이 여러 가지 간절한 의미로 포함돼 있습니다. 아들 겸 딸 겸 저것 하나뿐인 것을 끝없이 잘 가꾸지 못하는 한스러운 마음과 어머니 없이 자라는 어린것이 몹시 불쌍하다는 생각과 아버님의 착하신 마음을 받아 장래 착한 사람이 되고 행복스러운 사람이 되라는 기대와 축수와 가르침이 섞인 뜻인 줄 아옵니다.

그러나 지나간 10여 년 동안에 제 생활을 살펴보시는 아버님의 마음은 얼마나 아프고 서러워하셨을까요. 저는 그 일을 생각하고 자꾸자꾸 웁니다. 어찌하면 돌아가신 아버님을 위로할 만한 신세가 되어볼까 하고 고심도 해보았습니다. 그러나 고심하면 고심할수록 모든 일이 여의치 못할 뿐 아니라 도리어 아버님께 욕이 돌아갈 일만 당하는 때가 많았습니다. 이럴 때마다 제 잘못을 후회하여야 옳을지, 불공평한 세상을 원망해야 옳을지 몰랐습니다. 그저 울다가 울다가 눈물을 쓱쓱 씻어버리고는 또다시 세상과 싸워 행복을 얻으려고, 인격을 완성하려고 애씁니다.

아버님— 사람의 행복이라고 하는 것은 결코 제삼자의 판단으로 정할 것은 아니라고 생각하옵니다. 빈한한 시인이 등불이 없어서 새파란 달 밑에서 시를 쓰는 것과, 머리 둘 곳 없는 이가 온기를 찾기 위하여 따뜻한 볏짚 위에서 눈부신 줄도 모르고 해를 쳐다보는 것과, 마음이 외로운 이가 남을 모두 제 마음같이 믿어가며 사랑할 수 있는 것이 얼마나 큰 행복인 것을 알았습니다. 제 앞에는 이제도 많은 파란이 없지는 않을 것입니다. 그러나 이 의미에서 제 생활은 단순화가 되겠습니다. 그리고 보나 그 모양으로 인생을 어질게만 보려 합니다. 저는 요행 자위할 만한 부드러운 정서를 가졌습니다. 이렇게 고해를 끝없이 헤매면서도 아버님의 일만 생각하면 저는 마음이 거듭 부드러워집니다. 그리고 일각이라도 아버님의 착하신 마음을 잊지 않습니다.

아버님은 과연 조선이 이은 신도로서 가장 순실하시고 거룩한 어른이셨습니다. 예수의 참뜻을 받아 행하신 이는 오직 아버님뿐이었으리라고 믿습니다. 남 사랑하기를 자기 몸같이 사랑하는 진실한 인도주의를 아버님은 정말 깨달으시고 실행하셨습니다. 남의 생명 가운데 자기의 생명이 흐르고, 자기 생명 가운데 남의 생명이 흐른다는 진리를 아버님은 참으로 깨달으셨습니다. 아버님은 과연 성자와 같은 생활을 하셨습니다. 사람들은 아버님을 가리켜 조선이 낳은 가장 충실한 하나님의 사자라고 불렀습니다. 그러하신 아버님의 무남독녀로서 가장 사랑을 많이 받던 제가 무리한 세상에 비난을 받고 아울러 불운이 거듭 몸에 닥친다면 아버님은 얼마나 서러워하실까요. 그러나 저는 끝까지 그 어려움과 핍박을 이기어나가겠습니다.

　아버님이시여, 제가 지금 밟는 길이 설혹 형극이 앞을 가리어 있다 하더라도 저는 그것을 두려워하여 양심을 어둡게 하지는 결코 않을 터입니다. 제가 이 앞으로 밟는 길은 정성과 노력이올시다. 온갖 정성과 노력과 인내를 다해서 제 생활을 창조할 터이옵니다. 그리하여 아버님을 부끄럽지 않은 낯으로 다시 뵈옵기를 힘쓰겠습니다.

　오! 사랑이 많으신 아버님이시여, 아버님을 그리워하는 저는 또다시 옛일을 연상합니다. 제가 어렸을 때 부모님을 떠나 학교 기숙사에 있을 때 일이올시다. 그때는 아버님한테서 편지 받는 것이 제일 기쁘고 반가운 일이었습니다. 지금 사무실에 아버님의 편지가 와 있지나 않나? 하는 생각만 하면 공부를 하다가도, 밥을 먹다가도 공연히 마음이 안절부절하게 되었습니다. 늘 뛰고 웃다가도 풀이 죽어서 고개를 기울이고 다닐 때는 아버님의 편지를 오래 받지 못한 때였습니다. 그러다가 엽서 한 장이라도 받으면 그것을 손에 들고 놓지를 못하고 읽고 또 읽고 하다 상학종이 울면 할 수 없이 공부하러 갔다가 하학만 되면 곧 방으로 와서 서랍을 열고 그 편지 꺼내보는 것이 유일한 낙이었습니다. 그리하여 그 편지는 풀이 일어 저절로 떨어지게 되었습니다.

　제 생활에 가장 아름다운 기억을 찾으려면 그 편지 읽는 때라고 생각합니다. 아버님이 돌아가신 이후로 저는 또다시 그와 같이 반가운 편지는 받아본 일이 없습니다. 그리고 아버님 곁에서같이 마음이 평화하고 든든하고 부드럽고 즐거운 때를 만나본 일이 없었습니다. 그러나 "내 혈육이라고는 너 하나뿐이다" 하시던 말씀이 제 뇌에 깊이깊이 박혀서 잊혀지지 않습니다. 그 정중하신 문구가 아버님을 간절히 사모하는 서러운 눈물에 씻기어 분명히 나타나는 듯함을 깨달을 때 저는 외로운 때라도 과히 불행한 생각을 느끼지 않았습니다. 아버님의 말씀은 과연 언제나 언제나 제 마음속에 살아 있습니다. 그는 마치 이상한 실재를 보여주기 위하는 고요한 밤에 달빛 모양으로 더욱이 설움이 많은 제게는 한없는 위안이 되었습니다.

아버님이시여, 당신의 착하신 뜻을 제가 그대로 다 좇지 못할 때 저는 얼마나 죄송함을 느끼겠습니까? 더구나 그렇듯이 저를 몹시 사랑하시던 일을 가만히 생각할 때마다 넘치는 감격을 받았습니다. 제 몸이 한없이 고생을 하고 핍박을 받는다 해도 단지 아버님의 뜻에 어그러짐이 없다면 저는 도무지 괴롭다 하지 않겠습니다. 제가 이 생활에 마음껏, 힘껏 충실히 하겠다는 결심도 다 아버님의 뜻을 받들고자 함입니다. 비옵는 말씀은 이 앞으로 아버님의 혼이 어질지 못한 저를 항상 가르쳐주셔서 옳은 길로 인도하여주심을 바랍니다.

어리고 알지 못하는 당신의 딸은 아직도 수없는 고개를 앞에 두고 헤매어나가는 중입니다.

—《동아일보》, 1925. 1. 1.

나의 정조관

　재래의 정조관으로 말하면 정조를 물질시하여 과거를 가진 여자의 사랑은 신선미가 없는 진부한 것으로 생각하여왔습니다. 다시 말하면 어떤 여자가 어떤 남자와 한 번이라도 성적 관계가 있었다 하면 그 여자는 벌써 정조를 더럽힌, 버린 여자라 하였습니다. 그의 정조란 마치 어떤 보옥으로 만든 그릇이 깨어져서 못쓰게 되는 것같이 생각해왔습니다.

　그러나 정조란 결코 그러한 고정체가 아닙니다.

　사랑이 있는 동안에만 정조가 있습니다. 만일 애인에게 대한 사랑이 소멸된다고 가정하면 정조에 대한 의무도 소멸될 것입니다.

　따라서 정조라는 것도 연애 감정과 마찬가지로 유동하는 것이라 볼 수 있는 동시에 항상 새로울 것입니다.

　그리고 정조는 상대자에 대한 타율적 도덕관념이 아니고 그에 대한 감정과 상상력의 최고조화한 정열인 고로 사랑을 떠나서는 정조의 존재를 타일방他一方에서 구할 수 없는 본능적의 감정이라는 것입니다.

　그러므로 과거에 몇 사람의 이성과 연애의 관계가 있었다 하더라도 새 생활을 창조할 만한 건전한 정신을 가진 남녀로서 과거를 일절 자기 기억에서 써버리고 단순하고 깨끗한 사랑을 새 상대자에게 바칠 수가 있다 하면 그 남녀야말로 이지러지지 않은 정조를 가진 남녀라 할 수 있습니다.

그러나 연애는 그리 쉽게 성립되는 것은 아닌 줄로 압니다.

"나는 당신을 사랑합니다" 하는 말 한마디를 입 밖에 내기까지에는 많은 준비와 생각을 가지지 않으면 아니 될 줄로 압니다.

첫째 혹 과거가 있다 하면 과거를 추억하는 불순한 감정이 조금이라도 남아 있지 않은가?

스스로 생각하여 새로운 영과 육을 가진 깨끗한 사람인지?

나의 가슴에 어느 구석에라도 다른 이성을 그리는 어렴풋한 그림자라도 있지 않은가?

이상에 여러 가지를 생각하여 스스로 새 대상자에게 불순한 점이 없다 하면 비로소 깨끗한 정조를 가진 것이라는 떳떳한 생각을 가지고 새 상대자를 맞을 것입니다.

추호만치라도 불순한 생각을 가지고 새 생활을 구하고 새 상대를 구한다는 것은 새 상대자에게 불충실한 것뿐 아니라 스스로의 생활을 더럽히는 것입니다.

그러므로 스스로 생각해보아 어떤 귀퉁이에라도 불순한 무엇이 있다고 느껴질 동안은 결코 다른 이성을 접촉하려는 생각을 단념해야 할 것입니다.

그리고 한편만의 사랑으로도 정조를 지킬 의무가 없습니다. 따라서 외짝사랑이니 실연이니 하는 것으로 감상적 인생관을 가지고 자기의 존귀한 일생을 낭비하는 사람이 있다면 그는 새 생활을 창조할 수 없는 졸렬한 사람이요, 자기 자신에게 충실치 못한 자기에게 대한 큰 죄인입니다.

그러나 자기의 일생을 그르치고 자기의 생활을 파괴하지 않는 범위에서 상대자를 종교적 대상과 같이 경애하며 숭배하면서 스스로의 위안을 삼는다는 것은 별문제일 줄 압니다.

정조는 이상 말한 바와 같이 어디까지든지 사랑과 합치되는 동시에 인간의 열정이 무한하다고 할진대 정조 관념도 무한히 새로울 것입니다. 무한한 사랑이 즉 정조라 하면 정조 관념만이 더럽힘을 받는 제한된 감정이라고는 할 수 없습니다. 정조는 결코 도덕이라고 할 수 없고 단지 사랑을 백열화시키는 연애 의식의 최고 절정이라 하겠습니다.

우리는 일생을 두고 이러한 연애 의식의 최고 절정(대상이 바뀌고 안 바뀌는 것은 상관없음)에서만 항상 살려고 하는 것이 정조 관념 굳은 사람이라 할 수 있습니다.

그러므로 설혹 과거를 가진 남녀가 있어 다시 애인을 구하게 될 때에 만일 자기가 나는 처녀가 아니거니 동남童男이 아니거니 하는 의식을 가지고 자기 정열이 얼마간 더럽혔다는 생각을 가질진대 그것은 자기의 인격과 정열을 스스로 모욕하는 것입니다.

우리는 정조에 대한 무한한 자존심을 가지고 언제든지 처녀성을 보전하도록 할 것입니다.

처녀성이라 함은 이성을 대할 때 낯을 숙이고 수줍어만 하는 어리석은 태도가 아니요, 정조에 대한 무한한 권위 다시 말하면 위에 말한 바와 같이 자기는 언제든지 깨끗하고 이지러지지 않은 새로운 영육의 소유자라고 자처하는 것입니다.

우리 여자들 중에는 과거에 어떤 이성을 한번 접촉하였다 하면 자기의 정조는 영구히 더럽히고 만 것으로 여겨 자포자기가 되어 '이왕 이렇게 된 몸이니' 하고 자기 정조를 함부로 더럽히는 이도 있는 모양입니다.

그것은 진부한 구정조 관념에 중독이 되어 그리되는 것이라고 생각됩니다.

재래에 모든 제도와 전통과 관념에서 멀리 떠나 생활에 대한 청신한 의미를 환기코자 하는 우리 새 여자 새 남자 들은 무엇보다도 우리들의 인격과 개성을 무시하는 재래의 성도덕에 대하여 열렬히 반항치 아니할 수 없습니다.

그래서 벌써 시대에 뒤떨어진 감이 없지 않지만 '입센'이니 '엘렌 케이'의 사상을 공명하게 됩니다.

하여간 재래의 성도덕을 부인하고 정조관을 반대하지 않을 수 없는 것은 사실입니다.

그렇다고 호기심이나 육에만 끌리어 함부로 이성과 관계하는 것 같은 것을 인정할 수 없는 동시에 먼저 자기의 순결을 굳게 지키며 성적 신도덕을 세우는 데 노력하여야 되겠다고 생각한다.

※ 부탁: 몇 해 전 어떤 부녀 잡지에 이러한 의미의 정조관을 썼었던 기억이 있습니다. 그때도 명확한 자기 의견을 발견하지 못하였었지만 이번 역시 이렇다 할 구체적 주견이 써지지 못하였습니다. 어쨌든 신정조관新貞操觀에 대하여 이후로도 좀 생각해보려 합니다.

12월 24일

—《조선일보》, 1927. 1. 8.

꿈길로만 오는 어린이

　나에게는 지금 어린 자녀도, 동생도, 조카도, 제자도 아무도 가지지 못하였다.

　이렇게 어린이와 인연이 적은 나는 평소에 어린이에게 무관심한 것이 사실이었다.

　동무들 중에는 어린것을 낳아가지고 상상부도想像不到하던 애착과 재미를 보느니 남편과, 재산과, 자가의 미와, 건강 전부를 모아야 어린것 하나의 대가가 될지 말지 하다는 극단의 말을 하는 것까지 듣는 나는 암만해도 그들의 마음을 잘 이해할 수가 없었다.

　또한 어린것들 까닭에 자기의 전 생활을 희생할 뿐만 아니라 갖은 모욕과 학대까지도 감내하는 여성들의 심리를 알아내이는 수는 없었다.

　혹 나의 외로운 것을 동정하는 이가 있어

　"어린것이라도 하나 있었으면 좋을 것을……."

하고 말을 하면 나는 도리어

　"지금 어린것을 해서 무엇해요. 한 몸의 생활 때문에도 걱정이 많은데요."

하고 말하는 사람의 호의를 물리쳐 버리고 말 뿐이었다.

감정을 가진 사람인 나이기 까닭에 천진스럽고 어여쁜 어린이를 대할 때는 문득 귀엽고 사랑스럽게 생각되어 부지중 미소를 띠게 되지마는 그것조차 돌아서면 그만이었다.

그리하여 어린것과 나와는 아무런 낙을 지을 거리가 없기 까닭에 내 손으로 어린것에게 줄 이불 하나 기워본 적이 없고, 내 옷소매에는 어린것의 손자국 하나 지워볼 기회가 없었다.

그런데 어찌하여 생시에는 마음에도 없던 어린이가 꿈에만 가끔 나타나는지 알 수가 없다.

어떤 때는 빨리빨리 걸어 다니는 3, 4세 된 어린것이 언덕길에 나타나면 얼른 안아서 평지로 데리고 내려오지도 못하던지, 그저 그 자리에서 어린것이 떨어질까, 미끄러질까, 부딪힐까, 요리조리 어린것을 따라다니며 그야말로 나라는 것은 전혀 몰각하고 간이 콩만 해서 애를 태우다 태우다 깨이면 언덕도 어린것도 다 간데없고 꼬부리고 누운 내 몸뚱이뿐이었다.

어떤 때는 퍽 온순하고 다정하고 영리한 아이로 나 하라는 대로만 하고 나만 따르는 말귀 잘 알아듣는 위와 같은 나이의 어린것을 내가 푹 끼고 드러누워 보인다.

한없이 귀엽고 정답다 못해 안타까움에 서러운 듯, 괴로운 듯 어찌하면 내 마음껏 이 아이를 위해줄 수 있을까 하고 모처럼 만나 동무에게나 하는 것처럼 힘껏힘껏 껴안으며 귓속 이야기로 무엇을 하여주고, 사주고 한다면 어린것은 감격된 듯이 고개를 나의 가슴에 까딱까딱 부딪힐 뿐이었다.

꿈마다 장소와 정경이 다르고 계집아이인지, 사내아이인지 얼굴이 어찌 생겼던지 기억되지 않지마는 나이는 언제나 3, 4세로 걸음 잘 걷고 말귀 잘 알아듣는 무한히 사랑스러운 어린것이었다.

꿈을 깨고 나서 생각하면 이상하기 끝이 없다.

어떤 사람은 꿈에 어린것이 개개면 걱정 생기느니, 근심이 따르느니 하지만 꿈에 뵈던 그 어린것 때문에 설마 그럴 것 같지는 않을 뿐 아니라 적막한 나의 생활에 잠깐이나마 자아까지 잊어버릴 만한 순정을 일으켜주고 최상의 위안을 주는 그 어린것은 나와는 떼지 못할 무슨 인연이 있는 것이 아닌가 생각된다.

위에 말한 바와 같이 지금에는 어린이로서 가까운 아무도 없는 나는 벌써벌써 사라져버린 옛날에 인연 있던 어린것들을 거슬러 생각하여보았다.

내가 7, 8세 때에 나를 몹시 따르는 어린 동생이 하나 있었다. 역시 서너 살 된 것이었다.

나의 어머니는 홀앗이살림에 바쁘게 지내는 탓으로 학교에 입학하기 전에는 내게 아이를 둘씩 맡겼었다. 하나는 등에 업고 하나는 손목을 끌고 다니었다. 등에 업힌 조그만 어린것은 홀가분히 업고 다니기가 편하지만, 손목 끌리어 다니는 서너 살 먹은 어린것은 개천을 못 건넌다고 울고, 먼저 간다고 울고, 넘어져서 울고, 무엇을 달라고 울고, 우는 것이 보기 싫어서 쥐어박고, 밀쳐버리어도 한사코 따라다니는 그 어린것을 동구 밖에 내어버리고 혼자 뛰어 달아나서 실컷 놀다 돌아오면, 어린것은 울다울다 지쳐서 길가에 쓰러져 자는 것을 잡아 일으켜 데리고 집으로 돌아오면

"얘가 왜 이렇게 울었니? 눈이 다 퉁퉁 부었구나."

하시면 동생은 설움이 새로운 듯이 다시 비죽비죽 울기를 시작하였다.

그 어린 불쌍한 동생은 네 살 먹던 해에 그만 이질로 죽어버렸다.

어려서 부모를 잃은 천애의 고아인 내가 서러운 일을 한두 가지를 겪

었으랴마는 지금도 애연哀然하게 기억된다면 그 아이의 죽음뿐일 것이다.

그때 당시에는 과연 어린 가슴이 찢어지는 듯 후회와 설움이 북받쳤다.

밤에 교당에서 설교를 듣다가 졸음을 못 견디어서 넓적다리를 꼬집고 속눈썹을 뽑아내어도 그래도 졸리는 때는 반드시 그 아이의 죽음을 생각하여본다. 그러면 금시에 가슴이 찌르르하고 눈물이 솟는다. 잠은 어느 틈에 행위 불명되었다.

그러면 꿈에 뵈는 것이 그 어린것일까?

죽은 지 오래지 않아서는 그 어린것이 가끔가끔 꿈에 살아 왔었다. 그러면 업어주고 달래고 그 어린것 좋아하는 것을 다 구해주고 하다 깨어서 조그마한 베개를 적시우던 일도 다시 기억되지만, 그것도 20여 년 전 옛날 일일 뿐 아니라, 거의 20년 동안은 한 번도 꿈에 나타나지 않던 아이가 지금 새삼스럽게 나타날 리도 없고, 몇 해 전에 내가 좋아하던 사람에게 사생아가 있다는 말을 듣고 보지 못한 그 어린것이 어쩐지 그리운 듯이 생각되어 길에서 그만 나이의 아이들을 보면

'그 아이도 조만할까, 고만할까?'

하고 생각해본 일이 있지만, 그 애인의 기억조차 사라진 오늘에 그의 사생아가 지금 내 꿈길에 나타날 리도 없겠고.

나이가 남의 어머니 될 때가 지났으나 잠재의식적 모성애가 발로된 것일까.

비록 꿈이라 할지라도 그렇게도 안타깝게 사랑스러운 느낌을 주고 그렇게도 나의 전 정신을 사로잡는 그 아이는 과연 나와 어떠한 관계가 있는가?

내 태胎에 생겨서 내 품에서 길리울 인연이 있는 어린것이 무슨 장해로 내게 태어나지를 못하여 애처롭게도 꿈길로만 방황하고 있는 것인가?

너무도 진정을 끌고 너무도 분명한 꿈이었기 때문에 꿈을 기억할 수

없으니만큼 꿈대로 쓸 수도 없지만, 그저 지나치기는 아까운 듯이 생각되기로 두어 자 적거니와, 내 태에 생겨날 나의 딸이나 아들이어든 나도 가정을 가지는 날이 있다면 그날에 우리 가정에 태어나서 현재 의식으로는 상상조차 잘 되지 않는 나의 애착을 끌러보았다.

— 《문예공론》, 1927. 7.

불문투족佛門投足 2주년에

　세월이 빠른 것은 순간순간마다 느끼는 바이지마는 이 지구가 한 바퀴 휘— 돌아들어 새해의 새 면목이 쓰윽— 나타나는 때는 누구나 다— 한숨이 휘— 쉬어지도록 세월이 빠른 것을 느끼게 되는 것이다.

　늦게늦게 들었다고 생각되는 불법! 그— 내암새라도 맡게 된 지가 벌써 2주년이라.

　이렇게도 빠른 세월에 하마터면 불가 문전도 바라보지 못하고 그만 늙어서 또 한—생을 보내게 될 뻔하였구나! 생각하면 아슬아슬하기가 짝이 없다.

　바로 2년 전 봄이다. 몇몇 청년이 《여시如是》라는 잡지를 하게 되었었다.

　사社는 불교사 건너편 방에 두었었다.

　《불교》와는 자매 관계 같았었다.

　나는 여시사에 아는 사람들로 인하여 불교사에 사원 일동을 아는 동시에 《불교》에 소위 문예품을 몇 번 낸 일이 있었다. 따라서 자주 사에 놀러도 다녔었다.

그러나 《불교》에 실리는 불교 교리에 관한 기사는 전혀 읽을 생각도 흥미도 가지지 않았었다. 그리고 누구 아무도 불법을 말하여주는 사람도 없고 내가 물을 줄은 더구나 몰랐다. 나는 아버지가 예수교 목사이니만큼 어렸을 때부터 예수를 믿었었다.

나는 예수교에서 불교는 목상木像 금상金像에게 절을 하고 기도를 해주느니 불공을 드리느니 하여 사람들에게 돈을 속여먹는 미신교이고 이단교라 하는 것을 들었는데 각황覺皇* 교당에서 하는 모든 의식이 퍽 엄숙하고 신성하게 생각되어 자연 마음이 고요하여지는 것이 이상스럽다 생각되었다.

그리고 세인들이 "지금은 승려들이 타락하야 음탕하기 짝이 없다"고 말하던 그 소문과는 다르게 불교사에 있는 이들은 정숙하고 조촐하여 보인다 하고 생각하였다.

어쨌든 속세 청년들이 이성을 대하는 그 태도와 다르게 맑고 냉정한 것이 믿음직스럽고 존경되어서 《여시》가 없어진 뒤에도 여전히 불교사에를 다니었었다.

그러는 동안에 봄 여름 가을이 지나서 새해가 되었었다.

그때도 지금과 똑같이 세월이 몹시도 빠른 것이 새삼스럽게 느껴지는 동시에 '생활의 안정 마음의 위안을 얻은 후'라고 늘— 미루어오던 배우고 읽는 것(작품을 낼 준비 지식)을 곧 시작하지 않으면 안 될 것을 생각하게 되었다.

먼저 한문과 영어를 다시 배우기로 결심을 하였는데 한문은 불경으로 권상로權相老 선생님께 배우기로 하였었다.

그것이 동기가 되어 권 선생님께 불법을 조금 얻어듣게 되었다. 그렇

| * 1910년에서 1955년까지 서울특별시 종로구 수송동에 있던 각황사. 이후 조계사로 개칭.

게 광범하고 심오한 불법을 알 도리야 없지만 그저 덮어놓고 좋다는 것만은 절실히 느꼈었다.

그리고 그 불법이 나— 한 몸을 건지고 온— 세계 온 우주를 건질 만한 큰— 무엇이라는 것만은 믿었다. 따라서 아직도 알고 싶은 마음이 가득하면서도 무엇을 알아야 할지 무엇이 알고 싶은지 무엇을 어떻게 물어야 옳을지조차 모르면서도 불법을 우선 남들에게도 알려주어야겠다는 생각이 간절해졌다.

목이 말라서 아우성을 치는 동무들을 옆에도 뒤에도 두고 혼자 뛰어와서 청량음료를 발견한 듯 자신이 마셔야겠으면서도 남들에게 알리기도 해야 할 듯한 황황한 생각이다.

목마른 사람이 우물을 찾지 우물이 목마른 사람을 찾지 않는다 하지만 목은 말라 죽어가면서도 물이 어디 있는지 물을 어떻게 찾아야 옳을지 모르고 헤매는 무리에게 알려주는 사람이 필요할 것이 아닌가 생각된다.

나는 요새도 거리에 다니다가 가끔 느끼는 일이 있다. 예수교인들의 놀라운 활동을 보고…… 더구나 구세군의 행렬이 지나갈 때 노상전도대路上傳道隊의 나팔 소리를 들을 때 일요일이면 교당으로 모이드는 군상의 엄청난 수효를 볼 때 집집마다 돌아다니는 전도부인의 열성 있는 음성을 들을 때— 그때마다 이렇게 좋은 우리 불교는 왜 어서어서 선전하지를 않나— 하는 생각이 더욱 급하여진다.

한 면만 보고 느낀 바이지마는 교무원 불교사 각황 포교당에 계신 여러분의 성의와 노력에 조선 안에 있는 온 교회가 반응하는지 아니하는지?

그리고 안으로부터 신앙하는 마음이 먼저 나와야 하고 부인 신자가 다수여야 할 듯한데 교당에 모이는 부인이 너무도 적고 따라서 아무 기관도 회도 없으니 일반 부녀들이 불법을 들을 기회는 좀처럼 없을 것 같다.

들어앉은 부녀들 중에 불교를 신앙하는 이가 꽤 많이 있는 모양이나,

그들이 정도를 찾았는지도 모르고 또 믿는 그 사람들 외에는 다른 부녀들은 알게 되고 믿게 되지도 못하는 모양이다.

어쨌든 종교에 아주 뜻이 없는 사람은 몰라도 아무 종교라도 종교라는 것을 신봉할 뜻이 있는 사람 현재 어떤 교라도 믿는 사람 중에는 불법을 듣고는 불교로 옮기지 않을 이가 적으리라고 나는 믿는다.

그리고 승려 되는 이들이 어찌하여 자기 부인을 교당으로 인도하지 않는지 모르겠다.

예수교 직원들의 부인은 집안일이 바쁘거나 아이들이 많거나 무슨 어려운 사정이 있더래도 일요일이면 당연히 교당에 와야 할 줄로 아는데……

그리고 그들은 활동하는 기관과 회도 상당히 많아서 서로 연락을 취하고 간친懇親*을 도모하는 모양이다.

그런데 조선에 중앙교회인 우리 교회에서는 이제로부터 두어 달 전에 불교여자청년회라는 것이 비로소 조직되어 10여 명이 모일 뿐이다. 회의 사명을 다할 날은 이제로부터 얼마나 많은 시일을 요하는지 아직까지 회원들이 모이는 날 모이기조차 여의치 못한 것은 스스로가 부끄러운 일이다.

나부터라도 집안일 때문에 또한 거리가 너무도 먼— 까닭에 등등의 이유로 행동이 마음을 거스르는 때가 많은 것은 혼자라도 낯이 붉어지는 일이다.

더구나 청년회 간부들은 남의 지도자가 되려면 먼저 좀 알아야 하겠으니 포교사의 권고도 있고 하니 새해부터는 시간을 정하여 불경이나 교리를 배우기로 하자는 의논을 해볼 터이다.

| * 다정하고 친밀하게 지냄.

나는 교리에 무식한 이인 만큼 아직 우리 교회 형편을 남편에게서 대
강 들은 것 외에는 알지를 못한다.

다만 각황 교당에 다니면서 그 당석에서 느낀 것이 신년이 되니 더욱
절실할 뿐이다.

다시 말이지마는 나는 다행하게도 불법을 어떻게라도 얻어들었지마
는 이 좋은 불법을 어느새 낳았다가 어느새 죽어버릴 사바세계의 중생에
게 한결같이 모다— 들려줄— 좋은 도리가 없을까 하고 생각된다.

—《불교》, 1930. 2.

오호, 90춘광春光!

나는 흙덩이가 몸부림을 치고 썩은 나무가 간지러워 애를 쓸 만치 봄의 약동이 우주에 가득 찬 것을 이 봄에 이곳(시외 성북동)에서 처음으로 보고 또한 느끼게 되었다.

나는 본래 농촌에서 나서 소학교에 가기 전까지 거기서 자랐었다. 그러나 그것은 기억조차 희미한 옛날이었다.

20년 동안은 쓰러져가는 반찬 가게에 놓인 냉이나 쑥 부스러기의 푸른빛을 구경하게 되고 신문이나 잡지에 늘어놓는 인조의 봄으로 봄을 맛보게 되는 복잡하고 티끌 많은 서울 장안에서 지내게 되었었다.

그러다가 작년 늦은 가을에 비로소 이곳으로 이사를 오게 되었다. 시들어 떨어지는 단풍잎을 보내고는 한일*같이 쓸쓸스럽고도 깨끗한 시외의 겨울을 무심히 지냈었다.

집이 봄꽃에 파묻히고 몸이 봄기운에 휩싸이고 귀가 봄 소리에 먹먹하게 되고 코는 봄 향기에 얼얼하고 발은 봄꽃 봄풀을 버리지 않으면 걸

| *閑日. 한가한 날.

을 수 없는 무르녹은 봄을 만나게 되니 과연 어쩔 줄을 모르겠다.

가득한 공기보다도 넘치는 물보다도 더욱 흔하고 많은 이— 빛, 이— 향기, 이 봄의 소리, 이— 힘! 이것을 무슨 수로 늘어놓을 수가 있을고, 어떤 재조로 그려볼 것인가!

문을 딱 닫치고 들어앉아서 새소리 피리 소리는 제쳐놓고라도 양철지붕 잇는 소리 빨랫방망이 소리까지 봄 소리 아니 들을 수 없고, 휙휙 마주치는 풀 냄새 꽃향기는 고사하고 채마밭 가에서 풍기는 거름 냄새조차 봄 냄새 아니라 할 수는 없고 고개를 푹 숙이고 걸음을 걸어도 진달래 개나리 꽃가지를 무더기로 꺾어 가는 무지한 서울 아이 얼굴이 다닥치고 낙화 생화가 발에 밟히는 것은 그만두고 추녀정 끄트머리에 떨어져 구르는 모서리 진 돌 부스러기에게까지 봄빛이 반짝이고 있으니 봄 소리를 안 들을 수도 없고 봄빛을 안 보는 재주도 없으니 감각 있는 동물이 아니 느낄 수는 더욱 없는 일이다.

아! 좋다! 하고 부르짖어도 봄을 표현할 길이 망연하고 참으로 참으로 아름답다고 가슴이 터지게 찬양을 하여보아도 시원치 않다.

아무래도 붓을 한번 들어보기는 하여야겠다는 책임감이 거의 고민에 가깝도록 내 마음에 무거웁지마는 졸필로도 그릴 수가 있는 단순한 것이 아니고 위에도 말한 바와 같이 봄 소리는 너무도 다종이고 봄빛은 너무도 다양이고 봄의 기운은 너무도 여러 내로 퍼져 있으니 이 한 모퉁이라도 완전히 그리어볼 길이 또한 없으니 봄 속에 파묻힌 나는 큰 성화를 하고 있다.

더구나 글 쓸 부탁이나 아니 받았으면 거북한 속을 몇십 일 꾹 참으면 그만이겠지만 너무도 문채文債*가 많은 터이라 미안한 생각조차 겹치

* 글 빚. 원고를 요청받은 것을 이름.

게 되니 차라리 봄을 보지 말았드면 하는 생각까지 난다.

그리고 아름다운 봄의 느낌으로부터 깊어가는 나의 감상은 차츰차츰 방향이 돌리어질 것이니 차라리 붓을 놓아버리는 것이 옳겠다.

—《삼천리》, 1930. 초하初夏.

용강온천龍岡溫泉 행

    평남 용강은 나의 고향이다. 그러나 10여 세에 고향을 떠났고 이어서 부모가 별세한 후 형제조차 가까운 일가조차 있지 아니한 고향인지라 그리하여 이 넓은 천지에 어디다가 발길을 옮기어야 좋을까 하고 끝까지 외로울 때에도 고향땅을 밟지 아니하였었다. 그러나 때때로 어렸을 때 기억이 소생될 때는 돌아가신 부모를 애모하는 정과 함께 고향 동무 친척이 어렴풋이 그리웁고 외따로운 산골에 묻혀서 풍우風雨에 씻기고 흘러내릴 외로운 어머니의 무덤이 어렴풋이 눈앞에 나타나며 언제나 한번은 고향을 찾아가서 성묘도 하고 살아 있는 이들이나마 고루고루 찾아보고 어렸을 때 밟던 산천이나 바라보았으면 하고 적막히 생각하던 것이다.

    모든 것이 예정되었던 일이었던지 남편의 휴가를 이용하여 약한 남편의 건강을 조금이라도 회복기로 옮기게 해볼까 하는 것이 동기가 되어 석왕사釋王寺를 갈까 삼방三防을 갈까 어디를 갈까 하던 것이 남편이 처

---

* 함경남도 안변군 설봉산에 있는 절.
** 함경남도 안변군에 있는 명승지. 예전에 남북 간의 중요한 통로를 이루어 세 군데에 통행인을 검사하는 관방關防이 설치되어 있었던 데서 비롯한 이름. 약수로 유명하다.

가 고향을 좀 보고 싶다 하는 생각과 이모님이 내가 임신 못하는 것이 냉한 까닭이니 온천욕을 하여보라는 권유로 인하여 고향땅을 의외로 이르게 밟게 된 것이다. 평소에 좀처럼 고향땅을 밟아볼 듯싶지 않던 만큼 기쁠 듯도 하건마는 부모가 돌아가고 형제를 잃어버린 적막한 고향이라는 생각조차 잊어버린 지 오래였건마는 어쩐지 별로 좋은 줄도 모르고 아무 데나 남편과 동행이라는 든든한 마음 외에 그저 무심하여 차 속에서 잠만 자고 있었던 것이다. 그러나 2주년 전에 결혼식을 거행하기 위하여 남편을 따라 남편의 고향인 대구로 향하던 때와 감상은 다소 다를지 모르지마는 남편의 태도가 그때나 마찬가지로 애인을 대한 듯이 다정하고 나의 남편에 대한 감정도 또한 여전한 것을 느낄 때 '결혼은 사랑의 무덤'이라는 것이 우리에게는 헛된 말이다 하고 생각되는 동시에 관세음보살님께 감사하는 생각과 아울러 이제부터도 늘 모든 일이 여의하여지이다 하고 연하여 관세음보살 관세음보살 하고 입속으로 부르고 있었다.

불그레한 아침 해가 차창을 뚫어 온몸에 휘감기는 것을 겨우 떼쳐버리고 창 앞에 다가앉으니 인제는 나의 고향 가까운 평양의 들이 눈앞에 전개된 것이다. 벌건 진흙땅에 수수 나무 조 나무가 물결 지어 흐느적거리고 사이에 끼어 있는 뙈기뙈기 논에는 어린 벼 나무들이 바람에 하늘하늘 움직이고 있다. 멀리 병풍처럼 돌려 있는 아련히 보이는 평범하고 나지막한 산들은 고요히 전원田園을 둘러 보호하고 있는 것이다. 여기저기에는 해뜩해뜩* 김매는 남녀의 모양이 한가히 보이고 농부의 벌건 종아리가 이슬 밭을 헤치고 지나는 것이 순량하고 부지런한 모양 그것인 듯 보인다. 그리고 넓은 논에 홈으로 물을 퍼서 붓고 있는 사람은 퍽 안타까워 보인다. 조가비로 퍼붓는 듯한 그 물로 그 넓은 논에 해갈을 언제

| * 다른 빛깔 속에 하얀 빛깔이 군데군데 뒤섞여 있는 모양.

나 시킬까 함이었다. 그리고 어떤 사람은 철도 연변에다가 집터를 닦는지 혼자서 흙을 한 짐씩 한 짐씩 져다가 붓고 있다. 늘 보이는 토굴 모양의 집이나마 의지할까 함이렷다. 어쨌든 나의 고향은 경치로 몹시 보잘것없고 논은 극히 드물고 모다 생산가로 저렴한 전원뿐이다. 개항되지 못한 원시 적에 가까운 농사로는 어느 정도까지라도 노력의 보수는 어려울 것이다. 그리하여 온 가족이 1년 열두 달 동안에 하루도 쉴 새 없이 북더기에 머리를 틀어박고 손과 발을 놀리고 있건마는 거친 음식과 뚫어진 옷밖에는 돌아가지 않는 것이다. '농부도 매유기한지고每有飢寒之苦하고 직녀도 역무차신지의亦無遮身之衣'란 말은 이를 가리킴일 것이다. 모두가 고민상이 아니라 할 수 없는 것이다. 세상에서 물질로 좀 나은 생활을 하는 사람인들 무엇 그리 신기할 것이 있을 것인가. 그래서 깨달은 사람은 사바 세상에 나기를 면하려는 것이다.

늦은 조반 때나 되어서 진남포역에 내려서 자동차로 나의 출생지인 덕동德洞이라는 곳에 이르렀다. 정류장에서 제일 가까운 데를 찾으니 어릴 때 동무의 집이었다. 동무의 어머니도 내가 왔다는 것을 일가들에게 알리었다.

부모 생시에 친하던 이들 일가들은 금시에 모여들었다. 발가벗고 뛰어다니던 어린이들은 어른이 되었고 청춘홍안靑春紅顔이었던 이들은 백발이 휘날린다. 금석今昔의 감이랄지 어쩐지 눈물이 핑그르 도는데 처음 이 동리에 들어설 때에는 길거리에도 밭둑에도 낯모르는 집들이 수없이 늘었고 거기서 빼꼼히 내어다보는 어른들도 물끄러미 쳐다보는 아이들도 모두 눈여겨보았지만 서투르기 짝이 없더니 이 당에 모인 이들은 모

---

* 『자경문自警文』에서 "農夫도 每有飢寒之苦하고 織女도 連無遮身之衣온 況我長遊手어니 飢寒을 何厭心이리요"(농부도 매양 굶주리고 추운 고통이 있고 베 짜는 여자도 늘 가릴 옷이 없는데 하물며 나는 길이 손을 놀리거나 어찌 굶주리고 추움을 싫어할 수 있으랴) 중 한 부분을 언급하고 있다.
** 지금과 옛적을 아울러 이르는 말.

두 나를 위하여 정을 주름살 속에 감추었던 듯 반가움을 눈동자 뒤에 숨겼던 듯 얼마나 반갑게도 맞어주는지 어떤 이들은 "아, 니가 아무로구나, 산 사람은 그래도 만나보는 것이로구나" "아! 너를 만나기는 꿈밖이다. 아무 데로 시집간 우리 딸이 너를 보면 얼마나 반갑겠니" 하며 눈물을 흘리는 이도 있고 아이들을 주렁주렁 달고 달려 들어오는 촌 마누라가 누구인가 하고 가만히 들여다보면 웃는 모습이 어릴 때 소꿉동무이었다. 의외에 만나 서로 무엇을 물어야 옳을지 무슨 이야기를 먼저 하여야 옳을지 생각나는 대로 그저 두서없이 지껄이는 동안에 자동차 시간이 가까워오는 것이 애달팠다. 그리고 그들은 여출일구如出一口*로 아버지의 예수 신심信心을 칭찬하고 착함을 말하였다. 다른 신자들은 다 못 가도 아버지만은 천당에를 갔으리라 한다. 아버지는 선인이었던 것이다. 예수와 같이 애타여기愛他如己하였던 것이다.

아버지 생전에 불법을 들을 기회가 있었으면 하는 생각을 하다가 그래도 변통 없는 신자인 아버지는 사랑하는 딸인 내가 불교 신자라는 말만 들어도 눈물을 흘리며 하나님 아버지께 기도하자고나 아니 하였을까 생각하였다.

정말 시간이 얼마 남지 않았다. 섭섭해하는 여러 사람을 뒤에 두고 가중家中에 제일 가까운 구촌숙九寸叔과 남편과 나와 셋이 어머니의 무덤을 찾았다.

아버지가 뭇사람을 자기 몸같이 사랑하였지만 더욱이 당신의 아내인 나의 어머니를 사랑하고 위하여주던 것은 지금까지 아까까지도 여러 사람의 화두에 올랐었지만 육체는 아무것도 아니라는 예수교 신자인 아버지로서도 어머니의 시체가 묻힌 그 무덤을 얼마나 소중히 여겼던지 제일

| * 한 입에서 나오는 것처럼 여러 사람의 말이 같음을 이르는 말.

볕 잘 들고 아늑하고 조강*하고 또 뒤로 뼁 돌아 제물로 돌벽이 된 그 가운데에다 묻고 무덤가로는 각색 꽃을 심어 백화가 만발하였었다. 그리고 잘 간수하였던 탓으로 어머니가 묻히신 지 20년 아버지 돌아가시고 버려둔 지 16년이나 풍우에 씻기었건마는 아직도 새 무덤같이 고대로 있었다. 적막하게 무상을 느끼면서도 저으기 안심하였다.

중도에 광양만廣梁灣 이모 집을 찾았다. 어렸을 때 외갓집에서 듣던 이모의 반가운 목소리 외갓집 부엌문에서 웃던 그 눈초리가 새삼스럽게 추억을 일으킨다. 외할머니가 '표종表從' '이종姨從' 여러 아이들 앞에 실과 같은 것을 내어놓으면 혼자 먹는다고 사타구니로 몰아넣던 벌거숭이 이종도 당당한 신사가 되어 은근히 맞아준다. 앞뒷집에 생사를 모르고 지나는 도회에서 살던 나는 시골 인정미 고향의 정을 새삼스럽게 느끼지 않을 수 없었다. 그래서 사람마다 "고향 고향" 하고 고향을 그리워하는 것이로구나― 하고 생각이 들었다. 그리고 간 데마다 아는 사람, 간 데마다 웃는 얼굴, 간 데마다 귀에 익은 소리가 들리는 이렇게 정다운 고향 반가운 고향을 거의 잊어버리고 지날 뻔하였구나 하는 생각을 하며 온천을 향하였다.

고향에 있는 온천이지만 어렸을 때라도 한 번도 와본 적이 없고 또 온천에 대한 상식이 도무지 없었지마는 지금 와서 온천이 어떠한 것을 알고 보니 우리가 여기 오게 된 것이 얼마나 잘되었는지 모르겠다고 생각되었다. 차가借家**를 하여 자취를 시작하였다. 온천지에는 일반으로 습기가 많고 또 몹시 서늘하여 여름내 베옷 입을 필요가 없을 것 같다. 더구나 서해 바람이 끊이지 않고 불어서 낮에라도 방문을 열어놓고 누웠기가 어려울 지경이다. 그리고 허연 소금 더께가 앉은 가없는 갯바닥에는

* 燥强. 땅바닥에 축축한 기운이 없어 보송보송함.
** 남의 집을 빌려서 듦. 또는 그 집.

327

이상한 해초들이 널려 있고 멀리서는 갈매기 떼들이 나란히 앉아 먹을 것을 찾다가 떼를 지어 날으는 것도 흥취 있으려니와 얼마라도 넓고 고른 이 갯바닥에서 굴러도, 뛰어도 거칠 것도 꺼릴 것도 없었다. 우리는 여기서 나이 많은 장난꾸러기 노릇을 결혼 후 처음으로 하여보았다.

그리고 여기에는 바닷가이니만큼 각색 신선한 생선이 많이 나고 사과며 참외가 맛있기로 유명한 곳인데 값도 퍽 헐하여서 사서 먹기가 좋았다. 그러나 농촌이요, 축축한 곳이라 파리가 너무도 많은 것이 몹시 괴로웠다.

그런데 이 온천에는 장이 닷새 만에 한 번씩 서는데 장꾼은 거의 여인들이다. 해녀들은 해물을 가지고 촌 부녀들은 곡물을 가지고 오고 처자들이 소에다가 솔나무를 싣고 오기도 한다. 이 장에 왁자지껄하는 것이 여성女聲뿐이다. 그뿐 아니라 농사일도 거의 여자들이 다 한다 한다. 이 서북 여자들은 기상부터 씩씩하고 대담하고 활발하다. 그들의 활동은 과연 놀라웠다. 그리하여 그들은 벌써부터 가정적으로 사회적으로 여권을 차지하고 있는 것이다. 그리고 일반으로 미모의 소유자인 데 감탄하였다.

그리고 이 온천에 있는 동안에는 외숙 내외분과 외종 제매弟妹들의 정다움을 많이 받았다. 집에서 기르는 닭을 가져온다, 결실이 완전한 옥수수를 골라서 따다 준다, 서울 사람들의 사교적으로 대하는 것과는 운니雲泥*의 차가 있는 것을 느끼었다. 바쁘게 떠나노라고 떠날 때 못 본 것이 우리도 섭섭하지만 그들은 얼마나 서운해하는지.

남편이 여기에서 다소 효과는 있는 모양이었다. 이 온천에는 여러 가지 성분이 섞여있는데 위병, 부인병, 반신불수, 류머티스 신경통, 피부병

| * 구름과 진흙이라는 뜻으로, 차이가 매우 심함을 이르는 말.

등에 특별한 효험이 있다 한다. 의사가 못 고치는 병원에서 내어보내는 병자 시체같이 떠메어 온 병자까지 나아 가는 일이 때때로 있다 한다. 이 온천에 10여 년이나 개업하고 있는 의사의 말을 들으면 이 온천물은 병원 약에 비할 수 없는 명약이라 한다. 다른 사람들도 과연 명수名水야 명수야 하고 찬탄을 한다. 나는 이 온천물이 관세음보살님의 화신인 줄 믿었다. 나 혼자만은 관세음보살님의 자비의 마음을 깊이 느끼건마는 모든 다른 사람은 그저 무심하거나 하나님의 은혜를 감사하는 사람들뿐이다.

각 지방 사람이 다 모이고 각 계급 사람이 다 모이고 더구나 가련한 병자들이 많이 모이는 이런 곳에 포교당 하나를 세워놓고 도학이 높고 신심이 굳은 열성 있는 포교사가 계셔서 포교를 하였으면 불쌍한 중생을 얼마나 많이 건질까 하는 생각이 들었다.

온천욕을 같이하는 부녀들 중에 불법을 가르쳐줄 만한 사람이 없나? 하고 살피다가 생각하다가 몇 사람에게 몇 마디 전하였지마는 조그마한 신심 하나만 가진 무지한 나의 말이 얼마나 효과가 있었을는지.

나는 온천의 효과로 다행히 자녀가 생긴다면 완전한 포교사가 되어 이 온천이나 고향에 먼저 불법을 전하는 이가 되어지이다 하고 관세음보살님께 빌었다.

—《불교》, 1931. 1.

가을 소리를 들으면서*

어느새 가을 소리가 우수수 들린다. 따라서 생풀치마 자락이 스스 말리며 벗은 발이 헷푸수수하여 따뜻한 무릎 밑으로 기어든다.

나도 소녀 적에는 퍽 감상적이어서 싸늘한 달밤이든지 이러한 가을철이 되든지 하면 공연히 견딜 수 없는 애상에 몸부림을 쳤었지마는.

지금은 나이를 먹은 탓인지 이 고생 저 파란을 겪어서 신경이 둔하여진 탓인지 또한 정신과 육체가 함께 안정을 얻었다면 얻은 탓인지 어쩐지 별로 느껴지지 않는 것이 사실이다. 자연경을 대하여도 그저 평범하게 좋을 뿐이고 철이 바뀌어도 그저 무심할 뿐이다. 그리하여 잘되거나 못되거나 즉흥으로 들던 붓은 그만 멈추어지고 만 것이다. 그동안은 의식적으로 붓을 든 일도 별로 없지만…….

그러나 이번 가을 소리는 또한 별다른 감상적으로 들리는 동시에 슬그머니 펜대가 쥐어진 것이다.

내가 이 가정을 가진 지도 벌써 세 가을을 맞게 되었는데 처음 가을

---

*동일한 작품이 1931년 10월 《삼천리》에, 1937년 12월 《학해》에 게재되었다. 여기서는 《삼천리》 수록본을 싣는다.

에는 살림을 모으기에 정신이 온통 팔리었었고, 둘째 가을에는 놀던 몸으로 서투른 자격으로 어린이들을 가르친다고 나머지 정신이 없었고, 셋째 가을인 지금에 비로소 가을 느낌이랄지 감구感舊*의 회포라 할지가 겨우 생길 여유가 있는 것이다.

평소에 느낌은 처음부터 늘 이 생활만 계속한 것 같은데 숫자로 따지면 겨우 3년째밖에 안 된 것이다.

어쨌든 모든 것을 잊어버리고 그저 언제부터 이 생활만이었던 듯이 생각이 모아졌던 것이 가을 소리를 들으니 제절로 감구의 회포가 생기는 것이다.

그래 거슬러 3년 전부터였던가, 그리고 그전 또 그전 가을 소리를 들을 때는 과연 말할 수 없는 외로움과 불안을 느꼈던 것이 다시 기억되는 것이다.

나날이 더하여질 이 무서운 추위를 돈도 사랑도 힘도 없는 내가 어찌도 맞을 것인가 마음은 외로움으로 얼고 몸은 추위로 동그라지지 않을까 하고 불안하였던 것이다.

그렇게 몇 번을 또 몇 번 계속하던 내가 그래도 요만치나마 육체와 정신이 함께 안정을 얻게 된 것이 이상하게도 요행스럽게도 생각되는 것이다.

더구나 크나큰 위안을 주는 불법을 맞아들인 내가 아닌가. 가을바람이 불어라 잎이 모두 떨어져라 서리가 내려라 눈보라가 쳐라. 그래도 아늑한 이 오막살이에는 평온이 있을 뿐이다 하고 고요히 미소를 띠었다.

그러나 그것도 순간에 감정이다. 다시 소스라쳐 놀라고 걱정되고 한심한 것은 우리의 부모, 형제, 친척 한 걸음 더 나아가 전 조선 동포의 생

| * 지난 일을 생각함.

활은 과연 어떠한가. 소리도 현상도 듣도 보도 않고 문 걸어 잠그고 내 배만 두드리고 앉은 사람이면 모르지만 걸음을 걸을 줄 알고 소리가 들리고 눈이 보이는 사람은 차마 마음이 편할 수가 없는 것이 사실이다.

나는 이번 여름에 남편의 하기휴가를 이용하여 약한 남편을 좀 튼튼하게 하여볼까 하고 나의 고향인 용강온천장에를 가 있었다. 나의 고향에는 부모도 일찍 별세하고 형제도 없고 가까운 일가조차 없는 까닭에 10여 년을 소식조차 변변히 듣지 못하고 지나다가 오래간만에 고향 사람들을 만나니 피차에 반갑기야 끝이 없었다.

아버지 살아 계실 때 모든 사람을 많이 사랑하셨던 탓으로 먼 일가나 먼 친척 동리 사람까지 아버지를 추억하는 눈물과 함께 그의 하나밖에 없는 혈육인 나를 몹시도 반가이 맞아주었다. 물론 잠깐잠깐 만나는 그들의 생활 내면이야 자세히 알 길이 있으랴마는 반가운 이를 위하여 웃어주는 빈혈된 그 얼굴이 얼마나 애처로웠으랴. 서울 손을 맞이한다 하여 쓸고 닦아놓은 그 방이야말로 사람이 거처한다고는 할 수 없이 추한 것이었다. 그리고도 떨어진 옷 거친 음식이나마 넉넉지 못한 것이었다.

내가 나고 자라던 곳 내가 어렸을 때는 대궐같이 생각하던 집까지 사람은 살지 못할 곳같이 보인다. 거기서 어찌 자고 먹고 앉았었을까.

그들은 나면서부터 부모의 품에 안겨 편안히 자라지 못하고 밭귀에 논두렁에 누워 자고 흙바닥에 기어 다니며 자라서 겨우 잘 걸을 만치 다리에 힘이 오르면 등에 어린아이 업고 어른들의 심부름을 하며 들에 소를 먹이다가, 그다음은 어른들과 함께 들에 나가 농사일을 하는 것이다. 평안도에는 농사일에 남녀 구별이 없이 똑같이 일을 한다. 오히려 여자들이 더 많이 하는 편이다. 농사가 좀 한가하면 남자들은 풀을 베어 거름을 만들고 새끼 꼬고 짚신 삼고 여자들은 명주 짜고 무명 짜서 팔아서 돈을 만드는 것이다. 그곳에는 여자들의 활동이 과연 놀라운 곳이다. 농사

일이 몹시 바쁠 때에도 장날만 되면 팔아서 돈 만들 것을 가지고 장에 가서 팔아서 일용품을 사가지고 오는 것이다.

그 여자들은 여름, 겨울, 가을, 봄 할 것 없이 새벽부터 밤까지 머리를 도끼 삼아(평안도 속담) 쓰고 그저 일만 하는 것이다.

그리고 어찌 지독히 경제를 하는지 입쌀을 독마다 채워두고도 시기를 보아 장에 가서 팔아다가 돈을 만들어 쓰노라고 입쌀은 한 줌씩 보리나 좁쌀밥 옆에 놓아 어린아이나 노인만 따로 떠 주고 자기들은 잡곡밥만 먹고 자반조기 한두 개를 사다 걸어두면 손님이 오거나 특별한 때에만 먹고 노랗게 곁도록 몇 달이고 둬두는 것이다.

그렇게 부지런하고 그렇게 절약하면서도 그들은 옛적부터 지금까지 그러한 가련한 생활을 계속하는 것이다. 백 호에 두세 집쯤은 좀 나은 생활을 할까 하고는 거의 다 그런 생활을 하는 것이 지금 조선 농촌의 현상이다.

평안도에는 그만치 영악하고 부지런하기 까닭에 본래부터 소작인은 극히 적고 거의 자작농이었고 금년 같은 불경기에도 아직 현상은 보전하는 모양이다. 그러나 남선南鮮 방면에는 생활 정도는 북선北鮮보다 좀 나을는지 몰라도 속은 벌써 텅텅 비어 있는 모양이니 장차 그들은 어디로 어떻게 유랑을 하게 될는지. 온천장 앞에도 많은 여인들이 각색 실과와 참외 옥수수 떡 같은 것을 놓고 팔고 있었다.

나는 그들의 생활 내면을 대강 엮어 들었다.

거기에는 큰 장사가 없고 소수락장사*뿐이어서 도매都賣 산매散賣의 차이가 적어서 무엇을 받아서 이고 와서 팔아야 경우 1, 20전 이利가 있을 뿐이고, 팔던 찌꺼기나 좀 얻어먹는 것이 라 한다. 중에는 남편이 없거

___

| * '소규모 장사'의 의미로 짐작됨.

나 있더라도 술주정이나 하고 돌아다니는 무뢰한이요, 아이들은 많고 한 애달픈 여인들이 많은 모양인데 어떤 때 팔리지나 않고 하면 3전 5리 하는 보리쌀 한 되도 못 사가지고 주린 배를 움켜쥐고 돌아가서 밥 달라고 조르는 어린것들에게 팔다 남은 선참외깨나 실과깨를 집어 주어 잠을 재운다 한다. 그나 그뿐인가. 물건이 상하고 팔리지는 않고 하면 생명을 이어가는 유일의 자본금인 몇십 전이 달아나 버린다.

어찌 온천장에서 장사하는 그 여인들뿐이랴. 이 서울 장안에도 그런 사람이 몇만 명이며 전 조선을 쳐도 그런 사람이 몇백만 명이랴.

나는 이번 시골 갔다 와서 조선 사람의 말 못 된 경제 상태를 더 자세히 느꼈다.

나의 생활이 넉넉지 못하다 하여 부족히 생각하던 것은 너무도 욕심이 많았던 것이다. 그야 대강이라도 할 것 하고 쓸 것 쓰자면 부족 여부가 없지만 내 일가, 내 친척, 내 동포는 보리밥으로도 창자를 채우지 못하고 있는데 우리는 그래도 시량柴糧 걱정은 겨우 면할 처지가 아닌가.

지금 나의 남편의 수입은 우리 식구에 비하여 넉넉한 수입이라고 할 수 있은즉 우리 부부의 생활을 힘껏 줄여서 가깝게 부모 형제를 돕고 나머지가 있다면 소극적이나마 굶고 헐벗은 이를 건져야 할 것을 느꼈다.

—《삼천리》, 1931. 10.

신불信佛과 나의 가정家庭

남편은 재가회,* 나는 그의 아내, 어떤 동무가 "중한테 시집을 갔다지" 하고 하하 웃었다. 허물없는 동무라 나오는 대로 말하다가 자기 말이 우스워서 웃는지도 모르나 재래 관념으로 비웃는 웃음을 웃는 이도 있을 것이다.

그러나 나는 불법을 듣고, 또 중한테 시집온 것이 숨은 보배를 감춘 듯 든든하고 만족하다. 다만 남편이 절에서 수도와 경서만 전수한 사람이 아니고 맨손만 들고 현해탄을 건너가서 10여 년 동안을 정신이 육체를 지배한다는 불교 정신하에서 악전고투를 하노라고 잠잘 시간을 이용하여 당면한 학과를 공부한 이라 우주에 꽉 들어찬 불교 진리를 알고 싶은 생각이 용솟음을 치건만 중이라는 남편에게 원만한 해답을 들을 수 없는 것이 유감일 뿐이다.

나는 불신자佛信者가 되기 전 일을 생각하면 참으로 어리석었고 우스웠고 또 그 아까운 시간을 10여 년이나 허송한 생각을 하면 못내 뉘우친

| * 재가승, 즉 속가俗家에서 불법을 닦는 사람을 가리킴.

다. 처음 불법을 듣고는 퍽 반가워하여 여승이 될까 하는 생각도 있었으나 애욕을 여의지 못할 바에는 진실한 불신자에게 시집가서 길이 불도佛徒가 되리라는 서원을 가지자 곧 중과 결혼하게 된 것이다.

언제인가 중의 결혼 축사에 행복스러운 여자 하나가 늘었다고 실감을 이야기한 적도 있지만 다른 남성에게는 아무래도 유전적 횡포성이 잠재하여 여자를 울리지만 모든 다른 사람의 행복과 이익을 위한다는 불교적 참수양을 받은 남성은 아내부터도 참으로 귀하게 알고 정의 함축이 많아서 다른 남성에게서 얻지 못할 깊은 사랑을 느끼는 동시에 남편으로서 탈선되는 일을 아니 하기 까닭에 아내에게 안심을 준다. 그리고 부부는 서로 대상을 본위로 일하고 생각하게 되고 어느 정도까지 물욕을 여의어 좀더 좀더 잘살겠다는 욕심을 안 내고 제 몸을 위하여 검소하여 현재에 자족하고 나머지가 있으면 남을 도왔으면 할 뿐이다. 우리는 결혼한 지 3년, 이제는 겨우 심신이 함께 안정을 얻은 듯도 하다.

남편이 출근한 낮 동안은 아주 자유로운 시간이니 어찌 되었든지 잘 이용하려고 애쓴다. 가사 조수인 소녀에게 집안일을 대강은 다 맡기고—학교에 다닐 남의 집 어린 소녀를 부려먹게 되는 것이 애처롭지만 좀 더 나은 일을 하고 또 준비하기 위하여 하는 생각(변명인지?)으로—내가 해야 할 바느질이나 그 외에 일은 어느 틈에나 얼른 해놓고 아무 의식을 따르지 않지만 잠깐잠깐 염불 삼매*에 들고 주로 초인의 불교 서적을 읽는다. 그 외 원고도 써보고 볼일도 갈 일도 있고 내 일생에 마음으로 제일 긴장되고 바쁜 때이다. 남편이 돌아와야 벌써 저녁때인가 하고 해 가는 것을 알 때도 있다. 나는 아무것도 모르는 것만 괴로워하는 대중에게 "그릇된 불교 껍데기를 보고 오해하지 말고 직접 불문에 들어와 보아요.

| * 三昧. 잡념을 떠나서 오직 하나의 대상에만 정신을 집중하는 경지.

우주에 대진리를 발견할 터이니" 하고 목소리가 찢어지게 외치고 싶은 충동도 자꾸 받지만 좀 수양하고 배운 후에 붓으로 날로 포교 사업에 힘쓰기로 서원을 세울 뿐이다.

저녁에는 고요한 방에 둘이 앉으면 흐지부지 보내기 쉬우니까 나는 요새 남편이 연구로 읽는 예수교 영문 신약 전서와 책상을 앞에 갖다 놓으면서 "중이 애욕에 빠져 타락하지 말고 책이나 보아요" 하면 남편은 "종일 뻐덕뻐덕한 남성들만 대하다가 돌아와서 부드러운 마누라하고 재미있는 이야기나 좀 해야지" 하면서 책을 든다. 그리고 여년에는 참선만 할 수 있었으면 한다.

어쨌든 밤 시간이라도 잘 이용하고 자리에 누우면 퍽 만족하다.

—《신동아》, 1931. 12.

처녀 비처녀의 관념을 양기揚棄하라

귀사에서 물으신 재혼 문제는 지금 시대에 와서는 도대체 말거리가 되지 않을 것입니다.

처녀가 혼인하는 것과 마찬가지의 당연한 일이니까요. 자녀 양육 문제, 구정물망舊情勿忘,* 가족 관계, 연령 초과 등의 문제가 되는 특수 경우를 제한 외에는 말씀입니다.

그리고 지금에 진정한 의미의 신여성이라면 생활 문제쯤은 자수自手** 로 해결할 각오를 가지고 있는 것이 사실입니다. 출가 후에라도 부군의 자산이나 부군의 수입이 넉넉하다고 가만히 앉아 놀고먹지는 않을 것입니다.

설마 가정 형편으로 가두로 진출하지 못한다 하더라도 가사, 자녀, 부군, 사회를 위하여 머리로 육체로 힘자라는 대로 노동하고 있습니다. 그러면 귀사에서 물으신 여자는 경제력으로 보아 재혼하지 않으면 안 되지 않을까요 하는 듯한 의미의 물음은 오히려 여성 일반을 모욕하는 듯

* 옛 정을 잊지 못함.
** 자기 혼자의 노력 또는 힘.

338

한 감이 없지 않습니다.

더구나 도덕적으로 보아서는 처음에 말씀드린 바와 같이 의논할 거리가 되지 않지 않습니까. 남자가 재혼, 삼혼 몇 번이라도 혼인할 수 있는 것이 도덕적으로 보아 아무 거리낌이 없다면 여자 또한 마찬가지일 것이 사실이 아닙니까?

그러나 동양 더구나 조선에서는 양반의 세도, 남자의 횡포가 심하던 관계로 지금까지 늙은 사람들은 말할 것도 없고 소위 새로운 사상을 가졌다고 자처하는 일부의 남자 중에서까지 처녀 비처녀의 관념을 버리지 못하고 있고 또 여자이면서도 한 남자와 부부 관계를 계속하지 못하는 여자를 경멸하는 경향이 아직 남아 있는 이상에 재혼하는 여자 자신에게는 다소 장해되지 않을 수 없지만 그런 봉건적 사상도 쓰러져 자취조차 없어질 날이 잠깐 사이에 올 것입니다.

— 《삼천리》, 1932. 2.

노래가 듣고 싶은 밤

시외의 밤은 퍽도 조용한 것이다. 오래간만에 놀러 갈 데가 있었는 듯 아침에 출동한 남편의 발자취는 아직도 들리지 않는다. 어디서 어떻게 놀고 있는지 모르지만 의례히 나의 기다릴 걱정에 별로 유쾌한 시간을 가지고 있지도 못할 남편을 위하여 조금도 불쾌를 느끼기는커녕 경우에 따라서는 밤을 새우더라도 마음대로 자유롭게 놀다가 돌아오기를 바라는 바이다.

그것은 내가 나가서 늦어지던 때 심경으로 동정하는 생각이 든 까닭이다. 다만 유흥에서 돌아오면 더구나 몹시도 친절이 구는 남편을 생각하며 빙그레 웃을 뿐이다. 집이 뜨문뜨문 있으니 다듬이 소리조차 저기서 또닥또닥 또 다른 데서 뚜덕뚜덕 그쳤다 이었다 하는데 만주노 호야 호야 소리가 개천을 건너고 언덕을 넘어서 시외의 밤을 적적하지 않게 하더니 그 소리조차 멀리 사라져버렸다.

잘 맞지도 않는 괘종조차 자고 있는데 이제는 정말 대지는 잠에 빠져버린 듯 바삭 소리 하나 안 들린다. 나의 펜 소리만 삼린三隣*에 들릴 듯

싹싹 큰 소리를 내고 있다.

이때에 집 앞 언덕 밑 신작로로 뛰어가는 듯한 사내아이의 콧노래가 들린다. 세련되지 못한 목소리일망정 퍽 순순하게 구슬프게도 나의 정조를 울렸다. 늘 듣던 노래건만 노래 이름은 모르겠다.

가슴은 찌르르 어느새 누선淚線을 건드린 듯 눈물이 핑그르 돈다. 원래 굴러다니는 비속한 노래의 한 구절인지라 무슨 깊고 긴 감격이야 주었으랴. 속눈썹에 맺혔던 눈물도 금시에 말라버리고 거문고 줄에 손끝이 닿기도 전에 떼어버린 듯한 가슴의 움직임도 금시 그쳐버린 것이다.

그러나 그만 노래에 감동을 받을 만치 나의 생활은 건조하고 무미하였구나! 생각하니 다시 적적한 생각이 든다.

그런데 성의를 가지지 못한 탓도 있겠지만 매양 우리들 처지에 우리들 처지에 하는 생각에 집 안에는 악기 하나 사다 놓지 못하고 더구나 시외에 사니 길가에 쌔고 버린 유성기니 라디오의 소리조차 얻어들을 수 없는 것이었다.

우리는 하루 세끼 밥 얻어먹는 것이 그리 쉬운 일이 아니요 붉은 살을 가릴 만한 아무런 옷가지도 용이히 입어지지 않는 형편이니 어느 겨를에 음악이니 시니 노래니 하리오. 누가 그렇지 않다고 말할 사람은 없는 것이다.

그러나 나라도 집도 없이 천애지각天涯地角**으로 떠돌아다니는 집시에게도 노래가 있지 않느냐.

* '이웃집' 정도로 해석됨.
** 하늘 끝과 땅의 귀퉁이라는 뜻으로, 아득하게 멀리 떨어져 있음을 이름.

아무에게라도 학대를 받고 뉘게라도 외면을 당하는 검둥이들에게도 노래가 있지 않느냐?

강아지도 닭의 새끼도 개구리도 맹꽁이도 새도 한두 달 된 핏덩어리 갓난애도 모두 노래를 부르지 않느냐.

노래는 밥이 넉넉하고 옷이 찬란해야 나오는 것이 아니다.

마음이 편안하고 몸이 튼튼하여야 노래가 되는 것도 아닌 모양이다.

배고프면 배고픈 이의 노래가 있고 헐벗고 학대받는 이는 그대로의 반항적 노래가 새어 나올 것이다.

아픈 사람에게는 아프다는 하소연이 흐를 것이요 슬프면 슬퍼하는 눈물이 입가로 스며들 때 노래로 변하는 작용이 생길 것이다. 노래는 동물의 본능적 행동이건만 우리는 노래를 잃어버린 민중일는지도 모르는 것이다.

나 역亦 음악을 이해하지조차 못한다. 피아노 소리를 들어도 처음에는 저절로 눈이 감겨지고 손맥이 풀리다가도 조금 길게 들으면 그만 평범한 생각이 든다.

성악을 들어도 나의 심금이 저절로 놀아나서 박자를 맞추다가도 끝 노래가 나오기 전에 슬그머니 멈추어지는 것이다. 그리고 그것은 모다 남의 흥을 흉내 내는 것이었다.

남도의 노래 중 육자배기 같은 것은 들어도 싫지가 않다. 너무도 애련의 흐르는 리듬이지만 어쩐지 듣고 싶다. 그러나 얻어듣는 것으로는 도저히 만족하지 못한 나는 한 구절이라도 내 입으로 노래가 되어 나왔으면 하지만 노래를 분별하는 귀를 가지지 못한 나는 아마도 불가능한 모양이다.

오늘 저녁따라 노랫소리가 몹시도 듣고 싶다.

무슨 노래든지 좋다! 심심해서 하품하는 나의 심금을 울릴 만한 노래면 그만이다. 그러나 지금은 참새조차 잠만 콜콜 자고 있는 밤중이다. 그리고 들려올 노래만 기다리는 내 가슴은 변변치 못한 제 노래는 그나마 감추어버렸다. 누구의 노래 간에 좋았던 기억도 어떤 음악회에서 얻었던 인상도 없으면서도 나의 영靈은 노래가 별안간 그리워 죽겠다고 몸부림을 치는 것이다.

기회도, 돈도, 재조도, 지도도 없는 나에게 음악이 하여질 리도 없었고 다른 배울 일 할 일도 쌓이고 쌓였는데 이제 새삼스럽게 배울 수도 없고 그렇다고 음악회 같은 데조차 다닐 돈도 시간도 없는 나는 이 욕구도 저절로 시들어버리기를 기다릴밖에 다른 도리가 없는 것이다.

세상에는 조선 사람인 우리들처럼 가지가지로 말라비틀어지는 생활을 하고 있는 이가 또는 있지 않을 것이다.

집시의 작은 새가 깃들일 나무조차 없는 사막에서라도 춤추고 노래하는 그 노래 같은 애처로운 노래도 우리에게 있었으면…….

집짐승도 날짐승도 개구리도 맹꽁이도 부르는 본능적 노래나마 우리에게 있었던가 없었던가― 우리에게도 정이 있으니 노래가 없을 리는 없다.

그러나 전에는 천대와 무시로 시들었었고 지금은 비속하고 에로틱한 데만 아첨하고 있지 아니한가 한다.

우리도 우리 노래의 순진성을 도로 찾는 날이라야 우리의 정신으로 살아가는 날일까 한다.

기러기 소리라도. 그러나 아! 봄날의 밤이니! 소리가 듣고 싶어라.

―《동광》, 1932. 3.

서중잡감署中雜感

첫여름에는 손바닥만 한 그늘 속에도 발을 들여놓지 못하던 겁쟁이의 더위. 한 가지 나무가 움직이는 바람에도 그만 밀리어버리는 약한 더위를 보았는지라 좌우가 청산이요, 녹음 밑에 자리를 잡은 집 속에 뒤로 오는 바람은 앞에서 맞고 앞으로 오는 바람은 뒤에서 불러들일 툭 터진 마루에 앉았으면 이야기하고 걱정 없이 있었다.

그러나 초복·중복을 지난 오늘의 더위야말로 그 기세가 과연 놀라웁다.

사람의 뼈를 녹여낼 듯 바위를 쪼개트릴 듯 하늘 위 땅속에 스미고 넘쳐서 일절 생물을 태워버릴 듯한 더위다. 물리칠 수도 없고 피할 곳도 없을 뿐이다. 그리하려면 한갓 헛된 괴로움 위에 더 덮치는 더위가 사람의 몸을 더욱 지치게 할 뿐이다.

장독대에 항아리들은 그래도 터지지도 않고 안간힘을 쓰는 듯이 버티고 있고, 그 밑에는 열병 앓은 새악시의 입술같이 타서 오므라진 채송화가 깜박깜박 졸고 있다.

"요 조그마한 몸뚱이조차 쉬일 곳이 없어 샅샅이도 몰려드는 그런 심한 더위는 생전 처음 보았다."

고 재잘거리는 참새 떼가 차지한 아카시아 숲으로 묵직해 보이는 날개를 훌쩍 들고 서편으로 천천히 나는 솔개, 무신경한 동물인가.

이 더위에도 벌레들은 그대로 굳센 소리로 합주를 그치지 않고, 잎새는 살아 있다는 듯이 느리게나마 흐느적거리고 있고, 아이들은 지껄이고 어른들은 여전한 목소리로 이야기하는 소리가 들리니 오히려 이상스러운 일이다.

나는 더위 핑계로 한여름이라는 짧지 않은 시간을 그렁저렁 흘려보내던 옛일을 후회하는 동시에 이번 여름에는 기어코 시간을 잘 이용하리라 결심하였었다.

그러나 더위의 입김으로 된 열장熱場에서 헤매게 되니 책은 공연히 들었다 놓았다 손때로 더럽혀질 뿐이다.

수십 년 만에 처음 당하는 이 더위가 수십 년 만에 결심한 나의 독서력을 약하게 하는 것이다.

손등에 주르륵 흐르는 땀을 수건으로 문지르며

'참 더운 날씨인데…….'

하고 다시 생각하니 머리가 띵한 것이 더 심하고 숨결이 가빠진다. 그야말로 안절부절하게 된다.

서늘하여야 할 곳에 가만히 앉았어도 이리 더운데 뙤약볕 아래서 농사짓는 사람, 노동하는 사람들은 그 더위가 과연 어떨까. 일사병에 쓰러지는 사람과 짐승이 있다 한다.

죽기까지는 아니 한다 하더라도 이 더위를 같이 받는, 같은 사람들은 다 같이 줄줄 스며 흐르는 땀과 함께 진액이 얼마나 빠져나올까.

정자나무도 보살의 화신이라는데 이런 때에 청량제 될 것을 그들에게 준다면 얼마나 좋은 일일까.

많은 사람에게 다 같이 청정제가 될 것이 무엇이 있으랴만 더위를 참아갈 만한 방법 같은 것을 가르쳐준다면 얼마나 좋을까.

천에 백 사람이나 백에 열 사람만이라도 응용될 수가 있는 것이라면 더위가 휘감기는 것쯤은 모른 체하고 무엇이나 생각을 빠지게 하는 데 있을 것 같다.

책을 읽을 때도 정신을 폭 잠그고 읽는 동안은 몇 시간 동안이라도 이마에서 땀이 떨어져 옷을 적시는 줄도 모르고 넘겨버릴 수가 있는 것을 보면 무엇에 잠침*만 하면 더위쯤은 잊어버릴 수도 있는 것이다.

참선하는 이에게는 더위 잊는 법쯤은 어렵지도 않으련만 그들은 말을 아니 하니 알 수 없고 잠시나마 대중이 더위를 잊고 읽을 많은 독서물을 하나 만들 수 없을까 생각하였다.

그러나 내게 겨우 한 가지 있는 글 쓰는 장기長技(?) 그것조차 만들고 싶은 것이 만들어지지 않고 가슴에 서린 말을 뜻대로 풀 수도 없으니, 생각하면 나도 별로 쓸모 있는 사람은 못 되는 셈이다.

송이송이 피어오르는 꽃봉오리의 빛과 형용도 모두 특색이 있고, 나풀거리는 나무 잎새, 흐느적거리는 풀포기도 각각 다른 제 성품의 표현이 있거늘 사람인 나에게는 무슨 특징이 있나, 내 앞 책임을 할 만한 무엇이 있나? 그것이 없을 뿐 아니라 그동안이라도 교계敎界를 위하여, 사회를 위하여 튼튼한 일꾼으로 만들어질 기회와 시간이 없었던 것도 아니건만, 멀뚱멀뚱하는 동안에 시간이 뒷발에 걷어채이어 옛날의 내나 오늘의 내가 조금도 진보됨이 없음을 발견하게 되었다.

나를 아끼는 내가 붓끝을 저해하여 나를 아주 발가벗겨 대중 앞에 내어놓지는 못하지만 나는 아직은 아무 소용이 없는 사람인 것이다.

| * '침잠'(마음을 가라앉혀 깊이 생각하거나 몰입함)의 의미로 짐작됨.

그러나 나는 불법佛法으로 인하여 원력願力의 힘, 정진精進의 결과를 믿는 것이다.

오늘의 내가 어떠하거나 장래의 나를 그리며 나는 기뻐하련다. 아무 것도 아닌 이 글을 읽는 동안에나마 더위를 잊는 단 한 사람이라도 있을 것 같지도 않지만 땀에 목욕 감은 붓은 그만 놓는다.

—《불교》, 1932. 9.

사회상의 가지가지[*]

"이 집 선생 계신가—"

뜰의 적막을 부수며 들어오는 이의 목소리는 우리 앞뒷집에서 살다 문안으로 이사 간 동무의 시어머니다.

'또 며느리가 퇴각이 난 모양인 게로구나. 늙은이가 이 추운 날 고개를 넘어 여길 찾아오게' 이런 생각이 슬쩍 내 머리 위로 지나쳤다. 나는 보던 책을 옆으로 밀어놓으며

"아아 어서 들어오십시오. 이 추운 날 어떻게— 한번 가 뵈옵는다면서도, 이 아랫목으로 앉으십쇼."

깔아놓은 요 자락을 들추며 손목을 끄는 나를 외면하듯 들창으로 시선을 보내는 그는

"무엇이 그리 귀한 몸둥이라고 치운 것 더운 걸 가리겠소. 여기도 좋소" 하고는 웃목에 웅크리고 앉으며

"선생 이때 안 오셨구려, 시골 갈 노비 좀 취하러 왔는데!"

---

[*] 『미래세가 다하고 남도록』 상권에서는 제목이 '믿음이 싹틀 때'이고 부제가 '사회상의 가지가지'로 되어 있다.

"또 그러십니다그려— 요새 젊은이들을 예전 고분고분하던 며누리나 아들딸들같이 생각해서는 안 된다니까 그래요— 또— 그런데 시골 작은 아드님 댁으로 가실라나요?"

"아니요— 그년두 그년 그놈두 그놈 어딜 가면 나 같은 늙은것 반가워할 이가 있나요. 아무 데나 가다가 가다가 죽어지면 죽고 살어지면 살지, 여길 오면서도 푹— 꺼꾸러져 숨이 져버리지 않는 것만—"

자기 말에 자기의 감동을 더 덮친 그는 사태 진 모래 두덩같이 여러 갈래로 갈라진 주름살 두렁으로 굽이쳐 흐르는 눈물을 수건으로 막는다.

어쩐지 내 눈도 뜨거워짐을 느끼며 이 고부간의 평화에 도움이 될까 하여 재주껏 짜내인 말이 여러 번 거듭되었었는지라 다시 무슨 말을 또 할까 속으로 생각하여보다가 어쨌든 왜 또 그러는 곡절부터 알어야겠다 생각한 나는

"요전 시골서 다시 모셔 오신 다음부터는 각별히 조심하는 줄로 알았는데— 동무의 또 무슨 실수가 있습니까."

"영악하고 똑똑한 그가 실수가 무슨 실수야— 빙충이 늙은이가 아씨 영대로 시행할 길이 없어 쫓겨난 것이지."

어디까지 비웃정거리기만 하는 그는 '신식 년인 너는 별 년이냐' 하는 듯한 태도이다.

저녁에 남편과 이야기하는 것으로 이번 분란의 내용을 짐작하게 되었다.

동무가 아이들의 장난감을 많이 사 왔다고 시어머니 되는 이가 나무랬더니 "네년 까닭에 집안 망한다"고 했다고 며누리가 뒤집어씌워 가지고 늙은이를 퍼부었다는 것이다.

그전에도 아들의 내외가 이혼을 하느니 어머니가 출가를 하느니 하

는 소동을 여러 번 일으킨 일이 모두 사소한 일 까닭이었다. 방에 불을 많이 땠느니 적게 땠느니 어디 구경을 고부가 같이 가느니 어린것을 시어머니가 무얼 많이 먹여 성을 냈느니 안 냈느니 이따위 것이었다.

실상 그 사건이 사건다워서 그런 분쟁이 생긴다는 것보다도 사람과 사람이 틀리고 있으니 사사에 공연히 트집이 생기는 것이다. 사람과 사람은 왜 틀리느냐. 시어머니는 시어머니의 존경을 받을 자격을 구비하였든지 말았든지 '시어머니'이니 그저 존경받고 봉양받고 복종을 시킬지 권리가 엄연히 있다는 것이요, 며느리는 아들을 낳은 것도 기른 것도 모두 동물의 본능적 사랑과 의무 때문이었으니 부모에게 자식이 그리 큰 은혜를 느낄 것도 없겠거늘 이제 와서 하는 것 없이 자식에게 얻어먹으면서 떠세가 무슨 떠세냐는 아니꼬운 생각이 든 까닭인 듯. 어쨌든 시어머니는 시어머니대로 며느리는 며느리대로 자기만 본위 삼기 때문이다. 중생은 과연 '소아小我'를 버리는 수양도 좀체로 어려운 것이 사실인가 한다.

어쨌든 늙어서라도 자녀의 덕을 보겠다는 생각만은 우리쯤은 아주 청산을 하고 물질의 저축은 사정이 허락지 않는다 하더라도 정신으로나마 딱— 예산을 세우고 나이를 먹어가야 할 것인가 한다.

나는 그 노인에게 염불이나 하여 여년이나마 몸과 마음을 쉬이게 하는 것이 좋겠다고 간절히 말한 적이 있지마는 그는 알아듣기조차 못한 듯하였다.

"신문을 늘 늦게 전해서 언제든지 이튿날 시간의 장해를 끼친단 말이야" 하고 짜증을 내이고 앉았는 내 방 미닫이 앞에 "신문이오" 하는 소리와 함께 신문이 툭— 떨어지는 소리가 들린다.

신문을 집어 드는 손끝에 '인사人事 소식란'이 먼저 들려져서 내 눈에 뜨이게 되었다.

"×× 씨는 ×동 자택에서 참척." 나는 깜짝 놀랐다.

×× 씨는 나의 어렸을 때부터의 동무요. 동창생의 남편의 이름인 까닭이다. 나의 동무는 아들 삼 형제를 두고 또 만삭이 되어 있었다.

"어느 아이가 죽었을까."

큰아이의 아리삼삼한 얼굴, 둘째 아이의 싱그레 웃는 넙데데한 모양, "엄마 나 뭐 주어 주어 주어" 하고 조르기만 하는 끝에 아이의 앙상한 목 뒤가 차례로 획 지나갔다.

'차라리 배었든 것이나 나아서 진자리에 죽었다면' 하고 생각하는 나의 머리에는 한 7, 8년 전 일이 우연히 떠올랐다.

어느 날 길에서 그 동무를 만났다. "어디 갔다 와!" 활발한 그의 태도는 의외에도 몹시 초연하여서 의심스럽게 쳐다보며 이렇게 물었다.

"희련(동무의 장자)이를 할머니한테 다니려 보내느라고 정거장까지—" 말끝을 채 마치지 못하고 돌아서는 동무의 눈에는 무엇이 번쩍 빛났다.

잠시 다니러 보낸 아들을 위하여 눈물을 흘리던 동무가 아주 죽어버렸다면 어떠할 것인가.

그 이튿날 나는 동무를 찾았다 "××이 있어?" 하는 소리가 내 입에서 겨우 나왔다.

"우리 집에를 다 오나— 오늘 무슨—" 웃으려는 동무의 얼굴은 아직도 산모의 때를 못 벗은 데다가 슬픔에 부대끼는 굵은 선이 웃으려는 근육을 당겨 픽도 자연스럽지 못한 표정이 나타났다.

나는 방에 들어서며 '핏덩어리를 잃었구나' 하는 것을 직감하였다.

"나는 큰 것 중에서 잃었으면 어쩌나— 했지."

불행 중 다행이라 생각한 나는 웃으며 이렇게 말하였으나 동무의 얼굴은 우는 것보다 더 을씨년스런 표정이 나타났다.

나는 슬퍼하는 동무를 위하여 자식으로 태어났다가 부모 앞에 죽어 버리는 것은 가장 잔인한 복수적 수단일 줄 알게 하여 위로를 주겠다는 생각으로 갔으나 동무는 예수교인으로 신심은 없지마는 불교라면 덮어놓고 반대하는 터이라 "일엽이가 본래 어리석겠다. 또 불교에 미쳤구나 미쳤어" 하고 나의 하는 말에 철두철미 방망이를 주는 것이었다. 다소 불쾌하지 않은 것은 아니나 본래 서로 못할 말 없이 하고 지나는 터이라 어디 서로 싫은 소리에 익숙해진 터이고 나의 짧은 지식과 덕으로 감복시키지 못할 바에는 그만두는 편이 좋겠다 생각하고 발을 다른 데로 돌렸다.

갓난애 바로 위 아이가 샘이 발러서 어린것을 안고 젖을 먹이지도 못하게 하고 그편으로 눕지도 못하게 악착을 부려서 며칠 살지도 못하고 죽는 어린것을 어미 품 그립게 하고 배를 주리게 하였다고 애절처절해하는 동무는 "자식 죽여버릴 년이라든지, 놈이라는 욕이 제일 악담이겠다"고 말하였다.

50일가량 살고 죽었다는 어린이가 스스로의 고생도 고생이지만 부모에게 말할 수 없이 정신과 육체의 손해와 고민을 주었다는 말을 듣고 나고 죽는 것이 과연 고_苦로구나 하고 느꼈다.

어느 날 저녁때 애인의 죽은 1주년 기일이어서 울화증에 들어앉았지 못하여 시외 바람 쏘이러 왔다는 남편의 친구 한 사람이 찾아왔다.

죽은 애인과 사귀던 시초부터 사랑하던 경로 병들어 죽을 때까지 쭉 이야기를 하는데 과연 인정으로 감심할 점도 많고 눈물 날 장면도 많았다.

더구나 그는 본아내가 있고 자녀까지 둔 남자로 경제적으로 독립을 하지 못하니만치 가정을 가질 능력이 없는 데다가 재산 가진 부모가 극히 반대하는 연애 관계인지라 파란은 더욱 많았던 것이다.

끝으로 그는 이런 말을 하였다.

"사실 내가 의사로 얼마간의 자신이 없지도 않지만, '세상없어도 너만은 꼭 살려내고야 말겠다'고 그의 앞에 장담하던 나다. 그를 잃어버리고 나니 인제는 의사질 할 용기도 없고 그보다도 그의 생각이 내 머리에 살아 있는 동안에는 못 먹을 음식을 먹은 배 속같이 머릿속이 늘 들볶이고 있게 되니 사실 지금부터 살아갈 일이 난감일세."

팔척장신의 남자 입에서는 이런 어리고 약한 말이 예사로 흘러나오는 것이었다.

우리 내외가 위로라고 할까, 권고라고 할까 하는 여러 가지 말을 들은 그는 다시 이런 말을 하였다.

"그러나 죽어가는 그의 손목을 잡고 '아까운 너를 죽인 나는 다른 아까운 인생을 많이 살려서 이 죄를 값겠으니 그리 알아달라'고 말을 하였으니 그는 그것으로 죽어서 가는 길양식을 삼았을 것이니 나는 그를 위하여 살기는 살아야겠네."

사람에게 애욕에서 더한 안타까운 존재는 다시없을 것인가 한다.

"동물원 호랑이가 종로 네거리로 싸댕기거든 나도 놀러 다닐 세상이 왔나 보다 하라고 하며 정초에 놀러 오란 말 한마디를 입에 내지도 못하게 고개를 내젓더니 어째 오늘 왔노."

"정말 세상이 뒤집히는 일이 생겼기에 고개고갤 넘어 내가 여기까지 왔지." 동무는 후— 한숨을 쉬며 아랫목에 털썩 앉는다.

"왜 무슨 일이 생겼어— ×× 선생이 잡혀가셨나, 도망을 가셨나."

"잡혀가고 도망갔으면 차라리 낫게, 그 그 맹추가 글쎄 나이 사십 줄에 아직도 철이 안 드는구려."

"왜 난봉이 났나."

"난봉 난봉 정말 여이지 못할 난봉이 났어— 글쎄 자식새끼들하고 어떻게 살아간단 말이야. 어저께가 월급날인데 거기서는 음력설에 뽀나쓰를 주지, 그래 이번에는 합쳐 돈 백 원 될 모양이니 어린것들의 찢어지고 해어진 속옷을 꿰매면서도 날마다 조르는 큰애 월사금도 설에는 해주마고, 몇 달이나 별러 온 아이들의 옷가지도 여기저기서 달라는 외상값도 몇 달 밀린 집세도 그것만 태산같이 바랐구려. 그런데 엊저녁에는 눈이 감기도록 기다리고 기다려도 밤새도록 안 오는구려, 벌써 일이 틀린줄을 알고 이를 악물고 앉았누라니 훤히 밝았는데 눈이 부석부석해가지고 어슬렁어슬렁 들어오는구려, '그래, 월급봉투 내노우' 하고 딱 별렀더니 두 손을 쓱쓱 비비며 죽을 때라 또 '마작'을 해서 월급 뽀나스를 한 푼도 안 남길 뿐 아니라 남의 돈 백 원을 당겨서 모두 잃었다는구려, 그것도 한두 번이면 모르지만 올해로 세 번째구려, 합쳐 한 4백 원가량이나잃었으니 우리 살림에 단 4원 40원을 잃어도 그것이 지우가 져서 몇몇달을 고통을 하게 될 텐데 진 빚도 10년 이내엔 못 갚을 텐데 빚 위에 또그 빚을 더 졌으니. 큰 녀석은 내후년엔 벌써 중학교에 입학하게 될 테지요, 둘째 셋째 다 소학교나 마저 넣어야지요, 교육은커녕 먹일 것조차 없으니 어쩌느냐 말이야, 우리 오라버니가 몇 번이나 빚봉수를 해서 겨우파산을 면해줬는데 그 모양이구려, 그저 애비부터 때려죽이고 자식 셋모두 죽여버리고 그 자리에 나도 푹 거꾸러졌으면 좋겠어, 빌고 울고 고통하면서도 또 그 짓을 하고 나니 어떻게 하면 좋으냐 말이야, 오늘은 아주 나온다고 나왔지, 일엽이가 이런 일을 당하면 어떻게 처치를 하겠어?"

나는 별 할 말을 발견하지 못하였다. 불교 이야기 한다면 마주 앉았지도 않겠다는 이에게 세상이 그렇게 괴로우니 어쩌니 하는 말은 꺼내지도 못할 거고 그저 이번 한 번만 또 참고 다시 못하게 하지 별수가 있나하는 애매한 말을 할 뿐이었다.

세상에는 과연 소설 재료도 많이 있는 것이다. 천만 가지 사건이 물거품같이 추추한 수풀 밑에 버섯같이 생겼다가 꺼졌다가 하는데 꺼지기 전에 거두어두는 것이 소설화하여 사람들에게 이용을 시키게 되는 것인가 한다.

볕 들기 전에 버섯을 따서 말려서 좋은 반찬을 만드는 것같이 이 세상에서 일어나는 사실을 교묘하게 채집하여 교묘한 붓끝으로 살려놓아서 사람에게 좋은 교훈도 되고 지도자도 되고 위로도 되게 하는 것이 문인의 직무인가 한다. 나도 차차로 이런 모든 사실을 재료 삼아 산 소설을 만들어볼까 한다.

—《불교》, 1933. 3.

불도佛道를 닦으며

煩惱無常誓願斷(번뇌무상서원단)

衆生無邊誓願度(중생무변서원도)

『팔만대장경』 속에서 가장 나의 심금을 울려주는 글귀는 실로 이것이외다. 인생에는 번뇌가 많은지라 그를 칼로 베이듯 모두 끊고자 원이오며 중생은 억천만인지라 이 몸에 덕이 올라 슬픔에 우는 모든 중생들을 구하옵고저.

이러한 대원을 품고 이생에서 다 못 하오면 내생에 또한 내후생에까지 맹세하고서라도 영원히 삼생三生* 사이에 이 몸이 부처님 대자비 속에 젖어 이 대원을 이루옵고저.

바로 지금도 나는 널따란 대법당 한 모퉁이에 앉아 마음으로 이 원을 빌고 맹세하며 제수 드리고 물러 나왔나이다.

| * 전생, 현생, 내생인 과거세, 현재세, 미래세를 통틀어 이르는 말.

불도를 왜 닦는고?

하고 묻는 이가 있다면 나는

불도를 왜 아니 닦으시뇨?

하고 반문하려 합니다. 나는 내 자신이 인생에 대한 경험이 천박하다고는 믿지 않습니다. 세상에서 제일 고행한 어른들에게 비한다면 그야 구생九牛의 일모一毛나 되는 번뇌와 고통을 겨우 맛보았다 할 것이로되 그러나 반생 30년 동안 이 몸의 위에 물거품같이 생기었다 꺼지던 정신상, 육체상의 온갖 번뇌는 결코 여러분에게 지지 않았을 줄 아옵니다. 철이 채 나지도 않은 소년 시대에 하늘로 믿던 어머니와 아버지를 모다 저세상에 보낸 여자가 이 몸이외다.

부모는 구몰俱沒*하신다 하여도 같은 배를 가르고 나온 오빠나 동생이나 있다 하여도 덜이나 애통하고 적막할 것을, 아무도 없는 무남독녀로 뿌리 없는 풀이 되어 이 세상의 격랑에 표류되지 아니치 못할 비운을 가지고 앉은 것이 이 몸이로소이다.

청년 시대를 맞아 이성異性에 대한 이해도 사랑도 움트기 전에 나에게는 아버지뻘 되는 이와 결혼하지 아니치 못할 숙명을 가졌던 것도 이 몸이었사외다.

그런 뒤 남이 사랑하여주지 않는 번민과 남을 사랑할 수 없는 고뇌 속에서 행복스럽지 못한 가정을 3, 4차 만들었다가 깨어버린 것도 이 몸이었사외다.

지금은 이 몸 위에 혈연이라고 이 세상에 한 분도 없거니와 부부간에 있는 그러한 애정을 두는 이도 한 분도 없으며 이 몸에는 초가집 한 칸도 비단옷 한 벌도 은가락지 한 쌍도 아무것도, 아무것도 없는 빈 몸이 되었

---

* 부모가 모두 세상을 떠남.

습니다. 단순화하였다면 이 몸의 지금과 같이 단순화된 존재가 어디 있으리까.

저는 문을 굳이 닫고 남이 들어오기를 막을 아무것도 없습니다. 재산도 명예도 이렇게 되어오는 사이에 아픔과 괴로움은 남만치 다 느끼었습니다. 육체상으로, 또는 정신상으로.

諸行無常(제행무상)

옳습니다. 우리 인세人世에 '제행무상' 아닌 것이 무엇이 있습니까. 천만 년 살려던 사람도 일순一瞬 후이면 죽어집니다. 바벨탑같이 높게 쌓아 놓은 인세의 영화도 하루아침에 재가 되어 날아납니다.

아까 생각하였던 것이 지금 돌이켜 회상하면 부질없는 일이요, 금시 열을 내던 일도 조금 있다가 바라보면 사회死灰같이 싸늘하게 식어갑니다.

있던 것 없어지고 크던 것 작아지고 깊던 것 옅어지고.

어느 것인들 변하지 않으랴, 어느 것인들 없어지지 않으랴. 유유한 푸른 하늘의 백운白雲인들 오늘은 제석산帝釋山 위에 돌다가 내일은 추풍령 저쪽으로 사라질 것이요, 굽이쳐 흐르는 물결도 순간순간으로 이리저리 흐를 뿐 다시 어디 가서 같은 물, 같은 바람, 같은 꽃, 같은 바람, 같은 꽃, 같은 청춘을 찾아보랴.

자연이 그러하고 인생 만사가 그러합니다.

어느 것이 '제행무상'이 아니던고.

"대오大悟는 대몽大夢"이라고 장자莊子『남화경南華經에』씌어 있습니다.

오직 '오悟' 외다. 깨닫고 보면 어느 것인들 꿈 아니었던 것이 있겠습니까.

인생은 '꿈'이외다.

'꿈'이매 덧없습니다.

'덧' 없으매 영생을 바랍니다.

'영생'을 바라오매 우주의 큰 품에 안기려 합니다.

저는 지금 부처님의 큰 품에 안기었습니다. 그 무릎은 양의 털같이 무한히 부드럽고 그 손은 어머님 손길같이 따뜻하고 그 마음은 가을 하늘같이 티끌 하나 없습니다.

조그마한 이 몸이 그 무릎에 앉으매 아무것도 무서운 것이 없으며 욕심나는 것이 없으며 괴로운 것이 없습니다. 부처님은 저에게 모든 것을 다 주셨습니다. 평화와 안식과 용기를!

저는 이제 완전히 구제되었습니다. 대자비의 따뜻한 일광日光에 온몸이 완전히 녹아가옵니다.

'표훈사表訓寺' 입상入相의 저녁 종소리, 애처롭게 들리던 한때도 있었지요. 불도에 정진하던 힘이 약하였을 때에는.

더구나 금강산에 단풍 물이 빨갛게 들 때나 봄날 아침 부드러운 백운이 바위 곁에서 잠자다가 바위 두고 저만 훨— 훨— 날아가 버리는 것을 보고는 애상에 젖은 때도 있었지요. 젊은 몸에 북받쳐 오르는 '애욕'의 힘에 전신이 금시에 재 될 것같이 타지는 때도 있었지요. 그러나 저는 스님의 교훈과 선禪의 길을 통하여 이 모든 것을 이제는 완전히 익혔습니다. 이제는 허영을 이 몸에서 완전히 쫓았습니다. 다만 사랑과 욕심도 모두 쫓았습니다.

구조 다케코[九條武子]*나 이토 뱌쿠렌[伊藤白蓮]**이나 측천무則天武 같은 분들이 왕왕 마음 가운데 기어오르는 번뇌를 참을 길 없어 노래와 시를 짓고 노래와 시로도 마음의 아픔을 누를 수 없는 때면 『대장경』 같은 성경을 일심불란一心不亂으로 등사謄寫한다는 말을 들었습니다. 그러나 나도 한때는 그런 때 있었으나 지금은 그러한 소극적 위안의 길을 찾지 않고도 넉넉히 아픔을 잊게 되었고, 지금은 오직 믿음의 세계 기쁨의 세계만이 남아 있습니다. 육안으로까지 볼 수 없는 넓고 깊고 깨끗한 세상, 이것은 오직 '믿음'에서만 찾아내는 세계의 다 믿는 사람에게만 던져지는 불이不二의 세계외다.

석왕사釋王寺에 불이문不二門이란 문이 있지요. 불이문! 세상에 불이의 세계만 찾아진다면 그때는 제도濟度의 대원大願을 발하게 되는 때일 줄 아옵니다.

스님은 내가 노래와 시와 소설 쓰는 것을 피하라고 하십니다. 스님은 절더러 세상의 신문이나 잡지까지 다 보지 않는 것이 좋다고 합니다.
그리고 스님께서는 외간 사람도 어울리지 말라고 합니다.
깨끗한 몸 깨끗이 가지옵고저.
깨끗한 마음 깨끗이 가지옵고저.

톨스토이나 괴테나 이렇게 큰 예술가들은 모두 스님 말씀하시는 '대오大悟'를 하신 분인 듯, 참으로 위대한 예술이란 것은 철저한 깨달은 인생관 위에서 되는 것인 줄 압니다.
인생관이 서지 않고서 지어진 작품 그는 필경 아침 이슬같이 사라질 것이외다. 그가 '인생'을 알면 얼마나 알았다 하겠습니까. 소경이 코끼리

---

* 구조 다케코(1887~1928). 일본 내 불교부인회를 설립한 여성.
** 이토 뱌쿠렌(1885~1967). 일본 내 '백련 여사'로 불리던 여성 문인.

를 만지듯 어느 한 모퉁이를 겨우 더듬어 아는 것에 불과하겠지요.

저도 참으로 위대한 예술가 되어지이다 하고 원한다면 먼저 '인생'과 '우주'를 다 알고 난 뒤에 붓을 잡을 바인 줄 압니다. 지난날 무엇이라도 몇 자 쓴 모든 것이 지금 돌아다보면 다 우습습니다. 다 부끄러울 뿐입니다.

인도는 더운 나라입니다. 일광 밑에 가나오나 유자나무가 많습니다. 부처님께서는 이 유자나무 아래에서 늘 명상하신 듯하셨습니다. 고승들도 흔히 노천에서 구도하신 듯합니다.

그러나 인도와 같이 뜨거운 나라가 아니매 우리는 집을 필요로 합니다. 그래서 가을바람 떨어지기와 같이 저이들도 안동승방安洞僧房을 찾아왔으나, 그러나 한곳에 오래 머무르면 못씁니다. 욕심이 생기니까요.

저는 어느 날은 또 여기를 떠나 이번에는 해인사 통도사로 가려고 합니다. 가서 뎅그렁 빈 승방에 앉아 경經도 읽고 선禪도 하려고 합니다.

'제행무상'의 종소리

이 소리를 몇 사람이 들어

몇 사람이 깨닫고 말던가?

—《삼천리》, 1935. 1.

'무심無心'을 배우는 길

─ 피 엉긴 가슴을 안고 사는 R씨에게

경향京鄕 간에 어지간히 이야깃거리가 되던 우리의 '로맨스'는 39년 전 가을에 허덕이는 낙엽의 전송餞送으로 그만 끝막을 내렸던 것입니다. 무한극수적無限極數的 수명을 가진 우리의 시간에 비하여 가장 짧은 한 토막의 시간 중에서도 1, 2년이란 시간적 꿈이었던 그 꿈의 인연으로 이 편지를 쓰게 된 것은 아닙니다.

나는 내가 가지고 싶은 조건에 맞는 것인지 채 알게 되기도 전에 어느새 내 것을 만들어 따질 새 없이 쉬 열렬하게 됩니다. 또한 받아들인 생활에는 충실한 곰같이 어두워져서 그저 아름답게 꾸미고 착하게 만들어 만족한 생활을 누립니다. 그리다가도 따짐이 시작되어 파탄에 이른 결론만 나면 그만 미련 없는 빈 보따리를 걸머지게 됩니다. 뒤에서 부르는 소리는 도무지 들리지 않기 때문입니다. 그러나 산모롱이에서 옷깃 한 번 슬쩍 스쳐 지나는 일도 오백생五百生*에 인연을 지었던 그 결과라고 합니다. 그러니 1, 2년의 인연인들 가볍다고야 하겠습니까?

| * 몇 번이고 자꾸 태어난다는 뜻으로, 오랜 시간을 이르는 말.

그렇지만 오백생 아니라 5백만 년의 생이라도 한 토막 한 토막씩 이어가는 망령될 습기習氣*의 연장이요, 집적으로 이루어진 혼의 반영인 줄은 전연 모르고 세속적 인간 생활이 참된 사실인 줄만 알던 속진俗塵서의 그때에 이미 잊어버린 그 꿈의 인연으로 이 편지를 쓰게 된 것이 아님을 거듭 말합니다.

　나는 입산하여 인간이 가장 귀한 점, 곧 존재적 가치 표준을 인간에게 두게 된 까닭을 알았습니다. 인간은 내 마음대로 하는 나를 이루어야 비로소 최귀最貴한 인간이 되는 것을 알았습니다. 당신과 지내던 예전 그날 그 시간들과 가지가지 사건들이 일어났던 그 장면, 또 그 이면에 잠긴 느낌까지 죄다 연상됩니다. 그 모든 일들이 다만 내 생각이었다는 것을 현실이 증명해줍니다. 이것은 분자적分子的 정신의 의존인 나의 소아경小我境입니다. 만일 내가 전체적 정신을 가진 대아적大我的 인간이라면 이 생각이 수竪**로 삼제三際***, 횡橫****으로 십방十方*****인 일념, 곧 우주적인 내 일임을 스스로 증명할 것입니다. 이 '나'를 알아 얻어서 운용하게 되어야 횡수橫竪인 대아경大我境을 증득證得한 인간입니다. 온 세상이 나를 잃어버린 줄도 모르니 놀라운 일이 아닙니까? 이 소식을 친소親疎와 이해利害를 떠나서 뉘게나 다 알려주려는 그 원력願力 아래서 이 편지를 쓰게 된 것일 뿐입니다.

　이제로부터 서른아홉 해 전 — 남북으로 서로 헤어져 오늘까지 글 한 번 오감이 없었건만 그래도 당신의 안부를 알려주는 이가 있었습니다. 당신이 평남 북해안에서 소지주로 과수원을 경영하면서 그 안에 운치 있

* 습관으로 형성된 기운이나 습성.
** 세로.
*** 삼세三世. 전세前世, 현세現世, 내세來世의 세 가지.
**** 가로.
***** 시방. 사방四方, 사우四隅, 상하上下를 통틀어 이르는 말. 여러 방면.

는 소공원을 만들어 구경꾼들이 끊이지 않는다는 이야기부터 서너 해 동안의 당신 소식을 알았습니다.

당신도 여전히 화젯거리인 나의 소식은 자주 듣고 계실 줄로 압니다. 아마 우리가 떠난 지 서너 해가 지난 때로 기억됩니다. 그때 당신의 친우로 화가인 K 씨가 처음으로 당신의 심회를 전해주었습니다. 당신이 나와의 이별을 몹시 후회를 하더라는 것입니다.

당신이 가슴을 두드리며 탄식하여 마지않은 그 흉내를 내면서 "이제 와서 깨어진 그릇을 맞춰보는 여인처럼 어리석은 생각을 하는 것이라"고 "사실 R 씨는 사람을 사랑하지 않고 사랑을 사랑하였던 것이라"고 당시의 심정을 몰라주는 말을 하던 것입니다.

그래서 나는 나의 사랑이 철저하지 못해서 당신이 독신자가 될 수 없다는 이유로 내가 당신을 버리게 된 것이라고, 이별의 책임은 내가 져야 한다고, 자백을 하고 당신의 아버지가 당신에게 물려준 3백 석지기 논은 한자리에 놓여 있기 때문에 그 논 있는 들판을 'R 가 들판'이라 한다고, 그 들판이 바라보이는 언덕 위에 2만 평이나 되는 3년 수의 과수원을 사 놓았는데 거기에 얌전한 문화주택이나 하나 지어놓고 당신과 둘이 살라고 하였다고, 당신도 나에게 2년만 거기서 동거해주면 일생 생활비는 만들어줄 테니, 라고 말하는 것을 당신이 본처를 두고 나를 속여온 것이라, 나는 소실이라는 불쾌한 생활을 돈 때문에 살 수는 없어 그대로 떠나게 되었는데 그때 무수히 떠 있는 낙엽이 놀잇배인 듯 떠놀고 파란 물이 남실거리는 호숫가를 지나다가 당신이 돌연히 나를 안고 호수로 뛰어들려 할 때, 나는 마침 늙은 시닥나무를 붙들고 몸부림을 치는데 당신은 멀리서 콩대를 지고 오는 농부를 바라보며 나를 놓아주고는 다시 걸으면서 전에 가약假藥*으로 정사情死의 연극을 꾸미던 비밀의 이야기를 당신에게 했더니 당신은 "의문의 여인……" 하며, 표정이 혼란하더라고 말하였습니다. K 씨는 자기가 글을 쓴다면 우리들의 일을 소설로 발표할 것이라는 것이었습니다.

그때 나는 고향도 친척도 없으니 할 수 없이 오래 살던 서울을 향하여 무거운 발을 옮겨 디디게 될 때 참으로 막연하고 허전하였습니다. 다만 그래도 살 도리가 있겠지, 하는 기적을 바라는 심정으로 서울까지 왔던 것입니다.

그 뒤 약 5년이나 지나서 성북동城北洞에서 시내로 들어가는 전찻간에서 당신의 매형을 만나 당신이 사냥을 다니다가 다암산多岩山 밑 오막살이에서 베 짜는 젊은 여인을 사귀어 아들까지 낳았는데 그 여인과 동거하는 집에 본부인이 질투로 불을 싸지르자 본부인과는 그만 이혼이 되었고, 그런 말을 묻지도 않았는데 전해주었습니다.

그 뒤 전연 당신의 소식을 알 길이 없었던 차, 아마 내가 입산한 지 약 10년이나 지났을 무렵 불공 손님이 향촉을 싸가지고 온 신문 지상에서 우연히 당신이 발표한 시 한 편을 발견하였습니다. 이 뜻밖의 사실은 한동안 내 눈으로 하여금 지면에 붙박이게 하였습니다.

갈대

셈 볼 엄두 아니 나는
갈대의 대가족은
비바람 무릅써도
서로가 다 안 여읠 맘
그래도 어버이 자녀 사인 정

| * 실제로는 효과가 없는 물질로 만든 약.

오감 있잖은 양

바람 슬쩍 충동이면

서로의 설운 사정

몸부림쳐 울부짖게

갈대의 외로운 혼정魂情

내 가슴에 숨어들 제

잠자던 임의 추억

다시금 부풀어서

내 혼은 임을 찾아

하염없이 헤매누나

땅 끝 하늘가에

임 자욱 그 어덴가

자욱조차 스러진 데

눈 설은 존재들이

무상을 알리건만

그지없이 아쉬움은

가신 임 뒷모습을

피 엉긴 가슴에서

또다시 뒤져내서

입술은 떨게 되고

눈물은 그 임인 양

떠는 입에 대어드네

도회지에서 산다면 아무거나 심심풀이도 많고 어떤 여인이고 사귀기
도 하며 그날그날의 위안이라도 있으련만 나면은 해변에서 쓸쓸한 갈대

밭 앞에 외로이 노니는 갈매기나 구경하고 들면은 표정 없는 거치름한 촌 마누라의 모습, 끼마다 같은 얼굴의 소박한 밥상이나 대하게 되는 단조로운 당신의 생활, 다감한 당신의 정경이 눈에 선합니다.

그래서 외로움을 잊고 괴로움 없이 살아 나아가는 데 도움이 될까 하고 붓을 든 것입니다. 그것은 무심無心을 배우는 일이옵니다. 사실, '무심'은 배우는 것이라기보다 인간 본연의 마음으로서 맛이 없다 하며, 스스로 버리고 온갖 번뇌의 주머니인 유심有心을 자취自取하여 무시겁래無始劫來로 괴롭게 사는 것이 어리석은 인생살이인 것입니다. 그러므로 이제는 오히려 '무심'을 배우게 됩니다. '무심'만 배워 얻으면 '무심'은 전체심이므로, 그 마음으로라면 당신이 사는 그보다도 무미한 생활에서도 당신의 마음 하나로 갖은 맛을 낼 수도 있음을 알려드리고 싶습니다.

당신은 지금 위안이 절실히 요구되는 것입니다. 외로워하는 것은 위안을 얻기커녕 외로움을 메울 만한 다른 모든 요구의 자료를 사라지게 하여 외로움의 음랭굴陰冷窟에 갇혀버리는 것입니다. 외로움이 끊어지고 요구하는 마음이 없어진 '무심', 그것이 일체一切 요구를 얻을 원천입니다. '유심'이란 유한적인 그 마음만 버리면 일체 요소인 '무심', 곧 무한대의 마음이 얻어집니다. '무심'은 내 맘, 남의 맘, 이 맘, 저 맘, 없는 맘, 있는 맘을 단일화시킨 일체 존재의 창조주요 만능적 자아입니다. 각자적 내 생활은 내 마음인 내 혼의 반영으로 내 혼의 선악, 대소, 강약, 그 정비례로 현 생활을 하는데 혼의 전능인 혼의 창조성, 곧 '무심'을 얻어야 됩니다. 아무튼 내 혼이 내 맘대로 살려면 무심을 얻어 쓰게 되어야 인간의 존재적 최고위인 내 위치를 지키게 됩니다. 내 혼인데 내 맘대로 안 되는 것은 내 혼이 아니라는 것이 증명되지 않습니까? 그러니 참혼인 '무심'이 내 것입니다. 이 마음은 천변만화하므로, 세상의 모든 현상이 변화 과정의 되풀이로서 믿을 수 없을 뿐만 아니라 마음이라고 생각하는 마음은 참마음이 아니기 때문에 무심을 찾으라는 것입니다. 상상하는 것은 다 참마음이 아니기 때문에 무無라고 하는 것입니다. 이 무無는 유有의 대상이 아니고 '유'의 본질이요 일체의 '무'로서 이 '무'를 요득了得*한 혼이라야 환경에 휩쓸리지 않고 감정에 팔리지 않게 됩니다. 그리하여 애타는 심사가 고요히 쉬게 됩니다. 외로움이란 혼정魂情은 물질적인 생각입니다. 외로우니 서러우니 하는 것은 누구 때문에 일어나는 감상이라고 생각하는 것은 망상에 지나지 않습니다. 외계에 접촉도 없고 의식을 느끼지도 않는 자리에서 사유에 잠기게 되는 것은 내가 하는 생각이 아니고 누가 시키는 것이겠습니까? 그러면 외계도, 의식도, 자유도 다 나의 피조물임을 현실이 증명하는 것입니다.

그러니 외로움이나 즐거움이나 내 맘대로 누릴 수 있는 것이 '무심'입니다. 마치 의심을 일으켜 풀지 못하면 궁금증만 나지만 의심은 내가 일으킨 것이요 비밀은 있지 않은 것을 알면 증세가 가라앉는 것같이 나만 알면 쉬워집니다.

그러면 무심이란 곧 '나'라는 말이 아니옵니까? 내가 나를 잃어버리기 때문에 외로우니, 즐거우니 하는 복잡한 문제가 일어나 스스로 영일寧日**이 없게 만드는 것입니다. 이때 이 자리에서 누구나 찾을 수 있는 이 '나'는 나의 반면反面인 내적 '나'이니 전 인류가 다 나를 찾는다면 이 세계는 자타가 일원화한 평화 세계를 이룩할 것입니다.

평화는 '나' 자체입니다. 그러므로 외계에서 얻으려고 헤맬 것이 없는 것입니다. 그러므로 당신은 임을 여의어서 외로운 줄로 알고 있는 것은 오인입니다.

물질적 영역 안의 법은 상대적인 것으로 임은 만났으니 떠나게 되고

---

* 깨달아 알아냄.
** 일없이 평화로운 날.

다정했으니 미워하게 되고 살았으니 죽게 됩니다. 임을 따라 허덕이는 사람은 마치 바람을 따라 곤두질치고 부딪침이 끊치는 날이 없는 가랑잎과 같습니다.

K 씨도 당신이 사랑을 사랑하였다고 말은 할 줄 알았지만 뜻은 모르는 말이었을 것입니다. K 씨도 생각의 정체正體인 진아眞我를 잃어버리기 때문입니다.

진아이며, 자성自性인 나를 잃어버린 실성인인 당신인 까닭에 전에는 사랑을 사랑했고 오늘은 외로움을 외로워하는 것입니다. 그리고 현실적 인간 생활에 외로움이니 사랑이니 하는 느낌이나, 좋고 나쁘고 간에 무슨 행동이나 죽고 나고 하는 일체 삶이란 아무 목적도 의미도 모를 요동하는 바람결에 지나지 않는 허무입니다. 그러나 웬일인지는 몰라도 밥 안 먹으면 배고프고 때리면 아픈 현실은 현실입니다. 이 현실로 미래세가 다함이 없이 상속되는 것이 우주적 원리니 문제는 안 될 수 없게 되었습니다.

더구나 이 현실, 곧 일체 존재적 보지保持*는 각자 자기의 책임입니다. 책임은 누구에게나 미룰 데가 없으니 그 삶의 일용비日用費를 위하여 누구나 벌이는 아니 할 수 없습니다. 그 벌이의 근본, 곧 실리를 어디서 얻느냐 하면 무심인 본정신 곧 생각의 정체를 알아 얻는 공부입니다.

정신적 수입은 거리가 되고 육체적 노력은 요리하는 것입니다. 그러므로 인간은 사상적이고 방향을 정하고 행동적으로 방안을 세워가지고 쌍수雙修적 노력이 반드시 있어야 합니다. 마치 농토를 장만해가지고 농사짓는 일 같습니다.

그리하여 일체 우주 내에는 소비 시간이 없게 되어야 건전한 우주가

| * 온전하게 잘 지켜 지탱해나감.

됩니다. 이 법을 바로 가르치는 교육원이 불교원입니다. 당신도 이 편지를 보는 대로 입원하시기를 바랍니다. 입원 즉시로 노력 없이는 성공이 없고 대가 없이는 얻어지지 않는 그 인식부터 가지게 됩니다. 이 말씀을 전달하고 싶은 생각은 입산 후로 몇 번이고 있었습니다. 그러나 6·25 사변 이후로는 당신의 생사를 알 길도 없고 더구나 내 딴은 시간을 허비하지 않고 정진하느라고 애쓰고 있는 관계로 모든 일을 잊어버리고 있게 되었습니다. 그러던 중 3년 전 가을에 이곳 견성암見性庵 어떤 비구니가 서울에서 탁발托鉢*을 하러 다니다가 서대문구의 어느 조그만 기와집엘 들렀었더라는데 오십이나 되어 보이는, 키가 조그마한 동탕하게 생긴 어떤 신사가 허둥거려지는 몸을 가누면서 뒤주에서 손수 쌀을 퍼서 주더라 합니다.

그보다 앞서 "어디서 왔느냐?"는 물음에 "덕숭산德崇山 견성암에서 왔노라" 하니 거기 김 모라는 여승이 있지 않느냐고 하면서 명함 한 장을 주더라고 내게 전해주기에 받아 보니 "아무쪼록 장수하십시오. 그대는 그래도 행복이 있을 것입니다" 하는 역력한 당신 필적을 볼 수 있었습니다.

아직도 생의 욕에 미련이 남아 있는 인간인 나도, 아는 분이 일찍이 듣지도 보지도 못한 그런 사변을 겪어 재생인再生人으로 무사히 사셨다니 반가왔습니다.

그리고 나는 당신이 혹시나 찾아주시려는 뜻이 있더냐고 물어보고 그 명함을 두고두고 보면서도 깊은 추억은 느껴지지 않았습니다. 그러나 당신은 금생今生인 육체적인 생명만이 생명으로 알고 이 목숨으로 아무쪼록 장수하라신 말씀, 그 말씀을 적은 명함을 들여다보면서 나의 입가로는 빙그레 웃음이 맴돌았습니다.

---

* 도를 닦는 승려가 경문經文을 외면서 집집마다 다니며 동냥하는 일.

젊은 그 시절엔 당신이 오히려 세상을 비관하여 나와 함께 죽어버리자고 강요했었건만 이제 늘그막에 와선 생에 대한 애착이 한결 강해진 줄로 느껴졌습니다. 이에 따라 잊어버렸던 그 옛날의 가지가지가 꼬리를 물고 연상됩니다.

나는 아직 법신法身*을 요득하기커녕 나의 혼, 곧 이 업신業身**인 나에 대하여도 어떠한 인간이라는 것을 아직도 잘 알지 못합니다. 그러나 세속에 있을 때에도 나 하고 싶은 일에는 이목이나 체면도 불구하게 되던, 어리석다 할지 순진하다 할지…… 그러했던 나였습니다. 남이 어떤 계획으로 무슨 말을 하든지 그대로 믿어질 뿐, 몇 번이고 속아서 한평생을 속음으로 계속했는지도 모르지만 그래도 나는 지금까지 누가 나를 크게 속인 기억은 하나도 없이 살아왔습니다. 그러므로 내 동무들이 "남자는 믿을 수 없는 인간이라"고 부르짖던 그 말도 멀리 들릴 뿐이었습니다.

당신도 나와 처음 사귈 때부터 본처가 없다고 하는 속임을 그 말 그대로 믿었다가 갖은 곤경을 당하였지만 다만 사랑을 위함인 줄 믿고 한 번도 원망을 해본 적이 없이, 도리어 사랑이 철저하지 못하여 언약했던 백년해로를 내가 어기게 되어 미안하기만 했을 뿐이었습니다.

그러나 이중생활은 아니 할 것을 결정한 내 뜻대로 실행했고 그 생활을 떠난 바에 그 생활에 미련이 있다면 내 생활을 창조할 수 없는 비열한 인간이라고 주장했던 나였으므로 당신을 여읠 때의 장면은 아득한 그 어느 시간, 그 어느 밤에 구경했던 영화의 화면처럼 어렴풋이 생각됩니다.

어쨌든 그 생활은 완전히 청산하였습니다.

그때 당신은 구식 가정에 부모 시하로 본처와 이혼이란 말도 내보지 못할 형편이었습니다. 그러니 당신의 부모는 유학생이었던 몸이 어떤 신

---

* 불법의 이치와 일치하는 부처의 몸.
** 업의 몸.

여성을 동반하여 지내는 아들에게 학비는커녕 용돈 한 푼 대주지 않겠다고 위협하며 다만 본처와 내가 처첩으로 산다면 잘 살려준다고 하니, 당신도 나도 그렇게는 살 수 없고 극히 곤란한 처지에 놓였습니다.

나는 그래서 애인 동지로 사회의 일원으로 남이 알 듯 모를 듯 별거해 지내자, 하고 당신은 호화자제豪華子弟로 경험도 없고 생활비를 마련할 주변도 하지 못하게 된 위인으로 나의 생활난을 참을 수 없는 양 그만 둘이서 죽어버리자는 것이었습니다.

또한 시인인 당신은 "설사 이 세상에서 뜻대로 산다 하더라도 겨우 칠십까지 살기도 어려운 무의미한 삶보다는 이별 없는 만족한 최후 순간을 만년화萬年化시키는 일이 얼마나 아름다운 일이냐"고 시정에 담뿍 취해 말씀하셨습니다. 그러나 내게는 끝내 불복되지만 죽지 않을 이유를 말할 여유는 없게 되었습니다. 당신은 내가 당신을 떠나 살, 다른 길을 찾는 마음이라는 오해를 하기 때문이었습니다. 나는 그때 마음만 다 바친 것이 아니요 어떤 남자와 별석에서 말 한마디 해본 적이 없고 차 한 잔 나누지 않았음을 기억합니다. 그것은 당신과의 공간이 잠시라도 생기지 않도록 하기 위한 것이었습니다. 그러나 당신은 늘 나를 의심하였던 것입니다.

어느 날 당신은 내게 "당신에게는 이 세상에 아름다운 미련이라도 있는 듯, 혼자 누리고 자유롭게 잘 사시오" 하는 유서를 써놓고 철도 자살을 한다고 뛰어나가지 않았었습니까? 그때 나의 놀랍던 가슴은 당신이 낭떠러지에서 떨어지는 광경을 바라보는 듯하던 그 여운이 지금도 남은 듯합니다. 그때 나는 뒤쫓아 함께 죽을 것을 부득이 약속하게 되었습니다.

당신은 그날로 6백여 리 떨어진 진남포서 병원을 경영하는 친형을 찾아가서 '헤로인' 두 개를 가져왔습니다. 나는 분홍빛 곽 속, 굵은 손가락만 한 교갑에 든 하얀 가루를 손에 들고 물끄러미 들여다보았습니다.

조그만 이 두 개의 약이 귀중한 사람의 목숨을 감쪽같이 뺏어버리는 것이다! 워낙 둔감한 나는 그다지 놀랍지도 않은 채 다만 귀가 먹먹한 듯했습니다. 더구나 죽음만은 무슨 꾀를 내서라도 피할 결심이었으니 걱정이 되거나 무섭지는 않았습니다.

그때 나는 영육이 함께 영존永存하며 존재적 책임을 각자가 져야 된다는 원리도 모르고 다만 '건강한 청년 남녀가 사회적으로 큰 공헌은 못 했을망정 제 목숨을 끊어 제 위치를 스스로 무너버리는 비겁한 일을 왜 하랴!'

아무리 어려운 일을 당해도 근심할 줄 모르는 성미의 주인공이었던 나는 자살을 피했던 것이 오히려 마땅했던 것입니다. 또한 '사람이 살아나가는 데 어떤 도리가 없지 않겠지' 하는 막연한 희망이 있었기 때문이었습니다. 그렇다고 당신을 비겁하게 생각하여 정이 변했거나 불만하게 여기지는 않았던 것은 아직도 내 기억이 증명하여줍니다.

우리는 그때 인간적 책임감을 느끼지 못하는 혼미한 인간으로 그럭저럭 살아나가는 것이 인생인 줄 알고 소비적 생활만 한 끝에 닥쳐올 전정을 생각하지 못하였던 것입니다.

시곗바늘은 좁은 영역을 영원히 돌아야 합니다. 돌지 않으면 쓰레기통 안에 흩어진 시체로 변하리니 아니 돌지는 못합니다. 우리는 살아서 노력해야 함을 몰랐던 것입니다. 당신은 그때 남자로서 아무 예산이 없는 인간이었습니다. 생래 고생을 모르고 자라난 당신은 처음으로 돈에 궁했었고 또 돈 때문에 창피도 당했었지요. 더군다나 '나'라는 기생충 때문에 물질적으로 정신적으로 하도 많은 고생 끝에 급기야는 그의 극에 이르렀던 일이 기업됩니다.

당시 당신의 모든 행동에 대하여 내 딴에는 너그러이 해석하느라고 애썼다고 봅니다. 우리는 영구적으로 생을 포기할 수 없는 원칙을 몰랐기 때문에 인간으로서의 책임감이나 삶에 대한 각오가 없었던 것입니다. 그러므로 피할 수 없는 중대한 현실 생활에 대하여 죽음을 생각하기까지에의 환경을 만들었던 것입니다.

그때 내 앞에 놓였던 절박한 문제는 당신의 의심도 면하고 죽음도 피해야 할 일이었습니다.

그러나 나에게서 같이 죽겠다는 허락을 얻은 당신은 나와는 딴판으로 죽게 되었던 사람이 살 일이나 생긴 듯이 활발한 기색이었습니다. 약을 가져온 그 어느 날 저녁, 당신과 늘 만나던 도렴동都染洞* 하숙집에서 밤 12시에 음독할 것을 약속하고 그 약도 내게 맡기었습니다.

나는 끝내 죽지 않으려 했습니다. 어떠한 방법으로도 죽음을 면하려 했었습니다. 나는 죽음의 막다른 골목까지 이르러 죽어지지 않아서 못 죽은 것으로 당신을 속이려 했던 것입니다. 나는 약갑을 들여다보며 언제까지나 곰곰이 생각하다가 깜짝 놀라도록 묘안을 생각해냈습니다.

그 약과 같은 하얀 가루가 세상에 하고많다는 생각이 나지 않았음이 이상하였습니다. 그때 나는 '먹고 죽을 무서운 약인데……' 하는 생각으로 생각이 막막했던 까닭이었습니다. 그 약과 같이 가늘고 하얀 가루를 바꾸어 넣으면, 그것을 당신이 알 까닭이 없을 것 아닙니까? 그러나 짧은 시간 안으로 당신 몰래 그와 같이 반짝이고 새하얀 가루를 구하는 일도 쉬운 문제가 아니었습니다. 갑자기 비밀을 통해줄 사람도 생각나지 않고, 그 약을 구하러 나갈 시간의 여유도 당신은 주지 않았던 때문이었습니다. 생각다 못해 똑같기는커녕 빛깔이고 굵기고 완연히 드러나는 '소다'를 바꿔 넣기로 작정하였습니다. 그러나 단단히 맞춰진 갑을 열다가 흠이 생길까 두려웠습니다. 바꾸어 넣은 약을 먹으면 죽을 염려는 없

| * 현재 행정 구역상으로 서울 종로구 사직동.

374

으니 죽음에 대한 걱정은 여읠 수 있다 하더라도 그에 못지않은 다음의 고비가 닥쳐올 것이 근심되었습니다. 그래서 이리 들여다보고 저리 살펴보고 애태우다가는 '될 대로 돼라!' 하는 체념의 한숨은 드디어 그 약을 서랍에 넣어버리게 하고 말았습니다.

시간은 닥쳐왔습니다. 마침 평양에서 와서 그 집에 투숙 중이던 소설가 동인東仁 씨가 우리 있는 방에서 늦게까지 가지 않아서 민망해하다가 그가 간 후 서투르고 염려되는 사람들의 대좌對座*처럼 눈치만 보며 서로 말없이 앉았다가 내가 물을 떠다 놓고 약을 가만히 꺼내놓았습니다. 많은 손님들에게 시달리던 대문까지도 고단하게 잠들었는지 고요한데 곁에 이부자리는 우리의 두 시체가 잠지라도 쉬어갈 보금자리로 시름없이 기다려주었습니다. 그러나 그날 밤 누가 야순夜巡**의 책임을 맡겼는지 늦게까지 바람이 자지 않고 사르르 휘돌았기 때문에 사람의 발자국인가 당신은 불안해하였습니다. 그때 방바닥에 놓인 약을 둘이서 물끄러미 들여다보게 될 때, 내 마음은 조마조마하였습니다. 그러나 당신은 아득한 딴 정신에 잠겨 있었습니다. 마지막으로 무슨 말을 서로 바꾸었는 듯한데 그것은 다 잊어버렸습니다. 다만 당신이 약이 바뀐 줄을 알 까닭이 없는 만큼 죽음에 직면한 그 순정 어린 태도는 나를 깊이 감동시켰음을 어렴풋이 기억할 뿐입니다. 당신의 순정에 순정화된 나는 약을 바꿔 넣었다는 기억을 잃어버리고 말았었습니다.

그러니 죽음이 무섭지도 않고 순정화된 그 감정은 모든 감회가 일원화되어 아무 분별이 없건만 웬 눈물은 그리도 흐르는지 알 수 없이 그저 흐르고 흐를 뿐이었습니다. 당신도 물론 울었으련만 당신의 기색을 살필 여념이 없던 나는 당신의 눈물을 본 기억은 없습니다. 그런데 어떻게 얼

* 마주 대하여 앉음.
** 야간 순찰.

마의 시간을 보냈었는지는 모르나 한참 만에 그래도 희미하게나마 죽을 약이 아님을 느낀 내가 먼저 목에 넘기게 되었습니다. 당신은 깜짝 놀라는 표정으로 움찔하였습니다. 나는 "날마다 내게 죽음을 강청하던 당신이 왜 놀라는 거요? 죽음에 직면하니 살고 싶은 의욕이 새로워지는 거요?"라고 하였습니다. 당신은 "내 목숨보다도 중하게 여기던 당신의 최후를 놀란 것이겠지요" 하며 슬쩍 표정을 돌리는 것이었습니다. 물그릇을 들고, 잘 들리지는 않으나 깊은 한숨을 쉬는 당신은 "생의 최후도 당신과 함께하기 위해 나도 마시는 거요" 하며 당신은 약을 목에 넘기고 나서 지극히 처연한 표정으로 "아버지의 얼굴이나 마지막 보았으면……내가 죽었다는 소식을 들으시면……" 하였습니다.

당신의 어머니는 당신을 서울로, 일본으로 유학을 보내고는 당신이 감기만 걸려도, 산하를 넘는 먼 곳에서도 응감應感*되어 어머니 당신께서는 아드님이 넘어간 고개에 올라가 아드님이 있는 곳을 바라보며 천지신명께 오직 행복을 빌면서 울었다고 들었습니다. 당신은 그런 어머니의 생각은 하지도 않고 아버지의 말씀만은 최후까지 했었던 것입니다. 그러니 당신이 아버지의 생각을 얼마나 간절히 하였던가를 짐작할 수 있었습니다. 나는 부모를 잃은 지 10여 년이 지났고 당신 외의 사람에게는 아무 미련도 없지만 죽고 싶지는 않고 오직 당신의 생의 의욕이 일어나게 할 묘계를 생각할 뿐이었습니다. 그런데 나는 평소에 당신이 나에게 대하여 "나는 그대만 생각해주는데 그대는 항상 내게 부족하게 한다"고 늘 괴롭게 굴던 생각 때문에 빈정대는 듯한 느낌이 생겨 "날마다 정情의 근수를 달아보며 당신만 무거운 척 남을 들볶더니 정말 당신의 정 무게가 무겁기는 무거웠겠군요, 아버님의 정까지 늘 포개 달았으니까……" 하고 나

| * 마음에 응하여 느낌.

는 대꾸했었습니다.

당신은 그 말은 들은 척도 아니 하고 내 몸을 당겨 껴안고 누우며 "인제는 모든 괴로움의 최후! 그리고 당신과 나만이 자유세계! 인제는 당신과 나는 하나!…… 사심은 끊어야 해요"라고 했었습니다.

나는 나의 가슴으로 당신의 가슴을 떠미는 체하며 "사심을 끊어요? 사선에까지 동행되는 나를 그래도 못 믿으니 사선 넘어 저승길에서도 싸우며 가야겠으니……" 하니까 당신은 나를 다시 힘 있게 껴안으며 "아니야, 이 자리에서 의심이 날 리가 있어? 만족에 겨워 새어진 말이 어찌 의심해서 나오는 것 같은가?"

그 말에 나도 다시 아무 말도 하지 않고 고개를 당신 가슴에 파묻고 멋멋한 생각에 잠겨 있으면서 시간의 흐름을 느끼면서 죽을 약을 먹지 않은 생각이 분명해졌습니다.

실컷 운 뒤라 그런지 앞날을 막연하게 느끼면서도 몹시 싱거운 연출면演出面인 듯했습니다.

당신은 "잠이 들기는커녕 눈이 도리어 또렷하여 잠겨지지도 않으려 하니, 이거 참 이상한 일이 아니냐"고 한참 있다가는 또 그 말을 되풀이를 하고 하는데 나는 가만히만 있을 수 없어 "약이 너무 오래돼서 김이 다 빠진 것이겠지요"라고 말할 때 나의 마음도 목소리도 자연스러웠습니다.

목사인 아버님의 가르침으로 평소에 거짓말을 못하던 나의 그날 밤의 말과 행동은 비상시의 비상 행위라 할까……?

당신은 "그 약은 형님이 그날그날 치료하는 데 쓰는 약장에서 꺼내왔으니 맥 빠진 약일 까닭이 없다"고 강경히 말했습니다.

내가 "그러면 약이 바뀐 것이 아닐까요?"라고 말하니 "나는 어려서부터 형의 병원에 드나들어서 약병이나 약품을 모르지는 않아요" 하고 단박 나의 말을 부인하였습니다.

당신도 그렇겠지만 나는 대문을 두드리며 주인 찾는 소리가 두어 번 크게 들렸습니다. 그보다도 바람결에 속삭이는 나뭇잎에까지도 신경이 끌리도록 눈만 총총했습니다. 그럭저럭 밤은 다했었습니다. 낮에만 잠자는 등불은 밤을 새우고 피곤해서인지 창살이 파래짐에 따라 잠이 오는 듯 까무러칠 때 당신은 죽지 않게 된 다행을 느끼는 듯한 목소리로 "인젠 죽지 않을 모양이요, 죽음도 팔자에 있다더니, 고생을 좀 더 해보라는 건가"라고 말씀하시던 순간 누군가 대문을 열어달라는 큰 소리와 함께 사람들의 발자국 소리가 골목 밖에서 들려오는 등, 서성대는 생물들은 우리들로 하여금 자리에서 일어나게 만들었습니다. 우리는 시치미를 떼고 평소와 같이 아침상을 받았습니다. 그때 죽지 않았던 것은 참으로 다행한 일이었습니다. 내 본정신을 가지고 생사 선을 왕복할 수 있다면 죽거나 살거나 관계없지만 우리의 생활 목표도 세워지지 않은 그때 그 인간으로 사선을 넘었다면 무궁한 전도는 어찌 되었겠습니까? 그런데 나는 불문佛門에 들어와서 비로소 어느 입각지에서 출발하든지 목적을 변치 말고 일관해서 나아가기만 하면 생활로도 반드시 목적을 이루게 되고 자아발견에 도달하게도 되는 일을 알게 됨에 따라 지난날 우리의 일에 대해서도 판단할 수 있는 힘이 생기게 되었습니다. 지금 나는 인생 정로正路의 초발족인 것은 하나님도 부인하지 않을 것을 믿으니 당신도 빈 마음으로 여겨 읽기를 바랍니다.

　　그때 우리는 생명의 험렬險烈*함과 피의 결의에 대하여 일반적 인간이 가진 천박한 지식도 없었던 것입니다. 생존 경쟁의 대비는커녕 그럭저럭 살아가는 바보였던 것입니다. 더구나 나는 눈은 멀고 다리만 성한 당나귀같이 철은 없고 담만 커서 여자로서도 생각만은 엄청났고 당신은 시

| 　* 험하고 세참.

인이면서도 야심이 만만하여 바탕은 버리고 물욕의 생활 권내로 들어갔던 것입니다. 나는 어느 정도 순진하게 인생의 갈 길을 찾아보았습니다. 그리하여 존재적 가치 표준을 인생에 두는 까닭을 알았습니다. 문제의 시초부터 마지막 귀결이, 인생 문제가 해결된 때 곧 인간을 이룬 때입니다. 인간만 되면 문제는 끊어져서 백천 문제의 열쇠를 몸소 열고 닫는 자유와 평화를 얻은 최귀最貴의 위치를 가진 인생이 됩니다. 인생은 나를 알아 얻어 내 맘대로 내 생활, 곧 현실적으로 하는 존재를 말하는 것입니다. 우리가 가지고 사는 '나'는 내 맘대로 쓸 수 없으니 내가 못 쓰는 내 것을 뭣하겠습니까? 내 임의로 쓸 수 있는 '나', 곧 무심을 찾아 쓰게 되어야 합니다. 현실은 명확한 현실이건만 떳떳하지 못하여 흐르는 시간과 함께 변하는 것이 철저히 인식되어 한 가닥 현실에도 착심着心*이 없으면 자연 무심화하는 것입니다.

무심은 지금 우리가 가지고 쓰는 이 마음의 반면反面이니 이 마음이 비면 나타나(覺)는 것입니다. 나는 그 각覺**을 위하여 정진합니다. 그리고 그때 우리의 사랑도 비교적 순진하였던 것이 사실이나 그 깊은 속에는 서로 이용하려는 것, 곧 사욕으로 사귀었던 것을 알았습니다. 정情의 보수, 생의 위안, 생활에의 의존, 미美의 유혹 등등의 조건부 사랑이었습니다. 더구나 당신이 나를 사랑한 동기도 인격적으로 대상을 삼기보다 관능적 감정에 기인한 것이 분명하였습니다. 쌍꺼풀진 눈 속 그 윤기 있는 동자에는 1만 표정이 감춰 있다는 둥, 풍염한 뺨, 매력 있는 입모습, 예쁜 손, 하면서 나의 미를 일컫던 것으로 알 수 있는 일이었고 더구나 내가 동경 '메이지(明治)로'의 어느 하숙에 있을 때 당신이 나를 두 번째 찾아와 아직 잘 사귀어지지도 않았을 때 당신이 내 무릎 위에 놓인 내 손을

---

* 어떤 일에 마음을 붙임.
** 깨달음.

이윽히 바라보다가 느닷없이 "나는 손의 매력을 제일 많이 느끼게 되어요, 여자가 손만 예뻐도 내 사랑은 그 여성에게 흠뻑 쏠릴 수 있어" 하시며 나의 표정을 은근하게 살피던 그때 일이 상기됩니다.

인간적 사랑은 순간적 교환, 곧 시선과 시선의 교환 조건이 맞으면 이루어진다지만 우리도 어떤 회석會席*에서 인사한 뒤 두 번째의 회합이었던 것입니다.

그때 나를 찾아오는 본국의 유학 청년들이 많아서 나는 당신에게 웃는 얼굴로는 대하면서도 늘 무심하였던 것입니다. 당신은 얼마나 별렀던지……, 비로소 사랑한다는 말을 주고받을 때 당신은 어떻게든지 입이나 한번 맞춰보고 말아버릴까, 하는 생각까지 했다고 하였습니다. 나 역시 당신에게 대하여 미와 재산과 취미가 같다는 등등의 조건이 붙은 사랑을 사랑하였던 것입니다.

그리고 나는 그때에 가졌던 우리의 인간성을 상기하여봅니다. 당신과 내가 다 같은 물질적 정신계로 정신이 치중되었지만 나는 막연하나마 정신계로 지향하게 되고, 당신은 생활난에 인격이 휘둘리게 되고, 나는 물질적으로는 어떠한 곤란이라도 견디어 사랑만 지녀가면 다행이라는 생각이었고 인간적 책임감을 깊이 느낄 줄은 모르면서도 다만 문호가 되어보겠다는 창작 의욕이 불길 같았던 것입니다.

문화인으로 자처하던 우리는 그때 물질의 내적 본질을 적용할 줄 모르고 도리어 그럭저럭 살아가게 되는 것이 생활인 줄만 아는 철없는 인간들이었던 것으로 생각됩니다.

일체 존재는 각자적 자기 생존의 책임자로 보존과 향상을 위해 촌각의 공비空費도 허락되지 않는 것을 몰랐던 것입니다.

| * 모임 자리.

물질적 문화인은 구경究竟 정신적 문화인을 이루는 것입니다. 당신의 지금 위치는 알지 못하지만 그때 사업 방향으로 전환한 것은 크나큰 오산이었다고 봅니다.

사람이란 누구나 한 가지씩의 소질을 가졌다는 것은 다생多生의 노력의 결과요 연장延長인데 소질대로 일하게 되지 않으면 시간과 노력에 큰 손실을 보게 되는 것입니다. 그때 당신은 소질대로의 생활을 등졌으니 지금은 어떤 생활을 하고 있는지 모르지만 백 년 탐물貪物*은 하루아침 티끌로 사라지는 것입니다. 그리고 이 세상에서도 사랑에 신성神聖이란 말은 많이들 붙입니다. 그러나 '신성' 그 의의는 아는 이가 많지 못합니다.

신성은 나의 일체 요구가 다 떨어진 자리, 곧 나의 혼까지의 소멸처를 말하는 것입니다.

내가 소멸처에 들 때 상대도 일체도 다 소멸되어 만공滿空—일체화, 곧 합치—의 세계가 이루어지는 것으로서 그곳을 신성계라 합니다.

그런데 신성 그것은 사랑이나 정으로나 또는 신심, 효심, 애국심, 인류애, 자비심, 악심으로나 나의 일체 정신의 한데 뭉침, 곧 정신 통일 또는 우주 단일화인 무심, 그 자리로서 거기서 피어난 정화精華**가 곧 인격의 완성화입니다.

어느 입각지에서 출발하든지 정신의 단일화, 곧 신성(=무화無化)한 데까지 이르면 성공하지 못할 것이 없는 것이 우주적 원리입니다. 일체 중생은 정신의 집중력이 일체 사물의 자료입니다. 그 일편화—片化의 정신이면 만능적 생활을 할 것을 모르기 때문에 분자적 정신의 의존으로 온갖 자유를 다 잃어버리고 죄수 생활을 하는 것입니다. 또한 동업同業 중생끼리 생활권(=세계)을 만들어 먼지같이 많은 군거群居 생활을 하는 것

---

* 물질을 탐을 냄.
** 정수. 깨끗하고 순수한 알짜.

입니다.

우리가 하늘을 쳐다보면 모래알같이 많은 성군星群*이 보입니다. 그 성군이 다 사바세계, 곧 인간이 살고 있는 세계로서 우주의 중앙에 있고 아래는 비인간의 비문화 세계로서 무간지옥無間地獄**까지 있고 이 위로 욕계, 색계, 무색계란 천국이 벌어져 있는데 불경에는 각국의 거리, 인구, 인정, 풍속까지 다 그려 있는 현실 세계입니다. 상상想像 전은 창조성이요, 상상 후는 현실입니다. 각자가 창조성, 곧 본정신이 얻어진 정신력의 척도대로 정신 작용의 한계가 정해지는데 그 한계대로 그 많은 세계 인류가 널리 높이의 연락적 생활을 하게 됩니다. 태양을 중심으로 하여 위성적 조직으로 된 세계는 다 사바계요, 위에 사는 천상인은 최고 문화인으로 이 세계인이 상상도 못할 만큼 수승殊勝***한 인간만이 산다고 합니다. 그 사람들은 선행으로 이루어진 인간, 곧 성현으로서 생활비와 일용품이 자체화하였기 때문에 자광명自光明****으로, 일월日月이 소용없고 말하고 생각하는 대로 곧 수용된답니다. 그리고 '아미타불'이란 부처님의 천국, 곧 극락세계에는 염불 공부를 시키지만 다른 모든 천당에는 노력도 필요 없고 낙樂에만 도취되어 정신 통일을 위한 공부도 하지 않기 때문에 낙을 누린 대가를 지불할 책임이 문제 된답니다. '아미타불'은 공부를 시키지만 그 나라에 가지 않아도 가르침을 받을 수 있고 부처님의 명호를 부르는 자체를 알아야 할 뿐입니다. 자신의 공적이 없이 예수 믿고, 부처님을 의지해서 그저 천상에 나게 되는 줄 아는 인간은 가장 어리석은 인간입니다.

---

* 별 무리.
** 불교의 팔열 지옥 중 하나. 오역죄를 짓거나, 절이나 탑을 헐거나, 시주한 재물을 축내거나 한 사람이 가는데, 한 겁劫 동안 끊임없이 고통을 받는다는 지옥.
*** 불교 용어로 세상에 희유하리만큼 아주 뛰어남을 의미함.
**** 스스로 발하는 빛.

다만, 부처님이나 예수를 믿는 것은 천당이나 극락세계에 나려는 것이 아니요, 그들이 알아 얻은 도리, 곧 나의 창조주인 만능적 자아를 우리도 전수하려는 것입니다. 이 세계인으로 이 세계에 거주하며 이 육체로 임의대로 천상천하를 내왕할 수 있는 무한대의 정신력을 지닌 사람도 세계인이 당신들의 가르침을 받을 만한 때를 기다리고 숨어 있습니다. 천상인은 거의 그런 만능적 생활을 하지만 자아 곧 본아本我를, 다 찾아 쓰는 사람은 적습니다. 오직 불佛이란 이름을 얻게 되어야, 전체적 정신, 곧 일체능一體能의 자아를 요득한 완인이라야 천당, 인간, 지옥 등 인연대로 스스로 가려 살게 됩니다. 일면적인 학문, 곧 세속 지식으로도 구경究竟에 이르면 불가사不可思, 불가량不可量*의 알 일이 있어 그 일만 알아지기도 가장 어려운데, 내 생각에 미치지 않는 일, 곧 배워서도 알아지지 않는 일이요 보이지조차 않는 만능적인 정신력을 어찌 헤아린다고 도리어 미신이니 비과학적이니 하고 부정해버림으로써 쾌감을 느끼겠습니까? 우매한 그런 인간은 어두움의 길을 자취하는 것입니다. 그런 사람들로써 이루어진 이 세계는 이렇게 암흑한 것입니다. 인간이라면 부인할 일에는 명확한 근거를 잡아 부인해버리고 취할 일이면 취할 수 있는 판단력을 가져야 인생 정로를 걸을 것이 아닙니까? 이 세계인은 두꺼비 꼬리 흔드는 것 같은 존재 없는 현대적 과학을 만능이라고 하며 이와 같은 오묘한 진리를 매미가 겨울 일을 부인하듯 합니다. 내가 알지 못하는 일이 무진無盡**한 것을 짐작조차도 할 줄 모르면서 도리어 만인을 가르칠 지식인으로 자타가 인정하는 인간들이 되어 자만심만 가지고, 알지 않으면 안 될 일은 부인하게 되니 가장 애달픈 일입니다. 알아서, 알아서, 끝장에는 모를 줄을 알아 마쳐야, 무위락無爲樂을 얻게 됩니다.

* 생각할 수도, 헤아릴 수도 없을 정도, 그 정도로 크거나 많음.
** 다함이 없음. 끝이 없음.

미진수微塵數적인 세계와 인류의 생활은 껍질이니, 물체 없는 그림자 없는 것같이, 알맹이 없는 껍질은 없는 것이 아닙니까? 그 알맹이가 희노喜怒를 느끼는 마음이 아니라 이 마음 외의 존재인 본마음이 '참 나'입니다. 그러므로 알맹이인 나의 본마음 하나가 있기 때문에 상상할 수 있는 것은 다 실제입니다. 참마음인 알맹이를 빼어놓은 현실 생활을 하는 우리들은 실성한 인간입니다. 물질적인 이 마음이 없는 때는 없으니 어느 때 일어나는 무슨 마음이든지 단일화시켜 무심에 이르기만 하면 절대적인 성과를 이루게 되기 때문에, 위에 말씀드린 바와 같이 사랑하는 마음도 일원화한 사람은 일체화한 완전한 인간이 됩니다.

그래서 이런 이야기가 있습니다. 관세음보살이 인연이 있어 구원해 줄 한 남자를 위하여 그 화현신化現身*인 미녀로 선암산仙岩山이라 하는 산길에 섰는데 지나가는 그 남자가 황홀한 정신으로 미녀를 쳐다볼 때 추파로 살짝 응해주니, 미녀를 따라 높은 산 깊은 골로 여념 없이 쫓아가다가, 벼랑 위에까지 올라가게 되자 그 미녀가 그 아래 대해大海에 뛰어내려 물속에서 손을 내미니, 애愛로 몰아경에 이른 남자는 그 손을 잡으려고 그대로 뚝 떨어지면서 만능적 자아를 발견하였다는 것입니다. 자아를 발견하여 시공時空이 자체화한 완전한 인간이 된다면 갑남을녀로만 합해서 된 사랑이라야 사랑이리요, 존재는 일체 존재가가 다 내 성적 대상이 될 수 있습니다. 만일 내가 남자라면 일체 여성이 다 애인이요, 아내가 될 것입니다. 다생누겁多生累劫**으로 살아오는 이 육체가 결합해소結合解消(=생사生死)의 반복적 생활을 계속하는 동안에 일체 군생群生이 다 내 애인이요, 아내로 살아온 것입니다. 만나면 떠나게 되고 떠나면 만나게 되는 우주적 원칙을 인식한다면 "너와 내가 어찌 떠날 수가 있으랴!" 하는 등의

---

* 불보살이 중생을 교화하고 구제하려고 세상에 나타난 몸.
** 여러 생과 아주 오랜 시간.

애달픈 탄식은 나오지 않을 만한 인간으로 될 것이요, 그만한 인간이라면 생사고락이 상대성으로 된 그 원리를 요해了解*한 인간으로 영구적인 고혼孤魂의 생활을 영구적인 각령覺靈으로 바꿔 살게 될 것입니다.

각령은 불佛(=일체一切)의 존재 전입니다. 그러나 불이 일체의 대칭대명사기 때문에 각자覺者**의 영전靈前***을 각령覺靈****이라 하고 각령 전을 불계佛界,**** 곧 공계空界,***** 무심無心,****** 도, 진리, 나(我), 마음, 생각 등등이라 합니다. 불후佛後를 석가불, 아미타불, 미륵불 등등으로 일컫습니다.

어쨌든 성불해야 불가사不可思 겁 후까지의 생활비가 장만됩니다. 생활비가 장만되어야 내 본고향인 시종적 안전지대가 내 차지 됩니다. '불'이란 그 보고는 공동 소유이므로 아무라도 차지할 수 있습니다. 그 보고는 햇빛이 만상을 다 비춰도 남는 것같이 무량수적 중생의 것입니다. 그 보고에 들어온 나는 아직 채취 방식을 모르나 남들이 채취해 쓰는 것을 내 눈으로 보기 때문에 이 일은 부처님이나 하나님이 와서 부인하더라도 의심나지 않습니다. 믿음보다 증명입니다. 그러나 믿음이 증명을 보여줍니다. 이런 무상법을 알게 된 나는 목말라 애쓰다가 무량수원無量水源을 바라보게 된 것 같으니 갈증에 부르짖는 동지들의 생각이 아니 날 리 없는 것입니다. 나는 지금 물 내음을 맡게 된 사슴이라, 물 있는 방향으로 달리고 있으니 뒤를 따르라는 말씀입니다.

우리가 그때 죽지 않았던 일이 얼마나 다행한 일입니까? 그때 죽음의

---

* 깨달아 알아냄.
** 깨달은 이.
*** 죽은 이나 신을 모신 자리의 앞.
**** 깨달아 죽은 이.
***** 정토. 불교의 모든 도리를 깨달아 부처가 된 경지.
****** '진여(사물의 있는 그대로의 모습이라는 뜻으로, 우주 만유의 본체인 평등하고 차별이 없는 절대의 진리)를 허공에 비유한 말.
******* 헤아릴 수 없을 정도의 물이 나오는 샘.

대비도 없이 그대로 죽었더라면 내가 어찌 이 최상 법문 중에 들어올 수 있었으며 또한 이 말씀을 어떻게 당신에게 전하게 되었겠습니까?

금생의 연장이 무량수적 나의 전정인데 내 전정을 위하여 이 법을 못 만나고 그대로 죽었더라면 얼마나 무서운 일입니까? 자살은 살인하는 것보다 더 큰 죄랍니다. 우주적 시은施恩*에 뭉쳐진 이 몸을 버리는 것은 우주에 대한 배은이며 반역자로 생의 패배가 되어 생의 향하일로向下一路**로 떨어지게 되는 것이니, 미래세에는 어떤 악도惡途적 살림을 하게 될지 모르는 것입니다. 그러니 악도惡途에 떨어지면 인신人身도 언제나 다시 받아 볼지 모를 것이 아닙니까? 물론 이 인신이나 혼으로 사는 것은 꿈입니다.

그러나 꿈을 부인하는 것은 생명을 부인하는 것입니다. 생명은 꿈꾸는 물건이기 때문입니다. 꿈은 생명의 표현이고 꿈꾸는 것은 생명의 움직임이요, 꿈꾸게 하는 것은 생명의 원천, 곧 무無로서 이 삼합체三合體가 완전한 생명, 곧 진인간眞人間입니다. 더구나 진인을 이루지 못한 이때에 비명非命에 죽으면 귀신이 몸을 받게 되어 귀도鬼途에서 서로 애인 동지가 손목을 붙잡고 험한 산 깊은 골로 울며 다니느라면 인간적 정신은 점점 매매昧***해져서 한생 한생 타락 일로로 걸어가게 됩니다. 그때는 고통만 늘게 되고 고苦에 못 이기면 자연 서로 원심만 깊어가게 되어, 언제나 떨어지지 말자고 죽음으로 맹세한 둘이 생사 간에 다시 만나지 말아지라고 고축告祝****하게 됩니다.

일체 존재는 어차피 생을 포기할 수는 없으니 생에는 의식이 있기 때문에 어떠한 보잘것없는 존재라도 애증은 느끼게 되지만 향하일로로 걷는 존재가 그 언제 참다운 생명을 찾게 될 것입니까? 상식적으로 판단하

---

* 은혜를 베풂.
** 아래를 향하는 쭉 뻗은 한 길.
*** 어둡고 어슴푸레함.
**** 천지신명께 고하고 빎.

더라도 현재 가진 위치도 보존하지 못해서 깨뜨려버리게 되는 위인이니 그 후의 위치가 짐작될 것이 아닙니까?

삶에는 먹어야 하고 편하게 살기를 바라게 됩니다. 일체 요구는 편안, 그 하나를 위함입니다. 먹으려면 일해야 하고 편하자면 정신적 수입 收入(＝정진수도精進修道)이 있어야 합니다. 정신적 수입, 곧 사상적으로 정진 사업적으로의 방안, 쌍방적 방향만 정하면 생의 균형을 얻어 우선 외로움이나 괴로움이 사라지게 될 뿐 아니라, 생의 정로를 걷게 됨에 따라 안도감을 느끼게 됩니다. 이미 지난 젊은 시절의 지나치고 너무 오랬던 연극이 오히려 고달피 회상될 줄로 압니다. 다만 마지막 부탁은 일체 존재에게는 사난득四難得이 있습니다. 인생난득, 장부난득, 출가(＝승僧)난득, 불법(＝자아 파악)난득입니다.

당신이 이 법을 들어 납득한다면 재가승在家僧*으로 최고(＝하下의 대對가 아닌 절대고絶對高) 인생 학원의 제3학년에 오른 셈입니다. 한 학년만 더 치르면 인생 대학을 마치고 완인이 됩니다. 완인은 자타가 일원화한 완전한 편안을 얻을 것입니다. 나는 여자로서 인간으로는 같지만 남녀가 질적으로는 천양의 차이가 있답니다. 그래서 여자가 장부 되기가 성불하기만큼 어렵답니다. 좋은 말이나 먼저 알면 뭣합니까. 당신이 이 말씀을 믿고 수도(＝내 정신 수합하는 공부)를 한다면 단시일 일초一超** 여래지如來地***에 이르게 되어 나를 건지게 될지도 모릅니다. 우리는 포기할 수는 없는 '나'를 이미 가졌으니 '내' 근본을 알자는 말씀입니다. 그러니 이 몸 가졌을 때 이 말을 들었을 때 이 법을 알아 얻어서 놓치지 말고 잘 지닌다면 이 생의 연장이 영겁화하게 되어 필경 성불(＝완인)합니다. 누구나

* 속가俗家에서 불법을 닦는 사람.
** 한 번에 뛰어넘음.
*** 여래(부처)의 경지.

알아야 한다는 말이나 글은 쓸 줄 알면서도 참으로 알 것은 모르는 이 무지 때문에 중생이 무진고無盡苦를 받는 것입니다.

어쨌든 돈벌이보다 정신적 수입의 수지를 맞춰가야 합니다. 그것이 더욱 급한 일입니다. 돈벌이는 금생 일생의 일이요, 정신적 수입은 영생적 사업인 까닭입니다. 더구나 정신적 수입의 수지가 맞지 않으면 현상 유지, 곧 소아적인 이 몸도 잃어버리게 됩니다. 정신적 수입이란 정신의 정체를 발견[覺]하려는 법으로 물질적인 이 정신을 소멸시켜 무심에 이르러야 발견되는 것입니다.

물론 정신이란 생계비 부족으로 외로움과 괴로움의 불편한 일이 생기는 것입니다. 이 정신의 정체만 발견되면 하나로 지옥에서도 천당락天堂樂을 누릴 수 있습니다. 거듭 말씀이지만 행불행幸不幸의 생활이 전연 내 마음인 까닭입니다. 세속 사람도 "마음에 달렸지, 마음이 팔자지" 하는 말을 하면서, 일을 당하여는 도무지 마음대로 안 되건만, 그 일이 오히려 당연한 줄로 여기고 '왜 이렇게 마음대로 안 되는가, 내 마음대로 못 하는 내 것이 있을까?' 하는 생각조차 하지 않고 스스로 지어놓은 자업의 쇠사슬에서 벗어나지 못하는 것입니다. 그런데 정신을 잃어버린 실성인들을 서로 끌고, 행로로나 시간적으로 끝도 없는 험난한 들판에서 헤매는 그 속에 휩쓸려 지내는 당신에게 이 소식은 진실로 희귀한 소식인 줄이나 아실는지 모르겠습니다. 일생 일도 큰일이라는데 미래세가 다함이 없는 크나큰 일의 해결법이 어찌 그 귀함을 다 헤아릴 수 있겠습니까? 정신을 잃어버린 인간이 정신 수습하는 일 외에 돌아볼 것이 무엇입니까? 이 사상으로 지향하는 일, 곧 사상적 방향만 결정되어도 생의 의욕(생활비)이 풍부해져서 안도감을 느끼게 되고 안도감은 용기를 내게 되어 어디서, 언제, 어느 때, 무슨 몸으로 무슨 생활을 하든지 잘 살아가게 될 것입니다. 당신이 아무리 물질적 문화인이라 하더라도 인생 항로의 방향을 돌린 것이 잘된 일이 아니었던 것입니다.

문화인은 그래도 물질경에서 초연한 지향을 하여 구경究竟 정신적 문화인이 될 수 있는 것입니다. 그런데 문화인으로 딴 길로 가게 된 당신은 육십 줄에 든 오늘날까지의 경험으로 인간들이 모두 바라는 만족이니, 기쁨이니 하는 데에 체달하여본 적이 있습니까? 체달이라 생각된 때가 있더라도 유심으로 된 체달은 상대적인 좁은 한계 내이기 때문에 짧은 시간에 사라져버립니다. 무심은 무한계이므로 고락 간 슬슬 구슬리기 쉬운 자유계입니다.

시간의 영원과 요소의 일체인 유심의 창조주인 그 무심을 나머지 없이 채취하면 거기에는 희망의 성취도 있고 임의로 창작적 생활을 하게도 됩니다. 늘 꾸는 꿈이요, 더구나 잊어버린 꿈이지만 꿈만이 참살이로 믿을 그때에 차마 버리지 못할 일체를 다 버린 사선에까지 동행하였던 당신이라 특별히 전해드립니다. '무심'만 얻으면 '유심'인 현실 전체는 내 것이 됩니다. 무심하게 쓰던 글은 '무심'의 붓끝이 저절로 물러나므로 이만 그칩니다.

무술년 8월 9일 김일엽 합장*

—『청춘을 불사르고』, 문선각, 1962.

| * 두 손바닥을 합하여 마음이 한결같음을 나타냄. 또는 그런 예법.

청춘을 불사르고

─B씨에게 제일언第一信

당신은 나에게 무엇이 되었삽기에?

당신은 나에게 무엇이 되었삽기에 살아서 이 몸도 죽어서 이 혼까지
도 그만 다 바치고 싶어질까요.

보고 듣고 생각는 온갖 좋은 건

모두 다 드려야만 하게 되옵니까?

내 것 네 것 가려질 길 없사옵고요.

조건이나 대가가 따져질 새 어딨겠어요.

혼마저 합쳐진 한 몸이건만……

그래도 그래도,

그지없이 아쉬움

그저 남아요……

당신은 나에게 무엇이 되었삽기에?

1928년 4월

수송동壽松洞 여사旅舍에서

원수의 칼에는 몸이나 상하지만 사랑의 손길에는 몸과 마음이 함께 해를 보는 줄이야 누가 알았사오리까?

당신이야 내 영육을 어루만지던 당신의 손길의 변신인 별리別離의 칼에 중상을 입은 심장을 안고 사랑의 폐허에서 홀로 신음하고 있는 내 고苦가 어떠한지 알기나 하오리까?

지금도 나의 음랭한 방 한구석에 쓸쓸하게 앉아 있는 책상에는 단 하나의 나의 친구인 시계가 나의 슬픔으로 돌보지를 않아 걸음을 멈추고 시름없이 나를 바라보고, 나는 책상 위에 엎드려 일과적으로 흘리는 내 눈물을 이윽히 내려 보다가 이제는 더 참을 수 없다는 내 감정의 충동을 이길 수가 없게 되었나이다.

글자는 제 몸을, 떨어진 내 눈물 속으로 뭉그려버리나이다. "당신의 그 깊은 회한을 내가 무슨 수로 다 표현해드리리까?" 하는 자퇴自退의 표징인 것이외다.

당신은 "……인연이 다하여서 다시 뵈옵지 못하겠기에……" 하는 마지막 편지를 내게 보내었나이다.

"검은 머리 파뿌리 되도록……"이라는 한 토막의 생활을 멀리 초월하며 무량겁無量劫*으로 영육의 생활을 같이할 굳은 약속을 해오던 당신이 값싼 위로의 말 몇 마디 적은 편지에, 떠나는 이유도 없이, 더구나 행방조차 알리지 않고 인연이 다하였다는 말 한마디를 남기고는 그만 달아나버리는 그런 모진 시간이 내 앞에 닥칠 줄이야…… 마음이 워낙 뜨막한 나는 기절까지는 하지 않았나이다. 그러나 아무리 무상한 세상이라기로 당장 이 눈앞에 이렇듯이 변한 일을 보게 될 때, 얼결에 베어진 상처처럼 원망도 노여움도 느껴질 새 없이 그저 뜻 모를 눈물만 꿰인 구슬같이 쏟

| * 헤아릴 수 없는 긴 시간. 또는 끝이 없는 시간.

아질 뿐이었나이다.

생각만 해도 눈물 안경이 씌워지는 그 편지건만 그래도 얼씬거리는 이 눈으로 보고 또 살피게 되나이다. "인연이 다하였다!" 내 전 세계의 돌변을 전하는 놀라운 글자의 모임! 무지한 주인의 사도인 무정한 글자들은 태연자약하여 남의 아픈 속을 헤아릴 리 없는 것이외다.

대체 인연이란 무엇인데? 다하기는 어째 다하였단 말인가! 그리고 다시 못 봐! 다시 못 봐! 죽음의 길인가? 다시 못 보게! 그러니저러니 영영 그만이란 말인 것은 분명하지 않은가. 정말이냐? 정말이야! 그래도 불변색不變色*의 귀머거리 종잇장! 물어뜯어도 쥐어박아도 아픈 체할 길 없는 시체 같은 글자들. 암만해도 그 앞에서밖에 하소연할 데조차 없는 나의 심정! 더구나 나의 이 안타까운 심정을 전해줄 것은 무정하다는 생각조차 못 하는 무지의 글자밖에 없지 않은가? 백제 때 부여성 문지기의 외딸인 18세 된 소녀는 산과 고개 너머에 사는 애인에게 날려 보내는 가랑잎에 새긴 지성의 편지 한 장이 스스로 산을 넘고 골을 찾아, 보아야 할 편지의 주인을 찾아준 일이 있었다는 이야기가 있지 않습니까? 정과 혼의 결정체는 행동을 하기 때문이외다.

그러나 배신의 대상인 내 맘이 그 소녀와 같이 지성 일념에 들 가망도 없고 의타적으로만 전해질 나의 이 하소연의 편지는 망망한 천지에 어느 곳을 찾아 당신의 처소에까지 미치게 하오리까?

무한대의 정신력을 믿는 나이긴 하지만 아직 나의 정신력은 당신의 그 큰 무지를 녹일 만하다는 자신이 없나이다.

그러니 못 견딜 이 고민만을 어찌 처리하여야 할 것인지 나도 알 길이 없나이다. 다만 인因 자 한 자의 의의는 심心 성性 불佛 자 다음으로는 중요시할 만한 정칙正則*적인 글자인 것이 사실이외다. 그러나 연緣 자와 접속된 술어인 '인연'으로 말하면, 인연으로 동작이 생기고 변천이 일어나는 것이므로 이러려면 이러고 저러려면 저럴 수도 있는, 좀 여유도 없지 않은 그런 한 마디의 단어가 아니오리까?

그런데 당신은 이제 인연이라는 단어 한 마디를 이용하여 남의 생명적인 사랑을 장난감으로 만들어 취하고 싶으면 취하고 버리고 싶으면 버리는 그런 폭군이 되어버리신 것이 아니오리까?

나는 사랑의 왕국에 발을 들여놓은 남자는 사랑의 여왕의 지배하에 길이 인형화人形化하는 줄만 알았나이다.

그리고 사랑하는 사람을 자기 생활권 밖으로 내놓는 일이 있거나 표리가 다른 마음을 쓸 수도 있는가를 생각조차 해본 일이 없었나이다.

이런 여자에게 그런 배신의 편지를 예사로 던져버리는 남자가 당신일 줄이야! 너무도 의외의 일에 멍멍해진 내 정신은 아직도 잘 차려지지 않는 것이외다.

적적한 내 생활에 일시적이나마 크나큰 만족과 희망을 준 이도 당신이요, 보다 더 큰 실망과 슬픔을 준 이도 당신이외다. 마치 태양이 서산을 넘을 때는 만상萬象과 그 그림자까지 거두어 가듯이 당신은 내 일체의 것을 모두 휩쓸어 가버렸나이다.

물건……, 가장 긴절緊切**하게 쓰일 무슨 물건만 빼앗긴 그 사람에겐들 얼마나 크게 원심怨心을 가져질 것이오리까.

더구나 정신적인 전 재산, 곧 영원한 생활의 큰 밑천을 다 휘몰아 가지고 나를 더 슬플 수 없는 자리에 세워놓고 달아나신 당신을, 이를 갈며

---

* 바른 규칙이나 법칙.
** 매우 필요하고 절실.

칭원稱冤*해질 것이 아닙니까?

그런데 내가 위에 적은 것은 모두 나의 실망이 실망의 대상인 일에 대한 말씀에 지나지 않는 것이외다. 나는 이제 원심을 가지기커녕 이론이야 어찌 됐든지, 사실이 어떻게 돌아가든지 알 길이 없나이다. 다만 절대적인 나의 욕구 곧 당신을 뵈어야 할 그 일 때문에 아침에 일어나서는 "오늘은 그의 소식을 꼭 알려지이다" 하고 빌고, 저녁 자리에 엎드려서는 "오늘도 그의 소식을 못 들었구나……" 하고 한숨을 쉬고 지낼 뿐이외다.

행여나 하는 애달픈 희망에 생기가 나다가, 그만 절망에 쓰러지다가, 이렇게 괴로운 날짜가 계속한 지 이미 넉 달 아흐레! 아직도 남은 날이 얼마라는 말씀이오리까? 그러나 당신이 앓는다든지 곤경에 빠졌다든지 어떤 애인과 동서同棲**한다는 소식만은 차라리 볕에 타는 화초에 불을 지르는 격인 것이외다. 그렇다고 무소식을 희소식으로 생각할 수는 없나이다.

나는 열한 살 적에 소학교 뜰에서 동무와 내기하는 장난을 하다가 상대편인 동무가 나를 속여 세 번이나 거듭 이기고 나서 나를 약 올리며 이겼다고 뛰며 자랑스러워하는데, 나는 어찌 분이 났던지, 내가 부딪쳐 죽어야 옳을지 동무를 때려 없애야 옳을지 심장의 고동이 방향을 잃어버리게까지 된 일이 있었나이다.

분대로 했으면 큰일을 저질렀겠지만 '우선 견딜 수 없는 이 고통을 면하고 볼 것이다……' 하는 번개 같은 생각으로 겨우 분의 열도熱度를 식히고 나서 차차 분이 풀린 후에 따져본 결과, 내가 못 이겨서 약이 바짝 오른 데다가 남을 속인 고약한 것이 도리어 대상인 나를 무척 업신여기는 몸짓, 눈짓이며 이겼다고 자랑하는 모든 꼴이 너무도 밉고 분해 못

* 원통함을 들어서 말함.
** 함께 거처함.

견디었던 그 오기傲氣에서 일어나는 한 감정 문제에 지나지 않았던 것이외다.

일체 화나는 일이 다 별다른 원인이 있는 것이 아니요, 다만 사람의 감정이 털끝 하나를 사이에 두고 회비고락의 천양天壤*의 차를 내어, 생사 문제가 일어나고 대대로 불구대천의 원수를 맺는 일까지 있는 것을, 그때 어린 생각으로도 좀 헤아리게 되어, '기왕이면 마음 편하고 볼 일이다', '일체의 요구는 평안 그것을 요청하는 사도使徒였구나' 하는 생각을 하게 되었나이다. 그리고 좀 더 자라서는 '아무리 좋은 환경에서도 불행을 느끼는 이가 있느니만큼 가장 큰 불행에도 마음을 눅일 수가 있는데, 우리들은 정신력의 부족으로 마음이 팔자라고 말은 하면서도 각각 내가 만든 내 팔자를 내 마음대로 못하는 것이라' 하는 생각을 하게 되었나이다.

어쨌든 나는 그 후로는 어떤 일을 당해도 화가 치미는 일도 초조할 일도 없었나이다.

그 어느 날은 원고료 받은 것을 쓰지 않고 모아서 내 생전에 처음 많은 돈을 뭉쳐가지고 '히라다〔平田〕', '미쯔코시〔三越〕' 등 큰 상점으로, 사고 싶은 물건을 사려고 헤매 다니다가 엄청나게 많이 쌓인 그 물건을 바라보고는 내가 요구하는 물건과 그 대금과의 차이는 너무나 큰 것임을 알고, 아무리 많은 돈을 가져봐도 결국 돈의 갈증만 심해질 것을 깨닫고 창자를 위로할 만한 음식과 한서寒暑를 피할 만한 옷이 있으면 그만이라는 생각으로 가난의 고품도 느끼지 않게 되었나이다.

방학 때 집에 와서도 후모後母의 눈치야 어찌 됐든지 태연히 지내는 나를 더 가엾게 보는 아버지는 가슴 아픈 눈물을 남모르게 씻었다는 것이외다.

| * 하늘과 땅.

하다못해 처녀로 파혼이 되었을 때도 내 붉은 뺨을 손으로 쓰다듬으며 "더 좋은 혼처가 생길지 누가 알아. 마음 상할 것 없어" 하고 스스로 위로하고 지내던 것이외다.

이렇게 무조건으로 걱정 없이 태평객으로만 지내던 나에게 울어도 울어도 다함이 없는 눈물의 생활을 주고 간 당신을 원망인들 어찌 아니하게 되며 미운 생각인들 아니 날 리가 있사오리까. 더구나 나의 고를 면하기 위해서도 될지 말지 한 당신의 회심을 기다릴 것 없이 내 편에서 아주 거절해버릴까 하는 생각도 하여보았나이다.

그런 남자인 줄 모르고 믿기만 하고 온갖 계획을 다 세웠던 내가 얼마나 어리석었느냐, 어리석은 줄을 알면서도 못 잊는다는 것은 자모自侮*적인 부끄러움을 당하는 것이요, 자취自取**적인 고를 받는 것이 아니냐, 자아, 그만 잊어버리자! 이를 악물고 눈을 감고 도사리고 앉아보았나이다.

감은 눈에서는 바위라도 뚫을 듯이 굳세게 눈물이 솟구쳐 흐르며 굽이치는 서러운 정파情波***는 시구詩句로 화하여 나의 정화情火****를 꺼보려는 것이었나이다.

> 어지어 내일이어
> 이제는 홀이로다
> 인생의 험한 길을
> 나 어이 혼자 갈까
> 님이야 사괼 님 많으니
> 외로시다 하리까

* 스스로를 업신여김.
** 스스로 취함. 스스로 초래함.
*** 사랑의 물결. 또는 인정이나 사랑의 정이 실려 가는 물결.
**** 정념情炎. 불같이 타오르는 욕정.

시구는 정파와 정화를 녹여서 외로움의 바다를 만들었나이다.

이제 나는 외로움의 바다에 빠졌으니 숨 막히는 고파孤波*에서 헤어나려는 생적生的 충동으로 무엇이라도 붙잡으려고 허우적거릴밖에 무슨 생각이 나오리까.

때리는 엄마 품으로밖에 달려들 데가 없는 젖먹이같이 사면을 둘러보아야 마음 향할 곳을 모르는 내가 뉘게로 매어달릴 것이옵니까?

당신을 단념한다는 것은 일시적으로 지나가 버리는 나의 감정의 심리 상태에 지나지 않는 것이었나이다. 나의 외로움의 바다가 깊어질수록 당신의 존재의 산은 높아져서 다른 이의 존재가 눈에 띌 리가 없나이다.

지금 서울 장안에서는 시나 소설 한 권 발행해보지 못한 나를 여류 문사라고 떠들고 내 기술껏 모양을 내어 남이 예쁘게 보아주기를 바라는 내 소원대로 풍염豊艶**한 미인이라고 칭찬해주는 이도 있나이다. 그래 그런지 내 주위에는 여러 사람이 모여들어서 열렬한 사랑에 좋은 조건을 바쳐서 나의 환심을 사려 드나이다.

그러나 당신 외에 한 사람도 용납할 마음의 자리가 남지 않았나이다.

나는 당신을 위하여 육체적 정조를 지키려 해서 그런 것도 아니외다. 나는 더러운 것을 막 주무르던 손이나 티끌 하나 만져보지 않은 손이나 손은 손일 뿐이지, 정부정不淨은 손에 묻지 않는 것같이 여자의 육체가 남성을 접하고 안 접한 것은 문제 될 것이 없고, 오직 그 여자의 정신 문제뿐이라, 정신적으로 정적情的 청산이 되어 새 사랑을 상대자에게 온전히 바칠 수만 있다면 언제든지 처녀로 자처할 수 있어, 그 양해를 하는 남자와 그렇게 될 수 있는 여자라야 새 생활을 창조할 수 있다는 신정조관을 가진 여자인 까닭이외다.

* 외로움의 물결.
** 풍만하고 아리따움.

더구나 정적情的에만 기울어져서 당신만 따르는 것도 아니외다.

다만 당신은 세상의 사상가니 인격자니 하는 이들까지도 상상도 못하는 초연한 인생관을 가진 분으로, 쉬지 않는 자신의 수양과 함께 일심으로 사회적 봉사를 하시고 계시니 그러한 고답적인 인물이 오랜 수양과 많은 경험을 쌓은 후일에는 반드시 세계적으로 인류에게 많은 도움이 될 위대한 분이 될 것을 예측하는 나는, 연인으로보다 지도자로 당신을 여의지 않겠다는 염원을 하게 되니 자연히 당신이 나의 생활의 전체가 되어버린 것이외다.

사실 몸 아닌 정신, 곧 여의려야 여일 수 없는 본정신이 있음을 모르지는 않기 때문에 육체적 이별은 큰 문제는 아니 될 수도 있사오나 다만 당신에게 받을 나의 정의 대가만은 나의 생계비라는 말씀이외다.

나의 아버지는 평남 용강 출신으로 '예수'교의 독실한 목사여서 '예수'께서 남을 사랑하기를 내 몸같이 하라 하신 말씀 그대로 실천하시며 일생을 감사의 생활로 자족하게 마치신 분이었나이다.

나의 어머니는 나를 맏이로 오 남매를 낳아 다 잃어버린 후 일찍 단산해버리고 나 하나만 남았는데, 아버지는 5대 독신이지만 '예수'교적 계법을 정신화한 아버지인 만큼, 아내 있는 당신이라는 한 생각으로 어떤 미인을 안겨드린대도 동심動心조차 할 리 없으니 어머니는 당신이 죽어야 아버지가 장가들어 아들을 얻을 것이니, 죽지 못해 한이라고 늘 우시며 저 딸 하나나 훌륭하게 만들어 남의 집 열 아들 부럽지 않게 키운다고 ― '예수'교당에 다니신 덕에 일찍이 개화한 어머니가 여자도 학교에 다니는 일이 있는 줄도 모를 그 예전에 나를 학교에 입학을 시켜 "여학생, 여학생" 하고 불리우는 자랑스러운 몸이 되게 하였나이다.

그러나 집과 땅을 다 팔아서라도 대학 공부까지 시켜준다던 어머니가 소학교 졸업하는 해에 돌아가시고 중학교 졸업 시에는 아버지마저 두

분이 다 돌아가셨나이다.

칠십이 넘으신 외할머니는 천애의 고아인 나만 보시면 "네 에미가 딸 하나만 더 길러놓고 죽었어도 형이야 아우야 서로 불러볼 것이 아니냐. 너는 돌 틈에서 솟았는 듯, 땅에서 뽑아낸 무 밑둥인 듯 넓은 천지에 외톨이로 돌아다니는 꼴을 어찌 보느냐?"고 항상 눈물을 흘리었나이다. 그 외할머니의 학비 후원으로 몇 해 동안은 일본 유학까지도 하여보았나이다.

어머니는 생존 시에 나를 부도婦道와 여직女職에 대하여는 도무지 가르칠 생각을 하지 않으셨나이다.

어머니는 나를 여자구실은 안 시키고 어떤 표준도 없이 그저 남의 집 열 아들 부럽지 않게 세상에서 제일 뛰어난 여성 아닌 남자 대장부를 만들려는 것이었나이다. 외할머니나 이모들이 어머니를 보시고 계집애를 가르치지도 않고 뛰어다니게만 두고…… 시집보낼 옷가지 하나 장만 아니 하면 어찌할 거냐고 하면 어머니는 "당신네들처럼 많이 신고 가서 종노릇만 해야 하오?" 하고 핀잔해버리었나이다.

수도원 같은 기숙사에서 자라서 단순하고 어두운 내가 가정 교육도 견문도 없느니만큼 사상적으로 방향도 정하지도 못한 데다가 혼란하기 짝이 없는 사회로 나와 내 멋대로 돌아다니는 나의 모양은 과연 우스웠을 것이외다.

더구나 외로움에 목마른 내 눈에는 사랑을 구가謳歌*하는 수준 낮은 문예품만 뜨이게 되고, 죄가 하느님 눈에 들키지 않게 하기 위하여 극히 조심하던 그 마음에서도 슬슬 뭉기질쳐 나오기 시작하게 되니 신심信心은 점점 물러나서 의문만 생기게 되었나이다.

| * 행복한 처지나 기쁜 마음 따위를 거리낌 없이 나타냄. 또는 그런 소리.

하나님은 모르시는 것이 없으시다면서 선악의 과수果樹를 '에덴'에 두시고 자유까지 왜 주셨을까?

선악의 열매를 먹어 악의 씨가 배태되었다면 창조하신 분이 왜 선인으로 개조하시지 않으시고 독생자를 보내서 십자가에 못 박히는 분주奔走를 피셨을까?

'예수'께서는 선악 세상을 다 구원하실 수 있어야 구세주라는 의의가 서지 않을까? 그리고 불가능한 일이 없으신 '예수'가 왜 온 세계 인류를 다 믿게는 못하시는가? 하나님이 우리 마음에 계시다니 선악심이 어느 마음에 계신가? 평등심을 가진 하나님이니 어느 마음에나 다 계실 텐데, 마음이 다 하나님화하지 않고 선악심이 그대로 있게 되는 것은 웬일일까? 하나님은 공연히 인간을 내어가지고 지옥고에 못 견딜 때 피창조자인 동시에 피해자인 악인이 하나님께 나가서 나를 왜 만들고 지옥은 왜 내어서 이 고생을 시키느냐고 원망한다면 하나님은 무엇이라 대답을 하실 것인가?

천상인은 못 보는 것이 없다는데 천지가 다 지옥고를 받는 꼴을 바라보면서 나만 천당락天堂樂이 누려질 수가 있을까?

계신 하나님, 나신 부처님은 이미 형상이니 같은 우상이고 더구나 안 계신 하나님을 마음으로 만드는 것은 마음의 우상인 것이다. 어쨌든 '예수'교 성경에, 만든 부처님을 우상이라 했지만 성화를 그려 귀하게 모시나, 부처님을 손으로 만들어 조상彫像으로 모시나 마찬가지의 우상이 아닐까?

우상이라면 껍데기니 알맹이가 있지 않을까? 하나님, '예수', 성신聖神이 다 껍데기일 것인가? 에잇 모르겠다! 하는 따위의 의심을 가지게 되었나이다. 아버지나 신도들에게 문의도 못한 것은 신심이 없어서 그런 범람한 생각이 나니 회개하는 마음으로 기도만 하라는 것이외다. 그러니 의심을 풀 길은 없었나이다.

당신을 뵈온 후로도 정적인 것에 대한 정신 외에 다른 생각이 없는 나는 이런 문의를 할 겨를이 없었다가 당신이 오실 약속도 아니 하였던 날, 나는 오늘은 당신이 어느 모임에나 가게 되지 않나? 거기 가서 당신의 얼굴이라도 바라보았으면 하는 궁리를 하느라고 언제 쭈그리고 앉았던지 쭈그리고 내 방에 앉아서 문간을 내다보고 있었는데, 의외에도 당신은 아래위 하얀 양복을 입으시고 더 환해 뵈는, 얼굴은 고요히 비치는 자비등광慈悲燈光*인 눈동자와 함께 사랑의 화신化身 그대로 나타나셨나이다.

각황覺皇 교당에 가시던 길에 들르셨다고— 그날 내가 묻는 대로 불교 교리에 비쳐 '예수' 교리를 해석해주셨나이다.

불교 교리는 범어梵語의 달마達磨라고 하는데 일체 총섭總攝**한 의미로 마음대로 하는 마음이라도 되고 자유로운 '나'라고 해도 되는데 온갖 일과 모든 물질이며 선악이며 이치와 시비와 진망眞妄이다.

이 달마에 들었기 때문에 어떤 이론이나 교리가 다 달마에서 파생적으로 갈라져 있는 법이며, 일체는 '유심조唯心造'로서 마음, 곧 달마가 창조주라 원 마음은 몰랐더라도 부분적으로라도 단일화한 마음이면 부분적 일에는 다 성취할 수가 있어, 수도 중인 사람에게는 정진에 방해된다고 실상은 신통을 부리는 일은 금하는 일이지만, 공부 중에서도 혹 신통력을 얻은 이가 있어 필요하다면 가랑잎에 인人 자 하나만 써서 던져도 사람이 뛰어나올 수도 있는 것이라고, 그러므로 '예수'교에서 하나님이 창조주라는 것도 사실이나 능력이 계신 하나님이 왜 사람을 창조할 수가 없겠느냐고, 그러나 천지 만물을 창조하셨다는 것은 천지개벽 전에

* 자비로운 등불의 빛.
** 사전상 의미로는 '승군僧軍을 통솔하는 일을 맡아 하던 승직僧職'이지만 문맥상으로 통섭通涉, 즉 '사물에 널리 통함', '서로 내왕함'의 의미로 보는 편이 더 적절하다.

있는 본성(=마음, 곧 나의 정체)이 있고 물질의 요소를 갖춘 물질적 본씨는 의식하기 전에 있어서 그것을 자료로 하여 창조하신 것이라, 무엇이 무엇으로 만들어졌는지 저마다 가진 바탕대로 만드셨으니 사실 제가 저를 만든 바에 짐승이 되었거나 악인화하였거나, 수원수구誰怨誰咎할 것이 없는 것이라고, 만일 하나님이 사람을 근본적으로 만들어놓았다면 사람은 한 기계로서 아무 기능과 의식이 없을 것이며 항상 발전적 생활도 하나님이 시켜줘야 할 것이요, 하나님을 따르고 배반할 아무 자유도 안 가졌을 것인 때문에 선악의 책임자는 하나님이 될 것이 아니냐는 말씀이었나이다.

어쨌든 하나님은 창조주, 곧 만능적 자성自性*을 파악하여 운용하는 것, 당신도 피조자인 만큼 일체 책임은 하나님이 지게 된 것이 아니라고 하였나이다. 그러나 사실은, 일체는 각자가 자조自造된 것이며, 하나님이 마음에 계신 것이 아니요, 하나님이 곧 마음이며 근본 하나님은 희노喜怒를 느끼는 이 마음 전前 마음이라고 하셨나이다. 그 마음은 계신 하나님까지도 창조한 창조주이며 누구나 다 가지고 있는 것으로서 그 마음을 찾지 못한 동안은 완전한 인간이 아닌 줄 알아야 한다고 하셨나이다. 그리고 천당은 최고 문화계로서 욕계欲界,** 색계色界,*** 무색계無色界****까지 있으며 그 나라 주인은 다 천주라, '예수'교 교리에 합치니 완전이니 하는 대상을 하나님이라지 말고, 일체의 대명사인 불佛이라야 맞는다고 하셨나이다. 그리고 선악과를 금단의 실과라고 먹지 말라 한 것은 신심을

시련하는 한 방편이요, 신자라면 대상을 전제로 한 것으로서 부처님이나 하나님을 지극히 믿는 신자, 곧 몰아경沒我境에 이르는 신자부터 되어야 부처님이나 하나님이 알아 얻은 그 도리를 알게 되어 구경究竟*에는 신자인 나도 부처님이나 하나님이 되는 것이라고, 선배나 선생이나 나를 바르게 지도할 분을 신실히 따르는 것도 종교심이며, 종교심이 없는 사람은 나무가 뿌리를 여읜 것 같아서 참[眞]생명을 잃어버리게 된다고 말씀하셨나이다. 무명無明** 중생은 지도적 목표 없이 올바르게 가지지 않는다고, 어쨌든 불교에서 나신 부처님이나 명상화名像化한 부처님의 창조주인 부처, 곧 자성自性인 내 부처를 찾으라는 말씀과 같이 '예수'교에서도 해득하게 되어야 하지 의타적으로는 구원을 얻을 수 없다고 하였나이다.

'예수'께서 십자가에 못을 박히신 것은 다생多生에 인류를 위하여 공헌과 희생하신 그 한 부분적인 것이며 부처님께도 삼불능三不能(=정업난면正業難免,*** 무연중생막제도無緣衆生莫濟度,**** 중생제도무진衆生濟度無盡*****)이 있으심과 같이 '예수'께서도 사람이 오래 익혀서 천성이 된 그 습성은 어찌하는 도리가 없고, 본연의 성품과 자유를 각자적으로 돌려야 하기 때문에 가르칠 뿐, 다 믿게는 못 하시는 것이요, 그래서 선악과를 먹게 된 자유도 각자적인 본연의 자유지 하나님이 주신 것이 아니라 하였나이다. 그래서 하나님도 오래 익힌 인간의 천성을 개조하지는 못하는 것이라는 말씀이었나이다. 일체 존재는 나, 곧 부처 하나뿐이라, 귀의불歸依佛******이 내게 돌아가라는 말씀이라 하셨나이다. 천천성千天性의 합치가 자성自性이

＊ 가장 지극한 깨달음. 마지막에 이름.
＊＊ 모든 번뇌의 근원으로 잘못된 의견이나 집착 때문에 진리를 깨닫지 못하는 마음의 상태.
＊＊＊ 정해진 업은 면할 수 없음.
＊＊＊＊ 인연 없는 중생은 제도하기 어려움.
＊＊＊＊＊ 부처가 중생을 구제해 불성을 깨닫게 하는 일. 죄에 빠진 사람들을 구하는 일은 다함이 없음.
＊＊＊＊＊＊ 부처님께 돌아가 의지함.

요, 만습성萬習性의 단일화單一化가 '나' 자체라고 하셨나이다.

그리고 상상하는 것은 환幻이요 우상이라, 일체는 생각이 만드는 것이므로 배례拜禮*한다, 아니 한다는 그 생각이 벌써 우상에 배례한 것이며, 상상할 수 있는 것, 곧 물질은 반드시 대상이 있으니 대상은 바뀌고 변하는 것이고, 하나님이나, 부처님의 실존도 우상이라 하며 조상彫像을 안 믿고 우상을 안 섬긴다면 부처님이나 '예수'도 못 믿게 되는 것이라고 말씀하셨나이다.

믿는 마음과 믿어지는 마음이 하나이므로 두 마음이 합일돼야 하는 것처럼 인간은 우상과 합치되어야 진경眞境에 이르게 되는 것이라고, 그리고 불교 교리는 '예수' 교리를 더 오묘화시켜서 '예수'를 더 진실하게 믿고 하나님을 극히 존경하여 필경 하나님이 되게 하는 도리인 줄을 모르고, '예수'교 신자들 중에는 자기네가 생각하지 않던 말씀이라고 불법을 알아볼 생각도 아니 하고, '예수'교 교리와 반대되는 줄 아는 것이 유감이라 하셨나이다. 어쨌든 일체 종교와 사상은 다 불교 입문의 과정이라 하셨나이다.

더 자세히 말씀해주실 것이지만 강화講話의 책임을 가지고 가시던 길이라, 시간 관계로 오래 말씀을 못 하고 당신이 가시게 되어 나도 따라가서 당신의 강연은 들었지만, '나'라는 문제로 사석에서 내게 하시던 그 강화를 다시 들었나이다. 그때 아버지께서는 지금의 당신처럼 나에게 향상의 도리는 아니 가르치시고, 질문 비슷한 말만 해도 그런 범람한 소리를 하지 말고 회개하는 마음으로 하나님께 경건한 믿음을 구하는 기도만 하라는 것이었나이다.

아버지는 집에 화재가 나서 집과 물건이 다 탔는데 가족은 살았다면

| * 예배.

404

사람은 살려주셨으니 하나님께 감사하고, 가족이나 다 타 죽었으면 나를 살려주신 하나님께 감사하고, 내가 타서 죽게 되면 하나님이 나를 당신의 나라로 데려가시니 더욱 감사한다는 식으로 믿으시는, 그 믿음 위에는 불법은 몰랐더라도 '나'를 깨닫는 그 꽃을 곧 피게 할 수도 있었을 터인데, 사선死線을 넘으실 때에도 찬미가를 부르시며 기쁘게 천당으로 가셨으니, 하나님께 법문法門을 드리시고 아주 해탈경解脫境에 이르셨기를 바랄 뿐이외다. 당신이, 해탈경은 불변의 평화경으로서 천당과 지옥이 하나인 한 평등 세계라 하신 말씀을 상기함이외다. 5대 독신으로 돌아가신 아버지를 생각할 때, 친오라버니커녕 칠, 팔촌 오라비도 없는 내가 아버지를 위하여 불전佛前에 제사 한 번 못 지내드려서 죄송한 느낌이 없을 수 없나이다. 사람의 육체는 해소되더라도 식혼識魂은 영구 불멸하여 인연을 따라 어디서 무슨 몸이든지 다시 만들어가지고 생을 위하여 간단없이 먹을 것을 구하게 되는 것인데, 사의 경계선을 넘어서면서부터 기갈을 몹시 느끼는데 이것은 현실이 증명해주는 일이지만 소부분적 정신의 의존인 이 인간 세계는 눈먼 줄도 모르고 내게 보이지 않으니 비과학적이라는 것이외다. 더구나 법문을 들려주면 육체를 벗어난 '식識'은 좀 밝아서 말귀를 낫게 알아듣기 때문에 누구나 죽은 후에 사십구재라든지 제사를 불전에서 지내주어야 하는 것이 아니오리까?

말씀이 딴 길로 벌어지나이다.

어쨌든 그때에 나는 아주 무종교 상태에 빠지게 되어 심지어 천당지옥설까지 부인하게 되었나이다. 사상적으로도 사업적으로도 방향을 정하지 못한 내가 그래도 현해탄을 건너 일본으로 드나들며 학생의 몸으로 사회인으로까지 행세하게 되었나이다.

그리고 스스로 큰 문재文才나 있는 듯이 대 문호가 된다고…… 어떤 길로 어떻게 닦아나갈지도 모르고 문예품이라면 덮어놓고 탐독을 하던 중에, 묘한 술어를 따라가 재미있는 문구를 만들어 수필이니 감상문이니 단편소설이니 서정시니 시조니 하는 형식으로 신문 잡지에 기고도 하게 되었나이다.

최초 여성지인 《신여자》라는 잡지에 주필까지 되었나이다.

여자 교육을 잃어버린 한국 사회에, 더구나 문단에 여자의 존재가 있었을 리 없을 것이 아니리까?

내가 무슨 문단에 큰 존재로 나타난 것은 아니지만 여자인 나의 글이 처음으로 신문과 잡지에 발표되니 전 사회에서는 무조건으로 반가워하게 되었나이다.

더구나 염치 좋게 연단에까지 올려 보내는 대로 올라가 요령 없는 말이나마 지껄이게도 되니 일약 선생님, 선생님 하는 소리까지 듣게 되었나이다.

그때에는 남자 중에도 그런 엉터리 선생님이 수없이 사회에 출입을 하던 것이외다.

그러나 여전히 드나나나 외로움에 싸인 나는 한 남자의 나머지 없는 사랑 그 '하나'로 부모 형제 친척의 정을 대신하려 하였나이다.

나머지 없는 한 남자의 정을 얻기 위하여는 행불행幸不幸의 생활 환경도, 남의 이목이나, 도덕의 구애拘碍까지도 돌아보지 않을 결심이었나이다.

애정적 동물인 인간은 사랑에서 나서 사랑에서 사는 것이니 사랑 없이 어찌 내적 생활에 만족이 있을 것이며 내적 생활에 만족을 얻지 못한 인간이 무슨 '에너지'가 있어 사회적 봉사를 하겠느냐는 것이었나이다.

이렇듯이 사랑에 목마른 어리석은 나를 일시 향락적으로 위안거리로 사랑을 빙자하여 자기들의 손에 넣어보려는 남자인들 없겠나이까?

더구나 개성적이요, 한 걸음 나아가 천단擅斷*에 가까운 성격을 가진 내가 하고만 싶으면 무슨 생활이라도 할 수 있었나이다. 아버지 생존 전후에 나는 하나님이 항상 우리를 보호하시고 살피시며 나의 일동일정―動―靜을 다 알고 계시거니, 아버지의 말씀은 하나님의 말씀 대신이거니 믿고 일시도 마음 놓지 못하고 있었던 것이외다. 언제나 강압적 관념에 눌리어 지내었나이다.

그리고 아버지가 남의 과실나무 밑에 떨어진 것도 남의 것이니 집어서도 안 된다 하셔서 굴러다니는 과실 한 개도 남의 것은 집어보지 않았고, 남더러 '계집애'라고 하는 것도 욕설이니 하지 말라는 아버지의 말씀 때문에 정말 욕이 나와서 못 견디게 될 때는― 너 아무의 딸이지― 하고 미운 동무의 아버지 이름을 불러 욕을 보일 뿐, 그리고 그때는 계집애로서 어떤 남자에게 손목 한 번이라도 잡혀봤다면……. 더구나 하나님 앞에서 맹서한 남편이라면 악인이거나 병신이거나 떠날 수는 없는 줄 알았던 순진한 내가 신정조관이니 무엇이니 하는 말까지 하게 되었으니 얼마나 험악하게 발전된 것이오리까!

어렸을 때에 장래 그렇게 될 눈치가 보였던지, 또는 신학문을 공부하는 청년 남녀들의 하는 양을 보시고 하시는 말씀이었던지 아버지는 면동의 소문거리인 서울 유학생 딸인 내게 편지할 때마다 "하나님 은혜 중 몸 성히 공부 잘하느냐. 아무쪼록 곁길(외도外道)로 가지 않기로 항상 하나님께 기도하여라" 하시었나이다.

우리 부모에게는 하나님 외에는 나의 존재가 컸을 것이외다.

그들의 딸인 나도 하나님 외에는 오직 부모님이 계신 것을 알았을 뿐이었나이다. 아버지가 교직원회가 있어 진남포 교회 대표로 서울에 올라오셔서 계신 동안에 사날 만에 한 번씩 기숙사로 나를 찾아오시는데 나

| * 제 마음대로 처단함.

는 겨를만 나면 2층 유리창에 붙어 앉아서 종일 나를 보러 오시는 아버지가 보이나 바라보다가, 저녁때가 되면 길인가 사람인가 아득아득하다가 내 그림자마저 거두어 가는 저녁 빛을 야속해하면서 하는 수 없이 방으로 내려왔다가 아버지가 오신 다음에, 기다리느라고 애타던 말씀을 여쭈면 "너 찾아보는 절차가 어찌 어려운지 어전御前에 나오기만이나 하니 매일 보고 싶은 것을 못 오는 것이다. 방학이 얼마 안 남았지! 그때는 좀 오래 애비 곁에 있게 될 테니 너무 애태우지 말라" 하시었나이다. 그때는 부모와도 기숙생을 만나는 그 자리에는 입회인까지 있었던 것이외다.

우리는 부녀간 애정도 남달라서 이야깃거리도 많지만 무슨 이야기를 적을지— 차라리 그만두겠나이다.

그렇게 애절하게 사모하던 아버지를 여의고도⋯⋯ 하는 생각을 하면 눈물이 또 새로 빚어지는 것이외다. 그렇다면 나는 과거 생에 눈물의 생활을 이미 많이 만들어놓았던 것이외다.

더구나 무르녹는 기쁨은 자지러지는 슬픔을 가져온다고 말씀하신 것이 이때에 기억되는 데 따라 모든 슬픔을 녹일 수 있는 정진에 힘을 써야 할 텐데⋯⋯ 하는 생각이 새로워지나이다.

그런데 그때 단순하고 진실하던 아버지는 천당 대 지옥으로 천당도 물질계라는 것을 모르고 하나님이 계신 천당에만 가면 일체 모든 문제는 나머지 없이 해결되는 줄로만 알고, 나를 진실한 '예수'교 신자만 되기를 하나님께 언제나 빌고 계시고 어머니는 내 딸 하나가 남의 열 아들 부럽지 않게 세상에 뛰어나서 큰사람 되게 해줍시사 하고 하나님께 빌던 것이외다.

그때 나의 환경이야 얼마나 좋았나이까. 그리고 우리의 최고 이상인 '나'를 완성하는 데도 '믿음'의 기초가 없이 어디에 건설을 할 것이오리까!

내가 아버지의 교훈대로 '예수'교에 독실한 신자로 그대로 있어 자성自性의 더러움이 없이 불교에 향상하였더라면 당신의 설법을 듣고 곧 견성見性*하였을지도 모를 것이외다.

그런데 입만 열면—상상만 하면— 물질화하는 일체 법중法中에 드는 교리—계단이야 없지 않겠지만 어떠한 오묘한 교리라도 말로나 글로 발표만 되면 상대성 원리에 걸려 모순을 일으키지 않을 수 없고, 질문거리 안 될 것은 하나도 없는 것인데…… 성경 말씀을 의심하여 믿음이 물러가고 위대하신 어머니 아버지의 원력願力을 저버리고 말았으니 나의 그 좋은 환경을 나 스스로 무너뜨리고 험한 길을 자취自取하려던 것이외다.

마침 이때에 다행하게도 당신을 만나 정진적으로 물질적으로 지도를 받게 되었나이다.

그러나 어떠한 좋은 기회나 환경보다도 오직 각자의 마음 일로로 선악도善惡道를 가리게 되는 것이오니 언제나 당신을 만나서 당신이 아무리 가르쳐도 당신을 사랑하는 애욕만을 즐겼다면 나는 영영 막제도莫濟度**의 인간이 될 뻔하였나이다.

그런데 그때 당신이 내 방으로 찾아오시게 된 지 한 달이 다 되었을까 한 때였나이다.

폭풍우 중에도 약속 시간은 아니 어기시는 분이니 비가 좀 오는 것쯤은 상관없으므로 봄비가 부슬부슬 오는 오후 4시쯤이었나이다. 당신이 오실 시간이 아직 넘지도 않았건만 나는 어느새 기다리기에 지쳤던지 아랫목에 털썩 주저앉아서, 슬그머니 열리면 반가운 당신이 들어오시고 살짝 닫히면 당신이 섭섭하게 나가시게 되는 내 방의 하나밖에 없는 북향

---

* 모든 망념과 미혹을 버리고 자기 본래의 성품인 자성을 깨달아 앎.
** '제도'는 미혹한 세계에서 생사만을 되풀이하는 중생을 건져내어 생사 없는 열반의 언덕에 이르게 한다는 말. 따라서 '막제도'는 제도할 수 없음을 이름.

미닫이를 물끄러미 바라보면서 '네가 나를 위하여 반가운 이가 들어오게 열어주고 섭섭하게 나가도록 닫쳐두는 그 두 가지 책임을 한꺼번에 사면하여버릴 날도 있을 것이냐?' 하는 생각을 갑자기 하다가 깜짝 놀란 나는 속으로 스스로 꾸짖고 무서운 대답이나 미닫이의 입에서 나오면 어쩌나하고 잠자코 섰는 미닫이를 조심스럽게 쳐다보던 중, 발자국 소리도 못 들었는데 과연 미닫이가 스르르 열리며 빛나는 당신의 얼굴이 나타날 때 비로소 나는 나의 현실로 돌아오게 되었나이다.

즐거움과 만족의 나의 세계를 맞이하기 위하여 당토 않은 불행한 예감을 하는 사위스런 나의 망상은 너그러이 용서할 수밖에 없었나이다.

가득한 만족감으로 인하여 만족을 느끼는 그 느낌까지 느껴지지 않던 신성한 그때 그 장면을 애써 그려서 이지러뜨리지는 않으려 하나이다.

다만 그날 밤은 시간에 여유가 있어 여러 가지로 만족을 주시던 그 기억이 남아 있을 뿐이외다.

당신은 외국에서 오래 고학하느라고 노동도 많이 하셨다지만 매끈하고 하얀 손을 내 무릎 위에 얹으며 "우리의 인연은 언제부터 어떻게 맺어 내려왔길래 오늘 이렇게 친해졌을까? 산모퉁이를 지나면서 옷자락 한번 슬쩍 스치는 인연도 오백생이나 맺어와야 한다는데…… 숙명을 통해서 지난 일 오는 일, 다 알 수 있다면 그것도 재미가 없지는 않을 거야" 하시며 무릎에 놓였던 손으로 나의 몸을 끌어 당신에게 기대게 하시고 "내가 오늘은 당신에게 불법佛法에 대한 말씀을 좀 자세히 하려고 벼르고 왔는데 보배로운 말씀을 정신 차려 들어야 할 거요" 정색을 하고 말씀을 하시는데 나는 묵묵히 고개를 숙이며 마음을 가다듬을 뿐이었나이다.

석가모니불이 설산雪山에서 공부를 마치시고 환고향還故鄕*하셔서 당

---

* 고향으로 돌아옴.

신이 깨치신 최상의 도리를 말씀하시니 청중이 모두 눈멀고 귀머거리같이 되어 있는지라 할 수 없이 초단계인 인천교人天敎(사람이 하나님을 믿는 교), 소승교小乘敎, 오교悟敎, 돈교頓敎,* 원교圓敎** 5종파로 분류해서 계단적으로 49년 동안 설법을 하셨는데 나중에는 말씀하신 것은 다 부인하시고 뭉뚱그려 한 말로써 결말을 지우면 우주의 '정체'인 동시에 나의 본면목인 '참 나'를 알아 얻어서 가아假我로 육도六途 '천당, 인문人間, 수라修羅, 아귀餓鬼, 축생畜生, 지옥地獄'에 헤매는 고품에 뛰어나서 독립적인 내 생활을 하자는 것뿐이라 하셨다고 하셨나이다.

다시 말하면 천당은 대 지옥이 있고 극락極樂***은 극고極苦의 세계가 앞에 있으니 천당에 가고 극락세계에 간다 해도 장래 생활은 더 무섭고 위험한 것이라 하셨나이다. 그 낙은 일면적인 낙으로서 천당과 지옥을 하나로 화해야 영구적 평화를 얻는다고 하셨나이다.

"어쨌든 생각하고 말할 수 있는 것은 물질적 영역을 넘지 못하였으므로 상대적이란 테두리 안에서 되돌아드는, 믿을 것이 못 되는 것이므로, 사람마다 좋은 것 좋은 것 하고, 좋은 것을 바라는 것은 좋은 것이 내 손에 들어올 때 언짢은 것이 붙어 오게 되는 이치를 모름이며, 다만 무엇이 선악을 분별하는가 하는 의심화, 곧 천당 지옥이 하나화한 생각으로 앞뒤에 다른 생각은 뚝 끊어져 한 조각을 이루어야 한다고 하셨나이다. 한 조각은 상대성 원리에서 벗어난 무無로서 거기서 자아 발견이 되어야 하며, 만 가지 법은 생각의 소작所作인데 어느 생각이든지 하나를 붙잡고 그 정체가 무엇인지 의심하여, 그 의심을 풀게 되면 자아 발견이 되는 것

---

* '불교'의 화의 사교의 하나. 단도직입적으로 불과佛果를 성취하고 깨달음에 이르는 교법.
** '불교'의 화법 사교의 하나. 원만하고 완전한 교법을 말함.
*** 아미타불이 살고 있는 정토로, 괴로움이 없으며 지극히 안락하고 자유로운 세상. 인간 세계에서 서쪽으로 10만억 불토佛土를 지난 곳에 있음.

이라"고 말씀하시며 당신은 몸을 고치고 앉아 마음을 기울여 열심으로 듣고 있는 나를 들여다보시고, "자아, 말해봐요, 내 말에 의심이 나는가, 아니 나는가" 하실 때 나는 공연히 얼굴이 뜨끈하였나이다.

의심은 날 듯한데도 아직 나지 않기 때문이었나이다.

다시 또 독촉을 하실 때 "당신의 말씀을 듣고 있는 이놈이 무엇인고, 하는 생각이 나요" 하니, 당신은 참으로 오래간만에 "하하!" 하시는 통쾌한 웃음을 웃으시고 만족한 표정으로 나를 바라보셨나이다.

내가 속히 말귀를 알아듣나 하는 기쁨이었을 것이외다.

그러나 그 말은 얼결에 나왔던 것이외다. 그저 우선 이 듣고 있는 것은? 하는 좀 그럴듯한 생각이 들었을 뿐이었나이다. 그러나 당신은 내가 분명히 의심이 나서 하는 말인 줄 알고 그래그래 그래도 좋아, 말소리를 소소昭昭하게 듣고 있는 이놈의 '정체'가 무엇인지 알면 곧 그것이 앉고 서고 보고 듣고 하는 일체 행동의 주체라 하셨나이다. 또한 그것은 하나라고. 그런데 의심은 유수가 간단없이 흘러가듯이 자나 깨나 끊임이 없어야 하며 간절심이 나머지가 없어야 하는 것이요, 의심이 간절하여 단일화되면 3일도 멀고 7일도 먼 것이요, 생각 하나 여지없이 전환되면 되는 것이니까.

그래서 예전에는 말 한 마디로서 생사 돈오頓悟,* 곧 만능적 자아를 알아 얻어 생사에 자재自在한 분들도 많았다고 하시었나이다.

그러나 이 일이 어렵다면 극히 어려운 일이므로 부처님의 제자 '아란'은 부처님이 49년 동안 설법하신 말씀을 토 하나 그르침 없이 명확하게 다 외우고 오신통五神通**이 겸전兼全***한 분이지만 아직 '나'에 통달되지

* 일순간에 깨우침을 얻는 것. 깊고 묘한 교리를 듣고 단박에 깨닫는 것.
** 불도를 열심히 닦으면 얻을 수 있다는 초인간적인 다섯 가지 신통력. 천안통, 천이통, 타심통, 숙명통, 신족통.
*** 여러 가지를 완전히 갖춤.

는 못하였기 때문에 부처님의 도의 상속자가 못 된 것이 분하여 상속 제자 '가섭'에게 가서 "형님은 금란가사金欄袈裟*와 벽옥 '바리때' 외에 별진 법을 받았다니 그것이 무엇이오?" 하고 질문하니 가섭이 "아란아" 하고 부르는데 "네" 하고 그저 기계적으로 대답을 하니, 다시 "도각문전倒却門前 찰간착刹竿着하라"** 하여도 망지소조罔知所措**함을 보고 '가섭'이 "부처님의 금구옥설金句玉說****을 너와 내가 편집하여 영겁에 전할 것인데 네가 그리 어두우니 어찌하느냐"는 모진 꾸지람을 듣고 '아란'은 분노하여 '나'를 알지 못하면 죽어버리려고 '비아리' 성 절벽 위에 두 발을 치켜 디디고 서서 밤낮 사흘 동안을 움직이지 않고 정밀하게 정진하여 비로소 '나'를 알아 얻었노라고 말씀하셨나이다.

나는 그때에 의심은 확실히 나지 않지만 내가 평생에 보고 듣지 못하던 가장 뛰어나는 법으로 인간이 무엇인지 알아야 하고 내가 누군지 알기 위하여는 한량없는 목숨을 바쳐도 아깝지 않을 것을 느끼기는 하였나이다.

가실 때 구두끈을 매시면서도 "똑딱똑딱 시계추의 소리는 무상살귀無常殺鬼*****가 우리 목숨을 빼앗으러 오는 발자국 소리니 이 몸, 곧 사람의 몸을 받은 이때에 시급히 일을 마쳐야 하는 것이요, 영구적인 생은 금생의 연장이니 금생에 확고한 정신을 가지는 것이 사死에 대비인데 사에 대비가 없으면 멀고 먼 전정이 어찌 될 것이요" 하는 말씀을 남기고는 뒤도

---

* 불교 용어. 금실로 지은 가사. 혹은 황금실을 섞어 짜고 명주실로 무늬를 놓은 비단을 두른 가사를 가리키는 말.
** "저 문밖에 있는 찰간대를 꺾어버려라." 언어 문자에 집착하는 사량 분별을 던져버리라는 말. 찰간은 절에서 설법할 때 이를 대중에게 알리기 위해 깃발을 달아 세운 깃대를 말한다.
*** 너무 당황하거나 급하여 어찌할 줄을 모르고 갈팡질팡함.
**** 금같이 귀하고 옥같이 영롱한 부처님의 설법.
***** 무상이란 '상주常住하는 것이 없다'는 의미이며, 나고 죽고 흥하고 망하는 것이 덧없음을 가리킴. 무상살귀는 그러한 인생의 무상함을 귀신에 비유한 것으로, 여기서는 '시간'을 뜻함.

안 돌아보고 천천히 가버리셨나이다.

당신이 돌아가시는 것을 바라보면서도 나는 아까 당신의 말씀을 듣는 이놈이 무엇인가, 하고 내 입에서 분명히 나오기는 했지만 거짓말을 했나 참말을 했나 생각하느라고 당신 가시는 것도 서운한지 만지 하였나이다.

만나기 전에는 만나서 즐겁게 지낼 장면을 미리 그려보느라고, 만난 뒤에는 만났던 그때 당신이 내게 하시던 행동, 말씀, 표정을 하나하나씩 남김없이 다시 우려 맛보느라고 나의 시간 전부가 사라지던 그때이언만 그날 저녁에 자리에 누워서는 당신이 의심해보라시던 그 말씀을 되풀이하여 옮겨보고 또 생각하여보다가 보고 듣고 자고 생각하는 이 모든 것이 만법에 드는 것이니 생사고락이나 동動과 정靜이 통틀어 만법이므로, 만법을 하나하나 들기로 한다면 한이 없을 것이니 만법이 하나로 돌아간다니 '하나'는 무엇인고 하는 것이 간편하다는 결론을 내리며 제법 의심이 시작되었으나 곧 사라져버리기 때문에 밤늦게까지 하나가 무엇인고? 하는 화두를 외우며 그 생각만 하다가 ― 그 이튿날, 이튿날도 계속해서 한 서너 달 동안은 의심이 끊어진 시간이 많았지만, 그래도 제법 의심을 해왔지만 점점 정에만 기울어지는 데 따라 동시에 두 생각을 할 수 없는 것이 정칙이니만큼 의심하려 애쓰는 생각보다 제절로 기울어지는 정적情的 생활에 대한 마음이 한 덩어리가 되어버렸나이다.

그러나 의심이 잠깐 보류 상태이외다.

다만 걱정되는 것은 불법에 귀의한 정신이 희박해지면 예수교에서 퇴전退轉*하듯 해지지나 않을까 함이외다.

그러나 생은 어차피 포기되지 않는 것일 바에는 이 공부 다 성취하지

| * 믿는 마음을 다른 데로 옮겨 본디의 하위下位로 전락함.

414

못하면 영원한 고를 면할 도리는 없다고 말씀하시던 당신의 말씀을 잊어버릴 수 없는 일이외다. 더구나 당신의 말씀이나 믿음보다 현실이 증명하는 일이기 때문이외다. 나의 절박한 이 고를 면하기 위하여서라도 의심을 지어가기는 해야 할 터인데, 하려는 생각은 안 나고 지금 어디서 누구와 무엇을 하는지 알지도 못하면서도, 밤의 꿈에나 낮의 생각에 당신이 그 언제 나에게 정답게 하시던 이 모습 저 모양만 어른거릴 뿐이니 스스로도 걱정이 안 되는 것은 아니외다.

그러나 정의 무게는 점점 보다 더 강하여지니 어찌하오리까! 변하게 하는 세월을 변절시키는 것이 정인가 하나이다.

어쨌든 온 세상이 모두 당신의 화현化現인 듯— 고요한 것은 당신의 정적 태도요 움직이는 모든 것은 당신의 동적 모습인 듯 오시지 않은 곳에서 당신의 발자국 소리가 들려서 가슴이 설레고 계시지 않은 곳에서 당신을 발견하게 되어 반가움에 가슴이 뛰다가 다시 보면 딴 사람이라 실수한 눈이 도리어 야속한 눈물에 잠기게 되는 것이외다. 당신의 이름 중, 한 자만 눈에 띄어도 내 가슴에 작고 큰 파동이 일어나는 것이외다.

그렇다면 나는 당신을 여의려야 여읠 수 없지 아니하오니까. 그런데 어째서 특별히 당신의 그 몸을 꼭 만나야 할 절박한 이 감정은? 그것은 당신이 말씀하신 대로 남이 곧 나인 줄을 모르기 때문에 자타의 경계선에서 일어나는 인간적 비극에 지나지 않는 것이외다.

그러나 달을 가리키는 손가락만 보는 격이라 할까, 당신이 가르치신 자타가 하나화하는 정진은 아니 되고 정진하라 하신 당신의 정만 못 잊는 우미愚迷한 나를 꾸짖으려고라도 한번 찾아주서이다.

그러나 당신에게도 책임이 없지 않은 것은 달만 가리켜주지 않고 내 눈에 황홀한, 더 빛나는 사랑의 철리哲理는 왜 몸소 보여주셨나이까, 왜 말과 눈이 반대적인 행동을 하였나이까? 사실 나는 의심해야 하겠다는 이런 생각까지가 겉탈*이외다. 겉탈 교육을 받은 탓이외다. 의심疑心(=정진)해야겠다는 생각은 마치 바윗돌 위로 스쳐 지나는 바람결 같은, 날아가는 생각이외다.

어쨌든 오늘의 눈물이 새로운 것도 또한 이유가 없지 아니하오이다. 작년 오늘인 듯하오이다. 처음으로 단둘이만 만났던 그날이…….

만나기 전에는 서로 눈치만 보고 말은 없었지만 단둘이만 좀 만났으면 하는 마음을 같이 가지고 있는 것은 서로 알려져 있었나이다.

차라리 그때 만나고 싶은 그 마음을 살라버리기나 했었으면 마치 중상을 입은 듯 상처가 제 돌**이 되면 다시 쑤시고 아픈 이러한 슬픔의 돌은 아니 당할 것이 아니오리까. 희촉喜觸은 통감痛感의 대對로서 하나이기 때문이외다. 그러나 이런 말은 안타까운 이 추억의 정도 사라져버린 허망한 그날이 올까 무서워하는 그 두텁고 단단한 내 악착스런 감정 밑에 눌려서 고개도 못 드는 내 이지理智가 들리지도 않는 목소리로 겨우 악쓰는, 미약하기 짝이 없는 부르짖음이외다.

나는 지금도 당신을 만나던 그 기념일이 어제던가, 오늘이던가? 똑똑치 않은 그것조차 유감이외다.

이렇게 이별이 될 줄 알았다면 그 날짜인들 시간인들 잊어버릴 리가 있사오리까. 그때는 '어느 땐들 떠날 날이 왜 있으랴, 이보다 더 좋은 날이, 보다 더 반가운 시간이 무궁하게 계속되려니……' 하고 무심하였나이다.

더구나 그렇듯이 흐뭇하던 상봉이 이렇듯이 안타까운 이별고를 낳을 줄이야 꿈이나 꾸었사오리까. 그래도 지금 나는 즐겁던 지난 생을 더듬는 맛이 나의 생명이외다. 왜 나를 한 번이라도 미워하는 말씀이나 표정

* 겉으로 드러난 몸가짐과 태도.
** 특정한 날이 해마다 돌아올 때 그 횟수를 세는 단위.

이 없으셨던지, 애써 그 미워하는 트집을 잡았더라도 괴로움만의 생명의
소유자로만 더 견디어가지는 않을 것이 아니오리까.

당신이 ××전문학교 교장을 사절하고 불교일보사 사장으로 취임하
신 지 며칠 안 되었던 때 나는 동대문 밖 그 신문사로 당신을 찾아갔었나
이다. 마침 당신은 2층 사장실에 혼자 계셨는데 당신의 의자 뒤 벽에는 석
가여래의 유성출가踰城出家상*이 걸려 있고 그 아래 유리창으로는 연두색
의 수양 버드나무 가지가 봄바람에 흐느적거리는 것이 내다보였나이다.

나는 당신이 손으로 가리키는 당신의 옆 의자에 앉아서 소산지인 전
라도 구례 화엄사華嚴寺에서 직접 선물로 가져온 작설차―김이 모락모락
나는 그 향기로운 차를 마시며

"참 고급 차라고 할 만한데요. 그런데 전라도 사람들은 아닌 게 아니
라 표리가 아주 다르기는 하더군요. 나도 몇 사람 겪어보았지만…… 사
람들은 그래도 물건은 이렇게 좋은 게 많이 나오나 봐요. 화문석이니, 발
이니 소반, 부채, 종이 등 무엇무엇이……."

당신은 빙그레 웃으시며 나도 태생은 전라도인데요, 나를 단단히 계
엄戒嚴하셔야겠군요.

말씀의 '악센트'도 전라도인 줄 모르게 된 당신이 전라도 태생이라니
의심하였나이다.

"네에, 그러셔요?"

붉어진 내 얼굴을 유심히 바라보던 당신 "선생의 고향은?" 하고 나즈
막히 물었나이다.

"선생의 고향은?" 하고 묻는 당신이 부드럽다는 것으로도 정답다는
것으로도 표현할 수 없는 은근한 그 목소리는 신운神韻으로 스며 나오는

---

* 석가의 일대기를 그린 팔상도八相圖 가운데 네 번째 그림이다. 싯다르타 태자(석가)가 인생의 무상을 본
뒤 수행 생활을 하기 위해 성을 빠져나가는 장면을 묘사함.

신비성! 언제라도 내 가슴 안 영靈을 올리는 시처럼 아롱지며 음악 이상으로 파동을 일으키고 있나이다.

그때 나는 가슴 안 살림살이의 동요로 할 말을 할 수도 없었지만— 당신을 찾아오는 사람들 때문에 곧 당신의 곁을 떠나지 않을 수 없었나이다.

그 뒤에 당신이 나 있는 데로 오셔서 전날에 당신이 내 고향을 물을 때 내가 "평안도야요" 하고 너무 간단하게 대답하던 것이 대단히 미흡하더라고 말씀하셨나이다.

그때 나는 당신의 고향이 전라도인 줄도 모르고 전라도 사람의 흠담을 한 그 무안을 끄고도 남아, 나를 황홀경에 빠지게 하던 그 목소리가 나를 무슨 대답을 어찌하게 했는지 몰랐었나이다. 그리고 당신은 "장생張生은 묻지도 않는데 홍랑紅娘에게 자기 주소 성명을 일일이 일러주었는데……" 하시었나이다.

그 말씀을 들을 때 당신께 새로 정다움을 느끼기보다도 내게 대한 사랑을 명백히 고백하시는 데— 나는 얼마나 만족을 느끼었는지 몰랐나이다.

당신이 "선생의 고향은?" 하고 물을 때 내가 그 눈의 매력적 표정! 더구나 그 목소리에 그렇게도 깊이 정을 느낀 것이 행여나 짝사랑의 발로는 아니었구나! 하고 혼자 생각할 때 내가 겪어온 모든 인간고의 대가가 될 만큼 아름다운과 기쁨을 주던 그것을 무엇이라 이름 지을까. 아무 이름에도 맞는 일체의 대칭대명사*인 '극히 아름다운 그것'이라 해둘 수밖에 없나이다.

그러나 나의 미래 생에 눈물의 자취까지 살라버릴 듯이 즐겁던 그것

| * 對稱代名詞. 듣는 사람을 이르는 대명사. 2인칭 대명사.

이 후일에 한량없는 눈물의 샘이 될 것을 누가 알았었사오리까. 그러나 그때는 신문사 층층대를 내려오면서 기꺼운지 서러운지 모르는 이상한 감동에 못 견디어 두 손을 깍지 껴서 가슴을 비비며 이것이 사랑이로구나, 사랑이로구나 하고 속으로 부르짖던 것이외다. 아! 오늘날에는 그 일도 저 일도 모두 새로운 설움을 일으키는 재료가 될 뿐이외다. 그래도 나는 당신과 지내던 전날을 이을 후일을 바라고 우선 목숨을 지탱해가는 것이외다.

아무튼 우선은 옛날에 당신과 정답게 지내던 그 일들을 우려먹는 맛이 있기 때문에 살아가는 것이외다. 달든지 쓰든지 그 맛조차 없어서야 어찌 견디오리까, 어쨌든 푸념 좀 벌여보려나이다. "행여 그날의 되풀이인 이 편지 연줄로 당신도 회감回感이 있어지이다" 하고 빌면서……. 그후에 어느 날인지 당신의 부탁으로 원고를 써가지고 사에 갔더니 마침 각 지방으로 급히 발송해야 할 편지들이라고 전 사원과 심부름하는 아이까지 수북수북 앞에 쌓아놓고 봉함을 침으로 붙이는데 나도 같이 붙인다니 사원들은 반가워들 하는데 당신은 침을 많이 소모하면 기운이 감한다고……. 그러니 약한 여자를 어찌 시키느냐고 하며 미소의 강풍을 흘려보내는 당신의 눈치를 보고 슬그머니 물러 나오게 된 나는 당신이 내게 대해주는 일동일정에는 그저 감동심만 생겨 감사의 눈물을 머금게 되었나이다. 아! 침 한 방울을 아껴주던 당신이 이제는 동이로 흘리는 내 눈물을 불고不顧하게 되는 하염없는 이 인생의 일이외다그려! 그리고 당신과 길에 동행하게 되면 무거운 물건이야 물론 들리지 않지만 내 덧저고리 하나도 내 손에 들게 하지 않았나이다.

한 자 너비 개천이나 한 길 언덕에도 혼자 건너고 오르게 하지 않았나이다. 선하심先何心 후하심後何心으로 이제 당신은 약한 내 몸과 영이 지탱해갈 수 없을 만큼 벅찬 슬픔을 오히려 내 어깨에 짊어지우시는 것이옵니까? 이런 일을 당할 날이 있으리라고 누가 꿈이나 꾸었으리까? 더구나 무궁한 인생행로의 높은 산, 깊은 물을 어찌 홀로 건너고 오르라는 것이오리까?

슬픔도 괴로움도 다 녹여주던, 당신의 웃으시던 모습, 변동 많은 험난세險難世에서 오직 한 분의 의지체인 당신의 색신色身*은 지금 내 눈앞에 한결같이 서 계시외다. 당신은 분명히 변한 사람은 아닐 것 같은데 일 처리가 어찌 되어 이러한지 알 길이 없나이다.

상대자가 어떠한 불행을 당하든지 당신에게는 인연이 다하였다는 변명 한마디면 아무 책임이 없이 그만 다 청산되어 버리는 것이오리까?

상대적으로 이루어진 이 세상사를 당신 혼자 임의로 처리할 권리를 누가 드린 것이오리까?

어쨌든 추억을 누려 생명을 이어가는 나의 오늘에는 나를 간섭할 자유가 당신에게도 가져질 수 없는 내 감정적 절대 자유가 있는 것이외다. 그러므로 나는 내 마음대로 지난날을 거두어 내 날을 만들어 울며 느끼며 푸념을 하는 것이외다.

나는 사랑의 씨를 심을 때 사랑의 꽃을 살라버릴 불씨도 함께 발현되는 것이 원리라는 것을 알 길이 없는 어리석은 여인이었나이다. 더구나 사랑의 화려한 꽃 위에 열매까지 갖추어질 우리의 꿈을 꾸었던 것이외다. 꿈임을 모르지는 않건마는 그래도 당신이 황무지인 나의 가슴에 아름다운 꽃동산을 지어주었기 때문에 그 추억으로 실망의 풀밭 위에 벅찬 감동의 신작로**를 지어 그 길을 소요하게 하신 당신의 은혜에 오히려 감사를 드리게 되나이다. 그 어느 일요일 동무들이 와서 습률拾栗*** 대회에

* 물질적 존재로서 형체가 있는 몸. 육안으로 보이는 몸.
** 원문에는 '신장노'이나 이는 '신작로新作路'의 오식으로 판단됨.
*** 밤 줍기.

가자고 조르는 것을 거기도 아니 가고 행여나 당신이 오실까 종일 기다리다 저녁때가 되어 골목까지 나가 서 있었습니다. 당신은 마침, 앉는 바탕은 미루나무로 하고 다리는 나무 판대기를 댄, 조그마한 접는 의자 하나를 만들어가지고 와서 "당신이 맨땅에 앉기 싫어하기에 하나 만들어봤는데 이렇게 거칠게 돼서……. 그러나 실용적이면 고만이니까" 하셨나이다.

나는 앉아보면서 "내 몸은 무겁고 의자 다리는 약해서 부러질까 무섭네"라고 하니까, 당신은 팔을 치키는 체하면서

"당신의 편의를 위해서는 베내고 깎아내도 아깝지 않은 내 이 팔다리가 있지 않우. 안심하고 앉아요. 받쳐주고 괴어줄 테니"라고 하셨나이다.

당신은 장난 겸 우스개로 한 말씀이었는데 나는 그 말 그대로의 감격으로 말 한 모금 나오지 않았나이다.

그 말소리는 가늘지만 힘 있게 들은 내 귀가 꼭 믿게끔 전달해주기 때문이외다. 바람이 좀 쌀쌀하게 불지만 볕이 따뜻하니 한강에 배나 한번 타보자고 그 후 어느 월요일인지 당신은 오셔서 말씀하셨나이다. 일부러 조용한 때에 가려고 월요일에 찾아왔다고 하시면서.

배를 타고 흘러 흘러 가는 데는 육상에서 느끼는 굳은 사랑보다 강하江下에 깊은 정은 보다 더 정감이 느껴져 가다가 뚝섬 아래서 배는 돌려보내고 뚝섬으로 올라가 아늑한 자리에서 그 의자에 앉으라고 서로 떠밀듯 하면서 미루다가 내가 쓰러져 손바닥 모래 박힌 자리에 피가 좀 날 듯하여 당신은 비비고 나서 호호 불어주면서 "명의名醫인 내 치료면 즉치卽治*되니까" 하시며 기어이 그 교의交椅**에 나를 앉히던 그 손, 그 숨의 따뜻한 맛을 느끼던 그 감각까지 아직 생생하오이다.

* 즉시 치료됨.
** 의자.

10여 일 전에는 미친 마음으로 그 의자를 가지고 둘이 가서 놀던 기념터, 뚝섬 그 자리에 혼자 뛰어가 보았나이다. 상기엔 구현俱現*이건만 현실은 너무도 허망하였나이다. 남았을까 바랐던 당신의 내음은 나무 잎사귀 하나에서도 찾아볼 수 없고 다만 그때 비추던 따뜻한 햇볕만이 지난날의 감상을 돋우어줄 뿐이고 앉았던 자리조차 어느새 허물어졌나이다. 만감 무게에 쓰러질 듯한 몸으로 비탈길에 홀로 시름없이 섰노라니 그때 나뭇가지에 앉아 우리의 누리던 낙원을 향하여 찬송가를 불러주던 산새들까지 날개 끝에 찬 바람만 희익희익 풍기며 모른 척하고 날아가버리더이다.

　공중에 나는 새까지 냉대하는 세상이니 나도 같이 냉랭해져야 할 텐데 내 가슴에는 그래도 온기가 남아서 내 눈시울까지 뜨뜻하게 해주더이다.

　그 외에도 우리가 지내던 일에 추억이 깊을 일이야 한두 가지뿐이며 못 잊을 정담인들 몇백 마디로 나누었사오리까? 어쨌든 당신은 한때나마 내게 지극한 즐거움을 주었던 것은 사실이외다.

　그러나 그 모든 것은 이미 사라진 꿈이외다그려. 꿈이라면 차라리 나쁜 꿈이나 주었으면 어떠리까?

　너무도 아름다운 꿈이었기 때문에 차마 못 잊는 것이 아니오리까.

　사라지는 것이 꿈이라면 잊어지기나 했으면 어떠리까?

　잊어지기는커녕 꿈마다 되살아나서 마디마디 나를 괴롭히는 중에도 "선생의 고향은?" 하고 물으시던 그 평범하고 간단한 한마디에서 울리던 그 목소리는 독한 매력으로 변모되어 나의 뺨을 무시로 어룽지게 함을 어찌리까?

| * 내용이 속속들이 다 드러남.

단순한 그 한 소리의 울림이 내 뼈를 뚫어 영에까지 이르렀기 때문에 나는 들리던 그때는 그리 기뻤고 끊어진 지금은 이렇게 서러워진 것이외다.

당신도 그때 내게 순일純一* 일관으로 대해주었기 때문에 기쁜 날이 계속하였나이다.

그런데 그런 기쁜 날에 왜 좀, 늘 순일 일관으로 못 나가주는 것이오리까?

그러나 당신은 세상일은 상대적으로 되어 순일 일관으로만 나갈 수 없는 것이 정칙定則**이므로 기쁨을 구하는 그 마음 때문에 구하지 않은 슬픔은 어차피 아니 올 수 없다 하셨나이다.

그러면 당신을 만나고 싶은 이 마음 때문에 당신을 못 만나게 되는 것이겠나이다. 그래도 나는 만날 생각 외에 다른 여유는 없는 것이 문제이외다.

나는 지금 감기가 대단하여 방 속에 들어앉았는데 간단없이 나는 기침이 당신을 그리워 아픈 가슴을 쾅쾅 울리나이다. 바람에 머리카락 하나만 날리어도 감기가 들까 염려해주시고, 깊은 숨만 쉬어도 근심 있어 한숨이나 쉬지 않나 하고 나의 기색을 살피시던 당신이 아니 계신 오늘에는 나의 애정의 대가로 무엇이나 다 바치겠다던 남자들의 그림자도 다 끊어지고, 약간의 고료 수입으로 방 하나 얻어 혼자 쓸쓸하게 지내는 나를 찾아오는 친구도 없고, 때때로 써놓지 못한 원고를 내라는 독촉으로 빚쟁이처럼 조르는 이들이나 드나들 뿐, 죽거나 살거나 돌아볼 이가 없는 오직 한 몸이외다. 다른 사람이야 있거나 없거나 무슨 상관이 있으며 남이야 돌아보거나 말거나 외로움을 느낄 까닭이 있사오리까? 오직 당

---

* 다른 것과 섞이지 않고 순수함.
** 정해진 법칙과 규칙.

신의 정情도 당신의 몸과 함께 밀려가 버릴 구름 조각같이 아주 떠나버리고 말았는가 하는 그 안타까움뿐이외다. 나는 본래 척수隻手*의 몸이지만 그래도 당신을 만나기 전 외로움은 그저 단순한 외로움이 아니었나이다.

그 외로움은 외로움을 풀어줄 그 어떤 대상이 곧 내 앞에 나타나려니 하고 기다리는 달콤한 희망의 외로움이었나이다.

나의 지금 이 외로움의 정경은, 밤낮 기다리던 외아들의 반가운 모양 대신에 객사했다는 부고 한 장 손에 들게 된 과부의 설움이라 할까, 이를 남겨서 논밭 사고 장가들고 온갖 계획을 다 해보던 상인이 도망간 동업자에게 밑천까지 다 빼앗기고 빈 상점에 앉아 빚에만 꿀리게 된 그 모양이라 할까?

당신은 잠깐 주었던 그 즐거움의 대가를 너무도 크게 받은 것이 아니오리까? 그러나 잔혹한 당신보다도, 당신의 소행을 따지기커녕 못 잊는 내 허물이 더 클 것이외다.

그러면 이 괴로움은 내 허물의 대가로 내가 받아야 할 것이오리까?

아! 나는 몰라요, 몰라요. 그저 진실로 나의 영에 울림을 주던 당신의 그 목소리, 그렇게도 정답던 그 눈매를 순간이라도 접해보고 싶을 뿐이에요. 그러나 이렇게 그리운 고품를 또다시 당하지 않게만 된다면 우선 괴로움은 얼마든지 참아갈 수가 있나이다.

따라서 지금 당신이 내게 아무리 야속하게 했더라도 몹시 따지지는 않을 터이오니 옛날의 당신으로만 오시라는 것이외다. 밤은 좀 으슥해져서 사람의 발자국 소리도 드물게 들리고 이웃 여관집 대문도 좀 쉬고 있는 모양이외다.

멀리서 "군밤 사려우, 군밤 사려우" 부르짖는 소리만 고요한 밤 허공

| * 외손. 매우 외로움을 비유함.

을 움직일 뿐이외다.

적적한 밤중에 은은하게 들려오는 그 소리에 나의 심금이 저절로 스르르 울리게 되어 당신과 지내던 추억의 한 토막이 또다시 나의 머리에 떠오르나이다.

작년 겨울 몹시 춥던 그 어느 날 저녁이었나이다.

당신이 뜨뜻한 군밤 한 봉지를 '포켓'에서 꺼내놓으며 "그 밤이 으깨졌을 거요, 내가 당신의 체온으로 여겨 꽉 껴안았으니까" 이런 우스운 말씀을 처음으로 하시며 경쾌하게 내 방에 들어오신 당신은 그러지 않아도 서글프게 지내는 나를 깊이 동정하시던 차 방바닥이 너무 찬 것을 만져보시다가 내 입는 옷까지 두텁지 못한 것을 살피고 처연한 표정으로 외국에서 사서 입고 오신, 품질 좋은 큰 '재킷'을 벗어서 나를 주셨나이다.

"여자는 추위에 저항력도 남자보다는 약하니까" 하시며……

내 옷이라도 벗어서 드릴 마음인데 당신의 하나 되는 '재킷'을 받아 입을 때 반가운 마음이 있을 리 없으면서도 나는 사양 한마디 없이 멋멋하게* 받아 입고 아직도 벗지 못하였나이다. 당신이 오실 때면 불이라도 좀 따뜻이 때어놓고 음식이라도 좀 장만할 주변도 없이 당신이 오실 때만 되면 허다한 행인의 발자국 소리에도 다 가슴을 울리며 세상을 다 제쳐놓고 꽉 들어앉아 기다리는 것뿐이었나이다.

너무도 용통**스럽던 자기 일이 스스로 우스우면서도 오늘날 당해서까지의 내 마음을 내가 살펴보아도 '향심向心***만은 나만큼 지극한 이가 없을 것이다' 하는 생각에서 시조 한 구가 읊조려졌나이다.

---

* 아무것도 하는 일이 없어 맨송맨송함.
** 소견머리가 없고 미련함.
*** 향하여 기울이는 마음.

못 겨눌 사랑 불이

몸과 맘을 다 태우네

타고 남은 찬 재 날아

티끌마저 흩어지면

님 향한 삼매불三昧火 더욱 밝아

님의 앞을 비치리

우연히 풀려나온 시구가 현재 내 감정보다는 좀 초연한 듯 혼자 읊조려보는 동안에 이런저런 감정이 좀 완화되는 듯 따라서 이별한 설움에 울기만 하던 생각이 이별된 까닭을 좀 따져볼 여유도 생기게 되었나이다.

그러나 무조건으로 믿기만 하던 당신에게 무슨 원심 있는 따짐이야 있사오리까? 다만 이 괴로운 이별의 원인이나 좀 알고 싶을 뿐, 그러나 행방조차 모르는 당신을 향하여 물어본들 무슨 소용이오리까?

다만 깨어진 사기그릇을 다시 맞추어보고 대어보는 어리석은 여인같이 다시 돌아오지 못할 옛 꿈길을 그래도 더듬지 않을 수 없는 이 심경의 맺힌 짓인 것이외다. 글쎄 길이길이 서로 여의지 말기로 진실된 표정으로 힘주어 말을 하던 당신은 그때 그대로의 인간으로 어디서든지 태연하게 기거하고 계실 것이외다.

당신을 대하는 모든 사람들도 당신의 등 뒤에 따르는 나의 애달픈 혼의 음영을 알 길은 없을 것이외다.

만일 인연이 다하였다면 당신의 몸을 따라 그 음영 밑에서 울고 있는 내가 있을 리가 없을 것이 아니오리까? 인연이란 일방적으로 해결되지는 못하는 일이외다. 참! 인연이란 말을 또 하게 되니 전날 즐겁던 우리의 인연에 대하여 시비하던 이들에게 내가 대구하던 시조 한 구가 생각나는 것이외다.

그런 시조를 쓸 그때는 우리의 인연은 너무도 당연한 일 같아서 쓰게 된 것이외다. 그런데 인연 자체가 저를 끊어버리는 일임을 알 리 없던 때이기에 영원을 믿어 의심치 않으면서…….

청산도 백천이요 녹수 또한 수많지만
그 청산은 그 녹수에 인연 따라 비치는데
청산녹수 마주 웃는 양 시비할 이 그 뉘냐

이렇게 쓴 종이를 당신에게 보였더니 당신은 별 흥미를 느끼지 않는 표정으로

"자연스러운 글귀로군요. 그러나 남이야 이러거나 저러거나 상관할 게 있나요. 누구나 다 자기의 가장 좋은 시간을 만들어 누리면 낙원이지요. 나는 외국에서 돌아올 임시에 그 나라 여자 동창생을 동반하여 서전국瑞典國*으로 여행을 갔었는데 둘이가 결혼할 형편은 못 되고 더구나 교합의 신神이 짓궂게 혼혈아라도 하나 점지한다면 그 여자의 입장은 대단히 곤란할 것임에도 불구하고 일시적 극락인들 어찌 그저 보내겠느냐는 합의하에서 하룻밤 향기로운 꿈을 시종으로 하여 그만 이별이 되고는 다시 만날 길이 없었소" 하고 말씀하셨나이다.

당신은 29세에 철학 박사가 되어 귀국하였는데 우월감이 강한 외국 여자는 고학생인 당신을 사랑할 것 같지 않고, 국내에서는 어릴 때 떠났으니 아주 총각님으로 알았는데, 언젠지 "나를 좋아하는 한 여자가 있었다" 하는 당신의 말을 듣고 의외로 여겼더니…… 당신에게 첫사랑을 빼앗긴 것이 사실이나 정말 남의 말 같았나이다.

| * 스웨덴.

그러면 당신은 그 외국 여자를 대하던 그런 기분으로 나를 만났던 것이오리까?

그러나 당신이 한때 기분으로 사랑의 대상을 취급하지는 아니한 것을 알았나이다. 당신은 "영국에는 어느 시대에 남긴 것인지도 모르는 유적으로 인적이 이르지 않은 깊은 산속에 사람이 살던 집터와 화전을 이뤄 먹던 자취가 더러 있는데 그것은 사랑하는 두 사람만 들어가서 하늘의 보호 밑에 산과 수풀의 옹위하에 산짐승을 벗으로 하여 일생을 세상 모르게 살다가 죽어버린 그런 터전이라"고 '로맨틱'한 그런 이야기를 들려주셨나이다. 내 눈에는 우리 둘이가 이름 모르는 산새들이 푸룽푸룽 날아다니는 초가지붕 밑에서 노루 사슴의 머리를 쓰다듬으며 재미있게 살다가 그만 아무도 모르게 사라져버리는 슬프고 향기로운 한 장면이 휘익 지나가는 것이었나이다.

그리고 당신이 "우리 만주로 가서 조 농사나 지어 먹고 살며 수양 생활이나 해볼까요?"라고도 하시고 어떤 때는 "산중에 토굴을 파고 정진해가며 둘이만 살다가 양식이 떨어지면 내가 몇십 리 밖 동리에 가서 양식을 구하여 짊어지고 오면 당신은 떨어진 소반에 정성 들인 음식을 차려가지고 마중 나오며 내 이마의 땀을 씻어주는, 그런 은근한 생활을 하여볼 생각은 없소?" 하고 진실한 태도로 말씀하신 적이 있지 않으셨나이까?

일이고 말씀이고 그렇듯이 참되고 순정적인 당신이었던 까닭이외다. 나는 사랑하는 사람끼리는 끈에 맨 돌멩이 모양으로 한편이 끌면 다른 편은 끄는 대로 끌려갈 뿐인 줄만 알기 때문에 당신이 하시던 말씀에는 그저 "네네" 하고 대답만 할 따름이었나이다.

어쨌든 당신은 이성에 대하여 더할 수 없이 친절하면서도 조심스러웠고 열정적이면서도 침착하셨나이다.

더구나 인격적으로 서로 사귀는 것을 전제로 하셨고……

그러니 내가 당신을 믿었던 것도 잘못이 아니요, 따라서 당신이 나의 순정을 짓밟을 분도 아니요……. 그러면 이별은 대체 어째서 온 것이오리까? 어째서 이별이 닥쳤는지 그 까닭이나 좀 알아야 하지 않겠나이까?

아마 당신은 정적 생활에보다 공적 생활에 정신을 더 기울인 데서 나를 떠나지 아니할 수 없는 어떤 일이 생겼는지도 모르나이다.

언젠가는 당신이 무슨 말끝에, 공적 생활에 몸을 바친 사람은 가정생활에는 도저히 충실하게 해갈 여가가 없을 것이라고 하실 때, 내가 "가장으로서의 책임을 완수한 그 자리와 공인으로 공적 사업이 성취된 그 자리와의 거리가 어떻게 되나요?"라고 하니 당신은 "한 걸음 진보적인데" 하고 빙긋이 웃으셨나이다.

더구나 당신이 평소에 하시던 모든 일이 당신의 멸사봉공의 정신을 증명하는 것이었나이다.

그리고 당신은 공적 사업을 하려거든 먼저 공인이 되어라! 하는 목표를 가지신 것이었나이다.

이 공인이란 세상이 생각하는 그런 범상한 공인이 아니라는 말씀이었나이다.

그 공인은 '나'를 완성하여 독립 생활, 곧 일거수일투족을 우주적으로 할 수 있는 그런 사람을 말씀하시는 것이었나이다. 그래서 당신은 당신의 그 완인完人을 만드는 수도修道(=정신에 정신을 모으는 공부) 편으로 생각이 제일 무거웠던 것이 이제 미루어 생각나는 것이외다.

그리고 당신의 인생관으로 미루어 보아도 짐작할 수 있는 일이외다.

석가불이 중생을 건지기 위하여 삼천대천세계를 배경으로 하여 대활약을 하시는 것이나 폐결핵균이 무리를 지어 언제까지 폐를 파먹어 마친다는 기한하에서 열심으로 파먹고 있는 것이 다 같은 불사라고 하셨나이다.

생각은 존재, 곧 우주의 창조주로서 미균黴菌*도 부처와 같이 생각이 있고 생각이 곧 자아이므로 자아의 생활에 충실한 것이 불사이며 불사란 우주적 사업이란 말이라고 하셨나이다. 그리고 균이 폐를 다 파먹고 나면 폐를 잃어버린 임자는 그만 집을 버리고 떠나고 나면 미균들도 주인이 떠나버린 냉방에서 쫓겨나서 모두 사라져버린 다음 세상은 쓸쓸해지고 만다고 하셨으며, 그러나 위대한 건설적 준비가 그 무無에서 비롯한다고 서가불의 사업의 구경究竟도 한 자국도 남지 않은 그 자리(성성적적惺惺寂寂**)라고 하셨나이다.

또다시 오는 유有의 세계에는 불佛과 균의 사업을 바꾸어 하게 된다고, 그런데 현실계에서 위치적 대차가 있게 된 것은 불은 우주를 자체화한 대아大我요, 균은 우주적인 자아를 잃어버리고 가장 작은 한 조각 정신의 의존이기 때문이나, 균의 위치에서 비롯하여 현실에 충실하기만 하면 우주적인 자아의 위치가 복구되는 것이며 누구나 현실에 충실한 생활을 하게 되어 공비空費***되는 시간이 없게 되어야 우주는 건전하게 된다고 하셨나이다. 또한 현실에 충실이란 현실적 생활 외에 외적 조건, 곧 고락이해苦樂利害에 정신이 조금이라도 팔리게 되거나 지난 일, 올 일에 대한 고려나 불순한 일이 전연 없어야 한다 하셨나이다.

과過, 금今, 후後를 한 시화時化하고 피차의 처소를 하나로 쓰는 데 완전한 성취가 있는 것이므로 성공한 완전한 생활이 시공, 전체화의 구현적인 인간 생활이며 현실을 다시 세밀하게 말하면 공간적으로 있는 질량이며 체적體積****뿐만 아니라 시간적으로 나타나는 생로병사와 시종과 성쇠와 촉감에서 생기는 온랭, 소리, 빛, 냄새 등이다. 그것은 자체가 있는

---

* 세균.
** 고요한 가운데 깨어 있고 깨어 있는 가운데 고요함.
*** 쓸데없이 지불됨. 혹은 그 비용.
**** 부피.

것이 아니요, 우리의 감각뿐으로서 헛것을 보고 이름 지으며, 인연이라는 무지개 줄에 걸려서 거짓 형상을 만드는 것이므로 허망한 일이지만 허망한 것이 허망 그대로 미래세가 다함이 없이 불멸상이 계속되니 허망 그대로 내버릴 수 없는 일이기 때문에 문제가 끊어지지 않는 것이요, 불멸상은 현실뿐으로서 나와 현실은 내적 본질과 하나이요, 일할 '나'와 '일'이 두 쪽이 아니니 현실의 대상인 내가 먼저 현실화가 되어야 현실인 우주와 보조가 어긋나지 않게 되어 영원을 보전하게 된다고 하셨나이다.

우선 내 앞 현실에서부터 충실한 생활, 곧 생生적 대가라도 지불해가야 소아적小我的 위치라도 보전하게 되며 현실의 충실이란 현실적 사업뿐 아니라 정신적 수입이 더 많게 되어야 완전한 인간적 생활을 하게 된다고 하셨나이다.

그래서 자그마한 가대나 하나 마련하여 동지를 모아 수양단이나 조직하여 자작자급*을 하며 수양을 해볼까 한다고 하셨으며 노력과 수양의 합치로 인격은 완전화하는 것이라고 하셨나이다.

어쨌든 당신은 당신의 수양을 많이 생각하였을 뿐, 단란한 가정살이 같은 것은 별로 생각하지 않았던 것이외다.

나는 우리들 사이에 외계에서 오는 무슨 사건이 있을 것 같은 것은 물론 생각나지도 않았고 당신의 맘, 내 맘이 하나가 아니라는 것은 생각조차 해지지 않기 때문에 때가 되면 어련히 결혼식도 가정살이도 할 생각이 나리라고 하여 내 편에서 궁금히 할 필요조차 느껴보지 않았나이다. 나는 서로 정다워지는 남녀는 그저 결혼이 전제되는 줄만 알았던 것이외다.

그러니 내 생각과 다른 일이 생길 무슨 염려가 있었사오리까? 우선

| * 필요한 물건을 자기 스스로 만들어 모자람이 없이 지냄.

당신을 자주 못 만나는 것만 한이 될 뿐이었나이다. 그래서 이런 시조나 읊어지게 되었나이다.

> 겨울밤 기다기에
> 잠긴 회포 푸잿더니
> 첫 굽이도 풀기 전에
> 새벽빛이 새로와라
> 그런 줄 알았더라면
> 그만이나 감을걸

　당신은 공적 정신도 정신이려니와 새 정이 막 변할 그 무렵이니 별로 나에게 정적으로 정신을 기울이지도 않았을 그때였는데 나 혼자만 그리도 안타까워했던 것이외다. 그런데 당신이 공적 정신 때문에 내게도 그리 담담하였다면…… 다른 여자를 가깝게 할 겨를이 또한 없었을 것이 아니오리까? 그래도 그때 당신에게는 다른 여자가 확실히 있었던 것이었나이다.

　당신이 내게 "누구나 사람을 믿는다면 철저해야 하며 믿는 그에게서 어떠한 의외의 일이 발견되더라도 실망 없이 여전하게 믿어가는 것이 신의라"고 하시던 그 말씀은 아무래도 무슨 비밀이 탄로될 때에 대비하기 위한 말씀이었던 듯, 그리고 내가 당신 계신 데를 찾아간다니까 "나는 친구에게 신세를 끼치고 지내는데 친구가 나를 찾아오는 객을 후대하는 것이 미안해서 나를 찾아오는 사람들은 다 거절합니다"라고 하시는 당신의 말씀에 아무 이의가 없었지만, 나에게는 당신의 친구인 ×× 씨가 찾아와서 금강산 신계사新溪寺에서 당신과 그 어떤 여인과 자기와 세 분이 환옹幻翁이라는 법사한테서 불경을 배운 일이 있는데 그 여인을 당신 처소에서 보았다고 하였나이다.

그 여인은 당신과 어떤 경계선을 넘은 교제인가 보더라고요. 그리고 그 여인은 남성을 호리는 묘술이 있다고까지 말해주었나이다.

그러나 사랑은 한자리에 붙박아 둘 수 있는 물건인 듯이 나는 '그 사랑은 내게 맡겨 있으니까……' 하고 여부없이 믿고만 있었던 까닭에 그때 그런 당치 않은 소리가 내 귀에 들릴 리가 없었나이다.

천만 편의 생각에 의존한 인생이 어찌 정이 하나뿐이겠다고 '당신의 정을 내가 맡아두었으니까' 하고 안심하던 나는 얼마나 어리석었던 것이오리까.

그러나 당신의 정은 정녕 하나뿐이라고 믿는, 단순하기 짝이 없는 나에게 당신은 못할 노릇을 한 무정한 남자인 줄이나 좀 알게 되었으면 하여집니다.

그리고 당신은 시간을 엄수하는 분이지만 사랑하는 끼리 만난 그 자리에 무얼 그리 시간적 구속을 느끼시던지 우리의 만난 시간이 오래될 때는 연방 시계를 들여다보시던 것을 지금 생각하니 당신의 애인인 어떤 여인에게 내가 있는 눈치를 안 보이려던 당신의 거동이었던 것이었나이다.

그러나 나는 그때그때 시간적 내 생활권을 지어놓고 그 권 밖의 것은 보이지도 들리지도 않는 절벽과 같은 성격을 가진 만큼 무슨 눈치고 채어질 길이 없었나이다.

어쨌든 이 일이 뒤늦게 알아지기 때문에 추억의 괴로움을 면하게 할 아무 능력이 없음이 유감일 뿐이외다. 다만 그때는 공석에서 잠깐씩 슬쩍 추파를 교환하는 즐거움, 혹시 아무도 없는 조용한 구석에서 단둘이 만나서 이마, 코, 뺨, 손에 '키스'를 내리부어 주실 때 매서운 맛까지 느껴질 때가 있는 당신의 눈이지만, 그런 때는 당신의 온몸이 웃으시는 당신의 정의 눈매 그 하나로 화해서 나에게 바쳐버리는 듯하였나이다. 그리고 내 방에 찾아오시면 여자를 극히 우대하는, 외국인의 넘치게 친절한 남편같이 무르녹게 구시던 당신의 정에서 풍기는 그 행복감에 도취되어 7, 8개월이란 시일이 얼떨결에 지나버렸나이다. 새록새록 느끼는 참맛은 다른 할 일을 다 녹여버리던 것이외다.

그 즐겁던 생활이 내게서 영원히 떠나버리고 만 것이옵니까?

'그 즐거운 날이 온전히 다 오지는 못하더라도 아쉬운 대로 가끔 만나주시는 그날이라도 있어지이다' 하고 내가 얼마나 애절을 하는지! 이 정경을 당신에게 통해볼 길조차 끊어졌으니……

그래도 당신의 마지막 편지에 "당신만 안심하고 사시며 인물이 적은 여성계에서 건보健步*를 걸어주신다면 그저 기쁘겠어요. 사나이야 아무렇게나 구르면 상관있어요……" 가시기는 가셔도 나의 신상을 길이 염려해주실 듯, 이런 등등의 생각이 당신을 다시 만날 기회가 있을까, 하는 일루의 희망을 가지게 하는 것이외다.

그러나저러나 당신에게는 내게 말 못할 무슨 사정이 있었나 보외다.

당신은 "'나'를 알아 얻는 공부는 세속에서도 얼마든지 할 수 있는 것이니 멀리 가서 찾을 것이 아니요, 지금 내가 보고 말하는 이것의 본면목을 알아내자는 것이기 때문이오. 그러나 이 공부는 정진과 습성의 가열한 투쟁인데 세속에서 공부를 하려면 우주적 마군魔軍의 동력으로 새로 듣고 보고 느끼는 습성군에 재래 가졌던 구습성의 후원병이 함께 결집되어 시간으로 수로 늘어가게 되는 것이니 그러한 강력한 신구 습성의 연합군을 나 같은 이의 미약한 정진력으로 어떻게 이겨낼 것이오? 그러니 아무래도 나 자신의 힘으로는 별 도움도 못 되는 사회 일을 그만두고 단

| * 잘 걷는 걸음.

몇 해라도 입산수도를 해야 할까 보다"고 말씀하신 적이 있었어도 그때는 무슨 말인지 잘 이해도 안 되고 그저 지나가는 말씀이거니 하였을 뿐이었나이다.

그러면 사랑에만 급급했지 아무 생각이 없는 나이니, 나에게 말을 붙여보아야 말귀조차 못 알아들으니 그래도 당신의 동지(?)가 될 만한 불경을 같이 배우던 그 여인과 어느 절을 찾아가신 것이오리까?

그래서 행방조차 알리지 않으시는 것이오리까?

어쨌든 당신이 다른 여인과 동행하였다는 일이 내게 더 실망을 시키는 일이 아닐 수는 없나이다.

그러나 지금 와서는 당신이 안 계신 이 세계가 숨 막히게 어둡고 기다림으로 빈틈이 없는 내 방을 다시는 아니 찾아주시는 그 일뿐만이 나의 눈물의 자료가 될 뿐이외다.

이제 나는 당신께 대하여 시비도 따짐도 없나이다. 오직 당신이 내 앞에 나타나야 할 절박한 그 일밖에는……, 하나밖에 안 남은 이 길이 막혔으니…….

나는 본래 행복스러운 여자는 아니었지만 이렇듯이 심각한 비애를 느껴본 적은 없나이다.

이제 내게는 참을 시기가 다했나 하나이다.

나는 현 생활에 만족을 짓거나 지어서도 틀리는 때에는 달리 새 길을 만들어 걷거나 한 가지 결정을 지어야 하는 성미이외다.

차라리 당신은 나로 하여금 당신을 아주 단념할 만한 소식을 다시 한 번 전해주셔이다.

그러나, 그러나 정적으로는 당신을 떠나버린다 하더라도 무량겁으로 걸어가야 할 내 길에 앞잡이신 당신의 뒤를 아니 따르지도 못하게 되지 않았나이까? 당신은 조실부모하고 고모 슬하에서 자라다가 기미운동 때 청년 사상가로, 외국에 망명객으로 지내는 동안에 뛰어난 결심과 신용과 재주 세 가지 자본만 가지고 사고무친四顧無親한 외국에서 갖은 악조건을 극복해가며 꾸준히 노력한 결과 최고 학부를 마치고 최고 학위까지 얻은, 우리나라에서 30세 전 최초의 박사로 금의환향을 하셨으니 백천 사람의 뛰어나는 정신력을 다생多生에 길러온 증명이 아니오니까. 나라의 배경이 있는 민족은 유학생이 돌아오기 전에 미리 고위高位를 정해놓고 기다린다지만 당신 같은 나라 없는 백성에게 정치적 배경이 있나, 사회적 환영이 있나, 반가워할 가족이 있나, 그래도 10여 년이라는 짧지 않은 시일을 지나 고향이라고 돌아올 때 그렇듯 쓸쓸하리라고는 생각지 않았을 것이외다.

더구나 활약할 기관이 있나, 같이 일할 동지가 있나, 높은 자리와 이권은 모두 일인日人의 차지이고 아무리 굳센 장부의 심사라도 상하지 않을 수 없으련만 내색도 없이 민중을 위하여 직업적으로 귀천도 수입적으로 다소도 불고不顧하시고 닥치는 대로 일을 해가시며 남모르게 정진을 하시는 당신을 뵈올 때 나의 감동심이 과연 어떠하였으리까?

그러나 우리나라의 민도民度*는 당신 같은 분을 크게 환영할 줄조차 모르는 것을 볼 때 "지당한 보배는 발에 밟히고 반드시 찾아야 할 인물은 오히려 등을 지는 세상이로구나!" 하고 탄식하였나이다.

어쨌든 당신 같은 분을 나의 남편으로 공공연하게 세상에 내세우게 되는 그날을 얼마나 손꼽아 기다렸사오리까. 그날을 미리 기뻐하는 나는 유일의 행운녀로 느끼었나이다.

당신은 과연 황량한 가을 같은 나의 마음 동산에 봄바람을 날려 온갖 꽃을 피게 하였었나이다.

| * 백성의 생활이나 문화 수준.

그보다 더 좋은 열매를 맺을 가을날을 위하여 미리 기뻐하는 그 기쁨은 과연 어떠하였사오리까?

나는 지금의 추억만으로도 가끔 이별의 설움까지 잊어버리고 황홀한 가경에 배회할 때가 없지 아니하오이다.

그러나 잠시 맛본 추억의 즐거움은 기나긴 현실적 슬픔의 학대로 내 가슴에서 잠시도 견디질 못하나이다.

아아! 떨어진 오동잎 한 닢을 보면 가을이 온 줄 안다면 당신의 사랑은 아무래도 다시 만회할 수 없나 하나이다. 그러나 당신이 "이 몸의 생멸이나 봉별은 상속하는 것이니, 만나는 즐거움이 있을 때 떠나는 괴로움이 있을 것을 미리 알아야 한다"고 말씀하신 그것이 사실화한 지금도 내 정신이 돌지를 않고 '그래도 당신을 영 못 만나는 그날이나 아주 남이 되는 그 시간이 설마 오기야 할라고' 하는 처량한 그 희망이 내 가슴에 온기를 풍겨주나이다.

만일 그런 날 그런 시간이 있다면 내 눈물의 '정精'이 그날 그 시간을 녹여버리고 말게 될 것같이 믿어지는 나의 정경은 나 스스로 불쌍해 못 견딜 지경이외다. 아무튼 내 혼의 신음 소리가 간단없이 내 귀에 들리는 것이외다.

어쨌든 상대적으로 된 것이 원리라면 안 보낼 그날이 갔는데 기다리는 이날이 어찌 아니 올 것이오리까? 그러나 올지 말지 한 그날을 만들어보는 정력을 정신 거두는 데 쓰면 얼마나 좋으리까?

그래도 당신을 만나야 할 나의 욕구는 어떠한 철언에도, 나의 아무런 따짐에도 사라지지 않을 고집이요 고질이외다. 다만 모든 학설을 물리치고 온갖 고집을 부숴버리는 법, 곧 '나' 찾는 도리인 정진 외에는 이 괴롬을 면할 별 도리가 없을 것이외다.

내게는 이념에 지나지 않는 일, 곧 '나'를 찾아 내 정신력으로 살아가리라는 이러한 막연한 생각보다도 요새 나의 앞에는 누구나 정신이 버쩍 차려질 한 사실이 생기기는 하였나이다.

"나의 벗인 원주희元周姬*라고 하는 여자가 예산군 덕숭산 견성암이라는 절에 가서 중이 되었다"고 당신에게 언젠지 말씀한 적이 있지만, 그 여자의 남편인 임××도 어릴 때는 중으로 있다가 향학열 때문에 절에서 나와 고학으로 일본 '와세다〔早稻田〕영문과를 마쳐가지고 ×중학교에 교유**로 있는데 몹시 정에 주리던 노총각이었던 탓인지 그 아내를 어찌 대단하게 아는지 안에 들면 아내의 춥고 더운 눈치를 보아 문을 닫치고 열며 밖에 나갈 때는 업고 안고 다니듯이 아내와 잠시의 공간이 없어 옷자락이 늘어지고 신끈이 풀리는 것까지 남편이 먼저 알고 치켜주고 매주며 등교 중에도 아내가 보고 싶어서 자기 집에서 시내에 들어가는 길이 학교 옆인데 아내가 시내에 들어가는 날이면 그 시간에 지켜 섰다가 아내가 지나가는 양을 학교 유리창에서 내내 바라보고야 자기 자리로 돌아간다고요— 동료들이 "몰래 보는 남의 여편네나 같으면…… 밤낮 보는 내 마누라를 그리 못 잊을 바에는 한 책상에서 같이 사무를 보도록 주선해 주리다" 하며 싱글벙글 웃고 놀려먹어도 그는 빙긋이 웃으며 "내 여편네니까 더 보고 싶을 거 아니야?……"

하며 체면쩍어하지도 않았다는 것이외다.

그리고 아내가 혼자 어디 가게 되는 때는 "길을 건널 때는 전차 자동차에 주의해요" 하는, 철저한 외호자인 자기의 그 정신이라도 동행시켜야 '거去태평 내來 태평'이라는 것이며 학생들과 수학여행을 가서 여숙 중에라도 아내의 어루만짐을 받는 꿈을 꾼 날이라야 경쾌한 몸으로 여행하

---

* '원주'는 김일엽의 본명. '희'는 여인의 미칭美稱으로, 김일엽 자신의 이야기를 객관화하여 전달하는 것으로 짐작됨.
** 일제 강점기에 정식 자격을 가진 중등학교의 교원을 이르던 말.

여 높은 산 어려운 길이라도 다니게 되고 집으로 돌아올 때는 기차에서 뛰어내려서 뛰어오고 싶을 만큼, 아내가 어서 보고 싶어서 기차의 걸음 더딘 것이 미웠다고 하던 그 남편이 그 아내를 산으로 들여보내는 그 고민은 가히 헤아린 것이 아니오리까. 그가 본아내가 입산한 후 새로 결혼한 그 아내와 여러 해 산 뒤에도 그 친구가 그전 가정생활의 맛과 차이를 물으니 추억에 담뿍 떨어뜨리더라고요— 그는 본아내가 입산할 그때에 체면 불구하고 그 아내를 따라 절에까지 갔다가 돌아오는데 아내가 산모퉁이까지 바래다주고 들어가면서 "안녕히 가시우" 하는, 쨍하는 소리가 귀에 울리자 가슴에서 불이 확 일어나며 눈에까지 뜨끔한 화기가 치밀어 더운 눈물이 푸욱푹 쏟아져서 돌아보지도 못하고 집에를 오는지 어디를 가는지 모르는 몽롱한 정신이었으나, 그래도 고장 없이 차에서 내려서 시름없이 걸어 성북동 고개까지 와서 저녁노을이 비치는 자기 집 지붕이 바라보이자 그만 다리에 힘이 주욱 풀려서 그 자리에 텁석 주저앉게 되어 한참 진정해가지고야 겨우 집으로 돌아오니 밥 짓는 계집애가 외로이 찬바람만 몰아가지고 마중 나오며 울먹울먹하는 양을 볼 때, 그 감회야말로 20년 동안 쓸쓸한 세상에서 국내 국외로 돌아다니며 겪었던 갖은 괴로움과 설움 중에서도 좀 더 큰 슬픈 뭉치를 한데 뭉쳐두었다가 때맞춰 탁 안겨주는 원수가 숨어 있었던가, 하도록 형용할 수 없더라는 것이외다.

무한고無限苦의 하룻밤을 드새고 그 이튿날 아침에 일어나니 눈이 묵직한 무엇이 덮인 듯 눈병이 났나 하여 안과에 가 보았더니 화기로 난 눈병이라 해서 비로소 산모퉁이에서 인사한 아내의 목소리의 타격으로 인한 것인 줄 알았다는 것이외다.

홀로 남아 사는 그는 짓밟힌 종이 부스러기만 남은 빈 정거장 대합실 같은, 방구석에 아내의 환영만 어른거리는 집에는 있을 수가 없어서 아내의 말이라도 들려줄까, 아내의 냄새라도 남았을까 해서 아내가 다니던 길, 찾아가던 곳을 쏘다니다가 하루는 결심하고 아내를 찾아 산으로 가다가 짓궂게 차가 고장이 생겨서 하룻밤 중로에서 자게 되는데 아내를 어서 만나지 못하는 초조한 생각으로 밤새 고생을 할 것 없이 희망의 힘으로 걸음을 걷는 편이 낫다고, 험한 산길을 자지 않고 80리 길을 밤새 걸어서 아내를 찾아갔다니 자연 정의 하소연이 없지 않았을 것이 아니오리까?

그러나 아내는 발심출가發心出家*한 여자라 도담道談**이나 하러 오면 왔지 정담情談***을 하러 올 곳은 아니라고 하는 냉연한 태도로 대하여주었을 것이 아니오니까?

그래서 원한의 격감激感****에 불타 돌아온 그는 아내의 사진, 유품 등을 다 불 지르고 아내의 몸 대신 싸고 감고 자던 이부자리까지 남에게 주어버리고 나서 잠자리에 누워 마지막 이를 갈며 오지 않는 잠을 억지로 자면 그래도 꿈에는 귀엽고 정다운 아내로 변하더랍니다.

그래도 그는 현실로 돌아오지 않을 수는 없을 것이 사실이라, 그 후로 더욱 마음 붙일 곳이 없게 된 인간인 그는 밤이면 극장으로 낮이면 한길로 모자도 안 쓰고 돌아다니게 되고 학교에서 학생들을 가르칠 때도 정상적 태도가 아니었다는 것이외다. 집에 와서는 취한 김에나 겨우 잠을 자게 되는 것을 알게 된 그의 친구들이 걱정이 되어 곧 주선을 해서 동덕여학교 출신인 양梁 무슨 '순'이라나, 하는 얌전한 여자와 결혼을 시켜서 한 5년 동안에 삼 남매나 낳고 잘 지내다가 나이 사십도 아직 먼 그가 식체食滯*****로 이질이 되어 일주일 전에 그만 별세해버렸나이다.

* 불도의 깨달음을 얻어 중생을 제도하려는 마음을 먹고 절에 들어감.
** 도를 말함, 도를 말하는 자리.
*** 정을 나누는 대화.
**** 격한 감정.
***** 밥 먹은 것이 체함.

한 사람 죽는 것이 그리 큰 문제가 될 것도 없고 더구나 남의 내외 정답게 지내던 이야기를 지루하도록 늘어놓은 것이 없었을 것이외다.

그러나 남편이 아내를 사랑하는 것이 예사이지만 그 남편은 너무도 유다르게 아내를 사랑했고 그 유다른 사랑에서 벗어나 남들은 꿈도 못 꾸는 별다른 길을 떠난 그 아내의 초월한 정신이 본받을 만하다는 것이지만 그보다도 그 남편이 사선을 넘어가던 전후의 큰 비극인 그 장면을 그려서 온 세상에 보여 그 일을 거울삼아 모든 사람의 정신을 돌리게 하여야 하겠음이외다.

다시 말하면 그네들의 일로 인하여 세상 사람 모두가 다 실성한 사람인 줄을 알게 하여 병 고쳐줄 부처님께 귀의해야 하겠기에 말씀을 하는 것이외다.

일평생 백 년의 일도 크다는데 미래세가 다함이 없는 각자적인 생을 위한 이 초발족(정법正法 듣은 시초기始初期)에 행불행의 두 길이 갈리게 되는 크나큰 일이외다. 아직 나도 정신이 돌려지지는 않지만……. 누구나 다 습기習氣로 이루어진 가假 정신의 의존인 가인생*인 줄이나 우선 알아야 참정신을 찾을 희망이나 가지게 될 것이 아니옵니까?

다음은 내가 문병 갔다 온 지 사흘 만인, 그가 죽던 날 목도하고 온 동무 숙희淑姬라는 이의 말이외다.

숙희는 그의 아내와 같은 불교 신자요. 제일 친하기 때문에 그가 몹시 반가워하면서 그저 입산한 아내 이야기부터 시작이더라는 것이외다.

입산한 아내는 움 속에 묻힌 보배 항아리처럼 평범한 여자인 듯하면서도 그같이 내명內明**한 여자는 드물 것이라고요. 그렇기 때문에 어렸을 때 중이 되어 법문도 많이 듣고 고승이 되어 인천人天을 지도한다던 자기

* 假人生. 가짜 인생.
** 속이 슬기롭고 밝음.

는 움직일 생각도 아니 하는데 자발적으로 구원 얻을 길로 떠난 것이 아니냐고, 그들의 결혼 생활 6년 만에 집, 양복, 그의 회중시계까지 월부로 샀었는데 그 빚을 다 갚고도 좀 여유까지 있게 된 그때 그 아내는 입문하였다는 것이외다. 그 회중시계는 결혼 기념으로 샀기 때문에 정도에 과한 값으로 사서 귀중히 가지는 뜻은 시계는 삼라만상이야 변모가 되거나 말거나 세상에서야 울거나 웃거나 여여부동如如不動*하여 자기 책임인 시간만 엄격히 지키는 그 정신은 가정적 기초 정신을 삼을 수 있고 가나오나 추우나 더우나 일시도 그의 품을 여의지 않고 죽음의 길까지라도 같이 갈 신의를 가지는 것은 아내의 사랑을 상징할 만한 까닭이었다고요—

그 시계는 아직 그 품을 떠나지 않았기 때문에 아까도 이별의 눈물에 수없이 잠겼던 주인인 자기의 파리하고 더러운 손에 그 몸이 어루만져졌다고요. 그러나 그 주인인 자기까지 저를 버리고 가게 되었다고 하면서 고랑이 진 그의 뺨으로 눈물 한 줄기가 주루루 흐르더라는 것이외다.

물질과 정의 가난을 똑같이 몹시 느끼던 두 남녀가 근고勤苦**와 절약으로 6년 동안에 가정적 윤곽이 꽉 잡히게 된 그때에 그의 만족은 지극하였다는 것이외다. 우선 각자적으로 자기의 눈앞 위치부터 확보되어야 세계인으로서 활약할 튼튼한 입각지가 준비된다고 먼저 가정생활의 안정을 목표 삼고, 하고 싶은 모든 일을 미루어오던 그들은 결혼 생활 6년 만에 처음으로 어디 여행이나 좀 가보자고— 여행은 인천 해수욕장으로 결정이 되어 신혼여행의 기분으로 욕장에까지 가서, 첫날인데 부부가 나란히 해변에서 거닐던 중 아내 되는 이가 저거 좀 바라보라는 소리에 그가 고개를 드니 동편— 잡목 몇 개가 우뚝 서 있는 그 언덕 밑— 해변가에 주먹덩이만 한 금강석이 칠색의 광명을 비치는 듯 황홀한 빛이 번쩍

* 항상 여여如如하여 동요가 없음을 말하는 불교 용어.
** 마음과 몸을 몹시 애씀.

여서 호기심이 생겨 둘이서 빨리 가보니 한 개의 진주조개 껍데기였다고— 아내는 실망된 듯이 시무룩해져서 돌아와서 하는 말이 그 조개껍데기는 아직 남아서 황홀한 빛을 내고 있지만 그 몸뚱이는 어느 밥상에 한 젓갈의 반찬 보탬이 되어졌고 그 껍데기만은 아직 남아 번쩍이고 있지만 호수가 밀려왔다 밀려 나갈 때 같이 떠내려가다가 바위에 부딪혀 깨져버리거나 개흙에 묻혀버리고 말면 적적한 해변에는 물새만 훨훨 날아다닐 것이 아니오. 내가 명예욕으로 대걸작품을 하나 구상하고 있지만 내가 그 작품을 발행하여 천하에 이름이 높아진다 치더라도, 나는 일찍……, 혹은 오래 산다손 치더라도 3, 4년 후에는 죽지 않을 수 없는 일은 이미 결정적이 아니오. 나 죽은 뒤에 아무리 영광스러운 명예가 남더라도 저 알맹이 없는 조개껍데기가 빛을 내고 있는 것이나 무엇이 다를 것이며 그 작품을 읽는 뭇사람이 인생의 갈 길을 알았다 치더라도 인생의 천만 갈래 길 중에 내가 가르친 길이 정말 정당한지? 나는 그 조개껍데기를 보는 순간부터 달라진 인생관과 더불어 구상하고 있는 작품에 자신을 잃어버리게 된 것은— 전에는 세상일이 떳떳한 것으로 안— 그 입장에서 만들어진 작품인 까닭이라고요. 어쨌든 내가 먼저 사람 되어 사람의 갈 길을 알아야 '인생의 정로'를 이야기하게 될 것이 아니냐고 말하더라는 것이외다.

내가 인간인지 아닌지도 모르면서 어찌 인간의 이면을 살필 수가 있을까. 인간의 이면을 알지도 못하면서 인생의 외면을 아무리 묘하게 그려놓았댔자 마치 얼음을 진실로 아름답게 아로새겨 놓아도 소용없는 미술품이 되는 것 같지 않겠느냐고요.

아무 흥미가 없어진 아내 때문에 사흘 만에 그냥 집으로 돌아오게 되었는데 불법(이사理事로 우주단일화宙單一化한 법)을 좋아하는 아내의 제의가 다시 생겨 경주 불국사로 불교 유적을 보러 갔었는데 불법이 생활화하였던 우리 선조의 유업인 불국사 건물과 석굴암 불상 곧 세계적 문화체를 압도할 만한 정신적 문화체를 보는 아내는 감격에 넘치는 그 반면으로 더욱 깊이 감상되는 것은 불교 전성시대의 생활면을 직접 보여주는 그 고도의 문화적 유적은 저렇게 불교적 빛을 내고 있는데 정말 불법은 지금에 와서 왜 이렇게 적적해졌느냐고— 그렇게 탄식하여 마지않는 것을 곁에서 보던 교양 있어 보이는 노스님 한 분이 아내를 향하여 하는 말씀이

"불교란, 상상 전에 있는 우주적 창조성을 파악하여 현실화시키는 법으로 표현된 것은 중생을 건지는 한 기관으로 상상할 수 있는 명상법, 곧 사람의 기멸起滅*심으로 된 물질적 영역 안의 것이기 때문에 역사적 순환을 피할 수가 없고 흥망성쇠의 바다에 침륜되지 않을 수 없는 일입니다. 그러므로 괴겁壞劫**에 든 현 우주와 같이 불법 현상은 쇠퇴된 것입니다.

나신 부처님은 가시고 계신 하나님은 안 계시게 되며 부처님이니 보살님이니 하는 분들도 창조성의 피조물로 같은 인생이나 중생은 우매해졌는데 그들은 자아(나의 근본)를 알아 구원의 길이란 '나'를 찾아 자유인이 되는 그 길입니다.

자유인만 되면 불교라는 그 권에서도 벗어나고 부처님이라는 그 우상도 떠나게 되는 것 아닙니까.

물을 건너면 배가 쓸데없는 것 같은 일입니다. 종교의 교리가 곧 우주의 원리 원칙입니다. 그러므로 종교 교리에만 국한하는 종교인이 되지 말아야 하는 것은, 교리는 현실, 곧 표면으로 상대성으로 되었기 때문에 무상법無上法***입니다. 나를 찾는 법, 곧 우주의 원칙의 반면은 교리의 이면이요, 일체의 창조주로 얼굴이 없는 행동체인데 그것을 발견해서 쓰게

---

* 생겨남과 없어짐.
** 세계가 무너져 멸망하는 기간.
*** 그보다 더 높은 것이 없을 정도의 법.

되어야 내 정신으로 사는 인간이 되기 때문입니다.

그러나 처음에는 불교에 귀의하여 선조인 동시에 처음 선생(우주의 원리를 먼저 발견하여 선불先佛 후불後佛이 계승)님인 부처님의 정신, 곧 혜명慧明을 이은 선지식善知識(＝일체 지식을 다 갖추었다는 의미)을 찾아 나를 찾는 법, 곧 자유인이 되는 법인 참선을 배워야 합니다.

당대에 선지식으로는 예산에 수덕사修德寺(그 사내寺內에 여승방은 견성암見性庵)가 있는데 거기서 교화하고 계신 송宋 만공滿空이라는 분이 계십니다."

이렇게 정중하게 가르쳐주시는 말씀을 듣고 아내는 입산할 생각은 내었으나 곧 떠날 말이 없는 것을 다행으로, 그 생각을 차차 잊어버리기를 바라면서 집으로 돌아왔는데 일체는 마음이 만드는 것이기 때문에 아내에게 무상히 느껴질 일이 또 하나 생기었던 것이외다.

아내는 꽃이라면 무슨 꽃이든지 좋아하여서 남들은 달이 아름답다, 봄가을 시절이 좋다, 하지만 달이나 시절은 설운 사람에게는 설운 감정을 돋우어 주는 점이 없지 않지만 꽃은 억센 산, 거친 들을 부드럽게 하며 화난 사람, 불평을 품은 이까지라도 평화와 위안을 주는 평화주요, 일체를 정화하는 정화신이라 한다고……. 그리고 아내의 말이 "꽃이라면 남의 원망의 대상이 되어본 적은 없다"고 자랑한다던 것이외다.

여행에서 돌아온 아내는 자기가 가꾸어둔 백 가지 꽃이 조그마한 집을 두루 빛내고 있다가 방긋방긋 반기는 것을 보고 정다운 여러 가족의 환영보다도 더 즐거워하였다고, 그래 들며 환희를 느끼고 나며 쾌미를 맛보던 꽃은 아내에게 또 다시없는 벗이었다고, 그런데 아내는 사람이 추위에 괴로울 것보다도 꽃이 얼어 죽을 염려가 더 되었건만 사정없는 시간은 빨리만 가서 그해에도 어느새 가을이 와서 어느 날 밤에 느닷없이 내리는 된서리에 아내의 환락장인 화단이 그만 폐허 되어 그 고운 꽃들이 형해만 남아 헐벗은 가지 끝에서 읊어주는 뱁새의 애도사哀悼辭를 듣고 있게 된 것을 본 아내는 인생도 초로와 같아서 죽음이 호흡지간에 있음을 느끼고 그날 아침에 시급히 입산하기로 한 것이라고 그가 말하더 라는 것이외다.

그들의 결혼 초에는 언제든지 같이 입산할 것을 의논하고 있었다는 것이외다. 입산하려는 그때 그의 아내가 그에게 말하기를 "당신이 그때 그곳에서 그 몸으로만 씌어질 일시적 이용물인 세속 학문을 배우느라고 20년간을 그 고생을 하느니 그 대신에 어느 때 어느 곳에서 어느 몸으로 라도 써야 할 공부, 곧 일체 우주를 '나'화하는 그 일에 힘을 썼던들 이제 는 일체 구속을 벗어난 대자유인이 되었을 것이 아니에요. 그러나 그 일 은 이미 지나간 일이니 할 수 없지만 이제라도 나이 많이 먹기 전에 입산 하여 오로지 정진을 하여 완인이 되어야 하지 않겠어요. 생활하기 전에 일에 착수하기 전에 사람부터 돼야 하지 않겠어요.

지금 우리가 한다는 사업은 장님이 장님을 끌고, 가없는 들에서 서로 붙들고 헤매는 셈이 아니오. 속담에도 '못에 임하여 고기를 탐내기 전에 차라리 물러가서 그물을 뜨라'는 말이 있지 않아요" 하고 말하더라는 것 이외다.

그러나 그는 전일에 중의 정신으로 이상理想하던 생각은 일체로 매昧* 해버리고 정情의 배를 채울 날이 아직 먼지라, 안타까운 정의 밥숟가락을 차마 놓을 수가 없다고 아내에게 아주 자백해버리고 3년 동안은 기다리 고 있을 것이니 정진하는 법만 배워가지고 다시 와서 가정 살림을 해달 라고까지 애걸해보았더라고, 사실 그는 어떤 때, 혹 혼자서는 내가 중이 거니 하는 생각과 한가지로 불법에 관한 생각을 좀 해보았을 뿐, 속인 정

| * 어두움.

신으로 속인과 휩쓸려 사느라고 중이니, 불법이니 하는 그 관념조차 잊어버린 세속인이 되어버렸으니 할 수 없었다고요.

그러나 아내의 말은 우리가 사는 이 현실이란 한 꿈인데 꿈속에서도 가장 변하기 쉬운 것이 정이라, 그래도 인생은 이 정을 제일 중요시하게 된 것은 인생뿐만 아니라 일체 생물이 모든 정에서 나니 정이 생의 시작이요, 생물의 생활 주체가 되었기 때문이라고……. 그러나 그 정의 변화무쌍한 재주로 인하여 무시겁래無始劫來로 일체 생물의 끊임없는 고품를 받게 되는 줄은 당신도 본연히 아는 것이 아니오. 그러니 당신은 아직 떠날 생각이 없다 하더라도 사랑의 쇠사슬에서 벗어나 자유로운 사람이 되려는 남까지 떠나지 못하게 방해하지는 아니하리라고 믿는다고……. 그러니 아내가 회심치 않을 것은 분명하고 또 아내를 극진히 생각하는 그는 자기 감정을 얼마라도 희생할 수 있기 때문에 허락할 마음은 없으나 허락하지 아니할 수 없었다고요.

아내가 입문한 뒤 홀로 남은 그는 남의 남편이 되어서 아내를 사랑하는 일은 당연한 일이지만 자기가 생각을 하여도 이 세계에 자기만큼 전적으로 아내를 사랑하는 사나이가 있을까, 하였었다고……. 그런데 배어 나갈 틈이 없이 간절하고도 세계를 덮을 만큼 넓은 자기 사랑의 품에서 초월할 만한 그 힘은 어디서 생긴 것이냐?

사랑의 배후에서 나온 그 까닭이냐, 또는 신교信敎 신력信力에서 나온 그 힘이냐?

이 두 문제가 서로 싸우는 바람에 미칠 듯이 괴로웠던 것이라고요.

이 수수께끼가 풀려지지 않아서 술 안 먹고는 잠을 못 이루고 몸부림을 치고 지내다가 하룻저녁에는 영화에서 천주교 신자인 어떤 처녀가 은애恩愛가 깊은 애인을 버리고 사자 굴로 자수해서 들어가 순교하는 것을 보고 비로소 자기 아내도 신교력으로 입산했으리라 하는 판단을 내리고

야 겨우 마음을 진정하게 되었다고. 그러나 아내가 입산할 때에는 입산하는 이유가 이해된다는 것쯤은 이별고와 상쇄가 되어 발심發心할 여유가 없었다 치더라도 천주교 신녀를 본 그때는 시간 후이니 자기가 애욕에 치우친 정신만 아니었다면 겨우 마음을 진정할 정도에 그치고 말 것이 아니었건만 애욕에 치우치게 되어서 어릴 때부터 인연 깊었던 불법에 다시 돌아오지 못한 자기의 탓이니 누구를 원망할 것이냐고……. 그리고 이론만 늘어가는 세속 학문을 위하여 20년 동안이나 배움의 길에서 그 고생을 하며 그래도 큰 희망이나 있는 듯이 몽롱한 살이를 해가다가 최후의 길이 느닷없이 닥쳐오면 죽음의 공포심에만 떠는 이들보다도 더 무서움을 느끼는 것은 모르고 지은 죄보다 알고 지은 죄의 갚음이 더 중한 줄을 알기 때문이라고……. 사방에서 타 들어오는 화택火宅*에서 장난만 하는 아이들처럼 아무것도 모르는 인간은 할 수 없지만 알고도 죽음에 대비를 아니 한 나의 죄과는 어디에 사함**을 구할 것이냐고……. 금생 일생의 일도 작은 일이 아닌데 끝나는 날은 만날 수 없는 무진의 앞길을 만회할 길이 없는 이때에야 생각이 나다니……. 염라국 사자한테 청이나 해볼까, 명을 이어 부활의 공부나 해보게…….

예전에 어떤 중이 중노릇은 아니 하고 온갖 못된 일만 하고 지내다가 임종 시가 닥쳐서 차사***가 가진 형구를 가지고 잡으러 왔는지라 자기가 한 짓은 잊고 어찌할 바를 모르고 떨고만 있다가 차사에게 지극히 공손하고 간절하게 "한 7일 말미만 주시면 그동안에 중노릇을 좀 해보고 죽겠습니다" 하고 청을 하니 차사들도 중노릇 해보겠다는 일이라, 할 수 없이 허락하고 물러간 다음에 평소에 들어두었던 화두인 '만법이 하나'로

* 불타는 집.
** 지은 죄나 허물을 용서받음. 원문에는 '사謝함'이라 되어 있으나, 이는 '사赦함'의 오식으로 판단됨.
*** 원문에는 '채사'로 되어 있음.

돌아갔다고 하니 '하나'라는 것은 무엇인가? 하는 의심을 우주화하게 되어 7일 후에 차사들이 천상천하를 다 뒤져도 그 중을 못 찾고 그저 돌아갔다고……. 그 중은 7일 동안을 일심으로 하나가 무엇인지 의심하는 생각까지 끊어진 일념에 들어 있기 때문에 누구의 눈에도 뜨이지 않게 된 것이라고……. 곧 기멸자재起滅自在*하게 된 것이라고요.

대인은 기멸이 한 경계요, 소인은 기멸경의 분별이 상속하기에 만생만사의 고를 받게 되는 것이라고요.

지금 내 앞에는 만생 만사의 생사의 바다가 가로놓여 그 바다에서 부침하는 고苦를 세세생생에 이어받게 되었으니 큰 문제가 아니냐고요.

지금이라도 모면할 도리는 차사에게 잡혀갈 뻔한 그 중처럼 앞뒤 일을 모두 잊어버리고 적연불매寂然不昧**한 자리에라도 들 수 있으면 차사에게 잡혀가지 않게는 될 수 있지만 평소에 익히지 못한 정신적 힘이 새로 생길 리 없다는 이론이 앞서는 나는 차사가 온대도 청을 할 생각도 없고…….

아, 아 이제 내 일은 정말 큰일이다. 내가 평소에 해놓은 사업이란 과부, 고아들을 만들어놓은 그뿐이고…….

사랑이 괴로움의 근원이라더니 그 사랑 때문에 내 아내도 자식들도 이 괴롬을 받아 그칠 날이 언젠지 모르지 않느냐고……. 중이 된 아내는 이 사랑과 괴로움을 벗어나 영겁에 해탈의 길을 걷게 되었으니 그와 나와는 이렇듯이 천양지판으로 되는 것을 모르기나 했으면…… 하고 찡그리는지 우는지 모를 그 얼굴에는 눈물비가 주루루 흐르더라고 숙희는 애처로운 그 환자의 입에서라도 의외로 그런 좋은 말을 듣게 된 것이 기뻐서 숨소리도 낮추고 정성스럽게 듣고 있다가도 환자가 말하기 힘들어하

* 생겨나고 사라짐이 저절로 있음, 혹은 자기 자신에게 있음.
** 조용하고 고요하나 어둡지 않음.

는 눈치만 보이면 간호하고 있는 그의 장모와 같이 마루에 나가서 이야기도 하고 방에서 신문장도 뒤적거리고 하면서 환자를 쉬지 못하게는 아니하였지만, 주치의는 환자의 곁을 아주 떠나라는 눈치여서 숙희는 환자의 아내가 환자에게 아이들 울음소리가 안 들리게 한다고 아래채 구석방에 임시 거처하는 데를 찾아갔더니 그 아내는 3년 전에 볼 때보다 뺨에 살은 좀 내렸으나 갸름하고 하얀 얼굴이 아직도 젊고 예뻐 보이는데 그의 얼굴이 눈에 띠자 청상과부라는 싸르르한 느낌이 가슴에 획 돌며 눈물이 핑그르르 돌더라고. 그 아내는 도리어 안심해 보이는 태도로, 어린 아이들이 있는 방이라 냄새 날까 보다고 미안해하면서 자리를 정해주고는 임林 선생이 어제는 참으로 위독했어요. 그래서 당신의 마지막 길이 캄캄하니 자연 불법을 멀리한 후회가 되는 동시에 불쌍한 유가족한테나 마지막으로 불법에 대한 간절한 말을 하는 것이니 꼭 명심하라고 시간이 주야의 상속인 것같이 현실 생활은 생멸의 반복이라, 우리는 반드시 한 번 죽지 않을 수 없으니 자기의 죽음을 그리 슬퍼할 일이 아니라고, 그러나 아이들만 맡기고 이별의 길을 떠나게 되니 미안은 하지만 물질과 정신의 가장 좁은 한계 내에 있는 인간인 자기의 보호 밑에서보다 절대력 앞에서 생사 간에 안심하고 더 잘 살아갈 도리가 있다고, 죽을 때 가서야 이런 말 하게 되는 것을 이상하게 느낄지 모르지만 사실은 내가 내 가족들한테까지 이런 말조차 아니 해주던 나이기 때문에 마지막 갈 길이 이렇게 아득하게 된 것이라고, 사람이 죽을 때 착한 말을 한다더니 나도 죽을 때 하는 이 말은 참으로 보배로운 말이니 이 말을 믿고 실행한다면 과부, 아니 그대 목숨이 백천 번 끊어진대도 행복스러운 길만 열려 다함이 없을 것이라고, 가령 어디에 내가 요구하는 것은 무엇이나 다 주고 더구나 나를 무엇이라도 다 갖춘 사람을 만들어주는 사람이 있다면 불원천리하고 찾아가서 내게 있는 것은 다 바치고라도 그것을 얻으려고 할 것이 아니냐고요.

그런데 앉은자리에서 만날 수 있고 내게 있는 대로의 신심과 정성이라는 대가만 내면 얻어질 그 일을 가르쳐주마고요.

그러면 우리에게 무엇이나 다 주고 무엇이나 다 줄 수 있는 사람을 만들어주는 이는 누구냐?

그분은 관세음보살님! 그분이라고, 관세음보살님의 말씀이 "중생들은 현실에 팔려서 정신이 단일하게 되지를 못하니 어린애가 어머니, 하고 부르듯 관세음보살, 관세음보살 내 명호名號*를 자꾸만 부르면 처음에는 기계적으로 입으로만 불려지다가도 나중에는 심구상응心口相應**하게 되어 그때는 나와 연락의 길이 열려 일체 소원을 다 이루어주게 될 뿐 아니라 구경究竟에는 관세음보살 관세음보살 부르는 자기가 곧 일체를 갖추는 완인, 곧 관세음보살인 것을 알게 된다"고 하였으니, 그러니 팔자를 아주 관세음대자모에게 맡기고 지내라고, 부모나 친척이나 자녀가 그대를 아무리 생각해준대도 나와 같은 인간으로 물질에도 제한이 되어 있고 능력도 없어 그대의 바라는 대로 못 해주지만 관세음보살은 시간으로 양으로 일체를 갖추어 가진 자모시라 시종이 없이 일체 소원을 이루어주신다고요.

어쨌든 이 말을 해주는 것이 보호해줄 많은 사람이나 재산을 넉넉하게 남겨주는 것보다는 참으로 큰 보배를 물려주는 것이라고……. 그러나 무능한 때나 의타적으로 계신 관세음보살을 부르게 되는 것이라고……. 실상은 관세음을 부르는 그 정체를 파악하여 내가 관세음임을 발견해야 된다고요.

어쨌든 밥은 육체나 살리지만 염불은 영육을 다 살리는 양식이라고요.

---

* 이름.
** 마음과 입이 서로 반응함.

그 아내는 빙그레 웃는 낯으로 "정말 그런 좋은 이야기를 왜 진작 안 해주었나 하도록 감동했어요" 하며, "그런데 임 선생은 용한 박朴 의사라는 이가 여러 가지 방법으로 치료한 어제 오후부터 좀 풀렸는데 아마 아주 풀릴라나 봐요, 숙식을 아주 못 했는데도 어젯밤에는 잠을 좀 주무시고 아침에는 죽을 한 공기나 잡수셨어요" 하며, 아주 안심해하는 그 아내의 모양— 절대적인 자기의 필요에 대하여 턱없이 바라고 믿는 인생의 심리— 그러나 그 아내가 자기 내외의 업을 녹일 만큼 염불이나 지극하게 하였으면 모르지만 아직 그런 신심도 없어 보이고…….

아아, 얼마나 가련한 희망이냐, 하는 생각으로 숙희는 남의 일 같지 않게 슬퍼지더라는 것이외다.

오후 5시나 되어 숙희는 병실에 가보니 환자는 기다리고 있었는 듯 반가움에 얼굴 근육이 잠깐 떨리더라고, 환자의 나머지 힘은 말하기 위해 있음인 듯 말을 다시 계속하여 자기는 아무것도 모르는 아내와 문법問法한다고 핑계 대고 포교당에 유흥 겸 가보았고 불공한다고 간혹 절에 구경 다녔을 뿐, 그리고 누구에게나 내 종가요, 내 조상[佛]이 계시는 절에 가는 것을 그 후손인 사람들은 얼마나 무지한지 구경 다닌다고 하게 된 세속인들과 같이 되었고 불교에 관한 말씀 한마디 들을 기회도 말할 기회도 없이 전연 속인으로 지내는 동안 처자에게나 학생들에게 종교적 사상을 고취할 생각은 아주 잊어버리다시피 하고 다만 인간적 또는 정적 책임감을 가졌을 뿐이었다고, 그러다가 지금은 내 사정이 아주 절박한데, 될 말 한마디 해볼 데 없던 차, 마침 숙희 씨가 와서 내 말에 절실히 감동되어 하는 데 힘을 얻어 의외로 말이 많이 해졌다고, 그런데 불법 중에 사난득四難得이 있지요, 인생난득 장부丈夫난득 출가(승僧)난득 불법(완인完人)난득, 이 사난득 중에 제일 첫째 한 조각 정신만 가진 이 몸이지만이 몸이라도 내생에도 잃어버리지 않게 되어야 할 것이 아니오. 사람의 몸이라야 사람의 정신으로 올바른 판단을 지어 법문을 알아듣고 정신 수습하는 공부를 하게 될 것이 아니냐고요.

그런데 천상 사람은 낙에 취하고 지옥 사람은 고에 빠져서 짐승은 둔탁해서 공부가 안 되고 다만 고락이 상반한 사바세계 인간이라야 '나'를 찾는 법, 곧 진리 참구參究*에 제일 적당하다고 부처님이 말씀하셨다고요.

자기는 사바세계에 인간 몸으로 나서 더구나 장부로 출가까지 하여 정법正法을 만났으니 얼마나 환경이 좋았느냐고, 그런데 정과 애라는 그 독물 때문에 백천만겁에 얻기 어려운 여러 가지 가장 좋은 조건을 다 잃어버린 마지막인 이 시간, 이 시간이 끝날 기약도 없는 극말적인 시간을 당하였으니…….

10년 전 늦가을에 입산한 아내를 따라 견성암이라는 절에 갔을 때 "사람의 몸 가졌을 때 사람의 정신을 찾으라…… 가사袈裟 밑에 인신人身 잃어버리는 것처럼 가련한 일은 다시 없느니라" 하고 대중에게 말씀하시던 만공 큰스님의 말씀 소리가 쩡쩡하게 내 상기想起**의 귀에 지금도 들리기는 하지만, 환자는 어떻게 표현할지 모르는 표정을 하더니 별안간 이마에 푸른 기운이 꽉 끼치며 진땀이 흐르는데 목에서는 꿀꺽꿀꺽 소리가 들렸다는 것이외다.

숙희는 하늘과 땅과 환자와 자기가 함께 차차로 질식할 듯 갑갑함을 느꼈는데 의사는 응급 치료에 급급 ― 아내, 아이들, 친지들의 울음소리, 그 광경은 처량하다는 말로는 표현 못 할 슬픈 정경이고 한편에서는 의사와 아는 사람들을 부르러 간다고 야단인 이 장면보다도 이 환자는 이제 최고 극말의 참극의 주인공으로 지금 보는 최극의 고통보다도 사선 너머는 천야만야千耶萬耶한 구렁 ― 그 구렁 속에는 어느 겁에나 헤어날지

---

* 참선하여 진리를 연구함.
** 지난 일을 돌이켜 생각해냄.

모르는 삼악도三惡道(＝지옥地獄, 아귀餓鬼, 축생畜生)가 벌어져 있다. 그 구렁에 처박히게 된 주인공은 이 찰나에 무슨 다른 정신이 있었을 것이냐는 것이외다.

그런데 이 육체라는 것은 이 정신의 의복일 따름, 의복은 찢어지거나 낡으면 언제나 갈아입을 수 있는 것이 아니오리까?

갈릴 때는 정신의 변모대로 육체의 모양도 따라 달라지는 것이 아니오리까?

천벌 만벌 내가 지어둔 대로 입혀질, 첩첩이 쌓아져 있는 이 옷인 육체야 천번 만번 바꾸어도 아무 일이 없을 것인데 이것을 '죽음'이라고— 이 일만이 문제라는 인생은 얼마나 무지한 것이오리까?

내 옷을 내 마음대로 갈아입지를 못하고 도리어 옷 갈아입는 것이 죽음이라고, 죽음의 당자와 천지가 몸부림치고 슬퍼하면서도 실성은 아니하였다는 것이외다.

그러나 자기가 실성한 줄 모르지도 않은 환자는 사선을 넘어 그 위험에 놀라는 그 힘으로 죽음의 고통을 이기고도 남아서 다시 숨을 돌려 말을 시작하더라는 것이외다.

나의 육체를 여의고 갈 길이 망망한 고혼孤魂은 앞을 서고 과부, 고아들의 눈물바다에 잠긴 시체는 처량한 상여 소리와 함께 북망산으로 떠나가고 젊은 과부와 천애지각天涯之角의 고아들은 오늘은 밥이 있고 집이 있는 설움이지만 지아비, 아비 없는 훗날에는 주린 배를 움켜쥐고 추위에 떨며 남의 집 처마 밑에서 잠을 자게 되는 슬픔을 당할지 누가 알…… 말 끝을 채 마치기도 전에 사정없는 염라국 차사가 달려들어 불쌍히 그 영가靈駕*를 끌어내니 영가는 아무 반항 없이 조용히 따라가는 모양이고 시

| * 영혼.

454

체조차 뜻이 고와서 잦아진 듯 적적하고 태평하여 보이더라는 것이외다.

그 아내는 남편의 유언대로 슬픈 중에도 관세음보살님의 대능력과 대자비를 믿는 마음으로 항상 입이 달싹달싹하며 태연하게 보살필 일에 착수하여 잘해나가나 철없는 상주랄까? 다섯 살 배기가 엄마 치마 밑으로 따라다니며 먹을 것 투정이나 하는 꼴이, 보는 이로 하여금 눈물을 자아내는 일이더라는 것이외다.

마침 대비하고 있던 법사 스님이 시다림屍茶林(＝영가靈駕에게 설법說法)하시는데 그 송구頌句* 중에 한 구절 적어 온 것이 있나이다.

生從何處來(생종하처래)

死向何處去(사향하처거)

生也一片浮雲起(생야일편부운기)

死也一片浮雲滅(사야일편부운멸)

浮雲自體本無實(부운자체본무실)

生死去來亦如然(생사거래역여연)

獨有一物常獨露(독유일물상독로)

湛然不隨於生死(담연불수어생사)**

그의 사십구재는 그 아내였던 주희가 중으로 있는 견성암이라는 절에서 지내기로 하였는데 그것은 그곳에는 영가를 천도해주실 법력 있는 만공 스님이 계시기 때문이었나이다.

---

* 읊은 구절.
** 삶은 어느 곳을 따라서 오나/죽음은 어디를 향하여 가나/삶이란 한 조각 뜬구름이 이는 것이고/죽음이란 한 조각 뜬구름이 사라지는 것이네/뜬구름 자체에는 본디 실체가 없으니/삶과 죽음의 가고 오는 것 또한 그러하네/오직 한 가지 항상 홀로 드러난 것이 있으니/맑게 기쁘게 담연히 삶과 죽음을 따르지 아니하네.

그가 죽을 때 갔던 숙희가 7일 되는 초재初齋에도 참석하였다가 주희의 감상담을 들어 온 이야기외다.

　"내가 처음 그 살림 시작할 때에는 내외적 생활의 안정을 전제로 하고 남편은 전차비 10전이라도 내 손에서 타 가야 먼지에 쌓인 먼 길 가까운 길을 걷지 않게 되고, 나는 고료로 조금만큼 들어오는 수입까지라도 살림에 보태느라고 떨어진 양말로 빛 낡은 '세루' 옷이나 입으며 그릇까지를 내가 사서 여다 놓고 알뜰히 살아서 빚도 다 갚고 살림살이에 윤곽은 잡혔겠다 아무 이상 없는 부부애를 갖추었었죠. 평생 정과 물질의 가난으로 고생하던 남편은 나만 믿고 한참 만족을 느끼는 판에 밥 짓는 계집애 하나만 남겨놓고 아무도 없는 빈집에 세간 부스러기까지 한편 방에 몰아 쌓아놓고 떠날 임시에는 남편의 절 살림은 아는 탓으로 칼, 가위, 전등, 휴지까지 챙겨 유학 보내는 어머니가 딸의 봇짐 싸주듯 친절하게 싸주고도 불가항력의 고를 지그시 참아 겨우 지탱하는 침착한 태도로 어이없이 바라만 보는 남편을 떼어버리고 돌아서게 될 때 아무리 절대의 희망의 길을 떠난다 하여도 그래도 발길이 가볍지는 못하였지요. 그러나 절에 와서 냉정하게 비판해본 결과, 그가 3년만 있다가 다시 와서 가정살이를 하자던 말이나 사랑의 맛만 보다가 어떻게 그만두라느냐는 애愛에 맺힌 소리를 하던 것이나 차차로는 같이 입산수도하자는 논의까지 하고 결혼한 처지요. 더구나 제불 제 보살 앞에서 서원을 세우고 계를 받은 후 최상복最上服*인 '가사'를 수하고 인천人天에 스승이 될 무상법을 배우던 불제자가 되었던 이가 가정살이를 다시 하자는 그런 무서운 말을 어찌 할 수가 있었을까요, 더구나 중생이 다 사랑의 쇠사슬에 걸려서 무한 겁劫에 지극한 고를 받는다는 법문도 들었을 뿐 아니라 현재 남이 받는

|　＊가장 좋은 옷.

고품도 보고 듣고, 나도 사랑 때문에 그 괴로움을 느끼면서도 그래도 여전히 사랑에만 탐착貪着*하게 될 수가 있을까 하는 생각을 하게 되었지요. 그래도 너무 정에 주리던 이라, 처음 얼마간은 안 그럴 수 없을지 모르지만 차차 마음을 돌릴 날이 있을 터이지, 하였더니 끝끝내 돌이키는 생각은 조금도 없었던 그의 말로가 그렇지, 다른 도리가 있었겠나요.

그리고 임종에 후회를 한 것도— 법문을 들어서 인과법은 짐작하니까 자기 전도가 망망하여 무궁무진한 고의 길을 여의지 못하게 되니까 두려움에 못 견디어 부르짖는 것뿐이었던 것이 증명되는 것은 천주교 신녀가 사자 굴에 뛰어드는 광경을 보고 감격하고도 종교에 귀의하지 못한 것이 후회되었다면 죽음이 다닥친 자기가 종교의 위대성을 설교할 겨를이 어디 있겠어요. 더구나 종교에 대한 인식 부족을 발로시킨 것이 오직 종교심이라는 것은 지극한 마음인데, 지극에는 대對가 끊어져서 지극이라는 명상名像까지 버려야 하며 종교도 믿음도 부처도 예수도 다 여의게 되는 그 자리를 이야기로 늘어놓고 있었을 것이오? 그리고 천주교 신녀의 행동은 장하지만 그 내용이 지극하지는 못하여 보는 이도 지극에 이를 감격을 하지도 못하였는지도 모르는 것이라고 나는 예전 보광불寶光佛 때에 일념一念이란 여인이 병자에게 자신의 고기를 일주일을 두고 매일 한 근씩 베어 팔아서 천금을 받아가지고 그 돈을 죄다 보광불께 예단禮單**으로 바치고 즉심시불卽心是佛이란 간단한 법문 한 마디를 얻어듣고 곧 완인이 되었다는 그 이야기를 듣고 과연 감탄하였지요.

나는 입산 후에도 정진이 잘되어지지 않아 내가 무엇인지 알 수는 없고 어떻게 번민이 심한지 성불成佛이고 뭐고 다 그만두고 차라리 소멸되는 도리나 있었으면 좀 좋을까? 그러나 물질이 불멸하는데 물질의 바탕

* 만족할 줄 모르고 탐하는 마음을 버리지 못함.
** 예물을 적은 단자.

인 참생명이 없어질 까닭은 없지 않은가! 마을에 살 때는 극단으로 절망될 때는 일체 포기의 자살이라는 피난처가 있는 줄 알고 적이 입산도 할 수 있었지만 죽지 못하는 원리 원칙을 안 이때에 고민이야말로 절정에 이르렀으니 참으로 숨 막히는 일이 아닌가, 하고 한없이 울어보기도 했지만 그때는 사자 굴이나 불구덩이나 뛰어 들어가면 '나'를 알 수 있다면 곧 뛰어들 수가 있었지만 일주일을 두고 매일 살을 한 근씩 베어내는 일은 견딜 것 같지 않으니까……"

그 여자의 행동은 과연 지극에 이른 것이외다. 그 여인이 일곱 근의 살을 베어내고도 죽지 않은 것은 생은 독립적인 창조성을 지닌 정신이라, 육체에 의존하지 않기 때문에 육체는 정신이 만들고 버리고 하는 것이므로 지극정성, 곧 물질적 정신과 정신의 정신이 합치되는 때는 육체적 생사는 정신의 임의대로 되는 것이외다. 그리고 전체적 정신의 소유자로 '나'에 체달體達*되지 못하였어도 신심만 견고하면 정신 하나로 어떠한 기적적 행동도 할 수 있는 것이, 예수께서도 "믿음이 겨자씨 하나만 하여도 이 자리로 태산을 곧 옮겨 온다"**고 말씀하셨다지 않았나이까.

믿는 마음이 곧 내 마음이라 내 마음은 일체의 창조주이기 때문이외다. 그리고 다시 말이지만 지극은 나머지가 없는 것이라, 나 하나를 나머지 없이 바치는 일이라, 바치면 일체 우주를 나머지 없이 얻어 우주적 행동을 하게 되는 것이요, 다 버려야 다 얻어지는 것이 원리이기 때문이외다.

다시 말하면 소아小我인 나를 다 바치면 대아大我를 얻는다는 말이외다.

어쨌든 그가 최후 시간에라도 자기를 다 버리는 지극한 후회를 할 수 있었다면 만사가 해결될 것인데 그리 못 된 것이 유감이로군요. 지극히

* 사물의 이치를 깨달음.
** 『성경』의 「마태복음」 17장 20절 및 「누가복음」 17장 6절.

후회가 된다면 죽어 갈 길이 아득한 것조차 생각할 겨를이 없을 것이며 말길이 끊어진 적적한 자리에서 후회조차 느낄 새가 없을 터인데 무슨 섧지 않은 울음에 넋두리처럼 요령 없는 말이 그리 많았으며, 죽어 갈 길을 몰라서 쩔쩔매면서도 처자가 못내 잊을 수 없다니……. 아무튼 이 현실이 환幻이니만큼 전도가 망망茫茫하니 악도惡途*가 무서우니 하는 것도 망상이라, 다만 망상의 근본인 내 정신을 찾아야 할 뿐인 것을 알아 선정禪定**에 둘 겨를이 없었으니 종교적 인식을 마지막까지 못 가졌던 것이지요. 그러나 평소에 양심적인 사람이었고 늦게라도 후회하는 마음만은 없지 않아 다시 불전에 귀의하여 자책하는 마음으로 고요하게 죽었으니 내세에는 불법을 다시 여의지는 않게 될지 모르지만 벼랑에서 한 걸음 헛디며 하향일로로 걸어가던 사람이요, 또 사람이 죽어 사람 되기가 백 대 일도 안 된다는데 믿을 수도 없는 일이 아니오리까.

어쨌든 이번 큰스님의 법문을 듣고 해탈이나 되었으면 하지요. 영가는 육체를 가졌을 때보다는 식識이 좀 덜 어둡다니…….

"그런데 내가 그분 초재 때 지장보살님께 '불쌍한 영가를 잘 천도해 줍시사' 하는 염원이야 없지 않았지만 아주 무념으로 절을 하는 때 어째서인지 손등에서 난데없는 물방울이 구르는데 혼자 빙긋해지더군요" 하며 다시 빙긋하는 주희는 가벼운 한숨을 쉬며 "인연 깊은 그와의 일막의 희비극은 그만 끝이 난 모양이군요" 하고 고개를 들며 "그러나저러나 이런 급한 소식을 늦게 듣고 늦게야 들어왔으니 촌각寸刻***이 아까운 내 시간인데" 하며 긴장된 표정으로 몸을 가누어 바로 앉으며 "어쨌든 이런 전감前鑑****으로 정신 차려 정진에 더욱 힘을 써야 할 뿐이요" 하고 담담

---

* 악한 방식, 악한 길.
** 한마음으로 사물을 생각하여 마음이 하나의 경지에 정지하여 흐트러짐이 없음.
*** 매우 짧은 시간.
**** 거울로 삼을 만한 지난날의 경험이나 사실.

하게 고개를 숙이더라는 것이외다.

나는 이런 이야기를 듣고 나서야 비로소 주희가 사랑하는 남편과 아름다운 가정을 버리고 출가한 곡절을 알게 되었나이다.

그리고 있어지고 없어지고 좋은 것 언짢은 것이 분명히 보이는 일, 곧 현전現前에 내가 재산을 많이 가졌다든지 무슨 상업이 잘되어 간다 하더라도 그대로 한 보조로 현상을 유지하기도 어려운데 눈에 보이지 않는 일, 곧 내 맘대로 운용되지 않는 정신적 일에 향하되기가 쉽지 향상되기야 얼마나 어려운 일이옵니까? 그래서 주희가 남편 되었던 이의 생전 지내던 일을 미루어 장래(사후死後) 일을 염려하는 말이 다 이해해지는 듯도 하오이다.

그리고 당신도 오랜 동안은 아니지만 정신적 향상을 위하여 얼마나 내게 간절히 말씀하셨나이까?

그러나 그때 나는 당신의 일체 것을 사랑으로 합리화시킬 뿐이었나이다.

그렇게 된 위인이라 지금까지도 정신이 바짝 차려질 만한 이 일을 보면서도 다만 놀라운 생각이 날 듯해질 뿐 그저 정신이 멍멍하기만 한 것이 마치 어두운 산길에서, 먼 데서 비치는 불빛을 잠깐 보고 다시 어둠에 잠겨버린 사람이 동행인을 잃고 이리 가면 태산이 가로막히고 저리 가면 구렁텅이의 험한 입이 벌려 있으며 아득하고 답답하여 헤매는 그 상태와 같은 이 정경을 당신의 눈에 한번 슬쩍 보여라도 드릴 수 있었으면 하여질 뿐이외다. 아마 사랑의 줄은 너무 억세고 내 맘은 너무 약한 탓인가 하나이다.

어쨌든 최후 승리자가 될 수 있는 강한 마음을 알아 얻은 인간은 자타일체自他一切, 곧 너와 남이 없는 '하나를 이룬 인간'이라 하셨나이다. 그러면 인생들이 성性이 성을, 그리고 육肉이 육에 줄이어 애태우는 꼴들은 봄 꿩이 제 구슬픈 목소리에 서러워져서 울다가 울다가 피를 토하고 죽는 것 같은 인생의 비극이외다그려!

그러나 세상에 사랑을 여읜 인간은 있지 않는 것이외다. 그래서 석가불도 사랑의 길이 둘만 되었더라도 성불을 못 하였을 것이라 하셨다지 않았나이까?

야박하기 짝이 없는 애별고愛別苦를 참고 참아 성불하신 부처님같이 나도 일시적 적막을 견디어서 만겁에 외로움을 면해야 할 것이 아니오리까.

그리고 뜨거운 사랑의 반면에는 반드시 차디찬 적막이 숨어 있을 것을 왜 모르기야 하오리까.

그러나 마치 불빛에 어리어진 부나비가 무더기로 쌓인 동무의 시체조차 눈에 보이지가 않아 불로 또 대들고 대들어 제 몸들을 그슬리는 것같이 나도 애욕의 눈이 어두워 무진한 삼악三惡*의 험난한 전정을 헤아릴 길이 없나이다.

그리고 닭의 눈에는 금강석 한 개가 보리 한 알만도 못하다지 않나이까.

나는 지금 당신의 정, 그 외에 성불 같은 것을 생각할 여유가 없나이다.

인욕忍辱**도 할 수 있고 재욕財慾도 금할 수가 있지만 애착심만은 마치 졸음이 폭폭 퍼붓는 안타까운 그때 같아서 어쩔 수가 없으니 어찌하오리까?

계신 그제도 안 계신 이제처럼 내 맘 빈틈없었던들 당신은 가실 길을 못 찾았을 것을!

아! 어쩌다 가셨던지 당신은 그만 가버리었으니 가신 뒤뜰에는 나의

---

* 삼악도三惡道. 악인이 죽어서 가는 세 가지의 괴로운 세계. 지옥도, 축생도, 아귀도.
** 마음을 가라앉혀 온갖 욕됨과 번뇌를 참고 원한을 일으키지 않음.

기다림이 차서 넘치게 되고 초조한 나의 생각은 시간의 숫자와는 당치도 않게 길고 짧게 느끼다가 이제는 헤아림조차 잊어버린 아득한 시일이 머나멀게 지난 듯해지나이다. 슬픔까지 잊은 그전대로의 평범한 생활에 들게 될는지도 모르는 것이외다.

무엇에나 극에 이르면 끝장이 나는 것이 아니오리까?

기다림의 간두竿頭*에 이른 내가 돌아올 마음조차 사라진 빈 보따리만 짊어지고, 영 그만인 길을 떠나버리게 될는지도 모르나이다.

그제야 당신은 내가 기다림으로 몸부림치던 빈 뜰 앞에 돌아와서 하염없는 덤불을 허우적거리며 눈물을 흘린들 날아가는 새들의 웃음거리밖에 더 되오리까?

아! 이제라도 좀 빨리 오셔주사이다. 기다림으로 지탱해가는 이 숨소리가 끊이기 전에…….

이런 넋두리 앞에 나타나는 현실은 당신이 꼭 보아야만 할 나의 편지가 책상에 수북이 쌓인 것이외다. 갈 데 없음을 미리 아는 편지의 반항심을 구태여 어겨서 겨우 쓴 편지외다.

이 편지가 어느 때라도 당신의 손에 들어가 어루만져질 때가 있기는 있사올 것을 믿는 힘이 이긴 것이외다.

그때에는 당신도 인간적 감동심으로라도 한 줄기 동정의 눈물은 아끼지는 아니하올 것이외다.

그 눈물의 소개로 당신이 혹 회심이라도 되실까 하는 애달픈 희망으로 나의 실감을 샅샅이 적어 흐르는 물에 띄워 보내는 양 언제 어떻게라도 보내볼 도리가 있을까, 하고 써놓기는 하였나이다.

그리고 그 애달픈 희망이 이루어지는 날이 곧 이별의 슬픔이 다하는

| * 장대나 대막대기 따위의 끝.

462

날일 것을 미리 웃어보는 아쉬운 나의 심경인 것이외다.

그러나 흐르는 물에 띄워 보내는 양, 아아! 얼마나 막연하고 처량한 말이냐! 향하는 곳이 어디라는 것조차 알리지 않고 하늘 끝 땅 밑, 어디로인지 달아나서 다섯 달째나 감쪽같이 자취를 감춰버린 야속스러운 그 사람이 그래도 잊어지지가 않아서 이 안타까운 심정을 알려라도 볼 양으로 온갖 슬픈 사연을 다 적어는 놓았으나 어디로 보낼 데를 모르니…… 흐르는 물― 백천만에 흐르는 냇물 강물― 어느 흐르는 물에 띄워 보낸단 말이냐, 아! 이 얼마나 아쉽고 기막힌 말이냐!

정말 가랑잎에 붙여 날려야 하느냐, 비행기에 넣어 떨어뜨려야 하느냐! 아무래도 보낼 곳이 없지 않느냐, 주소도 모르는 이 편지를 천상천하의 모든 배달부를 다 불러서 부탁한대도 전해질 길은 없지 않으냐! 보낼 데 없는 이 편지를……, 내가 미친 짓을 한 것이 아니냐?……

편지를 그만 벅벅 찢어버리고 싶은 것을 그래도 참고 꾸기꾸기 뭉쳐서 동댕이를 쳐버렸나이다.

편지는 미닫이 밑에 피익 쓰러지면서 꾸겼던 뭉치가 이리저리 펼쳐져 버렸나이다.

편지는 아무 죄도 없건만 원망도 괴로움도 없는 표정으로 일으켜주기를 바라는 듯 가만히 누워 있었나이다.

나는 가엾은 편지를 더 학대하기가 미안해서 도로 끌어다 안았나이다. 기를 수 없는 애기처럼……. 나는 편지를 끌어안고 울던 그때처럼 끝없이 슬프기만 한 때를, 천애의 고아로 부모상을 당한 때도 경험한 것 같지 않았나이다. 운다고 말릴 사람이 있나, 동정할 이가 있나, 싫어할 이가 있나, 외로운 등불만 꺼먹꺼먹 바라보는 데서 혼자서 실컷 울다가 울다가 제풀에 지쳐지니 슬픔도 그쳐지고 눈물도 마른 듯 마음이 텅 비어졌나이다.

나는 우두커니 앉아서 어둠을 방위하고 서 있는 미닫이를 물끄러미 바라보다가 "반가운 사람을 맞아주고 보내주는 두 가지 책임을 한꺼번에 사면하여버릴 날도 있을 것이냐!" 하고 미닫이에게 묻게 되는 작년 봄 그때 생각이 슬쩍 떠오르는 것이외다. 그때는 "그런 당치 않은 생각은 부질없이 왜 하노?" 하고 스스로도 이상스러웠던 그 생각이 "이제 와서는 정말 마치고 마는구나" 하고 새삼스러이 무상히 느껴지는 순간에 생각이 홱 돌이켜졌나이다. 그날 당신이 "믿지 못할 것은 세상일이라, 만난 기쁨이 가기 전에 떠나는 설움이 오는 것이니 이 기쁨에만 취하지 말고 오직 우리가 할 일은 '하나' 화化에 이르는 공부를 하여 봉별逢別*이 하나요 애증이 둘이 아닌 법을 증득證得**하게 되는 날 비로소 만나거나 떠나거나 사랑하거나 미워하거나 부동적 평안함을 얻는다"고 하셨나이다.

어쨌든 나는 절망의 바위 끝에서 눈물의 바다에 빠졌던 그때에 비로소 당신의 말씀을 상기하는 데 따라 참으로 무상無常이 느껴지게 되었나이다.

그리고 무상한 현실은 나의 피조적인 것을 알게 되니 봉별은 언제나 교체되게 지어놓은 자기가 왜 괴로워하였던 것이오니까?

어쨌든 현실은 변화의 과정으로 끝날 날이 없는 되풀이라, 절대의 위인도 경국傾國의 미인도 숨 한 번 들이쉬고 내쉬지 못하게 되면 백 년이 다 못 가서 그 무덤 위에 논밭을 갈게 되고 논밭을 갈던 소나 사람도 필경은 논밭으로 화하는 날이 있고야 말 것이 아니오리까?

논밭 또한 무너져 늪이 될 날도 그리 먼 장래는 아닌 것이 아니오리까?

과거는 흘러갔고 현재도 자꾸 흐르고 흘러, 오는 미래와 합류되어 흘러가 버리고 남음이 없어, 이러한 허망한 윤회라는 수레바퀴에서 인생은

---

* 만남과 헤어짐.
** 바른 지혜로써 진리를 깨달아 얻음.

돌고 도는데 무엇이 실답다고 나는 당신을 안 놓으려고 몸부림을 친 것이오리까? 더구나 그때 나의 유일한 소원은 당신과의 이별이 없는 그날이었던 그 완강한 생각이 인연취산因緣聚散*을 면치 못하는 그 법칙을 말씀하셔도 도무지 귀에 들려질 리가 없던 것이외다.

볼 수 있고 상상할 수 있는 것은 모두 변하고 천류遷流**되는데 정이 어찌 그대로 있으리라 믿고 의지하였던 것이오리까?

나는 그것을 모르고 당신만 믿다가 대들보가 부러지면 집이 무너지듯이 당신이 떠나는 날 나는 온갖 희망이 절망의 바다에 잠겨버리게 되었나이다.

그러나 환멸경幻滅境이 다하면 진실경眞實境이 나타나는 것이외다.

현실이 허망하지만 현실 생활은 영원의 순력巡歷***으로 포기할 도리는 없는 것이 원칙으로 되었나이다. 다만 현실의 애착으로 일어나는 고뇌를 면하게 되는 법, 곧 현실에서 현실의 근본인 안전지대를 찾아내는 것이 진실경이외다. 고금古今을 일시화一時化하고 이곳저곳을 한 자리로 만든 경지외다.

진경계眞境界****를 발견하는 데는 오랜 시일을 요구하는 것도 아니요, 종교 교리에만 의지하는 것도 아니요, 꼭 정신없는 때는 없는 것이니, 이 정신의 반면反面인 털끝 하나 남지 않은 전 정신에 체달되면 그만이외다. 전 정신이란 희노喜怒를 느끼는 이 정신을 다 소멸시킨 자리외다.

나도 믿을 데도 없고 의지할 데도 없는 절망의 바위 끝에서 눈물 삼매三昧에 들었다가 한 걸음 더 나아가 마음이 그만 단일화하게 되어 비로소 세정世情을 단념하고 이 정신의 정체, 곧 '나'를 발견하게 되는 법을 따

* 인연으로 만나고 헤어짐.
** 옮겨 가고 흐름.
*** 곳곳을 돌아다님.
**** 불교에서 말하는 참된 경계, 세계.

라 전력을 기울여보려는 생각을 결정하게 된 것이외다.

결정하고 나니 우주가 그대로 나 하나라, 현실은 나의 몸이요, 현실의 내적 본질, 곧 면목이 나타나지 않은 현실은 나의 정신이라는 생각이 명확해졌나이다.

나는 나의 세계를 세울 곳이 따로 있는 줄 알고 찾아 헤매던 것이외다.

아아, 이런 묘한 도리가 아니었더면 내가 스스로 만들어놓았던 그 사랑의 쇠사슬에 얽혀가지고 세세생생世世生生에 한없는 고생을 어찌나 받았을 것이오리까? 전화위복이라더니 이렇게 된 경우를 말한 것인가 하나이다.

만일 내가 당신으로 더불어 즐거운 가정이나 꾸미었더라면 믿지 못할 세상일이라는 것보다 순일한 정신으로 돌아갈 기회를 얻기 어려웠을 것이요, 순일한 정신으로 돌아갈 기회를 얻기 어려웠다면 정진하기는 더욱 어려웠을 것이 아니오리까?

밥은 육체를 살리지만 정진은 정신으로 육체까지 살리는 참된 식량이 아니오리까?

그러나 지금 내가 말하는 이 인식이 어느 정도까지 가져졌는지는 스스로 모르나 사람은 정신을 떠나서는 진생명眞生命이 살길을 잃어버리는 줄을 알았나이다.

그래서 지금 우선 한가한 마음으로 정진할 수 있게 된 것을 기뻐할 뿐이외다.

이것이, 당신이 주신 크나큰 선물이외다. 다 이루어진 다음 날에는 더 큰 감사를 드리겠나이다.

나는 득소위족得小爲足*해서는 안 될 것을 아나이다. 더구나 사랑, 진정

| * 작은 것을 얻고 만족함.

鎭靜*될 주사 맞은 이 상태는 믿을 수 없는 것이외다. 최후 생각까지 사라지지 않는 사랑! 생각 아니 한다는 그 생각까지 아니 하게 돼야 사랑으로 더불어 온갖 번뇌는 사라질 것이 아니오니까?

곡종穀種**을 심어서 가꾸어서 거두기까지에 노력이 가치 있는 것이지 김을 매다 그만두거나 다 익은 후라도 거두지 않으면 중간 노력은 헛노고에 지나지 않는 것같이 완성이 되기 전에 만족을 느껴가지고 그만둔다면 본래 우매한 중생과 마찬가지로 생사고를 못 면할 것이 아니오리까?

그래서 나도 곧 주희 씨와 같이 견성암 중이 되려 하나이다.

더구나 그곳은 도량,*** 도반道伴**** 도인이 계신 원만한 수도장으로 만공 대선사가 계시다 하나이다.

지금은 바람 혼자서 잠이 안 오는지 사르르 숨소리를 내며 캄캄한 밤 골목으로 거닐 뿐, 군밤 장수의 외치는 소리까지 끊어졌나이다.

눈이 반반해져서 이왕 잠이 아니 올 바에는 우선 이 무상의 기쁜 소식을 온 천하에 알려야 하겠기에 원력을 세운 노래를 불러보겠나이다.

나는 노래를 부르나이다.

나의 노랫소리에 시간의 숫자와 공간의 한限***** 자도 그만 녹아버리나이다.

나는 나의 노래에 절대 자유를 위하여 노랫가락의 고저와 장단을 맞추는 아름다운 구속도 사양하였나이다.

그저 내 멋대로 나의 노래를 소리 높여 부를 뿐이외다.

나의 노래는 슬픔을 풀고 기쁨을 돕는 서정시도 아니외다.

---

* 부산한 것을 가라앉힘.
** 곡식의 씨앗.
*** 원문에는 '도장道場'이라 되어 있으나 이는 '도량道場'(부처나 보살이 도를 얻는 곳, 혹은 도를 얻기 위해 수련하는 곳)의 오식으로 판단됨.
**** 함께 도를 닦는 벗.
***** 시간, 공간의 끝. 한계.

더구나 착한 것을 권하고 악한 것을 말리는 교훈의 글귀도 아니외다.

그렇다고 하늘 사람의 거룩한 말씀이나 지하 사람의 고통의 부르짖음도 아니외다. 그리고 나의 노래를 찬양하거나 뜻을 안다는 이가 있다면 그것은 나의 노래에 결점을 낼 뿐이외다.

그러면 석가불*도 모르는 우주의 원리 원칙을 들먹거려 보려느냐고요. 그런 망발의 생각을 할 리도 없나이다.

다만 유정 무정이 일용日用**하고 있는 백천 삼매 묘구妙句 그대로 읊조릴 뿐이외다.

그래서 썩은 흙덩이나 마른 나무등걸이라도 나의 노래에는 감응이 있게 되나이다.

허공이 너무 느껴지는 바람에 비가 눈물을 그치고 바람이 웃음을 멈추게 되나이다.

끊임없이 요동하던 파도는 바쁜 걸음을 멈추고 우주적 게으름뱅이 편편한 대지가 다 궁둥이를 들먹거리나이다.

천상에서는 주야로 그치지 않던 환락적 음악 소리가 제 무렴無廉***에 자즈러지고 지하에서는 간단없이 지옥 죄수를 때려 부수는 그 채찍이 넋 잃은 사자의 손에서 슬그머니 떨어져 버리나이다.

그러나 부르는 장소가 시장이외다그려! 싸구려, 비싸구려, 장사치들이 대지를 흔들어 넘기는 그 소리에 나의 노래는 저기압에 눌린 연기처럼 사라지기만 하나이다. 마치 밑 빠진 구멍에 물을 길어 붓는 것처럼 지녀지지도 못하는 노래이지만 그래도 나는 더욱 소리 높여 부를 뿐이외다.

밑 빠진 구멍에라도 언제까지나 물을 길어 붓기를 그치지만 않는다

---

* 원문에는 '서가불'로 되어 있으나 이는 '석가불'의 오식으로 판단됨.
** 날마다 씀.
*** 염치없음. 염치가 없어 거북함.

면 필경 물이 대륙에 스며 넘쳐서 밑 빠진 그 항에까지 차고야 말 것이 아니오리까?

나도 나의 노래를 세세생생에 불러서 삼천대천세계三千大千世界*에 차고 넘친다면 나의 노래가 듣기 싫어서 귀를 틀어막는 그 솜(면綿)까지도 나의 노래화하고야 말 것이 아니오리까?

아아! 나는 그저 소리 높여 내 노래를 부를 뿐이외다.

나의 등 뒤에서는 시계가 3시라고 소리 질러 알려주나이다.

세속에서는 때가 한창 설 때이라, 수목이 눈을 감게 되고…….

허공의 숨소리까지 그쳐졌건만 어떤 절에서나 날마다 이때 곧 3시에는 일어나야 한다고 당신이 말씀하신 적이 있었나이다.

재작년 여름에 금강산 표훈사表訓寺에서 내가 하룻밤 잘 때에 그 절에 노스님이 유화柔和*한 목소리로 3시에 석釋***을 하는 소리에 깊이 감동되어 드러누웠기가 황송해서 몸이 몹시 피곤하건만 일어나서 읍揖****하고 앉아서 듣던 일이 기억에 나타나나이다.

따라서 고요한 새벽에 가만히 앉아 정진하고 계실 줄로 상상되는 당신의 모양이 그 언제 꾼 몽경夢境 모양으로 내 눈에 스르르 떠오르나이다 (어떤 여인과 쌍으로 앉았는 듯).

그렇다면 내게 그렇듯 정을 느낄 줄 알던 당신이 어떤 여인과 동반을 하여 가셨다면 나를 버리고 깊은 산속에까지 떨어지지 못하고 동행해야 하는 그 여인에게 얼마나 애정을 깊이 느낄 것이오리까?

그렇다면 오롯한 정진은 아니 되올까 오히려 동정되나이다.

---

* 소천, 중천, 대천 세 종류의 천세계가 이루어진 세계. 이 끝없는 세계가 부처 하나가 교화하는 범위가 됨.
** 부드럽고 온화함.
*** 아침저녁으로 부처 앞에 예불하는 일.
**** 인사하는 예禮의 하나. 두 손을 맞잡아 얼굴 앞으로 들어 올리고 허리를 앞으로 공손히 구부렸다가 몸을 펴면서 손을 내림.

그러나 이 동정이란 애인의 결혼식에 결혼 축하물인 양 애달픈 자기의 정회를 실려 보내는 가엾은 꽃다발은 아닌 줄을 잘 아시기 바라나이다.

어쨌든 눈물을 흘리며 '펜'을 들던 엊저녁 때와는 딴 감정을 가지게 된 나인 것만은 사실이외다.

나는 이때 나의 이 경험으로도 마음 하나로 생사고락을 임의로 할 수 있는 것을 알게만이라도 되었나이다.

그리고 생존의 책임은 반드시 스스로 가져야 하는 정칙을 모르기 때문에 현실 생활에 대한 표준이 명확하지 못했던 만큼 생명의 험렬險烈*함과 그 결의와 피의 법도를 알 길 없이 지내던 철없던 나의 일은 얼마나 위험한 것이었나이까?

이제 잠깐 사이에 나의 딴판으로 갈린 이 감정 면을 실연에 애끊는 모든 남녀에게 보였으면 해지나이다.

한 생각이 일어나면 생사고락과 피차와 남녀의 분별이 생겨지는데 피차라는 경계선에서는 촉처觸處**에 대립이 생기고 남녀라는 성별경性別境에는 대하는 것마다 성을 범하게 되는 것이외다.

어쨌든 우리가 다겁多劫 누생累生으로 살아오는 동안에 누구와는 부부가 안 되었을 것이며 무엇하고는 인연을 아니 맺었나이까? 아무튼 봉별의 세계에서는 별리別離의 슬픔뿐이라, 다만 무념경無念境에만 설움을 면하게 되나이다.

그러나 마주 서면 인연이요 돌아서면 이별로 담담하게 살아가며, 네 계집 내 남편하고 다툴 것도 없고 잊네 못 잊네 괴로워하지도 말고 자유롭게 지냈으면 인생이 얼마나 평화한 생활을 하게 될 것이오리까?

* 험하고 세참.
** 접촉하고 만나는 곳.

천상인들은 애착심이 없기 때문에 극치의 애정적 교환이 교환되는 그 시간 안으로 결산되고 만다 하나이다.

석화石火 같은 눈빛(안광眼光) 교환이, 무한겁의 생활 기록으로 그 미진수微塵數*적 세계 인간의 애정사愛情史외다.

어쨌든 애욕과 소유욕, 명예욕이 굳센 중생계에서는 사랑 때문에 고苦와 다툼은 끊어지지 아니할 것은 사실이외다. 더구나 만나면 떠나지 않을 수 없는 인연 관계조차 모르는 것이외다.

다만 사랑과 미움이 둘이 아니요, 성과 성이 본래 하나인 '나'에 체달해야 할 뿐이외다. '나'의 체달만 되면 사랑하거나 미워하거나 천상인이 되거나 지하 중생이 되거나 탈선되지 않는 독립적 생활을 하게 될 것이 아니오리까?

이렇게 사는 것이야말로 대아적 생활을 말하는 것인데 먼저 소아적 내가 털끝 하나 남지 않고 다 소멸되어야 할 것은 사실이 아니오리까? 우선 살아서 이 육체와도 남이 되어야 할 것이 아니오리까?

그러나 이 현실이 아무리 환멸경이라 하더라도 우리가 영원무궁하게 현실 생활의 반복을 계속하여 살아온 것은 사실이니 이 복잡다단한 생활에 젖은 그 습기習氣를 그리 쉽게 해소시킬 수 없을 것이외다.

그러니 우리가 얼마나 애를 써서 정진을 해야 할 것이오리까?

밤은 다 새었나 보외다.

어떤 큰 어둠이라도 내 눈앞에 닥쳐만 봐라, 하는 당당한 기세로 군림하였던 전등불의 눈빛도 희끄무레해지나이다.

모든 생의 움직거리는 이런저런 소리도 들려오나이다.

나도 '펜'을 놓고 나의 새날을 맞이해야 하겠나이다.

| * 띠끌 정도 되는 아주 작은 수.

오늘은 내게 천재일우에 처음 당하는 새로운 날이외다. 부활한 인생의 초발족의 자리외다.

무량수無量數*로 지나간 생활에서 나는 자업自業**의 술모術謀***로 인하여 얼마나 많은 희비고락을 겪었는지는 모르지만 그 모든 생활에 화장식火葬式과 함께 금생에서 당신이 주신 양극단적 생활, 곧 만나서 무척 기뻤고 떠나서 실컷 슬퍼졌던 그 살림의 영결식도 오늘같이 치러버리기로 하였나이다.

동시에 무궁한 내세를 개척하기 위한 출발일도 또한 오늘 이 시간으로 정한 것이외다.

우선 길 떠나기 전 준비(적연불매寂然不昧하게 정진해감)를 갖추고 나서게 된 만족감을 흐뭇하게 느끼나이다.

세속에서는 웬만큼 전일專—****한 정신으로 하는 일은 다 정진이라고 하지만 이 정진은 그런 유의 정진이 아니외다.

생각이 끊어지고 말길이 딱 막힌 상상도 허락하지 않는 성성惺惺*****한 무념에서 자성自性을 발견하려고 애쓰는 정진이외다.

어쨌든 일체 우주는 '나' 하나뿐이니 부분적인 군은살(실성失性)의 생활을 돌려 내 본체, 곧 우주적인 내 육체의 혈액과 신경이 고루 통해질 그 공부(정진)를 하여 토목 와석瓦石까지 함께 웃고 울며 살아가야 하지 않겠나이까?

그래야 성(견성見性)한 사람 노릇을 하게 되는 것이 아니오리까?

어쨌든 누구나 회광반조回光返照,****** 곧 생각의 반면을 살펴보면 '나'

* 헤아릴 수 없을 정도로 많은 수.
** 스스로 쌓은 업. 자신이 저지른 일.
*** 술책과 도모, 계획.
**** 마음과 힘을 오직 한곳에만 씀.
***** 고요함.
****** 해가 지기 직전에 잠깐 하늘이 밝아짐.

는 기어이 발견되는 것이 아니오리까?

이제 당신은 나를 버려도 좋습니다.

취해주신대도 싫지 않을 따름이외다.

지금 당신이 당장 나타나신대도 놀라게 반가울 것도 없나이다.

그리고 당신이 길이 아니 오셔도 나는 울지 않을 큰 애가 되었나이다.

지금 나는 당신의 애인도 동지도 될 자격이 이루어졌다는 자신이 생긴 때문이외다. 그리고 만나고 떠남이 둘이 아님을 알았음이외다.

그리고 당신과 나는 변함이 없고 이별이 있지 않은 '임'의 자리를 본래 여의지 않았던 것을 알았나이다. 실연의 비애를 느끼던 것이 자아 배반의 자학적 슬픔이었나이다.

그리고 나는 당신에게서부터 인천에까지에 스승이 될 만한 희망의 장래도 기필하는 것이외다.

나는 부처님이나 하나님의 존재 전前 존재인 '일찍 사람', 곧 중[僧]이 되기로 하였나이다.

사람 인 변에 일직 중 한 중 승 자는 일체의 존재 전, 곧 창세전 사람으로 인천의 스승이라는 뜻인 것이 아니오리까?

'일찍 사람'은 존재 전에 정신이 갖추어진 인간이외다. 중이 못 된 존재, 한 인간으로도 생활이 시작되기 전에 정신이 갖추어져야 참인간이외다.

더 크게 한번 외치나이다.

"백 년의 교육이 한 생각 돌리게 함만 못하다고!"

생각이 곧 일체라, 남김없이 다 돌리면 즉석에 대아를 이루고 조금만 돌려져도 이만한 쾌감을 느낄 수 있으니까요!

아아! 생각을 조그만큼 돌려도 내 세계는 이렇게 크고 넓은 것을, 내가 시공화되면 내가 이제 하늘을 향하여 땅이 되어라 하면 하늘이 땅이 되어 내려와 엎드릴 것이요, 땅에게 하늘이 되어라 하면 땅이 금시에 기운으로 풀려 슬슬 하늘로 올라갈 것이요, 방향을 틀어 동을 서로 만들고 북을 남으로 변하게도 할 것이외다.

그리고 내가 살고 싶은 세계라면 내 앉은 이 자리에서 곧 천당이고 지상이고 건립이 될 것이며 내가 남녀 간 무슨 성을 가지든지 하늘이나 창공까지도 내 성의 대상이 되어 성에 맞춰 음양 간에 응하여줄 수도 있는 것이외다. 다시 말하면 생각하지 않는 곳에 욕구적 자료는 남음이 없이 다 갖추어 있기 때문에 생각의 임의로 일체 것을 현실로 쓸 수 있는 것이외다.

내가 상상할 수 있는 한계 내에서는 무슨 엄청난 말이라도 할 권리가 있고 말은 현실이니 어떤 어마어마한 일이라도 현실화할 능력이 내게 있는 것이외다.

거짓말이란 이 사바세계에만 있다 하나이다. 천상계에는 말과 실현의 시간과 장소가 어긋나지 않기 때문에 거짓말을 모르나이다.

우주가 곧 '나'니 만유萬有가 '나' 밖에 다른 것이 없기 때문이외다.

어쨌든 중생은 자기가 각양의 형구를 갖추어놓고 자기를 때리면서 형구가 벌을 주는 줄 알고 충천衝天*의 원망으로 몸부림치는 것이외다. 나도 그중에 한 여인임을 비로소 알았나이다.

이런 유치한 이야기를 늘어놓는 것은 우리 중생은 하잘것없는 일에도 인간은 불가능한 일이라고 하여볼 도리를 찾아볼 생각도 없이 그 구속하에서 부자유하기 짝이 없는 생활을 하는 것을 설파한 것뿐이외다. 할 수 없다는 열등감만 안 가지면 만능의 인간이 됩니다.

아무튼 내가 나를 찾아 내 생활을 하는 데에 인간이라는 의의가 서는

| * 하늘을 찌를 듯함.

474

것이외다.

내 상상이 현실이요, 실제요, 존재인 까닭에 일체 能을 가진 것이 인간이 아니오리까. 이렇듯이 자유자재한 나를 버리고 내 스스로 한 여성이 되어가지고 막다른 골목에 고개를 처박고 당신이라는 한 남성을 피나게 부르는 그 실성한 짓이 얼마나 가엾었사오리까?

내가 곧 당신이요, 당신이 곧 나인데 내가 나를 부르며 헤매는 실아失我손이*의 모양은 또한 얼마나 우스웠사오리까?

만일 한 생각 돌릴 길이 없었다면 일부분인 정신이나마 탈선이 되어버릴 날까지 있을지도 모르는 일이었나이다.

이 육체적 생활의 일막一幕적 생활이 그릇되는 일도 작은 일이 아니라는데 하물며 이 일막의 연장이 불가사不可思 겁劫**으로 오고 오는 내 생활인데 그 생활의 시작이 비뚤어진다는 일이 얼마나 어마어마한 위험이리오까?

내 생각 한 털끝 사이에 행불행의 두 갈래 길이 벌어져 영원화해버리는 무시무시한 판이 아니오리까. 없어지지 않는 것이 있는 것이 아니외다. 움직인다고 산 것이 아니외다. 있다는 가치 표준은 성장의 강력이요, 삶이란 생사적 자유인 정신의 움직임인데 나는 남이 볼 수 있고 무명의 '생'이 움직이는 산 인형이었나이다.

아아! 한 생각 돌리게 한 당신에게 나는 어떻게 보은을 해야 하오리까.

무념無念에 들게 한 은혜는 사랑의 배신과 상쇄되고도 멀리 남는 진리를 몰랐던 지난날을 이 순간 남김없이 청산하였나이다.

이제 나는 보은할 만한 인간이 되어야 할 뿐이외다. 보은할 만한 인

* 고양이과 동물인 '시라소니'를 연상시키는 언어유희임.
** 어떤 시간의 단위로도 계산할 수 없는 무한히 긴 시간. 하늘과 땅이 한 번 개벽한 때부터 다음 개벽할 때까지의 동안.

간이라야 은인에게 보은을 하게 되고, 남의 부모 자녀 국민으로도 책임을 다할 수 있는 인간, 곧 인간적 사명을 완수할 수 있는 완성된 인간이 되는 것이 아니오리까?

그러므로 나는 보은할 만한 완전한 인간이 되기 위하여, 남을 모두 구제하기 위하여 미래세가 다하고 남도록 정진과 노력의 쌍수雙修*적 길, 곧 인생의 정로正路**로 정로로만 매진할 것이외다.

그리하여 구경究竟은 갈 길과 가는 사람이 하나로 화하고, 받고 주는 상相이 끊어져야 유위有爲의 생활, 곧 현실에서 무위락無爲樂을 얻은 대자유인이 될 것이 아니오니까.

— 『청춘을 불사르고』, 문선각, 1962.

* 양 측면 모두에서 노력함.
** 바른 길.

오직 '나'와 '나의 마음'만이 존재할 뿐

_김우영

1. 한 잎[一葉]의 노래

나의 노래

나는 노래를 부릅니다

듣는 이만 행복될 님이 가르치신 그 노래를 부릅니다.

뭇사람이 욕심 때문에 울부짖는 거리에서 나 홀로 목청껏 부릅니다.

그러나 사람들이 떠드는 잡소리에 눌린 나의 노래는 흐린 날에

연기처럼 엉—기다가 쓰러집니다.

더구나 세속에 맞지 않는 나의 노래가 그들의 반향을 어떻게 바라겠

습니까.

밑 빠진 항아리에 물 길어 붓는 여인과도 같이

그래도 그래도 피나게 부를 뿐입니다.

영겁永劫에 흐르는 빗물이 땅을 적시고도 남아 바다를 채우듯이

세세생생世世生生에 끊임없이 부르는 나의 노래는 대기에 차고도 남아

* 이 글은 필자의 석사학위 논문 「김일엽 문학과 자아의 의미」(서울대학교 국어국문학과 석사학위 논문, 2008)를 수정 보완한 것임을 밝힌다.

삼천대천세계三千大千世界에 넘칠 테지요.

그때 나의 노래는 막는 귀틈으로까지 스스로 스며들게 될 테이지요.

김일엽은 한국문학 미명微明의 시기, 또 여성 문학 미명의 시기, 일엽
一葉이라는 필명이 환기하는 외로운 길을, 당당히 걸어나간 근대 문인이
라 할 수 있다. 김일엽으로 인해 한국 근대 여성 문학사는 첫 페이지를
열어젖힐 문인을 얻게 되었으며, 한편으로 수준 높은 종교 문학의 가능
성을 보여줄 수 있게 되었다.

김일엽 문학 활동이 의미를 지니는 이유는 무엇보다 그의 삶과 글이
갖는 진정성에 있을 것이다. 그는 늘 자신의 삶의 주인이자 주체이고자
했으며 자신의 삶의 문제를 문학 속에서 풀어내고자 했다. 문인, 기자이
자 여성운동가로 다양하게 활동하다가, 또 비구니의 삶을 택한 것 모두
이런 자신의 삶의 선택의 과정으로 봐야 할 것이다. 김일엽과 함께 주목
받았던 1기 신여성들(나혜석·김명순)이 순탄치 않은 개인사의 질곡 안에
서 문단 활동을 지속해나가기 어려웠을 때도, 김일엽만은 그러한 개인적
몰락의 위험에서 벗어나 비교적 안정된 삶을 마칠 수 있었던 이유도 바
로 이 같은 그의 태도에서 비롯한다 하겠다.

자아와 주체의 문제는 자기 성찰의 과정을 필수적으로 요구하기에
그의 작품은 주제가 매우 강렬하고, 이지적인 느낌을 가진 것으로 지적
된다. 특히 이런 주제를 '고백 형식'을 통해 효과적으로 구현해내고 있음
은 주지의 사실이다. 이처럼 작품의 고백적 성격이 두드러짐은, 그가 기
독교 전통에서 자라나* 불교의 테두리에서 생을 마쳤다는 전기적 상황과

---

* 김일엽의 고향인 평남은 전통적으로 기독교 세력이 강한 지역이었다. 아버지 김용겸은 목사로 평남 지역
지부장을 맡은 바 있으며, 당시 다른 사람들에 비해 선구적인 안목을 가지고 있었다. 여성을 포함한 모든
인간을 '독립적인 영혼을 가진 존엄한 존재'로 본 서구 기독교 이념에 힘입어 김일엽은 선진 교육을 접하
는 기회를 얻게 된다. 어려운 집안 형편에도 불구하고 이화학당까지 유학할 수 있었던 것도 이 때문이었다.

도 깊게 연관될 수 있을 것이다. 즉 내밀한 고백의 바탕 위에 주제와 목적의식이 강하게 드러나는 계몽적 성격의 글들은 종교적 글쓰기의 한 전범을 보여주는 것으로도 이해될 수 있다.

주지하듯 고백은 이미 청자를 염두에 두고 있기 때문에 결코 독백이 아니다. 고백은 특정 사건에 대한 인물의 처지를 설명하고, 내밀한 개인의 감정을 직접적으로 발화할 수 있게 한다. 김일엽 소설에서 작품 속 화자의 내면은, 독백이나 대화의 압도적인 '말하기'의 방식을 통해 외부로 발화된다. 발화의 주체는 상대적으로 발화의 기회를 박탈당한 사회적 약자인 여성인 경우가 대부분이며, 김일엽의 경우 전략적 차원에서 그 여성 발화자와 동일시하거나 거리를 두는 모습을 보인다. 이 과정에서 김일엽은 사회적 자아와 그와 일치되지 않는 개인적 욕망들 사이의 여러 모순점들이 충돌하는 양상들을 보여준다. 분열된 자아의 모순점들을 고백이라는 형식을 통해 서사화하면서 자신의 자아상을 확립해가려는 내면 풍경을 보여주고 있는 것이다. 남성 작가들에 의해 대상화된 존재로서의 여성이 아닌, 여성이 자신의 욕망을 직접 발화하게 하는 방식을 선택함으로써 그 발화의 성격은 더욱 강조된다. 따라서 김일엽의 문학에서 고백 형식은 매우 개인적이고 사적임과 동시에 사회적인 성격을 띠게 된다. 이는 불교 관련 글들에서도 비슷한 양상으로 나타난다.

김일엽은 이 같은 자신의 주제 의식을 소위 '비주류적' 글쓰기 양식인 '수필', '논설'의 형태로 발표하고 있어 주목된다. 기존의 문학사적 관점에서는 장르 구분이 모호한 글을 창작한 것은 장르에 대한 인식이 불철저한 것으로 평가되었다. 그러나 수필, 혹은 에세이, 논설이라는 이름으로 묶이는 장르에 대한 그간의 논의들은 김일엽의 수많은 글들에 대한 접근을 좀 더 달리해야 한다는 점을 보여준다. 즉 그의 '비주류적인' 장르의 글쓰기야말로 '경계에서 글쓰기'라는 그의 위치를 단적으로 보여주는 것이다. 특히 전통적으로 여성적 양식으로 간주된 '서간체'를 적극적으로 이용하고 있음이 확인되는데, 가장 사적인 성격의 글인 편지를 통해, 가장 공적인 형태의 발화가 이루어지고 있는 장면은 작가의 전략적 측면에서 눈여겨보아야 할 부분이다.

2. 《신여자》의 발간과 여성 문인의 면모

김일엽이 문단에 처음 등장한 것은 잡지 《신여자》를 펴내면서였다. 일본의 『청탑』*을 의식한 듯한 《신여자》는 편집과 필진을 모두 여성들로만 구성하여 본격 여성 잡지를 표방했다. 물론 재정적 어려움과 생각보다 저조했던 여성들의 투고율, 잡지의 의미에 비해 그리 크지 않은 반향으로 4호밖에 발간하지 못한 채 폐간해야 했지만, 여성들의 발언권과 문단 접근권을 열고자 했던 면에서 선구적인 의의를 가진다.

김일엽이 잡지를 발행하면서 문단에 등장했고, 이후 다양한 매체를 통해 활동한 사실은 중요한 의미가 있다. 사실 김일엽을 비롯하여 나혜석, 김명순 등 1기 신여성 작가들과 이후 여성 작가들은 저널리즘의 순기능과 역기능 모두에 필히 노출될 수밖에 없었다. 김일엽 또한 일생 동안 저널리즘 안에서 지나치게 우상화되거나 가십의 대상이 되었다. 주목할 점은 김일엽이 그때마다 저널리즘의 역기능에 휘둘리기보다 자기 입장에서 이를 최대한 이용했다는 사실일 것이다. 김일엽은 자신이 직접 잡지의 편집 주간이 됨으로써, 혹은 문인 기자로서 여성 문제, 문학 관련 발언

---

* 「진리를 모릅니다」(1971)에서 신여자 집필인들끼리 '청탑회'를 조직해 세미나를 진행했음을 밝힌 바 있다. 주지하듯 '청탑'은 18세기 영국 몬테규 부인이 중심이 된 여성 참정권 운동 모임 '블루 스타킹 소사이어티Blue stocking Society'에서 따온 것이다. 일본의 히라쓰카 라이초가 이를 본떠 '청탑회'를 조직하여 일본 내 여성 운동의 기치를 높인 바 있다.

등을 가장 신속하고 효과적으로 내보냈다. 이를 통해 '여류'가 갖는 희소성을 발판으로 문단 안에서 자신의 위치를 적절히 확보할 수 있었다.

이런 김일엽의 상황을 고려하여 《신여자》 시기, 그리고 문단 초기 작품들을 살펴볼 필요가 있다. 이 당시 작품들은 여성 해방, 여성 개인의 자각을 촉구하는 공통된 주제가 다양한 장르를 통해 변주되는 양상을 보이면서 김일엽 글쓰기의 기원을 보여준다. 이 당시 소설을 포함한 산문 장르의 경우, 자전적 이야기를 바탕으로 한 여성 화자의 고백의 특징이 잘 드러나고 있다. 이들 작품에서 김일엽은 여성이 처할 수 있는 보편적인 여러 상황들과 연관 지어 최소한의 허구적 장치를 설정해 자신을 포함한 여성들의 고민과 문제 상황들을 녹여내고 있다.

김일엽의 첫 소설 작품인 「계시」는 이후 김일엽의 작품 세계의 방향과 관련하여 많은 점들을 시사한다. 다섯 페이지 내외의 짧은 이 작품에서 김일엽 전 작품 세계를 일갈하여 중요한 소재였던 '여성', '죽음과 삶', '종교', '계몽의 필요성'과 '인간 주체의 자각' 같은 고민이 총망라되어 있음이 확인된다. 이 작품은 아들의 죽음을 둘러싼 어머니의 시선을 통해 죽음이 삶에 미치는 절대적 영향력과 이를 벗어날 수 없는 인간 존재의 한계에 대한 작가의 고뇌를 보여준다. 이는 일찍이 부모를 여의고 형제까지 잃어 혈혈단신이 된 김일엽의 처지가 투영된 고민으로 인간 존재, '나'에 대한 고민이 김일엽 문학의 출발점이 됨을 확인할 수 있다. '나'에 대한 천착은 김일엽 문학 세계의 핵심이기 때문이다.

한편 「계시」에서는 아들 인원의 죽음을 슬퍼하다 잠든 김 부인의 꿈에 '너희의 정욕情慾과 생사를 위하여 기도하지 말 것'을 주장하는 백의白衣의 '일위一位 노인'이 등장한다. 개인의 행복을 빌지 말라는 것은 개인적 존재로서만이 아니라 사회 존재로서의 자신을 각성하라는 의미이고, 이는 앞으로 김 부인이 그녀 자신만이 아니라 타인, 나아가 사회를 위한 삶을 살 것이라는 점을 '계시'한다는 점에서 작품의 주제가 가장 극적으로 드러나는 부분이라 하겠다.

「어느 소녀의 사」와 「나는 가오」, 「K 언니에게」, 「청상의 생활」은 여성 화자의 대외적인 발화, 수신자와의 적극적인 소통 의지를 주목할 수 있다. 이들 작품은 서간체 형식을 적극적으로 채택하고 있는 점이 특징이다. 《신여자》 시기 김일엽은 다소 온건한 입장에서 여성해방주의를 주장했는데, 그가 가장 힘주어 주장한 것은 여성도 근대적 교육을 받고 계몽되어 자각하는 존재로 태어나야 하며, '자아'를 발견해야 한다는 것이었다. 「여자 교육의 필요」도 이와 같은 맥락에서 나온 글이다. 서구식 교육의 이념은 일차적으로 계몽을 통한 개인의 소질과 개성의 발현에 있었으며, 이는 김일엽 자신이 이미 경험한 바였다. 김일엽은 전통적으로 여성에게 주어진 '가정'이라는 제한된 범위를 넘어서 타인과의 관계를 통해 외부 세계를 객관적으로 인식한 후 자신의 자아상을 성립해가야 함을 주장했다.

이 과정에서 교육은 여성 자신의 처지를 각성할 수 있는 가장 효율적이고 현실적인 수단이었다. 따라서 이 당시 김일엽의 글에서 자아의 각성, 자아의 유무 여부는 근대 교육의 수혜 여부와 동일시된다. 「어느 소녀의 사」의 '조명숙'은 원치 않는 상대와의 결혼을 강권하는 부모님께 보내는 유서에서 "양위 부모님께서 여식을 학교에 입학시키시던 그때의 마음은 여식으로 하여금 사람 되라고 하신 것이지 사람 되지 말라 하심은 엎드리어 헤아리건대 아니신 듯하오나"라고 말한다. 명숙이 자신의 어머니나 "완롱물玩弄物"로 전락한 두 언니들과 달라질 수 있었던 것은 교육을 받은 것이고, 교육을 받은 자신은 어머니와 같은 구여성이나 언니처럼 교육을 받지 못한 다른 여성들과는 차별성을 지닐 수밖에 없음을 분명히 밝히고 있는 것이다. 여기서 명숙이 다른 여성과 자신의 가장 큰 차이점으로 본인을 자아를 가진 인격체로 차별하고 있음은 주목해야 할 부분이다.

또한 이 소설에서 특히 흥미로운 부분은 명숙이 신문사에도 유서를 보냈다는 데 있다. 즉 혼인과 관련한 자신의 문제를 사적私的 차원의 것이 아니라 사회적·공적 차원의 문제로 제기하고 있는 것이다. 물론 자신의 죽음을 경종으로 삼아 사회의 각성을 이루겠다는 소설 속 명숙의 의도는 다소 소박한 측면이 있는 것도 사실이지만, 한 처녀의 자살을 저널리즘의 파급력과 결합시켜 여성 해방의 한 기폭제로 삼으려 한 작가의 의도는 주의 깊게 살펴야 하겠다.

「청상의 생활」 또한 조혼에 희생된 구여성을 화자로, 그간 자신의 일생을 비판적으로 성찰하면서 자신의 이야기를 교훈으로 발화하겠다는 의지를 내비치고 있다. 특히 편지의 수신자를 일차적으로는 《신여자》의 편집인들, 넓게는 여성 전체로 설정하며 메시지를 다각화하고 있음이 확인된다. 「나는 가오」의 경우, 화자 친구의 연애 관련 이야기를 '우춘 선생'이라고 하는 또 다른 인물에게 편지로 전달하는 형식으로 편지의 내화와 외화를 통해 서술자의 발화 기회를 더욱 확대하는 전략을 사용하고 있다.

논설의 경우 앞서 소설의 주제들과 그 바탕을 같이한다. 자아의 우위에서 타자의 반성과 촉구를 기대하는 것이 논설이라 할 때, 이 시기 김일엽의 논설도 배운 여성의 입장에서 아직 의식이 깨어 있지 않은 여성에 대해 자각을 촉구한다는 점에서는 같은 맥락에 있다. 「《신여자》 창간사」, 「우리 신여자 요구와 주장」, 「먼저 현상을 타파하라」와 같은 글들이 그에 해당된다. 창간사에서는 "무엇 무엇 할 것 없이 통틀어 사회를 개조하여야겠습니다. 사회를 개조하려면 먼저 사회의 원소인 가정을 개조하여야 하고 가정을 개조하려면 가정의 주인 될 여자를 해방하여야 할 것은 물론"이라며 '여성의 해방'과 '개조'가 목적임을 명시하고 있다. 《신여자》와 《폐허》에 발표되었던 글 「먼저 현상을 타파하라」 또한 이 같은 맥락에서 여자도 남자와 동등한 인격적 대우를 받고 사회적 존재로 독립해야 함을, 이를 위해서 무엇보다 실력으로써 자기를 개조하는 일이 급선무임을 주장했다.

이 시기 창작한 시 또한 소설과 마찬가지로, 여성 해방과 자각과 관련한 주제를 상징적인 소재를 통해 선명하게 드러내고 있다. 「《신여자》 서시」, 「알거든 나서라」 등의 작품은 여성의 자각과 개조를 가사, 혹은 시조에 가까운 형식으로 표출하고 있다. 「《신여자》 창간호 서시」에서는 앞으로 《신여자》가 여성의 지위 향상을 위해 선구적인 역할을 할 것이라는 점을 "눈 속에 핀 련", "샘물", "새벽"이라는 상징적 시어로 제시한다. 화자의 결심을 상징하는 시적 상징물인 "련"이 봄이 오기는 여전히 요원한 상황에서 봄을 기다리는 것, 드문히 떨어지는 '샘물'이 '태양을 고대' 한다는 것 모두 동일 선상에 있다. 그러나 시적 화자는 이런 역부족의 현실 상황을 인정하면서도 "어둠 속에 우는 닭소리"라는 강한 상징을 통해 "그래도 아십시오 새벽 오는 줄"이라며 밤—새벽이라는 시간적 필연성에 빗대어 여성 해방적 사회가 도래할 것과 그 시기가 멀지 않았음을 자신한다. 이는 '그래도'라는 부사를 통해 더욱 강화된다.

「알거든 나서라」에서도 '뭘로 변할 줄 모르는 한 조각 구름', '어름 속에 뵈지 않지만 숨겨진 무엇', '처녀'와 같이 상징적인 시어들이 중요한 기능을 하고 있다. '처녀'는 주제를 나타내는 핵심적인 시어로 '구름', '무엇'과 동일 선상에서 이 모두가 가지는 긍정적인 의미를 포괄함과 동시에 시적 의미를 확장한다. 시적 화자는 청자를 향한 강한 명령조의 말을 통해 자신의 우월적인 위치를 내보인다. 이런 강한 명령조는 후렴구인 "네가 아느냐"와 같이 자신감 넘치는 질문과 함께 제시된다. 이런 과

감한 질문은 사실 '비파'를 가지고 있는 여성 존재의 잠재성에 대한 시적 화자의 강한 자신감에서 비롯된 것이다. 이러한 자신감의 원천은 화자가 '처녀'의 잠재력을 '알고' 있고 이를 알리려 하는 계몽적 자아라는 점에서 비롯한다.

《신여자》 4월호 「서시」와 「봄의 옴」의 경우 앞서 시에서 드러난 여성 존재에 대한 긍정을 생명 전체로 확대하고 있음이 발견된다. 4월호 「서시」에서의 "다 같이 부르는 생의 노래"라는 표현이, 「봄이 옴」에서는 "하늘이 내리신 조화의 원칙 다 같이 우리게 생을 줌일세"라는 부분이 이에 해당된다. 「서시」에서 온 세상을 차별 없이 비춰주는 "아침 달"처럼 "생의 노래"로 대별되는 자유와 평등의 사상은 모두에게 공평하고 평등한 것으로 이는 "달콤한 화향花香"이라는 결실로 이어진다. 자연과 인간, 남과 여를 구별하고 그것을 차별로 연결시키는 것은 "악마의 무리"가 하는 일인 것이다. 봄의 결실을 기뻐하는 것에서 나아가 그러한 평등한 생명의 기운을 자각하고 평등한 새 세상을 향한 적극적이고 능동적인 참여를 촉구하는 것으로 시적 확장이 이루어지고 있음을 알 수 있다.

물론 김일엽이 이 시기에 주장이 뚜렷한 논설들만 실은 것은 아니었다. 논설과 수필, 소설의 경계를 쉽사리 나눌 수 없는 작품들도 있고 서정적인 정서가 드러나는 시, 수필도 창작했다. 「춘의 신」의 경우 봄을 "통통히 살진 몸", "고운 머리", "미소하는 입" 등의 이미지들로 여성의 신체로 의인화하여 감각적인 묘사로 대상을 생동감 있게 표현하고 있다. 또한 낙관적인 세계관에 바탕하여 자연과 인간을 융합시키려는 이미지들을 풍부하게 구현하고 있다.

주지하듯 이 시기 시 작품들이 가부장적 이데올로기와 모순적 여성 현실에 대한 직접적 고발의 형식은 아니다. 기존 연구들에서 지적되고 있듯 여성성에 대한 시인의 존재론적 자각은 작품의 이면에 암시적으로 제시되어 있을 뿐 시 텍스트의 표층으로 분출되어 나타나지는 않는다. 새로운 시대의 도래를 봄의 이미지와 연계시키는 등 다소 추상적으로 표현할 뿐이다. 시적 상황이 구체성을 띠고 이미지화되는 것은 이후의 일이지만, 이 시기 시의 간결한 구성과 메시지, 형식미는 이후 선시禪詩와도 연관된다는 점에서 주목할 수 있다.

한편《신여자》에는 인간 개체의 주체성과 자아의 발견을 주장하는 김일엽의 급진적인 모습과 함께 이런 경향으로 수렴되지 않는 모순점들이 발견되는데 이는 사회적 개인으로서의 자아를 확립하고자 했던 김일엽의 이상이 현실적 조건하에서 기존 사회의 질서와 어떻게 조화를 이루고 또 굴곡되는지를 보여준다. 따라서 남성의 영향을 받지 않는 여성만의 힘으로 만드는 잡지를 표방했음에도, 근본적인 경제 문제를 해결하지 못하고 남성의 자본에 의존했기 때문에 남편과의 이혼이《신여자》의 폐간으로 이어지는 아이러니한 상황이 발생하게 된다. "정신상의 굴복은 물질상의 굴복에 반伴하는 것임"을, 그러기에 "완전히 정신상의 자유를 얻고자 하면 반드시 또 물질상의 자유를 얻지 않을 수 없"다는 「우리 신여자의 요구와 주장」의 주장은 현실에서 실현되기 어려웠다.《신여자》의 폐간은 여성의 능력과 의사가 있어도 물적 토대를 수반하지 않으면 현실적으로 어려움을 겪을 수밖에 없다는 점을 보여주었다.

3. 개인적 고백의 사회화와 문제의식의 심화

《신여자》폐간 이후 김일엽은 이전 온건했던 입장에서 탈피하여 더욱 적극적인 면모를 보여주게 된다. 앞선 시기와 비교해서 좀 더 과감해진 그녀의 생각은 다른 신여성들과의 논쟁을 통해서도 부각되는데 나혜석

과의 '부인 의복 개량 논쟁'이 대표적이다. 김일엽은 1921년 9월 10일부터 14일까지 전부 4회에 걸쳐 《동아일보》에 발표한 「부인 의복 개량에 대하여」에서 의복의 3대 조건으로 위생, 예의, 자태를 들면서 여성 의복 개량안을 제시한다. 김일엽은 전통 의복이 "허리로 가슴을 동이는 것이야말로 진실로 사람의 생명을 빼앗는 무서운 여러 가지 병의 원인"임을 지적하며 이를 맹렬히 비판한다. 즉 여성 육체의 편의와 실용성을 위해서 미美는 다소 부차적인 것이며, 따라서 개량될 의복은 이 같은 점을 가장 고려해야 한다는 것이었다. 이 당시 발표한 다른 글들에서도 여성 본위의 다소 급진적인 주장을 내세우고 있음이 확인된다.

1922년 『노라』의 발문에서 김일엽은 당시의 시기를 아직 "밝아오는 새벽빛은 동창에 환하게 비쳤건마는 그네들은 아직도 깊이 든 잠이 깨일락이 멀었습니다"라고 진단한다. 이어 앞으로 "무수한 노라가 쏟아져 남을 충심으로 바란다"라고 말한다. 주지하듯 여성해방론의 상징인 노라는 남편과 아이를 버리고 가정을 뛰쳐나온 인물로, 김일엽은 노라의 선택을 옹호하는 발언을 통해 가정 밖에서도 사회의 일원으로서 자신의 자아를 확고히 하는 독립적 여성이 되어야 함을 강조하고 있다. 당시 이혼한 상태였던 실제 그의 처지와도 겹쳐져 그 발화는 더욱 진정성을 얻게 된다.

숱한 논란을 불러일으킨 정조론과 관련한 생각도 이 시기에 구체화된다. 김일엽은 「우리의 이상」에서 '신정조新貞操 관념'을 처음 주장한다. "정조는 결코 도덕도 아니요 단지 사랑을 백열화시키는 연애 의식의 최고 절정"이라며 '정조'를 "처녀의 기질이라면 남자를 대하면 낯을 숙이고 말 한마디 못 하는 어리석은 태도가 아니고—정조 관념에 무한 권위 다시 말하면 자기는 언제든지 새로운 영과 육을 가진 깨끗한 사람이라고 자처하는 감정"이라고 새롭게 정의하면서 "사랑 없이 함부로 육肉에만 빠지는 것" 또한 경계하고 있다. 이어 《조선일보》에 「나의 정조관」을 발표하게 된다. 이 글은 앞서 「우리의 이상」과 마찬가지로 당시 여성의 정조, 특히 육체적 순결에만 집착하던 남성들과 그런 남성들의 시선과 내면적 규율로 인해 억압받던 여성을 비판하고 있다.

김일엽은 「우리의 이상」에서 여성의 정조에서 육체성을 배제하고 정신적인 것으로 위치시킴으로서 육체와 정신의 분리를 시도한다. 또한 기존 구질서에서 정조를 "마치 어떤 보옥으로 만든 그릇이 깨어져서 못쓰게 되는 것"으로 본 고정성을 부정하고 그 현재성과 유동성을 지적한다. 이렇듯 김일엽의 '신정조론'의 특징은 육체성으로서의 여성 성욕을 심리적·정신적 차원으로 초월해버렸다는 점에 있다. 김일엽이 여성 성욕의 문제를 '마음'이라는 심리적 차원에서 논의하고 있다는 점에서 그가 성욕과 여성 주체의 문제를 결부시키기에는 당대의 시대적 한계를 넘어선다는 것이 역부족이었음을 의미한다는 지적도 있으나, 이를 정신적 측면의 우월성을 강조했던 김일엽 사상의 특수한 측면으로 보는 것이 보다 타당할 것이다. 김일엽에게 있어 정조의 문제는 육체의 발견이 아니라 정신적이고 플라토닉한 사랑의 의미와 관련이 더 깊다. 따라서 정조관에서도 마음, 정신의 문제를 더욱 중요시하는 김일엽의 유심론唯心論적 특성이 드러난다. 「사랑」은 이런 신정조관을 소재로 낭만적 여성론이 어떻게 귀결하고 있는지를 보여준다. 아내의 부정을 의심하며 '사랑의 육체성'에 의문을 제기했던 남편이 부인의 정조 관념—신정조관에 입각한—에 대한 이야기를 듣고 자신의 무지함을 반성한다는 면은 물론 다소 이상화된 측면이 있으나 당시 김일엽의 정조관을 잘 보여주는 장면이라 하겠다.

여성의 정조에 관한 문제의식은 이후에도 지속된다. 1932년 2월《삼천리》의 대담 「정조 파괴 여성의 재혼론」에서 재혼한 여성에 대한 편견이 비합리적임을 지적하면서 "처녀 비처녀의 관념을 양기하라"고 주장한다. 불교를 접한 이후에도 신정조론에 대해 "도덕이라는 것도 절대가 아니요, 정조라는 것도 육체의 정淨 부정不淨을 논할 것이 아니니만큼, 정신적으로 이성異性의 그림자까지 아주 청산된다면 개조 처녀를 얼마든지 창조할 수 있는 것이 자유를 가진 인간"이라는 것이었다. "스스로 처녀로 재귀再歸할 수 있는 인간이면 어떤 난관이라도 극복하고 새로 생활을 창조할 만한 큰 용기를 가진 인간이라고 혼자서의 신新정조관을 주장했던 것"*으로 회상한다.

물적 토대를 마련하지 못해 《신여자》를 폐간하게 된 이후 김일엽은 여성이 사회적 개인으로서 자아를 실현하기 위해서는 우선 경제적으로 독립해야 한다는 점을 절감하고, 이를 위해 현실적으로 직업을 가져야 한다는 생각에 이른다. 따라서 이 당시 자신의 자아의 특성을 구체적으로 예술성과 창조성을 지닌 문인으로 규정하고, 문인으로서의 강한 자의식을 가지게 된다.

1924년 8월 《신여성》에 발표한 글 「인격 창조에」에서 김일엽은 지난 1년간 자신에게서 문인의 특성을 발견했다는 점을 강조하고 있다. 여기서 특히 남성 작가와 차별되는 여성 문학가로서의 자의식을 가지는 부분은 섬세히 살펴볼 필요가 있다. 진정한 예술이 순수한 "미美와 사랑의 정조情調의 창조"에 있음을 명시하면서 "여성은 가장 적당한 예술적 기질을 가졌다"는 주장은 작품의 주제 의식뿐만 아니라 표현 방식까지 염두에 두고 있다는 점과 여성 문학가로서의 특수성을 발견하고 있다는 점에서 주목된다. 남성 작가들과 달리 여성 작가들이 어떤 장점을 지니는지를 정확히 파악하고 있다는 점에서 여성 문인과 여성 문학가의 작품을 바라보는 선구적 시선이 발견된다.

| * 김일엽, 「울지 않는 인간」, 『청춘을 불사르고』, 문선각, 1962, 225쪽.

김일엽 자신이 문인이라는 자의식이 강해지면서 그의 작품 세계에도 다소의 변화가 생기는데, 지나친 계몽성이 약화되면서 개인의 심리나 상황 자체를 치밀하게 묘사하는 경향이 나타나게 된다. 소재 차원에서는 별반 다를 것이 없더라도 작품의 초점이 인물의 내면 상황으로 옮겨 가면서 새로운 가능성을 보여주게 된 것이다. 작품을 둘러싼 변화는 이미 1921년 6월 발표한 「혜원」에서 드러난다. '혜원'은 김일엽과 마찬가지로 "투철한 문재文才"가 있어서 "애련의 정조情調를 술술 거침없이 쓰는" "조선 신문단의 유일한 여류 작가"로 평가받는 인물이다. 혜원은 한때 청년 문사와 사랑에 빠졌다가 그에게 배신당해서 정신 이상까지 갔지만 회복한다. 혜원이 실연의 고통에서 벗어날 수 있었던 것은 무엇보다 "예술이라는 데 발을 들여놓기로" 결심했기 때문이다. 물론 혜원 자체가 앞서 김일엽 소설 속의 여느 여성 인물들과 마찬가지로, "여자의 인격을 무시하고 자유를 빼앗는 무지한 남자에게 시집가서 현모양처라는 미명하에 부속물 완롱물이 되어 한갓 온공유순溫恭柔順을 주장하는 노예적, 기계적 생활을 하며 호의호식하는 것이 도리어 자유 천지에서 거지 노릇하는 것만 같지 못하다"라는 주체적 삶의 의지를 가진 인물이었기에 가능한 것이었다. 작가는 혜원이라는 여성 인물이 과거의 상처를 극복하고, 새로운 가능성을 찾아가는 과정을 차분히 그려내면서, 이 과정에서 혜원이 '문인'으로 자신을 재발견하는 모습을 비중 있게 다루고 있다.

김일엽의 대표작으로 평가되는 「자각」은 구여성이었지만 '자각'을 통해 신여성으로 거듭나는 주인공 '순실'의 고백을 통해 여성의 자각과 자아실현의 측면을 적절히 형상화하고 있다. 김일엽의 소설 중 주제와 그 형상화가 일정 수준에 도달해 있다고 평가받는 이 작품에서 김일엽은 모성마저 포기하고 신교육을 통해 자신을 바꿔나가는 주인공 순실은 통해 여성의 자각에 대한 자신의 생각을 효과적으로 그려내고 있다. 특히 순실은 남편의 외도로 인해 자신의 처지를 자각한 후 개화하여 신여성이 되는 구여성으로, 처음부터 신여성이 아니었다는 점은 주목을 요한다. 이 서간체 소설을 수신할 독자들의 범주도 달라질 수 있기 때문이다. 「자각」보다 앞선 시기에 발표한 서간체 소설들의 수신자는 대부분 자신과 같은 처지에 있는 신여성을 염두에 둔 것이었다. 그러나 「자각」의 수신자는 오히려 그러한 신여성의 대타항으로 설정된 구여성일 가능성이 크다. 구여성이었으나 가정의 울타리를 박차고 나와 자신의 삶을 개척하는 주인공의 모습을 보고 가장 자극을 받을 사람은 구여성일 것이기 때문이다. 게다가 "허영심이 많고 아는 것도 없이 건방지고 고생을 견디지 못하는 여학생들"에서 보듯 신여성은 오히려 부정적인 이미지로 그려지고 있다. 따라서 이 작품은 그동안 자신과 같은 신여성의 대타항으로 생각했던 구여성들의 처지에 대해 공감하고 연대감을 표현하는 변화된 심리 상태를 보이고 있다는 점에서 주목된다. 주인공이 새롭게 태어나고자 노력하는 것에 힘을 실어주는 이도 친정어머니, 즉 구여성이라는 점도 같은 맥락에서 시사하는 바가 크다.

김일엽 작품이 화자의 '고백'을 기본으로 하고 있음은 이미 확인한 바 있다. 이는 특히 《신여자》 이후 문단 활동에서 더 두드러지게 되는데, 이는 이노익과의 이혼 후 세상에 좀 더 노출되면서 이를 작품의 영역에서 풀어낼 수밖에 없었던 김일엽의 개인사와 밀접한 관계를 지닌다. 따라서 고백의 강도는 예전에 비해 더 강렬하며, 최소한의 소설적 장치만을 지니고 있어 '자전적 소설'이라는 측면에서 논의될 가능성이 있다. 김일엽은 이들 작품에서 자신의 삶을 문학적 동력으로 삼아 자신의 내면을 고백하고 이를 외부로 발화하며 객관화시키려 시도했다.

1927년 《문예시대》에 발표한 「단장」은 이러한 고백의 전통에서 특이한 위치를 차지하고 있는 작품이다. 우선 이전 작품들과 달리 고백의 주체가 남성이다. 주인공 '나'는 자신과 교제하던 여자가 자신의 아이를 가졌음을 알고서도 그들 모자를 받아들이지 않고 외면함으로써 그들 모자를 죽음으로 내몬다. 작품 속에서 친구를 만난 그는 비통한 목소리로 자신의 무능력과 우유부단함을 뼈저리게 반성한다. 사실 주인공의 이런 고백은 김일엽을 비롯한 여성들이 들었어야 할 말로, 김일엽은 상대자의 입장을 통해 일종의 대리 만족을 가능케 한 것이다. 또한 화자와의 동일시보다 오히려 등장인물의 상대자와의 동일시를 통해 시점의 다양화, 객관성을 높이고자 했던 의도를 읽을 수 있다.

이혼 후 두 번째 도일 당시 임노월과 내밀한 관계를 유지하던 김일엽이 귀국 후 임노월이 유부남이라는 사실을 알게 되면서 둘의 관계는 파탄을 맞게 된다. 게다가 임노월은 심성이 나약하고 우유부단하며 끊임없이 사랑을 갈구하고 확인받고 싶어 하는 성격의 인물로 의연한 김일엽에 비해 유약하기 그지없었다. 이 둘의 관계는 「사랑」에서 아내의 정조를 끊임없이 의심하는 임노월이 투영된 남자 주인공과, 김일엽이 투영된 듯 보이는 정신적 정조의 우월성을 주장하는 여성 주인공의 모습에 대한 묘사에서도 드러난다. 게다가 임노월이 가진 죽음에 대한 동경, 악마주의는 김일엽이 가진 이지적理智的 성격과 모순을 빚게 된다. 이런 그들의 결별의 한 모습을 보여주는 작품이 「헤로인」이다. 허구적 장치로 위장한 소설의 형식을 빌려 발표했으나 이후 「청춘을 불사르고」에서 그들 둘의 얘기라는 점이 다시 확인되는 이 자살 시도 사건에서 둘의 지향점이 얼마나 다른지가 확연히 드러난다. 음독자살을 시도하며 영원한 사랑을 이루기를 꿈꾸는 남성에 비해, 김일엽으로 대변되는 작품 속 여성 인물은 약을 바꿔치기 하고 그 상황을 모면한다. 김일엽의 분신인 여성은 '살아서 많은 일들을 할 수 있음에도 죽음을 선택하는 것은 어리석은 일'이라고 여긴다. 해프닝으로 끝난 '정사情死' 사건을 회고하는 이 작품에서 당시 자신의 내면을 객관적으로 재구성하려는 김일엽의 시선과 마주할 수 있게 된다.

이즈음 《불교》 활동을 통한 백성욱과의 만남은 김일엽에게 새로운 가능성을 열어주었다. 김일엽은 그와의 만남에서 사랑의 낭만성뿐만 아니라 민족적 지향성과 명분을 모두 얻었다고 여겼다. 김일엽은 백성욱과의 관계에서 불교에 대한 수준 높은 가르침을 얻었을 뿐만 아니라 자신이 생각했던 낭만적 사랑의 이상을 경험하게 된다. 그러나 불교학자인 백성욱과 김일엽의 결합은 많은 난관을 가질 수밖에 없는 것이었으며, 홀연 백성욱이 금강산으로 떠나면서 관계는 파탄을 맺게 된다. 김일엽은 이로 인해 상당한 충격을 받게 되고 백성욱과의 만남과 결별을 소재로 한 작품을 남기게 된다.

「희생」, 「X 씨에게」, 「애욕을 피하여」와 같은 작품에서 백성욱과의 만남과 결별의 모습이 조금씩 변주되고 있음을 발견할 수 있다. 이들 작품들은 관계의 파탄을 슬퍼하는 한편, 그럴 수밖에 없었던 상황의 내적 논리를 스스로 만들어서 자신을 합리화하는 과정을 보여준다. 이는 김일엽이 백성욱에게서 어떤 납득할 만한 논리를 설명받지 못했던 것이 가장 큰 이유가 된다. 이 과정에서 사랑하는 여성으로서의 자아와 김일엽 자신의 존엄성을 지키려는 자아가 충돌하고 분열하는 양상이 포착된다. 이런 어긋남과 분열에 주목함으로써 이 당시 김일엽의 내면을 엿볼 수 있게 된다.

'동무가 어떤 이성에게 보내는 편지 그대로 전재함'이라는 부제가 붙은 「X 씨에게」의 경우 서간의 목적인 특정 수신자에 대한 발신자의 메시지 전달에 가장 충실한 작품이다. 그리고 백성욱과의 결별을 소재로 한 일련의 작품들 중 김일엽의 내면이 가장 진술하고 솔직하게 담겨 있다. 이것이 가능할 수 있었던 이유는 우선 부제에서 보듯 '동무'라는 허구의 장치 속에 김일엽 자신을 숨겼기 때문이다. 이 작품은 불특정 다수가 보는 잡지에 실어 수신자로 백성욱을 겨냥함으로써 소통의 욕망을 극대화하고 있다. 사건이 일어난 시기와 고백의 시기가 가장 짧은 이 작품에서 김일엽은 백성욱과의 관계를 반추해보면서 '연애'의 감정을 다시금 환기하고자 한다. 게다가 김일엽의 분신인 작중 화자는 "될 수 있으면 결혼하였으면……"이나, "이 제도 안에서는 여자는 어쩌는 수 없이 경제적으로 남자를 의뢰하게 되는데 나 혼자서 생활할 다른 도리도 없고 그렇다고 보기 싫은 사람을 생활 때문에 따를 수는 더욱이 없고"에서 보듯, 평소 자신의 대외적인 발화와는 대별되는 개인적인 욕망을 숨기지 않고 있다. 애정 없는 가정생활에 불만을 가져서 이노익과 이혼하고, 당시 여성들에게 가정의 굴레를 벗어나기를 종용했던 신여성으로서의 대외적인 페르소나와는 모순되는 이 장면에서 당시 김일엽의 내면 한편에 자유연애를 통한 사랑의 완성과 '스위트 홈'에 대한 갈망이 자리 잡고 있었음을 확인하게 된다. 그간 자신의 주장과는 사뭇 다를 수 있는 이런 말들을 최소한의 허구 장치에 숨긴 채 드러냄은 그만큼 절박한 당시 김일엽의 처지를 방증한다.

김일엽은 백성욱과의 만남에서 자신의 자아에 대한 의심을 품게 되었으며, 자신의 마음을 자기 의지대로 조절할 수 없음을 절감할 수밖에 없었다. 연애 과정에서 자기가 그토록 찾고자 했던 자신의 자아가 흔들리고 영향받는 모습들을 목도했으며, 낭만적 사랑이 가지는 모순성에 직면하게 된 것이다. 따라서 김일엽은 이 당시 접하고 있던 불교 가르침들을 통해 이를 타계해나가려는 모습을 보인다. 또한 이런 내면적 성숙함을 바탕으로 외부로의 현실 감각 또한 유지하려는 모습이 나타나면서 창작 경향에서도 변화가 목격된다. 이 당시 시의 경우에도 청자 지향적인 메시지에 치중하였던 초기 시와 달리 내면으로 파고드는 화자 지향적 독백의 어조가 발견되며, 소설 작품의 경우에도 새로운 필치가 포착된다.

짧은 작품임에도 「자비」를 주목해야 하는 이유도 이 같은 맥락에서다. 이 작품은 1930년대 당시 삶의 터전을 잃고 낯선 곳으로 이주해야 하는 유랑민들의 이주 과정을 다루고 있다. 유랑민들을 그려내는 작가의 시선은 연민에 차 있으면서도 매우 세밀하고 사실적이다. 이 작품에서 기존 김일엽 소설의 특징으로 지적되었던 작가의 생경한 계몽의 목소리는 거의 발견되지 않는다. 먼 곳에 염전이 생겼다는 소식을 듣고 벌이가 좋은 그곳을 찾아가는 중인 이들 유랑민의 집단 이주는 개인적인 차원의 것이 아니라 사회적 차원인 것이다. 이 당시 사회적 문제가 되었던 자작농들의 고향 이탈 현상의 원인을 짚으면서 그들 생활의 처참한 단면을 묘사해냄으로써 독자들의 문제의식을 끌어내고자 했던 것이다. 따라서 김일엽의 작품이 엘리트 여성의 현실 괴리적인 작품 활동이라는 기존의 평가가 문단 활동 초기 시기 몇 작품에 한정되어 있을 뿐이라는 점을 확인할 수 있다. 작품 중간에 삽입된 시 또한 이런 작가 의식을 더욱 심화한다. 하염없이 길을 걷던 유랑민들이 숙식을 부탁할 수 있을 만한 큰집을 발견하는 것으로 끝맺고 있는 이 작품은 다음 연재에서 작가의 사실주의적인 필치를 기대하게 하지만 이후 연재분이 발견되지 않는다는 점이 큰 아쉬움으로 남는다. 그러나 이 짧은 작품만으로도 기존 김일엽의 작품에서 과잉이라고 지적된 생경한 교훈적 어투나 현실성이 떨어진다는 비판을 다소 불식시킬 수 있게 된다.

「50전 은화」 또한 같은 맥락에서 흥미로운 작품이다. 주인공 '수명壽命'은 운 좋게 겨우 벌게 된 50전 삯을 친구인 '만갑萬甲' 앞에 내보이다 그 은화가 개천으로 떨어져 버리면서 꿈꾸던 모든 계획이 물거품으로 돌아가 버리고 만다. 한 도시 빈민 노동자의 삶을 묘사하는 김일엽의 시선은 매우 날카롭고 정교하다. 특히 하루 벌어 사는 수명이 번 돈을 자랑하다가 개천으로 흘려버리는 웃지 못할 상황을 삽입함으로써 그들 상황의 비극성을 더욱 고조시키고 있다. 여기서 수명, 만갑이라는 이름은 그들의 비참한 생활과 대조되어 아이러니를 더욱 심화시킨다. 또한 수명과 밥상을 같이하면서도 다음 끼니 걱정으로 동상이몽하고 있는 수명 처의 내면을 번갈아 보여주면서 비극성은 심화된다. 김일엽은 한 사건을 둘러싼 인물들의 내면을 효과적으로 병치시키면서 도시 하층 근로자들의 삶의 비극성을 강조하고 있다. 이 작품에서 김일엽은 사건과 인물의 내면을 다루는 과정에서 단편소설의 묘미를 한껏 살려내는 성숙함을 보이고 있다.

이 시점에서 출가 전 글인 「사회상의 가지가지」를 주목할 필요가 있다. 김일엽 자신이 자신의 변화된 문학관에 대해 직접 발화하고 있기 때문이다. 김일엽은 "이 세상에서 일어나는 사실을 교묘하게 채집하여 교묘한 붓끝으로 살려놓아서 사람에게 좋은 교훈도 되고 지도자도 되고 위로도 되게 하는 것이 문인의 직무인가 한다"며 실제 사건들을 소재 삼아 '산 소설'을 만들겠다고 다짐한다. 이런 그의 말에서 현실과 밀착된 작품을 창작하겠다는 그의 의지를 읽을 수 있다. 특히 그들에게 찾아와 하소연하는 인물들은 며느리와의 갈등을 토로하는 시어머니, 자식을 잃은 친구, 남편의 문제점을 토로하는 친구 등 자기 목소리를 내지 못하는 사회적 약자, 특히 여성이 대부분이다. 물론 이 글에서도 '좋은 교훈', '지도자'와 같이 사회 개혁에 대한 작가의 강한 의지가 드러나는 것이 사실이지만, 이 또한 허구적 장르인 '소설'로 만들어보겠다는 의지를 표명하고 있어 이후 김일엽 작품의 변화를 기대하게 한다. 그러나 이런 변화된 주제 의식을 다른 작품들을 통해 펼쳐 보이기 전에 김일엽은 또 한 번 인생의 전환기를 맞게 된다.

4. '무아無我'의 발견과 구원의 가능성

김일엽은 1933년 덕숭산 수덕사로 입산한다.* 일체의 모든 욕망을 끊
겠다는 단호한 의지대로 이후 그는 매체에 간간이 불교 관련 글들을 발
표할 뿐 세속과 철저히 거리를 유지했다. 그러던 그가 30여 년간의 침묵
을 깨고 1960년 『어느 수도인의 회상』과 1962년 『청춘을 불사르고』의 수
필집을 펴내며 문단에 복귀했을 때 반응은 실로 뜨거웠다. 물론 김일엽
이라는 인물 자체가 갖는 상징성—신여성, 이혼과 재혼 반복, 출가—은
대중이 관심을 가질 만한 통속적 코드를 갖고 있었던 것이 사실이다. 그
리고 김일엽 또한 자신에 대한 저널리즘의 이런 관심을 불교 포교의 방
편으로 삼기도 했다.

그러나 지금 이 시점에서는 그의 수필집이 지금까지도 여러 종교인
들에 의해 면면히 이어지고 있는 한국적 종교 글쓰기의 계보와 그 지속
이라는 측면에서 그의 종교 관련 작품들을 음미해볼 때라 하겠다. 특히
그의 수필은 '붓 가는대로'의 수준을 넘어 불교 교리에 대한 자신의 철학
을 지난 자신의 세월을 발판 삼아 대중에게 전달하고 있음을 알 수 있다.
또한 종교인이라면 가지고 있을 성聖-속俗의 구분을 스스로 넘어서서 세

---

* 김일엽이 출가한 곳이 수덕사였고, 스승으로 만공선사를 모셨다는 점에 주목해야 한다. 김일엽은 1923년
만공선사의 법문을 듣고 크게 발심했던 사실을 밝힌 바 있다. 만공선사는 여산 송씨로 속명은 도암道岩이
고 휘는 월면月面이며 법호가 만공滿空이다. 1817년 3월 7일 전라북도 태인군 태인읍 상일리에서 출생하
여 13세 나이로 계룡산 동학사에 몸을 의탁하였으며 14세 되던 때 경허를 만나 서산 천장사에서 경허를 계
사로 하여 사미계를 받고 득도得度했다. 23세 되던 1893년 "만법귀일萬法歸一 일귀하처一歸何處"를 화
두로 삼아 수련하기 시작했고 1904년 7월 경허로부터 '만공'이라는 호를 받게 된다. 이는 경허가 만공을
조선 불교의 법통을 이을 인물로 인정했음을 의미한다. 이후 만공은 1905년부터 덕숭산 금선대에 정착한
후 1946년 10월 20일 입적할 때까지 40여 년에 걸쳐 수덕사, 정혜사, 견성암 등을 중창하면서 선풍을 떨쳤
으며 덕숭산문을 확립했다. 특히 일제 말기에는 만해 한용운과 함께 일제의 불교 침탈에 맞서 한국 불교를
지켜내려 힘썼다. 당시 한국에 잊혀 있던 선불교 사상을 부흥시키고, 비구니들의 절인 수덕사 견성암을 설
립하여 한국 선불교의 중흥을 꾀했던 인물이다. 또한 일본 영향 아래 왜색화되어 가는 당시 한국 불교의
문제점을 지적하면서 특히 승려의 육식과 혼인에 대해 매우 강력히 비판했다. (정성본, 「만공선사의 생애
와 선사상 연구」, 『한국불교학』 제22호, 1997년 봄, 114~199쪽)

속의 세계와 적극적으로 소통하고자 한 의지를 보였다는 점에서도 의미가 깊다.

묵언수행 전통과 '불립문자不立文字'라는 말에서 보듯 언어의 한계를 절감하는 불교에서 비록 그것이 문학적인 것이 되었다 하더라도 허구의 양식을 사용하여 글을 짓는 것은 장려되기 어려운 것이 사실이다. 따라서 관조와 수행으로 얻은 깨달음을 바탕으로 한 짧은 글과 시가 불교 문학의 대부분을 이루어왔다. 덧붙여 수도승이 설법이 아니라 인쇄 매체인 책을 통해 일반 대중과 소통하는 것은 그 기원을 따져보아도 사실 그리 오랜 전통을 지닌 것은 아니다. 이런 한국 불교의 분위기에서 수도승의 입장에서 언론과 출판 매체를 통해 대중과 소통을 시도한 김일엽의 행보는 주목할 만하다. 한문의 형태로 내려오던 선문학禪文學이 한용운에 이르러 비로소 근대화의 옷을 입었고 그 명맥을 김일엽이 잇고 있다고 평가되는 것이 이 때문이다. 법어法語들의 많은 부분이 수필 형태로 표현되었고 수행 과정의 경지들이 근대적 문학 형태를 빌린 선시禪時나 오도송悟道頌 형태로 나타나기 시작했다는 것은 문학사적으로 매우 중요한 의미를 지닐 수밖에 없는 것이다.*

그가 목사의 딸로 태어나 이화학당과 일본 동경의 영화학교英華學校** 등 기독교계 교육기관을 거친 전기적 사실은 그의 출가를 급작스러운 '단절'로 바라보게 했다. 그러나 김일엽이 1923년경 불교를 접했고, 이후 《불교》의 주요 필진으로 활동한 것 등을 돌이켜 보면 그의 출가가 '단절'이라기보다 오히려 '종교'라는 큰 틀 안에서 일관성을 지닌 것임을 알게 된다. 게다가 그의 회고에 따르면 이미 어린 시절 기독교 신자일 때부터 인간 존재에 관한 의문들이 기독교 안에서 설명되지 않는다는 것에 회의

* 김일엽, '수덕사 환희대' 편, 「편집자 서문」, 『일엽선문』, 문화사랑, 2001, 17쪽.
** 이후 청산학원青山學院으로 이름을 바꿈. 기독교계 미션스쿨로 출발한 학교다.

를 느꼈음을 고백한 바 있다.

김일엽을 가장 크게 매료시킨 것은 불교, 특히 선禪 불교의 경우 자아의 탐구를 핵심 과제로 하고 있다는 점, 주체의 의지를 강조한다는 점이었을 것이다. 이는 다른 종교와의 비교를 통한 글에서도 김일엽이 불교의 특징으로 가장 중요시하고 있는 대목이기도 하다. "일체는 유심조唯心造로서 마음, 곧 달마가 창조주"라는 대승 불교의 가장 중요한 메시지에서 보듯 모든 것이 마음에서 비롯되는 것으로 보고, 따라서 마음을 조절하는 주체인 인간의 의지를 중요시하는 것 또한 김일엽에게 큰 감흥을 주었을 것으로 여겨진다.

김일엽의 불교 문학은 거의 시와 수필의 영역으로 좁혀지는데 이는 선시의 전통과 기독교적 에세이 전통과 맞닿아 있는 부분이다. 김일엽은 이미 1920년대 중반부터 출가 전에 이르기까지 《불교》지의 필자로 활동하면서 자기 상황에 대한 비판적 인식의 깨달음에 관한 시와 글들을 대거 발표했다. 「불문투족佛門投足 2주년에」, 「신불信佛과 나의 가정」 같은 수필 또한 이런 불교적 깨달음의 맥락에서 분석할 수 있다. 특히 1932년에는 한 해에 20편의 시조를 발표하여 인생의 성숙함과 선시의 간결한 미감을 보여주고 있다. 이는 앞서 기존의 시 세계와 확연히 다른 선적禪的 인식이 돋보이고 있는 점이 특징적이다.

「시계추를 쳐다보며」에서는 밤낮없이 왔다 갔다 하는 시계추의 움직임으로부터 인간 존재 자체의 근본적인 존재론을 유추해내고 있다. 덧붙여 반복적인 시계추의 생활을 비웃을 자격이 없음을 지적하며 시간에 대한 인위적 구분, 가고 오는 세월의 흐름에 대한 집착은 무의미하며 우주적 안목을 지녀야 함을 역설한다. 「시계 소리를 들으면서」 또한 이 같은 인간 존재의 한계를 '무상살귀'로 대변되는 유한한 시간의 지배를 받는 존재로 그려내고 있다.

불교 관련 시들에서 '님'이 키워드라는 점도 특징적이다. 「행로난行路難」에서는 부처로 상징되는 '님'에 대한 애정과 숭고한 감정을 표현함과 동시에 쉽게 님을 만날 수 없는 것에 대한 아쉬움을 토로하면서 불법 정진의 어려움을 표현한다. 「님의 손길」도 부처를 '님'으로 형상화하여 표현했으며, 「귀의歸依」 또한 부처를 연인으로 형상화하고 있다. 이와 같이 김일엽의 시는 특히 부처를 연인으로 형상화하는 등 임의 의미가 다층적으로 이해된다는 점에서 한용운의 계보를 잇는 불교시의 면모를 보이기도 한다. 추상적인 존재인 부처를 구체적인 존재인 '님'으로 상정함으로써 불교시가 가지는 현학적인 측면은 많이 완화되고 작가를 비롯한 대중 독자들과 더욱 친밀해지는 효과를 거둘 수 있게 되었다.

이 책에 싣지는 않았으나 「진리를 모릅니다」에 삽입된 「웃음소리」*의 경우는 위 시들을 창작하는 과정에서 얻었음직한 선禪적 깨달음을 세상에 대한 따뜻한 시각과 발랄한 감성으로 잘 표현해내고 있다. 천지를 바꿀 만한 힘이 다름 아닌 웃음소리라는 점에서 낙천적 에너지를 긍정하는 작가의 따뜻한 시선을 느낄 수 있다. 「진리를 모릅니다」에 삽입된 「오도송悟道頌」의 경우에는 이런 웃음이 돈오頓悟의 순간을 보여준다는 점에서 「웃음소리」의 웃음과는 다소 차이를 나타내면서도 깨닫는 순간의 극치를 포착해낸다는 측면에서 공통점이 있다.

김일엽은 출가 이후 무아無我를 체득하게 되었다고 고백한다. 그간 김일엽은 고정불변하는 자아가 자신의 내면에 존재하며, 이는 자신만이 가지고 있는 독특하고 개별적인 것으로 반드시 찾아야 할 것으로 여겨왔다. 그러나 불교의 자아관을 접하면서 기존에 자신이 갖고 있었던 자아관을 비판적으로 보면서 서구적 개념의 자아상까지 포함하는 한 단계 높

---

* 원래 「진리를 모릅니다」에는 제목이 없는 형태로 수록되었으나 『미래세가 다하고 남도록』에서 '웃음소리'라는 제목으로 수록됨.

은 의미의 자아를 발견할 필요성을 느끼게 되었다. 이는 자아의 사라짐인 '무아'의 발견으로 이어지게 된다. 일생 동안 자아의 탐구에 천착했던 것과 그렇게 획득한 자아를 바탕으로 주체적 삶을 살고자 했던 김일엽에게 있어 이는 자기 구원의 가능성을 제시하는 것으로 다가왔다. 따라서 불교 귀의는 그녀 삶의 단절이나 도피로 볼 것이 아니라 김일엽이 '자기'(Self)를 완성하려 했던 가장 적극적인 시도로 보아야 한다.

이 시기 창작한 「시계추를 쳐다보며」를 비롯하여 이 시기 창작한 시와 수필들의 경우, 이렇게 깨달은 무아의 발견과 함께 자 · 타의 구별과 분별의 무화를 주장하고 있음이 발견된다. 김일엽은 우선 존재의 파편화를 경계한다. 나누면 나눌수록 그 본질에서 멀어질 뿐이라는 것이다. 또한 그러한 분리는 나의 본질까지도 분리할 뿐 그 모두를 일치시키지 못하는 또 다른 문제를 나을 뿐이라는 점을 거듭 강조하고 있다. 따라서 정신과 물질의 분리, 나, 타인의 구별 등이 모두 무의미함을 이야기한다. "우주, 인간, 나, 정신, 생각, 마음, 도道, 자성自性, 불성佛性, 혼 등은 이름만 다를 뿐 한뜻"이라고 주장하는 것도 이 같은 맥락이다. 구분과 분화는 근대의 인식론적 특성이기에 이런 논의는 당시 사회의 인식론의 한계를 불교적 관점에서 비판한 것으로 이해할 수 있다. 김일엽의 이런 생각은 '일체 만물이 하나로 귀의한다'는 불교의 근본 원리를 상기시키면서도 '일체 사물의 전체화와 개별화'를 주장한다는 점에서 스승인 만공선사와도 그 맥을 같이하는 것이다.

대승 불교에서 자기 개인의 깨달음만큼이나 중요시되는 것이 중생들을 깨달음으로 이끄는 보살의 정신이라는 점에서 김일엽의 대중 포교의 행보는 일견 당연한 것이지만 그 방법 중 하나가 수필집이라는 점에서 주목할 수 있다. 『청춘을 불사르고』는 그 내용이 대부분 서간체 양식을 바탕으로 한 수필이라는 점에서 특징적이다. 앞서 여성해방론의 입장이 서간체를 통해 메시지가 효과적으로 발화되었던 과정에 대해 논의한 바 있다. 불교 포교의 내용을 서간체로 작성한 것 또한 서간체 양식이 갖는 강한 메시지성과 관련하여 그 효과가 높다고 볼 수 있다. 이 수필집 또한 깨달은 자의 그렇지 못한 사람들에 대한 발화인 만큼 계몽적 성격이 두드러진다. 그러나 여기서 계몽은 포교의 차원으로 보살의 정신을 실현하고 있어 앞선 시기의 그것과는 성격이 다소 다르다. 자아의 절대적이고 우월적인 지위를 바탕으로 타자를 나와 동일화시키려던 이전과 달리 이 수필집에서는 '나' 또한 한때 지금의 '당신'과 같이 '몽매' 속에서 괴로워했다는 사실이 더 부각된다. '나'는 단지 '당신'보다 고통을 먼저 경험하고 그 고통에서 벗어난 사람에 불과하다는 것이다.

특히 자신과 연인 관계에 있었던 임노월을 수신자로 한 작품 「'무심無心'을 배우는 길」에서는 예전의 모습을 회상하는 담담한 필치를 바탕으로 선불교의 공空 사상과 무아無我 사상을 무심無心이라는 자신의 말로 소화하면서 유려한 필치로 풀어내고 있음이 지적되었다. '무심'이란 모든 마음들을 "단일화시킨 일체 존재의 창조주요 만능적 자아"의 상태를 가리킨다. 이는 일생 동안 자신의 마음을 의지대로 주재하고자 했던 김일엽이 자신의 '유심有心'을 어떻게 극복해나갔는지를 드러내면서 불교에서 가장 중요한 문제인 '애욕의 극복'을 달성했음을 나타낸다. 유한한 자아의 한계에 얽매여 사랑을 갈구하는 몽매 상태에서 벗어나 자·타를 가르는 경계를 허물어뜨림으로써 자·타 간의 일체성을 회복함으로써 얻어지는 자아의 참된 해방과 구원을 주장한 것이다. 이렇듯 선불교 사상의 핵심인 공 사상의 체득을 외부로 발화하면서 김일엽은 자신의 불교 수행을 증명할 수 있게 되었다.

'B씨에게 제일언第一信'이란 부제가 붙은 작품 「청춘을 불사르고」는 연인 관계이던 백성욱을 수신자로 무아를 얻어 생사고락을 초월해낸 고승의 내면을 표출하면서 자기 구원성의 가능성을 보여주게 된다. 「청춘을 불사르고」는 편지글 안에서 몇 가지 흥미로운 구성을 취하고 있다. 우선 김일엽이 이 편지글을 쓴 시점을 『청춘을 불사르고』를 펴낸 그때가 아니라 백성욱과 헤어진 지 얼마 안 된 시점으로 설정하고 있다는 점이다. 이런 소설적 장치를 통해 정인情人과 헤어진 김일엽의 감정이 생생하게 전달될 수 있게 된다. 또 화자는 행복한 가정생활을 하다가 출가한 원주희元周姬라는 여성을 본받아 출가하겠다는 결심을 하고 있는데, '元周'라는 이름에서 보듯 이는 김일엽 자신을 연상시킨다. 원주희의 출가 상황이나 이야기 역시 하윤실과의 결혼 생활을 정리하고 출가를 결심한 김일엽의 것과 거의 일치한다. 김일엽은 원주희의 이야기를 객관적으로 전달받는 입장을 선택함으로써 자신을 아직 불교에 귀의하지 않은 사람으로 설정하여 일반 대중과 눈높이를 맞출 수 있게 된다. 백성욱과 교제하고 헤어졌던 그 시점을 반추함과 동시에 출가를 결심하게 되었던 그 시간으로 다시 되돌아가서 그때 자신의 결심의 의미를 되새기게 되는 것이다. 이미 불제자로서의 30년 세월 이후에 깨달은 사실을 이미 그 시점의 화자도 알고 있는 것으로 서술케 함으로써 불교 승려로서 자신을 재서사화하는 것이다.

이런 맥락에서 인생의 구원을 얻었다고 말하는 원주희의 말은 김일엽의 상황과 등치되며 불교 귀의의 필연성이 강조되게 된다. 불교 귀의를 단순히 '인생무상'이라는 도피적 과정으로 보는 것이 아니라, 삶의 가장 중요한 과제를 풀고자 하는 개개인의 적극적 의지의 표현으로 보면서 불교 귀의의 의미를 높일 수 있는 것이다. 이는 실연으로 입산했다는 김일엽 자신을 둘러싼 주위의 평가에 대한 간접적이지만 적극적인 해명으로도 이해할 수 있을 것이다.

30년간 덕숭산 산하를 내려오지 않던 김일엽이 다시 문필 활동을 재개하며 세상과 소통을 시도한 것은 "나는 어떻게 하면 포교에 심폭적深幅的으로 나의 만족이 얻어질까 깊이 생각한 끝에 대문호大文豪가 되어 많은 작품을 불법화시켜 길이 전해볼 것"이라 하였다는 데서 보듯 그가 획득한 자아 구원성의 확장을 포교를 통해 이루기 위해서였다. 불교 승려이자 문인으로서의 자의식 모두 그에게는 소중한 것이었다. 김일엽은 일련의 수필집 출판과 더불어 문학, 예술을 통한 활동들을 재개하게 되는데 1967년 국립극장에서 이광수의 『이차돈의 사』를 각색하여 포교극으로 올리기도 한다.

이렇듯 김일엽은 불교 귀의 이후 자아와 관련한 자신의 깨달음들을 일련의 작품집으로 발표하면서 문학사적으로 불교 문학 근대화에 한 축을 형성했다는 평가를 받게 되었으며, 불교 승려로서는 보살행을 손수 실천하여 수행의 결과를 대중과 나누면서 자아의 구원을 증명할 수 있게 되었다. 여권운동가, 문인, 승려의 자리에서 소설, 시, 산문, 종교 에세이를 통해 다채롭게 펼쳐 보인 김일엽의 작품 세계를 통해 우리는 한국 문학사에서 자아와 주체의 문제와 관련한 가장 치열하고도 수준 높은 논의와 마주하게 된다.

1896년   6월 9일 평남 용강군 삼화면 덕동리에서 목사인 김용겸과 이마대 사이의
         장녀로 출생했다. 본명은 원주元周이며, 필명이 일엽一葉이다. 출가 후 불
         명은 하엽荷葉, 도호는 백련도엽白蓮道葉.

1904년   평남 용강군 구세학교에 입학했다. 회고에 따르면 집에서 학교에 보낼 기
         미가 없자 동생을 업고 무작정 학교에 찾아갔다고 서술했다. 당시 학교
         친구 중 윤심덕과도 교분을 쌓았음을 회고.

1906년   진남포 삼숭보통학교에 입학.

1907년   국문시「동생의 죽음」을 썼다고 회고.

1909년   모친 별세.

1912년   삼숭보통학교 보습과 수료. 상경.

1913년   이화학당에 입학. 이 시기부터 김활란 등과 교분을 쌓기 시작함.

1915년   이화학당 중학과(이화전문 전신)에 진학. 부친 별세.

1918년   이화전문 졸업.

1919년   일본 도쿄 영화英和학교에 입학했다. 부모님 두 분 다 별세했지만 외할머
         니의 도움으로 유학까지 할 수 있었다고 회고. 이 시기 이광수, 나혜석 등
         과 교분을 쌓기 시작함.

1920년   도쿄 영화학교 수료 후 귀국하여 당시 연희전문 교수이던 이노익과 혼인.
         김일엽이 중심이 되어 이해 4월에 나혜석, 박인덕과 더불어 여성 전문 잡
         지《신여자》를 창간했다.《폐허》의 동인으로 활동,《동아일보》에도 글을
         실었다.《신여자》는 4호가 발간된 후 경영난으로 폐간하게 된다. 이후 이
         노익과도 이혼.

1923년   충남 예산 덕숭산 수덕사에서 만공선사 법문을 듣고 크게 발심.

1926년   대표작「자각」발표.

1928년   금강산 마하연 입산, 이성혜 비구니를 은사로 삭발했다. 10월 15일 서울
         선학원에서 만공선사에게 수계를 받았다.《불교》필진으로 활동을 시작
         하면서 백성욱과 만나게 됨. 이후 1929년경 백성욱과 결별한 것으로 짐
         작. 이후 출가 전까지 재가승인 하윤실과 결혼 생활을 이어나감.

1933년	9월 수덕사 만공선사 아래로 입산수도를 결정.
1960년	『어느 수도인의 회상』 간행.
1962년	『청춘을 불사르고』 간행.
1964년	『행복과 불행의 갈피에서』 간행.
1967년	8월 25~31일 춘원 이광수 작 『이차돈의 사』를 포교 법극으로 각색하여 명동 국립극장에서 공연.
1971년	1월 28일 별세.
1974년	가을, 유고 전집 『미래세가 다하고 남도록』 간행.
2004년	『일엽선문』 간행.

*『靑春을 불사른 뒤』(인물연구소, 1974), 『당신은 무엇이 되었삽기에』(인물연구소, 1975), 『수덕사의 노을』(범우사, 1976) 등 에세이집들이 출간되었지만 예전에 발표한 글들을 좀 더 정교하게 다듬는 차원의 개작이나 법문 유고들이 대부분이다.

「청춘」,《불교》, 4.

「낙화」,《불교》, 6.

「낙화유수」,《불교》, 6.

「불교지」,《불교》, 10.

「세존이 예던 길」,《불교》, 10.

「가을」,《불교》, 10.

「만각晩覺」,《불교》, 10.

「경대鏡臺 앞에서」,《불교》, 10.

「절구絶句」(『미래세가 다하고 남도록』에서 1932년 작으로 회고)

「신여성지에」,《신여성》, 11.

「단념」,《신여성》, 11.

「풍속風俗」,《신여성》, 11.

「무제」,《불교》, 11 · 12월 합호.

1933년   「나의 노래」,《조선일보》, 1. 30.

「봄은 왔다 그러나 이 강산에만」,《조선일보》, 2. 28.

「어린 봄」,《제일선》, 3.

「때 아닌 눈」,《불교》, 4.

「시계추를 쳐다보며」,《불교》, 7.

「시계 소리를 들으면서」,《신여성》, 12.

*「진리를 모릅니다」의 삽입 시를 비롯하여 작품 속에 삽입된 시들은 따로 연보에
수록하지 않았다. 유고시 작품은 『미래세가 다하고 남도록』에 실려 있어 이 또한
연보에 수록하지 않았다.

■ 소설

1920년   「계시」,《신여자》, 3.

「나는 가오」,《신여자》, 4~5.

「어느 소녀의 사死」,《신여자》, 4.

「청상靑孀의 생활」,《신여자》, 6.

1921년   「혜원」,《신민공론》, 6.

1923년	「L 양에게」, 《동명》, 1. 1.
1926년	「순애의 죽음」, 《동아일보》, 1. 31.~2. 8.
	「사랑」, 《조선문단》, 4.
	「자각自覺」, 《동아일보》, 6. 19~26.
1927년	「단장斷腸」, 《문예시대》, 1.
1928년	「영지影池」, 《불교》, 9.
	「아버지」, 《불교》, 9.(저자가 '편주'로 표기)
1929년	「희생」, 《조선일보》, 1. 1 · 4 · 5.
	「파랑새로 화化한 두 청춘」, 《불교》, 1.
	「헤로인」, 《조선일보》, 3. 9~20.
1932년	「자비」, 《불교》, 2.
	「애욕을 피하여」, 《삼천리》, 4.
1933년	「50전 은화」, 《삼천리》, 1.

■ 산문(수필 · 논설 · 대담 포함)

1920년	「《신여자》 창간에 즈음하여」, 《신여자》, 3.
	「《신여자》 창간사」, 《신여자》, 3.
	「어머니의 무덤」, 《신여자》, 3.
	「여자 교육의 필요」, 《동아일보》, 4. 6.
	「우리 신여자의 요구와 주장」, 《신여자》, 4.
	「K 언니에게」, 《신여자》, 4.
	「여자의 자각」, 《신여자》, 5.
	「동생의 죽음」, 《신여자》, 5.
	「먼저 현상을 타파하라」, 《신여자》, 6.(1921년 2월 《폐허》에 재수록)
1921년	「근래의 연애 문제」, 《동아일보》, 2. 24.
	「부인 의복 개량에 대하여」, 《동아일보》, 9. 10~14.
1922년	「사나이로 태었으면」, 《동아일보》, 1. 3.
	「회상기」, 《동명》, 2.('일체의 세욕世慾을 단斷하고'라는 제목으로 1934년 11월 《삼천리》에 재수록)
	「노라」 발문, 『노라』, 영창서관, 6.

1924년	「우리의 이상」,《부녀지광》, 4.
	「인격 창조에」,《신여성》, 8.
	「의복과 미감」,《신여성》, 11.
1925년	「아버님 영전에」,《동아일보》, 1. 1.
1926년	「구정舊情 2」,《시대일보》, 6. 6.
1927년	「나의 정조관」,《조선일보》, 1. 8.
	「공연한 실망」,《조선문단》, 2.
	「꿈길로만 오는 어린이」,《문예공론》, 7.
1928년	「회고」,《불교》, 7.
1929년	「여자의 마음」,《불교》, 3.
	「추억」,《중외일보》, 4. 30. /5. 6.
	「추감편편秋感片片」,《중외일보》, 11. 28~30.
1930년	「불문투족佛門投足 2주년에」,《불교》, 2.
	「오호, 90춘광春光!」,《삼천리》, 초하初夏.
1931년	「여신도로서의 신년 감상」,《불교》, 1.
	「용강온천행」,《불교》, 1.
	「밀회와 처권妻權」,《삼천리》, 3.
	「가을 소리를 들으면서 」,《삼천리》, 10.(1937년 12월《학해》에 재수록)
	「신불信佛과 나의 가정」,《신동아》, 12.
	「묵은해를 보내면서」,《조선일보》, 12. 12 · 13 · 15.
1932년	「문인이 본 서울, 여인과 서울」,《조선일보》, 1. 5.
	「정조 파괴 여성의 재혼론」,《삼천리》, 2.
	「동소문 턱을 넘으면서」,《신동아》, 3.
	「노래가 듣고 싶은 밤」,《동광》, 3.
	「보성고보 입학시험 때」,《불교》, 5 · 6월 합호.
	「조선 언론계에 바람」,《동광》, 6.
	「서중잡감暑中雜感」,《불교》, 9.
	「애욕이 낳은 비극」,《불교》, 9.
	「1932년을 보내면서」,《조선일보》, 12. 21~22.
1933년	「또 한 해를 보내면서」,《불교》, 1.

「그늘에서 양지로 1933 여인의 행진곡」, 《조선일보》, 1. 16.

「사회상의 가지가지」, 《불교》, 3.

「동생 묻은 뒷동산」, 《신가정》, 3.

「봄을 느낄 줄 알던 그 봄이 그리워라」, 《동아일보》, 4. 13.

「아버지와 고향」, 《신동아》, 5.

「어머님 회상」, 《신가정》, 5.(1938년 1월 《신가정》에 재수록)

1935년 「불도를 닦으며」, 《삼천리》, 1.

1955년 「불법 재건 운동」, 《조선일보》, 4. 26.

「만공선사와 불교 정화」, 《동아일보》, 8. 2~3.

1957년 「정신적 수입과 현실」, 《조선일보》, 1. 28~30.

1958년 「인생」, 《조선일보》, 3. 15 · 17 · 18 · 19.

「구원을 지향하는 어떤 학생에게」, 《조선일보》, 12. 5~6.

1959년 「인간 생활로 개막하자」, 《조선일보》, 1. 3.

1960년 「실성인失性人의 회상고」, 《조선일보》, 4. 13.

1966년 「모르고라도 실천하라」, 《조선일보》, 12. 13.

1971~72년 「진리를 모릅니다」, 《여성동아》, 1971. 12.~1972. 6.

■ 단행본

1960년 『어느 수도인의 회상』, 수덕사 견성암.

1962년 『청춘을 불사르고』, 문선각.

1964년 『행복과 불행의 갈피에서』, 휘문출판사.

1974년 『미래세가 다하고 남도록(상·하)』, 인물연구소.

2001년 『일엽선문』, 문화사랑.

| 연구 목록 |

■ 단행본 및 일반 논문

경 완, 「일엽 선사와 선禪」, 『한국 현대 작가와 불교』, 만해학술심포지엄, 2007. 여름.

김미현, 『한국 여성 소설과 페미니즘』, 신구문화사, 1996.

김영덕, 「여류 문단 40년」, 『한국여성문화논총』, 이화여자대학교, 1958.

_____, 「여성해방운동의 선구 일엽 김원주」, 『한국여성사 2』, 이대출판부, 1972.

김윤식, 「여성과 문학」, 『아세아 여성 연구』 제7집, 숙명여자대학교 아세아여성문제연구소, 1968.

김현자, 「김일엽 시의 자의식과 구도求道의 글쓰기」, 『한국시학연구 9』, 한국시학회, 2003. 9.

김화영, 「근대와 '여성'의 문제—김일엽과 히라쓰카 라이초[平塚らいてう]의 여성론의 비교를 통하여」, 『일본어 문학 39』, 2007.

노영희, 「김일엽의 작품 세계」, 『한림 일본학 연구 5』, 한림대학교 한림과학원 일본학연구소, 2000. 12.

박효순, 「김일엽의 문학 실적론」, 『지헌영 선생 회갑 기념 논문집』, 지헌영 선생 회갑기념논총간행회, 1971.

_____, 「김일엽의 문학 실적」, 『한국시가의 신조명』, 탐구당, 1984.

방민호, 「김일엽 문학의 사상적 변모 과정과 불교 선택의 의미」, 『한국현대문학연구 20』, 한국현대문학회, 2006.

서정자 · 박영혜, 「근대 여성의 문학 활동」, 『한국 근대 여성 연구』, 숙명여자대학교 아세아여성문제연구소, 1987.

성낙희, 「김일엽 문학론」, 『아세아 여성 연구 17』, 숙명여자대학교 아세아여성문제연구소, 1975.

유진월, 『김일엽의 《신여자》 연구』, 푸른사상사, 2006.

이상경, 「'남녀연합토론집—부附 여사 강연'과 김일엽의 여성론」, 『여성문학연구 10』, 2003.

이상진, 「김일엽 소설 연구」, 『문학과 의식』, 1994. 가을.

_____, 「'신여자'의 자각과 욕망―김일엽론」, 『페미니즘과 소설 비평』, 한길사, 1995.

이태숙, 「여성해방론의 낭만적 지평」, 『여성문학연구 4』, 한국여성문학학회, 2000.

이희경, 「여성 문학의 흐름에서 본 1920년대 여성시」, 『한국언어문학 48』, 2002.

정영자, 「김일엽 문학 연구」, 『수련어문논집 14』, 부산여자대학 국어교육학과, 1987.

최혜실, 『신여성들은 무엇을 꿈꾸었는가』, 생각의나무, 2000.

허미자, 「근대화 과정의 문학에 나타난 성의 갈등 구조 연구」, 『성신여자대학교 논문집 34』, 성신여자대학교, 1996.

■ 학위 논문

윤수영, 「한국 근대 서간체 소설 연구―형성과 구조 변이를 중심으로」, 이화여자대학교 박사학위 논문, 1990.

이유진, 「1920년대 한국 여성시 연구―김명순, 김일엽, 나혜석의 시를 중심으로」, 부산외국어대학교 석사학위 논문, 1996.

조혜현, 「한·일 근대 '신여성' 비교 연구」, 경기대학교 석사학위 논문, 2003.

김우영, 「김일엽 문학과 자아의 의미」, 서울대학교 석사학위 논문, 2008.

윤광옥, 「근대 형성기 여성 문학에 나타난 가족 연구―김명순·나혜석·김일엽을 중심으로」, 동덕여자대학교 박사학위 논문, 2008.

배효진, 「1920년대 전기 소설에 나타난 여성상 연구」, 세종대학교 대학원 박사학위 논문, 2008.

한국문학의재발견-작고문인선집

김일엽 선집

지은이 l 김일엽
엮은이 l 김우영
기　획 l 한국문화예술위원회
펴낸이 l 양숙진

초판 1쇄 펴낸 날 l 2012년 4월 17일

펴낸곳 l ㈜현대문학
등록번호 l 제1-452호
주소 l 137-905 서울시 서초구 잠원동 41-10
전화 l 02-2017-0280
팩스 l 02-516-5433
홈페이지 www.hdmh.co.kr

ISBN 978-89-7275-602-6 04810
ISBN 978-89-7275-513-5 (세트)